Albert
Wendt

Die Blätter des Banyanbaums

Zu diesem Buch

Im Mittelpunkt dieses Romans, der inmitten der rasanten kulturellen und gesellschaftlichen Umwälzungen Samoas spielt, steht ein mächtiger Baum, unter dem Tauilopepe sein Vorhaben vorantreibt. Er will der Mächtigste im Dorf werden und schaltet seine Gegner einen nach dem anderen aus. Allerdings zu einem hohen Preis: seine Frau wendet sich von ihm ab, er verliert seinen Sohn, dann sich selbst ...
Der hochaufragende Banyanbaum aber ist auch Symbol für die stark verwurzelte, unbezwingbare Kraft der samoanischen Tradition, die Tauilopepe verrät. Nur seine Söhne Pepe und Galupo versuchen, einen Mittelweg zwischen der Fa'Samoa, der traditionellen samoanischen Lebensweise, und dem modernen Lebensstil zu gehen.

»All die Jahre über bin ich immer wieder überrascht, wie viele Geschichten und Geschöpfe mein Gedächtnis bevölkern. Ohne mich würden sie nicht leben können, ohne sie aber könnte ich nicht existieren.« *Albert Wendt*

Der Autor

Albert Wendt, dessen Urgroßvater von Deutschen abstammte, wurde 1939 in Apia (Samoa) geboren. 1987 berief man ihn als ersten Polynesier an die Universität von Auckland. Schon früh setzte er sich ein für die Etablierung einer eigenständigen Kultur und Literatur aus dem pazifischen Raum und gilt als einer der Mitbegründer der modernen samoanischen Literatur. Für sein Werk wurde ihm 1993 die Ehrendoktorwürde der Universität Dijon in der Bourgogne verliehen.

Albert
Wendt

Die Blätter des Banyanbaums

Aus dem Englischen von
Doris Pfaff

Unionsverlag
Zürich

Die Originalausgabe erschien 1979
unter dem Titel *Leaves of the Banyan Tree*
bei Longman Paul, Neuseeland.
Die deutsche Erstausgabe erschien 1982
im Peter Hammer Verlag, Wuppertal.

Unionsverlag Taschenbuch 122
Diese Ausgabe erscheint mit freundlicher Genehmigung
des Peter Hammer Verlags, Wuppertal.

Rieterstrasse 18, CH-8059 Zürich
Telefon 0041-1 281 14 00, Fax 0041-1 281 14 40

Umschlaggestaltung: Heinz Unternährer, Zürich
Umschlagbild: Adrian Berg, »Beachy Head«, 1996
The Piccadilly Gallery, London W1
Druck und Bindung: Clausen & Bosse, Leck
ISBN 3-293-20122-9

Die äußersten Zahlen geben die aktuelle Auflage
und deren Erscheinungsjahr an:

1 2 3 4 5 - 01 00 99 98

Für meinen Vater Tuaopepe Alualu
und Filia und Tupuola
und Lynne und Tuala Karanita

Erstes Buch

Gott, Geld und Erfolg

1 *Der Preis der Kopra*

Es hatte fast den ganzen Tag geregnet, und Tauilopepe Mauga war in der Haupt-Fale geblieben und hatte Taue geflochten. Nun war es Abend geworden, Zeit für die Gebete, und der Chor der Zikaden pulsierte schmerzvoll durch das Dorf Sapepe. Masina, Tauilopepes Mutter, kam von der Küchen-Fale herein, wo sie bei der Zubereitung des Abendessens geholfen hatte. Sie öffnete die große Holzkiste, holte die Bibel hervor, die seit der Ankunft der Missionare im Besitz ihrer 'Aiga war, und setzte sich vorne in der Fale ihrem Sohn gegenüber.

Tauilopepe hörte mit dem Flechten auf und zog das Hemd über, das neben ihm lag. Die weiteren Mitglieder der 'Aiga, Tauilopepe, seine Frau mit den drei Kindern und zahlreiche andere Verwandte traten herein und setzten sich bei den hinteren Pfosten der Hütte nieder.

Masina hustete, führte zwei Finger zum Mund und spuckte durch die dazwischenliegende Lücke einen dünnen Strahl Spucke in das hereinbrechende Dunkel. Sie setzte zu einem Loblied an. Die anderen fielen mit ein, aber schon einen Augenblick später sang Tauilopepe weder mit, noch hörte er zu. Mit vornübergebeugtem Kopf saß er da und errechnete in Gedanken den Gewinn, den er aus der Kopra zu ziehen hoffte, die er am nächsten Tag in Malos Laden verkaufen würde. Sein Nachdenken wurde unterbrochen, als sein einziger Sohn Pepe sich neben ihn setzte. Als er spürte, daß Pepe gleich sprechen würde, legte er dem Jungen sacht die Hand auf den Mund. Er konnte fühlen, wie Masina ihn ansah, und so begann er wieder zu singen.

Hätte zwanzig Pfund zu erwarten, schloß er, als die Hymne mit dem »Amen« ausklang. Masina fing an, aus der Bibel vorzulesen. Tauilopepe erinnerte sich, daß er Malo vierzehn Pfund schuldete; und es war doch eines Mannes Pflicht, seine Schulden zurückzuzahlen. Alle Arbeit umsonst, alles für Malo. Pepe rückte an die Seite seines Vaters und legte den Kopf auf des Vaters Knie. Tauilopepe versuchte, sich auf die Lesung zu konzentrieren, aber es gelang ihm nicht. Der bittere Gedanken daran, daß all das Geld in der Stahlschublade von Malos Laden verschwinden sollte, bedrückte ihn. Und mindestens zwei Pfund mußten an diesem Sonntag für den Unterhalt des Pfarrers gezahlt werden. »Behüte uns davor, o Herr, auf die sündigen Pfade dieser Welt abzuirren«, betete Masina. Sofort fühlte er sich schuldig und wiederholte für sich jedes der Worte bis zum Ende des Gebets. Er würde es Gott überlassen, beschloß er, als Masina »Amen« sagte und die Bibel schloß.

Er hielt seine Augen noch immer geschlossen. Er war betrogen worden. Von wem, wußte er nicht oder wollte er nicht wissen; er war betrogen worden, das war alles. Als er das knirschende Geräusch nackter Füße vernahm, die über den Kiesboden auf ihn zukamen, öffnete er die Augen. Seine Frau Lupe erhob sich über ihm im Dämmerlicht. Sie stellte die Kerosinlampe vor ihn hin, gab ihm eine Schachtel Streichhölzer und wartete darauf, daß er die Lampe anzündete. Er riß die Schachtel auf, und zwar so heftig, daß ihm dabei die Hölzer in den Schoß fielen. Er unterdrückte ein Fluchen, nahm ein Streichholz und rieb es wütend an der Schachtel. Das Hölzchen entzündete sich hell. Er starrte zu Lupe hinauf. Als sie sah, wie wütend er war, blickte sie schnell weg und hob den Lampenschirm hoch. Er fuhr mit dem brennenden Holz nach dem Docht. Die Lampe flackerte, dann versprühte sich ihr Licht über die Fale. Er schaute zu Masina hinüber, doch auch sie wandte sich vor seinem Zorn ab. Er blickte auf die anderen Mitglieder seiner 'Aiga. Sie erhoben sich schweigend und verließen die Hütte. Lupe stellte die Lampe vor dem massiven Mittelpfosten auf den Boden und ging zur Küchen-Fale.

Er sah ihr nach, wie sie wegging. Pepe sprang geräuschvoll auf, um ihr zu folgen.

»Mach das nie wieder!« sagte Tauilopepe warnend zu ihm. Pepe blickte ihn verwirrt an, setzte sich wieder und begann, mit dem Finger im Boden zu stochern. Tauilopepe gab ihm eine Ohrfeige. Pepe sprang wieder auf und rannte aus der Fale.

»Wo bleibt das Essen?« rief Tauilopepe zur Küchen-Fale hinüber. Masina saß nur da und starrte in die Dunkelheit hinaus.

Bald darauf traten die beiden Töchter mit Eßmatten ein, die mit gebratenem Fisch und Taro beladen waren. Er schaute sie nicht an. Vao, das ältere Mädchen, setzte mit gesenktem Haupte die Eßmatte vor ihn hin, trat zurück und setzte sich am hinteren Pfosten nieder. Die übrigen 'Aiga-Mitglieder, außer Pepe, traten mit Wasserschalen und Eßkörben ein und ließen sich um Vao herum nieder, bereit, Tauilopepe und Masina zu bedienen. Sie schwiegen auch jetzt und vermieden es, ihn anzusehen.

Tauilopepe wartete nicht auf Masina, die gewöhnlich vor dieser Hauptmahlzeit das Dankgebet sprach. Er murmelte ein kurzes Gebet und machte sich über das Essen her. Masina warf ihm einen Blick zu, dann begann auch sie zu essen. Sie aßen in angespannter Stille.

Motten und winzige Käfer umtanzten die Lampe, in sicherem Abstand vor den wachsfarbenen Eidechsen, die sie von den Dachbalken herab beäugten, während das Zirpen der Zikaden in der Nacht verebbte, die das Dorf durchtränkte. Von der benachbarten Hütte, die als Lichtbündel in der Dunkelheit sichtbar war, drang das Klappern von Geschirr und gedämpftes Geplauder und Gelächter herüber. Die Flut schäumte über das Riff herein. Bald würde sie bis zu den krabbenartigen Wurzeln der Mangrovenbäume hinter Tauilopepes Heim vordringen.

Tauilopepe beendete die Mahlzeit und stieß die Eßmatte von sich, die nun mit Fischgräten und Taro-Resten übersät war. Vao brachte ihm eine zerbeulte Emailleschale mit Wasser. Er wusch sich Hände und Mund und trocknete sich dann an dem Handtuch ab, das sie ihm gab. Sie kehrte an ihren Platz zurück. Die übrigen 'Aiga-Mitglieder fingen nun zu essen an. Tauilopepe sah ihnen dabei zu und stocherte mit den Fingern in den Zähnen herum.

Er bemerkte plötzlich, daß Pepe nicht da war. Er wollte gerade fragen, warum, als Pepe aus der Dunkelheit hereinschlüpfte und sich neben Lupe und Vao hinsetzte. Lupe legte einen großen Fisch, den sie eigens für ihn aufgehoben hatte, auf seine Eßmatte. Pepe aß gierig.

Der Weg zu dem als Schwimmteich benutzten Gewässer war wie ein nasses Schlangengetier, dessen Kopf irgendwo vorne in der Dunkelheit und der Brandung vergraben war. Der Schlamm unter seinen Füßen war glitschig. Er badete gewöhnlich nachts, eine Gewohnheit, die er von seinem Vater aus jener Zeit übernommen hatte, als er ihn als Junge zum Teich begleitet hatte. Der Gestank der Schweinekoben hing in der unbewegten Luft. Er hielt an, schneuzte die Nase in das Ende seines Handtuchs, hustete und spuckte und setzte seinen Weg fort.

Er schaute zum Schwimmteich hinunter. Es schien, als ob die letzten Spuren von Licht darin eingefangen wären. Dahinter waren Meer und Himmel ein unsichtbares Rauschen anbrandenden und quirlenden Wassers. Er suchte sich mühsam seinen Weg über Felsen und Gestein hinunter. Sie fühlten sich warm und glatt an.

Seine Haut fröstelte in Erwartung des Kälteschocks. Er tauchte ins Wasser ein, und die Kälte ließ ihn erschauern; er kam japsend an die Oberfläche und schwamm schnell ans Ufer. Er rieb den Körper mit dem Stück Seife ein, das er mitgebracht hatte, und tauchte wieder ins Wasser, um den Schaum abzuspülen. Nach einer Weile störte ihn die Kälte nicht mehr; so ließ er sich treiben und starrte hinauf zu den wenigen Sternen, die am schwarzen Bauch des Himmels blinkten. Hunde bellten von der nächstgelegenen Fale her. Er dachte nicht an seine Schulden, bis ihm die Kälte wieder in die Knochen kroch. Er schnellte herum, schwamm zurück, erklomm das Ufer, nahm sein Handtuch und trocknete sich schnell ab. Er urinierte in die Felsen. Er hörte, wie sich ein Krebs unter die Felsen verkroch, und erinnerte sich, daß er nicht mehr am See uriniert hatte seit jener lange zurückliegenden Zeit, als sein Vater ihn dabei erwischt und ihn immer wieder auf Rücken und Schultern geschlagen hatte. Die Erinnerung an jene schmerzhaften Schläge ließen ihn wieder an die Schulden denken, und seine Enttäuschung und sein Ärger kehrten zurück.

Als er in die Fale eintrat, las Masina Pepe gerade aus der Bibel vor, und seine Töchter und Lupe hängten die Moskitonetze auf. Sie hielten kurz, aber merklich inne, als sie ihn sahen. Er ging zu der Holzkiste, worin die meisten ihrer Kleider aufbewahrt waren, holte eine Flasche Kokosöl heraus und rieb seinen Körper kräftig damit ein, bis er glänzte. Er wickelte sich in das Bettuch, strich mit den Händen sein widerspenstiges Haar glatt und setzte sich nahe bei Masina und seinem Sohn nieder. Lupe und die Mädchen gingen hinaus zum Teich.

Die Moskitonetze bewegten sich träge in der Brise, die vom Meer herüberzuwehen begann. Masinas Stimme drang an sein Ohr, aber ihre Worte waren wie das schemenhafte Weiß der Moskitonetze, das Anschlagen der Käfer gegen den gläsernen Lampenschirm und die Schatten, die am Lichtrand kauerten.

Pepe gähnte. Masina sagte ihm, er solle zu Bett gehen und nicht seine Gebete vergessen. Tauilopepe blickte seinen Sohn flüchtig an. Pepe lächelte zurück, kroch unter das Schlafnetz, sagte laut seine Gebete, so daß Masina und Tauilopepe ihn hören konnten, schloß mit einem besonders lauten »Amen«, streckte sich auf der Matte aus und zog sein Bettuch bis zum Hals hoch. Tauilopepe schaute in die Dunkelheit hinaus, und da seine Wut etwas verraucht war, erschienen ihm die Schatten nicht länger feindselig.

»Ist die Kopra fertig?« fragte Masina. Tauilopepe schnippte den Rest seiner Zigarre aus der Fale und sah zu, wie er auf dem feuchten Boden zischend verlosch. Masina begann wieder zu sprechen. Er stand auf und verließ die Hütte.

Fliegende Hunde kreischten aus den Mangobäumen herüber, die sein Land von dem der 'Aiga Toasas abgrenzten. Er ging zu

Toasas Fale hinüber. Immer, wenn er nachts nichts anderes zu tun hatte oder sich unbehaglich fühlte, besuchte er Toasa und spielte Karten mit ihm, des alten Mannes liebste Beschäftigung.

Sein Vater und Toasa waren zusammen aufgewachsen. Sie hatten über fünfzig Jahre miteinander verbracht, bis sein Vater 1928 starb. In seinen Erinnerungen konnte Tauilopepe nie ganz den einen vom anderen unterscheiden. Beide hatten ihn wie ein einziger Vater großgezogen, wenn sie auch noch so verschieden waren: Toasa voller Lachen und Lebenskraft; Tauilopepe Laau, sein Vater, weltabgewandt und still, fast unnahbar kühl. Beide zusammengenommen hatte er immer als ein vollständiges Menschenwesen empfunden – Toasa war Fleisch und Knochen, sein Vater rechnender Verstand, die eigentliche Kraft hinter ihrer Führerschaft über Sapepe. Aber als sein Vater starb, war es, als ob Toasa das Wesen seines Vaters in sich aufgenommen hätte.

Tauilopepe blieb draußen vor Toasas Fale stehen und blickte hinein. Toasa saß in der Mitte des Raums und prüfte die Reihen der Spielkarten, die vor ihm auf dem Boden lagen, so, als wäre er mit einem schwierigen Rätsel beschäftigt. Einer seiner Söhne, ein paar Jahre älter als Tauilopepe, war damit beschäftigt, am hinteren Ende der Fale eine Fischreuse zu bauen. Ein großes Moskitonetz, das in der Brise hin- und herschwankte, war hinter dem alten Mann quer durch die Fale gespannt, und das krasse Weiß ließ die Färbung seines tiefgebräunten Körpers, der bis zur Taille entblößt war, noch stärker hervortreten. Sein üppiger Bauch hing in Falten über den dicken Ledergürtel, der seine Lavalava zusammenhielt. Hin und wieder schlug er nach den Moskitos, die sich auf ihm niedergelassen hatten, doch lösten sich seine Augen nie von den Karten. Tauilopepe trat ein.

Toasa blickte auf. »Bist du es, Tauilo?« sagte er. Toasa war der einzige Mann in Sapepe, der Tauilopepe nicht mit seinem vollen Häuptlingstitel ansprach, wenn auch Toasa die anderen Häuptlinge genausowenig bei ihrem vollen Titel, sondern nur nach ihren Eigennamen benannte. Mit einem breiten Grinsen bedeutete Toasa Tauilopepe, ihm gegenüber Platz zu nehmen. »Genau darauf habe ich gehofft – einen Fisch zu fangen!« sagte er. Tauilopepe wollte eigentlich gar nicht Karten spielen, doch Toasa war, wie gewöhnlich, erpicht darauf, Tauilopepe im Suipi zu schlagen, jenem Spiel, das er Tauilopepe an dem Tag beizubringen begonnen hatte, als er ihm zufriedenstellend bewies, daß er einen Stoß Karten richtig zu mischen verstand. Noch bevor Tauilopepe sich recht hingesetzt hatte, sammelte Toasa die Karten ein und fing an, sie zu mischen. Er ordnete den Stoß zu einem Rechteck und knallte ihn vor Tauilopepe nieder, der abhob und den Stoß an ihn zurückgab. »Nun sieh her, was ein Meister ist!« sagte Toasa und verteilte die Karten schneller, als es Tauilopepe jemals bei irgend jemandem gesehen hatte.

Toasa gewann das erste Spiel schnell, fast mühelos.

Die Frauen der 'Aiga kamen herein und hängten noch mehr Moskitonetze auf. Sie und die Kinder setzten sich darunter, und die älteste Frau begann den Kindern die Legende von Sina und dem Aal zu erzählen.

»Diese Papalagi haben jetzt sogar Flugzeuge«, sagte Toasa während der zweiten Runde.

»Flugzeuge?« fragte sein Sohn.

»Fliegende Maschinen«, erwiderte Toasa, indem er mit einem zufriedenen Knurren einen weiteren Punkt einheimste. Sein Sohn blickte einen Augenblick lang verdutzt, wandte sich dann aber wieder seiner Arbeit zu.

Tauilopepe fragte sich, wie Toasa von den Flugzeugen wissen konnte, zumal er über ein Jahr lang nicht nach Apia gekommen war. Für die meisten Bewohner Sapepes stellte die Außenwelt etwas dar, von dem man zwar gehört hatte, was man aber nie ganz begreifen konnte, eine Welt, die ebenso mysteriös erschien wie jene Flugzeuge, jene »fliegenden Maschinen«, die Toasa so beiläufig erwähnt hatte, ganz so, als ob er alles wußte, was es darüber zu wissen gab. Apia war ein Ort, den man zweimal im Jahr aufsuchte, um ihn zu bestaunen und dann zurückzukommen mit verwirrenden Erzählungen von mechanischen Wundern, Eiskrem, großen Kaufhäusern, die alles verkauften, was sich ein

Mensch nur wünschen konnte, sowie einem Filmtheater, wo Cowboys (tapfere Helden) und Indianer (Bösewichte) – in wahren Geschichten, versteht sich – einander umbrachten, ohne jeglichen Gedanken an den Herrn oder an moralische Folgen. Doch jenseits dieser Erzählungen und der vertrauten, sicheren Welt, abgeschirmt innerhalb der Korallenriffe, lag ein Märchenland, regiert von Papalagi, den Konstrukteuren jener Flugzeuge und den Verkündern Jehovas; jene Papalagi, die, nachdem sie das Christentum in Sapepe eingeführt hatten, wieder in heidnische Lebensbräuche zurückgefallen waren.

Während er spielte, dachte Tauilopepe daran, wie ihn sein Vater zum ersten Mal nach Apia mitgenommen hatte. Eine Gruppe von Ruderern aus Sapepe brachte sie in einem Fautasi hin, da damals noch keine Straßen zur Stadt führten. Bei ihrer Ankunft zogen ihm die Männer seine besten Kleider an. Dann, als sie ihn vom Landungssteg zur Hauptstraße führten, hielt ihn sein Vater an der zitternden Hand. Nur ein paar Eindrücke blieben ihm: wie die Männer ihn zum Stadtmarkt mitnahmen – dem größten, lärmendsten und schmutzigsten Gebäude, das der Junge je gesehen hatte; wie er versuchte, sich das Eis möglichst lange zu erhalten, während er zwischen seinem Vater und Toasa durch die Stadt ging, und sie ihm die Hauptsehenswürdigkeiten benannten; aber wie schnell das süße, kalte Etwas in der Hitze zerfloß, und er weinte, als sein Vater ihm Hände und Kleidungsstücke sauberwischte; wie sie sich, müde und erhitzt vom Laufen, auf dem von Menschen wimmelnden Marktplatz niedersetzten und, während sie Brot und Butter aßen (ein Luxus, den er nie zuvor gekostet hatte), den vorbeifahrenden Fuhrwerken und Lastwagen zusahen, wobei er sich fragte, weshalb die seltsamen Kästen und Pferde es so eilig hatten, und wo sie wohl hineilen mochten; wie Toasa ungewollt einem jungen Papalagi in den Weg trat, der – gekleidet in weiße Hosen, weißes Hemd und mit polierten Schuhen, in denen der Junge sein Spiegelbild sehen konnte – Toasa vom Gehsteig stieß; und wie Toasa den Papalagi wegen seiner Grobheit weder zurechtwies noch schlug, wie er es gewöhnlich tat, wenn ein Sapepeaner sich ihm gegenüber grob verhielt; und wie er, Tauilopepe, sich darüber wunderte und sich für Toasa schämte, ja schämte, und für Toasa und seinen Vater Verlegenheit empfand, die in diesem Moment der furchtbaren Demütigung aufhörten, die Riesen zu sein, die sie in seiner Vorstellung immer gewesen waren; wie, nachdem der Papalagi Toasa und seinen Vater beleidigt hatte, sie einige Sachen für zu Hause eingekauft hatten, in das Fautasi stiegen und heimgerudert wurden, wobei keiner der Männer mit dem anderen sprach, und der Junge schwor, daß er eines Tages diesen Papalagi umbringen würde; und wie er bemerkte, wie die beiden Männer es vermieden, die Scham in den Augen des anderen wahrnehmen zu müssen.

»Flugzeuge haben zwei Flügel und einen Motor«, unterbrach Toasa Tauilopepes Gedanken.

»Flügel?« fragte sein Sohn. Es gab eine merkliche Unterbrechung in Toasas Spiel.

»Ja, Flügel«, sagte Toasa, indem er sein mangelndes Wissen mit um so begeisterterem Spiel zu überdecken suchte.

Tauilopepe erinnerte sich plötzlich an das kleine Rundfunkgerät im Haus des Pfarrers. Von hier mußte Toasa seine Information über Flugzeuge haben. Das Rundfunkgerät, das ihr Dorf von der Regierung erhalten hatte, hielt sie auf dem laufenden über den »Fortschritt« – eine rätselhafte, wenn auch offenbar wichtige Sache, da das Rundfunkgerät ständig darauf hinwies –, der in Sapepe von der Neuseeland-Verwaltung eingeführt werden sollte. »Fortschritt«, den die meisten Sapepeaner hauptsächlich deshalb beargwöhnten, weil sie nicht verstanden, was er eigentlich bedeutete, war etwas, das zu einem höheren Lebensstandard führen würde; er war eine Kraft und ein Segen, der ihren Kindern und zukünftigen Generationen zugute käme, behauptete das Gerät. Und Tauilopepe, der in Apia und am Theologischen College, das er besucht hatte, mehr als die meisten Sapepeaner über die Praxis dieses Fortschritts erfahren hatte, glaubte an ihn und wollte ihn nicht nur für seine Kinder, sondern auch für sich selbst.

»Hier, schon wieder geschlagen!« verkündete Toasa. Tauilopepe hustete in seine Karten, hoffend, daß Toasa nun genug hätte, doch sammelte dieser sie wieder ein und mischte sie aufs neue. »Noch zwei Runden«, sagte er. Die meisten Lichter auf der gegenüberliegenden Straßenseite waren ausgegangen. Tauilopepe säuberte sein linkes Ohr mit einer Drehbewegung seines Zeigefingers.

Jemand in den Moskitonetzen begann zu schnarchen. Toasa holte eine Bambuskopflehne hinter sich hervor und warf sie zum Netz hinüber. Sie landete mit einem dumpfen Aufschlag auf einem Kopf; ein Protestschrei wurde laut, dann trat wieder Stille ein.

»Ist deine Kopra schon fertig?« fragte Toasa. Tauilopepe nickte, während er seine Karten auffächerte. »Du bekommst wohl recht viel dafür, was?« sagte Toasa. »Ich kannte früher mal einen Mann, der arbeitete, bis sein Rücken so krumm wie der eines Kamels war, um durch Kopra zu Wohlstand zu kommen. Willst du wissen, was dann passierte? Er brachte etwa zehn Tonnen zusammen, ruinierte seine Frau, Kinder, 'Aiga und sein Pferd dabei. Der Papalagi-Händler gab ihm all den Kredit, den er brauchte, während er sich für seine Kopra abrackerte. Und als die Ernte eingebracht war, sagte er ihm, daß das Geld, das er dafür bekäme, gerade ausreichte, um die Schulden zu zahlen, die sich inzwischen im Händlerladen angesammelt hatten. Armer, unwissender Tropf! Er versuchte, den Papalagi-Händler umzubringen, wurde festgenommen, der Körperverletzung angeklagt und ins Gefängnis gesteckt!« Toasa hörte auf zu spielen und lachte. Tauilopepe sah zu Toasas Sohn hinüber; sie lächelten einander zu. Toasa lachte immer noch, seine sprühende Spucke benetzte Tauilopepes Gesicht, und als er so lachte und dabei Teile seiner Geschichte wiederholte, schoß Tauilopepe ein äußerst beunruhigender Gedanke durch den Kopf: Toasa lachte über *ihn*. Ihm wurde heiß, und er riß sich das Bettlaken von den Schultern.

Toasa schnappte sich die letzten beiden Punkte und gewann wieder. Tauilopepe sammelte die Karten ein, um sie für das letzte

Spiel zu mischen. Im Fortgang des Spiels, als Toasa so in sich hineinlachte und über Narren, Kopra und gewissenlose Händler scherzte, setzte sich ein Verdacht in Tauilopepes Kopf fest: Er hatte schon immer gewußt, daß Toasa beim Kartenspielen mogelte. Früher war es etwas, worüber man lachen konnte, da es nichts bedeutete. Aber als er nun, im sicheren Gefühl, daß Toasa über ihn lachte, diesen dabei ertappte, wie seine rechte Hand mit einer Karte auftrumpfte, die er in den Falten seines Lavalava verborgen hatte, hörte er sich klar und vernehmlich sagen: »Hör auf zu betrügen. Jede Nacht beleidigst du mich damit!«

Toasa starrte ihn ungläubig an. »Ist das so wichtig?« sagte er.

Tauilopepe warf seine Karten hin, sprang auf und stapfte aus der Fale.

Tauilopepe kroch unter das Moskitonetz und legte sich neben Lupe hin. Sie rollte auf die linke Seite und drehte ihm den Rükken zu. Er legte seine Arme um sie. »Komm jetzt nicht zu mir, da du mich dazu benutzen willst, deine Ängste und deinen Ärger über alles bei mir loszuwerden«, flüsterte sie. Er faßte sie an der Schulter und drehte sie auf den Rücken. »Nicht!« sagte sie, stieß ihn aber nicht von sich. Sie lag still.

»Du bist meine Frau«, murmelte er, sein Gesicht in ihrem weichen Nacken vergrabend. Ihr Körper war unerbittlich wie Stein. »Mach so etwas nicht mit mir. Halte mich!«

»Benutze mich nicht einfach«, sagte sie. Doch er achtete nicht darauf.

So ließ sie es geschehen.

2 *Im Regen*

Tauilopepe sah das Skelett seines Gewissens Rippe um Rippe aufglühen, als das graue Morgenlicht durch die Fenstermatten der Fale hereinsickerte und die Dunkelheit auflöste, welche noch im Netz und unter der Deckenwölbung der Fale gefangensaß. Er sah lange zu Lupe hinüber, streckte die Hand aus, um sie zu wecken und sich bei ihr zu entschuldigen, ließ es dann aber sein. Er rollte sich unter dem Netz hervor, ohne sie aufzuwecken, zog sein schmutziges Unterhemd und die Arbeits-Lavalava an, holte sein Buschmesser unter dem Rohrdach der Küchen-Fale hervor, überquerte die Straße und ging zwischen den noch schlafenden Fale hindurch. Nur ein paar Schweine und Hühner waren schon auf den Beinen und wühlten in Abfallhaufen und Pfützen nach Nahrung. Alles war noch mit einer feinen Tauschicht bedeckt. Er stieg über den hohen Wall aus Felsbrocken hinter dem Dorf und schritt auf den Pfad zu, der zu seiner Plantage führte. Graue Wolken hielten die Bergkette im Osten umklammert. Keine Vögel. Nichts, was die Eintönigkeit des grauen Himmels unterbrochen hätte.

Als er seine Plantage erreichte, begann er sogleich, das wuchernde Unkraut von den Bananenstauden herunterzuhauen. Er arbeitete mit wütendem Eifer. Ameisen und Käfer verbissen sich an seinen Armen und in seinem Gesicht, und er war bald schweißgebadet. Das Buschmesser verfing sich in den Schlingpflanzen und glitt ihm aus der Hand. Er hielt inne, sah zur Bergkette hinüber, die sich, einer Sturmwolke gleich, genau über dem Zentrum der Insel erstreckte, holte tief Luft und wischte sich mit dem Zipfel seiner Lavalava den Regen und Schweiß aus seinem Gesicht: Es hatte zu nieseln begonnen.

Gegen Mittag, als der leichte Regen aufgehört hatte, streckte er sich im Schutze einiger Bananenstauden aus und spürte zum ersten Mal an diesem Tag das Nagen des Hungers im Magen. Er ging gleichmütig darüber hinweg. Eine Spinne hangelte von den Bananenblättern auf sein Gesicht herab. Er faßte nach oben und zerquetschte sie. Seine Plantage, ein Teil des 'Aiga-Landes, das ihm aufgrund seines Titels zugefallen war, war nicht sehr groß, war aber durch Generationen hindurch bebaut und von einem Tauilopepe an den nächsten weitergegeben worden. Die meisten von ihnen hatten sich völlig damit zufriedengegeben, genügend Land zu bebauen, um ihre 'Aiga tagtäglich ernähren zu können –

und das, obwohl die 'Aiga Tauilopepe die größte Plantage Sapepes hätte anlegen können, da sie aufgrund ihres Ranges und der Tradition den größten Teil des Landes von Sapepe unter sich hatte. Sein Vater hatte nichts unternommen, um die Plantage zu erweitern, und als Tauilopepe ihn fragte, warum, sagte er, daß er zufrieden sei mit dem, was er habe. Das hatte Tauilopepe aufgebracht, vor allem deshalb, weil Malo, der Hauptrivale, ihnen die Führerschaft Sapepes streitig machen wollte und gleichzeitig seine Plantage immer weiter ins Inland vorschob. Tauilopepe kam zu dem Schluß, daß alles, was sein Vater mit dem 'Aiga-Land verbunden hatte, unbrauchbare Geschichte war; nämlich wie sein Urgroßvater, Tauilopepe Mosooi, damals das Oberhaupt ihrer 'Aiga, als die Papalagi-Missionare nach Sapepe gekommen waren, kein Christ hatte werden wollen und bei einem Gefecht mit dem benachbarten Distrikt an ebendieser Stelle an seinen Speerwunden gestorben war; wie, sogar noch vor Tauilopepe Mosooi, zwei Söhne des Tauilopepe Mauga, nach dem er selbst benannt war, ihren Vater getötet und dann – im Kampf um das Führungsrecht der 'Aiga – einander umgebracht hatten, so daß es der 'Aiga Malo möglich geworden war, eine Generation lang die Vorherrschaft über Sapepe zu halten, bis Tauilopepe Uputoa, Tauilopepe Maugas Enkelsohn, mit Hilfe von Kriegern aus der 'Aiga seiner Mutter den Malo-Clan besiegen konnte; wie sogar noch früher, in grauer Vorzeit, die Söhne eines Tauilopepe (eines berühmten Kriegspredigers) Kriegskeulen gebrauchten, die von einem Baum dieses Landes geschnitten waren, um damit die erbittertste Invasion zurückzuschlagen, die Sapepe je erlebt hatte; wie, als die erste 'Aiga Sapepe wegen innerer Streitigkeiten auseinandergebrochen war, die Tauilopepe-Gruppe, von der er abstammte, dort Schutz gefunden hatte; und wie, weit mehr als alles andere, gerade dieser Teil ihres 'Aiga-Landes das Heiligtum der Gottheit der 'Aiga Tauilopepe, der Eule, war. Tauilopepe erinnerte sich daran, wie sein Vater, als sie eines Nachmittags gerade von der Plantage gekommen waren, eine tote Eule auf dem Pfad gefunden hatte, und wie er, die Gegenwart seines Sohnes vergessend, sich neben dem Vogel niedergekniet hatte, der schon vor Maden wimmelte, und sich mit einem Stein gegen die Stirn schlug, bis das Blut sein tränennasses Gesicht hinuntergeströmt war; und wie, als er seinen Vater gefragt hatte, warum er dies getan habe, ihm dieser die Antwort schuldig geblieben war. Doch von Toasa hatte Tauilopepe erfahren, daß jedes Mitglied der 'Aiga Tauilopepe dieses Ritual vollzog, wann immer einer von ihnen den Körper einer toten Eule, der Gottheit der 'Aiga, sah. Eine Geschichte von Geburt und plötzlichem brutalem Tod, dachte Tauilopepe. Ganze Generationen platzten in die Welt hinein, bloß um ebenso schnell wieder zu sterben, vergessen in der Fülle des immergleichen Busches. Die Menschen früherer Generationen hatten in ihrem Aberglauben angenommen, daß das Land eine Persönlichkeit habe, und daß man es um seiner selbst willen ehren und lieben müsse. Sein Vater war einer jener Männer ohne Einsicht und Bildung gewesen; Männer, die aus Unwissenheit heraus auch träge waren.

Obwohl die Ankunft der Papalagi Veränderungen im Busch mit sich gebracht hatte, hatten sich diese doch langsam vollzogen. Auch wenn die Menschen die wirksameren Werkzeuge der Papalagi benutzten, kroch der Busch früher oder später wieder über die mühsam gerodeten Stellen hinweg. Der Wandel hatte sich während Tauilopepes eigener Lebenszeit beschleunigt. Bei den neueren Versuchen, den Busch zu erobern, schien jedoch nur Malo, der erste Sapepeaner, der klar erkannte, welch reicher Gewinn aus der Nutzung der Hilfsmittel und der Kenntnisse der Papalagi zu ziehen sei, erfolgreich zu sein.

Tauilopepe gähnte und richtete sich langsam auf. Regentropfen drangen in seine Augen; er blinzelte und blickte umher. Der Anblick der kleinen Plantage warf ihn in die unentrinnbare Wirklichkeit seines Lebens zurück. Er hob sein Buschmesser auf und irrte durch die Bananenstauden, ohne zu wissen, wie er gegen das zehrende Gefühl der Unzulänglichkeit in sich ankämpfen könnte, das im Laufe der Jahre so greifbar wie das Fleisch auf seinen Knochen geworden war. Eine Eule flatterte hoch über ihm. Er sah einen Augenblick lang zu ihr hinauf, verbannte dann aber die störenden Gedanken an die abergläubischen Vorstellungen und die alte Religion, die ihr Anblick heraufbeschworen hatte, aus seinem Kopf.

Er fluchte leise, als er mit einem matten Schwung seines Buschmessers gegen eine Bananenstaude ausholte und sie zerhieb. Er schnitt ein paar Büschel Bananen ab, schichtete sie in zwei große Körbe, schob ein Tragholz hindurch, hob sie mit einem Ruck auf die rechte Schulter und trat den Heimweg an. Die schwere Last krümmte seine große Gestalt und gab ihr das Aussehen eines niedergedrückten Lasttieres.

Eine halbe Stunde später war er über den hohen Felswall hinter dem Dorf geklettert. Rauch stieg in spiralförmigen Wirbeln aus der nahe gelegenen Küchen-Fale auf; er wand sich in die Kronen der Palmen empor und wurde schließlich vom grauen Himmel geschluckt. Leute grüßten Tauilopepe. Er beachtete sie nicht. Vor ihm dampfte die Fale, die sein Heim war, im Regen. Er ging um die Haupt-Fale herum und setzte seine Last draußen vor der Küchen-Fale ab, wo Lupe, seine Töchter und einige der jungen Männer seiner 'Aiga gerade den Umu entfachten.

Pepe sprang ihm entgegen, blieb aber ein paar Schritte vor ihm stehen. Sie blickten einander verlegen an. Tauilopepe suchte die reifsten Bananen heraus und gab sie seinem Sohn. Pepe schälte eine davon und reichte sie ihm zurück. Er nahm sie, und Pepe lächelte zu ihm auf.

Er vermied es, Lupe anzusehen, als sie kam, um einen der Körbe aufzuheben und in die Küchen-Fale zu tragen. Aus den Augenwinkeln gewahrte er, wie seine Töchter ihn anstarrten, und er kam sich auf einmal töricht vor, so dazustehen. Er griff daher wieder sein Buschmesser und fing an, das Gras vor der Haupt-Fale zu schneiden. Sein Körper war ein zitterndes Bündel aus kalter Erschöpfung, als sein Arm in weitem Bogen vorwärts und rückwärts schwang und das Buschmesser das feuchte Gras abmähte, das hoch über seine Schultern nach hinten flog. Pepe stand hinter ihm und schaute ihm zu, wobei er sich unausgesetzt reife Bananen in den Mund stopfte. Ein purpurfarbener Bus, der vor Regen glänzte und mit Menschen, Früchten und Schweinen vollgepackt war, schepperte vorbei und ließ das Wasser auf der Straße aufspritzen. Er verharrte und sah ihm nach, wie er die Straße hinunter in Richtung Stadt verschwand; dann machte er sich wieder über das Gras her. Der leichte Regen trieb in Schauern über Fale und Bäume und preßte ihm seine nasse Lavalava fest um die Beine.

Jemand rief ihm zu. Er blickte auf und sah Toasa aus der Wärme seiner Fale herüberwinken. Der alte Mann sah durch den Regenschleier hindurch etwas unwirklich aus. Er winkte widerstrebend zurück; er würde sich nicht für letzte Nacht entschuldigen! Durch die Lücken in den Kronen der Mangrovenbäume hindurch sah er zwei Boote, die wie gefällte Baumstämme nahe am Riff dahintrieben, das mit quirlendem Schaum bedeckt war, und er fragte sich, wer die töricht-mutigen Fischer wohl sein mochten. Es begann, stark zu regnen. Er würde Schutz suchen müssen in der Haupt-Fale, wo Masina gerade Matten flocht, doch harrte er noch im Regen aus, bis er Pepe mit ausgestreckten Armen um die Ecke stürmen sah. Da drehte er sich um, und Pepe rannte hinter ihm her in die Fale hinein.

Er nahm das Handtuch von dem Seil herunter, das quer durch die Fale gespannt war, und rieb Pepe ab. Dann trocknete er sich selbst ab und legte eine trockene Lavalava an. Der Regen peitschte auf das Dach, glitt in breiten Schüben über dessen Kanten und brach sich mit endlosem Prasseln auf dem Paepae darunter. Eine Weile sah er zu, wie das Wasser auf den Steinen auseinanderspritzte und die Bäche füllte, die sich in den Spalten dazwischen gebildet hatten. Dann setzte er sich auf die dicke Lage Matten hinter Masina.

»Wirst du sie verkaufen?« fragte sie, ohne sich umzuwenden. Pepe, der ihr gegenübersaß und ihr beim Flechten zuschaute, blickte ihn an. »Tauilo wird die Kopra verkaufen«, sagte er.

»Vergiß nicht, dem Pfarrer nächsten Sonntag etwas Geld zu geben«, sagte Masina.

Der Regen trommelte in seinem Kopf. Er öffnete die Tabaksdose und drehte sich einen Stumpen. Pepe kam und setzte sich neben ihn. »Weißt du was?« sagte Pepe. »Toasa hat mir heute eine gute Geschichte erzählt. Eine Geschichte von einem Prinzen, der sich in einen Aal verwandelt hat, dann wieder in einen Prinzen und wieder in einen Aal. Und weißt du, warum? Weil er die Liebe von Sina gewinnen wollte.«

»Hat er ihre Liebe gewonnen?« fragte Tauilopepe, während er seinen Stumpen anzündete.

»Weiß nicht«, sagte Pepe, nahm sich ein Stück trockener Bananenschale und drehte einen Stumpen ohne Tabak.

»Warum nicht?« fragte Tauilopepe. Er sog den Rauch ein und blies ihn in schnellen Stößen wieder aus.

»Toasa wollte essen. Er hat die Geschichte nicht zu Ende erzählt«, sagte Pepe, wobei er eine imaginäre Rauchfahne aus seinem Mund blies.

»Ich glaube nicht, daß Menschen sich in Aale verwandeln können, du etwa?«

Tauilopepe wußte nicht, was er antworten sollte. Hatte sich Pepe einmal etwas in den Kopf gesetzt, gab es nichts, was ihn davon hätte abbringen können. »Ich glaube, es war bloß eine Geschichte«, sagte er. Sie saßen da und rauchten.

Eine Schar Kinder rannte vorbei; sie kreischten vor Vergnügen, während der Regen noch immer herabpeitschte. Tauilopepe sah zum Riff hinüber. Die Boote waren verschwunden; er hoffte, daß die Fischer wohlbehalten zu Hause angelangt waren. Hinter dem Riff überschlug sich die heftig wogende See am Horizont und ließ ihn atemlos zurück. Nur eine Sehnsucht verblieb in ihm: zurückzukehren zu jenem Zustand der Unwissenheit, als die Menschen noch glaubten, daß Prinzen sich um der Liebe willen in Aale verwandeln könnten.

Der Regen ließ nach. Er nahm sein Buschmesser und fuhr fort, das Gras zu mähen. Sein ganzer Körper schmerzte, doch er weigerte sich, aufzuhören. Ein Schatten fiel auf ihn. Er blickte sich flüchtig um. Es war Lupe. Er setzte seine Arbeit fort.

»Wirst du sie verkaufen?« fragte sie.

Ihr noch immer den Rücken zukehrend, sagte er: »Überlaß das mir.« Sie wollte wieder gehen. »Du weißt, daß wir nichts übrigbehalten werden, wenn die Schulden bezahlt sind«, sagte er. Sie blieb stehen. »Die ganze Arbeit für nichts«, sagte er. Er sah ihr ins Gesicht und wollte sich wegen der vergangenen Nacht entschuldigen, doch sie senkte den Blick und ging davon. Er stieß das Buschmesser in den Boden und sah ihr nach. Dann zog er das Messer wieder heraus, setzte sich auf den Paepae und starrte hinüber zum grauen Horizont. Der Regen hatte den Himmel von Wolken reingewaschen. Ein paar Vögel glitten dicht über die Wellen hinweg, stießen in die Höhe, schwenkten um und schossen dem Horizont entgegen, bis sie nur noch als Punkte zu sehen waren. Er faßte das Buschmesser und ließ seine Finger über die kalte Klinge gleiten.

Als junger Mann hatte er solch überschwengliche Träume gehabt von einem Papalagi-Haus, ganz im Stil Malos unten am anderen Ende des Dorfes, einer Plantage, so groß und ergiebig wie jene Malos, einem Laden und genügend Geld, um die Kinder, die er einmal haben würde, auf die Schule in der Stadt zu schicken, wo sie die höhere Reife erlangen und Anstellung in Regierungsämtern finden würden. Doch nun war er fünfunddreißig Jahre alt, und jene Träume waren für immer entschwunden, zerschellt am Widerstand seiner 'Aiga und Toasas gegen die Sitten der Papalagi.

Sein Vater und Masina hatten ihn dazu bringen wollen, dem Wunsch der 'Aiga nachzukommen, daß mindestens einer ihrer Söhne Pfarrer, ein Mann Gottes, würde. Dieser Wunsch entsprach einer Tradition der 'Aiga, und zwar von der Zeit her, als das Christentum sich erstmals fest in das Gewebe des Lebens von Sapepe eingeflochten hatte. Toasa war nicht der andächtige Christ, den er nach außen hin zu sein vorgab, doch hatte er Tauilopepes Vater und Masina in deren Wunsch unterstützt, daß Tauilopepe Pfarrer werden sollte. Beide Männer und Masina hatten darüber gewacht, daß er in seiner religiösen Erziehung nicht nachließ. So wurden für ihn Abende und Wochenenden zu ausgedehnten Sitzungen in Bibellesen und Gebeten. Im Alter von sechzehn war er des Pfarrers Lieblingsschüler und gründlich vertraut mit der Bibel, mit den Wegen des Herrn von Adam und Eva bis hin zur Offenbarung und der Apokalypse. Mit achtzehn erlangte er die Aufnahme in das Theologische Seminar der Londoner Missionsgesellschaft in Malua, als jüngster Student, der je zugelassen worden war.

Während des ersten Jahres im Seminar studierte er emsig. Er mußte erfolgreich sein; das Ansehen Sapepes und seiner 'Aiga stand auf dem Spiel. Doch verlockendere Träume begannen, seinen Eifer zu untergraben. Alle Studenten mußten jeden Nachmittag auf den Plantagen des Seminars arbeiten, um Feldfrüchte für ihre Verpflegung anzubauen. Hier war es, daß er zum ersten Mal und mit höchster Faszination sah, wie die Papalagi-Missionare die Geräte ihrer Welt anwandten, um den Boden zu zähmen, und so geschah es, daß ein neuer Enthusiasmus seinen Wunsch, Pfarrer zu werden, abzulösen begann. Schnell lernte er, diese Papalagi-Werkzeuge zu gebrauchen, und wurde der beste Schüler im Fach Landwirtschaft. Seine Missionarslehrer waren erfreut. Doch als sein Interesse am Religionsunterricht nachzulassen begann und er die meiste Zeit auf der Plantage zubrachte, wurden sie allmählich unruhig. Als sie dahinterkamen, daß er das Getreide des Seminars in den Nachbardörfern und auf dem städtischen Markt verkaufte, peitschten sie ihn aus und benachrichtigten seinen Vater, der ihm, während er ihn ebenfalls schlug, sagte, daß er es zu seinem eigenen Besten und vor allen Dingen für den guten Namen der 'Aiga Tauilopepe täte. Er nahm die Schläge hin, tadelte sich seiner menschlichen Schwäche wegen und kehrte an das Seminar zurück, wobei er schwor, nun erfolgreich zu sein.

Er war etwa ein weiteres Jahr lang ein beispielhafter Theologiestudent. Dann begann er, sich lebhaft für das Automobil zu interessieren, das den Papalagi-Missionaren gehörte und eines der ersten auf Samoa war. Er freundete sich mit dem Afakasi-Mechaniker an, der die Maschinen des Kollegiums betreute, und half ihm bald dabei. Er beobachtete und lernte. Motoren müßten geachtet werden, da sie das Geheimnis der Papalagi-Welt in sich bargen, erzählte ihm der Mechaniker. Motoren seien gute Leute, besser als wirkliche Leute, da sie einen in Ruhe ließen und nur täten, was man sie heiße. Frauen seien die schlimmsten Leute – sie lögen, betrögen und benutzten einen.

(Der Mechaniker war, wie Tauilopepe später herausfand, zweimal verheiratet gewesen, hatte sich aber immer schwer damit getan, eine Frau an sich zu binden. Er war ein verbitterter, häßlicher Mann, der heimlich trank.) Bald wußte Tauilopepe genug, um ihm beim Reparieren des Automotors zu helfen, und jedesmal, wenn sich seine Hände in die metallenen Innereien des Geheimnisses eingruben, schien eine seltsame Kraft vom Motor auf seinen Körper überzuströmen. Es war ein Gefühl, das an Ehrfurcht grenzte. Ein paar Monate später fing der Mechaniker an, sich immer öfter zu betrinken, wobei er die ganze Zeit Obszönitäten über alle Frauen murmelte, insbesondere gegen die Savaii-Frau, die seine letzte Frau gewesen war. Er hockte daneben, während sein nun kundiger Schüler sich um die Launen des Automobils kümmerte. Eines Tages sagte er Tauilopepe, er werde ihm nur noch erlauben, das Auto weiterhin anzurühren, falls Tauilopepe ihm eine Frau verschaffte. So verführte Tauilopepe eines der Mädchen, die für eine Missionarsfamilie arbeiteten, und überredete sie, mit dem Mechaniker zu schlafen. Von da an hatte er vollkommene Freiheit, am Automobil zu arbeiten.

Dieser Zwischenfall endete wie der erste damit, daß seine Lehrer aufgebracht waren, weil Tauilopepe, während der Mechaniker auf Urlaub war, den Automotor zerlegt hatte und ihn nicht wieder zusammensetzen konnte. Sie peitschten ihn wieder und suchten seinen Vater auf, der, während er ihn peitschte, bis das Blut aus den Striemen sickerte, dauernd wiederholte, daß ihre 'Aiga einen Mann Gottes brauche und er das werden müsse, auch wenn es ihn umbrächte.

Einige Monate später, nachdem Tauilopepe nun zum dritten Mal zum Seminar zugelassen worden war, wurde der Mechaniker gefeuert und Tauilopepe endgültig ausgeschlossen: Das Mädchen, welches er dem Mechaniker beschafft hatte, war schwanger geworden und hatte alles ihrer Missionarsherrschaft gestanden.

Tauilopepes 'Aiga weinte und wehklagte, als er nach Hause zurückkehrte. Er hatte sie gedemütigt, hatte den Namen Tauilopepe in nicht wiedergutzumachender Weise entehrt. Sein Vater schlug ihn mit einem Tragholz und brach es auf seinen Schultern und seinem Rücken in Stücke. Doch er saß nur da und wartete, daß der Sturm nachlasse, so daß er damit beginnen könne, seine Plantage auf dem Land der 'Aiga zu bestellen, jene Plantage, die die Erfüllung seiner neuen Träume bedeuten würde.

Nun jedoch, als er auf dem Paepae saß und eine wunde Stelle auf seinem Arm kratzte, bis das Blut lief, fühlte er, daß er wieder in Mißerfolg zurückgefallen war.

Als er flüchtig zu Pepe hinübersah, der mit ein paar seiner Freunde hinter der Fale Toasas spielte, wurde seine Bitterkeit noch tiefer, denn er glaubte, darin gescheitert zu sein, seinem Sohn all die guten Dinge zu geben, die er erhofft hatte. Sein Vater hatte sich geweigert, ihn auf dem Land der 'Aiga arbeiten zu lassen, und auch Toasa hatte ihm nicht beigestanden; nach Toasas Meinung konnte sein Vater nichts Falsches tun. Vom größten Teil der 'Aiga verspottet, hatte er ihr gedient, ohne seine Bitterkeit zu zeigen. Körperliche Arbeit und das eintönige Ritual des täglichen Lebens hatten ihm bald einen Sarg gezimmert, in dem er seine Bitterkeit einschließen konnte.

Drei Jahre nach seiner Rückkehr hatte er dann Lupe kennengelernt. Sie kam aus einem anderen Dorf, war aber auf Besuch bei Verwandten in Sapepe gewesen. Wenn sie sich des Nachts am Strand oder im Busch getroffen hatten, hatte er sich in die Wärme ihres Leibes geflüchtet. Bald darauf wurde sie schwanger, und sie hatten sich kirchlich trauen lassen, um seine 'Aiga nicht noch mehr zu enttäuschen. Bald verliebte er sich in sie, wenn Liebe das schmerzliche Gefühl bedeutet, daß er nicht länger ohne die Anziehungskraft ihrer Gegenwart, ihre bedingungslose Treue und ihre Verheißung auf eine Zukunft durch ihre Kinder auskommen konnte. Als Vao, ihre Tochter und eine Erweiterung von Lupes Persönlichkeit (und Beweis seiner Männlichkeit), geboren wurde, vertiefte dies sein Verlangen nach Lupe. Zum ersten Mal in seinem Leben gab es zwei Menschen, deren weitere Existenz von ihm abhängig war, die es zu stützen galt und die ihrerseits Halt gewährten. Vao und Lupe wurden das geistige Zentrum seiner Existenz, das Heiligtum, in das er sich zurückziehen konnte. Er hatte keine anderen Freunde, und das war ihm lieber so. Die meisten seiner 'Aiga-Mitglieder und die anderen Sapepeaner begannen, sich etwas vor ihm zu ängstigen, und auch vor dem Kreis, in den er sich, seine Frau und seine Tochter einschloß und zu dem er jedem den Zutritt verwehrte. Dann kam die zweite Tochter, Niu. Und später Pepe.

Tauilopepe trieb das Buschmesser vor seinen Füßen in die Erde. Er konnte nichts tun, um zu ändern, was war und was – wie er befürchtete – immer sein würde. Sein Vater hatte zu lange gelebt, und er hatte deswegen allzulange warten müssen. Als er gestorben war, war der Titel der 'Aiga auf ihn übergegangen, und er konnte mit dem 'Aiga-Land tun, was er wollte. Dann war ihm klargeworden, daß er inzwischen Angst hatte, irgend etwas zu verändern: Änderungen könnten sich als unheilvoll erweisen für ihn und die Frau und die Kinder, die er liebte. Sicherer war es, Teil des Rituals und Teil der Tradition zu bleiben wie alle anderen auch. Du willst zuviel, sei zufrieden mit dem, was der Herrgott uns gegeben hat, sagte Masina immer zu ihm.

Er streckte die Arme gen Himmel, ganz als wolle er versuchen, Gott zu erreichen, und ließ sie erst wieder herunterfallen, als Pepe ihn am Lavalava zog und zu ihm sagte, er solle doch aus der Kälte in die Fale kommen. In diesem Augenblick brauste ein roter, mit Menschen beladener Lastwagen auf der Straße vorbei. Als Tauilopepe sah, daß Malo ihm vom Vorderfenster aus zuwinkte, schob er seinen Sohn von sich fort.

Tauilopepe blieb vor der Kirche stehen und wechselte den Sack mit der Kopra von der einen Schulter auf die andere. (Ein paar der jungen Leute seiner 'Aiga hatten die anderen drei Säcke bereits zu Malos Laden geschleppt.) Die Kirche war ein massives Betongebäude mit drei dicken Säulen über den zwanzig Stufen zum Eingang, mit flossenartigen Fortsätzen an den Seiten jeder Säule, einem rostigen Wellblechdach und zwei Türmen, in denen die Glocken untergebracht waren. Er betrachtete sie eine Weile, bog dann die Straße ab in Richtung des Dorf-Malae und steuerte auf den Laden zu. Pepe an seiner Seite hüpfte in jeder Pfütze herum, die er finden konnte, und patschte in sein Spiegelbild.

Malos Laden war ein kastenförmiger Bau mit Stahlgittern vor den Fenstern. Er war gegen ein zweistöckiges Haus gelehnt, dessen Fensterreihen verschwenderisch blinkten. Der rote Lastwagen, den Tauilopepe schon vorher an diesem Nachmittag gesehen hatte, war nun unter den Brotfruchtbäumen neben dem Laden abgestellt. Pepe rannte ihm über den Malae voran, die Stufen hinauf und in den Laden hinein. Ein paar junge Leute lungerten nutzlos auf dem Geländer der Veranda herum. Sie schauten Tauilopepe entgegen, als er näherkam. Er bedachte sie mit einem knappen Nicken und trat in den Laden ein.

Ein starker Geruch nach Kerosin, Kopra und drückende Hitze schlug ihm entgegen. Er ließ den Sack neben den anderen zu Boden plumpsen, blickte auf und sah, daß Moa, Malos Frau, ihn musterte. Er wich zurück in den hinteren Winkel des Raumes, wo Pepe auf einer Kerosintonne saß.

»Eine Menge Kopra hast du da«, sagte jemand. Ein älteres Paar, das er kannte, stand am hinteren Ende des Ladens gegen den Ladentisch gelehnt. Er lächelte nur. Es war sonst niemand im Laden.

Zu seiner Rechten befanden sich zwei Fenster. Er besah sie sich näher – die Stahlgitter, die sich gegen die staubbedeckten Scheiben abhoben, das große »X«, das jemand in den Staub gezeichnet hatte. Dann beobachtete er aus dem Augenwinkel heraus Moa. Sie saß in einem lederbezogenen Sessel hinter dem Ladentisch, kaute vernehmlich einen Kaugummi und kratzte mit ihrem Zeigefinger ziellos auf der gelackten Tischplatte herum. Ihr prunkvolles Kleid verschmolz mit dem kunterbunten Hintergrund, bestehend aus Regalen mit Ballen von Baumwollstoff, Stapeln von Fleisch-, Sardinen- und Heringskonserven, Packungen von Salz, Zucker und Mehl, wie auch den Lavalavas, die von der Decke herabhingen.

»Ist deine Mutter wohlauf?« fragte sie. Er nickte. »Und deine 'Aiga?«

»Auch ihnen geht es gut, danke«, sagte er pflichtgemäß. Sie kratzte sich an der Wange und strich ihr Haar glatt. Er senkte den Blick, denn er wußte aus Erfahrung, daß der harmlose Wortwechsel zur Erörterung seiner Schulden überleiten konnte.

»Könnten wir etwas Kerosin und Zucker haben?« fragte der andere Mann. Moa blickte ihn an. Der Mann schrumpfte unter ihrem festen Blick sichtlich zusammen. »Bitte«, fügte er hinzu. Moa nahm das Rechnungsbuch und knallte es wichtigtuerisch auf den Ladentisch. Sie befeuchtete ihren Daumen. Nach dem Überfliegen der Seiten hielt sie inne – mit dem üblichen Schlenker ihres Handgelenks, dem üblichen Kräuseln der Lippen und dem üblichen kurzen Räuspern. Der Mann und seine Frau vermieden es, sie anzusehen.

»Ihr schuldet mir schon fünfzehn Pfund«, sagte sie. »Besser, ihr bezahlt es bald.« Das Paar murmelte etwas, das Tauilopepe nicht verstehen konnte. Moa faßte hinter sich, holte eine kleine Pakkung Zucker und eine Flasche Kerosin hervor und schob es über den Ladentisch. Die Frau des Mannes griff alles gierig, murmelte ein »Danke« und drückte sich zum Laden hinaus. Ihr Mann folgte ihr, wobei er versuchte, sich nicht zu beeilen.

Das Rechnungsbuch blieb offen auf dem Ladentisch liegen. Moa machte keine Anstalten, es wieder zu schließen. Sie tippte mit einer Hand gegen die Stirn und betrachtete eingehend die Fingernägel ihrer anderen Hand. Tauilopepe konnte seine Augen nicht von dem Buch abwenden. Er wollte aus dem Laden flüchten wie der Mann vor ihm. Pepe rückte an seine Seite und lächelte ihn an. Er vernahm, wie Moas Finger auf dem Rechnungsbuch herumtrommelten.

»Tauilo, kann ich ein paar Lutscher haben?« fragte Pepe. Er sah zu Moa hin. »Kann ich?« wiederholte Pepe. Moa zog eine Stange Lakritze aus dem Glas neben sich und warf sie Pepe zu, der sie gierig auffing und das Ende in seinen Mund steckte.

»Wenn du eine Zigarette haben willst«, sagte Moa zu Tauilopepe und hielt ihm eine Packung hin. Er kam näher. Seine Hände zitterten, als er eine Zigarette herauszog. Sie gab ihm eine Schachtel Streichhölzer. Er entzündete hastig seine Zigarette, während sie ihn ansah. Als er den Rauch einsog, roch er ihr Parfüm. Lupes Gesicht tauchte blitzartig vor ihm auf. Er wich vor Moa zurück. Sie lehnte sich mit verschränkten Armen über den Ladentisch, und die Brüste rutschten ihr dabei in der losen Bluse über die Arme.

»Heute nacht«, flüsterte sie, bevor er sicher aus ihrer Reichweite gelangen konnte. Er nickte so halbwegs. Die Tür rechts hinter ihr schwang auf. Malo trat herein. Ihre Haltung im Sessel straffte sich wieder.

Malo, um einiges älter als seine Frau, schlurfte heran und stellte sich neben sie. Er begrüßte Tauilopepe.

»Er hat etwas Kopra mitgebracht«, sagte Moa.

»Schön«, sagte Malo. »Da ist ja jemand schwer am Arbeiten in Sapepe. Schade, daß die meisten Leute hier nicht so hart arbeiten wie wir, Tauilopepe. Aber schließlich ist Faulheit ja das Laster von jedem Sapepeaner, ob Mann, Frau oder Kind.«

Tauilopepe versuchte zu lächeln. Malo war ein kleingewachsener, sehniger Mann. In seinem weißen Hemd und seiner marineblauen Lavalava glich er eher einem Pfarrer als einem gerissenen Geschäftsmann. Eine Hornbrille und zwei Füllfederhalter lugten aus der Brusttasche seines Hemdes hervor. »Wo ist die Kopra?« fragte er.

Moa deutete auf die Säcke. Malo legte sogleich seine Hände

flach auf den Ladentisch und setzte darüber hinweg, um im nächsten Augenblick vor Tauilopepe und Pepe zu stehen.

»Immer noch fit. Fast sechzig und noch immer fit und stark«, sagte er. »Nun laß uns mal sehen, wieviel Kopra wir da haben.« Tauilopepe beugte sich zu den schweren Säcken hinunter, um sie auf die Waage zu heben. Malo hielt ihn zurück. »Nein, ich kann das machen, bin immer noch zäh!« meinte er. Er winkelte die Arme an, umfaßte den ersten Sack und hievte ihn mit einer Reihe übertriebener Stöhnlaute auf die Waage. Umfaßte den zweiten Sack, hob ihn, ließ ihn wieder zu Boden plumpsen. Tauilopepe blickte verstohlen zu Moa hinüber. Sie starrte in Richtung Fenster. Malo holte tief Luft. Er umklammerte den Sack von neuem, hob ihn, stieß einen Schrei aus, als der Sack auf die Waage plumpste. »Sagte dir doch, daß ich es schaffe!« keuchte er. Er umklammerte den dritten Sack mit einem schon weniger begeisterten »Hau-ruck«, hob ihn, ließ ihn wieder fallen ... hob ihn, ließ ihn fallen.

»Werde alt. Das ist es wahrscheinlich!« Er lachte ... hustete ... hob an. Pepe stieß einen Pfiff der Bewunderung aus, als der Sack auf die Waage polterte. »Sagte dir doch, daß ich's schaffe!« Der Schweiß stand ihm auf der Stirn, die Adern an seiner Schläfe pulsierten. Ein halb unterdrücktes Husten. Nun der letzte Sack. Alle sahen ihm zu. Er umklammerte den Sack ... hob ihn ... ließ ihn auf seinen rechten Fuß plumpsen. Ein verlegenes, den Schein wahrendes Auflachen. Keuchendes Husten. Tauilopepe machte einen Schritt nach vorn. »Nein«, sagte Malo. Hob an ... wankte verzweifelt auf die Waage zu, das Gesicht eine qualvoll verzerrte Maske. Ein Schrei des Triumphes. Er lehnte sich, nach Luft ringend und mit baumelnden Armen, an den Ladentisch. »Sagte es dir doch! Immer noch zäh! Immer noch stark!« Tauilopepe sah höflich weg. Nur ein prahlerischer alter Mann, der versuchte, seine junge Frau zu beeindrucken.

Ein angemessener Zeitraum wurde eingehalten, in dem Malo wieder zu Kräften kommen konnte. Keiner sagte etwas, keiner sah ihn zu direkt an, nicht einmal Pepe, der, nach dem Ausbleiben des erwarteten, aufregenden Schauspiels, nun wieder an seiner Lakritzstange herumkaute.

»Fünfzehn Pfund und zehn Schillinge«, verkündete Malo. »Gut im Rechnen.« Er hielt inne, schien über etwas nachzudenken. Nahm dann die Brille aus der Brusttasche und setzte sie auf. »Gut im Rechnen«, wiederholte er, »mach das alles hier drin.« Er tippte sich an die Stirn. »Das ist das Geheimnis meines Erfolgs.« Er knuffte Tauilopepe spielerisch gegen den Bauch. Tauilopepe sah zu Moa. Sie lächelte ihm zu. »Weshalb, glaubst du wohl, ist der Papalagi so reich und mächtig? Warum hat er wohl Autos, Wolkenkratzer und Gewehrkugeln? Warum herrscht er in unserem Land?« Tauilopepe sah zu Boden. »Weil er Verstand hat. Und ihn gebraucht. Weshalb, denkst du wohl, bin ich nun da, wo ich heute stehe? Weil ich von den Papalagi gelernt habe. Ich habe meinen Verstand benutzt und hart gearbeitet.« Malo bemerkte die Stille, lachte auf. Er legte seine rechte Hand wieder auf den Ladentisch und setzte darüber hinweg, um wieder neben Moa zu stehen.

»Nun, willst du das Geld?« fragte er Tauilopepe.

»Seine Schulden sind eigentlich nicht allzu groß«, sagte Moa. »Er kann sie uns ein andermal bezahlen.«

»Gut, gut«, sagte Malo.

Tauilopepe starrte ungläubig Malo an, als dieser die Schublade öffnete, ein fettes Bündel schmutziger Banknoten herausnahm und das Geld für die Kopra auszahlte. Er blätterte die Banknoten – jede einzeln schwenkend – vor Tauilopepe hin. »Du kannst jederzeit zu mir kommen, wenn du Arbeit suchst«, sagte er. Er legte das Bündel in die Schublade zurück, verschloß sie und wischte sein Gesicht und die Hände mit einem roten Taschentuch ab. Tauilopepe starrte noch immer auf das Geld auf dem Ladentisch. Malo faltete sein Taschentuch peinlich genau wieder zusammen, steckte es in die Tasche seiner maßgeschneiderten Lavalava, nahm die Brille ab und steckte sie in die Tasche seines Hemdes. »Und nun zurück an die Arbeit.«

»Danke«, sagte Tauilopepe.

»Schon gut«, erwiderte Malo. Er gab Moas Hinterteil einen Klaps, machte kehrt und verließ den Raum.

Tauilopepe verfolgte mit den Augen, wie seine rechte Hand sich vorstreckte und sich um das Geld schloß. Erst allmählich wurde er sich Moas Anwesenheit bewußt. Der Geruch ihres Parfüms drang ihm angenehm in die Nase, und er ließ es geschehen.

»Können wir etwas Zucker, Seife und zwei Dosen Corned Beef haben?« fragte er. Es klang eher nach Befehl als nach Bitte. Er blickte sie fest an. Sie kam seiner Bestellung sofort nach und schob die Waren über den Ladentisch. »Und ein paar Lutscher«, fügte er hinzu. Sie füllte eine Papiertüte mit mehreren Handvoll Süßigkeiten und warf sie Pepe zu. Tauilopepe legte etwas Geld auf den Ladentisch, ohne den Blick von ihrem Gesicht abzuwenden. Sie schüttelte den Kopf und sah weg. Er zögerte und nahm dann das Geld wieder an sich.

»Heute nacht«, sagte sie, ohne ihn anzusehen. »Am Strand hinter deiner Fale.«

Er drehte sich um und ging zur Tür hinaus. Pepe folgte ihm mit den Waren.

Der Himmel war eine schimmernde Kuppel von beruhigendem Gelb. Von der anderen Seite des Malae her, auf dem ein paar Kinder gerade Kricket spielten, schien ihm die Kirche zuzuwinken. Er zögerte, als er die jungen Leute auf der Ladenveranda sah, dann winkte er ihnen mit der Hand zu, in der er das Geld hielt. Er hörte, wie sie neidvoll aufseufzten, als er die Stufen zum Malae hinunterstieg.

Wieder auf der Straße angelangt, auf der eine Pfütze sein Spiegelbild klar umrahmte, hielt er inne und blickte zurück zu Malos Haus und Laden. Sie schienen ihm nun nicht mehr unerreichbar.

Pepe zog ihn nach Hause.

Lupe sprach nicht mit ihm, als er unter das Moskitonetz kroch. Sie lag da und starrte in die Dunkelheit. Er legte ihr die Hand auf die Schulter. Sie schob sie fort. Ein gefangener Moskito summte im Netz herum.

»Was ist los?« fragte er.

»Du läßt mich jede Nacht allein«, sagte sie.

»Ist das alles!« seufzte er. »Ich war drunten im Haus des Pfarrers und habe Karten gespielt«, log er schließlich. Es war die erste größere Lüge, die er ihr je erzählt hatte, und er war überrascht, wie leicht es ihm fiel, sie anzulügen.

Sie drehte sich zu ihm hin und schlang die Arme um seine Brust. Er spürte ihren Atem an seinem Gesicht.

»War es nicht gut, daß ich für die Kopra das ganze Geld bekam?« sagte er. Sie schmiegte ihr Gesicht an seinen Hals. »Vielleicht können wir Pepe bald in eine Stadtschule schicken.« Sie drängte ihren Körper gegen den seinen. »Ich bin müde«, sagte er. Sie gehorchte und ließ ihn in Ruhe.

Der gefangene Moskito summte lauter über ihren Körpern. Unversehens kniete er hin und schlug danach. »Ich habe ihn«, sagte er, rieb seine Hände aneinander und fühlte das Blut auf den Innenflächen. Er ließ sich wieder neben Lupe nieder, und sie lagen da und lauschten dem dumpfen Rauschen der Wellen, die sich am Riff brachen. Hin und wieder kreischten fliegende Hunde von den nahen Bäumen.

Moa hatte gefordert; er hatte eingewilligt. Es war einfach gewesen, zu einfach – etwas würde schieflaufen. Für ihn war sie bloß ein greifbarer Schatten aus Fleisch und pulsierenden Gliedern gewesen, während der Geruch nach Seetang und die Brise durch den Taliebaum strich, unter dem sie lagen, und das Rauschen der See in ihrer Kehle verebbte. Nachdem sie gegangen war, tauchte er in die Wellen ein und wusch sich von ihr sauber, doch der Makel ihres Handels blieb in ihm zurück. Lupe drückte sich gegen ihn. Er umarmte sie. Er tat das alles für jene, die er liebte, nichts davon war für ihn bestimmt, sein Stolz und seine Würde waren noch immer unversehrt. Dieser Gedanke, zusammen mit Lupes leiblicher Wärme, besänftigte seine Angst und schläferte ihn ein. Er verbrachte die restliche Woche damit, auf seiner Plantage mehr anzubauen. Er nahm stets Pepe mit sich. Pepes Anwesenheit schien seine Angst zu mildern. Zu Hause gab er sich unbesorgt.

Ihre 'Aiga hatte bei Malos Laden unbegrenzten Kredit. Niemand in seiner 'Aiga fragte ihn, weshalb.

In dieser Woche traf er Moa zweimal nachts am Strand. Seine anfänglichen Schuldgefühle verloren sich allmählich in einer Dunkelheit, die frei war von Dorfgeschwätz und Verdächtigungen. Bei ihrem dritten Treffen, nachdem er alles, was sie von ihm erwartete, erfüllt hatte, fragte sie ihn, ob er irgend etwas benötigte. Es fiel ihm nicht schwer, sie um Geld für die Verköstigung der Männer Sapepes während der Arbeit auf seiner Plantage zu bitten. Er warb dreißig Männer an und stellte sie ein. Es war Brauch, daß er ihnen keinen Lohn auszuzahlen, sondern sie nur zu verköstigen hatte. Fast zwei Wochen lang arbeiteten diese Männer Seite an Seite mit allen Männern seiner 'Aiga. Sie rodeten neues Land und pflanzten Kakaobäume, Taro und Bananen an. Diese erfolgreiche Erweiterung seiner Plantage stellte allmählich sein Selbstvertrauen wieder her, und er redete wieder davon, Pepe auf eine Stadtschule zu schicken, ein Papalagi-Haus und einen Laden zu bauen, und wie, nach all diesen Jahren, die 'Aiga Tauilopepe unter seiner Führung ihre wahre Stellung als führende 'Aiga Sapepes wiedererlangen würde.

Lupe wurde sonderbar schweigsam. Er bemerkte es nicht.

»So wirst du also bald reich sein, wie?« sagte Toasa, als er die Karten mischte.

Tauilopepe grinste und kratzte an den Blasen seiner Hände herum. Er hatte den ganzen Tag auf der Plantage verbracht; das Innere seines Schädels und die Haut seines Gesichts pulsierten noch immer von der Sonne. Die Mattenvorhänge wurden hinter Toasa beiseite geschoben, und herein traten Lafo und Pologa.

Toasa forderte sie auf, sich zu setzen und sich aufs Verlieren gefaßt zu machen. Er verteilte die Karten.

»Nun, wie fühlt sich der reiche Mann?« fragte Lafo. Tauilopepe lächelte nur. Lafo war fast ebenso breit, wie er hoch war, und zeigte fast ständig ein schelmisches Grinsen. Pologa war viel größer, und das Gewicht seines Körpers lastete schwer auf dem linken Bein, das von Filariasis geschwollen war.

»Eines Tages wirst du dir einen Platz in jenem Papalagi-Flugzeug leisten können«, sagte Toasa. Lafo lachte. Pologa hielt die gewölbte Hand vor den Mund und lachte unterdrückt. »Spiel!« sagte Toasa; Lafo eröffnete das Spiel, indem er zwei Punkte gewann. Sein Partner Pologa klopfte mit der Hand vergnügt auf sein aufgeblähtes Bein. »Paß auf, es ist nur der Anfang«, sagte Toasa.

Lafo war ein noch wesentlich lauterer Spieler als Toasa. Jeder Wurf wurde auf die Matte geklatscht, jeder eingeheimste Punkt wurde angezeigt durch ein lautes Klopfen auf den Oberschenkel, einen Aufschrei, ein Rütteln – eine Gelegenheit, sich laut über die Schwäche seines Gegners und seine eigene Vorzüglichkeit auszulassen. Pologa war zurückhaltender. Er beschränkte seine Freudenäußerungen auf Zungenschnalzen und lautes Kichern. Bald hallte die gesamte Nachbarschaft vom Lärm ihres Spiels wider.

Nach der Hälfte der ersten Runde blickte Tauilopepe hinauf zu der Lampe, die von einem Dachbalken herunterhing. Als er sah, wie die Zunge der Eidechse herausschnellte und die Motte fing, straffte er seine Haltung und blickte von neuem auf die Karten. »Konzentrier dich«, sagte Toasa. Sie waren dabei, das Spiel zu verlieren, und Toasa haßte das Verlieren.

»Eins und eins macht zwei«, sagte Lafo. Zack, flog eine Karte auf die Matte, und aufgedeckt lagen zwei Asse, zwei Punkte. Lafos von Filariasis befallener Partner kicherte. Toasa starrte auf seine Karten. »Fünf und vier macht neun, wie?« Zack, noch eine Karte. Weiteres Kichern und Lachen. Tauilopepe spielte schlecht. Toasa kochte vor Wut.

Tauilopepe und Toasa verloren die erste Runde mit Abstand.

»Wohl nicht deine beste Nacht heute, wie?« lachte Lafo, indem er die Karten zum Mischen einsammelte.

»Du gibst«, war alles, was Tauilopepe sagte. Die Frauen hatten ein paar der Mattenvorhänge hochgerollt. Die Sichel des Halbmondes hatte sich in den Himmel gegraben, und Tauilopepe wollte plötzlich nach draußen – weg von Lafos Fröhlichkeit und Toasas düsterem Schweigen.

Während Lafo die Karten austeilte, ließ er sich unentwegt darüber aus, weshalb sie die erste Runde gewonnen hätten, und warum sie auch die zweite gewinnen würden. »Das Glück ist mit uns heute abend«, sagte er. »Glück hält die Welt in Schwung. Durch Glück wird der eine reich, der andere arm. Wenn du es hast, brauchst du nur noch zuzugreifen, um zu haben, was du willst. Wie zum Beispiel eine Ehefrau. Seht mal Pologa an. Man kann nicht sagen, daß er jemals Glück hatte. Keine Frau. Bloß ein trauriges Bein, auf das er nicht stolz sein kann, und eine Waffe, die er noch nicht einmal benutzt hat.« Während er lachte und Pologa kicherte, versuchten Tauilopepe und Toasa zu lächeln.

Sie spielten die zweite Runde. Lafo und Pologa gewannen wieder. »Der Reiche kann den Armen nicht schlagen, wenn der Glück hat«, sagte Lafo. »Vielleicht werden Pologa und ich noch vor dir mit einem von diesen Papalagi-Flugzeugen fliegen.« Tauilopepes Hand zitterte, als er seine Karten aufnahm. Er sah nach draußen. Der Halbmond funkelte wie eine scharfe Messerklinge über den Palmen. »Pologa hier wird vielleicht sogar von seiner Waffe Gebrauch machen können!« Lafo und Pologa lachten noch immer. Toasa blitzte sie an, und sie hörten sofort damit auf.

Tauilopepe und Toasa verloren abermals.

»Was ist los mit dir?« fragte Toasa, der Tauilopepe für die Niederlage verantwortlich machte.

Tauilopepe stand auf und ging zur Fale hinaus. Er wanderte am Strand entlang. Im Mondschein leuchtete alles in den Farben glänzenden Metalls, auch sein Körper. Sie wußten von Moa, dachte er. Am folgenden Morgen zog er sich auf seine Plantage zurück, wo er umherstreifte und sich die Bananenstauden ansah, die nun Früchte trugen. Er kehrte nach Hause zurück, beruhigt durch die Aussicht auf den Gewinn, den ihm seine Ernte bringen würde. Als er sein Abendessen einnahm und dabei seine Eßmatte mit Pepe teilte, erinnerte er sich daran, daß er in dieser Nacht mit Moa zusammentreffen mußte. Er verlangte eine Schale Wasser. Als er seine Hände wusch, stieß er die Schale um, machte aber keine Anstalten, zu verhindern, daß das Wasser in die Eßmatte einsickerte. Pepe hob die Schale auf und brachte sie Lupe. Tauilopepe beschloß, Moa nicht mehr zu treffen, wenn er seine erste Bananenernte verkauft hätte; sie hätte dann keinen Nutzen mehr für ihn.

Nach der Mahlzeit saß er zusammen mit Masina da und rauchte. Sie fragte ihn, worüber er sich sorge. Er schüttelte den Kopf. »Die Papalagi-Welt ist nicht für dich, nicht für uns bestimmt«, sagte sie.

»Ich will, daß unsere 'Aiga die neuen Dinge hat«, sagte er. »Die Papalagi-Welt hat nun Fuß gefaßt. Wie die Kirche. Schau Malo an. Er war einmal wie ich. Er konnte für seine 'Aiga nicht viel tun, weil er kein Geld hatte. Schau, wie seine 'Aiga heute dasteht!« Er wartete auf ihre Antwort. Doch sie vermied es, irgend etwas zu sagen. »Du wirst das nie verstehen«, sagte er schließlich. »Es reicht, Gott zu haben«, sagte sie. Ihr Verweis auf Gott erschreckte ihn. Wie sie, stellte er die Grundvoraussetzung ihrer Lebensweise nicht in Frage: Gott war der Spender aller Gaben, jeglichen Lebens, das Riff, das ihre Welt umschloß. Ein Mann war ein guter Mann, wenn er Gott hatte. Er dachte wieder an Malo. Malo hatte Geld und Gott, somit hatte Malo alles. Er wollte Masina das sagen, doch sie schlug die Bibel auf und begann, still für sich zu lesen.

Draußen vom Riff – einem im Mondlicht hell leuchtenden Bogen plätschernder Wellen – flackerten drei Lichtsignale aus brennenden Palmwedeln zu ihm herüber. Während er sie betrachtete, stieg eines davon, allem Anschein nach von einem Fischer emporgeschleudert, hoch empor, sank in einer Kurve ab und erlosch augenblicklich, als es auf das Wasser traf. Der Gestank der Korallen hing schwer in der Luft. Malo besaß diese wundervolle Segnung, »Fortschritt« genannt.

In seinen Gedanken verwob er die verstreuten Bruchstücke seiner Kenntnisse über Malo und Moa zu einem zusammenhängenden Muster.

Als Tauilopepes Vater, Tauilo Laau, noch lebte, war Malo Malie, der ältere Bruder des jetzigen Malo, ein schwacher Gegner gewesen. Folglich konnte die 'Aiga Malo, die Angelegenheit Sapepes betreffend, leicht übergangen werden. Malo Viliamu, Moas Ehemann, hatte sich in die Stadt davongemacht, wo er für eine Handelsfirma arbeitete. Er arbeitete und ersparte sich da nicht nur sein eigenes klägliches Einkommen, sondern schaffte auch, wie ein paar Sapepeaner behaupteten, etwas angelegtes Geld aus dem Kapital der Gesellschaft beiseite. Als er genügend Geld und ausreichende Handelskenntnisse angesammelt hatte, machte er sich mit einem kleinen Laden selbständig. Er wartete und sparte. Ein paar Jahre später erlitt sein Bruder einen tödlichen Herzanfall, der – so meinte Toasa – auf Überernährung zurückzuführen war. Malo Viliamu verkaufte sofort seinen Laden in Apia und bereitete sich auf seine feierliche Rückkehr nach Sapepe vor. Er war über Vierzig und noch immer Junggeselle, allzusehr damit beschäftigt, Geld zu scheffeln, um in einer Frau Vorteile fürs Leben zu sehen. Da er jedoch wußte, daß seine 'Aiga und Sapepe über ihn spotten würden, falls er ohne Ehefrau zurückkäme, machte er Moa einen Heiratsantrag, einer Frau, die er gelegentlich bezahlt hatte, damit sie sich seiner bescheidenen sexuellen Bedürfnisse annahm.

Moa erzählte Tauilopepe während ihres dritten Treffens am Strand, daß sie in eine 'Aiga ohne Geld, ohne Status und ohne Liebe hineingeboren worden war. Was sonst konnte sie tun, als sie alt genug war, als sich mit Seeleuten, Taxifahrern und anderen Männern abzugeben, um ihr Auskommen in der Welt zu bestreiten? Und wie konnte sich diese Art von Gewerbe bei ihr im Lauf der Jahre anders auswirken, als eine schnell alternde, verzweifelte junge Frau aus ihr zu machen? Malo Viliamu war die Erhörung ihrer Gebete, gab sie stolz vor.

So kehrte Malo Viliamu zurück nach Sapepe und dem Titel der 'Aiga, zusammen mit einer Ehefrau, die fast zwanzig Jahre jünger war als er. Fünf Jahre nach seiner Rückkehr besaß er die größte Plantage Sapepes. Bis 1932, vier Jahre nach dem Tod von Tauilopepes Vater, besaß er den einzigen Laden Sapepes, das einzige Papalagi-Haus und das prachtvollste Doppelbett. In dieses Haus setzte er Moa, die bald darauf, wie Malos zahlreiche Feinde behaupteten, ihren Ehemann im Bett nur noch als wenig begeisternd empfand und daher ihre fleischliche Befriedigung woanders suchte.

Tauilopepe hörte aus einer nahe gelegenen Fale, die hinter Mangroven verborgen lag, das Weinen eines Babys herüberdringen. Er stand auf und schlenderte am Strand entlang. Moa tauchte vorn aus der Dunkelheit auf, wie ein Geschöpf des Meeres. Er wartete auf sie. Sie kam, nahm ihn wortlos bei der Hand und führte ihn in das Dunkel unter dem ausladenden Geäst des Taliebaumes, wo sie immer zusammengetroffen waren.

»Was ist los?« fragte sie. Er rollte von ihrem Körper und setzte sich auf. Sie faßte zu ihm hinüber und liebkoste ihn, doch er verharrte teilnahmslos. »Sei ehrlich zu dir«, sagte sie, sich auch hinsetzend. »Ich schäme mich nicht, daß unsere Beziehung nur ein Geschäft ist.« Er schwieg noch immer. »Ich schäme mich nicht, weil ich sie mein ganzes Leben lang kennengelernt habe – die Käufer und Verkäufer. Im Laden genieße ich es, anderen Leuten ihren Stolz abzukaufen, ganz besonders bei den Frauen, die voller Verachtung für mich sind. Ich genieße es, sie zu demütigen, ihnen zuzusehen, wie sie ihre heuchlerische Würde verkaufen. Der Preis ist hoch, aber sie verkaufen. Sie verachten mich, aber sie verkaufen schließlich. Dasselbe, was ich tun mußte, als ich ein Mädchen war und die Männer mich kauften.« Sie hielt inne. »Mit dir ist es anders. Ich fange an, mich selbst zu verachten. Du hast eine Menge zu verkaufen – deine unglaubliche Manneskraft und deine Gleichgültigkeit mir gegenüber. Doch du verkaufst zu einem sehr niedrigen Preis – Geld. Ich habe viel von den Männern gelernt, die mich kauften. Es gibt unehrliche Verkäufer und unehrliche Käufer. Beide leiden unter dem, was man gemeinhin unter Schuld versteht, nachdem das Geschäft abgeschlossen ist.«

»Zu welcher Gruppe gehöre ich?« fragte er.

»Weißt du, ich muß es dir nicht sagen. Was mich betrifft, so bin ich ehrlich hier unten.« Sie nahm seine Hand und legte sie darauf. Er zog sie fort.

»Malo will in vier Tagen ein Treffen aller Matai veranstalten«, sagte sie nach einer Weile. Sie ließ ihre Finger über seinen Bauch gleiten. »Es ist ein Treffen, auf dem das unbebaute Land der Gegend, das Land, das keiner bestimmten 'Aiga gehört, aufgeteilt werden soll. Toasa war damit einverstanden.« Sie liebkoste ihn. Sein Körper spannte sich augenblicklich. »Ich wußte, du würdest daran interessiert sein«, sagte sie. »Mit deinem Titel bist du zu einem sehr großen Anteil berechtigt.« Er war stark. »Jetzt bezahle mich«, sagte sie.

Er packte sie und stieß sie nach hinten in den Sand. Sie seufzte triumphierend.

»Eine Frau sollte da unten niemals lügen. Lüge ich? Fühlst du, wie ehrlich es spricht?« flüsterte sie, als er wütend in ihr Fleisch eindrang.

5 *Redner und Gold*

Alle Zeremonien waren vorüber. Gottes Segen und Schutz waren erbeten worden und, wie es der Brauch war, die Kawa zerstoßen, mit Wasser vermischt, verteilt und getrunken worden. Da Toasa, Tauilopepe und Malo die drei bedeutendsten Sapepe-Titel innehatten, saß Toasa in der Mitte, rechts von der Fale, Tauilopepe auf der anderen Seite und Malo in der Mitte zwischen ihnen. Die anderen Matai, die Oberhäupter der etwa zwanzig anderen 'Aiga von Sapepe, hatten die restlichen Plätze eingenommen. Auf der hinteren Paepae war eine große Gruppe von Männern ohne Titel versammelt; sie waren gekommen, um zuzuhören, zuzusehen und um von ihren Ältesten zu lernen. In Toasas Küchen-Fale, halb versteckt hinter einer dichten Hibiskushecke, wurde eifrig Essen gekocht, welches den Matai am Ende der Ratsversammlung gereicht werden würde. Ein Haufen Kinder saß still neben der Hauptstraße im Schatten der Kapokbäume. Der spätmorgendliche Himmel war durchwoben mit leuchtenden Fasern weißer Wolken.

Ganz wie die titellosen Männer auf dem Paepae hatte sich Tauilopepe, als sein Vater noch lebte, selten diese wichtigen Zusammenkünfte entgehen lassen. Durch sie und Toasas fachkundigen Unterricht war er zu einem geübten Redner geworden. Er sprach jedoch selten bei den Versammlungen, auch als er den 'Aiga-Titel erhalten hatte und somit selbst Mitglied des Matai-Rats geworden war. Jetzt mußte er jedoch sprechen, da er einen Hauptanteil des unbebauten Landes haben wollte. Er wußte, daß die Bedeutsamkeit seines Titels ihn zu einem solchen Anteil berechtigte; dennoch brauchte er die Unterstützung Toasas, denn Malo war ebenfalls darauf aus.

Malo, ganz in Khaki gekleidet, mit teuren Sandalen an den Füßen, Brillantine im Haar und bebrilltem Gesicht, saß da und spielte mit dem Rechnungsbuch, in dem sämtliche Schulden der Matai festgehalten waren. Toasa war dabei, Taue zu flechten; seine Lavalava war heruntergerutscht und legte die tätowierte untere Hälfte seines Rückens und den Ansatz des Gesäßes bloß. Es schien, als ob er den Ansprachen nicht zuhörte, doch jedermann wußte, daß ihm nichts entging.

Ein Matai nach dem anderen hielt seine Rede. Sie alle waren sich darüber einig, daß das Land bebaut werden sollte, doch sprach keiner davon, wann und wie es aufgeteilt werden sollte. Für die meisten der Sprecher war die Zusammenkunft nur eine Gelegenheit, ihr rednerisches Geschick zum Besten zu geben; für einige war auch das Essen zum Schluß ausschlaggebend. Alle wußten, daß Malo hinter einem Großteil des Landes her war, was sie ihm übelnahmen, doch trauten sie sich – wegen ihrer Schulden bei ihm – auch nicht, ihn offen herauszufordern. Wieder einmal warteten sie darauf, daß Toasa dafür sorgen würde, daß Malo nicht unfairerweise mehr Land bekam, weil er sie durch ihre Schulden zwang, ihn zu unterstützen.

Nur Toasa schien unberührt von dem zähen Schweigen, das im Raum stand, sobald Malo zu reden anfing. Malos Rede entsprach dem Stil der Städter: gewandt und entschieden, eine Mischung von fast vertraulicher Sprechweise mit eingestreuten, oftmals gewohnten poetischen Redewendungen und Sprichwörtern. Das durchdringende Licht wurde von den Steinen des Paepae zurückgeworfen und auf den Gläsern seiner Brille eingefangen.

»Geschäft ist Geschäft«, sagte Malo. »Und Land ist heute ein gutes Geschäft. Wir müssen uns dieser Tatsache bewußt werden und unser Land jetzt bebauen. Das Geld dazu verwenden, eine neue Schule und ein Krankenhaus zu errichten. Wenn die meisten von euch zu schwach sind, das Land zu bebauen, so müßt ihr es denen überlassen, die es sich zutrauen. Dann werden, mit Gottes Hilfe, die Starken unter uns das Land erobern zum Wohle von Sapepe!«

Tauilopepe rutschte unruhig hin und her. Malo machte klar, daß ihre Vorfahren über das Meer gekommen wären, angetrieben von Kriegsnot und dem göttlichen Wunsch, Frieden zu finden. Sie hätten dieses ganze Gebiet für ihre Nachkommen gesichert, hätten es gegen andere verteidigt, auf daß alle Sapepeaner in Wohlstand leben könnten. Ihre Vorfahren hätten nichts gewußt von dem Gewinn, der aus dem Land zu ziehen sei. Können wir ihnen das verübeln?, fragte er. Nein, denn ihre geliebten Väter hätten keine Schule besucht, hätten nicht gewußt, was Geld ist. Die Papalagi wären damals noch nicht mit den wunderbaren Segnungen der Bildung, der Bibel und dem Geld angelangt. Malo wischte sich mit seinem Taschentuch über das Gesicht. Er war der einzige Sapepeaner, der Taschentücher benutzte. Sie lebten in einer Welt, die überwiegend von den Papalagi beeinflußt sei, fuhr er fort, doch auch wenn die Papalagi gierig und arrogant seien, so könnten die Samoaner doch nicht länger auskommen ohne sie und dem, was sie mitgebracht hätten, und auch weiterhin bringen würden. Er hielt ein paar Sekunden lang inne und blickte seine Zuhörerschaft prüfend an. Wenn sie Schritt halten wollten mit den Papalagi, so müßten sie deren Waffen benutzen. Wieder folgte eine wohlplazierte Pause. Wenn ihr Land gut bepflanzt und bestellt wäre, brächte es das nötige Geld, ja, all den Vorrat an *Moneten* ein, um ihren Kindern ein gutes Leben zu ermöglichen. (Malo, so wußten die anderen Matai, war bestens vertraut mit dem Umgangston der Stadt. Sie glaubten auch, daß er der einzige Sapepeaner sei, der fließend Englisch sprechen konnte.) Als er diesmal eine Pause einlegte, dachten sie, daß er mit der Ansprache fertig sei, doch als er sein Rechnungsbuch aufnahm und in den Schoß legte, wußten sie, daß er sie noch weiter quälen wollte. Wenn sie das unberührte Land nicht bebauen wollten, mußten sie den stärkeren Mitgliedern ihrer friedlichen Gemeinde die Erlaubnis dazu geben, sagte er. Dann erklärte er mit einem gekünstelten Lächeln, daß er sie nie in irgend etwas hintergangen hätte, daß er den Lohn ihrer Lehrer und den größten Teil des Geldes für den Unterhalt ihres Pfarrers und ihrer Kirche gezahlt hätte. Pause. Husten. Wenn sie sich der kreuzbrecherischen Aufgabe, das Land zu roden und zu bebauen, nicht gewachsen fühlten, sollten sie das ruhig sagen – es wäre keine Sünde zuzugeben, daß man schwach sei. Er erinnerte sie an das Gleichnis der Begabungen und meinte, daß es die Pflicht der Stärkeren wäre, ihre weniger begünstigten Brüder zu schützen.

Toasa hustete. Malo hörte auf zu sprechen.

Sie sahen alle zu Toasa hin. Der alte Mann hatte zu flechten aufgehört und blickte Malo an. In dankbarer Erleichterung seufzten sie.

»Ja, das Land muß gerecht aufgeteilt werden«, fuhr Malo tapfer fort. Toasas Husten hatte den Bann der Furcht gebrochen, den Malo über die Matai geworfen hatte. »Dieses Land, das uns die Vorväter hinterlassen haben, auf daß wir dafür sorgen, wie wir für unsere Kinder sorgen. Soifua!« beendete Malo seine Rede.

Alle erwarteten von Toasa, daß er nun zu reden begänne, doch er tat nichts dergleichen. Er hustete nochmals laut und schaute sich jeden Matai der Reihe nach an. Als sein Blick auf Tauilopepe fiel, nickte er, und Tauilopepe verstand, mit laut pochendem Herzen, daß der alte Mann wünschte, daß er sprach. Der Versuch eines halben Lebens, sich die ehrfurchtgebietende Fertigkeit des Sprachgebrauchs anzueignen, und das schwierige und knifflige Erbe, das damit einherging, sollte sich nun in seiner ersten größeren Rede vor der Ratsversammlung, vor dem sachkundigen, kritisch-prüfenden Blick Sapepes bewähren.

Er sprach, und zu seinem Erstaunen fielen ihm die Worte mühelos ein. Als er fühlte, daß Toasa ihm aufmerksam zuhörte, wußte er, daß er seine Gedanken in den rechten Worten und auf die rechte Weise darstellte. Denn Methode war für Toasa alles: Stil und Technik waren die Rechtfertigung für fast alles. Wenn es etwas, egal was, zu tun galt, hatte dies jeweils auf eine bessere Weise zu geschehen als zuvor. Selbst wenn man schiß, hätte dies mit Stil zu geschehen, hatte er Toasa einmal scherzen hören.

»... Das Land ist der größte Segen Gottes, das wertvollste Erbe unserer Vorväter. Ohne Land hätten wir keine Wurzeln, wären wir ein Boot ohne sicheren Anker, Vögel ohne beständiges, schützendes Nest. Durch das Land werden wir bestimmt. Es verleiht unseren Titeln und unserer Geschichte Bedeutung. Und außer unseren Titeln und den Erinnerungen, die wir zurücklassen werden, wenn wir sterben, ist es der einzige wertvolle Besitz, den wir unseren Kindern vererben können. Es darf daher nie veräußert werden. Unsere Vorväter – und sie waren weitsichtige, tapfere Männer – sorgten stets dafür, daß unser Land nicht verlorenging. Wußten sie doch, daß wir ohne Land nichts sein würden.« Er hielt inne und sah seine Zuhörer an. »Nicht alles, was die Papalagi gebracht haben und noch bringen werden, ist gut. Unsere Lebensweise, unser wertvolles Faa-Samoa, ist im Wandel begriffen – einige sagen zum Schlechteren, andere zum Besseren hin. Diese bescheidene Person hier glaubt für ihren Teil, daß einige der Veränderungen, wie die neue Bildung und die

Medizin, von sehr großem Nutzen sind. Diese bescheidene Person hier, die kein Recht hat, heute so lange und ausführlich vor euch zu sprechen, will diese nützlichen Güter, diese Segnungen für Sapepe. Diese unwürdige Person hier glaubt auch, daß wir uns diese Segnungen mit Gottes Führung aneignen können.« Er erklärte, wobei er seine Stimme senkte: »Ich habe jetzt schon eine lange Zeit auf meine eigene, stolprige Weise nach den besten Wegen gesucht, um diese Segnungen für unser geliebtes Gebiet zu erwerben. Ich habe mich an Gott gewandt und Ihn im Gebet um Rat ersucht. Und in seiner Weisheit und Gnade hat der Allmächtige meinem Herzen zugeflüstert, daß wir, seine geliebten Kinder, nun das wertvollste Geschenk, das Er uns verliehen hat, gebrauchen sollten. Und was ist nun dieses Geschenk, ihr Würdenträger Sapepes? Wie ich bereits gesagt habe, es ist unser Land. Ja, das Land und der Reichtum, den es noch ungenutzt in seinem Körper birgt ...« Er malte die Geschichte weiter aus, fortgerissen vom Strom seiner Einbildungskraft. Etwas später sagte er: »Diese Person hier stimmt Malo, dem Begabtesten, Großzügigsten und Fleißigsten unter uns, darin zu, daß das Land bebaut und sein Reichtum genutzt werden muß für die Ausbildung unserer Kinder, den Bau eines Krankenhauses, die Anlage einer Wasserleitung und – dem Allerwichtigsten – für den Bau einer schöneren Kirche zur Ehre unseres allergroßmütigsten Vaters im Himmel. Malo selbst hat uns durch seine Bemühungen gezeigt, wie das Land mit Hilfe der neuen Werkzeuge und der Kenntnisse der Papalagi so wirksam bearbeitet werden kann, daß es einen grenzenlosen Wohlstand hervorbringen wird. Malo hat uns den Weg dazu gezeigt und wird ihn uns weiterhin zeigen. Folgen wir seinem Beispiel.« Wieder eine kunstvolle Pause. Malos Augen waren geschlossen; er lächelte. Tauilopepe blickte von ihm weg zu Toasa und sagte: »Wir müssen das unbebaute Land unter allen 'Aiga aufteilen, und wir müssen dies zu *gleichen Teilen* tun. Das ist meine unwürdige Meinung. Auch wenn eine 'Aiga schwächer ist als eine andere, sollte sie dennoch den gleichen Anteil erhalten – dies ist die wahre Faa-Samoa, die wahre *Art* der Gerechtigkeit, die Gott und unsere Vorväter für uns bestimmt haben.« Er bemerkte, daß die anderen Matai vermieden, zu Malo hinzusehen, der ihn jetzt anstarrte. »Jedoch hat uns Malo, meiner unmaßgeblichen Meinung nach, zu Recht an das Gleichnis der unterschiedlichen Begabungen erinnert, und wir sollten nun darin zustimmen, unsere Begabungen nach besten Kräften zu nützen. Wir müssen auch unsere Kinder und 'Aiga ermahnen, dasselbe zu tun. Wie dem auch sei; wie eine 'Aiga über den Gebrauch ihres Landes entscheidet, sollte ihr selbst überlassen bleiben. Das ist der Ratschlag dieser unmaßgeblichen Person. Ihr könnt auch eine andere Entscheidung treffen. Diese geringe Person hier, deren Verstand noch so unreif wie junges Gras ist, wird einverstanden sein mit jeder Entscheidung, die ihr trefft.« Nach einer weiteren kurzen Pause schloß er: »Würdenträger Sapepes, dieses Morgens wird man in unserer Geschichte als eines der großen Tage gedenken, an zweiter Stelle nur hinter jenem bedeutsamen Morgen, an dem Jehova und Seine Geschichte unsere Gestade erreicht haben. Dieses Morgens wird gedacht werden als jenes Tages, an dem die Edlen Sapepes sich entschieden haben, den Rat Gottes zu befolgen, den Er so weise in unsere Herzen gelegt hat – sich entschieden haben, somit die reichen Verheißungen unseres Landes zu ernten ... Soifua, und auf daß Gottes Segen immer mit unserer Ratsversammlung sein möge!«

Als Tauilopepe seine Ansprache beendet hatte, klopfte sich Toasa auf die Schenkel und lachte. »Unser junger Freund hat eine beredte Zunge«, sagte er. »Ich habe seit langem keine so gute Rede mehr gehört. Und das alles verdankt er mir, seinem begabten Lehrer!« Alle lachten – außer Malo.

Als Tauilopepe spät an diesem Nachmittag daheim eintraf – nachdem er Toasa geholfen hatte, ein ganzes Ferkel zu vertilgen –, stürmte er in die Fale und erzählte Masina gleich, was die Ratsversammlung entschieden hatte. Sie aber nickte nur und rauchte weiter.

»Was hältst du davon?« fragte er.

Sie blickte zu ihm auf. »Warum wirst du kein Diakon?« sagte sie, über seine Frage hinweggehend. »Der Pfarrer will schon seit einiger Zeit einen Diakon aus dir machen.«

»In Ordnung«, erwiderte er, ohne einen Gedanken daran zu verschwenden.

Der tiefere Sinn seiner zustimmenden Äußerung gegenüber Masina kam ihm erst zu Bewußtsein, als er zur Küchen-Fale hinüberschlenderte, wo Lupe unter einem herabhängenden Kessel gerade ein Feuer anfachte. Er verharrte. Schon seit der 'Aiga-Titel auf ihn übergegangen war, wollte Masina, daß er Diakon werde. Es war ihre Weise, Sapepe zu zeigen, daß ihr Sohn (und die 'Aiga Tauilopepe) nicht gescheitert und die unehrenhafte Episode am Theologischen Seminar nun wirklich Vergangenheit war, etwas, das vergessen werden konnte. Er hatte abgelehnt, überzeugt davon, daß Sapepe ihn seine Schande nie vergessen lassen würde. Doch als er nun in der glühenden Hitze so dastand und fühlte, wie Lupe ihn anblickte, überkam ihn ein schwindelndes Gefühl von Freiheit. Er war sicher, daß Gott an diesem Morgen beim Treffen zu seinen Gunsten eingegriffen hatte. Diakon zu werden wäre eine Möglichkeit, sich mit Gott auszusöhnen.

»Was ist denn?« rief Lupe. Er schüttelte den Kopf und kam in die Küchen-Fale. Er setzte sich neben sie auf den Holzklotz, hob ein paar Scheite Feuerholz auf und stieß sie ins Feuer. Funken sprühten auf. Sie saßen da und schauten. »Ich erwarte ein Kind«, sagte sie.

»Wie wollen wir ihn denn nennen?« fragte er, als hätte er die ganze Zeit über gewußt, daß sie schwanger war. Sie grinste ihn an. Er lachte und trommelte mit dem Holzscheit gegen die Wand des rußgeschwärzten Kessels, als ein Luftzug durch die Dachtraufe und die heruntergerollten Matten strich und mit Lupes Haar spielte. Er sah Pepe auf sie zulaufen. Hinter ihrem Sohn waren ein paar Jugendliche gerade dabei, Tore in die beiden Enden eines markierten Kricketfeldes zu stecken. Er war sicher, daß das Kind ein Junge werden würde. Die Zukunft war eine blendende Vision einer riesigen Plantage und zweier männlicher Erben.

Nichts schien unmöglich. Die Flammen hüpften in seinen Augen. Mit Toasas Unterstützung war ihm auf der Ratsversammlung das Recht zuerkannt worden, des Landes größten Anteil zu bebauen. Dieser bestand aus einem weiten, gut bewässerten Tal, das sich vom Rande seines 'Aiga-Landes bis hinauf zum Vorgebirge und der äußeren Bergkette hinzog. Alles war noch jungfräulicher Busch, doch in seiner Vorstellung sah er das Land bereits verwandelt in eine üppige, gewinnträchtige Plantage.

Vao und Niu kamen auf die Küchen-Fale zu; von den Traghölzern über ihren Schultern hingen volle Wassereimer herab. Als er sie sah, fiel ihm auf, daß sie sich allmählich zu anmutigen jungen Frauen entwickelten, insbesondere Vao. Seine Töchter gingen hinter das Haus, stellten ihre Last ab, setzten sich auf die Paepae und fingen an zu plaudern. Er schwor, daß er ihnen künftig mehr Aufmerksamkeit schenken würde.

Ein Schwein schoß Pepe über den Weg, als er sich der Küchen-Fale näherte. Er beschrieb einen Bogen, wie er so geschwind nach einem Stein griff und ihn mit demselbem Schwung nach dem Schwein warf. Doch er verfehlte sein Ziel. Tauilopepe lachte auf. Noch bevor sich das Schwein in das Taro-Gesträuch hinter der Küchen-Fale flüchten konnte, traf er es mit einem gezielten Steinwurf und verscheuchte es. Pepe johlte hinter ihm her. Dann kam er heran und lehnte sich gegen den Fale-Pfosten neben Tauilopepe.

»Wo bist du gewesen?« fragte Lupe.

»Hab ein paar Leuten beim Umu-Anfeuern geholfen.«

»Du verbringst die meiste Zeit damit, anderen zu helfen und nicht mir und deinen Schwestern«, sagte sie.

Pepe zuckte die Achseln, wußte er doch, daß sie nur vorgab, ärgerlich zu sein. »Glaubst du an Aitu?« fragte er.

»Wer hat dir von Aitu erzählt?«

»Niemand. Hast du gewußt, daß da ein kopfloses, wehklagendes, heulendes, wildes Aitu in Toasas Plantage lebt?«

»So war es Toasa, der dir das erzählt hat?«

»Dieses Aitu frißt Bananen und Ratten und Eulen und Missionare«, sagte Pepe. Seine Eltern lachten. Pepe sah sie mißtrauisch an. »Toasa nimmt mich einmal mit und zeigt es mir. Ich wollte ja, daß er es jetzt gleich tut, aber er sagte, irgendwann einmal. Es ist immer irgendwann einmal. Selbst mit den Löwen.«

»Mit was?« fragte Lupe.

»Die Löwen«, sagte Pepe. »Toasa meint, daß es Löwen ganz oben auf den Bergen gibt. Wißt ihr, dort, wo alle Flüsse in Sapepe anfangen. Er ist der einzige Mann, der die Löwen gesehen hat.« Seine Eltern kämpften mit dem Lachen. »Ich glaube Toasa, auch wenn ihr's nicht tut!« sagte er. Seine Eltern bemühten sich, ernsthaft dreinzusehen. »Kennt ihr das Tal hinter unserer Plantage?« Tauilopepe nickte. »Gut«, fuhr Pepe fort, »Toasa glaubt, daß man Gold findet, wenn man alle Bäume im Tal niederbrennt und den Boden aufgräbt.«

»Das ist jetzt unser Tal«, sagte Tauilopepe. »Toasa hat veranlaßt, daß wir es bekommen.«

»Heißt das, daß wir den Busch niederbrennen und das ganze Gold dort ausgraben können?« fragte Pepe.

»Aber es gibt kein Gold auf Samoa«, sagte Lupe und bemühte sich, ernsthaft auszusehen.

»Doch, es gibt Gold!« lachte Tauilopepe, »Gold, das aus dem fruchtbaren Boden sprießt.« Er sprang auf und tanzte geziert um das Feuer herum, während Pepe und Lupe lachten und Vao und Niu ihnen von draußen zuschauten.

Diese Nacht ging Tauilopepe nicht nach draußen, um Moa zu treffen. Er verbrachte noch eine lange Zeit damit, neben der Lampe zu sitzen und in der Bibel zu lesen.

6 Zum Markt, zum Markt

Sie fuhren direkt auf die Morgensonne zu. Der Lastwagen ratterte dahin; seine Räder knirschten auf der unbefestigten Straße und wirbelten eine Staubwolke hinter sich auf. Es war Malos Lastwagen; Moa hatte ihn für Tauilopepe beschafft. Er schaute durch das

Rückfenster auf die vollen Bananenkörbe. Fünf junge Burschen aus seiner 'Aiga saßen darauf und bewachten sie. Alle Männer seiner 'Aiga hatten den gestrigen Tag damit verbracht, die Bananen bündelweise abzuschneiden und zu verpacken. Die Arbeit war recht anstrengend gewesen, weil die schweren Körbe auf den Schultern drei Meilen weit von der Plantage in die Stadt getragen werden mußten. Drückende Hitze breitete sich im Führerhaus aus.

Der Fahrer war Timu, Malos dicker Bruder. Er trug ausgebeulte Khakihosen und ein zerlumptes T-Shirt mit einem verblichenen Aufdruck von Superman. Sein enormer Bauch machte ihm das Fahren und Schalten anscheinend schwer.

»Heiß, was?« bemerkte Tauilopepe.

»Ja, sehr heiß«, antwortete Timu. Tauilopepe steckte eine Zigarette an und gab sie ihm. »Danke«, sagte Timu. »Das ist ja 'ne große Ladung Bananen. Willst sie wohl auf dem Markt von Apia verkaufen?« Tauilopepe nickte. »Wirst 'ne Menge Geld damit machen«, meinte Timu. Tauilopepe zündete sich selbst eine Zigarette an.

Pepe saß zwischen ihnen und guckte die ganze Zeit interessiert auf Timus Hantierungen und die Instrumente am Armaturenbrett. Als der Lastwagen durch ein Schlagloch holperte, wurde er gegen Timu geworfen. »Fährst du zum ersten Mal Lastwagen?« fragte Timu. Pepe nickte heftig. »Gefällt's dir?«

»Weiß noch nicht«, erwiderte Pepe.

Timu kicherte glucksend, wobei seine zahlreichen Kinnfalten wabbelten. »Immer gut, im Sicheren zu sitzen. Man weiß nie, was passiert. Könnte in einem Graben steckenbleiben, gegen einen Baum fahren, mit 'nem anderen Auto zusammenstoßen oder einen überfahren. Hättest du das gerne?« Pepe schüttelte den Kopf. »Möchtest du nicht mal jemanden sehen, der von einem Lastwagen plattgewalzt worden ist?« Pepe schüttelte den Kopf noch stärker. Timu zwinkerte Tauilopepe zu. »Habe mal einen Toten gesehen«, sagte Timu.

»Wann?« fragte Pepe.

»Als ich so alt war wie du. Er mußte aus der Brandung gezogen werden. Weder Arme noch Beine waren von ihm übriggeblieben.«

»Warum?«

»Ein Hai hatte ihn erwischt. Er ging Fische fangen und wurde statt dessen selbst gefangen.« Als Timu merkte, wie erschrocken Pepe war, lachte er schallend auf. Tauilopepe schaute zum Wagenfenster hinaus und wünschte, Timu würde aufhören, Pepe solche Schauermärchen zu erzählen.

Gerade fuhren sie durch eine staatliche Plantage: Hektar an Hektar huschten Palmen an ihnen vorbei, unter denen das Vieh graste. Alles wohlgeordnet, nett anzusehen und gewinnbringend – genau die Art von Plantage, wie sie Tauilopepe einmal haben würde, so hoffte er.

»Sie haben eine Woche lang die Arme und Beine jenes Burschen gesucht«, sagte Timu. »Sie haben sogar versucht, den Hai, der das angerichtet hat, zu erwischen. Dann haben sie's aufgegeben und bloß den halben Mann begraben.« Pepe hörte schon nicht mehr zu. Er hatte beschlossen, daß Timu ein Lügner war, und Lügner, so hatte ihm Toasa erzählt, waren schlimmer als Haie.

Tauilopepe hatte die Fahrt nach Apia fast ein Jahr lang nicht mehr gemacht, und er entdeckte die Orte an der gewundenen Küstenstraße wieder. Es waren Dörfer genau wie Sapepe, wenn auch kleiner: Reihen von Fale, säuberlich gruppiert unter den Palmen, Mango- und Brotfruchtbäumen. Zuweilen verteilten sich die Fale auch über weißen Sand, der bald abfiel zum Strand und zum Meer, das in schillernden Blau- und Grünschattierungen dahinwogte. Inmitten eines jeden Dorfes, in der Regel am Rande des Malae, standen eine Beton-Kirche und ein Pfarrhaus, welche die Behausungen der Dorfbewohner kleiner erscheinen ließen. Jedes Dorf hatte einen Laden, der dem Malos sehr ähnlich war, doch waren diese Läden fast ausnahmslos im Besitz von Handelsgesellschaften. An den Stränden der meisten Dörfer waren viele Latrinen; wahllos aus rostigem Wellblech und Abfallholz zusammengenagelt, standen sie auf gebrechlichen Pfählen. Als sie durch eines der Dörfer fuhren, erblickte Tauilopepe einen Mann, der in einer jener Latrinen saß; daß die Tür dabei weit offenstand, schien ihn nicht im geringsten zu stören. Timu winkte ihm zu, der Mann winkte zurück, und Timu und Pepe lachten. Als Tauilopepe am Theologischen Seminar gewesen war, hatte er in den Missionarshäusern zweimal ein Spülklosett benutzt. So eins wollte er auch in seinem künftigen Papalagi-Haus haben, beschloß er jetzt. Der Lastwagen bremste unerwartet. Tauilopepe und Pepe prallten gegeneinander, und Tauilopepe sah einen Hund mit eingezogenem Schwanz von der Straße rennen.

»Wenn's nach mir ginge, sollten alle Hunde ersäuft werden. Und alle Pferde auch!« fluchte Timu. »Habt ihr mitbekommen, was mir passiert ist? Ich hab letztes Jahr ein Pferd zusammengefahren. Hab es bis auf die Eingeweide aufgeschlitzt. Ihr hättet die Schweinerei auf der Straße sehen sollen. Blut und Gedärm und Pferdescheiße. Hab es ganz aufgeschlitzt.« Er hielt inne und fuhr mit der Zunge über die Lippen. »Ich mußte das Pferd bezahlen. Der Besitzer hatte mich angezeigt. Erzählte der Polizei, ich hätte das Pferd absichtlich umgefahren. Ausgerechnet ich. Als ob ich nicht alle Tassen im Schrank hätte, oder was! Der Papalagi-Richter hat mich zu einer Geldstrafe verurteilt. Drohte, mich ins Gefängnis zu stecken, falls ich's nochmal täte. Ich mußte auch für das Pferd aufkommen. Zehn Pfund für einen elenden Tierkadaver. Ich hab dem Richter fast gesagt, er könne mich mal ... Weiß eigentlich nicht, warum ich es ihm nicht gesagt hab.« Timu erläuterte ausführlichst seine Betrachtungsweise, doch Tauilopepe hörte nicht weiter zu.

Mittlerweile fuhren sie durch ein dichtes Buschgebiet, und die hohen Bäume gaben ihnen Schatten. Tauilopepe seufzte leise und war erleichtert, daß ihnen nun die Hitze erspart blieb. Zum ersten Mal an diesem Tag nahm er das schrille Geschrei der Vögel über dem Rattern des Lastwagens wahr. Die Männer hinten auf dem Lastwagen begannen zu singen. Timu stimmte mit ein.

Pepe hatte sich nun davon überzeugt, daß er sich vor dem

Lastwagen nicht zu fürchten brauchte, nachdem sein Vater ihn mit Versprechungen von Eiskrem und Lutschern hineinlocken mußte. Er setzte sich ans Fenster hinüber und schaute hinaus. Er sah einen Steinhügel neben den Überbleibseln einer Fale; dann erkannte er, daß es ein Grab war, und fragte sich, was es ausgerechnet mitten im Busch machte.

Der Lastwagen verließ den schattigen Busch und rollte zu einem anderen Dorf hinunter. Der Gesang hörte auf. Timu, schweißgebadet und mit einer feinen Staubschicht überpudert, wischte sich mit einem schmutzigen Lappen übers Gesicht und spuckte aus dem Fenster. Tauilopepe steckte sich noch eine Zigarette an.

Beim nächsten Dorf rannten ein paar Kinder zum Straßenrand und winkten ihnen zu. Pepe winkte zurück. Die Kinder hoben ihre Lavalavas hoch, streckten ihnen ihre bloßen Hintern entgegen und stoben mit wildem Geschrei davon. Pepe drohte ihnen mit der Faust. Am Ende desselben Dorfes sahen sie eine schnatternde Schar Frauen und Mädchen ihre Wäsche im Teich waschen. Ein paar der Mädchen winkten; ihre nassen, halbnackten Leiber glänzten im Sonnenlicht. Timu und die Männer auf der Ladefläche winkten wie besessen zurück.

Etwas gelangweilt vom Betrachten der Dörfer, heftete Tauilopepe seine Augen auf das Armaturenbrett. Er schwor sich, daß er eines Tages selbst einen Lastwagen besitzen würde, und dachte an das Theologische Seminar und den Afakasi-Mechaniker, der ihm alles über Motoren beigebracht hatte. Der Mechaniker war inzwischen wohl an seiner Trunksucht und seiner Einsamkeit gestorben. Er beobachtete Timu beim Fahren und kam zu dem Schluß, daß er selbst bestimmt ein besserer Fahrer und Mechaniker sei. Beiläufig hoffte er sogar, daß der Lastwagen eine Panne hätte, damit er sein umfassendes Wissen über Automotoren vorführen könne. Doch der Lastwagen ratterte weiter.

Pepe gab sich alle Mühe, wach zu bleiben, doch er schaffte es nicht. Tauilopepe schob ihn bequem an seine Seite. Hitze, Staub und Abgasgeruch drangen allmählich ins Führerhaus. Timu gähnte in einem fort. Tauilopepes Augen schmerzten, und sein Rücken fühlte sich steif an. Dann fingen die Männer hinten wieder zu singen an. Timus Lebensgeister wurden sofort wieder munter, und sein dröhnender Bariton erfüllte das Führerhaus. Was als harmloses Kinderlied begann, wurde bald – hauptsächlich durch Timus Beitrag – zu einer unflätigen Parodie. Tauilopepe versuchte, nicht zuzuhören, doch konnte er den Worten des Textes ebensowenig ausweichen wie der Hitze. Er hoffte nur, Pepe sei eingeschlafen.

»Ging ich da neulich auf die Jagd
und sah ein Schwein in den Bäumen.
Setzte meinen Hund drauf an,
aber der hockte sich hin
und schiß auf den Boden«,

sangen Timu und die anderen.

»Ein Moetolo schlüpfte
in des Pfarrers Haus
und versuchte, hineinzuschlüpfen
in des Pfarrers Tochter;
aber er bekam eins auf seinen Schlüpfling
und zwei lange Jahre im Gefängnis ...«

Timu drückte auf die Hupe und lachte; als er jedoch Tauilopepes strengen Blick bemerkte, hörte er auf zu singen. Wie auf ein Zeichen verstummten dann auch die anderen.

Sie näherten sich der Stadt, und Tauilopepe fiel auf, daß immer mehr Häuser im Stil der Papalagi erbaut waren. Einige davon waren Wellblechhütten, die nur vorn eine Tür besaßen. Ein Junge warf einen Stein, der den Lastwagen verfehlte, und verschwand zwischen den Bäumen hinter einem baufälligen Haus. Die Dörfer sahen von nun an immer schmutziger und verwahrloster aus. Es schien, als ob irgendeine geheimnisvolle Kraft, die in Sapepe bislang unbekannt war, alles langsam und planmäßig durchdrang und altern ließ. Manche Dörfer hatten bis zu vier verschiedene Kirchen – alles massive Bauten, die mit Staub bedeckt, von Rost zerfressen und willkürlich verteilt waren. Auch fielen Tauilopepe Stacheldrahtzäune und Hecken auf, die eine 'Aiga von der anderen trennten, und Gruppen Halbwüchsiger, die in schmutzigen Lavalavas und langen oder kurzen Hosen auf den Veranden der Handelsstationen herumlungerten. Er fühlte sich leicht und unbeschwert, denn er näherte sich mehr und mehr dem Ziel seiner Träume, seiner Welt. Hier schien sogar die Hitze erträglicher zu sein. Die Autos wurden immer zahlreicher. Sie rasten vorbei in einem Wirbel von Abgasen und verstärkten sein Staunen noch.

Eine halbe Stunde später hatten sie – bei stechender Sonne am wolkenlosen Himmel – die Vororte Apias erreicht. Die Häuser, Hütten und Fale drängten sich schutzsuchend aneinander wie Soldaten in einem geschlagenen Heer oder ein Gewimmel von Krebsen, die aus dem Meer gekommen waren, um auf dem Trockenen zu sterben, umgeben vom Summen der mechanischen Wundermaschinen und vom Gestank des Sumpfwassers, der aus den tiefen Straßengräben stieg. Tauilopepe blickte in das glitzernde Auge des Fortschritts; er wußte, er war am Ziel, und vergaß Hitze und Sonne.

»Kannst du Billard spielen?« fragte Timu.

»Billard?«

»Das ist das neue Spiel, das hier jeder spielt. Du wirst es auf dem Markt sehen«, sagte Timu. Vor ihnen fuhr ein Bus über die Straße. Der Lastwagen schwenkte seitlich aus, und Tauilopepe erblickte die angstverzerrten Gesichter der vorüberhuschenden Insassen. »Du brauchst lange Holzstöcke und drei Bälle; einen roten und zwei weiße. Es ist ein ganz tolles Spiel.«

Sie bogen in die Taufusi-Road, die schnurgerade auf die hohe Turmuhr zulief und ins Herz der Stadt führte. Die Straße vor ihnen war wie eine blitzende Klinge, auf der die Fahrzeuge pausenlos entlangbrausten und -hetzten. An beiden Straßenseiten reihten sich die Ladengeschäfte; auf dem Land dahinter standen verstreut ein paar heruntergekommene Fale und Hütten. Die ersten Bekehrten hatten dieses Land der römisch-katholischen Mission vermacht, die es nun weiterverpachtete. Einst war der größte Teil dieses Gebietes Sumpfland gewesen; jetzt war es das teuerste Land auf Samoa. Timu, in einer Mischung aus Samoanisch und Englisch halblaut vor sich hinfluchend, drückte in einem fort auf die Hupe, um sich durch Fußgänger und Autos freie Bahn zu verschaffen. Tauilopepe konnte nicht verstehen, weshalb Timu immerzu fluchte. Schließlich hatte man sich im Reich der Papalagi mit Ehrfurcht zu bewegen!

Sein Vater und Toasa hatten ihm ein wenig aus der Geschichte Apias erzählt. Sie hatten ihm erklärt, daß die ganze Stadt aus dem Gewinn der Kopra über das Meer herangeschafft und hier an der Küste zusammengezimmert worden sei. Dann sei eine Horde von Siedlern und Durchreisenden hier angekommen: grobschlächtige *beachcombers,* Seeleute, ehemalige Strafgefangene und ziellose Weltenbummler aus Europa und Amerika – auf der Suche nach Abenteuern, Frauen und schnellem Geld. All jene Papalagi rotteten sich zusammen und machten aus Apia eine Insel des Papalagi-Hochmuts und der Habgier, ein kleines Europa, berüchtigt wegen seiner Bars und politischen Intrigen. Die britischen, amerikanischen und deutschen Gruppen bekämpften sich dabei gegenseitig, weil sie Samoa für ihre Regierungen in Besitz nehmen wollten. Die fremden Regierungen, ständig erfüllt von gegenseitigem Mißtrauen, spielten die politischen Parteien der Samoaner gegeneinander aus. Dies hätte dann zur Anarchie geführt, aus der die Waffenhändler aller Parteien höchsten Gewinn zu ziehen verstanden. Die einzige Lösung war die Teilung gewesen, was zu zunehmender Verbitterung bei den samoanischen Oberhäuptern führte, weil sie dagegen machtlos waren. Die Papalagi hatten Fuß gefaßt in einer Stadt, von der das ganze Land beherrscht wurde, in der die Samoaner jedoch nichts zu sagen hatten. Die beiden Männer erzählten Tauilopepe auch, daß die Papalagi wie habgierige, hinterlistige Tiere seien. Vor seiner Zeit am Theologischen Seminar hatte er ihnen geglaubt. Doch seine Erfahrungen in

Malua und die Behandlung, die ihn Toasa und sein Vater erfahren ließen, nachdem er es nicht geschafft hatte, Pfarrer zu werden, brachten ihn zu der Überzeugung, daß sie nur zwei verbitterte alte Männer waren, die nichts wußten vom wahren Wert der Papalagi-Sitten. Was sie als Fluch Samoas verstanden, betrachtete er als Segen.

Als sie sich der Turmuhr näherten, weckte er Pepe.

»Schau!« sagte er zu seinem Sohn und wies mit einer Armbewegung auf die vielen Ladengeschäfte, als ob er Pepe eine Schatzkammer zeigen wolle. Pepe starrte hinaus. »Schau, da ist ein Papalagi!« rief er. Tauilopepe sah einen schlaksigen Papalagi unter einem großen schwarzen Schirm den Bürgersteig entlangschreiten. »Bewahrt er da drin sein ganzes Geld auf?« fragte Pepe und deutete auf die Aktentasche des Papalagi. Tauilopepe wußte nicht so recht. Er wartete darauf, daß Timu Pepes Frage beantwortete, aber Timu schwieg. So bejahte Tauilopepe Pepes Frage und ließ es dabei bewenden.

Am Ende der Taufusi-Road bog der Lastwagen nach rechts ab, geleitet von einem Verkehrspolizisten in einer weißgestärkten Uniform, und fuhr am Meer entlang. Warenhäuser mauerten die rechte Straßenseite ein, und die Bürgersteige quollen über vor Fußgängern. Pepe guckte ihnen interessiert zu. Die Pulubäume am Strand waren so zurechtgestutzt, daß sie aussahen wie riesengroße Regenschirme. Unter einem von ihnen, an dem Streifen von Fisch und Kraken herabbaumelten, drängte sich ein Gewimmel von Leuten. Am Riff war das groteske Wrack eines Kriegsschiffes zu sehen, das während des Großen Wirbelsturms von 1899 hier gekentert war.

Tauilopepes Atem ging schneller, als er die Mulivai-Kathedrale erblickte; sie bildete sozusagen den Rettungsanker der Stadt. Es war ihm bekannt, daß sie der eindrucksvollste Bau auf Samoa war, mit Türmen, die ihre Umgebung mit Ehrfurcht inspirierten. Im Hof der Kathedrale spielten ein paar Kinder. Ein Priester mit einer weißen Sutane sah ihnen vom zweiten Stock der Veranda eines angrenzenden Gebäudes dabei zu. Wenn Tauilopepe auch voreingenommen war gegen das, was Toasa überheblich als »die Kirche der Römer« bezeichnete, so beugte er doch seinen Kopf, als der Lastwagen über die Mulivai-Brücke an ihr vorbeidonnerte. Auf der anderen Seite der Brücke lag, recht verteilt hinter einer Reihe niedriger Pulubäume, die Marist-Brothers'-School, auf Samoa berühmt wegen ihren Meisterboxern, Staatsbeamten und männlichen Maschinenschreibern.

»Auf diese Schule werde ich mal Pepe schicken«, sagte Tauilopepe. Timu nickte.

Der Lastwagen schoß durch die breite, zwischen zwei Gebäuden gelegene Einfahrt, die in eine Gegend namens »die Vaipe« einmündete. Die Vaipe, so hatte Tauilopepe gehört, aber nicht wahrhaben wollen, weil einige seiner Verwandten da wohnten, war bekannt für ihre lockeren Frauenzimmer und das illegale Brauen von Faamafu. Dann waren sie beim Markt angelangt. Der Lastwagen bog von der Hauptstraße ab und parkte nicht weit davon mit laut quietschenden Bremsen und scheppperndem Blech. Timu grunzte mehrmals vor sich hin, stieg aus und watschelte zum Markteingang. Tauilopepe und Pepe strichen ihre Kleidungsstücke glatt und kletterten ebenfalls aus dem Wagen. Tauilopepe sagte seinen Verwandten, sie sollten die Bananen ausladen. Als die Körbe sicher auf dem Boden gestapelt waren, führte er Pepe ins Innere des Marktes.

Im Dach des riesigen Gebäudes gab es zahllose Lücken; Schmutz und Abfälle lagen auf dem Boden herum. Vorne in der Nähe der Hauptstraße hockten Verkäufer und verhökerten Obst, Meeresfrüchte und Gemüse; die Kunden schwärmten geräuschvoll um sie und die Ladentische mit den Fertiggerichten hinter der Billardhalle herum. Vor der Spielhalle standen die Leute und guckten durch die zahlreichen, niedrig angebrachten Fenster; das Gedränge war hier nicht ganz so dicht, und so bahnte sich Tauilopepe den Weg hindurch und zog Pepe hinter sich her. Die geräumige, doch stickige Halle war hell erleuchtet. Auf den Holzbänken an den Wänden saßen männliche Zuschauer, und am größten Tisch, den Tauilopepe je gesehen hatte – er war bezogen mit weichem, grünem Material –, stießen zwei Männer mit Stöcken nach drei Bällen, die glatt und schnell gegeneinanderprallten und manchmal in die Taschen an den Tischecken plumpsten. In der hinteren Ecke erblickte Tauilopepe Timu, der Erdnüsse kauend wie hypnotisiert auf das Spiel guckte. Er winkte ihm zu, Timu nahm ihn nicht wahr. Auf der höchsten Bank saß ein dünner alter Mann; neben ihm befand sich eine Tafel, auf der er die Punkte anschrieb. Tauilopepe sah ihm zu. Die Bewegungen des Mannes waren langsam, fast mechanisch; seine spindeldürren Arme reckten sich vom Schoß hoch zur Tafel, schrieben etwas und fielen wieder zurück. Alle paar Minuten rief er mit eintöniger Stimme die Punkte aus; nur seine Lippen bewegten sich dabei, sein ausgezehrtes Gesicht blieb regungslos, und seine Augen blickten weiterhin tot. Eine Zeitlang konnte Tauilopepe seinen Blick nicht von ihm losreißen.

»Was machen sie da?« fragte Pepe.

Tauilopepe schaute noch einmal auf das Spiel. »Billard spielen«, antwortete er.

Ein wenig später zog Pepe ihn an der Hand und flüsterte, daß er nun genug gesehen habe. »Es ist ein tolles Spiel, nicht wahr?« sagte Tauilopepe, als sie die Halle verließen. Pepe gab keine Antwort. Eine große Schar Kunden umringte die Körbe mit den Bananen. Tauilopepe stellte sich hinter die Körbe.

Zum ersten Mal in der Stadt sich selbst überlassen, kroch Pepe in den Lastwagen und spähte hinaus. Die Kunden drückten sich näher an die Körbe heran. Tauilopepe wartete ab. Einer von ihnen würde sich schließlich nach dem Preis erkundigen. Am dichten Gedränge erkannte er, daß an diesem Tag nur wenig andere Verkäufer Bananen zum Verkauf anboten.

Die Frau, die jetzt hervortrat, war von gewaltigem Umfang; ihre dicken Beine waren wie im Boden verwurzelt. »Wieviel?« fragte sie. Da sie keine Vorderzähne hatte, wirkte ihre Schrekkensgestalt jetzt nicht mehr bedrohlich auf ihn.

»Sechs Schilling der Korb«, sagte er, laut genug, damit alle Umstehenden es hören konnten. Ein protestierendes Brummen war zu hören, denn der übliche Preis für einen Korb war vier Schilling.

»Aber das ist zuviel!« sagte sie.

»Ihr braucht's ja nicht zu kaufen«, sagte er.

Einen Augenblick lang zögerte sie, trat dann nach vorne, griff mit beiden Händen einen Korb und warf ihm, während sie den Korb auf die Schulter hob, das Geld vor die Füße. Sie drehte sich um, schob sich durch die Menge Leute und erzählte jedem, daß alle Hinterländer Diebe seien, die einer armen Frau noch das letzte Hemd wegnähmen, falls sie nicht aufpasse.

Die anderen drängten ungestüm nach vorne, hoben Korb um Korb hinweg, während sie das Geld dafür in Tauilopepes gierige Hand steckten; sie eilten von dannen und brabbelten so etwas wie, daß einer aus dem Hinterland (so nannten sie die Bewohner der entlegeneren Dörfer) sie übertrumpft habe, ausgerechnet sie, die zivilisierten, gebildeten Einwohner von Apia. Bald waren alle Körbe verschwunden.

Tauilopepe lehnte gegen den Lastwagen und zählte die größte Summe Geld, die er jemals eingenommen hatte. Vom Wagenfenster aus sah ihm Pepe dabei zu. Als Tauilopepe merkte, wie nachdenklich seine Angehörigen auf ihn und das Geld starrten, drückte er einem von ihnen einen Zehnschillingschein in die Hand. »Werft's aber nicht zum Fenster hinaus!« sagte er noch, während sich alle in Richtung Markt davonmachten.

Er rollte die Scheine zusammen und steckte sie in seine Hemdtasche. Den Stapel Münzen füllte er in eine Papiertüte und dann in seinen kleinen Handkoffer, den Pepe ihm aus dem Lastwagen reichte. Er schloß das Köfferchen ab und rief Pepe herunter, während er von seinem Hemd eine Sicherheitsnadel löste, mit der er das obere Ende der Brusttasche über der Geldrolle feststeckte.

Die Milchbar, zu der er Pepe führte, hatte Eisengitter vor den Schaufenstern, vor ihren Regalen und auch vor dem kleinen Abteil, in dem der Kassierer saß. Tauilopepe stellte sich vor, daß es wohl auch Eisengitter um das Zimmer herum gab, in dem der Milchbarbesitzer den Tag verschlief, während das Geld hereingerollt kam. Auch er würde Eisengitter um seinen ganzen Laden herum haben, beschloß er, während er mit Pepe an der Hand zur Milchbartheke ging. Man weiß doch nie, wer einen ausplündern will.

Das Mädchen hinter dem Ladentisch las in einem Comic-Heft.

»Zweimal Eiskrem«, sagte Tauilopepe. Das Mädchen blickte kurz auf und dann gleich wieder auf das Heft. »Ich habe gesagt, zweimal Eiskrem«, wiederholte er. Das Mädchen trug Ohrringe mit kleinen metallenen Totenköpfen daran, die jedesmal rasselten, wenn sie ihren Kopf bewegte. Sie starrte ihn an, schlug das Comic-Heft zu, öffnete den Kühlschrank, entnahm ihm zwei Eiskrem und schob sie ihnen vor die Nase.

Tauilopepe knallte eine Zweischillingmünze auf den Ladentisch, griff nach der Eiskrem und sagte: »Ich hätte gern mein Wechselgeld!«

Sie rumorte in der Geldbüchse hinter sich und knallte schließlich das Wechselgeld auf den Tisch.

»Friß doch Scheiße!« sagte Pepe. Es folgte eine verdutzte Pause. Der Blick in ihrem Gesicht war gerade ebenso verdutzt; die Ohrgehänge rasselten zum ersten Mal nicht.

»Ja, mach das!« sagte Tauilopepe und steuerte mit der Eiskrem davon. Pepe folgte ihm nach draußen.

»Dumme Samoaner!« schrie sie ihnen noch nach.

Während sie im Lastwagen saßen und ihre Eiskrem leckten, verlor Tauilopepe kein Wort über das, was sich in der Milchbar zugetragen hatte. Zum ersten Mal hatte er Pepe nicht dafür bestraft, daß er fluchte. Er tastete immer wieder nach seiner Brieftasche, um zu fühlen, ob sein Geld noch darin steckte; der Handkoffer lag sicher unter seiner linken Hand.

»Können wir ein paar Kokosbrötchen für Toasa und Lupe und Vao und Niu kaufen?« fragte Pepe. Tauilopepe gab ihm etwas Geld, und Pepe ging zum Markt und kaufte die Brötchen.

Die Verwandten kamen wieder zurück, beladen mit Eiskrem und Erdnußtüten, und Tauilopepe sagte einem von ihnen, er solle doch Timu holen. Dieser kam widerstrebend, darüber verärgert, daß Tauilopepe ihn wegrief von der Arena, in der Gladiatoren mit Stöcken nach geweihten Bällen stießen und dabei Geld gewannen. So kehrten sie zurück nach Sapepe.

An einem der darauffolgenden Samstage verkauften sie eine weitere Ladung Bananen auf dem Markt – allerdings ohne Pepe, der während des Beladens des Lastwagens auf mysteriöse Weise verschwunden war. Die Körbe waren diesmal kleiner, wurden aber trotzdem von den Leuten in der Stadt gekauft. Eine Woche darauf verkauften sie noch zwei weitere Ladungen. Bei ihrer dritten Überfahrt kaufte Tauilopepe eine neue Sturmlampe (das neueste Modell mit zwei Dochten), Baumwollstoff für Lupe und die Mädchen, eine Bibel für Masina, ein Kartenspiel für Toasa, ein weißes T-Shirt für Pepe, ein Paar amerikanische Sandalen für sich selbst und drei große Dosen Schiffszwieback, den sie unter den Mitgliedern seiner 'Aiga in Sapepe verteilten. Tauilopepe sagte keinem, wieviel Geld er eingenommen hatte; er verwahrte es in seinem Handkoffer und den wiederum bei Nacht unter seinem Kopfkissen.

Als die Taro-Ernte vorüber war, besorgte sich Tauilopepe von neuem den Lastwagen Malos. Diesmal mietete er ihn. Auf dem Markt brachten ihm drei Ladungen dieser Ernte wieder eine ordentliche Stange Geld – genug, um seine 'Aiga und die Männer Sapepes zu unterhalten, falls er sie zusammenkriegte, um sein neues Gut, das Tal, zu roden und urbar zu machen. Um sein Geld sicher zu verwahren, grub er, als alle fest eingeschlafen waren, unter einem Brotfruchtbaum nahe der Haupt-Fale ein Loch, stopfte das Geld in zwei leere Cornedbeefdosen und vergrub es. Jeden Tag überprüfte er nun die Stelle, um sicherzugehen, daß das Geld noch da war.

Die Wochen darauf verbrachte er größtenteils auf der Plantage, wo er fast seine ganze 'Aiga überwachte, wie sie die Kakaobäume zurechtstutzten und Bananen und Taro anpflanzten. Abends kehrte er erschöpft heim und sank nach dem abendlichen Mahl und einem Bad in tiefen, traumlosen Schlaf. Er vernachlässigte die

Dorfangelegenheiten und seine 'Aiga. Für einige der Matai war er bald »der Mann, der hinter einem Platz im Papalagi-Flugzeug her war«. Aber hinter diesem gutmütigen Spott bewunderten sie ihn doch als einen, der hart ankämpfte gegen alle widrigen Umstände. Sie waren sich sicher, daß er dabei scheitern würde, wie er auch am Theologischen Seminar gescheitert war; er hatte keine Chance gegen Malo.

Als Tauilopepe an zwei aufeinanderfolgenden Sonntagen nicht zum Gottesdienst erschien, hielt Filipo, der Pfarrer, eine deftige Predigt über gewisse Männer, die um des Geldes willen ihre Seele an den Teufel verkauften. Hölle und ewige Verdammnis sei ihr gerechter Lohn dafür. Während der Predigt wurde bei Masina das Gefühl immer stärker, daß ihr Sohn schon wieder vor Gott und Sapepe den Namen ihrer 'Aiga und sie selbst entehrte. Nach dem sonntäglichen Toonai begann sie, in den Zipfel ihrer Lavalava zu schluchzen. »Du hast mir ein Versprechen gegeben«, weinte sie. »Mein ganzes Leben hindurch habe ich versucht, dich zu einem gottesfürchtigen Mann zu erziehen. Und nun tust du uns das an – mir, unserer 'Aiga und dem Gedenken an deinen Vater!« Tauilopepe, der von Filipos Predigt gehört hatte, wurde wütend und schwor, nie wieder seinen Fuß in die Kirche zu setzen, aber als er Masinas lauten Kummer vernahm, ließ er sich erweichen. »Was glaubst du, wie mir zumute war, als Filipo, der treue Diener Gottes, vor ganz Sapepe von dir sprach und davon, daß du deine Seele verkaufst?«

Masina nahm ihren halb zu Ende gerauchten Stumpen auf und steckte ihn wieder an. »Du würdest es nicht bereuen, Diakon zu werden«, sagte sie. »Schau nur, was der Allmächtige nun wieder für dich getan hat. Bald werden wir die wohlhabendste 'Aiga Sapepes sein, das ja in erster Linie von *unserer 'Aiga* gegründet wurde. Von einem Mann, der Gott nahestand.«

In den letzten Wochen hatte sich die Haltung Masinas gegenüber ihrem Sohn etwas verändert, als sie beobachtete, wie erfolgreich er anhäufte, was sie unter »weltlichem Wohlstand« verstand. Er war ihr einziger Sohn. Gott, dessen Gerechtigkeit höher war als alle menschliche Vernunft, hatte es beliebt, ihre anderen vier Söhne und ihren Ehemann während einer Reihe von Grippeepidemien zu sich zu nehmen. Sie führte seinen neuerlichen Erfolg zurück auf Gottes Willen und war somit nicht länger gegen sein Streben nach dem, was sie als »göttliche Macht« bezeichnete. War sie doch insgeheim stolz auf ihn, da Sapepe wieder ihre 'Aiga (und sie) beachtete.

7 *Des Pfarrers Vorteile*

Tauilopepe verharrte noch eine Weile an der unteren Eingangsstufe. Das geräumige, vom Dorf erbaute Pfarrhaus war aus Zement und Wellblech zusammengefügt und nach allen Seiten hin offen. Von den mittleren Dachbalken hingen zwei Sturmlaternen herab, und im Schein darunter saß Filipo und las in einer Zeitung. Als Tauilopepe so zu ihm hinüberblickte, war er ein wenig neidisch auf Filipos Brille, die ihm ein so feierlich-gelehrtes Aussehen gab. Um die Zementpfeiler des Hauses standen kreisförmig Stühle – aus billigstem Holz, das jedoch sorgsam unter einer Lackschicht versteckt war. An einer blutroten Trennwand hinter Filipo stand ein großes Bett; darauf lag eine dicke Matratze mit einer seidenen Bettdecke, an deren Enden überall Quasten herabhingen. Neben dem Bett war das flackernde Licht eingefangen vom rechteckigen Spiegel einer Kommode, in der Filipo – wie Tauilopepe wußte – seine beiden Anzüge und Krawatten, seine Bibel und Notizblöcke sowie eine große Weltkarte aufbewahrte, die er in seiner Studienzeit gewonnen hatte. Ein Vorhang mit handgemalten Bildern der Apostel war hinter Filipo halb zugezogen. Tauilopepe überlegte, ob er hineingehen solle. Er hatte Filipo nie so recht gemocht, was wohl mit dessen herablassender Art zusammenhing und der Art und Weise, wie er seine Kanzel dazu benutzte, jeden zu verdammen, der ihm zu nahe getreten war. Tauilopepe hatte auch – selbst wenn er sich das nicht eingestehen wollte – etwas Angst vor Filipo.

Fotos von Filipos 'Aiga hingen an den Pfeilern. Die meisten waren, wie Tauilopepe schon früher bemerkt hatte, von Filipo selbst – eine ganze bebilderte Geschichte, angefangen damit, wie er im Alter von zweiundzwanzig Jahren jene Weltkarte gewonnen hatte, bis wenige Wochen vor der ausführlichen Predigt, gehalten beim jährlichen Treffen der LMS-Kirche in Malua. In der Anzahl folgten dann die Aufnahmen von Taulua, seiner Ehefrau: Das erste Bild zeigte sie als Krankenschwester, wie sie ein Baby im Arm hielt, bei dessen Entbindung sie im Apia-Hospital behilflich gewesen war; das nächste Bild zeigte sie im wehendweißen Brautkleid – ein frisches, junges Mädchen neben einem kauzigen Filipo im steifen weißen Anzug; bei der dritten Aufnahme saß sie auf einer Kiste und hielt ihr erstes Kind im Arm – schon war sie eine dralle Matrone mit dicken Backen und einem selbstzufriedenen katzenhaften Lächeln; die weiteren Bilder zeigten sie in zunehmendem Umfang, immer strahlend, immer Babys im Arm haltend – eine wahrhaft erstaunliche Bruthenne. Auf den restlichen Fotos waren Tauluas und Filipos Kinder zu sehen, wie sie Preise und Auszeichnungen, die sie an der Schule gewonnen hatten, zur Schau stellten. Zögernd stieg Tauilopepe die Stufen hinauf – und beschloß, daß es in seinem Papalagi-Haus ebenfalls eine Auswahl an Fotografien seiner 'Aiga geben würde.

Durch Tauilopepes plötzliches Eintreten aus der Fassung gebracht, riß Filipo seine Brille herunter, stopfte seine Zeitung hinter sich und blickte mit einem Lächeln hoch zu seinem Gast. Tauilopepe verneigte sich und setzte sich dem Pfarrer gegenüber.

»Bist du gekommen? Mag Gott diese glückverheißende, brüderliche Zusammenkunft segnen«, sagte Filipo, schloß die Augen und murmelte ein kurzes Gebet. Tauilopepe bemerkte, daß er auf einer nagelneuen Matte saß. Mit dem »Amen« öffnete Filipo die Augen und begann sogleich zu beschreiben, wie gut der Gottesdienst an diesem Tag verlaufen sei, wie erfreulich es doch gewesen sei, so viele Leute in der Kirche zu sehen, Menschen, die Freude und Trost gefunden hätten an seinen bescheidenen Worten. (Er ließ die heftige Attacke, die Tauilopepe und Malo gegolten hatte, unerwähnt.) »Und wie geht's deiner 'Aiga?« fragte er dann.

»Danke, gut«, antwortete Tauilopepe.

»Der Allmächtige ist in diesem Monat gut zu uns gewesen. Keinerlei Todesfälle oder Erkrankungen und dabei solch gutes Wetter«, sagte Filipo. Tauilopepe nickte. »Hier hast du eine Zigarette.« Filipo gab ihm eine amerikanische Zigarette.

Tauilopepe murmelte ein »Danke« und begann stockend mit der langen Rede, die er sich zurechtgelegt hatte. »Herr, ich bin gekommen, um mich für mein Benehmen während der letzten paar Wochen zu entschuldigen«, sagte er.

»Du brauchst dich nicht bei mir zu entschuldigen, Tauilopepe«, sagte Filipo. »Wir alle kennen Momente, in denen Satan uns vom Weg ableitet. Alles, was wir brauchen, ist der Glaube an Gott. Zu viele Menschen haben ihren Glauben verloren und kopieren bloß die Gepflogenheiten der Papalagi, jagen nach Geld und weltlichen Gütern und Vergnügungen. Diese Leute verkaufen sich selbst um die vierzig Silberlinge des Judas.«

Tauilopepe fühlte sich nun etwas wohler und fragte, was wahrer Glaube denn sei. Filipo meinte, keiner könne das genau erklären, aber man könne es *erfahren,* wie der Heilige Paulus und das Aufleuchten des himmlischen Lichts, das sein Leben so entscheidend verändert habe. »Wie steht's um deine Plantage?« fragte er dann.

»Recht gut«, antwortete Tauilopepe zaghaft.

»Gut, doch müssen wir vorsichtig sein – zuviel Reichtum kann die Seele eines Menschen zerstören.« Filipo besaß eine der ergiebigsten Plantagen Sapepes – eine Plantage, die seine Gemeinde aus dem Busch herausgehackt hatte, und zwar auf Land, das Tauilopepes Großvater der Kirche vermacht hatte. Wie es der Brauch vorschrieb, wurde die Plantage auch von der Gemeinde unterhalten, besonders von den jungen Leuten, welche die Schule des Pfarrers besuchten. »Satan versucht uns mit manch verlockenden Dingen«, fuhr Filipo fort. »Geld, Macht, Alkohol, Bücher – du solltest mal ein paar der Bücher sehen, die in Apia verkauft werden! Wirklich bedauerlich, denn, wie du weißt, lese ich sehr gerne.« Er machte eine Pause und fuhr sich mit der Zunge über die Lippen. »Und natürlich Frauen. Diese Wesen, die unsere Erben gebären, unsere Mahlzeiten zubereiten, unser Heim säubern und unsere Kleidung waschen. Das Fleisch ist schwach. Denk nur mal an Eva und die Schlange. Erst neulich habe ich die tragische Geschichte gehört von einem Ehemann, der da Heim, Kinder, Frau, Mutter und Geschwister im Stich läßt wegen einer anderen Frau. Und, das ganz unter uns«, er senkte die Stimme zu einem Flüstern, »die Frau hatte Jahre am Hafen von Apia zugebracht.« Er sah Tauilopepe an.

»Und was hat sie da gemacht?« fragte Tauilopepe, dem die Nebenbedeutung des Wortes »Hafen« nicht geläufig war.

Filipo malte den Punkt nicht weiter aus. »Und wie geht's deiner Mutter?« fragte er.

»Sie ist wohlauf, danke.«

»Eine fromme Frau. Und sie wird leben, bis sie hundert Jahre alt ist.«

Filipo erging sich dann nochmals darin zu erklären, was Glaube sei. Während er so drauflosschwafelte, besah sich Tauilopepe Filipos größtes Foto, das an den mittleren Pfeiler des Hauses gespießt war. Im Kopf ersetzte er Filipos Gesicht durch sein eigenes. Dasselbe Lächeln, Zuversicht, Macht! Der Bann brach erst, als Filipo sagte: »Glaube – ja, Glaube an die Auferstehung ist alles, was wir brauchen!«

Tauilopepe nickte mehrmals und drückte seinen Zigarettenstummel auf dem Betonfußboden aus. »Erinnerst du dich an dein Angebot?« fragte er. »Nun, ich würde es gerne – aus vollem Herzen – annehmen.«

Filipos Augen leuchteten auf. »Der Herr hat wiederum triumphiert«, sagte er. »Ich bin froh darüber.« Er gab seinem Gast eine weitere Zigarette. »Die Wege, die der Himmlische Vater gebraucht, um den Menschen auf den rechten Pfad zu geleiten, kennt nur Er. Es freut mich wirklich.« Er hielt inne und zündete Tauilopepes Zigarette an. Dann beschrieb er seine eigene Bekehrung. Er sei erst acht Jahre alt gewesen, als Gott ihn gerufen habe, sagte er. Während eines heftigen Sturmes sei es geschehen, als der Wind heulte und das Meer aufgewühlt gegen die Küste schlug. Gerade mitten in jenem Sturm, als er zitternd und bebend vor Todesangst in seiner Fale lag und wußte, daß draußen der Teufel los war, hatte er draußen eine Stimme gehört. Es war eine wundervolle Stimme gewesen, so wohltuend wie das Quellwasser, das Moses aus dem Felsen geschlagen hatte, um den Durst der wankelmütigen Israeliten zu stillen, so melodisch wie eine Kirchenorgel. Sie hätte wie die Stimme einer Mutter geklungen. (Seine Mutter, eine gottesfürchtige Frau, Tauilopepes Mutter sehr ähnlich, war im Vorjahr gestorben.) Jene Stimme, gewiß die seiner Mutter, sagte ihm, er solle sich nicht fürchten, denn er sei erwählt worden. Sie sagte ihm nicht, wozu. Aber er wußte, gerade so, wie er wußte, daß da draußen im Sturm der Teufel sein Heim zu zerstören trachtete, daß er von Gott dazu erwählt worden war, Seine Werke zu tun.

Tauilopepe war beeindruckt. Filipos Bekehrung war wie ein Stück aus der Bibel, ein echter Beweis für die Existenz Gottes und Seiner Liebe zu den Menschen, und Tauilopepe bedauerte, daß er nicht mehr aus seiner Zeit auf dem Theologischen Seminar gemacht hatte. Bald darauf brachten Mitglieder aus Filipos 'Aiga Schalen mit dampfendem Kakao und Eßplatten, auf denen sich Schiffszwieback mit dicken Lagen Kokosmus stapelte. »Iß«, sagte Filipo zu seinem Gast, nachdem er ein kurzes Gebet gesprochen hatte, in dem er Gott dafür dankte, daß er ihn auf den rechten Pfad zurückgeführt hatte. Dann brach er – ohne auf Tauilopepe zu warten – ein Stück Zwieback, schob es in den Mund und zerkaute es laut. »Vergiß nicht Gott und die Kirche, wenn du Erfolg hast«, sagte er mit vollem Mund, »denn Er wird es sein, der dir Zugang zu den Schätzen der Welt verschafft. Wir werden dich am übernächsten Sonntag als Diakon in die Kirche aufnehmen, so Gott will.«

Auch Tauilopepe nahm ein Stück Schiffszwieback und begann zu essen. Als Diakon hatte man so einige Vorteile, dachte er bei sich und fühlte, wie die breiige Masse des wohlgekauten Zwiebacks glatt seinen Hals hinabrutschte. Als er die Schale Kakao zum Mund führte, schaute er zu Filipos Fotografien hinauf. Dann machten sie sich um die Wette über den Schiffszwieback und den Kakao her.

»Ich möchte gerne, daß du am ersten Sonntag des kommenden Monats die Predigt hältst«, sagte Filipo, nachdem sie alles aufgegessen hatten. »Wenn du irgendwelche Hilfe beim Vorbereiten brauchst, so denk daran, daß ich immer da bin und für dich zur Verfügung stehe.«

Tauilopepe hatte sich noch nie so rundherum zufrieden gefühlt wie jetzt, als er sich ausmalte, wie er auf der Kanzel stehen und den Leuten von den rätselhaften Taten Jehovas erzählen würde. Er würde sich einen neuen Anzug und eine schwarze Krawatte kaufen müssen, und er durfte auf keinen Fall vergessen, seine neuen Sandalen anzuziehen.

8 *Löwen und Aitu*

Das Rauschen des Meeres wurde schwächer, je tiefer sie in die Plantagen vordrangen, etwa hundert Männer, einer hinter dem anderen, immer bemüht, den Pfützen auszuweichen. Es war früh am Morgen, und ein paar von ihnen waren noch schläfrig; hungrig waren sie auch, denn sie hatten noch nichts gegessen. Sie hatten Buschmesser und Äxte bei sich. Der Tau tropfte von den Pflanzen, und einige Vögel strichen über die Bäume hinweg in Richtung Meer und auf das Dorf zu, das die Männer hinter sich gelassen hatten. Vor ihnen lag der Busch, bedeckt von einem Schleier aus Dunst. Noch stand die Sonne links von ihnen, hinter der Barriere der Bäume, und sie hofften, daß eine schützende Wolke später, wenn sie arbeiteten, ihre Strahlen mildern würde. Letzte Nacht hatte Tauilopepe ungefähr die Hälfte der Matai von Sapepe in seiner Fale zusammengerufen und ihnen nach einem reichhaltigen Essen erklärt, wie er sein neues Land roden wollte.

Toasa hatte sich sofort erboten, seine Männer für Tauilopepe arbeiten zu lassen. Die meisten der anderen 'Aiga-Anführer waren seinem Beispiel gefolgt.

Einige der Männer stimmten ein Fischerlied an: Der mitreißende Rhythmus von Rudern und See, von gespannten Muskeln und der Aussicht auf einen großen Fang stieg zum Morgenhimmel auf. Tauilopepe sang nicht mit den anderen, er war damit beschäftigt, zu überlegen, wie er die Männer dazu bringen könne, so viel wie möglich zu arbeiten. Vor ihm humpelte Toasa mit seinem Krückstock. Er hatte darauf bestanden, die Gruppe zu begleiten, obwohl Tauilopepe ihn vor den großen Anstrengungen der Hitze und des langen Weges gewarnt hatte. Trotzdem war Tauilopepe froh, daß Toasa mitgekommen war. Die Männer würden gewissenhafter arbeiten, wenn der alte Mann sie beobachtete. Tauilopepe hoffte, daß Lupe und die Frauen seiner 'Aiga mit dem Kochen anfingen, damit die Männer am Nachmittag etwas zu essen bekämen. Die Konserven hatten ihn über die Hälfte des Inhalts einer seiner mit Geld gefüllten Cornedbeefdosen gekostet.

Am Rande des Weges standen Kakaobäume, beladen mit scharlachroten Früchten; dazwischen wuchsen Gatae-Sträucher, manchmal Zuckerrohr, Taro und Taamu, darunter ein Teppich von Kakaoblättern. Tauilopepe hörte Toasas keuchenden Atem und wollte ihm helfen, wußte jedoch, daß der alte Mann jede Hilfe ablehnen würde. Starrköpfig und eitel, wie er war, prahlte er oft von den Zeiten, als er Lasten gehoben hatte, die zweimal so schwer waren wie er selbst, und daß er damit meilenweit gelaufen und durch Meere geschwommen sei und Männer mit einem Schlag zu Boden gestreckt habe. Seine Prahlerei kam nicht von ungefähr. Die Alten konnten Toasas Stärke bestätigen.

Die Sonne kam hinter den Bäumen hervor und saugte den Dunstschleier über dem Wald und den Tau von den Büschen auf. Das Rauschen des Meeres hatte aufgehört. Ein fliegender Hund kreiste über ihnen. Als jemand rief, änderte er plötzlich die Richtung und verschwand in den Bäumen. Sie kamen zu einer Gruppe von Pawpawbäumen, die voller gelber, reifer Früchte hingen;

einige der Männer pflückten welche und verteilten sie. Tauilopepe nahm sich einige Stücke. Der dicke, süße Saft tropfte sein Kinn hinab. Niemand sang mehr. Ein heißer Tag stand ihnen bevor. Die nächste Nacht würden sie fest schlafen, mit schmerzenden Knochen und Muskeln und mit von der erbarmungslosen Sonne pulsierenden Köpfen. Aber vor dem Schlafengehen würden sie wieder den heilsamen Singsang des Meeres hören.

Nun stiegen sie den Hügel hinauf. Sie wußten, daß dahinter das Tal und ein paar Meilen weiter harte, zermürbende Arbeit auf sie warteten. Schweiß, schmerzende Muskeln, quälende Insekten, die ihre Körper zerstechen würden. Holzstaub in ihren Augen. Und Hunger. Nachdem sie an Tauilopepes Plantage vorüber waren und weiter in das Tal vordrangen, wurden die Plantagen immer seltener und sahen undurchdringlich und vernachlässigt aus. Es gab nur ein paar Bananenstauden und Taro, überwuchert von Schlingpflanzen, zahlreiche Gruppen riesiger Bäume – wilde, trotzige Barrieren gegen den Wind –, und es herrschte Ruhe, eine grüne, drohende Ruhe. Es wurde schwieriger, dem Pfad zu folgen. Sie schlugen ihre Buschmesser in das Unterholz, das ihnen den Weg versperrte. Der dumpfe Geruch nach faulendem Holz, Blättern und nasser Erde durchdrang alles.

Dann kam die Lichtung, die sich ein paar hundert Meter weit erstreckte – ein undurchdringlicher Schlingpflanzenteppich auf Lavagestein. Dahinter erwartete sie der unberührte Busch. Sie blieben stehen und starrten ihn schweigend an: Sie waren zu lange fort gewesen, waren zu Bewohnern des bequemen Küstenlandes geworden. Nur in ihren Alpträumen hatten sie gegen diese gigantische Wand aus Bäumen, Lianen und Schlingpflanzen gekämpft. Nun lag sie wirklich vor ihnen, und sie fühlten sich schwach und hilflos. Einige blickten auf ihre Buschmesser und Äxte und schüttelten den Kopf. Für diese Arbeit brauchte man Feuer, lodernde, hungrige Flammen. Tauilopepe stand neben Toasa, ratlos, wie er das Selbstvertrauen der Männer wiederherstellen könnte. Er rammte sein Buschmesser in den Boden.

Toasa löste sich als einziger aus der Reihe und begann, die

Lichtung zu überqueren, wobei er mit seinem Krückstock eine Bresche in die Schlingpflanzen schlug. Er glich einem Blinden, der mühsam seinen Weg durch unbekanntes Gebiet sucht. Die Männer beobachteten ihn. Auf halbem Wege drehte er sich um und sah sie an. Irgendwie sah er vor der Kulisse des Busches nicht mehr lächerlich aus – diese einsame Gestalt eines alten Mannes, der zurückgekehrt war zu den Aitu, Löwen und Märchenwesen, mit denen er immer die Phantasie der Kinder beschäftigte. Plötzlich sahen sie, wie sein Körper zitterte. Sein Gesicht verzerrte sich zu einer seltsamen Grimasse, und sie glaubten, daß er weinte. Doch es war ein Lachen, was aus seinem Mund kam und als Echo über die Lichtung schallte.

Einer nach dem anderen gingen sie auf ihn zu. Tauilopepe ging als letzter.

»Da ist sie«, sagte Toasa und wies mit seinem Krückstock auf die grüne Mauer des Busches. »Niemand vorher hat sie berührt. Zumindest niemand, der noch am Leben ist und es uns erzählen könnte, wie? Sie ist rein geblieben, seitdem Gott diese Insel erschuf. Stellt euch auf!«

Alle außer Tauilopepe, der neben Toasa stehenblieb, bildeten eine Reihe am Fuße der grünen Mauer. »Denkt daran: Niemand vor euch hat sie berührt!« rief Toasa. Die Männer schritten vorsichtig vorwärts. »Worauf wartet ihr? Wollt ihr sie nicht entjungfern? Habt wohl Angst, wie?« Einige der Männer lachten. Tauilopepe ging bis zu einem niedrigen Baum vor und fällte ihn mit einem einzigen Schlag seiner Axt. »Da, habt ihr's gesehen?« rief Toasa. »Es ist ganz einfach. Sie wird nicht schreien und euch wegen Vergewaltigung anzeigen!« Viele machten es Tauilopepe nach. »Gut! Los jetzt, nehmt eure lächerliche Männlichkeit zusammen und fällt, schneidet, brennt!« Die Reihe rückte vor; die Äxte und Buschmesser begannen, sich in das Fleisch der lebenden Mauer zu fressen.

Als die ersten großen Bäume zu Boden krachten und die niedrigeren Pflanzen vor ihnen zerrissen und plattquetschten, jubelten einige. Sie schlugen mit ihren Äxten und Buschmessern verbissener zu. Bald schallte das scharfe, schneidende Geräusch von fressendem Eisen durch die Stille und jagte die Vögel wie Holzsplitter in die Luft, auf die Bergkette zu. Toasa ging von einer Gruppe zur anderen und feuerte sie zum Hacken und Schlagen an. »Beweist, daß ihr Männer seid«, sagte er.

Als die Männer vorrückten und umgestürzte Bäume und gerodetes Unterholz, in dem es von Käfern, Zecken und Ameisen wimmelte, hinter sich ließen, wurde Toasa seines eigenen Spiels müde. Die Wanderung über die Lichtung hatte ihn an eine frühere Wanderung über eine ähnliche Lichtung erinnert. (Oder war es dieselbe Lichtung gewesen?) Doch wann hatte er diesen Weg zurückgelegt, den anderen, die ihn beobachteten, voran durch den Busch, anhaltend, sich umdrehend und ohne Grund lachend – hatte er es nur geträumt? Vielleicht ein Alptraum? Oder hatte ihm nur seine Phantasie einen Streich gespielt? Manchmal wandern die Gedanken eines alten Mannes umher, er vergißt, erfindet Dinge. Nur eins war keine Täuschung: Als er jetzt über die Lichtung ging, hatte er gespürt, daß er zum letztenmal in den Busch ging. Er setzte sich auf einen Felsbrocken in den Schatten, rauchte und beobachtete Tauilopepe.

Für Toasa war der Busch immer ein Geheimnis gewesen – unpersönlich und fern, jedoch immer wachsam, wie das Meer. Seine Vorväter hatten sich, nachdem sie ihn vorher mit Gebeten und Ritualen versöhnt hatten, nur von ihm genommen, was sie wirklich brauchten; hatten nur kleine Flächen für den Gemüseanbau gerodet. Sie hatten über die Jahrhunderte gelernt, mit dem Geheimnis und seinen Göttern zu leben. Sie hatten geglaubt, daß die Götter, das Land, der Busch, das Meer und alle anderen lebenden Wesen untrennbar mit dem ewigen Kreislauf von Geburt, Leben, Tod und Wiedergeburt verbunden waren. Sie hatten Grenzen über das Land gezogen, von der Küste bis zur Gebirgskette, jedoch nur, um Besitz abzugrenzen, nicht aber, um das Land für Ackerbau und Gewinn zu roden und abzubrennen. Besitz und Land waren für ihr Leben, ihren Rang und für das Ansehen ihrer 'Aiga von Bedeutung. Streit um Land hatte oft zu offenem Krieg geführt, aber nachdem der Kampf beendet war, ließen die Sieger das Land zurück, wie es war – mit Büschen bewachsen, Beweis ihrer Mana und ihrer Tapferkeit. Als die Papalagi kamen, mißachteten sie den Busch. Mit Gewehren, billigen Waren und Lügen erkauften sie sich Land, buschfreies Land. Dann drängten sie den Busch und die Götter ins Landesinnere zurück und errichteten Stacheldrahtzäune. Alles nur wegen der Kopra. Mit Hilfe der Missionare erschütterten diese Papalagi-Siedler das Tapu, das das Überleben des Kreislaufs gesichert hatte, in dem die Menschen alles andere Leben achteten. Nun war Toasa Zeuge, wie seine eigenen Leute diese Zerstörung fortsetzten. Sogar die Moskitos schienen erregt zu sein. Er zählte vier auf seinem Arm, ließ sie aber in Ruhe. Als er langsam die Lichtung überquert hatte, hatte er sich schließlich in das Unvermeidliche gefügt. Er hatte erst den Busch angeschaut, dann wieder Tauilopepe; hatte erkannt, daß er zwischen ihnen stand, und sich entschlossen, den Weg freizugeben. Deshalb hatte er gelacht. Für Tauilopepe hatte die Vergangenheit keine wirkliche Bedeutung. Das hatte Toasa oft genug in Tauilopepes Augen gesehen, nachdem er vom Theologischen Seminar zurückgekehrt war. Das Schicksal war vor Jahren entschieden worden, lange bevor diese Männer geboren wurden, und er, Toasa, hatte verloren. Wie sagte Lafo immer? Entweder du hast Glück, oder du hast kein Glück. Und er hatte kein Glück mehr, dafür hatten die Papalagi gesorgt. Die Welt, die er erhalten wollte, würde früher oder später völlig zusammenbrechen.

Als er ein Junge war, hatten ihn die Veränderungen, die die Papalagi bewirkten, verwirrt. Er dachte wieder an Tauilopepe Mosooi, Tauilopepes Urgroßvater, den einzigen Matai, der den Einfluß der Missionare in Sapepe bekämpft hatte, der in der letzten Schlacht vor der Einführung des Christentums gefallen war, sich den Speeren der Feinde entgegengeworfen und geschrien hatte: »Ich sterbe wie ein Mann!« Ein letztes Zeichen des Widerstandes. Danach hatte sich Sapepe völlig unterworfen, auf die alte Religion und alles, was die Missionare beleidigte, verzichtet, um das Mana des neuen Gottes zu gewinnen. Mit der Zeit setzte sich die Kirche immer mehr fest. Er, Toasa, der zusammen mit Tauilopepe Laau aufwuchs und der geprägt war von einem Glauben, der ein unentbehrlicher Teil des Lebens in Sapepe geworden war – auch er hatte den christlichen Glauben angenommen, obwohl es ihn noch stark zu dem hinzog, was die Missionare und Pfarrer als »heidnische Vergangenheit ohne Erleuchtung« verdammten. Doch all dies bedeutete nicht, daß die Sapepeaner die Werte und die Lebensweise der Papalagi annahmen. Als er der Führer seiner 'Aiga wurde, richtete er seine Handlungsweise streng nach den Traditionen und Werten des Faa-Sapepe aus, der sapepeanischen Lebensweise, oder zumindest nach seiner Vorstellung von diesen Werten. Mit Tauilopepe Laau, der anderen Hälfte dessen, was er seine »private 'Aiga« nannte, hatte er die Missionare und Händler erfolgreich in ihre Schranken verwiesen und radikale Veränderungen verhindert. Er hatte geglaubt, daß sogar Malo, durch den die Bedrohung der Stadt immer stärker wurde, das Gleichgewicht der Kräfte in Sapepe nicht ändern könnte. Er hatte geglaubt, daß die Lebensweise der Sapepeaner sich nicht verändern würde. War sie ihnen denn nicht von Jehova gegeben worden, der sie als einziger ändern oder zerstören könnte? Dies hatten auch die meisten der Matai seiner Generation geglaubt, so daß die Tradition durch den christlichen Glauben nicht geschwächt, sondern sogar noch gefestigt worden war. Er hatte diesen Glauben unterstützt. Aber nun waren die meisten Männer aus jener Zeit tot.

Ein Junge trat in sein Leben, der jüngste Sohn seines Freundes Tauilopepe Laau. Er liebte ihn mehr als seine eigenen Kinder und half Tauilopepe Laau, ihn großzuziehen. Toasa hatte gehofft, der Junge würde ihre Führung fortsetzen, und wollte sich nie an Tauilopepe Laaus und Masinas ständigen Versuchen beteiligen, ihren Sohn dazu zu bringen, Pfarrer zu werden. Aber schließlich hatte er doch dazu beigetragen und fühlte sich deswegen als Heuchler. Als der Junge vom Theologischen Seminar zurückkam, war er für seine Eltern ein Versager, weil sie meinten, er habe

Schande über ihre 'Aiga gebracht. Für Toasa war er ein Versager, weil er ein Fremder geworden war, ein Mann der Stadt. Als Tauilopepe Laau starb, war er selbst, Toasa Faaola Matagifa, der einzige Überlebende seiner Generation. Exzentrisch. Mürrisch. Altmodisch. Ein erfahrenes Schlitzohr, das den jüngeren Matai nicht mehr richtig traute, besonders nicht solchen wie Malo und Tauilopepe, weil für sie Treue zu irgendwem oder irgend etwas austauschbar war; Anständigkeit etwas, das man kaufen und verkaufen konnte. Deshalb kam er nun, als er die Männer bei der Arbeit beobachtete, als er sah, wie die Bäume zu Boden krachten, zu dem Schluß, daß er altmodisch geworden war, altmodisch wie der Busch. Nur über eins war er untröstlich: Tauilopepe, der Sohn seines Freundes, des Mannes, den er so sehr geliebt hatte, würde für die endgültige Zerstörung seiner Welt verantwortlich sein. Indem er ihm den besten Teil des Landes überlassen hatte, hatte er, Toasa, Tauilopepe auf der Ratsversammlung der Matai zu seinem Handlanger gemacht.

Er schlug nach den Moskitos auf seinem Arm, schnippte seinen Stumpen in das Unterholz und beobachtete, wie er langsam verglühte. Er hoffte verzweifelt, daß die Stärke der Vergangenheit, die Sapepe zusammenhielt, vielleicht die neuen Veränderungen aufnehmen, sie behutsam ausgleichen würde, genau wie sie das Christentum aufgenommen und ausgeglichen hatte. Er blinzelte, als er in die Sonne sah, die nun fast im Zenit stand. Wenigstens die Sonne würde sich nie verändern.

Immer noch fielen die Bäume. Als Toasa Tauilopepe auf sich zukommen sah, straffte er sich und war wieder der alte Mann, dessen einzige Sorge im Leben das Kartenspielen war und der es hinnahm, wie die Karten auch immer aussahen.

»Die Arbeit geht gut voran«, sagte Tauilopepe. Toasa nickte. Tauilopepe setzte sich neben ihn. Sie sahen den Männern bei der Arbeit zu.

»Du wirst Diakon, wie?« fragte Toasa. Tauilopepe grinste. »Das ist gut. Dein Vater war ein sehr guter Diakon, obwohl er kaum lesen und schreiben konnte.« Tauilopepe zuckte sichtlich zusammen, und Toasa wollte ihn absichtlich verletzen. Warum? Er wußte es selbst nicht, und es war ihm egal. »Ich konnte es auch nicht. Habe mich nie darum gekümmert, wieso auch? Aber dein Vater hatte ein enormes Gedächtnis. Wie ein uraltes Buch. Er wußte noch viel mehr von der Geschichte Sapepes als ich. Sogar jede Menge Lieder, Gesänge und Rituale, die verschwunden waren, als die Missionare kamen. Aber ich nehme an, du wußtest das?« Tauilopepe nickte. Toasa war klar, daß Tauilopepe log. Tauilopepe Laau hatte fast nichts von seinem Wissen preisgegeben, am wenigsten seinem eigenen Sohn gegenüber. Toasa hatte nie verstanden, warum sein Freund sich hinter einer undurchdringlichen Maske aus Verschwiegenheit versteckt hatte, vor allem vor seiner Frau und seinen Kindern. Aber er hatte ihn nie danach gefragt. Sie hatten ein gemeinsames, ungeschriebenes Gesetz gehabt: keine Fragen, einer mußte den anderen so akzeptieren, wie er war, und ihm bis in den Tod vertrauen. Dieses Vertrauen hatte ihr ganzes Leben lang gedauert, und keiner von beiden hatte es je gebrochen oder angezweifelt. »Dein Vater war ein großartiger Kerl«, sagte er. »Ich hätte mein Leben für ihn gegeben, und sicher hätte er für mich dasselbe getan.« Er sah, wie Tauilopepe unruhig hin und her rutschte. »Aber du weißt doch, was Vertrauen ist, was Ehre ist, Anständigkeit und dieses ganze altmodische Zeug, nicht wahr?« Tauilopepe versuchte zu lächeln. »Wußtest du, daß wir die einzigen waren, die je auf dem Gipfel des Gebirges standen?« Tauilopepe schüttelte den Kopf. »Die einzigen, seitdem die Missionare und Händler uns in das Küstengebiet verbannt haben. Weißt du, was wir gefunden haben?« Er hielt inne und sagte dann, indem er Tauilopepe fest in die Augen sah: *»Wir fanden Löwen und Aitu und wichtige Erinnerungen.«*

Tauilopepe sah einen Augenblick lang verblüfft aus. Toasa dachte, ah, er fürchtet, ich bin verrückt geworden. Also erzählte er weiter. »Wir waren erst zwölf Jahre alt – leichtsinnig, weil wir nicht wußten, was Angst war. Eines Nachts erfanden wir diese Mutprobe. Später hätten wir sie gern zurückgenommen, aber keiner von uns wollte zugeben, daß er noch feucht hinter den

Ohren war.« Er lachte. Tauilopepe lachte nicht. »Wir stahlen uns früh am Morgen davon, ich erinnere mich noch heute an das Bellen der Hunde, das kalte Gefühl des Taus, das Grunzen der Schweine und an die Angst. Wir pinkelten über die Steinmauer und beobachteten, wie der Dampf aufstieg, als das Wasser auf den Boden plätscherte. Dein Vater stand mit dem Rücken zu mir. Er war ganz schön prüde; er redete nie über Sex oder ließ einen fahren oder erzählte dreckige Witze. Er war ein bißchen wie du.« Er schaute Tauilopepe an und sah, wie dieser die Augen niedergeschlagen hatte. »Na ja – wir rannten zwischen den Bäumen hindurch, mit unserem Korb mit Taro und ein paar Wasserflaschen. Niemand wußte, daß wir fort waren. Wir dachten, wir würden am gleichen Tag zurückkommen. Am Anfang war es einfach – wir kannten den Weg. Aber nach zwei Stunden war der Weg zu Ende, und wir bekamen Angst. Wir schauten uns an und wußten, wir konnten unsere Abmachung nicht brechen. ›Los‹, sagte dein Vater. Er war immer der Anführer, wenn es brenzlig wurde. Ich war sein Schatten, trottete hinter ihm her – was soll ein Schatten sonst auch machen? Wir gingen nicht auf dem Pfad, auf dem wir heute gekommen sind: Wir kamen von Westen her ins Tal. Er stolperte. Ich richtete ihn auf. ›Sollen wir zurückgehen?‹ fragte ich. Wortlos kroch er durch das Unterholz voran, der Talsohle entgegen und auf eine Lichtung, wo wir uns ausruhten und an unserer trockenen Taro knabberten und gierig das Wasser tranken. Danach hob ich meine Lavalava zum Scheißen hoch. Er schaute weg und lachte. Ich mußte auch lachen. Und unsere Angst schwand allmählich. Der Weg vom Tal auf die Hügel am Fuß des Gebirges war leicht. Wir taten so, als ob wir Krieger wären, die feindliche Truppen verfolgten.

Als wir auf einem Hügel auf halber Höhe des Gebirges ankamen, war es später Nachmittag. Wir ruhten uns unter den wilden Bäumen aus, beobachteten die Ringeltauben und dachten an das, was uns Tauilopepe Faiga, dein Großvater, über die großen Taubenjäger der Vorzeit erzählt hatte. Krieg und Taubenjagd waren der Zeitvertreib der Alii; das ist jetzt vorbei, vergessen. Ich rief, und die Tauben flogen mit lautem Flügelschlag davon. Ich habe nie mehr so freie Vögel gesehen wie damals. Frei. Sie blieben im Gebirge, außer Reichweite der Gewehre. Mit Gewehren zu jagen ist Abschlachten. Keine Geschicklichkeit oder Kunst. Zur Zeit unserer Väter hätte ein Jäger sogar tagelang gewartet, um eine Taube zu fangen, sie lockten sie mit einem lebendigen Lockvogel in die Falle. Das war Kunst. Alles vorbei. Heute heißt es nur: Zielen und Feuer! Schönheit wird in einem einzigen brutalen Augenblick weggesprengt, nicht wahr?« Seine Stimme wurde leidenschaftlich, eindringlich. Dann fiel ihm ein, wo er war und mit wem er sprach. Er blinzelte und lachte. »Wir standen auf und gingen weiter. Immer nach oben und vorwärts. Die Sonne ging unter, und unsere Angst kam wieder, weil wir von den Aitu gehört hatten, die von den Missionaren in den Busch und ins Gebirge verbannt worden waren. Uralte Aitu, Götter, die in Ungnade gefallen waren, aus einer anderen Zeit, aber immer noch gefürchtet, sobald es dunkel wurde. Wir krochen über Lavabrokken, waren zerkratzt und müde. Wir halfen uns gegenseitig nach oben, dem Himmel entgegen, und der Wind brauste in den Bäumen. Dann waren wir oben auf dem Gipfel, unter den höchsten Bäumen. Und das Meer lag vor uns und hinter uns, verschwand im Nichts an den Enden der Welt. Unter uns lagen ruhig und blau die Gebirgsketten, Täler und Ebenen, so friedlich, wie sie für unsere Vorväter ausgesehen haben mußten, als sie sich dort ansiedelten. Dann streckten wir alle viere von uns und schliefen ein. Die Aitu verzauberten uns nicht. Wir spürten nicht einmal die Moskitos.«

Er hörte wieder auf zu reden und sah, daß Tauilopepe das Gebirge betrachtete. »Als es dämmerte, wachten wir auf – naß und kalt und hungrig, unsere Körper von Moskitos zerstochen. Und unsere Angst kam wieder, als wir erkannten, wo wir waren, uns von den Aitu und Göttern aus den Bäumen und aus dem Dunst beobachtet fühlten. Dein Vater stand auf, sah, daß ich weinte, und sagte: ›Sie werden uns nichts tun, das *weiß* ich.‹ Dein Alter war immer ein seltsamer Kerl. Ich habe kein einziges Mal erlebt, daß er sich vor dem Übernatürlichen gefürchtet hätte. Ich denke, er glaubte wirklich an die alten Götter. Nicht, daß ihn das gehindert hätte, ein guter Diakon zu sein. Die Götter unterscheiden sich nicht sehr. Es hängt alles davon ab, was für ein Mann du bist. Als er das damals sagte, fühlte ich mich plötzlich frei – der Dunst, die Schatten, der Wind, der Busch und die Götter – oder was immer es war – waren nicht gegen uns, sondern mit uns. Verstehst du? Sie waren unsere Freunde.« Er schniefte und spuckte auf den Boden. »Dann sahen wir eine Felsplatte unter dem höchsten Baum, in Richtung Osten. Wir gingen hin. Weißt du, was wir dort fanden? Zwei zersprungene Muschelschalen, braun vom Alter. Sonst nichts. Nichts, woran man erkennen konnte, wer sie den weiten Weg dorthin gebracht hatte. Weißt du, was Muschelschalen in der alten Zeit bedeuteten?« Tauilopepe schüttelte den Kopf. »In vielen Dörfern waren sie Symbole für die Götter, für die Stimmen bestimmter Götter. Aber das wußte ich damals nicht. Bis dahin war dein Alter immer der Mutige gewesen. Also dachte ich, ich sollte ihm mal zeigen, daß ich auch was konnte. Also, rat mal, was ich machte? Ich hob eine der Muscheln auf und wollte gerade hineinblasen. Die Muschel war fast an meinen Lippen, als dein Alter sie mir – zack! – aus der Hand schlug. Ich stand nur da, furchtbar böse auf ihn. Er hob die Muschel vorsichtig auf und legte sie wieder auf die Felsplatte. ›Wieso hast du das getan?‹ fragte ich. Er starrte mich an, als ob ich etwas Schreckliches getan hätte. ›Warum?‹ fragte ich noch mal. Ich setzte mich hin, als er mir sagte, was ihm sein Vater über Muscheln erzählt hatte. Er setzte sich auch, und wir starrten lange, lange Zeit auf die Muscheln. Als die ersten Sonnenstrahlen darauf fielen, trafen dein Vater und ich eine Abmachung: Wir würden niemals irgend jemandem verraten, wo die Felsplatte war. Nicht einmal den Leuten, denen wir vertrauten. Wir wußten nicht, warum wir diese Abmachung trafen. Wir wußten nur, daß es wichtig war, sie zu treffen, die Muscheln geheimzuhalten, vielleicht für immer. Es war wichtig. Verstehst du, was ich meine, Tauilopepe? Es gibt Dinge, denen ein Mann sich verpflichten muß –, und dein Vater und ich wurden zu Männern, als wir diese Wanderung machten –, auch wenn die meisten sie für sinnlos halten. Für uns *waren* die Muscheln wichtig.« Er brach ab und sah Tauilopepe an, der den Männern bei der Arbeit zuschaute. »Nun ja«, seufzte er, »wir beschlossen, die Muscheln und den heiligen Ort geheimzuhalten. Und um sicherzugehen, daß wir nie verraten würden, wo sie sind, nannten wir sie ›Löwen‹. Wir hätten ihnen alle möglichen Namen geben können, aber wir nannten sie LÖWEN.« Er lachte ein wenig, fühlte sich aber müde, er spürte, daß Tauilopepe weit weg war, verloren im fruchtbaren Tal. »Als wir zurück nach Hause kamen, wurden wir verhauen wie noch nie in unserem Leben. Sie hatten uns die ganze Nacht gesucht. Aber wir haben ihnen nie erzählt, wo wir gewesen waren. Nie.« Er hielt inne. »Ich frage mich, was wohl passiert wäre, wenn ich in die Muschel geblasen hätte, in die Stimme der Götter? Glaubst du, sie wären aus ihren Gräbern gekommen, Löwen, Aitu und Erinnerungen!« Er schlug Tauilopepe auf die Schulter und fing an zu lachen. Hielt plötzlich inne und fragte: »Was wirst du pflanzen?«

»Kakao, Taro und Bananen«, antwortete Tauilopepe.

»Und Geld, was?« sagte Toasa. »Leider wächst Geld nicht auf Bäumen. Das wäre für alle einfacher, was?« Tauilopepe sagte nichts.

Die Sonne war schon über den Mittag hinaus und vertrieb die Schatten von den beiden Männern, die dasaßen, ohne daß ihnen die Hitze etwas ausmachte. Toasa schaute zur Gebirgskette hoch, die wie dunkelblauer Dunst vor dem grellen Himmel lag, und dachte an die Wanderung, die ihn und Tauilopepe Laau zu Männern und unzertrennlichen Freunden gemacht hatte. Als er Tauilopepe wieder wahrnahm, sehnte sich sein Herz nach dem Jungen, den er geliebt hatte und der sich nun in diesem Fremden neben ihm verloren hatte. Dann fiel ihm Pepe wieder ein, und er entschloß sich, es noch einmal zu versuchen. Pepe verstand die Löwen und die Aitu. Waren die Löwen immer noch dort oben und warteten darauf, gefunden zu werden, warteten auf den menschlichen Atem, der sie wieder zum Leben erwecken würde? Warteten sie vielleicht auf Pepe? Pepe war *sein* Sohn.

Zu Anfang hatte Tauilopepe Toasas Geschichte aufmerksam zugehört, begierig, etwas über seinen Vater zu erfahren, den er nie richtig gekannt hatte.

Aber Toasa hatte wenig von ihm preisgegeben. Er hat wie immer übertrieben, dachte Tauilopepe. Wahrscheinlich sind sie nie oben auf der Gebirgskette gewesen, haben nie diese anstrengende Wanderung ertragen. Toasa hat die ganze Geschichte nur erfunden. Das mit den Löwen und Aitu war einfach übertrieben. Toasa wird senil. Also hörte er nicht mehr zu, nahm nur einzelne Stücke der Geschichte wahr und nickte mit dem Kopf.

Kurz nachdem Toasa seine Geschichte erzählt hatte, kamen Lupe und Pepe und andere Leute aus Tauilopepes 'Aiga mit Essen in Körben und Töpfen, die an Traghölzern hingen. Im grellen Licht sahen sie wie ächzende Lasttiere aus.

Pepe, der einen schwarzen Kessel trug, kam aus der Gruppe heraus, lief zu Toasa und gab ihm eine große gebackene Taro. Der alte Mann brach die Taro in zwei Teile, und sie fingen an zu essen. Die anderen nahmen das Essen und ruhten sich im Schatten aus.

Ein Baum schwankte und krachte herunter. Pepe starrte ihn mit aufgerissenen Augen an. »Mensch, hast du das gesehen?« fragte er Toasa. »Beinahe wäre er auf die Leute gefallen. Glaubst du, er hätte sie getötet? Mensch, glaubst du das?«

»Er hätte sie zerquetscht«, antwortete Toasa. »Wie Fliegen.« Tauilopepe zuckte zusammen.

»Keine Chance, was?« sagte Pepe.

»Nicht die Spur einer Chance. Sogar ein Wunder hätte sie nicht retten können.«

»Was ist das, ein Wunder?« fragte Pepe.

»Ein Wunder?« Toasa dachte einen Moment nach und sagte, indem er Tauilopepe ansah: »Das ist, wenn etwas aus dem Nichts kommt oder im Nichts verschwindet. Wie wenn Fische Beine bekommen und an Land laufen.«

»Oh«, sagte Pepe. Toasa lachte. Er schaute Tauilopepe an und stieß ihn mit dem Ellbogen in die Rippen. »Was sind das für Fische?« fragte Pepe.

»Wunderfische«, antwortete Toasa.

»Kann man die essen?« fragte Pepe, der den Scherz weiter ausspann. »Nur Wunderarbeiter können sie essen.« Toasa schluckte den letzten Bissen Taro hinunter und rülpste.

Pepe gab ihm sein eigenes Stück Taro und fragte: »Gibt es in Sapepe Wunderarbeiter?«

»Ach, so meinst du das. Ja. Das sind seltsame Kerle, sehr seltsame Kerle.«

»Wieso seltsam?« fragte Pepe. Tauilopepe wünschte, sie würden mit dem sinnlosen Gerede aufhören.

»Na ja, weil sie keine Haare haben. Jedesmal, wenn sie ein Wunder vollbringen, verlieren sie zehn Haare. Deshalb bekommt man eine Glatze, wenn man zuviele Wunder vollbringt.«

Pepe lachte und sagte: »Also hatte Christus eine Glatze?« Gespannte Stille. Tauilopepe starrte auf Pepe, und Toasa sah Tauilopepe amüsiert an.

»Nein, Jesus hatte keine Glatze.«

»Also war Jesus kein Wunderarbeiter, wie?« schloß Pepe.

Tauilopepe wartete gespannt auf Toasas Antwort, auf die ketzerische Erklärung, aber er hatte nicht mit Toasas Scharfsinn gerechnet.

Plötzlich stand Toasa auf und sagte: »Achtung!«

Pepe saß gespannt da. Tauilopepe war verwirrt, so verwirrt, daß er sich über seine Verwirrung ärgerte. Er dachte, daß Toasa wirklich senil sei, wartete aber darauf, zu erfahren, was er und Pepe vorhatten.

»Ruhig, Löwe!« befahl Toasa.

Pepe gehorchte ihm flink. Tauilopepes Verwirrung wurde immer größer. Entweder war Toasa senil, oder er war verrückt geworden. Tauilopepe fluchte in sich hinein. Wieder krachte ein Baum herunter; das Geräusch schallte durch das Tal.

»Wer sind wir?« sang Toasa.
»Drei Löwen – du, ich und
der Wunderfisch; Gebirge,
Himmel und das verdammte Meer?« deklamierte Pepe.

Lupe und die Leute im Schatten lachten. Tauilopepes Verwirrung wurde zu beschämter, wütender Fassungslosigkeit. Toasa war weder senil noch verrückt, er war einfach dumm.

»Wer sind wir?« sang Pepe.
»Drei Aitu – du, ich und
Filipos Tee; Geld,
Haie und Sapepes Schwein!« deklamierte Toasa.

Einige Männer hörten auf zu arbeiten und lachten. Lupe kam herüber und setzte sich hinter Tauilopepe. »Ist das Essen fertig?« fragte er sie, um sich von Toasa und Pepe abzuwenden.

»Ja«, sagte sie. »Wie lange dauert es? Ich meine, wie lange dauert die Arbeit?«

»Weiß nicht.«

»Eine Menge Arbeit«, sagte sie.

Tauilopepe konnte sich nicht von Toasa und Pepe ablenken. Sie hatten aufgehört zu lachen, flüsterten nun miteinander und zeigten auf die Gebirgskette. »Ist genug zu essen da?« fragte er Lupe.

»Ich glaube schon.«

»Bist du sicher?«

»Ja, ich bin sicher.«

»Du brauchst nicht böse zu werden«, sagte er.

»Ich *bin* nicht böse.«

»Doch, du *bist* böse!« warf er ihr vor. Wieder krachte ein Baum zu Boden.

»Ich bin nicht böse, aber du bist böse!« antwortete sie. Plötzlich bemerkten sie, daß Toasa und Pepe sie ansahen, und sie hörten auf zu streiten. »Ein Schlag, und sie wäre ohnmächtig«, dachte

Tauilopepe. »Geschähe ihr recht für ihre Widerworte.« Lupe stand auf und ging zurück zu den anderen Frauen in den Schatten. Als er glaubte, daß niemand ihn beobachtete, zog er sich auch in den Schatten zurück. Aber Toasa und Pepe folgten ihm und ließen sich nur ein paar Meter von ihm entfernt nieder.

»Wie heißt du?« hörte er Toasa Pepe fragen. Das Lachen hatte aufgehört.

»Ich heiße Pepe Tauilopepe, Nachkomme des Hauses Sapepe, Erbe des Standes der Toten, zukünftiger Beschützer der Lebenden, Hüter der Ungeborenen«, sagte Pepe. Es war dasselbe Ritual, das Toasa ihm beigebracht hatte, als er in Pepes Alter war, ein Ritual, das er damals von ganzem Herzen bejaht, aber seit seiner Zeit am Theologischen Seminar abgelehnt hatte – und mit Recht.

»Was mußt du tun?« fragte Toasa.

»Ein starker und gnädiger Anführer sein. Ein gerechter und ...«

»Ein gerechter und *anständiger* Mann sein«, sagte Toasa ihm vor. Pepe deklamierte die ganze Antwort noch einmal.

»Woran mußt du immer denken?« fragte Toasa.

»Daß die Toten von Sapepe mit uns verbunden sind, und wir, die Lebenden, mit den Toten und mit den noch Ungeborenen verbunden sind, für immer und untrennbar. Unsere Pflicht ist es, das zu erhalten, was die Toten uns vermacht haben, um es zu bewahren und den Ungeborenen zu vererben, wenn wir uns mit den Toten vereinen«, sang Pepe.

Tauilopepe erinnerte sich an die Zeit, als er Toasa besucht hatte und ihm erzählte, daß er auf der Priesterschule gelernt habe, Moses sei der Prophet, der durch ein Wunder bewirkt hatte, daß Wasser aus einem trockenen Stein floß. Damals hatte Toasa begonnen, ihm die Worte des Rituals beizubringen, die er nun mit Pepe deklamierte. Ein paar Tage danach hatte er dann Toasa erzählt, daß der Pfarrer sicher sei, Jehova habe die Menschheit aus Adam und Eva und der Schlange erschaffen. Toasa lachte und erzählte ihm den sapepeanischen Mythos von der Erschaffung der Welt.

»Am Anfang war nur das Nichts«, hatte Toasa ihm erzählt. »Im

Nichts bildeten sich verschiedene Farben. Diese Farben wurden zu festen Stoffen, verbanden sich und bildeten die Welt. Dann bedeckten die Götter die nackte Welt mit Schlingpflanzen. Nach Jahrhunderten von Licht und Dunkelheit verfaulten die Schlingpflanzen und wurden zu Larven. Aus den Larven schlüpften die Menschen, die am Tage ihres Todes und bei Einbruch der Dunkelheit wieder zu Larven wurden.« Tauilopepe hielt damals fest zu Toasa und erzählte deshalb dem Pfarrer nichts von dieser ketzerischen Geschichte. Er glaubte sogar, daß Larven schön seien, und besuchte Toasa weiterhin jeden Abend, um den alten Glauben und die Geschichte seines Volkes zu lernen. Aber nun, als er sah, wie das Land gerodet wurde, beschloß er, daß die Zukunft seines Landes mit dem Land und seinen Gewinnen verbunden sein sollte und nicht mit Toasa und seiner sonderbaren Verrücktheit. Und doch dachte er, als er Toasa und Pepe zuhörte, an die Lebenden und die Toten und die Ungeborenen und erinnerte sich an die Larven, einen schrecklichen, wimmelnden Haufen, der sich selbst auffraß und die Menschheit verschlang. Er stand auf, nahm sein Buschmesser und stürzte sich in das Ritual der Arbeit, um seine Angst zu begraben.

Ungefähr eine Stunde später sammelten sich alle im Schatten und aßen Heringe aus Dosen, Cornedbeefeintopf, gebackene Taro und Bananen. Fliegenschwärme summten um das Essen herum. Die Frauen vertrieben sie mit kleinen Ästen, während die Männer aßen. Vao und Niu gingen mit Eimern voll Wasser herum und füllten Emailbecher, die die Männer in großen Schlucken austranken. Alle Männer waren dreckverschmiert und stanken nach Schweiß und Harz; ihr Haar war von der Sonne ausgetrocknet, voller toter Insekten, Blattstücke und Holzsplitter. Sie aßen ohne zu sprechen. Sie dachten daran, wie sie ihre knurrenden Mägen füllen, ein kühles Bad nehmen und schlafen würden. Aber sie hatten noch viele Stunden Arbeit vor sich, noch lange die Strapazen der erbarmungslosen Sonne zu ertragen und zu verfluchen, bis sie lachend über die Gebirgskette im Westen floh. Dann noch den langen, ermüdenden Weg nach Hause.

Pepe saß auf Toasas Eßmatte. Sie waren die einzigen, die noch Kraft zum Reden hatten. »Wie steht's um eure Männlichkeit?« fragte Toasa die Männer. Einige sahen von ihrem Essen auf. »Könnt kaum aufstehen, was? Der Busch überfordert wohl eure Potenz?« Einige Männer grinsten. Tauilopepe knirschte mit den Zähnen. »Als ich in eurem Alter war, konnte ich den ganzen Tag arbeiten. Mähte ganze Wälder nieder und hatte immer noch Zeit, abends einen oder zwei Haie zu fangen.« Das Grinsen wurde zu glucksendem Lachen. »Hab sie sogar roh gegessen. Ist gut für die Leber, und die Hai-Weibchen fanden es toll!« Die Männer grölten vor Lachen. Einige Frauen kicherten. Tauilopepe versuchte zu lächeln. »Wenn man euch müde Kerle so ansieht, könnte man meinen, ihr habt gearbeitet.« Toasa machte so weiter, bis fast alle schwatzten und auch Witze machten.

»Gab es zu deiner Zeit etwa Bäume?« fragte ein Mann.

»Bäume? Massen von Bäumen. So hoch, daß man ihre Wipfel nicht sehen konnte. Die Bäume, die ihr gefällt habt, sind Strohhalme dagegen.«

»Gab's auch Äxte?« fragte ein anderer.

»Äxte? Wer brauchte denn Äxte? Wir knickten die Bäume mit unseren bloßen Händen um!« sagte Toasa. Außer Tauilopepe hatte er alle zum Lachen gebracht, sogar die meisten Frauen.

Lupe reichte zwei Päckchen Tabak herum. Die Männer drehten sich Zigaretten und zündeten sie mit einem glimmenden Ast an, den Niu geholt hatte. Nach der Zigarette und einer kurzen Pause gingen sie wieder an die Arbeit, die Frauen machten sich auf den Rückweg ins Dorf, und Pepe und Toasa schliefen im Schatten.

Kurze Zeit später hörten die meisten Männer plötzlich auf zu arbeiten und sahen nach oben, mit der Hand die Augen vor der Sonne schützend. Tauilopepe bemerkte ihr Schweigen und sah auch nach oben. Sie hatten noch nie einen so riesigen Baum gesehen: Allein seine Höhe nahm Tauilopepe einen Moment lang den Atem. Er ging zu den anderen unter den Baum – einen Banyanbaum. Er sah aus wie ein riesiger Krake, der auf dem Land hockte, seine Saugköpfe an die Erde gekrallt, und warf seltsame, zitternde Schatten, die den umliegenden Busch und das Tal zu ängstigen schienen. Tauilopepe setzte sich auf einen Baumstumpf. Der jahrhundertealte Banyanbaum sah aus, als ob er schon immer dort gewesen sei. Männer waren gekommen, hatten ihn mit fassungslosem Staunen angesehen und waren in Vergessenheit geraten. Der Baum hatte unten einen größeren Durchmesser als das Paepae der größten Fale in Sapepe. Neben ihm hätte sogar die Kirche winzig ausgesehen. Nur das Meer war ihm ebenbürtig.

Zwei Männer liefen zum Baum und fingen an, an einer der Wurzeln herumzuhacken. Die anderen lachten. »Wir werden einen Monat brauchen, um ihn zu zerstören«, dachte Tauilopepe. »Einen Monat lang schmerzende Muskeln und Flüche und am Ende vielleicht eine Niederlage. Einen Monat verschwendet und das Geld verbraucht. Mit Feuer ginge es vielleicht, aber ...«

»Was sollen wir machen?« fragte ein Mann.

»Wir werden ihn ein anderes Mal abbrennen«, antwortete Tauilopepe.

Sie machten mit kleineren Bäumen weiter, an denen sie ihre Eitelkeit befriedigen konnten. Aber Tauilopepe unterbrach oft seine Arbeit und schaute zum Banyanbaum auf. Er verstand nicht, warum er wütend wurde, es kam wohl durch Toasas Geschichte von der Wanderung, den Löwen und Aitu und den Larven, und durch Pepe, und nun noch der Banyanbaum – all dies gab ihm das Gefühl, klein zu sein, das Gefühl, nichts Lohnendes erreicht zu haben, und er wehrte sich gegen dieses Gefühl. Er schwang seine Axt, spürte, wie sie in das Fleisch des Baumes, den er fällte, eindrang, und genoß das Gefühl der Stärke, seiner eigenen Stärke. Plötzlich wollte er eine Frau, eine große, unersättliche Frau, für deren Befriedigung man eine Menge Kraft brauchte.

Als die Sonne auf dem Rand der westlichen Gebirgskette hing, befahl Tauilopepe den Männern, mit der Arbeit aufzuhören. Sie weckten Toasa und Pepe und machten sich auf den Heimweg, spürten schon das kühle Wasser auf ihrer Haut, das warme Essen in ihren Bäuchen, rochen schon das Meer und schmeckten das

Salz in der nächtlichen Brise, die sicher wie immer vom Meer wehen würde, hörten ihre Kinder. Ihre Frauen würden um sie herum sein wie das Meer. Und dann nur noch Schlaf.

»Werde die neue Plantage ›Blätter des Banyanbaums‹ nennen«, sagte Tauilopepe. Einige nickten, die anderen waren so müde, daß ihnen alles egal war.

9 *Die wahre Eingebung*

Versteckt in den Mangrovenbäumen, zählte Tauilopepe das restliche Geld in seiner letzten Cornedbeefdose. Er überlegte, wieviel Geld er für das Essen der Männer ausgegeben hatte, verglich es mit der Fläche, die sie gerodet und bepflanzt hatten, und kam zu dem Schluß, daß jeder Pfennig gut angelegt war. In etwas mehr als einem Monat hatten sie fast hundert Morgen Taro, Bananenstauden und Kakaobäume gepflanzt.

Die verschlungenen Wurzeln und Äste der Mangrovenbäume bildeten eine undurchdringliche Mauer um ihn herum. Durch die Öffnung über sich erblickte er einen Himmel, der von einer Matratze aus grauen Wolken bedeckt war. Aber er wußte, es würde nicht regnen. Zweimal zählte er sein Geld laut vor sich hin. Es war Ebbe, und seine Füße steckten bis zu den Knöcheln im Schlamm. Nur zehn Männer hatten den Monat erschöpfender Arbeit nicht durchgehalten: Fünf waren krank geworden, die anderen waren weggeblieben. Er zählte fünfzehn Einpfundnoten von seinem Bündel ab, dachte einen Moment nach und legte dann zwei zurück. Er würde den Männern dreizehn Pfund geben; vielleicht würden sie es für ein Fest ausgeben. Er hockte sich hin. Manchmal waren die Männer kurz vorm Aufgeben gewesen, aber er hatte sie durch sein Beispiel herausgefordert: mit tagelangem Schneiden und Hacken, ohne Pause, nicht einmal zu den Essenszeiten, von morgens bis abends, bis er kaum noch seine Axt heben konnte. Es hatte funktioniert. Die Männer hatten mitgehalten. Er seufzte, dachte voller Zärtlichkeit an seine beeindruckende neue Plantage, mit üppig wachsenden Pflanzen, die Früchte tragen und ihm später noch mehr Geld einbringen würde.

Ein großes schwarzes Schwein, schlammverschmiert, brach durch eine Lücke in den verschlungenen Wurzeln und warf mit seinem Rüssel den Schlamm auf. Tauilopepe kratzte seine Genitalien und dachte an Malos Haus und seinen Laden und an Moa. Das Schwein grunzte und sah ihn mißtrauisch an. Seine Hand glitt nach unten und schloß sich um die leere Cornedbeefdose. Das Schwein drehte sich um. Zu spät. Die Dose beschrieb einen Bogen und traf es am Rüssel. Ein schmerzerfülltes Quieken, und es raste zwischen den Bäumen davon.

Er betrachtete noch einmal sein Geldbündel und erinnerte sich plötzlich daran, daß Filipo von ihm erwartete, am kommenden Sonntag seine erste Predigt zu halten. Er schaute mißtrauisch zum Himmel. Bestimmt beobachtete Gott ihn in diesem Moment. Er stolperte vorwärts, hob die Dose auf, stopfte das Geld hinein und lief zwischen den Bäumen davon. Als er merkte, daß er rannte, hielt er an und machte sich klar, daß er keinen Grund hatte, sich vor Gott zu fürchten. Hatte nicht Gott dazu beigetragen, daß er weltlichen Reichtum erlangt hatte?

Nachdem er sich vergewissert hatte, daß ihn niemand beobachtete, vergrub er die Dose wieder unter den Brotfruchtbäumen hinter der Fale. Er wischte sich die Füße mit einem Sack ab und ging in die Fale, in der Masina und Pepe lagen und schliefen. Lupe und die Mädchen waren in der Küchen-Fale und bereiteten das Abendessen. Er nahm die 'Aiga-Bibel, schlug sie vorsichtig auf und las. Nachdem er ein paar Seiten gelesen hatte, ging er zur Familientruhe und nahm einen von Pepes Bleistiften und ein Schulheft heraus. Er setzte sich und las erst die Schrift auf dem Bleistift und dann den Firmennamen auf dem Umschlag des Heftes. Er leckte am Bleistift. Der Geschmack gefiel ihm. Jedoch wünschte er sich, er hätte einen Füllfederhalter. (Filipo schrieb seine Predigten immer mit blauer Tinte und benutzte dazu einen teuren Füllfederhalter, den sein Sohn ihm aus dem amerikanischen Teil

Samoas geschickt hatte.) Er hatte noch diese Nacht und den ganzen Samstag Zeit, um seine Predigt zu schreiben. Er schlug den Deckel des Schulhefts auf und blätterte darin herum, indem er jedesmal seinen Daumen anfeuchtete, bevor er eine Seite umdrehte. Der Geruch von neuem Papier begeisterte ihn: Er hatte ihn jahrelang nicht gerochen, seit dem Tag, als er von der Schule in Malua ausgeschlossen wurde und heimlich alle seine Bücher verbrannt hatte.

Er schlug die erste Seite auf. Strich zärtlich darüber. Nahm sie zwischen die Finger. Hob sie an seine Nase. Roch daran. Ahh. Eine unbewohnte Welt, die er bald mit seinen Worten bevölkern würde, mit seinen Gedanken, seinem Wissen, seinen Träumen und Visionen. Seine Hand zitterte, als er den Bleistift hob und über diese jungfräuliche Welt hielt, bereit zum schöpferischen Eintauchen. Er leckte die Bleistiftspitze noch einmal an, dann ließ er sie hinabtauchen. Jetzt! Er schrieb seinen Namen in Druckschrift oben auf die Seite. Prüfte sorgfältig jeden einzelnen Buchstaben. Nicht schlecht. Schrieb seinen Namen noch einmal in die rechte obere Ecke. Und noch einmal. Seufzte. Erinnerte sich daran, daß sein Vater weder lesen noch schreiben konnte. Es machte nichts. Nicht mehr. Er schrieb den Namen seines Vaters dreimal quer über die Seite. Seine Hand hatte aufgehört zu zittern. Also schlug er die Bibel an ihrem Anfang auf, schrieb den ersten Satz ab, den er las, und beendete ihn mit einem Schnörkel und einem bewundernden Seufzer. Er hatte seine Begabung nicht verloren. Er schrieb noch einen Satz ab und noch einen, wobei er die ganze Zeit vor sich hin summte. Ja, er war begabt, und alles war Gottes Werk. Er erinnerte sich, daß er etwas Englisch auf dem Seminar in Malua gelernt hatte, und schrieb die Worte KATZE, HUND, GOTT, GELD, JEHOVA wieder und wieder. Er buchstabierte jedes Wort laut vor sich hin und schrieb dann FRAU, MANN, AUTO, JUNGE, MÄDCHEN, FISCH und seinen vollen Namen TAUILOPEPE MAUGA NAMAUAIVAO. Er konzentrierte sich noch einmal, jedoch fielen ihm keine anderen englischen Wörter ein.

Er hustete, riß die nun vollgeschriebene Seite heraus, faltete sie sorgfältig und legte sie auf seinen Schoß.

Oben auf die nächste Seite schrieb er seinen Namen in Druckschrift. Leckte den Bleistift an und überlegte angestrengt. Ah! Schrieb das Wort SCHWEIN unter seinen Namen. Dann HUHN. Blinzelte. Kratzte sich am Kopf. Begann zu schwitzen. Blätterte in der Bibel, um Anregungen zu bekommen. Die Flut strömte über das Riff herein; er konnte ihr monotones Brausen hören. Die Seite war leer. Sein Gehirn war ein einziges Durcheinander. Als er an den Sonntag dachte, stellte er sich eine leere Kanzel vor, und daß alle Leute in Sapepe über ihn lachten. »Schon wieder versagt«, würden sie sagen. Er hätte das Schwein nicht verletzen sollen, nun strafte ihn Gott dafür. Er wagte nicht, an Moa und ihren gemeinsamen Ehebruch zu denken. Er betete ein verzweifeltes Stoßgebet. Schlug die Bibel auf. Klappte sie zu. Schlug sie wieder auf. Scheiße! Er fluchte über die Bibel, ohne es zu wollen, und erwartete dann den zornigen Blitzschlag, der ihn treffen würde. Es passierte nichts. Gott war immer noch auf seiner Seite. Er sah auf das leere Blatt. Der Bleistift tauchte wieder hinab. Schrieb GELD. Sein Körper spannte sich. Eine Eingebung. Eine göttliche Eingebung. Schrieb ERFOLG. Dann GOTT. Fügte die drei Worte aneinander, in dickerer Schrift: GELD, ERFOLG, GOTT. Das war's. Ja! Wie wär's mit GOTT, GELD, ERFOLG? Na ja. Er spürte, wie ihm ein Einfall kam, so sicher wie die anbrausende Flut. Der Bleistift senkte sich wieder hinab, die Seite öffnete sich, um ihn willkommen zu heißen. Ja! GOTT, GELD UND ERFOLG. Die Predigt. Der Text seiner Predigt. So wie Moses von Gott die Eingebung bekam, die Zehn Gebote in die Steintafeln zu meißeln, genauso hatte seine unwürdige Hand von Gott die Eingebung bekommen, diese Worte aufs Papier zu schreiben. Es gab keine andere Erklärung dafür.

Als die Sonne hinter dem Horizont in einem violetten Flammenmeer unterging, begann er mit dem Gerüst seiner Predigt. Die Worte flossen leicht aufs Papier, von Gott eingegeben, glaubte er. Abendgebet und Abendessen unterbrachen seine Arbeit.

Aber hinterher schrieb und schrieb er weiter, bis er genug für mindestens drei Predigten zusammenhatte. Er hoffte, sie später verwenden zu können.

Als der Hahn am frühen Samstag morgen krähte, löschte er die Lampe, ging hinaus und pinkelte ins Gras. Er ging zurück und kroch laut gähnend unter das Moskitonetz. Lupe wachte auf, als er sie berührte. Er preßte seinen ganzen Körper gegen ihren Rücken, faßte über ihre Hüfte und dachte, als er ihren Bauch streichelte, an das größte Wunder Gottes – ein Kind, das sicher im Bauch seiner Mutter heranwuchs.

Als seine Finger über ihre warme Fülle strichen, fragte er sie, ob mit dem Baby alles in Ordnung sei. Sie sagte, sie sei müde. Aber seine Hand glitt nach unten, und er dachte an den Busch und daran, wie er ihn erobert hatte, und die neuen Pflanzungen und daran, wie er sie angelegt hatte, und den Banyanbaum und daran, wie er ihn abbrennen würde, und an Moa und daran, daß er der einzige Mann war, der sie befriedigen konnte, und dann an die seidige Weichheit und feuchte Wärme der Blütenblätter unter seinen Fingern, und er flüsterte: »Du liebst mich doch, oder?«

Sie gab seiner Forderung nach.

»Gott, Geld und Erfolg«, murmelte er, bevor er einschlief.

Lupe starrte in die Dunkelheit. Sie fühlte ein Ziehen im Bauch und dachte an ihr ungeborenes Kind. Sie begann zu weinen, aber nur die Dunkelheit war da, um sie zu trösten.

10 Der Tag der Predigt

Unter der Aufsicht Faitogas, Lupes Bruder, der am Vortag aus Savaii zurückgekommen war, arbeitete Tauilopepes 'Aiga hart an dem Sonntags-Umu. Tauilopepe, der normalerweise den Umu baute, beobachtete sie von der Haupt-Fale aus. Der Rauch des Holzfeuers, der von allen Küchen-Fale des Dorfes aufstieg, hing über allem wie ein leichter Nebel. Kurze Zeit später holte Tauilopepe sein gestärktes weißes Hemd und seine neue schwarze Krawatte, legte sie sorgfältig auf eine saubere Matte und setzte sich wieder hin, um seine Predigt zu lesen.

Vao brachte ihm Seife und eine Schale mit Wasser. Er summte beim Rasieren vor sich hin und betrachtete sein Gesicht in dem kleinen Handspiegel, dem einzigen Spiegel, den sie besaßen. Nach dem Rasieren badete er im Teich. Als er zurückkam, sah er, daß der Umu schon zugedeckt war und Faitoga im Schatten eine Zigarette rauchte. In der Fale reichte ihm Pepe seine weiße Lavalava. Zum Schluß zog er langsam und vorsichtig seine neuen Sandalen an. Er hatte niemals vorher Sandalen getragen. Danach kämmte er seine Haare mit zäher Pomade glatt und nahm seinen Pandanus-Fächer, seine Bibel und seine Predigt.

Wie immer blieb er unter den Kapokbäumen vor Toasas Fale stehen und wartete auf ihn. Er hatte sich nie in seinem Leben besser gefühlt. Dies war ein neuer Anfang.

»Wirst du's ihnen heute geben?« fragte Toasa im Gehen. Tauilopepe grinste nur.

»Du siehst nicht gut aus.«

»Ich fühle mich gut«, sagte Tauilopepe. Der rauchige Nebel war abgezogen, aber die Luft war immer noch von dem stechenden Geruch nach brennendem Holz erfüllt. Als sie durch das Dorf gingen, kamen Leute – alle weiß gekleidet – aus ihren Fale und gingen auf die Kirche zu. Viele grüßten Toasa und Tauilopepe.

»Als ich ein Junge war«, sagte Toasa, »freuten wir uns auf den Sonntag; nicht wegen der Religion, sondern weil wir dann weniger arbeiten mußten. Wir brauchten nicht den ganzen Tag auf dem Sprung zu sein, die Befehle der Erwachsenen zu befolgen. Ich glaube, daß sich die Kinder heute aus demselben Grund auf den Sonntag freuen.« Tauilopepe erinnerte sich, daß er als Junge manchmal sonntags nach dem Toonai ins Meer durfte. Aber er mußte sich dabei ruhig wie ein Erwachsener verhalten. Einmal vergaßen sie bei ihrem fröhlichen Planschen und Spielen diese Regel und schrien und lärmten. Gottes Zorn kam durch die wütende Hand seines Vaters auf sie herab. »Bist du sicher, daß du dich wohl fühlst?« fragte Toasa noch einmal. Tauilopepe nickte.

Ein Stück weiter vor ihnen schlurften eine Frau und ein Junge. Wegen der flimmernden Hitze sah es so aus, als ob sie ein paar Zentimeter über der Straße schwebten. Der Junge führte die Frau an der Hand.

Toasa und Tauilopepe holten sie ein. »Wie geht's dir, Nofo?« grüßte Toasa die Frau.

»Gut, danke«, sagte sie. Toasa nahm ihre Hand; der Junge rannte voran. Tauilopepe versuchte, der Blinden nicht ins Gesicht zu sehen. »Kommt Taifau, der Tunichtgut, der sich dein Mann schimpft, nicht zur Kirche?« fragte Toasa.

Sie schüttelte den Kopf und sagte: »Er ist sehr krank.«

»Er braucht eine gute Portion harte, ehrliche Arbeit«, sagte Toasa. Nofos 'Aiga war die ärmste in Sapepe, und als Tauilopepe ihren Schatten betrachtete, schwor er sich, ihr zu helfen; schließlich war die 'Aiga Taifau eine Nebenlinie seiner 'Aiga. Sie stammte von einem Paar ab, das aus einem anderen Gebiet geflohen war, um bei der 'Aiga Tauilopepe Schutz zu suchen.

»Aber wo würde er Arbeit bekommen?« fragte Nofo.

»Er kann zu mir kommen und für mich arbeiten«, sagte Tauilopepe.

»Ich werde dafür sorgen, daß er morgen kommt«, sagte sie. »Danke.«

Als sie die Kirche erreichten, führte Toasa Nofo die Eingangstreppe hinauf. Tauilopepe bahnte sich den Weg zum Hintereingang, wo Filipo auf ihn wartete. Die Kirchenglocken schlugen laut und metallisch.

»Fertig?« fragte Filipo, wobei er sich mit einem Fächer aus Federn das Gesicht kühlte. Als er Filipo in die Kirche folgte, war Tauilopepe traurig darüber, daß er nicht wie Filipo eine Armbanduhr und eine Krawattennadel hatte. Jedoch tröstete er sich, indem er sich sagte, daß er bald auch alle diese Dinge – und sogar noch mehr – besitzen würde.

Sobald er direkt vor der Gemeinde stand, schlug ihm das Herz bis zum Hals, und er hörte nicht einmal die Orgel spielen oder sah, wie Filipo sich direkt vor die Kanzel setzte. Die Gemeinde verstummte, und die Stille summte in seinen Ohren, als er in der Kanzel, von den anderen unbeobachtet, niederkniete und betete.

Danach zwang er sich aufzustehen. Die Gemeinde begann, das Eingangslied zu singen. Vor ihm saßen reihenweise skeptische Gesichter. Er stellte sich vor, die meisten Leute warteten nur darauf, daß er wieder versagen würde. Er blickte zur Decke hoch. Farbenfrohe Bilder von Engeln und Cherubim, die goldene Trompeten bliesen, schauten auf ihn herab. Er blickte zur hinteren Wand, auf das ausladende Bild der Kreuzigung, auf die leidende Figur Christi, die an ein blaues Kreuz genagelt war; auf den angsterfüllten Gesichtsausdruck, auf die glänzende Dornenkrone und auf das Blut, das aus den Wunden sickerte. Genau unter dem Kreuzigungsbild, in der letzten Bankreihe, saß Toasa. Er lächelte Tauilopepe zu, worauf dessen Angst nachließ. Zunächst sang Tauilopepe zögernd; dann, als er Toasa wieder ansah, mit etwas mehr Selbstvertrauen. Nach einer Weile merkte er, daß er die Gemeinde direkt anschauen konnte. Auch wenn sie ihn nicht ansahen, spürte er doch, wie sie jede seiner Bewegungen beobachteten, besonders Malo und Moa, die direkt hinter Filipo saßen.

Die Kinder saßen alle vorne auf Matten am Boden. Er sah Pepe unter ihnen. Pepe lächelte ihm zu. Als die Hymne wie ein Wasserfall durch die Kirchenfenster und über das in grelles Sonnenlicht getauchte Dorf floß, wich das Zittern aus seinen Knien. Masina und Lupe saßen in der Mitte der Gemeinde. Sie sahen besorgt aus. Die Hymne war zu Ende, die Gemeinde hustete und rutschte unruhig auf ihren Plätzen herum. Er faltete seine Hände und schluckte schwer. »Laßt uns beten«, sagte er. Er senkte schnell den Kopf und leierte ein kurzes Gebet herunter. Dann kündigte er die Nummer des nächsten Liedes an und sank in Schweiß gebadet auf seinen Stuhl. Er sah auf Filipo hinab, aber der Pfarrer war zu sehr damit beschäftigt, sich Luft zuzufächeln, als daß er ihm eine Ermutigung hätte geben können. Jedesmal, wenn er seine Hand auf die Schenkel legte, hinterließ er nasse Fingerabdrücke auf seiner Lavalava. Er suchte nach Toasa und sah, wie der alte Mann zu ihm aufblickte, als wolle er ihm sagen: »Du machst deine Sache gut!«

Er schlug die Bibel auf und suchte nach dem Kapitel, das er lesen wollte. Die Hymne war zu Ende. Er hatte die Stelle noch immer nicht gefunden. Er stolperte nach oben und begann, aus dem Buch Genesis zu lesen. Als er hörte, wie der volle Bariton seiner Stimme durch die Kirche schallte, erwachte sein Selbstbewußtsein wieder, und er hob die Arme, glaubte, er könne die Kraft Gottes durch die Schönheit seiner Stimme und seiner Darstellung auf die Gemeinde herabrufen. »... Und Gott nannte das trockene Land Erde; und die Sammlung der Wasser nannte er Meer. Und Gott sah, daß es gut war. Und Gott sprach ...« Er las und las.

Jemand hustete laut. Toasa. Tauilopepe hörte auf zu lesen, schlug mit der geballten Faust in das Kissen auf der Kanzel, kündigte die nächste Hymne an und setzte sich. Seine Angst zu versagen war zu selbstgerechtem Zorn geworden, verursacht – so redete er sich ein – durch die starre Teilnahmslosigkeit der Leute, die er mit Gottes Weisheit zu belehren versuchte. Durch diese Erkenntnis hatte er auf der Kanzel Halt bekommen, hatte keine Angst mehr vor der Gemeinde. Filipo nickte hinter seinem Fächer ein. Tauilopepe starrte ihn kalt an.

Er blätterte in der Bibel und hielt an einer Stelle inne, die geeignet war, Gottes Zorn auf die Gemeinde herabzurufen. Er wischte sich mit der Hand Schweiß und Haaröl von der Stirn. Die Frangipani-Sträuße unter der Kanzel ließen in der Hitze ihre Köpfe hängen, auf den Blütenblättern hatten sich braune Flecken gebildet.

Ein Junge gähnte zu laut, als die Hymne schon beendet war, und Filipos Frau, Taulua, gab ihm eine Ohrfeige. Der Junge schlug die Hände vors Gesicht und schluchzte. Tauilopepe sprang auf, noch bevor die Gemeinde vollkommen ruhig saß, und rief: »Und der Herr redete mit Moses und sprach: Sage zu den Kindern Israel: Wer unter den Kindern Israel oder den Fremdlingen in Israel eines seiner Kinder dem Moloch gibt, der soll des Todes sterben; das Volk des Landes soll ihn steinigen …« Er hörte die Worte nicht, aber er fühlte ihren Zorn auf die Gemeinde herabstürzen. Sogar Filipo saß aufrecht und war hellwach. Tauilopepe schlug mit der Faust auf die Kanzel. »… Und ich will mein Antlitz kehren gegen einen solchen Menschen und gegen sein Geschlecht und will ihn und alle, die wie er mit dem Moloch Abgötterei getrieben haben, aus ihrem Volke ausrotten …« Er beobachtete die Gemeinde, als er las. Einige der Frauen hatten die Köpfe gesenkt. »… Wenn jemand bei einem Tiere liegt, der soll des Todes sterben, und auch das Tier soll man töten.« Lupe wendete sich von ihm ab, als er fortfuhr: »Wenn jemand seine Halbschwester nimmt, seines Vaters Tochter oder seiner Mutter Tochter, und sie miteinander Umgang haben, so ist das Blutschande; sie sollten ausgerottet werden vor den Leuten ihres …« Er schnappte hörbar nach Luft, als er Moa zu sich aufblicken sah, ließ den Rest des Verses wegfallen und endete: »So haltet nun alle meine Satzungen und meine Rechte und tut danach, auf daß euch nicht das Land ausspeie, in das ich euch führen will, damit ihr darin wohnet.« Er schlug die Bibel zu. Betete.

Als die vierte Hymne gesungen wurde, breitete er seine Predigt auf der Kanzel aus und betrachtete die Gemeinde noch einmal. Nun sah sogar Filipo aus, als ob er aufmerksam zuhöre und auf seine Predigt gespannt sei. Er versuchte, Moa nicht anzusehen. Die Kirche glühte vor Hitze. Einige der Kinder schliefen.

Er räusperte sich und begann: »Gott, Geld und Erfolg.« Er wiederholte diesen »Text«, als er sah, daß Toasa und Filipo sehr interessiert dreinschauten. Um ihn noch immer zu betonen, wiederholte er ihn ein drittes Mal, diesmal aber auf englisch. Durch dieses Manöver erreichte er die volle Aufmerksamkeit all derer, die noch nicht eingeschlafen waren. »Durch den Glauben an und den Gehorsam gegen Gott findet man den Weg zum Erfolg«, sagte er. »Erfolg haben bedeutet, den Weg zu Gott gefunden zu haben. Die Liebe zu Jesus Christus ist der Weg zum Erfolg und dem ewigen Himmelreich.«

Er hielt inne. Toasa sah aus, als ob er in seinem Kopf eine Rechenaufgabe löse. »Wir alle verabscheuen weltlichen Reichtum, wenn jemand seine Seele verkauft, um ihn zu erlangen. Ja, so will es Gott. Aber ich bin sicher, wir alle würden den nicht verachten, ja, wir würden ihn sogar bewundern und preisen, der seine Seele und gleichzeitig seinen Reichtum bewahrt, weil er dadurch beweist, daß er Jehovas Gebot befolgt hat, daß er Gottes Sabbat heiligt und seinen Vater und seine Mutter ehrt, daß er weder einen abscheulichen Mord noch Ehebruch begangen hat.«

Er fühlte, daß Moa ihn beobachtete, aber es machte ihm nichts mehr aus. Das alles war Vergangenheit; Gott hatte ihm vergeben. Er fuhr fort, die Menschen zu preisen, die nicht gestohlen oder falsches Zeugnis gegen ihren Nächsten abgelegt oder ihres Nächsten Hab und Gut oder Frau oder Dienerschaft begehrt hatten. Kurz, er erklärte, diese Menschen lebten ein gerechtes und gottesfürchtiges Leben, und der Herr hatte sie mit weltlicher Macht und weltlichem Reichtum belohnt. Er glaubte, daß er, abgesehen von den wenigen, die eingeschlafen waren, die Gemeinde in seinen Bann gezogen hatte.

Dann sah er Nofo: Ihre blinden Augen waren auf ihn gerichtet. Er blickte auf seine Notizen. Er spürte ihren Blick auf sich lasten; er erinnerte ihn an die kompromißlose Ehrlichkeit seines Vaters. Aber er setzte seine Predigt tapfer fort. Er sprach von Hiob und wie er, weil er ein gerechter und vorbildlicher Mann war, von Gott mit allen Gütern dieser Welt belohnt worden war. Dann hatte Gott Hiob absichtlich auf die Probe gestellt, um dem Satan seine Glaubensstärke zu beweisen: Seine Kinder und seine Herden wurden getötet, aber Hiob zerriß seinen Mantel, schnitt seine Haare ab und betete weiter zu Gott. Sogar als Hiobs Leib von Geschwüren bedeckt war und seine wankelmütige Frau ihn aufforderte, Gott zu verfluchen, hielt er an seiner Rechtschaffenheit fest. Tauilopepe senkte seine Stimme und beendete die Geschichte Hiobs mit den Worten: »So segnete Gott den Hiob schließlich noch mehr als zu Anfang, er bekam größere Herden von Schafen, Kamelen, Ochsen und Eseln, sieben Söhne und drei

Töchter … Und Hiob wurde hundertvierzig Jahre alt und sah Kinder und Kindeskinder bis in die vierte Generation.« Er seufzte und wischte sich mit einem Zipfel seiner Lavalava Nase und Gesicht ab.

Die Gemeinde war totenstill. In diese Stille drang das beruhigende Rauschen der Wellen. »Was können wir mehr verlangen?« flüsterte er. »Was noch?« schrie er dann. Einige seiner Zuhörer zuckten auf ihren Sitzen zusammen. Er sah Nofo und Toasa nicht mehr; die Kanzel war seine Kanzel, die Kirche war seine Kirche; alle Leute in der Kirche waren seine Leute. Nur sein Vater und Toasa waren in der Lage gewesen, die Leute so in ihren Bann zu ziehen, dachte er. Nun könnte ihn sein Vater nicht mehr Versager nennen. »Wenn wir unsere Rechtschaffenheit und Ehrlichkeit und unseren Glauben bewahren, werden wir von unserem himmlischen Vater belohnt werden. Er kann uns unermeßliche Gaben schenken. Wenn wir sie verlieren, wird die ewige Verdammnis unsere gerechte Strafe sein. Die ewige Verdammnis, meine Brüder. Fegefeuer, Heulen und Wehklagen bis in alle Ewigkeit, bis zum Jüngsten Gericht, wenn unser zorniger Gott auf seinem Feuerthron sitzen und die Schafe von den Böcken trennen wird!« Seine Stimme erreichte eine leidenschaftliche Stärke. »Das Fegefeuer, ihr Leute. Das Fegefeuer und die Finsternis!« Hinten in der Kirche stand jemand auf, jemand, der unter dem Kreuzigungsbild gesessen hatte. Tauilopepe konnte es nicht glauben: Toasa schlurfte zur Tür, murmelte vor sich hin und nahm die Aufmerksamkeit der Gemeinde mit sich nach draußen, in die Meeresbrise. Ein paar Kinder begannen zu flüstern. Tauilopepe faltete seinen Predigttext zusammen, klappte die Bibel zu und sagte schnell: »Gott, Geld und Erfolg. Glaube an Gott und Gehorsam gegen Gott ist der Weg zum Erfolg. Erfolg haben bedeutet, den Weg zu Gott gefunden zu haben. Laßt uns leben, so wie Hiob gelebt hat. Amen.« Er kündigte die letzte Hymne an und setzte sich.

»Der alte Narr!« fluchte er über Toasa. »Warum demütigt er mich? Warum?«

Tauilopepe saß auf dem ehrenvollsten Platz in Filipos Haus, zog seine Krawatte aus und trank ein Glas Orangenlikör, das Taulua ihm gebracht hatte. Es war Sitte, daß jede 'Aiga in Sapepe einen Korb mit Essen für das Sonntags-Toonai des Pfarrers mit den Matai stiftete. Nun reihten sich viele dieser Körbe an der Rückwand des Hauses, und Filipos zahlreiche Söhne und Töchter brachten immer noch mehr herein. Der verlockende Duft nach gebackener Taro, Luau, Schweinefleisch, Fisch und Huhn verstärkte Tauilopepes Hunger, aber er vermied es, zu hungrig auf das Essen zu starren.

Filipo kam hinter dem Vorhang hervor, eine Zigarette im Mund. »Hervorragende Predigt«, sagte er, als er sich hinsetzte und anfing, in der Nase zu bohren. »Erinnerte mich an die letzte Predigt deines Vaters, die er ein paar Wochen vor seinem plötzlichen Tod gehalten hatte. Erinnerst du dich noch an die Worte? Ja, ein Mann hat die Pflicht, zuerst Gott, dann Sapepe und dann seiner 'Aiga zu dienen.«

Während Filipo weiterredete, bohrte er mit seinem Finger systematisch in jedem Nasenloch und holte den getrockneten Schleim heraus, den er mit einem Zipfel seines Hemdes vom Finger abwischte. Tauilopepe erinnerte sich, wie er damals in der Fale neben der Leiche seines Vaters gesessen hatte. Im Tod war ihm sein Vater noch fremder geworden – das kalte, blaue Gesicht, das aus der dicken Schicht feiner Matten herausragte. Die Fliegen. Das Klagegeschrei. Er hatte keinen Verlust, keine Trauer gespürt, nur ein schmerzliches Verlangen, das Gesicht zu betrachten, jede Einzelheit und jedes Anzeichen dafür, daß sein Vater ihn geliebt hatte. Aber durch den Tod war die Maske noch rätselhafter geworden. Und zum ersten Mal seit dem Verlassen des Theologischen Seminars hatte er geweint. Nun wußte er, daß er nicht um den Mann geweint hatte, den er seinen Vater nannte, sondern wegen der bodenlosen Leere, die ihn ergriff, als er neben der Leiche seines Vaters saß.

Als erster Matai kam Lafo, in einem schreiend bunten, geblümten Hemd mit dem Bild eines Hula-Mädchens auf dem Rücken.

Er setzte sich ein kleines Stück von Tauilopepe entfernt nieder. Filipo grüßte ihn in der traditionellen Weise. Lafo antwortete und zog ein Päckchen Kaugummi aus der Tasche, riß es auf und ließ den Kaugummi in seinen Mund gleiten, ohne den anderen davon anzubieten. »Eine sehr gute Predigt«, gratulierte er Tauilopepe. Lafo war Diakon und hatte schon oft eine Predigt gehalten. Normalerweise brachte er mit seinen Predigten alle Leute zum Lachen. »Das mit Hiob war besonders gut«, fuhr er fort. »Man kann sich schwer vorstellen, daß jemand, der soviel leidet, immer noch seinen Glauben an Gott bewahrt.«

Vier weitere Matai kamen herein. Lafo hörte auf zu reden, als Filipo sie begrüßte, dann fuhr er fort, Tauilopepe zu schmeicheln, und schmatzte mit seinen nikotingelben Zähnen auf dem Kaugummi herum.

Tauilopepe hörte ihm nicht mehr zu und dachte an die letzte Grippeepidemie von 1928, bei der sein Vater gestorben war. Eine Sapepeanerin, die bei Verwandten in Apia gewesen war, hatte den Grippetod nach Sapepe gebracht. Sie starb einen Tag nach ihrer Rückkehr. Ein paar Tage später starb ihr Mann. Eine dunkle, furchtsame Stille fiel über Sapepe, nur durchbrochen von Klagegeschrei. Ein Gebiet voller vernachlässigter Plantagen, die bald von Gräsern und Schlingpflanzen überwuchert waren, voller hilfloser Opfer, die im Fieber hinter heruntergelassenen Vorhängen aus Matten lagen, mit rasselndem Atem, in ihren eigenen Exkrementen, bis schließlich der Atem tief in ihrer Bust stockte. Die Älteren hielten Gottes Zorn für die Ursache. Sie beteten und beteten. Aber Gottes Zorn war nicht zu besänftigen, bis ungefähr ein Fünftel der Bevölkerung Sapepes gestorben war. Tauilopepe hatte seinem Vater und Toasa geholfen, die Toten zu begraben, sie in Matten einzuwickeln und in Massengräber zu legen, bis er vor Erschöpfung und Furcht hohläugig und fiebrig war. Aber er hatte weiter seine Kraft mit der seines Vaters und Toasas gemessen. Er hatte geglaubt, er habe gewonnen, als ihm sein Vater eines Morgens sagte, er solle allein gehen. Als er am Abend nach Hause kam, war sein Vater tot.

Toasa gähnte, als er sich auf der Matte niederließ, und murmelte, wie heiß der Tag gewesen sei. Lafo hörte auf zu reden. Die anderen sahen Tauilopepe an. »Das war eine gute, bewegende Predigt, Tauilo«, sagte Toasa. Tauilopepe sah ihn nicht an. »Tut mir leid, daß ich das Ende nicht mehr hören konnte, aber das Alter macht einen Mann weniger aufnahmefähig.« Gespannte Stille, in rhythmischen Abständen von Lafos geräuschvollem Kaugummikauen unterbrochen. Die meisten Matai hatten nun Platz genommen. Sie schauten zu, wie Toasa sein Hemd aufknöpfte und seinen Bauchnabel und den oberen Teil seiner Tätowierung entblößte. »Hunger!« rief Toasa Taulua zu, die das Auftragen der Mahlzeiten überwachte. »Der Junge muß essen.« Die Stimmung entspannte sich. Alle wußten, was Toasa als nächstes sagen würde, er sagte es jeden Sonntag. »Leg das Huhn da auf meine Eßmatte«, befahl er Taulua. Sie gehorchte ihm sofort. »Und das da. Ja, das da.« Taulua legte zwei große gebackene Taro neben das Huhn. »Und nun noch etwas Fisch und drei Luau.«

Nachdem sie Toasa sein Essen gegeben hatte, kam Taulua herbei und setzte sich neben Filipo. Die Männer und Frauen, die das Essen auftragen sollten, kamen herein und setzten sich zu den Körben mit Essen. Alle hörten auf zu reden. Nach alter Sitte öffnete ein Mann jeden einzelnen Korb und verkündete, was darin war und den Namen der 'Aiga, die ihn gebracht hatte. Während der Mann die Essensgeschenke präsentierte, kam Malo mit zwei Jungen herein, die ein Ferkel trugen. Malo setzte sich Tauilopepe gegenüber. Die anderen Matai begrüßten ihn, wie es der Tradition entsprach. »Herzlichen Glückwunsch zu deiner guten Predigt«, flüsterte Malo Tauilopepe zu. Malos Geschenk wurde präsentiert. Die andern Matai dankten Malo, mit Ausnahme von Toasa.

Einer von Filipos Söhnen zerteilte das Ferkel mit einem Buschmesser, gemäß den Sitten des Dorfes. Die einzelnen Teile wurden ihrem Rang entsprechend auf die Eßmatten der Matai verteilt. Toasa bekam die Portion für den höchsten Rang.

Als die Eßmatten vor die Matai gelegt worden waren, hustete

Toasa und betete, wobei er die Augen schloß. »Und Vater, wir danken Dir für diese Mahlzeit und für alles andere, auch für die wunderbare Predigt, die mein Sohn heute morgen gehalten hat, und auch für den Schutz, den Du uns diese Woche und letzte Woche gewährt hast, und für die Gesundheit, die Du uns sicher auch morgen geben wirst. Amen.« Und bevor noch die anderen ihre Augen wieder geöffnet hatten, riß er schon mit seinen riesigen Händen das Huhn auseinander. »Gut, gut«, murmelte er, als er an einem Hühnerbein kaute. Während er aß, bemerkte Tauilopepe, daß Malo ihn heimlich beobachtete. Ihm verging der Appetit, aber er aß trotzdem weiter. Draußen zwischen den Palmen und Fale glühte der Sand weiß in der Sonne. Auf dem Riff brachen sich die Wellen zu Schaum, während die Brise das Wasser kräuselte und sich in den Palmen verlor. Im ganzen Dorf waren die 'Aiga beim Toonai versammelt, so wie es immer gewesen war, seit die Missionare ins Land gekommen waren.

Als die Mahlzeit vorüber war, ließen sich ein paar der Matai von Malo Zigaretten anbieten. Jetzt, da Tauilopepe auf der Suche nach Wohlstand seinen stärksten Gegner ausgemacht hatte, fühlte er wieder eine starke Nähe zu Toasa. Malo war zu mächtig, als daß man allein gegen ihn vorgehen konnte. Er drückte dem alten Mann sein Tabakpäckchen in die Hand. Toasa rülpste, drehte sich eine Zigarette, roch daran und steckte sie in den Mund. »Laß dir die Sache von heute morgen nicht zu nahegehen, ja«, flüsterte Toasa ihm zu, »ich bin übermüdet gewesen, das ist alles.« Tauilopepe glaubte ihm. Sie rauchten und hörten zu, was die anderen sagten.

Lafo stellte gerade eine Theorie auf über das, was er als wahre Natur des Gottesverhältnisses der Papalagi bezeichnete: Er behauptete, die Papalagi verfügten über herrliche Besitztümer, wie Automobile, Gewehre und Flugzeuge, weil Gott sie mit diesen Dingen gesegnet habe; sie seien der Lohn der Palagi gewesen dafür, daß sie das Christentum bis in die finstersten Winkel der Erde getragen hätten. Aber weil die Papalagi zurückverfallen seien in eine sündige und heidnische Lebensweise, habe Gott sie mit voller

Absicht furchtbare Waffen entwickeln lassen, mit denen sie sich selbst zerstörten. Dies hätten sie auch in einem Weltkrieg schon um ein Haar getan, betonte er.

Malo stimmte vielem, was Lafo gesagt hatte, zu, behauptete jedoch, daß die Papalagi schon immer Heuchler gewesen seien, selbst während der Zeit, als sie das Wort verbreitet hätten. »Schaut mal, was in Hawaii passiert ist«, sagte er, »während die Papalagi-Missionare das Evangelium predigten, haben sie auch schon das ganze Land gestohlen.«

Sofort erhob sich Filipo zur Verteidigung der Missionare: »Die ehrbaren Missionare, die nach Samoa gekommen sind und sich noch immer da aufhalten, haben den wahren Gott und die Erleuchtung gebracht«, behauptete er. »Ihre Missionare sind keine Heuchler.« Außer Toasa, der zu sehr damit beschäftigt schien, in seinen Zähnen herumzustochern, stimmten alle anderen aus vollem Herzen Filipo zu. Malo machte jedoch die Einschränkung, daß er ja auch nicht die Missionare gemeint habe, die nach Hawaii gingen, und daß überall sonst im Pazifik die Missionare nun mal Heuchler gewesen seien.

»Vielleicht *Diebe?«* legte Toasa nahe.

»Ja, wenn euch das Wort lieber ist«, sagte Malo und behauptete dann, daß sie, die Samoaner, die einzigen Polynesier seien, die es verstanden hätten, sich Jehova zu eigen zu machen; die einzigen, denen es gelungen sei, Gott, Geld und Erfolg zu vereinen. In Wirklichkeit, so behauptete er kühn, seien die Samoaner sogar die einzigen wahren Polynesier, die übriggeblieben seien. Alle anderen Polynesier hätten sich den Papalagi angepaßt; sowieso wären die Maori, die Hawaiianer, Tahitianer usw. ursprünglich aus anderen Regionen gekommen, nur sie, die Samoaner, wären der Insel Samoa entsprossen.

Filipo konnte das nicht gelten lassen. Er unterbrach Malo, um ihn zu fragen, ob er etwa sagen wolle, daß ihre Insel, so wunderbar und paradiesisch sie auch sei, der ursprüngliche Garten Eden gewesen sei. Denke an Adam und Eva, mahnte er Malo. Filipos strenger Verweis auf die Bibel entkräftete Malos Behauptung sogleich. Selbst Malo traute sich nicht, der Bibel zu widersprechen.

»Selbstverständlich hätte Samoa sehr wohl der Garten Eden sein können«, verkündete Toasa. »Sagt das Heilige Buch vielleicht, wo Eden lag, wie? Natürlich nicht. Keine unserer Legenden, Mythen und Stammbäume können auf irgendein Land oder Ort zurückverfolgt werden, am wenigsten aber auf Jerusalem, wo, wie einige Leute behaupten, der Garten Eden gelegen haben soll. Es ist daher das Logischste von der Welt, zu glauben, daß Samoa der Garten Eden war.« Keiner sagte etwas. Alle vermieden, zu Filipo hinüberzusehen, der sich mit zitternden Händen noch eine Zigarette ansteckte.

Lafo versuchte, den Pfarrer zu retten, indem er ihn fragte, ob der Behauptung Glauben zu schenken sei, daß der Mensch vom Affen abstamme. Er richtete diese Fragen an alle, denn er wagte nicht, Toasa direkt anzusprechen. Filipo seufzte, erleichtert darüber, daß die Aufmerksamkeit von Toasa abschwenkte, und fragte Lafo, wer denn diese ketzerische Behauptung aufgestellt habe. Ein Papalagi, der offensichtlich nicht ganz zurechnungsfähig sei, meinte Lafo. Mit deutlicher Ausnahme Toasas lachten alle. Filipo erklärte, daß im Heiligen Buch nichts über Affen geschrieben stehe, sondern daß Gott den Menschen nach Seinem Bilde geschaffen habe. Adam und Eva hätten Ihm ähnlich gesehen, so stehe es in dem Buch.

Das Lachen Toasas füllte das Haus. Filipo zuckte zusammen. Die anderen warteten darauf, daß Toasa weiter zu seinem Angriff Stellung nähme, doch schlug sich der alte Mann aufs Knie, stand auf und sagte: »Nun, ich lasse euch allein über den Gorilla nachgrübeln. Dieser Gorilla hier ist jedenfalls sehr müde, hm.« Er nahm seinen Stock. »Erwarte nicht, daß ich heute mittag in die Kirche komme«, sagte er zu Filipo und schlurfte aus dem Haus. Die anderen schauten ihm nach und bedauerten Filipo.

Auch Tauilopepe verabschiedete sich und eilte Toasa hinterher.

»Der Prunk der Gorillas!« lachte Toasa laut, während sie gingen. Tauilopepe stimmte in das Lachen ein.

Als sie von der Straße abbogen und jeder auf seine Fale zuging, dachte Tauilopepe an Malo. Wieder fühlte er, wie es heiß in ihm aufstieg.

Für die Kirchenkollekte an diesem Nachmittag holte Tauilopepe sein Geld aus dem Versteck und steckte fünf Einpfundnoten und etwas Kleingeld in seine Jackentasche. Pepe ging mit ihm in die Kirche. Der Gottesdienst wurde von Filipo gehalten. Er gebrauchte die unfehlbare Autorität seiner Kanzel und Toasas Abwesenheit, um ständig zu wiederholen, daß Adam und Eva die Vorfahren der Menschheit seien, daß der Mensch aus der ersten ursprünglichen Sünde, dem Fall, hervorgegangen sei. Der Mensch, so mahnte er, solle nicht an die Theorie des Satans glauben, nach der er vom Affen abstamme, und auch nicht der Behauptung, daß Samoa der Garten Eden gewesen sei. Solche Anschauungen widersprächen den Wahrheiten der Bibel. Tauilopepe hörte Filipo eine Weile zu und schweifte dann ab in die bezaubernde Welt von unbegrenztem Wohlstand und Nächstenliebe und Liebe unter einem gerechten Gott. Als störende Erinnerungen an die letzte Grippeepidemie in diese fabelhafte Welt einzudringen drohten, verdrängte er sie. Pepe, der in Schlaf gesunken war, fiel plötzlich gegen ihn und riß ihn aus seinen Tagträumen. Er rückte seinen Sohn an die Seite und stimmte in die letzte Hymne ein. Mit den Fingern tastete er nach seinem Geld in der Jackentasche. Unerwünschte, doch aufregende Erinnerungen an Moa blockierten seine Abwehr: nackte, schwitzende Leiber, die miteinander rangen und sich in der Dunkelheit paarten, das feuchte und heiße Pulsieren ihrer Vagina, als er sie in Einklang brachte mit dem rhythmischen Knirschen des Sandes und dem Rauschen der See; ihre weit gespreizten Beine um ihn herum, die ihn noch tiefer in ihre fordernde, packende Hitze stießen; tote Leiber von Frauen, die er während der Epidemie begraben hatte; männliche Leichname mit aufgerichteten Gliedern, alle kalt und todesschwanger; Maden; und der süßliche, eklige Gestank nach moderndem Fleisch. Seine Wollust flaute ab.

Die Hymne war zu Ende. Lafo und ein anderer Diakon gingen zum Fuß der Kanzel und stellten sich hinter einen Tisch. Lafo begrüßte die Gemeinde und rief den Namen einer jeden 'Aiga auf. Vertreter der Matai, gewöhnlich ihre Frauen, gingen zu den Diakonen und händigten ihnen ihre Spenden aus. Lafo verkündete den jeweiligen Betrag, während der andere Diakon ihn in ein Schulheft eintrug. Bis jetzt hatte noch keine 'Aiga mehr als zwei Pfund gespendet. Tauilopepe schaute ängstlich auf Malo.

Als Malos Name aufgerufen wurde, marschierte Moa den Chorgang hinauf. »Drei Pfund von Malo und seiner 'Aiga!« verkündete Lafo. Tauilopepe zog vier Pfund heraus, weckte Pepe und steckte ihm das Geld in die Hand. Masina sah ihn an; sie erwartete, daß er mehr als Malo gab – es war eine Sache des 'Aiga-Stolzes.

Pepe eilte den Chorgang hinauf, als die Reihe an seiner 'Aiga war, und klatschte das Geld auf den Tisch.

»Vier Pfund von Tauilopepe und seiner geliebten 'Aiga!« lautete die sensationelle Verkündigung. Keiner hatte bisher Malo überboten. Tauilopepe machte sich angstvoll darauf gefaßt, daß Malo jemanden mit mehr Geld hinterherschickte, doch er ließ es.

Tauilopepe wartete auf Pepe, der sich aber neben Nofo setzte. Der Name ihrer 'Aiga wurde nun aufgerufen. Pepe brachte Lafo ihre Spende. »Zwei Schilling von Nofo und seiner 'Aiga!« Die meisten Gemeindemitglieder – sie wußten, daß sich Nofo die Ausgabe nur schlecht leisten konnte – dankten ihr.

Tauilopepe fühlte sich gedemütigt. Er glaubte, daß Pepe, indem er sich einem so unglücklichen Geschenk anschloß, auch vor ganz Sapepe die 'Aiga Tauilopepe mit der Armut in Verbindung brachte. Er winkte Pepe zu sich, gab ihm etwas loses Wechselgeld und sagte ihm, er solle das Geld für Nofo zu Lafo bringen.

»Weitere fünf Schilling von Nofo und ihrer geliebten 'Aiga!« verkündete Lafo.

Tauilopepe blickte Nofo an. Ihre Blindheit betrübte ihn nicht länger. Er spendete nicht nur Geld für sie, sondern würde auch Taifau, ihrem Ehemann und nichtsnutzigen Mann Sapepes, Arbeit besorgen. Das Geld, das er Taifau ausbezahlen würde, reichte aus, um sie und ihre Kinder von der demütigenden Armut zu befreien.

»Wahre Nächstenliebe um das Werk unseres Heilandes ist der wahre Pfad zur ewigen Erlösung!« verkündete Lafo.

11 Hund

Taifau war im Alter von siebzehn Jahren aus Sapepe verschwunden, mit nichts weiter als dem Ruf von Feigheit und ständiger Aufschneiderei. Elf Jahre später war er wiedergekommen, mit einer blinden Ehefrau und einer Gitarre, die ihm, wie er sich gern brüstete, von einem Papalagi-Pfarrer, der ihn adoptiert hatte, geschenkt worden war. Viele Samoaner nahmen jedoch an, daß er die Gitarre gestohlen hatte. Taifau beharrte darauf, daß der Pfarrer ihn mit der Gitarre dafür belohnt hatte, daß er sich zwei Jahre lang ausbilden ließ und den Kirchenchor betreut hatte. Allerdings weigerte er sich, den Namen des Pfarrers und das Dorf zu nennen. Er sprach unaufhörlich über seine Gitarre, nie jedoch von Nofo, seiner Frau. Wenn die Geschichten über seine zahlreichen und herrlichen Erfolge wahr waren, warum hatte er dann, so fragten die Skeptischen unter ihnen, ein blindes Weib zur Frau genommen? Bestimmt hätte sich etwas Besseres finden lassen! Sie sei die Beste, behauptete Taifau. »Inwiefern die Beste?« fragte jemand. Sie könne am besten zuhören. Und es schien ihr nichts auszumachen, daß er ein häßlicher Feigling war; schließlich konnte sie ihn ja auch nicht sehen.

In Sapepe war Taifaus Feigheit bekannt. Sie bildete sozusagen das Maß, an dem die Feigheit anderer gemessen wurde. »Er ist weniger feige als Taifau«, sagten die Dorfbewohner manchmal. Das Bemerkenswerte daran war nur, daß die jungen Burschen und alle anderen männlichen Wesen, die ihn um seinen Ruf als Verführer und Musiker beneideten, Taifau trotz seiner Feigheit doch mit einem gewissen Respekt begegneten. Die einzige Charaktereigenschaft, die sich für einen Mann in Sapepe verhängnisvoll auswirkte, war der Ruf der Zimperlichkeit. Die wesentlichste Tugend für Männer – und für Kinder – war Zivilcourage, besonders bei körperlichen Wettkämpfen jeder Art. Die Zukunft gehörte denen, denen es völlig gleichgültig war, ob sie nun lebten oder sterben würden. Um für voll genommen zu werden, mußte ein Mann sofort auf Beleidigungen reagieren, im Streit direkt auf den anderen losgehen und einnehmende Erzählungen über seine Tapferkeit parat haben. Taifau war die Ausnahme dieser Regel. Er war und blieb Taifau, konnte daher nichts anderes sein als ein Feigling, behaupteten die Sapepeaner. Sie waren, könnte man fast sagen, äußerst stolz darauf, bei sich im Dorf den zaghaftesten Mann Samoas – und wahrscheinlich der ganzen Welt – zu haben. Im Laufe der Jahre wurden Geschichten über Taifaus absolut fehlenden »Mumm«, wie Toasa es ausdrückte, zu einem Lieblingsthema der sapepeanischen Geschichte; und sie bildeten auch den Kern all jener Erzählungen, die die Sapepeaner mit rühmlichem Stolz an die Bewohner anderer Dörfer weitergaben.

Zum Beispiel erzählte man sich, daß Taifau – auf frischer Tat beim Hühnerstehlen ertappt – dem aufgebrachten Pfarrer mit seiner mageren Gestalt zu Füßen fiel und voller Inbrunst betete: »O Herr im Himmel, o gnädiger Beschützer aller Rechtschaffenen und aller Diebe, wie diese unwerte Person, bitte behüte Deinen vor Hunger vergehenden Diener vor dem Zorn der Männer, die gerade jetzt bereit sind, Dein hungriges und hilfloses Geschöpf umzubringen. Vor dem Zorn der Männer, die, während dieser Dieb hier betet, die schlimmste Gotteslästerung begehen, weil sie nicht neben dieser unwerten Person niederknien und Dich darum bitten, o Herr, daß Du ihnen dafür vergeben mögest, daß sie in ihrem Herzen den widerwärtigsten Mord begehen!« Während er Gott so anflehte und dabei reichliche Tränen vergoß, ließ er doch Filipo und seine 'Aiga nicht aus den Augen, bis sie von der Furcht vor Jehova ergriffen wurden und alsbald begannen, um Vergebung zu flehen.

Kürzlich gab es einen weiteren Vorfall, und zwar, als Taifau die Verführung der jungen Taupou des Nachbardorfes arrangierte. Eines Abends, nachdem er mindestens eine Stunde lang damit geprahlt hatte, daß er eine Pfarrerstochter verführt habe, während ihre Eltern samt einem ganzen Haus voller Leute um sie herum noch schnarchten, forderten ihn seine Zuhörer – sechs junge Burschen – heraus, seine unfehlbaren Methoden doch unter Beweis zu stellen. Er fragte sie nach dem Namen eines in Frage kommenden Mädchens. Sie nannten ihm den Namen der Tochter des Führers der Alii des nächsten Dorfes.

Zwei Nächte darauf verschwanden Taifau und die sechs jungen Männer aus Sapepe. (Es hatte Taifau zwei ganze Nächte gekostet, seine Kriegerschar zu überreden, daß einer von ihnen die Ehre haben würde, die Taupou zu verführen.) Jeder Bursche trug einen Palmwedelkorb mit sich, der groß genug war, um sich darunter zu verstecken. Verstohlen machten sie sich auf den Weg durch die Plantagen, um hinter der Fale des Alii, versteckt in den gewaltigen Mangobäumen, zu warten. Um zu beweisen, daß sein Plan kinderleicht auszuführen sei, hatte Taifau keinen solchen Korb. Sie würden auch wirklich keine brauchen, sagte er seinen Anhängern, sondern sollten einfach nur abwarten.

Der Kerl, der auserkoren war, den vielversprechendsten Teil des Unterfangens auszuführen, war ein magerer, unberührter Jüngling namens Fa'atasi. (Natürlich war er der einzige, der wußte, daß er unberührt war.) Taifau und die anderen Burschen hatten sich an strategisch günstigen Stellen außerhalb der Fale zu verstecken, um sicherzugehen, daß auch niemand herein- oder herauskam und so das Ganze ruinieren würde. Natürlich belegte Taifau die sicherste Position für sich selbst.

In der sicheren Annahme, daß die 'Aiga eingeschlafen war, krochen sie auf die Fale zu, so lautete die Geschichte. Die Sichel des Mondes gab gerade genug Licht, um alles erkennen zu können. Ein günstiges Vorzeichen, bemerkte Taifau zu seinen Gefährten. Plötzlich wurde die Stille unterbrochen durch das Zähneklappern Fa'atasis, und vier der Galane mußten mit aller Kraft Taifau zurückhalten, der vor Angst fast den Kopf verlor; ein anderer legte seine Hand dämpfend auf Fa'atasis Mund. Etwa eine Stunde später, nachdem man Taifau davon überzeugt hatte, daß noch alles in bester Ordnung sei und Fa'atasis Mut durch verlockende Vorstellungen von einem frischen Mädchen wiederbelebt worden war, schritten sie zur Tat. Doch bevor Fa'atasi sich zur Fale aufmachte, änderte Taifau seinen narrensicheren Plan etwas um: Fa'atasi mußte seinen Korb bei ihm zurücklassen. Er würde ihn nur beim Vordringen hindern, meinte Taifau. Fa'atasis Anweisungen lauteten folgendermaßen: Er mußte in die Fale hineinkriechen, über die Schlafenden klettern, die Taupou ausfindig machen (nach Taifaus Auskunft würde sie neben ihrem Vater schlafen), ihr einen kleinen Schlag in den Magen versetzen, um sie kampfunfähig zu machen – dann war der lohnende Rest ihm überlassen. Fa'atasi kroch über das Paepae und verschwand im Dunkel der Fale. Die anderen nahmen ihre Positionen ein. Taifau stand im Schutze zweier Steinblöcke direkt vor der Fale. Er betete nicht nur voller Inbrunst, sondern schlüpfte dazu sogar unter seinen Korb, so erzählte die Geschichte.

Es war fast, als ob die 'Aiga den armen Fa'atasi erwartet hätte. Er kam aus der Fale geflogen, mit einer ganzen Schar Männer hinter sich her, die auf ihn losschlugen und ihm ans Leder wollten. Die Körbe hatten sie mitgenommen, damit sich die Galane in solch einem Notfall darunter verstecken konnten. (Taifau schätzte, daß sie dann im Dunkeln aussahen wie Steinblöcke, an denen die Verfolger, ohne Notiz zu nehmen, vorbeisausten.) Unter diesen Körben sollten sie dann bleiben, bis der Feind vorüber sei. Aber noch bevor Fa'atasi das Paepae verlassen hatte, war Taifau auf und davon – schneller noch als sein Namensvetter, der Hund, so werden euch die Sapepeaner berichten. Er verschwand kopfüber vom hohen Felswall und tauchte unter in der Sicherheit der Plantagen. Fa'atasi hatte weniger Glück. (Nicht etwa, daß Fa'atasi in seinem Leben überhaupt jemals mit Glück gesegnet gewesen sei, so lautete die Erzählung.) Er hatte sich der Taupou nicht einmal auf einen Fuß genähert. Und als er – völlig außer sich – auf der Flucht den Felswall erklommen hatte, trafen ihn ein paar schmerzende Steine, welche die Verfolger nach ihm geschleudert hatten. So lag er da, ohnmächtig, blutverschmiert und mit gebrochenen Rippen, als die 'Aiga der Taupou ihn auf die Medizinstation des Dorfes brachte. Die anderen Burschen blieben unter ihren Körben, bis Fa'atasis Verfolger vorübergerauscht waren, und flohen dann in alle Himmelsrichtungen; sie kehrten schließlich sicher nach Sapepe zurück, wobei sie schworen, ihren Anführer umzubringen, welcher mit dem frühesten Bus zum Apia-Hospital gefahren war, wo er zur Beobachtung aufgenommen wurde, nachdem er so etwas wie einen epileptischen Anfall hatte, wie die Ärzte diagnostizierten. Über zwei Monate lang blieb Taifau in diesem Krankenhaus – jedesmal, wenn er fürchtete, daß die Ärzte ihn entlassen würden, bekam er einen noch überzeugenderen Anfall. Solch ein liebenswerter Feigling, würden euch die meisten Sapepeaner sagen. Selbst ein lebenslänglich von Narben gebrandmarkter Fa'atasi vergab ihm schließlich.

Kaum hatte sich die 'Aiga Tauilopepe zu ihrem Montagmorgenmahl hingesetzt, sichtete Tauilopepe auch schon Taifau, wie er auf ihre Fale zukam, und es fiel ihm ein, daß er Nofo einen Job für ihn versprochen hatte. (Taifau war allgemein dafür bekannt, daß er Leute immer gerade dann besuchte, wenn sie zu essen anfangen wollten.) Die gewaltige Silberschnalle seines Gürtels funkelte im Licht. Wie bei der Gitarre, deren Geschichte Tauilopepe schon bekannt war, hatte Taifau auch eine sehr verworrene Begebenheit bezüglich des Gürtels auf Lager. Sie hing damit zusammen, wie Taifau dem Kapitän eines Schoners das Leben gerettet hatte. So lange sich Tauilopepe erinnern konnte, war Taifau ein Märchenerzähler, ja ein Lügner gewesen. Es war so gut wie unmöglich, in den übertriebenen Geschichten die Wahrheit von den Lügen zu trennen. Kein Sapepeaner wußte etwas von Taifaus Vater; bloß, daß seine Mutter nach dem Besuch in einem Dorf in Savaii mit Taifau im Bauch zurückgekommen war. Tauilopepe konnte sich noch daran erinnern, daß ihm Taifau als kleiner Junge wie ein gerupfter Hahn vorkam. Als Kinder hatten sie ihn doch tatsächlich »Hahn« gerufen, und zwar nicht nur, weil er wie einer aussah und auch gerade so krähen konnte, sondern auch, weil er mit der kleinsten Berührung seinen Penis zum Stehen bringen konnte.

»Bringt unserem Gast etwas zu essen«, sagte Tauilopepe zu seinen Töchtern. Taifau, selbst als er aufgefordert war, vorne hereinzutreten, schlängelte sich an den hinteren Pfeilern entlang in die Fale. Mit gesenktem Kopf kam er näher und ließ sich mit gekreuzten Beinen bei einem der hinteren Pfeiler niederfallen, ganz in der Nähe von Lupe und den Mädchen. Vao und Niu kicherten. Taifau schien es nicht zu bemerken. Vao legte eine Eßmatte vor ihn hin. »Nein danke«, sagte er. »Ich habe gerade gegessen.« Vao ließ die Matte, wo sie war. Pepe stürmte aus der Küchen-Fale herein, setzte sich neben Taifau und begann, sich mit ihm zu unterhalten.

»Gegrüßt seid Ihr, Euer Gnaden, der große Musiker und Fürsorger. Willkommen in unserem bescheidenen Heim«, sagte Masina. Die Mädchen kicherten hinter vorgehaltener Hand.

Taifau lächelte, holte tief Luft und sagte: »Danke. Diese unwürdige Person fühlt sich geehrt, hier zu sein. Im Heim der angesehensten 'Aiga Sapepes, jener 'Aiga, die Sapepe nicht nur gegründet hat, sondern der es auch seinen Ruhm, sein Vermögen und seinen Rang verdankt. Ohne die 'Aiga Tauilopepe wäre dieses Gebiet mit all seinen Bewohnern nicht das, was es heute ist.« Er machte eine Pause, wischte sich mit seinen Fingern etwas aus den Augenwinkeln und wandte sich an Tauilopepe. »Herr, edelster Sohn und Erbe Sapepes! Diese unwürdige Person ist gekommen, um die große Arbeit anzunehmen, die Ihr meiner völlig unwürdigen Frau versprochen habt ...« Wie er so fortfuhr, wirkten seine Schmeicheleien etwas einschläfernd, und Tauilopepe erwärmte sich allmählich für ihn.

»Nun komm schon, Taifau«, unterbrach Masina den Redefluß, »laß die Ausführungen und iß endlich.«

Taifau ging scheinbar darüber hinweg, lächelte, und fuhr weiter fort: »Diese unwürdige Person ist gekommen, Ihre Gönnerschaft und Ihren Schutz zu suchen. Nicht nur für diese unwürdige Person, sondern auch für die Frau und die Mutter dieser Person, für ihre zahlreichen und hungrigen Kinder und all die undankbaren Mitglieder seiner unwürdigen 'Aiga. Wir alle suchen Ihre großzügige Begünstigung, denn wir sind schwach und arm. Und, wie es in dem Guten Buch geschrieben steht, die Armen und Schwachen bedürfen der Hilfe, des Schutzes und der Führung der Starken. Wir sind auch von derselben 'Aiga. Diese unwürdige Person weiß auch zu schätzen, daß Ihre erhabene und gütige Nachsicht die elenden Vorfahren dieser Person gerettet haben ...«

Tauilopepe war immer etwas abgestoßen gewesen von Taifaus Äußerem. Außer den vor grauem Star milchweißen Augen und der von häßlichen Ringflechten bedeckten Haut waren Taifaus Arme und Beine mit Narben und wunden Stellen bedeckt. Seine Zähne waren braun und halbverfallen. Es war sprichwörtlich in Sapepe bekannt, daß Taifau Wasser und Seife verabscheute. Doch als Tauilopepe so im silbrigen Fahrwasser von Taifaus Schmeicheleien wogte, kam er zu dem Schluß, daß der äußerlich abstoßende kleine Mann es wert war, verändert, gerettet, ja erlöst zu werden. Auch die restlichen 'Aiga-Mitglieder schienen ganz entzückt von Taifaus dramatischem Auftritt.

»Also gut!« lachte Tauilopepe. Taifau brach ab. »Du kannst morgen anfangen zu arbeiten. Wieviel möchtest du denn bezahlt haben?«

»Egal wieviel, Herr. Irgendeine Summe, die Ihnen angemessen erscheint, um dieser unwürdigen Person blinde Frau, bejahrte Mutter, sechs Kinder und fünfzehn unwürdige Verwandte zu unterstützen, Herr.«

»Ich werde darüber nachdenken.«

Die ganze Mahlzeit hindurch setzte Taifau seinen einnehmenden Monolog fort. Er redete über Theologie, über Landwirtschaft, über die Stadt bis hin zu den Automobilen. Von Zeit zu Zeit hob er seine Augen gen Himmel und lachte schallend, vergaß aber nie, seinem neuen Arbeitgeber zu schmeicheln.

»Warum bist du eigentlich die ganze Zeit über nie zur Kirche gegangen?« fragte ihn Masina auf einmal.

Wie von einer Hornisse gestochen, schlug sich Taifau aufs Knie und sagte: »Mutter, dieses unwürdige Geschöpf des Allmächtigen, wie du ja an meinem häßlichen, von Krankheit gezeichneten Äußeren sehen kannst, hatte seinen vollen Anteil und hat noch immer seinen übervollen Anteil an Krankheiten aller Art. Die Leute, besonders die Klatschbasen, werden dir etwas erzählen. Sie werden dir weismachen wollen – fälschlicherweise –, daß diese Person faul, feige, sündig sei und Filipo, unseren heißgeliebten Pfarrer, hasse. Es stimmt, Filipo und diese unwürdige Person hatten ein paar unbedeutende Meinungsverschiedenheiten, doch kann diese Person mit aller Offenheit und Ehrlichkeit nur sagen, daß sie zu sehr von Krankheit geplagt war, um die Kirche regelmäßig besuchen zu können. Wirf doch nur deinen ehrenwerten Blick auf den von Krankheit gezeichneten Leib dieser unwürdigen Person. Lügt dieser Leib dich vielleicht an, Mutter?« Masina lachte nur.

»Drei Pfund die Woche«, sagte Tauilopepe.

»Danke, Herr, besten Dank! Wie Ihr wohl wißt, verfügt diese unwissende, ungebildete Person nicht über die Worte, die ausreichen würden, seiner herrlichen Dankbarkeit Ausdruck zu geben.« Und schon wieder schweifte er ab. Während er diesen Teil seiner Vorführung gab, war das Essen auf seiner Matte gänzlich verschwunden. Er wölbte seinen Bauch vor und sah aus, als sei er bereit, alle und alles in Angriff zu nehmen. »Wann fangen wir mit der Arbeit an, Herr?« fragte er Tauilopepe.

»Heute. Du kannst Faitoaga mitnehmen und die Kakaobäume zurechtstutzen.«

»Gut. In Ordnung. Gut«, erklärte Taifau. »Übrigens, Herr, darf Ihr bescheidener Diener wohl etwas von Ihrem edlen Tabak haben?« Tauilopepe warf ihm die Packung zu. Taifau drehte sich vier Zigaretten, steckte sich eine mit einem Stück brennenden Ast an, das Pepe ihm brachte, sprang auf die Füße und ging hinten zur Fale hinaus.

»Er wird dir in den Rücken fallen«, warnte Masina Tauilopepe, während sie zuschauten, wie Taifau mit Faitoaga über die Straße schlenderte, auf dem Weg zur Plantage.

»Aber es ist doch gut, daß du ihm Arbeit gegeben hast«, sagte Lupe. »Seine 'Aiga kann das Geld gut gebrauchen.«

»Ich werde einen neuen Menschen aus ihm machen«, sagte Tauilopepe. »Wartet nur mal ab. Was wir in Sapepe brauchen, sind hart arbeitende Leute.«

»Taifau ist am besten, wenn er Gitarre spielt«, sagte Pepe.

»Das ist alles, worin er gut ist«, meinte Masina.

»Und er ist auch gut im Geschichtenerzählen, das heißt, außer Toasa. Weißt du was, Tauilopepe? Ich habe mich nie über Taifau lustig gemacht, wie die anderen Kinder. Er ist nämlich ... ein Künstler. So hat er sich auch selbst bezeichnet«, sagte Pepe. Jeder lachte. Pepe wußte nicht, warum.

Als Tauilopepe und Pepe an diesem Nachmittag zur Plantage gingen, fanden sie nur Faitoaga, der die Kakaobäume beschnitt. Tauilopepe begann mit der Arbeit, ohne sich nach Taifau zu erkundigen. Pepe verschwand zwischen den Bäumen.

Die Sonne brannte klaffende Löcher in die dürftige Wolkendecke; kein Windhauch milderte die Hitze; die scharlachroten und gelben Kakaohülsen hingen herab wie welke Brüste. Während Tauilopepe arbeitete, vergaß er Taifau. Plötzlich glitt eine lange schwarze Eidechse über den niedrigsten Ast des Kakaobaums, den er gerade stutzte; automatisch schnitt er sie mit durch. Der Schwanz des Tieres fiel auf den Boden, zuckte noch eine Weile und lag dann still. Er dachte daran, daß in der alten Religion ein paar Gebiete Eidechsen als sichtbare Verkörperung einiger Gottheiten verehrt hatten. Schnell hob er den Schwanz auf, warf ihn in die Schlingpflanzen und sagte Faitoaga, er solle doch eine Rast einlegen. Faitoaga streifte in die Plantage davon.

Eine Baritonstimme und das rhythmische Zupfen einer Gitarre tönten durch die Bäume. Tauilopepe hielt mit der Arbeit inne, und als er so auf die Musik hörte, wurde er sich schmerzlich der Hitze, des Schweißes und des Ziehens in seinen Muskeln bewußt.

Er rammte sein Buschmesser in die Erde und ruhte sich im Schatten aus. Durch die Stille drangen klar und vernehmlich die Worte des Liedes:

»... Was ist es mir nütze, wenn ich arbeite in der
knallheißen Sonne?
Verbrennt doch dabei mein Hirn, und meine Haut
wird ganz schwarz.
Nicht am Hirntod möchte ich sterben,
und auch nicht an schwarz-verfallender Haut!
Gibt man mir aber eine verlockende Frau,
die mich wild umarmt,
so will ich sterben gern ...«

Das Lied fand ein Ende, als Pepe aufjubelte und in die Hände klatschte. Tauilopepe stand auf und marschierte durch die Bäume dahin, wo die Musik herkam.

Auf einem dicken, bequemen Lager aus Bananenblättern lag Taifau und kaute am Ende eines Zuckerrohres. Neben ihm saß Pepe und klimperte unbeholfen auf der schwarzen Gitarre herum. Faitoaga saß einige Schritte von Taifau und Pepe entfernt, warnte sie aber nicht, als er Tauilopepe erblickte. Er nahm nur sein Buschmesser und ging, um sich wieder an die Arbeit zu machen. Tauilopepe verharrte am Rand der kleinen Lichtung.

»Zünde meinen Tabak an«, sagte Taifau zu Pepe. Pepe entfachte ein Streichholz und hielt es gegen Taifaus Zigarette. Taifau hob den Kopf, steckte sich die Zigarette an, sog tief den Rauch ein und – sank wieder zurück in die Bananenblätter, indem er sagte: »Das ist das wahre Leben, Pepe. Weit weg von allem. Weg von Nofos Nörgelei und den Nöten und Sorgen, die einem Mann graue Haare und Magengeschwüre verursachen.« Er stieß eine lange Rauchwolke aus. »Kannst du mir jetzt zeigen, wie man auf der Gitarre spielt?« fragte Pepe.

Taifau schloß die Augen und meinte: »Ein andermal – es ist zu heiß.«

Tauilopepe ging auf die beiden zu. Pepe erblickte ihn. »Da ist Tauilo«, sagte er. Tauilopepe mußte beinahe lachen, als Taifau jetzt aufspritzte, seine Zigarette in die Bäume schleuderte und, ihm zugewandt, sich verneigte.

»Arbeitet Faitoaga auch feste, Herr?« meinte Taifau. »Ich habe ihm Anweisung gegeben, feste zu arbeiten.« Blinzelnd, als ob eine Eule in zu starkes Licht sieht, schaute er auf Tauilopepe. »Das ist doch die einzige Möglichkeit, mit Erfolg zu arbeiten, oder etwa nicht, Herr?« Er spannte seine Lavalava wieder feste um sich. »Zurück an die Arbeit«, sagte er. »Nur harte Arbeit hält einen Mann gesund, nicht wahr, Herr?« Tauilopepe gab keine Antwort, hob nur ein Stückchen Zuckerrohr auf und zerbiß es. Taifau ergriff sein Buschmesser und eilte von dannen.

»Sieh auch zu, daß du diesmal arbeitest!« rief ihm Tauilopepe nach. Pepe fuhr mit den Fingern über die Saiten der Gitarre und sagte: »Taifau kann wirklich spielen und singen, nicht wahr, Tauilopepe? Wie gern würde ich so spielen können wie er!«

»Solche Sachen sind nur für Leute, die sonst nichts anfangen können«, sagte Tauilopepe, »aber sie ernähren niemandes 'Aiga. Denk dran!«

Pepe zuckte die Achseln, legte die Gitarre behutsam auf das Blätterlager und rannte Taifau nach.

In den nächsten paar Wochen arbeitete Taifau gewissenhaft, wann immer Tauilopepe zugegen war; fehlte der aber, fiel Taifau zurück in seinen müßigen Lebensstil und verbrachte den Großteil des Tages im Schatten, wo er Faitoaga bei der Arbeit zusah. Um Faitoaga bei guter Laune zu halten, sang er Lieder und erzählte schmutzige Geschichten über seine früheren Eskapaden. Er komponierte sogar ein Lied zu Ehren seines Meisters Tauilopepe. Sein Refrain lautete folgendermaßen:

Er ist ein Mann, so groß wie der Himmel,
ein gottesfürchtiger Mann, der die Bibel liest.
Er ist ein Mann, so stark wie David,
ein zäher Mann, der die Kanzel liebt.

Die Kakaobohnen waren geerntet, getrocknet und an eine Handelsgesellschaft in Apia verkauft worden, und Tauilopepe war wiederum bereit, sein neues Gut, »Blätter des Banyanbaums«, weiter zu bepflanzen.

12 Die Lohn-Schlacht

»Nun?« fragte Tauilopepe Taifau.

Es war gegen Mittag; die Regenwolken hatten sich zusammengezogen, und eine graue Schwere hing über Sapepe. Ein starker Wind rüttelte an den heruntergelassenen Matten der Fale.

»Die Männer ... keinen von ihnen kann ich kriegen, Herr«, sagte Taifau.

»Warum denn nicht?«

Taifau sah aus, als würde er jeden Augenblick losheulen. Von der Gebirgskette hallte das dumpfe Grollen des Donners herüber. »Nun, Herr, Malo hat sie alle angeheuert, um sein neues Land zu bearbeiten.«

»*Angeheuert?* Was meinst du damit?«

»Abgesehen von der Verpflegung zahlt er ihnen drei Schilling am Tag, Herr.«

In den Palmen rauschte der Wind, doch in der Fale herrschte plötzlich Stille. Tauilopepe, der die ganze Nacht hindurch geplant hatte, wie er seine Plantage »Blätter des Banyanbaums« weiter roden solle, starrte Taifau an, sah vor seinem inneren Auge aber nur Malo. Noch nie in der Geschichte Sapepes hatte jemand einen derartigen Schritt unternommen: Die Männer des Dorfes hatten, als Gruppe betrachtet, nie zuvor Lohn ausgezahlt bekommen; nur gewöhnliche Arbeiter auf Regierungsplantagen oder solchen im Besitz der Papalagi arbeiteten für Geld. Es war ein Bruch der traditionellen Sitten.

»Ich habe mein Bestes getan, Herr, aber alle Männer hatten sich bereits Malo und seinem Geld verpflichtet«, sagte Taifau entschuldigend. Das Donnern hatte aufgehört, und sie konnten nun hören, wie der Regen herabplatschte, der vom Gebirge her auf Sapepe zukam.

»Weiß Toasa schon darüber Bescheid?« fragte ihn Tauilopepe.

»Ich weiß nicht, Herr. Doch vielleicht wird Toasa Malos schamlosem Verletzen der Dorfgepflogenheiten einen Riegel vorschieben. Meint Ihr nicht, Herr?«

Tauilopepe blieb die Antwort schuldig, riß ein paar Matten beiseite und eilte hinüber zu Toasas Fale. Der Regensturm hatte das Dorf noch nicht erreicht.

Toasa war gerade damit beschäftigt, hinter seiner Fale mit einem Taivai Gras zu schneiden. Der Himmel war noch grauer geworden, und vom Wind war nur noch eine leise Schwingung verblieben, die den Regen ankündigte. Tauilopepe stand hinter Toasa und wußte nicht, was er sagen sollte. Toasas Taivai zischte durch das Gras, das ihm hoch über Kopf und Schultern flog; er schien die Sturmpause nicht zu bemerken. Alle Matten der Fale waren heruntergelassen, und die Küchen-Fale war leer. Ein großes Fischernetz – ein kreisförmiges, weißes Gewebe, das quer über der Wäscheleine hing – bewegte sich unruhig im sterbenden Wind. Tauilopepe hustete. Verblüfft schwang Toasa herum, nahm lächelnd von Tauilopepes Anwesenheit Kenntnis, fuhr jedoch fort, Gras zu schneiden.

»Etwas schiefgelaufen?« fragte er nach ein paar Minuten.

»Nein«, erwiderte Tauilopepe.

»Lüg nicht. Ich kenn dich zu gut.«

Das Plätschern des Regens hatte sich nun zu einem lauten Prasseln gesteigert. Als Tauilopepe sich umwandte, sah er, wie hinter der Fale auf der anderen Straßenseite der Regen auf die Bäume herabpeitschte.

»Der Regen ist nun da«, sagte er, in der Hoffnung, daß der alte Mann jetzt in die Fale gehen würde, wo sie miteinander reden konnten.

»Laß ihn nur kommen. Ich habe genug von der hirnzerfressenden Sonne, wochenlang.« Toasa trat auf Tauilopepe zu und setzte sich neben ihn auf das Paepae. Tauilopepe bot ihm eine Zigarette an. »Er mag ruhig kommen«, sagte Toasa. Tauilopepe steckte ihm die Zigarette an, und die ersten dicken Regentropfen fielen darauf.

»Sollen wir hineingehen?« schlug Tauilopepe vor.

»Nein, es ist schon lange her, seit der Regen mein steifes Gerippe massiert hat, wie?« Tauilopepe konnte ihn bei dem Regen kaum verstehen. Toasa warf seine aufgeweichte Zigarette ins Gras, erhob sich und streckte – kichernd wie ein Kind – seine Arme in die Luft, ließ seine Hände mit Wasser vollaufen und wusch sich damit Gesicht und Kopf. »Das ist gut. Gut!« schrie er. Er tanzte einige Schritte vorwärts, dann wieder zurück.

Bis auf die Haut durchnäßt, kam sich Tauilopepe mit einemmal komisch vor, so durchnäßt dazustehen und einem närrischen alten Mann zuzusehen, wie er im Regen herumtanzte. »Hast du gewußt, daß Malo alle Männer *angeheuert* hat?« fragte er.

»Was?« schrie Toasa durch das Geprassel des Regens.

»Hast du gewußt, daß Malo den Männern Lohn zahlt, damit sie auf seiner Plantage arbeiten?«

»Welchen Männern?«

»Unseren Männern.«

»Ich hab's gewußt«, sagte Toasa und setzte sich auf das Paepae, während ihm von den Haaren Wasser in das Gesicht strömte. »Ich nehme an, du willst mir sagen, daß Malos Handlungsweise unserer Art, die Dinge anzupacken, zuwiderläuft, wie? Ich dachte, gerade du hättest mit unseren traditionellen Gepflogenheiten gebrochen. Wie war das noch mal? Ach ja – Gott, Geld und Erfolg.« Die Mangrovenbäume hinter der Küchen-Fale wanden sich unter der Geißel des Regens, und das Meer hinter den Bäumen war nur noch ein Schleier aus herabstürzendem Regen.

»Wenn du meine Art zu handeln nicht magst, warum hast du es mir dann nicht schon früher gesagt?«

»Ich habe nie gesagt, daß ich sie nicht mag. Ich bin lediglich neugierig – mich interessiert, als was sich die neue Art erweist. Aber weshalb bist du eigentlich so bestürzt über das, was Malo getan hat, wie?« Tauilopepe gab keine Antwort. »Wirst du jetzt zusehen, wie Malo dich hinauskonkurriert aus dem Geschäft, wie? Was sagt denn das Rundfunkgerät jetzt? Jawohl – ›Wettbewerbswirtschaft‹. Ein wohlklingender Name.« Pfützen hatten sich auf dem flachen Gestein an der Kante des Paepae gebildet. Toasa schöpfte eine Handvoll Wasser und schüttete es auf Tauilopepe, der einen Satz nach hinten machte. Toasa lachte. »Nun, ich werde dich das allein ausbaden lassen.« Er stand auf. »Dieser Knabe hier wird sich noch ein bißchen Bewegung verschaffen.« Er griff nach seinem Taivai und fuhr fort, das Gras zu schneiden.

Der Sturm trieb nun auf das Meer zu, und zurück blieben dampfende Fale und Bäume, und ein Tauilopepe, der das Wasser aus den Zipfeln seiner Lavalava wrang und sich bemühte, Toasas aufstachelndes, geheimnisvolles Gekicher zu überhören. Tauilopepe sah, wie eine von Toasas Töchtern aus der Fale schaute.

»Warum kommst du nicht ins Trockene?« rief sie Toasa zu.

»Es geht schon«, erwiderte er.

»Ist dir nicht kalt? Du weißt doch, daß dir das nicht guttut!«

»Laß mich in Ruhe!« gab Toasa zurück.

Tauilopepe stieg vom Paepae herunter und schickte sich an, zu gehen.

»Laß nicht zu, daß dich Malo aus einer Plantage hinauskonkurriert!« rief Toasa noch.

Taifau war in Tauilopepes Fale fest eingeschlafen; aus seinem offenen Mund drang ein sanftes, anhaltendes Schnarchen, Tauilopepe stieß ihn leicht mit dem Fuß an. Sofort setzte Taifau sich auf.

»Geh noch heute abend los und biete den Männern vier Schilling den Tag. Nein, besser drei Schilling und sechs Pennies am Tag und eine freie Mahlzeit«, beorderte Tauilopepe Taifau.

»Eine hervorragende Idee, Herr«, meinte Taifau, indem er sich mit den Fingern den Schlaf aus den Augen rieb.

Was die Sapepeaner später als »Die Lohn-Schlacht« bezeichneten, hatte begonnen. In der ersten Woche arbeiteten die Männer, die sich nun ihres Wirtschaftswerts im Sinne des »mächtigen Pennies« bewußt wurden, wie es Taifau ausdrückte, für drei Schilling und sechs Pennies am Tag auf Tauilopepes Plantage.

»Die Männer fangen an, sich zu beklagen, Herr«, sagte Taifau zu Tauilopepe an einem Samstag abend.

»Weswegen! Sie werden gut bezahlt für das bißchen Arbeit, das sie verrichten.«

»Ich bin ausgenommen, Herr, ausgenommen von aller Schuld. Diese Person, Ihr dankbarster Diener, würde sich nie beklagen!«

»Was ich dir auch nicht raten würde«, warf Tauilopepe ein. »Du bekommst sowieso den höchsten Lohn!« Taifau zuckte zusammen.

»Über was beklagen sie sich denn?«

»Sie sagen, Ihr treibt sie zu sehr an, Herr.«

»Was glauben sie denn, wofür ich all das Geld zahle? Fürs Herumlungern? Sag ihnen, daß ich keinen Penny mehr für sie ausgebe. Sie sind's nicht wert!«

Taifau drückte sich zur Fale hinaus in die sichere Dunkelheit.

In der Kirche an diesem Sonntag vermieden die meisten der Männer, Tauilopepe zu begegnen, und weder er noch Malo nahmen am Toonai im Hause des Pfarrers teil. Am Montag arbeiteten die Männer wieder für Malo zu vier Schilling und sechs Pennies pro Tag.

Tauilopepe irrte den ganzen Tag durch »Blätter des Banyanbaums«. Am Abend kam er heim, verschlang schnell sein Essen und saß dann da – nach dem vergeblichen Versuch, in der Bibel zu lesen – und starrte in die Dunkelheit hinaus.

Eine kleine Schar Kinder, mit einem von Taifaus Söhnen an der Spitze, zog vorüber und sang ein neues Lied. Als er auch Pepe vom Moskitonetz her mitsingen hörte, fragte er: »Was ist das für ein Lied?«

»Es heißt ›Die Lohn-Schlacht‹. Taifau hat es gemacht«, antwortete Pepe.

»Wie geht denn der erste Vers?« fragte Vao.

»Ich glaube so«, sagte Pepe und sang:

»Mein Meister besitzt die Pennies,
um seine Arbeiter gut zu bezahlen.
Ein and'rer besitzt die Pennies,
um seine Arbeiter bestens zu bezahlen.
Aber Gott wird sich entscheiden
für die Pennies meines Meisters,
und die Männer kehren an die Arbeit zurück.«

Am Morgen darauf ließ Tauilopepe alle Mitglieder der 'Aiga Tauilopepe, die in Sapepe waren, in seine Fale kommen. Er versprach ihnen allen einen Anteil an »Blätter des Banyanbaums«, falls sie für ihn arbeiteten. Letzten Endes, so verriet er, gehöre die Plantage doch der ganzen 'Aiga, und sie wollten doch wohl nicht mitansehen, wie ihre 'Aiga gedemütigt wurde durch eine 'Aiga von Emporkömmlingen? Etwa eine Woche lang trieb er sie unbarmherzig in den Kampf gegen den Busch. Sie müßten die 'Aiga Malo schlagen, ermahnte er sie. Er weigerte sich so lange, mehr Geld zu bieten, um die Männer zurückzuholen, bis sich ein Bursche seiner 'Aiga unter einem umstürzenden Baum beide Arme brach und Lupe ihn darum anflehte.

Die anderen Männer Sapepes kamen für fünf Schillinge am Tag zurück. Doch ihre Begeisterung über den »mächtigen Penny« schwand immer mehr, als Tauilopepe sie so gegen den gewaltigen, endlosen Busch trieb. Einige von ihnen legten ihre Arbeit ganz nieder, nachdem sie eine Woche lang auf »Blätter des Banyanbaums« gedient hatten. Nicht einmal von Malo ließen sie sich ködern, als der ihnen fünf Schilling und sechs Pennies einschließlich zweier Gratismahlzeiten am Tag bot. Am kommenden Sonntag hielt Filipo, der Tauilopepe Malo aufgrund seiner enormen Schulden im Laden vorzog, eine Predigt über »Gott, Geld und Erfolg«, worin er begünstigende Anspielungen machte auf den Mann, der jenen »Wortlaut« zuerst gebrauchte. Malo hielt sich jedoch der Kirche und dem Pfarrhaus solange fern, bis Filipo wieder in seinem alten Stil predigte. Zur selben Zeit setzte Taifau ein neues Lied in Umlauf, das die Tugenden seines Meisters pries.

Der letzte Vers berichtete von Tauilopepes allerletztem Sieg in der Lohn-Schlacht:

»Weil Gott auf unserer Seite ist,
haben wir auch höhere Macht.
Weil Gott auf unserer Seite ist,
werden wir auch gewinnen den Kampf.«

Es kreisten Gerüchte, daß Moa, als sie zufällig vor Malo dieses Lied sang, von ihm ein blaues Auge verpaßt bekam.

Mit der Zeit erreichte die Lohn-Schlacht ihren Höhepunkt. Die meisten der Männer arbeiteten inzwischen weder für Malo noch für Tauilopepe. Schließlich waren sie keine importierten chinesischen Lastträger oder vertraglich verpflichtete Arbeiter der Salomon-Inseln, sagten sie untereinander. Die wenigen, die weiterhin für sieben Schilling am Tag für Malo arbeiteten, legten unter dem geringsten Vorwand eine Pause ein und verlangten bessere Verpflegung sowie eine längere Mittagspause. Tauilopepe verzichtete darauf, neue Arbeiter anzuwerben. Seine Ersparnisse waren beinahe erschöpft, und so spielte er fast seine ganze 'Aiga aus gegen den trotzenden Busch, die Insekten, die Hitze und die mörderische Sonne. Nachts, nach getaner Arbeit, saß er dann alleine da, betete und las in der Bibel oder starrte nach den Schatten, die sich am Lichtrand verborgen hielten. Gottes erhabenes Eingreifen würde den Sieg bringen, tröstete ihn Taifau.

Gerüchte über das angeblich grausame Verhalten Tauilopepes gegenüber seiner 'Aiga wurden von der 'Aiga Malo in Umlauf gesetzt. Als Vergeltung verbreitete die 'Aiga Tauilopepe Geschichten über Malos Garstigkeit und Moas Wohlgesonnenheit gegenüber Fremden, insbesondere einem bestimmten Busfahrer. Als Niu vom Wasserholen am Teich mit zerrissenen Kleidungsstücken und bläulichen Schrammen im Gesicht zurückkehrte – dem Ergebnis eines Kampfes mit einem Mädchen aus Malos 'Aiga –, wußte ganz Sapepe, daß die Rivalität zwischen den beiden 'Aiga bald zur offenen Fehde ausarten würde.

Da war es wieder – ein entferntes Schreien. Der kleine kahlköpfige Mann senkte den Haken ins Wasser. Ah-h! Ruck! Ein Fang – ein Korb frischgekochter Tintenfische! Filipo faßte hungrig nach dem Tintenfisch, den ihm der kleine Mann entgegenhielt, als er das kreischende Schreien von neuem hörte. Diesmal lauter – gerade im Innersten seines Kopfes, wo doch der kleine Mann und der herrlich riechende Tintenfisch waren. Schon wieder das schrille Geschrei. Er krabbelte dem Tintenfisch nach, der wieder im Meer verschwand, und taumelte vom Bett herunter auf den Betonfußboden; und der quälende Schmerz, der ihn von Ellbogen und Knien bis in den Kopf hinein durchzuckte, verscheuchte den Tintenfisch endgültig. »Scheiße!« entfuhr es Filipo vor Enttäuschung, daß er um den Tintenfisch (und seinen Schlaf) gekommen war. Er erhob sich, um gleich wieder ins Bett zurückzufallen und seinen Mittagsschlaf fortzusetzen, als Taulua hereinkam und rief: »Schnell, Filipo. Da wird gekämpft!«

»Was nun?« ächzte Filipo.

Taulua packte ihn am Arm und schrie: »Sie zerkratzen und zerfetzen sich und bringen sich noch um!« Sie bugsierte ihn aus der Fale auf die Kirche zu, während sie heulend etwas von einem teuflischen Kampf brabbelte, einem »bösen, vom Satan eingegebenen Gezänk«. Filipo war mittlerweile hellwach; er zog sich seine Lavalava zurecht, das einzige, was er trug. »Da ist es, das schlimme Getümmel!« jammerte Taulua, ließ seinen Arm fahren und schubste ihn zu dem Menschengewimmel, das sich auf der Straße breitmachte. Filipo hielt zögernd inne. Wieder schubste ihn Taulua.

»Da ist Filipo!« rief jemand. Die Menge machte Platz für ein Gäßchen. Als er sich hindurchgezwängt hatte, sah Filipo, wie langes Haar von krallenden Händen gepackt und gezerrt wurde und wie Arme und Fäuste auf Gesichter losschlugen, die zu unschönen Masken verzerrt waren.

»Du vaterlose Hure!« Er konnte die Worte klar aus dem allgemeinen Tosen der Zoten, Schläge und zerfetzten Hiebe heraushören. »Dein Vater ist in einem Scheißhaus geboren worden!« Filipo hielt inne. Die Umstehenden blickten auf ihn. »Da – guck mal, du Schwein«, kreischte eine Amazone, indem sie ihren Hintern entblößte, »er ist so frisch wie der Tag, an dem du geboren wurdest!« Filipo erschauerte, würgte. »Frisch? Faß deinen Arsch doch mal an!« Filipo zwang sich ganz durch das Gäßchen hindurch. Die Menge schloß sich hinter ihm. Vor seinen Augen spielte sich Schlimmes ab: Miteinander zankende, fast völlig entblößte Frauen lieferten sich – auf der Straße und in den Gräben – obszöne Schlachten, rissen einander die Haare aus, hieben nach Gesichtern, Augen, allen möglichen Körperteilen und Kleidern, traten mit Füßen, bissen und – was am unverzeihlichsten war – entweihten Gottes friedvollen Nachmittag durch ihre üblen, sehr unchristlichen Kraftausdrücke.

»Schluß!« schrie er. »Schluß, sage ich euch!« Die raufenden Amazonen nahmen jedoch keine Notiz von ihm.

Eine aufgedunsene Frau der 'Aiga Tauilopepe hob – direkt vor Filipo – ihre Lavalava hoch, streckte ihr blankes Hinterteil in Richtung Malos Fale und schrie: »Da – das ist für euch, ihr mutterlosen, vaterlosen Scheißfresser!« Zwei von Malos Amazonen sprangen sie an, warfen sie auf die Straße, zerkratzten ihre Haut und hieben auf sie los. Filipo packte eine von ihnen um die Hüfte und versuchte, sie fortzuziehen. Sie stieß ihren Ellbogen in sein rechtes Auge und beförderte ihn in den Graben. Filipo schnellte hoch, sein verwundetes Auge verfärbte sich bereits; er faßte an seine Hüfte und merkte, daß er ohne Lavalava dastand; verzweifelt bedeckte er mit den Händen seine Genitalien, duckte sich dabei in den Graben und fluchte »Hure!«. Er kriegte seine Lavalava wieder zu fassen, sprang aus dem Graben und mitten hinein in die Streitenden. Nach allen Seiten hieb er auf die Amazonen ein und rief: »Jetzt reicht's. Ich werd's euren Vätern sagen. Ich sag ihnen Bescheid!« Aber seine Hiebe und Drohungen hatten keine Wirkung.

Also weinte Filipo. Zwar erreichten seine Tränen die Streitenden nicht, doch erwirkten sie Hilfe bei den Umstehenden, die sich nun um die zankenden Amazonen drängten und sie nach Hause trugen. Ein paar aus der umstehenden Menge waren enttäuscht, daß die seit Jahren farbenfroheste Schlacht nun vorbei war; sie ermutigten die Streitsüchtigen, doch Steine und Zoten aufeinander loszuschleudern. »Ich werd euren Vätern Bescheid sagen!« drohte Filipo, der nun im Niemandsland zwischen den scheidenden Parteien stand. Steine und Flüche schwirrten ihm nach.

»O je, mein Geliebter!« jammerte Taulua.

»Ich werd's euren Vätern sagen. Sie werden mir dafür bezahlen, das sage ich euch. Schaut nur mein Auge an!« schrie Filipo.

»Diese schlimmen Frauen!« schluchzte Taulua.

»Ist mein Auge inzwischen schwarz geworden, ja?« fragte Filipo.

In dieser Nacht suchten einige Matai, die nicht unmittelbar in die Fehde verwickelt waren, Toasa auf und baten ihn, einzugreifen und den Frieden wiederherzustellen. Toasa versprach, daß er etwas unternehmen würde, und ließ es dabei bewenden. Er hatte schon viele 'Aiga-Fehden erlebt; sie alle fanden eine Lösung, indem die 'Aiga sich selbst einigten. Darüber hinaus würde diese Fehde die Kräfte Malos und Tauilopepes erschöpfen und sie so gefügiger machen. Falls sie dagegen fortdauern sollte, würde sich der Matai-Rat um ihn scharen – zu ungunsten Malos und Tauilopepes.

Sechs Abende darauf setzten sich Taifau und Faitoaga, samt einer Schar junger Burschen aus der 'Aiga Tauilopepe, an den Wegesrand vor der Kirche – mit Blick auf Malos Heim. Die Sonne ging unter, von der Küchen-Fale aus wand sich Rauch durch die dahinterstehenden Brotfruchtbäume, und Malae füllte sich allmählich mit Kindern, die sich auf einen tollen Kampf gefaßt machten. Ein Bus ratterte vorbei. Timu, Malos beleibter Bruder, tauchte auf der Veranda des Ladens auf. Taro kauend, setzte er sich auf das Geländer und beobachtete die Schar am Wegesrand. Zwei junge Burschen kamen heraus und setzten sich neben ihn.

»Nun sind's drei!« sagte Taifau. Sie lachten.

»Drei was?« (Die Männer auf der Veranda konnten alles hören.)

»Eine fette Henne und zwei dürre Küken!« Taifaus Komplizen lachten wieder. »Nun sind's sechs.«

»Sechs was?«

»Eine fette Henne und fünf dürre Küken«, antwortete Faitoaga.

»Nein. Eine fette Henne, zwei dürre Küken und drei impotente Hähne!« tönte Taifaus Singsang. Der Himmel im Westen war tieforange, mit rosa und weißen Streifen. Timu war nun allein auf der Veranda, aber auf den Kieselsteinen und im Gras vor dem Laden saßen etwa ein Dutzend Männer, und heran schlenderten noch mehr, um ihnen Gesellschaft zu leisten. Einige der alten Leute blickten aufmerksam von den benachbarten Fale herüber.

»Die Hennen rücken näher!« rief Taifau, als ein paar der Männer sich zu seiner Gruppe gesellten. Dann flüsterte er etwas in Faitoagas Ohr. Faitoaga schlenderte zum Graben hinauf; als er vor dem Laden stand, öffnete er seine Lavalava und urinierte in den Graben hinein. Er schüttelte seine letzten Tropfen ab, machte seine Lavalava wieder zu und grinste zu den Männern auf dem Malae hinüber. Timu sagte etwas zu Mikaele, dem bulligen Mann auf dem Gras. Mikaele stand auf und ging gemächlich auf Faitoaga zu – mit gesenktem Kopf, so, als täte ihm jetzt schon leid, was er dem mageren Jungen antun würde.

»Goliath naht!« lachte Taifau, der nun hinter seinen Anhängern stand.

Mikaele stand jetzt nur wenige Schritte von Faitoaga entfernt. Er war kein Blutsverwandter der 'Aiga Malo, sondern hatte lediglich eingeheiratet und sah daher die ganze Fehde weniger fanatisch als seine Blutsverwandten. Faitoaga kannte ihn recht gut, doch aufgrund der Fehde hatte ihre Freundschaft jetzt in den Hintergrund zu treten.

»Hast du denn keinerlei Lebensart, Junge?« fragte ihn Mikaele. »Was soll's denn, mit solch einem kläglichen, hilflosen Ding eine Schau abzuziehen? Nicht mal eine Frau würde darüber kichern wollen!«

Mit dem ganzen Gewicht seiner kärglichen Erscheinung holte Faitoaga zu einem Kinnhaken aus. Unter der Wucht des Schlages schwang Mikaeles Kopf nach hinten – und auch gleich wieder nach vorne, indem er seine Rechte in Faitoagas Bauch rammte. Der Hieb saß und schleuderte Faitoaga mit einem langgezogenen »Aahhh« auf die Straße zurück. Sofort schlugen zwei von Taifaus Männern Mikaele nieder.

Dann stürmten beide Seiten aufeinander los, mit Fäusten und Stöcken. Taifau zog sich hinter die Kirche zurück, und Timu ging in den Laden und sah von einem Fenster aus zu.

Die Partei Tauilopepe schwand bald an der Zahl, da der Kampf bei den Behausungen der 'Aiga Malo ausgetragen wurde. Faitoaga und seine Gruppe sicherten sich geschickt den Rückzug, den sie nach und nach antraten; hie und da ließen sie einen blutüberströmten, bewußtlosen Genossen zurück, der, wenn er Glück hatte, von einem mitleidigen Umstehenden wieder hochgepäppelt wurde. Wann immer ihre Verfolger einen eingeschlossenen Genossen umzingelten, wurden sie von den wohlgezielten Steinen Faitoagas und seiner Freunde vertrieben. Die Malo-Partei übte in derselben Weise Vergeltung.

Im Gegensatz zu den Frauen warfen die Männer bei ihrem Kampf nicht mit obszönen Kraftausdrücken um sich. Der Mut eines Mannes liegt nicht auf seiner Zunge, rühmten sich die Sapepeaner gern. So waren die einzigen Geräusche das Pfeifen und dumpfe Aufschlagen der Steine, das barfüßige Trappeln auf der Straße, das gelegentliche Schreien und Kreischen der Unglücklichen, die bewußtlos geschlagen wurden, das Krachen der Stöcke, die über Fleisch und Knochen zerbrachen, das schwere Keuchen; und das Gemurmel der Menschenmenge, die in sicherem Abstand die zurückweichenden Kämpfer bis ans Dorfende begleitete, wo die 'Aiga Tauilopepe das Sagen hatte. Als diese Gegend erreicht war, kam es erst einmal zu einem Stillstand, während die Verstärkung für Faitoagas Gruppe aus den Tauilopepe-Fale strömte und das Gleichgewicht wiederherstellte. Steine wurden geschleudert und zertrümmerten Köpfe und Gliedmaßen; Fäuste und Stöcke hieben die Opfer zu Boden, wo sie erbarmungslos bewußtlos getreten und getrampelt wurden. Frauen und Kinder beider 'Aiga schrien einander Beleidigungen entgegen; einige der Frauen mischten sich unter die Kämpfenden und versuchten, ihren Männern und Brüdern zu helfen, während die Kinder hin- und herrannten, um die Männer mit Steinen zu versorgen. Keiner der Umstehenden, nicht einmal die Matai, wagten, Einhalt zu gebieten.

Plötzlich blitzte ein Buschmesser auf. Die Menge flog auseinander. Das Messer stieß zu. Ein laut gellender Schrei, und Faitoaga stürzte zu Boden; mit seinen Händen versuchte er verzweifelt, das Blut aufzuhalten, das aus der klaffenden Wunde seiner rechten Schulter schoß. Lupe, Niu und Vao beugten sich schluchzend über ihn, um ihn mit ihren Körpern zu schützen. Noch ein Buschmesser. Noch ein Hieb zu Boden. Ein weiterer Wahnsinnsschrei. Und einer von Malos Männern lag auf der Erde. »Meine Brust, meine Brust!« schrie er.

»Holt Toasa. Irgend jemand muß Toasa holen!« rief einer der Matai. Pepe, der Steine für Faitoaga beschafft hatte, rannte los, um den alten Mann zu holen.

Die Sonne war am Horizont verschwunden, und am Zenit bildeten die Wolken ein Polster aus tiefrotem Scharlach. Toasa erschien inmitten der kämpfenden Männer. Sein Gehstock hob sich und fiel laut dröhnend auf den Kopf des nächstbesten Mannes. Der Mann ging schmerzlich getroffen zu Boden. Braun und blau geschlagen, blutig und der sinnlosen Gewalt müde, schwenkte Mikaele herum, aber als er sah, wer vor ihm stand, hielt er inne. Kein Mann Sapepes wagte es, Toasa anzugreifen: Er war der Tuua, die letzte heilige Instanz; wenn man sie zerstörte, würde in Sapepe das Chaos losbrechen. Toasas Gehstock traf Mikaele an der Schläfe und ließ ihn schwindeln; ein weiterer Schlag auf die Schulter ließ ihn in die Knie gehen. Seine Frau raste blind gegen Toasa, mit ausgestreckten Armen, doch Mikaele versetzte ihr einen erbarmungslosen Schlag und stieß sie von dem alten Mann fort.

»Genug!« rief Toasa. Ein paar der Männer lösten sich voneinander. Mikaele taumelte auf seine Füße. Ein Mann sprang Toasa an. Toasa trieb seinen Gehstock in den Bauch des Mannes, und als der, nach Luft ringend, in die Knie ging, versetzte ihm Mikaele einen Kinnhaken. Der Mann, der ein Verwandter von Mikaele war, brach mit einem Schmerzensschrei zusammen. Mikaele und Toasa traten ins Kampfgetümmel und trennten die Männer voneinander. Neben ihnen taten einige Matai dasselbe.

»Geht heim!« befahl Toasa den Männern, als sie aufhörten zu kämpfen. »Beide 'Aiga werden dies noch büßen. Schickt mir die Männer, die sich als die Oberhäupter eurer 'Aiga betrachten!«

Die verwundeten und ohnmächtigen Opfer des Kampfes lagen unter den Palmen und auf der Straße umher. Ihre Frauen und viele der Umstehenden trugen sie heim.

Toasa wandte sich an Mikaele und sagte: »Danke!«, drehte sich um und stürmte auf seine Fale zu, begleitet von Pepe.

»Ist irgend jemand umgekommen?« fragte er Pepe.

»Nein, aber Faitoaga und noch jemand haben fast ihren Kopf gelassen.«

»Geh und sag deinem Vater, er soll mich sofort aufsuchen!«

Als sich das abendliche Dunkel auf Sapepe senkte und von Toasas Fale wie ein willkommener Eindringling aufgenommen wurde, saß der alte Mann da und klopfte mit seinem Stock fortwährend auf den Kiesboden. Die meisten 'Aiga-Mitglieder blieben in der Küchen-Fale, sicher vor seiner Wut. Eine seiner Töchter brachte eine Lampe und stellte sie neben den mittleren Pfeiler. »Soll ich dir etwas zu essen bringen?« fragte sie. Er gab keine Antwort. Sie ging wieder hinaus.

Tauilopepe war fast den ganzen Tag fischen gewesen und hatte einen großen Fang Blaufisch mit nach Hause gebracht. Er hatte ein Bad im Teich genommen und war auf dem Weg zu seiner Fale gewesen, als Pepe ihn mit der Nachricht des Kampfes überfiel – eine Nachricht, die die friedliche Gesinnung, welche er vom Meer mitbrachte, sofort in Wut umwandelte.

Als Tauilopepe Toasas Fale erreichte, war er noch immer bewegt von dem, was er gesehen hatte – verwundete und zerschlagene Männer und ihre Frauen, die ihn mit ihrem vorwurfsvollen Schweigen für das Geschehene verantwortlich machten. Faitoaga mußte über die östliche Bergkette zur Gesundheitsstation des nächsten Dorfes getragen werden. Tauilopepes Furcht vertiefte sich noch, als er bei Toasa hereinschaute. Er war gerade von der Plantage zurückgekehrt, Lupe hatte ihm vom Kampf erzählt, und er war von Fale zu Fale gegangen, um sich die Verwundeten anzusehen. Dann war Pepe hereingeplatzt mit der Nachricht, daß Toasa ihn sehen wolle. Es war ihm nun bange, in die Fale hineinzugehen, denn er wußte, daß Toasa ihn nicht unterstützen würde.

Schließlich trat er doch ein und setzte sich Toasa gegenüber. »Und wie geht's …«, begann er. Toasa grub seinen Gehstock in den Boden und bedeutete ihm zu schweigen. Die Lampe flackerte. Moskitos ließen sich auf Tauilopepes Körper nieder; er beachtete sie nicht. Es war, als ob jeder ihn verlassen hätte. Als ihn in seiner Jugend dieses Gefühl zu überwältigen drohte, war er zu Toasa gegangen, doch Toasa war nun ein ebenso unnahbarer Fremder, wie sein Vater es gewesen war. Er war gerade soweit, Toasa um Verständnis anzuflehen, als Malo im Licht auftauchte.

»Setz dich!« befahl Toasa Malo. »Ihr seid beide Kinder und verdient eine ebensolche Behandlung. Stimmt ihr dem zu, wie?«

Sie antworteten nicht. Wußten sie doch, daß Toasa von ihnen Stillschweigen erwartete.

»Ihr denkt wohl, ich bin ein Narr? Wie? Ein ausgemachter Narr?« Malo traf Anstalten zu sprechen. »Halt den Mund!« sagte Toasa.

»Du hast kein Recht, so mit mir zu sprechen!« protestierte Malo. Inzwischen hatten sich die Männer von Toasas 'Aiga auf den Paepae gesetzt, bereit, ihn zu beschützen und alle Befehle auszuführen, die er ihnen erteilen würde.

»Aufgrund dessen, was geschehen ist, habt ihr sowieso keine Rechte in Sapepe mehr«, sagte Toasa, »keine!« Der Stock hob sich bedrohlich. »Ihr habt alle beide eure Rechte verwirkt.«

»Warum gibst du mir die ganze Schuld?« sagte Malo. »Dein Liebling ist an der ganzen Sache schuld, an dem ganzen Blutvergießen meiner 'Aiga.«

»Ich habe keine Lieblinge. Keine. Verstehst du mich, wie?« Einige der Männer draußen rückten näher an die Fale-Pfeiler hinter Toasa heran. »Ihr hättet mich beide gern aus dem Weg, damit ihr eure Machtkämpfe über die Leichen meiner Leute austragen könnt. Zwar mögt ihr die höchsten Titel innehaben, aber ich habe die Macht. Ich kann euch vernichten. Wer glaubt ihr denn, seid ihr, wie? Ihr seid eben die hochmütigen, vaterlosen Nachkommen der Männer, die hier angetrieben wurden. Meine 'Aiga fand sie am Strand und rettete sie!« Sein Schreien wurde von Husten unterbrochen. Er rammte seinen Gehstock in den Fußboden und fügte hinzu: »Ich kann euch beide vernichten. Hört ihr? Eine Anweisung von mir, und ihr habt kein Dorf mehr, in dem eure Titel irgendwas wert wären!«

»Mein Vater hat in allem recht. Ich füge mich seinem Urteil und der Beurteilung des Matai-Rats«, sagte Tauilopepe.

»Zumindest einer von euch ist kein vollkommener Narr«, sagte Toasa. Malo starrte in die Dunkelheit hinaus. »Nun, Malo?« fragte Toasa.

»Ich habe nichts zu sagen. Ich habe kein Gesetz gebrochen und sehe daher auch keinen Grund, mich eurem Urteil zu fügen«, erwiderte Malo.

»Bist du bereit, jede Entscheidung des Matai-Rats anzunehmen?« fragte Toasa Tauilopepe. Der nickte schnell und eifrig.

»Das sollte er auch!« warf Malo ein. »Schließlich ist er derjenige, der die Schuld an allem hat. Und ich weiß, daß der Rat meine Forderung unterstützen wird.«

»Verschwinde!« schrie Toasa. Der Gehstock bewegte sich auf Malos Schulter zu. Malo raffte sich empor und duckte sich vor dem Gehstock, der wie ein Speer nach seinem Kopf stieß. »Verschwinde! Erscheine morgen zur Versammlung ...« Malo rannte beinahe aus der Fale. »Du auch!« befahl Toasa Tauilopepe. »Wenn dein Vater heute noch leben würde, würde er sich deiner schämen. Er schämte sich sogar schon, als er noch am Leben war. Geh!«

Tauilopepe stand auf und ging. Er wußte, daß Malo einen entscheidenden Fehler begangen hatte, als er Toasas Autorität herausforderte.

Der Rat wartete auf Malo, und das schon über eine Stunde. Tauilopepe saß da und beobachtete Toasa aus den Augenwinkeln. Malo hatte die Matai, die ihm Geld schuldeten, angewiesen, nicht zur Ratsversammlung zu erscheinen, doch waren sie alle gekommen: Wenn seine Macht zunichte war, konnten sie sich immerhin von ihrer Schuldenlast befreit fühlen. Die Leute hielten sich der Fale fern; sie wußten, was ihnen passierte, falls sie den Rat in seinen Erörterungen störten. Ein harscher Wind fegte durch Sapepe, zerzauste die Strohdächer und trieb Blätter die Straße entlang. Taifau und eine große Schar von Männern besetzten die Fale auf der gegenüberliegenden Straßenseite – bereit, die 'Aiga Malo abzuhalten, falls sie die Versammlung bedrohen sollte. Die Sonne war ein verschwommenes Schild aus Licht, hinter einem Schleier von Wolken.

Toasa spuckte auf die Kieselsteine. Alle blickten auf ihn. Sie wußten, daß die Versammlung kurz werden würde, besonders, wenn Malo nicht erschien.

»Nun, wir können nicht länger warten. Wir werden uns die Zeremonien und beschönigenden Worte ersparen«, verkündete Toasa. »Keine Ansprachen, sie nehmen nur Zeit in Anspruch. Ihr alle wißt, weshalb diese Versammlung abgehalten wird. Zwei Männer, die sich selbst als Matai bezeichnen und als Nachkommen der geheiligten 'Aiga, die diesen Distrikt begründet hat, bedrohten und bedrohen noch immer den Frieden unserer Gemeinschaft. Einer von ihnen hat sich dem Willen Sapepes gefügt, bei dem anderen sieht es nicht so aus. Indem er nicht an dieser Versammlung teilnimmt – und wir haben lange genug auf ihn gewartet –, fordert er uns absichtlich dazu auf, von unserem Urteilsrecht Gebrauch zu machen. In seinem Hochmut glaubt er, er könne in Sapepe gerade nach Belieben verfahren. Doch hat in Sapepe niemand ein solches Recht oder solch eine Befugnis. Absolut niemand!« Er machte eine kunstvolle Pause und fuhr dann fort: »Das Gift der Unordnung hat sich verbreitet – hervorgerufen durch diese eigennützigen Männer. Dem muß nun Einhalt geboten werden, und zwar, bevor es uns alle zerstört. Das ist meine Meinung. Ein paar von euch werden anderer Ansicht sein, werden denken, daß diese Fehde auf friedlichem Wege durch die 'Aiga selbst gelöst werden kann. Auch ich habe das geglaubt, aber jetzt weiß ich, daß ich mich geirrt habe, und zwar völlig. Jeder von euch hat jedoch das Recht, in derselben Weise seine ehrliche Meinung zu äußern. Vergeßt nur eines nicht: Niemand, selbst ich nicht, darf sich erdreisten, die Autorität des Rates herauszufordern. Wer immer in der Vergangenheit so gehandelt hat, wurde empfindlich dafür bestraft. Wir sind nichts ohne dieses Land, ohne die Geschichte und die Unterstützung dieses Landes. All das gibt unseren Titeln und dem, was und wer wir sind, einen Sinn. Dieser Rat ist der Wille und die Stimme Sapepes und darf von niemand in Frage gestellt werden. Dieser Rat kann nicht ge- und verkauft werden, nicht, solange ich lebe, jedenfalls. Denkt daran.«

Dann sprachen der Reihe nach die Matai. Die meisten von ihnen stimmten überein, daß sowohl Tauilopepe als auch Malo bestraft werden sollten, und daß Tauilopepe – weil er sich dem Urteil seinesgleichen gefügt hat – nachsichtiger behandelt werden solle als Malo. Sie kamen zu dem Schluß, daß die 'Aiga Tauilopepe mit einer Strafe belegt werden solle von acht Schweinen, vierhundert Taro, zehn Körben Fische, vier Fässern gesalzenen Rindfleischs und fünf Dosen Schiffszwieback. Aber sie vermieden es geschickt, sich darauf festzulegen, wie die 'Aiga Malo zu bestrafen sei. Toasa brachte die rettenden Vorschläge. »In Ordnung, laßt mich noch einmal sprechen«, sagte er. »Malo muß verbannt werden. Aber wir müssen erst abwarten und sehen, ob er sich unserem Urteil fügt. Falls dies innerhalb der nächsten Woche nicht der Fall ist, muß seiner 'Aiga der Bann auferlegt werden. Alle einverstanden, wie?«

»Aber Malo hat doch dadurch, daß er nicht erschienen ist, ganz eindeutig gezeigt, daß er sich nicht fügt«, protestierte Tauilopepe. Die Matai blickten Toasa aufmerksam an.

»Du hast bei der heutigen Versammlung überhaupt nichts zu sagen«, sagte Toasa. Tauilopepe starrte dumpf auf den Boden.

Toasa wies einen der jüngeren Matai an, den Ratsbeschluß Malo zu überbringen, und löste die Versammlung auf. Jeder ging, außer Tauilopepe.

»Ich kann mir denken, was du jetzt willst«, sagte Toasa. »Du möchtest, daß ich Malos Bann bekräftige, nicht wahr? Aber ich denke nicht daran. Ich werde abwarten und zusehen, wie ihr einander zerstört. Und jedesmal, wenn ich sehe, daß euer Gezänk auch die anderen vergiftet, werde ich eingreifen und euch beim weiteren Zerstören helfen. Was hältst du davon, wie? Zwischen deiner 'Aiga und mir wird immer Liebe sein. Aber zwischen dir ... zwischen dir und mir ...« Toasa sah weg. »Von diesem Augenblick an wird uns nichts mehr miteinander verbinden. Geh jetzt! Geh!«

Tauilopepe verließ die Fale. Draußen zerrte der Wind an seinen Kleidern; nach ein paar Schritten hielt er inne und blickte zurück. Es sah so aus, als ob Toasa weine. Das war nicht mehr so wichtig, dachte er bei sich. Toasa war alt und würde bald sterben. Er, Tauilopepe, würde Malo vernichten. Und Gott, nicht Toasa, würde ihm dabei helfen.

14 Das Urteil

Es war so dunkel, daß Toasa die Wellen nicht erkennen konnte, die nur ein paar Schritte vor ihm auf den Sand glitten. Der Gestank nach faulendem Seegras, Korallen und Treibholz verflüchtigte sich ebensowenig wie die Erinnerungen an den Jüngling, der Tauilopepe einmal gewesen war; der Jüngling, den Toasa in seinem Herzen als seinen eigenen Sohn angenommen hatte, warum, hatte er nie ganz verstanden. Hatte er doch fünf eigene

Kinder gehabt (zwei von ihnen waren bei der letzten Grippewelle gestorben), wenn er sie auch nie so geliebt hatte, wie er den jüngsten Sohn seines einzigen Freundes liebte. Das Zischen der Wellen klärte seine Gedanken. Er dachte auf einmal an die Frau, die die Mutter seiner Kinder gewesen war: Ihre Haare waren so sanft wie der Sand, wenn er durch die Finger rann, und ihr Leib so sanft wie das Quellwasser des Teichs, an dem er ihr zuerst begegnet war und sie sich ihm darbot. Alofa war ihr Name. Sie war von Apia gekommen, um Verwandte in Sapepe zu besuchen, mit ihrem glucksenden Lachen und jener rätselhaft anziehenden Eigenart Apias, die jedem Mann den Kopf verdreht hatte. Tauilopepe Laau hatte ihn vor ihr gewarnt, doch er nahm sie sich zur Frau. Dann kamen – eins nach dem anderen – die fünf Kinder, gefolgt von zahlreichen Seitensprüngen, die er ihr jedesmal vergeben hatte. Seine Bereitschaft zu verzeihen, so erkannte er später, war für sie untrennbar verbunden mit dem zwanghaften Bedürfnis, ihn dafür zu bestrafen. Je untreuer sie ihm war, desto mehr brauchte er sie. Jedesmal, nachdem sie fremdgegangen war, hatte er sie verprügelt, und sie hatte die Bestrafung genossen. Sie beichtete ihm ihre Affären sogar in allen Einzelheiten; und nach jedem Geständnis und nach allen Schlägen hatten sie sich heiß geliebt. Ihre Liebe war wie ein Leiden gewesen, ein schmerzlicher, gegenseitiger Zwang zu zerstören – so dachte er jetzt. Dann waren ihre Knochen und ihr Fleisch von der Lepra zerfressen worden; ihr Gesicht wurde eine Fratze dessen, was es einmal gewesen war, ihre Gliedmaßen nutzlose Stümpfe. Seine Liebe zu ihr wurde zuerst zu Mitleid und dann zu schändlicher Gleichgültigkeit. Am Tag, nachdem sie begraben worden war, verbrannte er ihre Fale und alles, was darin war. Ihre Kinder blieben bei ihm, doch er überließ ihre Erziehung seinen Schwestern und seiner Mutter. Sie wurden allmählich zu Fremden, aber er kümmerte sich nicht darum, denn am selben Abend, an dem Alofa gestorben war, wurde der Sohn seines Freundes geboren. Es war fast so, als ob der Junge aus Alofas Tod heraus geboren worden war. Mit dem Jungen hatte sein Leben neu begonnen.

Toasa zerbrach die Ketten der Erinnerung und fand sich wieder im Dunkel und im Gestank des Morasts, so daß er sich selbst mit nutzlosem Treibholz verglich, das auf den Sandbänken gestrandet war – jenseits der erfrischenden Brandung. Er stand auf und ging langsam über den Strand und durch die Palmen auf die Straße zu. Nur ein paar Lampen brannten noch im Dorf. Vor Malos Haus hielt er inne und besah es sich eine Weile lang. So viele Fenster und doch so wenig Licht, dachte er. Er schaute auf die Kirche – ein Schleier aus weißlichem Dunkel mit dem brütenden Hintergrund der Bäume. So viel Beton. Er stapfte weiter.

Schatten bewegten sich auf der Straße auf ihn zu. In der Dunkelheit konnte er zwar nicht erkennen, wer sie waren, doch fürchtete er sich nicht und machte auch keine Anstalten, sich zu verteidigen, als die Schatten auf ihn losschlugen. Ihre Gewalt wurde zum zerreißenden Schmerz, den die Fäuste auf seinem Gesicht und Kopf hervorriefen, die schmerzhafte Härte der Straße, auf die er aufschlug – während er noch hörte, wie die Schritte davonhasteten. Er wußte im selben Augenblick, daß er nun nicht mehr imstande war, den Rat vom Bann der 'Aiga Malo abzuhalten.

Am nächsten Morgen fällte ein aufgebrachter Rat – nachdem er übereingekommen war, daß Toasa von Männern der 'Aiga Malo überfallen worden war – den Urteilsspruch gegen Malo. Lafo, der bei Malo gewaltige Schulden hatte, faßte den Wortlaut wie folgt zusammen: »Von diesem Tag an werden Malo und seine 'Aiga nicht die Erlaubnis haben, auch nur das geringste mit den Angelegenheiten Sapepes zu tun zu haben – wie auch alle Einwohner Sapepes nicht das geringste mit der 'Aiga Malo zu tun haben werden. Sie werden als Ausgestoßene unter uns leben, als Tiere ohne Heimstatt und ohne Schutz.«

Den ganzen Morgen, während die Ratsversammlung fortdauerte, trafen Tauilopepe und seine 'Aiga Vorbereitungen für die Strafe, die sie den Matai abzugelten hatten. Er teilte die einzelnen Bestandteile der Strafe unter den verschiedenen Unter-'Aiga der 'Aiga Tauilopepe auf, so daß er selbst nur noch die Dosen Schiffszwieback und die Fässer mit dem gesalzenen Rindfleisch beisteuern mußte. Er überließ das Kochen der Schweine und der Taro der Aufsicht Taifaus und machte sich auf, um die Büchsen in einem Laden des Nachbardorfes zu kaufen. Als er zurückkam, berichtete ihm Masina von Malos Bann. Er versammelte seine ganze 'Aiga in der Haupt-Fale zu einem kurzen Gottesdienst. »Toasa ist sehr krank«, flüsterte ihm Pepe während einer Hymne zu. Also bat Tauilopepe, als er zu Gott betete, auch um Hilfe für Toasa, auf daß er sich von den Wunden erhole, die ihm von »schlimmen und herzlosen Männern« zugefügt worden seien. Er beendete sein Gebet und merkte, daß Pepe verschwunden war.

»Der alte Mann stirbt vielleicht«, sagte Lupe.

»Machst du mich etwa verantwortlich für das, was vorgefallen ist?« fragte er. Lupe, der die Last der fortgeschrittenen Schwangerschaft schwer zu schaffen machte, erhob sich schwankend und verließ die Fale. »Ich habe keine Schuld daran!« rief er ihr noch nach.

»Warum bist du nicht zu Toasa gegangen?« fragte Masina.

»Er will mich nicht sehen. Ich weiß nicht, warum.«

»Gräm dich nicht deswegen – er gibt nicht dir die Schuld«, tröstete ihn Masina. »Die Zeit wird alle Wunden heilen.«

Die Sonne stand wie ein zuckendes Auge am Himmel, als Tauilopepes 'Aiga die Nahrungsmittel vor der Haupt-Fale aufhäufte, damit alle Sapepeaner sie sehen konnten. In der Hitze waren wenige andere Leute zu sehen. Ganze Schwärme von Fliegen ließen sich auf den Sachen nieder. Die Frauen vertrieben sie zwar mit dichtbelaubten Zweigen, doch sammelten sich die Fliegen wieder und wieder zum Angriff. Tauilopepe schaute zu Toasas Fale hinüber. Zwei Töchter des alten Mannes saßen vor Toasas Moskitonetz; die restliche 'Aiga drängte sich in der Küchen-Fale. Er wußte, ebenso wie die anderen Sapepeaner, daß die 'Aiga des alten Mannes – immerhin die drittgrößte Sapepes – Malo offen angreifen würde, falls Toasa starb. Keinem würde es dann gelingen, sie abzuhalten, und es wäre auch nicht vielen Sapepeanern daran gelegen. Er sah Pepe auf dem Paepae von

Toasas Fale sitzen. In seiner Hand hielt er Toasas Buschmesser. Er wies die Männer an, die Nahrungsmittel zum Rat zu bringen. Alle Träger waren mit schwarzen Lavalava und Ula aus Bananenblättern bekleidet und gingen im Gänsemarsch.

Tauilopepe und Taifau folgten ihnen. Tauilopepe bog von der Straße ab und ging auf Toasas Fale zu. Noch bevor er am Paepae ankam, sprang Pepe auf und schloß sich schnell Toasas 'Aiga in der Küchen-Fale an.

Toasas Töchter blickten bloß kurz zu ihm und dann auf die Gestalt, die unter dem Moskitonetz in ein dickes weißes Bettuch gehüllt war. Fliegen besprenkelten das weiße Netz. »Wie geht's ihm?« fragte er Toasas Töchter.

Ohne ihn anzusehen, sagte eine von ihnen: »Wieder etwas besser.«

»Gott ist gnädig gewesen«, sagte die andere.

»Ich freue mich, daß er sich erholt«, sagte Tauilopepe.

Der alte Mann drehte sich herum, und das Laken rutschte von seinem Gesicht. Ein dicker Verband bedeckte das obere Ende seines Kopfes, blaugraue Quetschungen durchfurchten sein Gesicht, und seine Lippen waren dick aufgequollen. »Wo ist Pepe?« fragte er.

Eine seiner Töchter sagte ihm, daß Pepe draußen wartete. Mit immer noch geschlossenen Augen sagte Toasa: »Er hält die Treue. Er ist mein Sohn.« Seine Tochter lehnte sich nach vorne und flüsterte, daß Tauilopepe hier sei, um ihn zu sehen.

Toasa öffnete die Augen und sagte, ohne Tauilopepe dabei anzusehen: »Nun hast du, was du gewollt hast. Ohne es zu wissen, habe ich dir geholfen, einen weiteren Mann und seine 'Aiga zu zerstören. Mehr habe ich dir nicht zu sagen.« Er zog sich das Bettlaken wieder über das Gesicht.

Währenddessen unterhielt sich Pepe mit Taifau auf der Straße. Als er Tauilopepe sah, rannte er zu Toasas Fale zurück. »Kinder sind unbesonnen und hart, Herr«, sagte Taifau entschuldigend. »Sie wissen nicht, was sie tun.« Tauilopepe ging an ihm vorbei.

»Ihr solltet euch euren Entschluß noch einmal durch den Kopf gehen lassen«, sagte Malo zum Rat, als Tauilopepe zur Fale eintrat und seinen Stammplatz einnahm. »Denkt daran, daß ihr mir Geld schuldet, ihr alle hier. Also überlegt es euch noch einmal.«

Für Tauilopepe war es klar, daß einige der Matai ihren Entschluß ändern würden. »An was sollen wir denken?« fragte er Malo.

»Wir haben einander nichts zu sagen«, erwiderte Malo. »Absolut nichts.«

»Denk mal darüber nach.«

»Über was?« fragte Malo. Der Rest des Rats schwieg still, beobachtete, hoffte.

»Über die Tatsache, die simple Tatsache, daß ihr nicht länger zu Sapepe gehört«, sagte Tauilopepe.

»Hat Toasa den Ratsbeschluß bekräftigt? Hat er das getan?« fragte Malo. Die Ratsmitglieder blickten Tauilopepe an; er mußte sie retten.

»Dieser Rat hat einen Urteilsspruch über dich und deine 'Aiga gefällt. Indem du deine 'Aiga angewiesen hast, Toasa so brutal zusammenzuschlagen, den Tuua von Sapepe, hast du dir dein eigenes Grab geschaufelt«, erwiderte Tauilopepe. Die meisten Ratsmitglieder nickten zustimmend.

»Meine 'Aiga angewiesen? Ich habe nichts dergleichen unternommen. Gott ist mein Zeuge dafür. Ich kann doch nicht verantwortlich gemacht werden für das, was verantwortungslose Männer meiner 'Aiga angerichtet haben!«

»Dann gibst du also zu, daß es deine 'Aiga war, die Toasa beinahe umgebracht hat?« fragte Tauilopepe.

Malo riß seine Brille herunter. »Ja, ich gebe das zu. Aber ich persönlich war nicht dafür verantwortlich!«

»Aber wer ist denn dann verantwortlich für das, was deine 'Aiga tut?« fragte Tauilopepe und wußte, daß er Malo nun in der Falle hatte. Die Ratsmitglieder blickten auf Malo, auf den kleinen Ladeninhaber, dessen Hemd und Gesicht schweißnaß waren, während er an seinem Rechnungsbuch herumfingerte. Malo gehörte nicht länger zu ihnen, seine Macht war dahin, und sie würden nun bald von ihren Schulden bei ihm befreit sein.

»Abgesehen davon«, stammelte Malo, »davon einmal abgesehen, hat Toasa meinem – eurem Entschluß zugestimmt?« Die Ratsmitglieder schauten Tauilopepe flehentlich an.

»Ja, das hat er«, sagte Tauilopepe. Es fiel ihm leicht zu lügen, weil er wußte, daß die Ratsmitglieder es so wollten.

»Ja, Toasa hat dem zugestimmt«, tönte Lafo wie ein Echo. Die anderen Matai nickten zugleich.

»Ihr lügt!« rief Malo mit verzweifelt schriller Stimme. Niemand fühlte sich zu einer Antwort verpflichtet. Tauilopepe starrte in die Hitze und die Sonne hinaus, die anderen Matai blickten einander an; es war gerade so, als ob Malo nicht mehr da sei. »Ihr alle schuldet mir Geld«, sagte Malo, mühsam seine Stimme beherrschend. Noch immer sprach keiner. »Du, Tauilo, auch du schuldest mir immer noch was!«

»Wieviel schulden dir diese anderen zusammen?« fragte ihn Tauilopepe.

»Warum? Willst du ihnen die Schulden bezahlen?«

»Wieviel?«

»Du kannst das nicht machen. Sie selbst müssen es tun!«

»Wieviel?« wiederholte Tauilopepe. Malo sagte es ihm. »Ich werde das Geld zahlen. Und jetzt geh. Du gehörst nicht länger zu Sapepe!« Bevor Malo noch etwas sagen konnte, befahl ihm jeder Matai der Reihe nach, den Raum zu verlassen.

»Ich habe noch nicht das letzte Wort gesprochen. Und du hast nicht gewonnen, Tauilo. Wenn ich dich nicht vernichten kann, werden sie es tun!«

Malo raffte sich auf und stolperte aus der Fale in das grelle Licht und die Mittagshitze. Sie sahen ihm zu, wie er zuerst über den Malae und dann in seine Fale ging, ja beinahe rannte. Er hatte sein Rechnungsbuch liegenlassen. Lafo warf es zur Fale hinaus.

»Tragt das Essen auf«, flüsterte Tauilopepe Taifau zu, der hinter ihm auf der Paepae saß.

»Er hat es nicht anders verdient«, sagte Lafo.

»Ja, er hat es nicht anders verdient«, sagten einige der Matai. Es fiel ihnen schwer, einander anzusehen; sie alle wußten, daß Malo für den Überfall auf Toasa nicht selbst verantwortlich war.

Während der nächsten Wochen fanden sich die Matai zur unentgeltlichen Arbeit auf »Blätter des Banyanbaums« ein – zusammen mit den Männern ohne Titel. Tauilopepe hatte Malo ihre Schulden bezahlt. Die Plantage erstreckte sich das Tal entlang und umfaßte nun auch schon die anderen Hänge des Vorgebirges. Unter dem Banyanbaum wurde eine behagliche Fale errichtet, in die nun Faitoaga einzog, um die Plantage zu überwachen. Die Sapepeaner sprachen allmählich von Tauilopepe als »dem Mann, der es geschafft hat«. Taifau, nun Tauilopepes Aufseher, verfaßte ein Lied mit dem Titel »Wie die Schlacht gekämpft und gewonnen wurde«, und durch die begeisterten Anstrengungen seiner Kinder gewann es eine nie dagewesene Popularität. Tauilopepe und Toasa gingen einander aus dem Weg. Pepe dagegen war der ständige Begleiter des alten Mannes geworden; sie gingen jeden Tag zusammen fischen, und an den Sonntagen begleitete der Junge Toasa stets in die Kirche. Tauilopepe war zu sehr mit seiner Plantage beschäftigt, als daß es ihm auffiel, daß Pepe ihn mied – zu beschäftigt, als daß er bemerkte, daß Pepe ihn für die ganze Unruhe verantwortlich machte.

15 Etwas Kaltes, etwas Schwarzes

Tauilopepe saß auf einem Baumstamm; er rauchte und sah den Arbeitern zu, wie sie Reihen von Bananenstauden anpflanzten. Vao kam über die Lichtung auf ihn zugerannt. Sie befanden sich unten auf der Talsohle, und die Hitze, von den Seiten des Tales eingeschlossen, verbreitete sich wie eine zähe Flüssigkeit um sie.

»Lupes Baby kommt«, keuchte Vao; ihr zerlumptes Kleid war von Schweiß durchnäßt. Sie war den ganzen Weg von Sapepe her gerannt.

»Ich werde heute abend daheim sein«, sagte Tauilopepe. Aber Vao weigerte sich zu gehen. »Nun, was ist denn?«

»Sie möchte, daß du da bist.«

»Sie hat schon vorher Kinder geboren«, sagte er ungeduldig. Es lag noch ein ganzer Nachmittag voller Arbeit vor ihm, und er traute Taifau nicht zu, daß er die Männer anständig überwachte.

»Aber sie sagt, daß sie möchte, daß du da bist!«

Er stand auf und sagte: »Ich werde bald daheim sein.« Vao machte abrupt kehrt, rannte schnell über die Lichtung davon und verschwand zwischen den Bäumen in Richtung Sapepe.

Die Männer arbeiteten, bis die Schatten aus den Hängen des Tals wuchsen und es ganz ausfüllten. Auf dem Heimweg erzählte ihnen Tauilopepe, daß Lupe ein weiteres Kind gebar. Sie fragten ihn, wie er seinen Sohn denn nennen würde, denn inzwischen hatte Lupe bestimmt einen Jungen zur Welt gebracht. Er sollte Mosooi heißen, nach seinem Urgroßvater, sagte Tauilopepe. Der einstige Mosooi hatte ein paar Papalagi aufgegessen, und vielleicht würde der Junge das gleiche tun, scherzten sie.

Die letzten Sonnenstrahlen streiften scheu das Paepae seiner Fale, und Tauilopepe sah eine Menge von Frauen seitlich davon hin- und herhuschen, da, wo er und Lupe gewöhnlich schliefen. Ihm fiel der besorgte Ausdruck auf Vaos Gesicht wieder ein, und er beschleunigte seine Schritte.

Er platzte in eine Schar weinender Frauen. Masina und seine Töchter sahen nur auf, um sogleich weiter in ihre Hände hineinzuschluchzen. Halbunterdrücktes Stöhnen drang hinter dem Vorhang hervor, der quer durch die Fale gespannt war. Er stürzte darauf zu und zog ihn zur Seite. Bestürzt hielt er inne. Lupe lag mit weit gespreizten Beinen da und wand und krümmte sich, von Frauen umgeben. Die Dorfhebamme, eine zahnlose, schrumpelige Frau, massierte gerade ihren Unterleib. Er trat außer Sichtweite.

»Entspann dich. Bitte entspann dich doch!« hörte er die Hebamme Lupe anweisen.

»Kann nicht. Oh, ich kann nicht!« schrie Lupe.

»Warum hat man mir nichts davon gesagt?« wollte er von Masina wissen.

»Man hat's dir doch gesagt. Sei jetzt bloß mir nicht böse«, sagte sie.

»Wie lange liegt sie jetzt schon so da?«

»Den ganzen Nachmittag. Die Schmerzen bringen sie fast um. Unsere 'Aiga hat in den Augen Gottes gesündigt!« wimmerte Masina. »Gibt es irgendwas, das du getan hast? Etwas, das den HERRN verärgert haben könnte?« Moa und der begangene Ehebruch durchzuckten sein Gewissen, und seine Sorge um Lupes Befinden verwandelte sich in Furcht. Er setzte sich hin. »Bete, bete!« drängte ihn Masina. Er betete. Aber Gott schien ihn – wie Toasa – verlassen zu haben. Lupes andauerndes Schreien trieb ihn tiefer in sein leeres Gebet, und er gelobte, Gott alles, was er besaß, zu geben, wenn ihm nur seine Schuld vergeben würde und Lupe und sein Kind am Leben blieben. »Gibt es irgendwas?« fragte Masina nochmals. Lupe schrie vor Schmerzen.

»Nichts. Gar nichts«, sagte er.

»Sie stirbt vielleicht!« hörte er die Hebamme zu der anderen Frau hinter dem Vorhang sagen. Er bedeckte sein Gesicht mit den Händen, während Masina betete.

Er sah nicht, wie Toasa und Pepe eintraten. »Lupe wird nicht sterben, nicht wahr?« fragte Pepe. Tauilopepe blickte zu Toasa empor, in Erwartung eines Zeichens der Hoffnung und des Trostes. Nichts. So schloß er sich Masinas Gebet an. Lupe schrie wieder auf. Pepe verbarg sich an Toasas Seite. Der alte Mann legte tröstend seinen Arm um ihn.

Der Vorhang wurde beiseite geschoben, und die Hebamme stellte sich vor Tauilopepe. »Wir müssen sie ins Hospital nach Apia bringen«, sagte sie. Tauilopepe schien es nicht zu hören. »Wir müssen sie ins Krankenhaus bringen«, wiederholte sie.

»Wie?« murmelte Tauilopepe.

»Malo hat einen Lastwagen«, erinnerte ihn Toasa. Tauilopepe schüttelte den Kopf. »Geht es um Lupe oder um deinen dummen Stolz? Willst du, daß sie stirbt?«

»Du wirst nicht zulassen, daß sie stirbt, nicht wahr, Tauilo?« fragte Pepe.

»Sie wird sterben, sie wird sterben! Es ist der Wille Gottes!« kreischte Masina wie von Sinnen.

»Schweig still!« befahl Toasa. »Was soll uns dein Bibel-Unsinn jetzt nützen, wie?« Masina schluchzte in ihre Hände. »Geh und hol den Lastwagen«, sagte Toasa zu Tauilopepe, doch Tauilopepe blieb weiterhin auf seinen Knien. Der Schmerz von Toasas hartem Stoß riß ihn auf die Beine. »Sei ein einziges Mal ein Mann!« sagte Toasa. Und: »Geh und hol Faitoaga«, befahl er Pepe. Pepe rannte zur Fale hinaus.

»Er wird ablehnen«, sagte Tauilopepe.

»Na und? Bettle ihn an darum. Lüg ihn an. Gib ihm deine Plantage. Mach, was du willst, aber beschaff den Lastwagen! Hast du verstanden, wie? Hol dir den Lastwagen!« Als Tauilopepe weiterhin regungslos blieb, stieß ihn Toasa zur Fale hinaus.

Faitoaga steuerte Tauilopepe die Straße entlang. Die Dunkelheit breitete sich aus, als ob die Kehlen der Zikaden sie mit ihrem durchdringenden Geschrei gebaren. Jedesmal, wenn Tauilopepe zögerte, hielt ihn Faitoaga fest und trieb ihn nach vorne. Am Eingang zögerte er wieder. Malo war ganz hinten im Wohnzimmer, kauerte vor einem großen Rundfunkgerät und war in der Dunkelheit kaum zu sehen … *Heute verschwanden zwei Männer, während sie vor der Mulinuu-Halbinsel fischten,* verkündete der Ansager. *Man glaubt, daß sie von Haien angefallen wurden* … Faitoaga stieß Tauilopepe ins Zimmer hinein und folgte ihm … *Bisher wurde keine Spur der Männer gefunden. Fischer, die die Polizei eingesetzt hat, suchen noch immer* … Malo hielt sich allein im Zimmer auf. Die Skala des Radios leuchtete unheimlich in den Raum. Tauilopepe setzte sich auf den Betonfußboden und murmelte mit gesenktem Kopf: »Meine Frau … meine Frau liegt im Sterben.« Malo drehte das Gerät auf, so daß dessen Lautstärke alles übertönte … *Die Regierung kündigte heute politische Pläne zur Vorbereitung des Landes auf die Selbstverwaltung an. In einer Ansprache an die gesetzgebende Versammlung hat das Regierungsoberhaupt* … »Als ein von Gott erschaffener Mann höre mich bitte an. Ich bitte dich darum!« Tauilopepe hörte sich selbst, wie er da um Gehör flehte. »Bitte! Sie liegt im Sterben!«

Malo drehte das Rundfunkgerät ab. Einen Augenblick lang tönte die Stille in Tauilopepes Kopf. »Was hast du da gesagt?« fragte Malo.

»Sie liegt im Sterben.«

»Wer liegt im Sterben?« verhöhnte ihn Malos Stimme aus dem Dunkel.

»Meine Frau … wir brauchen deinen Lastwagen. Ich bitte dich darum!«

»Ich dachte, du benötigst nichts von mir. Was hältst du davon, daß das Leben deiner Frau in meinen Händen liegt? Ja, *meinen* Händen?«

»Ich werde dafür bezahlen. Alles, was du willst.«

»All dein Geld – und du hast nicht viel – kann das nicht bezahlen, was du mir angetan hast. Kannst du meinen Rang in Sapepe wiederherstellen? Kannst du das?« Malo trat aus dem Dunkel in das Licht, das vom Laden nebenan hereinströmte. »Ich will dich leiden sehen.« Er stand nun über Tauilopepe. »Komm schon, krieche! Ich will dich kriechen sehen!«

Tauilopepe wußte nicht mehr genau, was als nächstes geschah. Nur daß jemand, sein vor Wut rasendes Ebenbild, aufsprang, Malo im Würgegriff hochhob und ihn gegen das Rundfunkgerät schleuderte. Er wollte den Mann zunächst zurückhalten, spürte aber auch, daß er selbst den Wunsch hatte, Malo zu Tode zu würgen, der wieder taumelnd auf seine Füße kam. Der wilde Schatten umschlang Malo abermals und schleuderte ihn gegen den Tisch, der laut krachend auseinanderbrach. Durch die folgende, schwindelnde Stille hindurch sah Tauilopepe den Mann wieder auf Malo losgehen. Faitoagas Faustschlag durchbrach die Stille dann. »Er hat mich dazu veranlaßt. Ja, er hat mich dazu gezwungen«, murmelte Tauilopepe, als Faitoaga ihn aus dem Haus zog.

Als sie sicher auf der Straße angelangt waren, ließ ihn Faitoaga los und fragte: »Was ist mit dem Lastwagen?«

»Was hab ich getan, was hab ich getan?« schrie Tauilopepe. Die Lampen der Fale drehten sich im Dunkel um ihn, die Straße wurde kalt unter seinen Füßen. Faitoaga stützte ihn und führte ihn heim. Tauilopepe weigerte sich, in die Fale einzutreten, also ging Faitoaga voran, um Toasa zu erzählen, was vorgefallen war. Ein paar Sterne, verloren in der schwarzen Wildnis des Himmels, blinkten schwach über Tauilopepe, und durch seinen Kopf pulste schrill der Chor der Zikaden. Kurze Zeit später fühlte er eine Hand sanft auf seine Schulter herabkommen. Er weinte. »Dein kleiner Sohn ist tot«, sagte Toasa. »Lupe ist wohlauf.« Er faßte nach oben, um Toasa zu berühren, als Zeichen, daß ihm vergeben worden war; doch der alte Mann war schon im Dunkel verschwunden.

»Ich bin da«, hörte er Faitoaga sagen. Eine lange Zeit, während die Nacht Kühle brachte und der Tau sich überall niederließ, saßen sie nebeneinander auf der Straße. Gott war ihm immer noch gnädig, dachte Tauilopepe. Gott würde ihm helfen, Malo zu vergeben, daß er sein Kind getötet hatte, und Gott würde Lupe helfen, es zu vergessen.

»Ich habe nichts Falsches getan, oder?« fragte er Faitoaga.

»Es steht mir nicht zu, dir das zu sagen«, erwiderte Faitoaga, der Tauilopepe immer bewundert und sein Tun an dem Abend nicht verurteilt hatte, obwohl das Leben seiner Schwester damit verbunden war.

»Malo hat mich gezwungen, mich so zu verhalten, oder nicht?«

»Ich glaube, ja.«

»Ich werde vor keinem Mann kriechen. Habe ich ihn getötet?«

»Ich glaube nicht.«

»Ich hätte es tun sollen«, sagte Tauilopepe. Und dann, Minuten später: »Du bist ein guter Bursche, Faitoaga. Ich werde das nie vergessen. Du wirst schon sehen.« Faitoaga antwortete nicht. Er würde Tauilopepe, dem Oberhaupt seiner angenommenen ’Aiga, dienlich sein, das war seine Pflicht. Einige Männer waren zu Matai geboren, andere dazu, zu dienen: So war es schon immer gewesen. Und Tauilopepe hatte ihm ein gutes Heim gegeben sowie die verantwortungsvolle Arbeit, sich um »Blätter des Banyanbaums« zu kümmern. »Ist es falsch, Macht und bessere Dinge für seine 'Aiga und seine Leute haben zu wollen?« fragte Tauilopepe mehr sich selbst als Faitoaga.

Für Faitoaga war Macht etwas für bedeutende Männer wie Tauilopepe, die durch Kräfte gesteuert wurden, welche er niemals würde begreifen können. »Ich weiß nicht«, sagte er. »Es steht mir nicht zu, das zu sagen. Ich nehme an, wenn ein Mann unbedingt etwas will, dann ist es auch sein Recht, danach zu streben.« Er machte eine Pause und fügte dann hinzu: »Ich muß jetzt gehen.«

»Wohin denn?« fragte Tauilopepe, der das Gespräch fortsetzen wollte, damit er nicht hineingehen mußte zu Lupe und ihrem Leid. »Nach ›Blätter des Banyanbaums‹«, erwiderte Faitoaga und war schon fort, bevor Tauilopepe ihn aufhalten konnte.

Als Tauilopepe eintrat, verließen Vao und Niu die Fale. Pepe war gar nicht da. Masina rauchte unter der Sturmlampe vor sich hin. Sie sagte: »Gott ist gütig gewesen.« Er setzte sich ein paar Schritte von ihr entfernt nieder. Sie brachte ihm etwas zu essen. Während er kaute, achtete er auf jedes Geräusch, das von Lupe herüberdrang; sie wartete, so meinte er, darauf, ihn zu beschuldigen. Er dehnte seine Mahlzeit aus und versuchte, die richtigen Worte für sie zu finden. Die Jahre würden die Wunden heilen lassen, die die Umstände (und Malo) ihr beigebracht hatten, so dachte er.

»Möchtest du die Lampe haben?« fragte Masina, als er sich erhob, um zu Lupe zu gehen. Er schüttelte den Kopf, zog den Vorhang zur Seite und trat ein.

Die Matten waren noch immer heruntergelassen, und er konnte sie im Dunkel nicht sehen. Er wartete darauf, daß sie ihn ansprach. Sie ließ es aber. Ein leichter Wind rüttelte an den Mattenvorhängen, Hunde jaulten von der Kirche her. Er stand da und wußte nicht, was er tun oder sagen sollte, um das Schweigen zwischen ihnen zu zerstreuen. Seine Augen gewöhnten sich an das Dunkel, und er sah sie ein paar Schritte vor sich daliegen.

Er fühlte, daß sie ihn beobachtete, als er tastend seinen Weg zu ihr suchte und sich neben sie setzte. In völligem Schweigen lag sie da. Er konnte kaum ihren Atem vom Wehen des Windes unterscheiden. Er zog das Bettuch hoch, um ihren Hals zu bedekken. »Geht's dir besser?« fragte er. Sie wandte ihr Gesicht ab. »Es war nicht meine Schuld.« Masina hatte ihre Lampe in der Nähe des Vorhanges abgestellt, und sie konnten einander nun recht deutlich sehen.

»Nein, es ist nie deine Schuld. Erinnerst du dich noch, wie unser Baby zustande kam? Weißt du's noch? Nicht, weil du das Kind gewollt hattest, sondern weil du wütend auf alles und jeden warst und mich dazu benutzt hast, das zu vergessen …«

»Es ist nicht die rechte Zeit, um darüber zu sprechen.«

»Worüber sollen wir dann sprechen? Über Liebe? Die Liebe zwischen uns? Selbst die ist vorüber. Oder glaubst du etwa nicht?«

»Ich liebe dich noch immer«, behauptete er fest. »Ich habe mich nicht verändert. Alles, was ich getan habe, war für dich und die Kinder bestimmt.«

Sie schluchzte in die Kissen. »Sieh da drüben.« Sie zeigte auf ein kleines weißes Bündel. »Das ist es, was aus unserer Liebe geworden ist. Es ist in jenes Laken gepackt und wird morgen zu Recht begraben werden.«

»Sprich nicht so. Es ist auch mein Sohn gewesen.«

»Du hast ihn nicht gewollt. Es war dir ganz egal. Du warst zu stark damit beschäftigt, jemand sein zu wollen!«

»Ich habe mir Sorgen darum gemacht und sorge mich immer noch.«

»Eben nicht, eben nicht.« Sie schluchzte nun in einem fort. Er faßte nach ihrer Hand, doch sie schob sie fort. »Ich habe mich für dich abgerackert. Habe dir Kinder in die Welt gesetzt. Ich habe mich nie über etwas beklagt, weil ich dich liebte. Ich mußte jedoch zusehen, wie du dich verändertest – wie die Kälte deines Vaters dich in eine bittere Hülle verwandelte.« Sie hielt inne und wischte sich die Augen. »Es war mal etwas zwischen uns. Es gab etwas, oder etwa nicht? Etwas, das gut, warm und schön war. Aber du hast es weggenommen, dein Vater hatte es weggenommen, deine Mutter und alle anderen auch. Sie haben die Wärme und die Güte herausgesogen und ein Nichts zurückgelassen. Uns nichts zurückgelassen. Mich zurückgelassen mit *dem hier* – meinem in ein Leichentuch gewickelten Kind. Was kann ich mit einer Plantage und Geld anfangen? Ich wollte dich. Ich wollte dich und die Wärme und das Verstehen!«

»Nichts hat sich verändert«, sagte er.

»O doch, ich fühle die Kälte innen drin. Die merkwürdige, zum Himmel schreiende Leere!« wimmerte sie. Er beugte sich nach vorne, um sie zu umarmen. Sie stieß ihn von sich. »Mein Kind ist tot, das ist alles!«

»Ich möchte dir helfen!«

»Es gibt nichts, das du tun könntest. Jetzt nicht mehr. Es ist zu spät.«

»Es war doch nicht meine Schuld. Ich hab dir das schon vorhin gesagt!«

»Laß mich. Ich bin müde.«

»Keiner wird mich jemals verstehen«, sagte er, »keiner!« Er sprang auf, stieß eine Reihe von Matten hoch und ging hinaus.

Sie schluchzte, während sie betete. Ihr Glaube an Gott war vollkommen; Gott würde die Seele ihres Kindes annehmen und die Leere in ihr heilen. Als sie so betete, kletterte Pepe durch die Lücke zwischen den Matten herein und setzte sich neben sie.

Sobald sie ihr Gebet beendet hatte, sagte er: »Tauilo hat meinen Bruder umgebracht, oder etwa nicht? Vao und Niu sagten, er habe ihn getötet. Warum hat er das getan? Hat er meinen Bruder nicht liebgehabt?«

Sie zögerte einen Augenblick lang; schließlich sagte sie: »Es war Gottes Wille.«

»Warum hat Gott meinen Bruder gewollt?«

»Ich bin müde. Frag mich ein andermal, Pepe.«

»Aber ich möchte es *jetzt* wissen.«

»Niemand … niemand fragt Gott nach dem Grund«, sagte sie.

»Ich frage nach dem Grund!«

Sie hatte sich immer gewundert über die Kühnheit ihres Sohnes und war stolz auf ihn. Ihr ganzes Leben lang hatte sie ihr Handeln vor allem nach der Bibel ausgerichtet, und es beunruhigte sie, zu erfahren, daß ihr eigener Sohn die Grundfesten ihres Glaubens in Frage stellte. Sie mußte Pepe wieder zu seinem Glauben zurückführen, zum Glauben an sie und dadurch auch zu dem, was sie glaubte. »Ich kann dir darauf keine Antwort geben, Pepe, denn ich weiß auch nicht, warum«, sagte sie. Sie nahm seine Hand und hielt sie fest. »Eines Tages wirst du es herausfinden.«

»Ich werde herausfinden, warum Gott ihn weggenommen hat, falls Er es überhaupt war ... Tauilo war es.«

In einem Versuch, Pepes Glauben an seinen Vater wiederherzustellen, sagte Lupe: »Tauilo liebt dich und würde nie etwas tun, das dich verletzen könnte. Du darfst nie aufhören, ihn zu lieben. Er ist dein Vater, und ein guter Sohn muß seinen Vater lieben, egal, wie gut oder wie schlecht dieser Vater zu sein scheint.«

»Mein Bruder ist tot. Das ist alles«, sagte Pepe streng.

Sie sagte ihm, er solle nicht mehr sprechen, und bemühte sich, nicht zu weinen, als sie seine Hand hielt und der Wind an den Matten rüttelte. Ein wenig später klang der Ton von Taifaus Gitarre herein; er kam von Toasas Fale her.

»Eines Tages werde ich wie Taifau spielen können«, sagte Pepe.

»Ja«, murmelte sie, »du mußt – dann kannst du für mich spielen und singen.«

Sie hörten Masina über die Matten schlurfen, als sie herumging, um die Moskitonetze zusammenzubinden. Von einer benachbarten Fale drang das Lachen von Kindern herüber. Sie blickten auf das weiße Bündel. Lupe fing wieder an zu weinen, und selbst die Anwesenheit Pepes konnte den Schmerz in ihr nicht lindern. Es war wie etwas Kaltes, etwas Dunkles, was da im Herzen ihres Daseins verschlossen lag.

Ein dichter Wald mit knorrigen, ineinander verhakten und verfilzten Bäumen, an denen Flechten aus Moos herabhingen; ein geräuschloser Wasserfall, der von einem lavaschwarzen Steilhang hinabstürzte in einen Teich, umwuchert von wilden Orchideen, Farnkräutern und Schlingpflanzen; und das kleine Kind am Rande des Teiches, das gluckste und planschte, während auf den Bäumen Schatten kauerten, die es beobachteten. Langsam watete das Kind in den Teich, zum Wasserfall hin. Er rief etwas. Das Kind drehte sich um. Es hatte kein Gesicht, nur leeres, formenloses Fleisch. Er schrie und wachte schlagartig auf, die Morgensonne strahlte auf sein Gesicht herab. Einen bebenden Moment lang saß er da, um sich davon zu überzeugen, daß er nur geträumt hatte. Am anderen Ende der Fale schlief Faitoaga noch immer. Im Tau, der draußen alles bedeckte, glitzerte die Sonne; über der Fale ächzte und krachte der Banyanbaum.

Tauilopepe und Faitoaga waren nun schon fast eine Woche lang auf »Blätter des Banyanbaums«. Sie wohnten da, beseitigten das Unkraut und pflanzten neu an.

Für Tauilopepe war jede Stunde ein Ringen mit sich selbst gewesen, aber es war ihm gelungen, den Tod seines Sohnes und Lupes Zurückweisung einigermaßen zu vergessen.

Tauilopepes Tempo war nicht aufzuhalten, doch Faitoaga hielt mit. Nach drei Tagen verstärkte er sein Tempo noch mehr, vor allem, nachdem er bemerkte, wie verbissen Faitoaga es vermied, ein Nachlassen seiner Kräfte einzugestehen. Faitoaga gab sich keinerlei Blöße, und so stieg sein Ansehen bei Tauilopepe. Um ihm eine Rast einzuräumen, sandte ihn Tauilopepe lange vor Sonnenuntergang fort, damit er das Abendessen zubereitete.

Abends pflegte ihm Faitoaga eine einfache Mahlzeit aus Taro und Bananen vorzusetzen, die er dann schnell verschlang, um sich gleich darauf auf einer harten Pandanus-Matte auszustrecken und in tiefen Schlaf zu fallen. Die ganze Nacht hindurch piesackten ihn wahre Schwärme von Moskitos, aber er spürte es nicht einmal. Weder er noch Faitoaga statteten Sapepe in dieser Zeit einen Besuch ab.

Tauilopepe zündete ein Feuer an und stellte einen Topf mit Taro darüber. Er rauchte, während die Taro kochte. Drunten auf der Talsohle konnte er – über die sauberen Reihen der frisch gepflanzten Bananen hinweg – die hochaufgestapelten trockenen Baumstämme und Äste erkennen und weiter oben den frisch geschnittenen Busch, der sich in der Sonne braun färbte. In ein paar Tagen würden die frisch abgeholzten Bäume trocken genug sein, um sie zu verbrennen. Als die Taro genügend gekocht hatte, trug er sie in die Fale und weckte Faitoaga.

»Wir werden heute eine Pause machen«, sagte er. Faitoaga nickte, wartete darauf, daß Tauilopepe mit der Mahlzeit begann, und aß dann auch.

Die Sonne stieg über die Bäume hinweg immer weiter nach Osten und tauchte das ganze Tal in blendendes Licht. Das Dorf mit den Geräuschen seiner Einwohner schien weit weg zu sein, fast wie ein Fremdkörper, verglichen mit der Freundschaft, die sich zwischen Tauilopepe und dem scheuen Jungen entwickelt hatte. »Welchen Tag haben wir eigentlich?« fragte Tauilopepe.

Faitoaga kratzte sich am Kopf. »Weiß nicht«, sagte er.

»Ist es dir nicht wichtig?« fragte ihn Tauilopepe. Faitoaga schüttelte den Kopf. »Warum denn nicht?«

»Es ist mir, glaube ich, gleichgültig.«

»Weißt du denn, wann du geboren bist?«

»Konnt's nie herausfinden. Bin auch nicht zur Schule gegangen, außer zur Sonntagsschule.« Faitoaga überlegte einen Moment lang und fügte dann hinzu: »Muß wohl um die zwanzig herum oder so was sein.«

»Weißt du noch, als du zuerst zu uns gekommen bist, dachte Masina, du sähest aus wie ein verhungernder junger Hund«, sagte Tauilopepe.

Faitoaga zwinkerte mit den Augen. »Sie nennt mich noch immer den Jungen, der gut gefüttert werden muß!« Tauilopepe lächelte.

Ein paar Monate, nachdem Faitoaga geboren wurde, hatten ihn sein Onkel und seine Tante, die keine eigenen Kinder hatten und auf der anderen Seite Upolus lebten, adoptiert. Er war erst an jenem Morgen wieder nach Sapepe zurückgekehrt, als Tauilopepe und Lupe einen jungen Burschen aus dem Bus steigen und auf ihre Fale zukommen sahen. Der Junge trug nur eine schmutzige Lavalava und hatte nichts als ein Buschmesser bei sich. Er trat hinten zur Fale hinein, setzte sich und schwieg. Tauilopepe veranlaßte gleich Lupe, ihm etwas zu essen zu bringen. Dann hieß er ihn willkommen. Zögernd gab der Junge Auskunft.

»Meine Eltern sind tot«, sagte er. Tauilopepe und Lupe sahen einander bestürzt an. »Ich bin zu euch gekommen. Ich bringe nichts mit.«

»Und was hat deine 'Aiga für einen Namen?« fragte ihn Lupe. Der Jüngling nannte ihn ihr. Lupe lief auf ihn zu und umarmte ihn, weinte plötzlich und lachte auch gleich wieder fröhlich – während Tauilopepe ihnen zusah und noch immer nicht wußte, wer der Bursche war.

Sie beendeten ihre Mahlzeit und Tauilopepe rauchte, während Faitoaga ihre Buschmesser schärfte. Der Tau auf den Bäumen war verdunstet, und ein leichter Nebel wie von Dampf stieg zum Himmel empor.

Erinnerungen über alles, was passiert war, schossen Tauilopepe durch den Kopf. »Hättest du Lust, mit mir nach Sapepe zu kommen?« fragte er, zu seinem eigenen Erstaunen.

»Wenn du es möchtest«, sagte Faitoaga. »Ich gehe nur und hole ein paar Taro und Bananen für den Weg.« Er verließ die Fale und ging in die Plantage.

Tauilopepe drückte seinen Zigarettenstumpen aus und stand auf, um sich sein Gesicht am Faß voller Regenwasser zu waschen. Er sah Faitoaga zur Fale zurückrennen. »Sie haben die Bananen zerstört!« rief er noch im Laufen. Tauilopepe eilte hinaus und folgte ihm.

Er warf einen flüchtigen, zornigen Blick auf die sinnlose Zerstörung und eilte gleich wieder zur Fale. Über drei Hektar frisch angepflanzte Bananen waren über Nacht aus dem Boden gerissen worden. Er griff sein Buschmesser und machte sich auf zum Dorf.

Als er heimkam, befahl er Pepe, Taifau zu holen. Lupe stand in der Mitte der Fale und bügelte Kleider. Er mühte sich, sie nicht anzusehen, als er auf dem Paepae auf Taifau wartete. Als Taifau – sich noch immer den Schlaf aus den Augen reibend – ankam, befahl ihm Tauilopepe, alle Männer seiner 'Aiga zu versammeln.

Er nahm ein Stück Seife aus der Küchen-Fale und eilte zum Teich, um den Schmutz einer Woche abzuwaschen. Lupe reichte ihm ein Handtuch, als er zurückkam, und stand neben ihm, während er sich abtrocknete. Sie sprachen kein Wort miteinander. Sie ging hinein und holte ihm eine trockene Lavalava.

»Geht's dir gut?« fragte sie.

Er warf die nasse Lavalava auf das Gras und sagte: »Ja, und du?«

»Ich fühle mich jetzt gut.« Sie gab ihm einen Kamm.

»Sie haben die neu angepflanzten Bananen herausgerissen«, sagte er, während er mit dem Kamm durch die Haare fuhr. »Völlig sinnlos alles zerstört.«

»Er ... er ist begraben worden«, sagte sie.

»Aber Malo kommt nicht ungeschoren davon.«

»Toasa hat das Begräbnis veranlaßt«, sagte sie. Die Männer ihrer 'Aiga, alle mit Buschmessern und Traghölzern ausgerüstet, versammelten sich auf der Straße.

»Malo hat seinen letzten Fehler begangen.« Er gab ihr den Kamm zurück.

»Sie haben ihn auf dem 'Aiga-Land in der Nähe von Laau begraben.«

Er merkte auf einmal, daß sie bleich war, zitterte und offensichtlich über etwas bestürzt war. »Ist dir kalt? Hier.« Er wickelte das Handtuch um ihre Schultern herum.

»Pepe hat ihn Faanoanoa genannt«, sagte sie.

»Ich sollte mich rasieren, nicht?« sagte er, mehr zu sich selbst als zu Lupe.

»Es ist ein guter Name, nicht wahr?«

»Was?«

»Der Name, den Pepe ihm gegeben hat – Faanoanoa?«

»Alle Männer sind hier, Herr!« rief Taifau von der Straße her.

»Ich komm schon!« erwiderte er. Und zu Lupe sagte er: »Du solltest besser gehen, dich auszuruhen. Wir werden darüber sprechen, wenn ich zurück bin.« Lupe dreht sich langsam, wie mechanisch um, und ging in die Fale zurück. Er verlor sie aus den Augen.

»Faanoanoa? Wer war das?« fragte er sich.

17 *Nur eine Sache des Mutes*

Die beiden Störenfriede wurden ins Licht gebracht, das aus der Fale strömte. Sie waren in der Plantage erwischt worden. Einer von ihnen war Mikaele. Faitoaga trat in die Fale und weckte Tauilopepe, der herauskam und sich auf das Paepae stellte. Iosefa, Mikaeles Gefährte, warf sich vor Tauilopepe auf die Knie und heulte los, Mikaele dagegen blickte ihn nur trotzig an. Hinter den beiden Männern brachten Taifau und die anderen Männer auf einmal Buschmesser und Traghölzer zum Vorschein; ihre Androhung von Gewalt wurde durch das Dunkel und den Banyanbaum über ihnen noch verstärkt.

»Wir wollten nicht in dein Eigentum eindringen«, wimmerte Iosefa. »Herr, wir wollten das nicht!«

»Warum habt ihr das getan?« fragte Tauilopepe Mikaele. Er gab keine Antwort. »Hat Malo euch geschickt?« Noch immer keine Antwort.

»Wir waren auf dem Weg zu unserer Plantage«, jammerte Iosefa.

»Sei still!« befahl ihm Mikaele. Iosefa wimmerte in seine Hände.

»Ich frage dich noch einmal: Warum habt ihr das getan?« Als Mikaele noch immer keine Antwort gab, zischte ein Tragholz herab und zog ihm eins über die Schulter; sein Körper wand sich vor Schmerz, doch er gab keinen Laut von sich. Die Männer stellten sich kreisförmig hinter ihn. »Noch eine Chance. Beantworte meine Frage.« Keine Antwort. Noch ein Tragholz sauste auf seine Schulter herab. Er sackte auf sein linkes Knie; sein bebender Kopf schnellte zurück. Er taumelte auf seinen Füßen und preßte seinen Atem durch die zusammengebissenen Zähne. Die Männer traten behutsam von ihm weg. Iosefa jammerte nun stumm in den Boden, wo er sich vor Tauilopepe hingestreckt hatte.

Die Dunkelheit um sie herum schien sich verdichtet zu haben, auch sie schien zu beobachten. Tauilopepe schritt auf Mikaele zu und sagte: »Ich bewundere ja deine Treue Malo gegenüber, Mikaele, aber du gehörst doch gar nicht zur 'Aiga Malo. Warum leidest du also für sie?«

»Weil ich mir selbst etwas schuldig bin.«

»Was?«

»Das würdest du doch nicht verstehen.« Mikaele brach in die Knie, als ihm die Hölzer wieder auf Rücken und Schultern krachten. Er klammerte sich an einen Arm, schluckte den Schmerz hinunter und behielt ihn da. »Du ... Du würdest nicht ... verstehen, was Mut bedeutet!« stammelte er. Die Männer fielen über ihn her, und er versuchte, sie abzuwehren, aber es gab zu viele Hölzer, Fäuste und Füße, so daß er zusammenbrach und vor Schmerz aufschrie.

Faitoaga, der von den anderen Männern weg zu Tauilopepe hinübergegangen war, sagte: »Es reicht jetzt.« Und ohne die Entscheidung Tauilopepes abzuwarten, trat er hin und stieß ein paar der Männer von Mikaele weg. »Es reicht!« sagte er. Sie machten Platz.

»Bitte! Bitte!« schrie Iosefa, als die Männer sich auf ihn zubewegten. »Malo hat uns befohlen, das zu machen!«

»Laßt ihn in Ruhe«, befahl Tauilopepe. Taifau, der an dem Gewaltakt nicht teilgenommen hatte, half Iosefa auf die Beine.

Faitoaga rollte Mikaele auf den Rücken herum. Sein Gesicht war verschmiert von dem Blut, das aus den klaffenden Schnitten auf seiner Stirn und den Wangen herabrann. Faitoaga holte eine Schale mit Wasser, riß einen Streifen von seiner Lavalava, tränkte ihn mit Wasser und fing an, Mikaeles Wunden zu säubern. Tauilopepe und die anderen Männer waren nun zum Essen in die Fale gegangen. Iosefa war in der Dunkelheit verschwunden. Langsam kam Mikaele wieder zu Bewußtsein.

»Nun, alles in Ordnung?« fragte ihn Faitoaga. Mikaele nickte, versuchte aufzustehen und plumpste gleich wieder zu Boden. Faitoaga legte sich Mikaeles Arm um den Hals und hob ihn langsam auf die Beine. Sein Mund war fest zusammengekniffen, der Schmerz war fast unerträglich, doch er würde keinen Schrei ausstoßen und sie so wissen lassen, daß sie ihn verletzt hatten. Die Männer in der Fale hatten aufgehört, sich zu unterhalten, und beobachteten Mikaele und Faitoaga. »Kannst du gehen?« fragte Faitoaga. Mikaele nickte, machte einen Schritt nach vorne und strauchelte wieder. Faitoaga fing ihn auf.

»Ich weiß nicht, was mit meinem linken Bein passiert ist. Es fühlt sich so starr und schwer an«, flüsterte Mikaele.

»Ich werde dir heimhelfen. Hier, leg deinen Arm um mich herum«, wies ihn Faitoaga an. Mikaele gehorchte. »Fühlst du dich einigermaßen so?«

»Ja, aber es ist ein langer Weg bis nach Hause. Glaubst du, du kannst mich die ganze Strecke lang halten? Ich bin recht groß, weißt du.« Er versuchte zu lächeln.

»Wir haben die ganze Nacht, und ich bin zäh«, sagte Faitoaga. Mikaele tätschelte ihm den Kopf. »Ich bringe Mikaele heim!« rief Faitoaga Tauilopepe zu.

»Mikaele, komm nicht wieder hierher!« rief Tauilopepe. »Sag Malo, er soll nicht dich schicken. Sag, er soll selbst vorbeikommen!«

»Das werde ich tun!« erwiderte Mikaele. »Gute Nacht!«

Als sie in die Dunkelheit hinaushumpelten, sagte Faitoaga: »Du hättest das nicht tun dürfen.«

»Warum nicht?«

»Schau, wohin es dich gebracht hat.«

»Ein paar Wunden und gebrochene Rippen, was hat das schon zu bedeuten? Du hättest dasselbe getan, wenn du an meiner Stelle wärst.«

»Das könnte sein«, sagte Faitoaga.

Drei Nächte später, als Tauilopepe die Plantage weniger scharf bewachen ließ, zerstörte die 'Aiga Malo ein weiteres Gebiet von Taro und Bananen. Tauilopepe, sich der Unterstützung des Matai-Rats noch immer unsicher wegen Toasa, wandte sich nicht an den Rat, um die 'Aiga Malo zu bestrafen. Doch er benutzte seine Stellung als Diakon, um eine Predigt zu halten, in der er die »unverantwortlichen und schlimmen Handlungen einer gewissen gottlosen 'Aiga, gerichtet gegen den Frieden und die guten Sitten in Sapepe« verurteilte. Filipo wiederholte die Worte Tauilopepes während des sonntäglichen Toonai, als alle Matai außer Toasa in seinem Haus versammelt waren. Am darauffolgenden Montag lud Malo die Mormonische Mission nach Sapepe ein. Am nächsten Sonntag hielten dann zwei junge amerikanische Missionare mit Bürstenhaarschnitt, weißen kurzärmeligen Hemden, blauen Krawatten und dunklen Hosen in Malos Fale Gottesdienst ab. »Sie haben es einer ketzerischen Sekte möglich gemacht, den Fuß auf einen Boden zu setzen, den ihre Väter nur für eine Kirche, nämlich der einzig wahren, bestimmt hatten«, donnerte Filipo aufgebracht.

Durch Taifau aufgestachelt, drohten einige der jungen Männer, die gekommen waren, um seiner Musik zuzuhören, den amerikanischen Missionaren erst mit Worten und bewarfen bald darauf ihre Autos mit Steinen, als sie nach Apia zurückfahren wollten.

Der Rat unternahm nichts, um die Mormonen-Missionare oder die 'Aiga Malo zu schützen.

Die 'Aiga Malo, erklärte Lafo, gehöre nicht länger zu Sapepe; sie seien Fremde. In der kommenden Nacht wurde Malos Haus von einem Steinhagel erschüttert; sämtliche Fenster zur Straße hin wurden dabei zertrümmert.

Toasa hatte die Ankunft der Mormonen-Missionare mit Sorge

beobachtet. Er wußte, daß eine religiöse Spaltung zu weiterer Uneinigkeit führen würde. In anderen Gebieten hatte er das schon mitbekommen, und aus diesem Grund hatten er und Tauilopepe Laau die Methodisten und Katholiken von Sapepe ferngehalten. Er fühlte auch, daß die Fehde sich zu einem weiteren gewaltsamen Höhepunkt zuspitzte, und er konnte dies nicht zulassen. Er wußte, was er zu tun hatte, und – wenn es ihm auch noch so widerstrebte – er mußte es tun. Er ließ Tauilopepe holen.

»Warum machst du eigentlich nicht kurzen Prozeß, wie?« sagte er. Tauilopepe gab ihm keine Antwort. Es hatte eine lange Zeit nicht geregnet, die Luft war schwer vor drückender Hitze, und das Gras hinter dem Paepae war braun geworden. »Spiel mir nicht den Unschuldsengel vor. Jetzt, wo du alle anderen 'Aiga davon überzeugt hast, daß du die Kraft Gottes repräsentierst und Malo der Satan höchstpersönlich ist, warum greifst du jetzt nicht ein und besiegst die dunklen Mächte, wie?« Tauilopepe schwieg noch immer. Selbst die Schatten waren vor der Hitze gewichen und kauerten nun an den unteren Baumwurzeln, den Fale und den Kieselsteinen. »Was bedeutet diese Stille?« mußte Toasa fragen.

Indem er Toasa anstarrte, sagte Tauilopepe: »Willst du wirklich, daß ich ihn vernichte?«

»Das ist es also!« brüllte Toasa ihn an. »Du möchtest, daß alle wissen: Ich habe eingewilligt. Ein scharfsinniger Schachzug, wirklich scharfsinnig. Du lernst schnell, wie? In einer gewissen, verdrehten Weise wäre dein Vater, lebte er noch, stolz auf dich – wenn er auch nie mit derartigen Methoden gearbeitet hätte.«

»Bist du dessen sicher?«

»So sicher, wie ich sicher weiß, daß du den Titel, den du innehast, nicht wert bist.«

»Warum sprichst du immer mit mir, als ob ich ein Kind wäre?«

Toasa klatschte in die Hände und sagte: »Ich habe dir nichts mehr zu sagen. Wenn du meine Einwilligung zur Zerstörung Malos haben willst, so hast du sie jetzt. In Ordnung, ja? Du hast sie hiermit. Sag jetzt jedem, daß ich die Person war, die dir gesagt hat, du sollest Malo zunichte machen. Sag allen, daß ich dich dazu gezwungen habe, es zu tun – was du ja sowieso tun wirst!«

Tauilopepe ging hinaus.

Toasa sah ihm nach – ein protziger, bedrohlicher Schatten, wie er so einherschritt über das dürftige Gras und die Felsbrocken. Dann holte er seinen Stapel Karten, mischte ihn mit zitternden Händen und drehte die oberste Karte um – Pik König. Er packte die Karten und warf sie zur Fale hinaus. Sie wirbelten in der Luft umher und fielen eine nach der anderen auf das Paepae. Wie sehr wünschte er sich, hinter Tauilopepe herzulaufen und ihn aufzuhalten, doch er wußte, daß es zu spät dazu war – um Jahre zu spät.

Er sah Pepe auf sich zulaufen und straffte seine Haltung. Ein paar der Karten flogen in der Brise auf, die auf einmal vom Meer herüberwehte, ganz als ob Pepe sie mitgebracht hätte. Als Pepe das Paepae erreichte, bemerkte er die Karten und hob jede sorgsam auf.

»Wie sind sie denn da hingekommen?« fragte er.

»Wahrscheinlich von selbst hingeflogen, wie?« sagte Toasa.

Pepe lachte und gab ihm den Stapel. »Sie werden allmählich alt, nicht wahr?« sagte er.

»Was?«

»Die Karten.«

»Ja. Karten, wie die Menschen, werden … Was hast du denn getrieben?« Pepe setzte sich neben ihn und erzählte ihm, daß er Kricket gespielt hatte. »In der Hitze?« fragte Toasa.

»Die Hitze macht mir nichts aus«, erwiderte Pepe, »und ich habe zwölf Runden gespielt.«

»Bin ich ein trauriger alter Narr?« fragte ihn Toasa.

»Nein, du bist ein junger, alter König«, lachte Pepe. »Und was ist ein junger, alter König?«

»Das ist ein kahlköpfiger Kerl, der seinen Kopf mit einer Zukkerkrone bedeckt, und wenn's regnet, schmilzt seine Krone, und seine Glatze kommt zum Vorschein, wie?«

»Und wird er jemals alt?«

Toasa starrte auf die Decke gleißenden Lichts auf dem Grase draußen. »Ja, er wird alt. Und er stirbt sogar.«

»Stirbt an Sonnenstich?«

»Stirbt an Sonnenstich, weil sein Kopf kahl ist«, sagte Toasa. Pepe lachte.

18 Strandgeschäfte

»Nimm ihn«, befahl Tauilopepe. Taifau sah aus, als ob er jeden Augenblick losplärren wollte. Schon zweimal war er vor dem Brief zurückgewichen. Die Schweine, bedeckt mit trockenem Dreck, kämpften grunzend um die Essensreste, die Tauilopepe vom Felswall, auf dem er mit Taifau saß, fallenließ.

»Hat diese Person Euch je um etwas gebeten, Herr? Nein, sie hat sich noch nie über etwas beklagt. Aber jetzt möchte Euer gehorsamer Diener, daß Ihr ihm diesen einen kleinen Gefallen erweist. Herr, bitte verlangt von Eurem Diener nicht, daß er dieses Sendschreiben überbringt!« Und bevor Tauilopepe ihm antworten konnte, liefen Taifaus Augen vor Tränen über. »Die 'Aiga Malo wird mich sicher umbringen, wenn sie mich in der Nähe findet, Herr. Im Gegensatz zu Euch, Herr, ist Malo ein schlimmer Mann, der kein Erbarmen kennt. Und, wie Ihr wißt, ist diese hinfällige Person hier ein Feigling.« Er tupfte die Augen mit dem Zipfel seiner Lavalava ab.

Tauilopepe holte noch mehr Essensreste aus dem Korb und warf sie hinunter in das balgende, quiekende Gewühl von Schweinen. Die Sonne war noch nicht durch die Palmen gedrungen, und doch schwirrte die Luft schon vor Fliegen, dem Gestank nach Schweinemist, Schmutz und Essensresten.

»Herr, diese Person hier kennt jedoch die Person, die Euer Schreiben mit der allergrößten Geschwindigkeit und Verschwiegenheit zustellen wird«, sagte Taifau nach einer Weile.

»Wer könnte das sein?«

»Einer meiner Söhne. Er ist ein Junge, dem man trauen kann.«

Tauilopepe schleuderte noch ein paar Brocken zu den Schweinen hinunter und fragte: »Wird er's denn auch geheimhalten?«

Heftig nickend sagte Taifau: »Mein Sohn ist ganz und gar kein Schwätzer.« Er machte eine Pause. »Er würde übrigens gern für Euch arbeiten, Herr.«

»Willst du mich auf den Arm nehmen?« sagte Tauilopepe, mehr um seine Autorität wiederherzustellen, als in der Absicht, Taifaus vorsichtige Bitte abzutun.

»Nein, Herr. Wir empfinden nur Liebe und Achtung für Euch.«

»In Ordnung, er kann für mich arbeiten.«

»Die Schweine haben heute morgen einen guten Appetit, nicht wahr, Herr?« sagte Taifau sogleich.

»Geh und hol ihn schon«, sagte Tauilopepe. Taifau kletterte vom Felswall herunter und machte sich davon, um seinen Sohn zu holen. Tauilopepe hatte den Brief an Moa in der vorigen Nacht geschrieben, nachdem sich alle schlafen gelegt hatten. Während er so schrieb, hatten sich Schuldgefühle seiner bemächtigt, so daß er dreimal das Blatt zusammenknüllen und neu anfangen mußte. Als er jedoch den Brief zu Ende gebracht hatte und die Ereignisse nochmals überdachte, die ihn soweit getrieben hatten, beschwichtigte ein unvermeidliches Motiv sein Gewissen (ein gottgewolltes, so glaubte er): Er hatte ja nicht absichtlich Malos Vernichtung geplant – die Ereignisse, Umstände und andere Leute veranlaßten ihn dazu, und weil diese Dinge ihn begünstigten, glaubte er, daß Gott ihn dazu ausersehen hatte, Malo zu vernichten.

Die Schweine, die nun alle Reste aufgefressen hatten, grunzten und glotzten zu Tauilopepe hoch, in der Hoffnung, daß er noch mehr hinabwerfe. Er nahm den Korb, drehte ihn über den Schweinen um und schüttelte die restlichen Brocken aus. Nun fand ein erbitterter Kampf, begleitet von lautem Gequieke, statt. Hinter sich hörte er jemanden. Er fuhr herum und sah, wie Taifaus Sohn neugierig zu den Schweinen hinunterguckte. Der Junge war makellos gebaut und so hübsch anzusehen, daß es schwerfiel, ihn für Taifaus Sohn zu halten. Im Gegensatz zu seinem beredten Vater sagte er nicht allzuviel; er war zu sehr damit beschäftigt, die Schönheit seines eigenen Körpers zu bewundern – und seine eingebildete sexuelle Ausstrahlung.

»Fett sind sie, nicht?« sagte er.

»Was?«

»Diese Schweine.«

Tauilopepe händigte ihm den Brief aus. Der Junge nahm ihn und steckte ihn – ohne auch nur hinzusehen – zwischen Hüfte und Lavalava. »Du weißt, was du damit tun sollst?« fragte ihn Tauilopepe. Der Bursche nickte, sprang vom Felswall herunter und schlenderte summend den Pfad entlang. Es war beinahe so, als sei er gar nicht dagewesen.

Nach dem Abendessen wusch sich Tauilopepe peinlich genau im Teich. Dann wickelte er ein sauberes Tuch um sich und sagte Lupe, er gehe auf ein Kartenspiel zu Filipo. Kaum war er im Dunkeln, schlug er den Weg zum Strand ein. Nichts würde schieflaufen, dessen war er sicher.

Über dem Horizont hing der Halbmond; mit seinen langen, phosphoreszierenden Fingern wühlte er die See auf. Das Meer zog sich zurück und ließ in einer langgezogenen Kurvenlinie Seegras, Treibholz und den Geruch trocknender Korallen hinter sich. Moa saß auf den Ufersteinen; ihre Umrisse zeichneten sich am glühenden Horizont ab.

Er trat ruhig auf sie zu und schlang seine Arme um sie. Sie aber stieß ihn weg und stand auf. Er setzte sich auf die Steine. Von ihm abgewandt, blickte sie aufs Meer hinaus. »Es ist aus zwischen dir und mir«, sagte sie. Er sagte kein Wort. »Warum hast du mich die ganze Zeit nicht sehen wollen?« fragte sie. Ihr langes Haar strömte dunkel über ihre Schultern und den Rücken.

»Wegen der ganzen Unruhen.«

»Es ist aus zwischen uns«, sagte sie. »Du hast mich lange genug benutzt.« Er grub den Fuß in den weichen Sand. Hunde heulten vom Dorf herüber, und er konnte ihr Atmen vom Rauschen der See unterscheiden. Sie verschränkte ihre Arme. »Wegen der

Fehde gelten wir sowieso als Feinde«, fügte sie hinzu. Er stampfte weiterhin rhythmisch in den Sand. Sie entfernte sich zum Wasser hin; der Strand glänzte im Mondlicht feucht.

Er wartete ab – beobachtete sie da am Rande des Wassers, das in glitzernden kleinen Wellen zu ihren Füßen hin und wieder wegrollte. Sie bückte sich, nahm eine Handvoll Wasser und spritzte es sich ins Gesicht. Dann kam sie zurück und blieb direkt vor ihm stehen, so daß er den Mond nicht mehr sehen konnte.

»Ich bin schlecht, nicht wahr?« sagte sie. »Das haben sie mir alle gesagt. Meine 'Aiga, mein Pfarrer. Jeder. Und das denken auch alle in Sapepe. Das denkst auch du, nicht wahr?« Er sagte nichts. »Ich bin mal gut gewesen. Alle haben sie gesagt, daß ich mal eine gute Pfarrersfrau abgäbe. Das war, bevor ich meine Unschuld eines Nachts am Flußufer verlor und merkte, wie ich das die ganze Zeit mochte. Habe herausgefunden, daß es mein einziges Talent war: die Männer glücklich zu machen. Und mich selbst natürlich auch. Ich wette, daß ich besser bin als deine Frau. Oder nicht?« Sie wartete auf eine Antwort von ihm, doch er blieb stumm. »Aber ich mußte nur den Lebensunterhalt verdienen, also gebrauchte ich mein besonderes und einziges Talent ... Doch was soll's – es ist aus zwischen uns. Außerdem hast du mich dazu benutzt, dir dein Leben aufzubauen, nicht wahr?« Sie kniete sich in den Sand und schaute ihm ins Gesicht. »Du hast mich sogar dazu gebracht, die einzige 'Aiga, die ich jemals hatte, zu betrügen ... Glaubst du eigentlich, daß Gott uns dafür bestrafen wird? Glaubst du, Er schaut den Leuten zu, wenn sie es miteinander treiben? Wenn's wahr ist, daß Er sich überall aufhält, müßte er auch ins Bett steigen. Wahrscheinlich hat dieser Gott Zauberaugen!« Sie lachte weich.

»Wie geht's deinem Mann?« fragte er.

Sie hörte auf zu lachen und sagte: »Der alte Narr behandelt mich wie eine Sklavin!«

»Warum verläßt du ihn dann nicht?«

»Ich glaube, ich ...«, begann sie. Dann brach sie ab und sagte: »Also das ist es; das willst du von mir!«

Er schnellte hoch, faßte mit der Hand unter ihr Kinn und wirbelte sie auf den Sand hinunter. Sie kämpfte sich los. Er packte sie an den Schultern und drehte ihr Gesicht zum kalten Himmel hin.

»Nein, es ist vorbei!« sagte sie. Er stand auf, und sein Schatten fiel auf sie. Er sah, wie sein Körper sich auf sie hinuntersenkte, wie seine Hände ihr die Lavalava fortrissen; seine Rechte schob sich zwischen ihre geschlossenen Schenkel, öffnete sie; seine Linke und sein Körper drückten gegen ihre Taille, bis sie fest auf dem Sand lag.

Sie kämpfte und wimmerte eine Weile lang, schlug mit ihrer geballten Faust nach seinem Gesicht und seiner Brust; doch die herrliche Musik seiner Finger verwandelte ihre Kämpfe in ein überwältigendes Sehnen nach dem Feuer, das sie schließlich befreien würde von dem zwingenden Haß, den sie gegen sich und alle Männer empfand. Und sie stöhnte und bäumte sich auf und führte ihn mit ihrer verzweifelten Hand in sich ein, während sie die ganze Zeit fluchte über ihn und ihren Vater, den sie nie gekannt, über ihr Verlangen nach ihm – bis sie ergriffen wurde von dem ungestümen Feuer, das jetzt durch ihr Fleisch loderte, sie bestrafte und reinigte.

Er gebrauchte jeden Kniff, damit sie ihn mehr und mehr begehrte, bis sie sich hoch aufbäumte, um gleich zu kommen – dann entzog er sich. Seine Knie auf ihren Schultern, näherte er sich nun ihrem Gesicht. »Nein, nicht!« flehte sie. Er hielt sie an ihrem Hinterkopf und drückte ihr Gesicht zu sich hoch; ihr Mund umschloß ihn wie der Sog der See.

»Du wirst es tun – du wirst ihn verlassen!« sagte er, indem er ihren Kopf nach hinten zog. Sie schüttelte den Kopf. Seine Finger zogen an ihrem Haar. »Du wirst es tun!«

Sie weinte und schüttelte den Kopf. Sie atmete schwer, als er sie auf den Bauch herumdrehte; wußte sie doch, daß das die letzte Demütigung sein sollte, die sie gefürchtet, aber doch gewollt hatte. Der Schmerz war qualvoll, als es geschah, und zerbarst ihr das Rückgrat, während er noch immer von hinten in sie eindrang – seine Hand um ihren Mund gelegt, um ihre Schreie zu unterdrücken. Ihre Hände drehten und wanden sich auf dem Sand.

»Du verläßt ihn?« fragte er.

»Ja … ja!« schrie sie.

Er entzog sich, drehte sie auf den Rücken und kam wieder auf sie nieder – sie umgab ihn fest, nahm jedes Zucken seines strafenden Fleisches in sich auf.

»Du verläßt Malo, nicht?« flüsterte er, als er spürte, daß sie kurz davor war, zu kommen, und sie murmelte: »Ja, ja, ja.« Er fuhr tief in sie hinein, und sie kam voll und intensiv und stöhnte in den Schatten seines Halses hinein, aber er machte weiter, und sie kam nochmals, zerfurchte mit ihren Fingernägeln seinen Rücken.

Als er kam, ergoß er seinen Samen in sie.

»Du wirst ihn bis zum Ende der Woche verlassen haben«, sagte er.

»Aber was wird dann mit mir geschehen?« flehte sie. »Glaub bloß nicht, daß ich …« Er packte sie da unten. »Du tust mir weh. Bitte!«

»Du wirst es tun.«

»Ich tu's«, schluchzte sie.

»Du hast doch diesen Busfahrer; lauf mit ihm davon! Ich werde dir bald Geld schicken.«

»Aber ich will nicht ihn. Ich brauche dich.«

»Lauf davon, und ich werde dich später treffen.«

»Wo soll ich auf dich warten?«

»In Apia, wo du mal gewohnt hast«, sagte er.

»Du lügst mich nicht an?« fragte sie und schaute zu ihm hoch. Er liebkoste sie. Sie reagierte sofort. Er nahm sie wieder.

Danach ging er fort, bevor sie noch etwas sagen konnte.

Er wusch sich im Teich, bevor er nach Haus ging.

Tauilopepe verbrachte den Rest der Woche auf »Blätter des Banyanbaums«. Am frühen Samstag morgen überbrachte ihm Taifau die Nachricht, daß Moa aus Sapepe verschwunden war. »Ist sie mit einem Fremden davongelaufen?« fragte ihn Tauilopepe, wobei er absichtlich diese reizvolle Möglichkeit in Taifaus erfinderischen Verstand weitervermittelte. »Vielleicht mit dem Busfahrer«, fügte Tauilopepe hinzu.

»Es war wahrscheinlich der Busfahrer«, sagte Taifau. Tauilopepe fragte, wovon sein neues Lied denn handle. Taifaus Augen blitzten sofort.

An diesem Nachmittag verschwand Taifau aus den Reihen der Arbeiter.

In der nächsten Woche verbreitete sich Taifaus Lied, geschickt »Die Mormonen-Frau und der Busfahrer« genannt, wie ein loderndes Feuer durch Sapepe. An jedem gemütlichen Abend sangen es ganze Scharen von Jugendlichen unter Malos Haus. Eines Abends bewarfen ein paar 'Aiga-Mitglieder Malos Taifaus Fale mit Steinen, und die jungen Burschen bombardierten, während sie das Lied sangen, Malos Haus so lange mit Steinen, bis alle Fenster zerbrochen waren. Sie rissen auch gleich noch die Fale mit ab, die Malo errichtet hatte, um die Gottesdienste mit den Mormonen-Missionaren abzuhalten. Malo fuhr nach Apia und kehrte mit einem Streifenwagen der Polizei zurück. Jeder Sapepeaner, der vernommen wurde, sagte der Polizei, daß sein eigenes Haus von Mitgliedern der 'Aiga Malo mit Steinen beworfen worden war.

Durch den schmerzlichen Verlust des Schutzes durch den Rat wurde Malo zu einem mutlosen, ängstlichen Mann, der nur noch selten sein Haus verließ. Er wurde zur Zielscheibe von unzüchtigen Witzen und das Opfer von Beleidigungen, selbst durch Kinder. Wenn er sich hinauswagte, lachten ihn die jungen Leute aus und sangen Taifaus Lieder. Ihr Lieblingsvers war:

Malo hat keine Ehefrau,
mit der er die Nacht verbringen kann.
Moa kommt auch nicht zurück,
weil der Fahrer nun die Macht hat.

Außer einigen Mitgliedern seiner 'Aiga und Toasa kümmerten sich die Leute auch wenig darum, als Malo mit seinem Bruder Timu in seinem roten Lastwagen Sapepe verließ und die übrigen Sachen seines Ladens mitnahm. Seine 'Aiga grollte ihm insgeheim, weil er den Bann verursacht hatte. Sie konnte für die Instandhaltung des großen Hauses nicht aufkommen und würde es – ein Jahr später oder so – samt dem Laden abreißen und das Baumaterial als Brennholz verwenden. Nur das Zementfundament würde stehenbleiben – als Zeuge, daß einmal Malo Viliamu in Sapepe gelebt hatte.

»Nun gehört dir die Welt, um sie für Gott zu gestalten«, sagte Masina zu Tauilopepe am Tag, nachdem Malo gegangen war. Sie hatten sich gerade zu ihrem Mittagsmahl hingesetzt. Tauilopepe rief nach dem Essen. Lupe brachte ihm etwas und setzte sich dann nach hinten. Er schaute sie an, doch sie blickte fort von ihm.

»Gott ist gütig und gerecht gewesen«, sagte er.

»Ja, unser Gnädiger Vater hat seine Kraft unserer 'Aiga erwiesen«, sagte Masina. Lupe schwieg still.

Sie aßen und scheuchten die Fliegen mit den Händen weg.

»Es ist seltsam, wie Moa verschwunden ist«, sagte Lupe nach halber Mahlzeit. Tauilopepe sah auf. Lupe blickte ihm fest in die Augen.

»Sie war eine schlechte Frau«, sagte Masina. »Eine Frau aus der Stadt. Und du weißt doch, wie diese Frauen sind.«

»Wo ist Pepe?« fragte Tauilopepe. Er hatte keinen Hunger mehr.

»Wahrscheinlich draußen, mit Toasa fischen«, erwiderte Masina.

»Paßt denn niemand auf, wo er sich herumtreibt?« raunzte Tauilopepe. »Nicht mal seine eigene Mutter!« Lupe sah weg und aß weiter. »So, wie ihr euch drum kümmert, könnte er gerade jetzt ertrinken!«

»Es wird schon alles in Ordnung sein. Er ist mit Toasa zusammen«, sagte Lupe.

Tauilopepe stieß seine Fußmatte zur Seite und sagte: »Toasa ist ein alter Mann; er kann nicht richtig auf den Jungen aufpassen.«

Masina stand auf und sagte, sie wolle in Toasas Fale nach Pepe sehen. Nun gab es nur noch die beiden im Raum und die Dinge, die zu sagen waren, denn sie hatten sich seit dem Tod des Kindes nie richtig ausgesprochen, hatten die entstandenen Ungereimtheiten nie geklärt. Da waren zum Beispiel ihre felsenfeste Weigerung, ihn nachts in ihre Nähe zu lassen, ihr seltsam-spöttisches Schweigen, wann immer er bei ihr war, und nun ihre Anspielung auf Moas Verschwinden – besonders das.

Fast, als ob er überhaupt nicht anwesend sei, legte Lupe die Essensreste übereinander in den Korb und wollte zur Küchen-Fale hinübergehen.

»Was soll diese Anspielung auf Moa?« fragte er. Sie sammelte weiterhin die Überreste ein, ohne etwas zu erwidern. »Antworte mir!«

»Was für eine Anspielung?« Sie leerte eine schmutzige Platte in den Korb und sah ihn an.

»Du weißt, was ich meine!«

»Ich habe bloß eine einfache Frage gestellt und verstehe nicht, warum dich das so aufbringt und verwirrt.«

»Ich bin nicht verwirrt.«

»O doch!« sagte sie mit einem unverhohlenen Trotz, den er noch nie an ihr bemerkt hatte. Er hatte erwartet, daß sie einlenkte, sobald er wütend wurde, wie es immer der Fall gewesen war.

»Sieh dich vor«, warnte er sie. »Falls du etwas weißt, dann laß es heraus, falls nicht, hör auf, mich zu beschuldigen!«

»Wer beschuldigt dich für etwas?«

»Vorsicht. Du treibst mich so weit, dich zu schlagen!«

Sie achtete nun nicht mehr darauf, ob die Nachbarn mithören könnten. Sie packte den Korb und schleuderte ihn zur Fale hinaus. »Du kennst nicht mal seinen Namen, nicht wahr?«

»Wessen Namen?« Er hielt eine ganze Taro-Wurzel in der rechten Hand – bereit, sie nach ihr zu werfen.

»Seinen Namen? Den Namen des Kindes. Du kennst ihn nicht mal, und es kümmert dich auch gar nicht!«

»Natürlich weiß ich ihn!«

»Wie heißt er dann?«

Er knallte die Wurzel auf seine Fußmatte, und die Speisereste und Platten darauf flogen auseinander. »Ich kann mich nicht daran erinnern. Wie soll ich das auch – bei all dem, was passiert ist? Bei all den – ja allen – Belastungen, die ich allein durchstehen mußte. Jawohl, allein!«

»Du hast dich nicht darum gekümmert, und kümmerst dich auch jetzt nicht darum. Du wirst dich niemals darum kümmern!«

Eine ganze Schar von jungen Leuten hatte sich auf der Straße versammelt und schaute ihnen zu.

»Sprich leiser!« sagte er.

»Ist mir ganz egal, ob jemand zuhört!«

Er war nahe daran, auf sie loszustürzen. In Sapepe endeten Ehekräche gewöhnlich damit, daß der Mann seine Autorität durch den Gebrauch seiner Fäuste wiederherstellte, und die Leute, die Tauilopepe und Lupe zusahen, warteten bloß darauf. Ein Ehemann, der es zuließ, daß seine Frau ihn mit ihrer Kritik lächerlich machte, ohne sie zu verprügeln, konnte in den Augen Sapepes wohl nicht viel taugen.

»Halt den Mund!« schrie Tauilopepe nun schon beinahe.

»Ich hab ihn«, sagte jemand. Tauilopepe fuhr herum. Masina und Pepe, die hinter ihm standen, wichen zurück.

»Wo hast du gesteckt?« drohte er Pepe.

»Ich war fischen«, sagte Pepe.

»Alles ist in Ordnung«, sagte Masina, »nichts ist ihm passiert.« Sie gab Pepe ein Handtuch.

»Ich hab nicht mit dir gesprochen!« warnte Tauilopepe sie. In sicherem Abstand ging Masina zur 'Aiga-Truhe, holte eine Lavalava heraus und warf sie Pepe zu. Enttäuscht, daß der Streit nun zu Ende war, gingen die Leute auf der Straße wieder langsam auseinander.

»Das ist alles, was ich von meiner 'Aiga kriege – Undank. Ich arbeite mir jeden Tag das Herz aus dem Leibe und kriege nur Undank dafür!« Tauilopepe setzte sich, hob seine Matte hoch und schleuderte sie zur Fale hinaus; die Eßplatten schepperten auf dem Paepae. »Du denkst wohl, ich habe das alles zum eigenen Besten getan. Wo würde denn diese 'Aiga stehen, wenn ich nicht wäre. Gerade wie früher würde sie andere Leute anpumpen und auf ihre Kosten leben!« Masina brachte Pepe etwas zu essen und setzte sich hinter ihn, während er aß. Lupe brachte ihm einen Teller Heringe, dann ging sie und setzte sich mit dem Rücken zu Tauilopepe ans äußere Ende des Paepae. Tauilopepe hatte sich eine Zigarette angesteckt und zog heftig daran.

»Haut ab!« rief Pepe drohend den Kindern zu, die noch immer auf der Straße herumstanden; sie ergriffen die Flucht.

»Habt ihr viel gefangen?« fragte Masina.

»Zwölf, fünfzehn Fische. Weiß nicht genau. Sie waren recht groß.« Tauilopepe drückte seine halb zu Ende gerauchte Zigarette aus und fragte: »Wo sind sie denn?«

»Die was?« fragte Pepe.

»Die Fische!«

»Wir haben sie fortgegeben.«

»Was habt ihr?« fragte Tauilopepe laut. »Ihr habt sie fortgegeben, nachdem ihr den ganzen Tag lang gefischt habt?«

»Ja, wir haben sie fortgegeben. Fünf an Nofo. Ein paar an Filipo. Ein paar an andere Leute, die wir getroffen haben. Den größten haben wir für Toasa aufgehoben.« Er war nun mit Essen fertig, und Lupe hatte ihm eine Schale Wasser gebracht, in der er nun seine Hände wusch.

»Und was ist mit Masina und mir?« fragte Tauilopepe.

»Daran habe ich nicht gedacht.«

»Du hast nicht dran gedacht! Je früher du lernst, daß man

Dinge, für die man hart gearbeitet hat, nicht fortgibt, desto besser!«

»Aber alle in Sapepe machen es so«, beharrte Pepe.

»Du bist aber nicht ›alle‹. Du arbeitest für etwas. Und das behältst du auch. Das ist die neue Lebensart. Die Art, mit der man vorwärtskommt. Warum, denkst du wohl, sind die meisten Leute hier so arm? Haben kein Geld, kaum Kleider, keine Bildung – warum? Weil sie alles teilen mit Dieben und Lügnern, Raufbolden und Faulenzern!«

Pepe zuckte die Achseln und machte sich daran zu gehen.

»Ich verbiete dir, Toasa wieder zu besuchen!« sagte Tauilopepe.

Pepe schaute Masina an, dann Lupe und fragte dann: »Warum?«

»Frag deinen Vater nicht nach dem Grund, wenn er dir etwas verbietet«, warnte ihn Masina.

»Weil es Toasa ist, der dir all diesen Unsinn beibringt über Löwen und Aitu und die Manie, alles zu teilen«, sagte Tauilopepe. »Ich verbiete dir, wieder zu ihm zu gehen. Und das ist endgültig!« Pepe stand auf. »Wo gehst du hin?« Pepe gab keine Antwort.

»Antworte deinem Vater«, drang Masina in ihn.

»Zur Kirchenschule«, erwiderte Pepe schließlich. Er ging hinüber zur Truhe, holte seine Schiefertafel heraus, schaute Tauilopepe wütend an und verließ die Fale. Als er draußen war, rannte er.

»Wie alt ist Pepe eigentlich?« fragte Tauilopepe später.

»Um die elf Jahre herum. Stimmt das, Lupe?« erwiderte Masina. Lupe gab keine Antwort; sie starrte bloß auf die Lücke zwischen den Kapokbäumen, durch die Pepe verschwunden war.

»Er wird auf jeden Fall auf diese Stadtschule gehen«, sagte Tauilopepe. »Er muß lernen, worum es im Leben geht.«

»Vielleicht wird er mal Pfarrer«, sagte Masina. Sie rollte sich einen Stumpen.

»Was immer er auch werden wird, er wird bestimmt nicht so sein wie alle die anderen nichtsnutzigen jungen Leute hier in Sapepe. Eine gute Papalagi-Erziehung wird ihn schon lehren, hart zu arbeiten und jemand zu werden, auf den man stolz sein kann.«

Lupe stand auf und folgte mit gesenktem Kopf ihrem Schatten in die Küchen-Fale, wo er auf Vao und Niu fiel.

»Was ist los?« fragt Vao.

»Nichts«, sagte sie, »gar nichts.«

Zweites Buch

Fliegender Hund im Freiheitsbaum

1 *Einführung in das Tb-Ich*

In meinem Krankenzimmer summt eine Fliege. Ständig prallt sie gegen das Drahtgitter, tötet langsam ihr Ich ab. Zehn Uhr morgens. Eine heiße Sonne dringt durch die Fenster am Fußende des Betts. Durch das Fenster kann ich sehen, wie die Ebene, auf der dieses Krankenhaus steht, nach unten zur Schlucht abfällt. Auf der anderen Seite steigt das Land wieder an, über Taro- und Bananenflächen, Mango- und Tamaligibäume bis zu den Palmen auf der Höhe. Weiter oben ist Robert Louis Stevenson, der Autor der Schatzinsel, begraben.

Ich habe gefrühstückt. Eine Tasse Tee, eine Scheibe Toast. Es schmeckte so ähnlich wie fades Pferdefleisch.

Am Rand der Schlucht steht ein Schuppen, umgeben von Haufen trockener Kokosnußschalen. Der Schuppen hat keine Wände, und ich kann seit drei Monaten beobachten, wie die beiden alten Männer das Feuer in der großen Urne im Schuppen schüren. Ab und zu werfen sie weiße Päckchen ins Feuer. Es stinkt nach schmorendem Fleisch, Gedärmen, Stücken von Menschen aus der Chirurgie. (Wenigstens die Sonne wird sich nie verändern. Ich hoffe, sie wird ewig bleiben.) Auf der Plattform vor dem Schuppen, den die Krankenschwestern wohl Krematorium nennen, stehen Kerosinfässer voller Müll, Fliegen und Gestank. Einer der alten Männer, der humpelnde mit der Spiegelglatze, stochert in einem Faß herum. Er nimmt irgendwelche Stücke heraus und legt sie in einen Korb. Wohl um seine Schweine damit zu füttern. Manche Stücke ißt er selbst. Manchmal streunen ein paar Hunde nachts um die Urne und die Mülltonnen herum, jaulen und winseln und streiten sich um die Essensreste und Menschenstücke; dann wache ich auf, in Schweiß gebadet, mir fallen die beiden alten Männer, die Urne und das Feuer ein, und ich bekomme Angst.

Jetzt liegt die Fliege auf der Fensterbank, die Beine in die Luft gestreckt, ruhig. Ich hätte sie retten können, aber was soll's. Eine Fliege ist eine Fliege. Ich darf keine Angst bekommen, wenn ich die beiden alten Kerle sehe, wie sie ihr Feuer mit den weißen Bündeln füttern. Ich bereue nichts. Gar nichts.

Im Zimmer nebenan liegt eine alte Frau. Sie liegt im Sterben, sagt die Krankenschwester, weil sie drei Männer, achtzehn Kinder und zuviel Geld hat. Sie stöhnt und wimmert die ganze Nacht. Sie fleht zu Gott um ihr Leben. Ein Pfarrer kommt jeden Nachmittag zu ihr, er betet, und sie weint. Aber trotzdem wird sie sterben. Kein Wunder wird sie retten. Nichts. Nur eine alte Frau, die in einem weißen, keimfreien Zimmer vor sich hin stirbt und Angst hat. Ich habe sie nicht gesehen. Vielleicht kann ich ihr wie Jesus befehlen, aufzustehen, ihr Bett zu nehmen und nach Hause zu gehen – ernsthaft. Aber wenn der Pfarrer das Wunder nicht vollbringen kann, kann ich es auch nicht.

Es wird heiß in meinem Zimmer. Die Hitze summt in meinen Ohren. Über meinem Kopf hängt ein Rosenkranz. Susana, meine Frau, hat ihn vorige Woche dorthin gehängt. Ab und zu nehme ich ihn herunter, zähle die Perlen und betrachte den silbernen Jesus am silbernen Kreuz und denke, daß der Künstler, der den Rosenkranz gemacht hat, wohl sehr gut ist. Ich verstehe nicht, warum Susana ihn mitgebracht hat. Ich glaube, sie versucht immer noch, mich zu retten, weil sie keine ständige Geldquelle hat, wenn ich sterbe. Sie erzählt mir, daß Gott die Quelle ihrer »moralischen und geistigen Nahrung« ist. Ihr armer Faafafine-Vater – halb Mann, halb Mädchen – ist ihre Hauptquelle für Klatsch. Ihre arme Mutter – fast völlig männlich – ist außer mir ihre Hauptquelle für aufregende Strafen. Die übrige Menschheit, so sagt sie, ist ihre Quelle für »Liebe«. (Liebe zu was? Weiß ich nicht.)

Übrigens war und ist Susana immer verrückt nach der römisch-katholischen Religion. Aber davon später. Ich muß mich jetzt auf die Arztvisite vorbereiten.

Ich bin ein drei Monate alter Dichter. Seitdem ich den Tb-Wurm (ist es ein Wurm?) in mir habe, versuche ich, Stift und Papier zusammenzubringen, um etwas zu dichten. Vor der Tb hatte ich nie den Dicht-Wurm. Wer weiß, vielleicht gehören die beiden zusammen: Man bekommt Tb, und man will ein Versschreiber sein. Ich bin als Dichter in drei Monaten alt geworden, und jetzt bin ich ein Dichter, der versagt hat. Vor zwei Tagen konnte ich ein dreizeiliges Meisterwerk – eine Zeile für jeden Monat im Krankenhaus – nicht zu Ende bringen. Also entschloß ich mich, ein zweiter Robert Stevenson zu werden, ein Tusitala oder Geschichtenerzähler, aber mit einem großen Unterschied: Ich will einen Roman über mich selbst schreiben. Übrigens: Hier sind die zwei Zeilen des Gedichts:

Ich bin ein Mann,
Habe einen Plan.

Ein Palagi-Tourist hat mir einmal erzählt, daß ein Dichter ehrlich sein muß (wem gegenüber, hat er nicht gesagt). Also lassen Sie mich, bevor ich meinen Roman fortsetze, erzählen, daß ich ein großsprecherischer Geschichtenerzähler bin. Oder sagt man Erzähler von übertriebenen Geschichten? Also lesen Sie bitte dieses bescheidene Testament mit fünfzehn Gramm Epsom-Salz, und entschuldigen Sie bitte die schlechte Grammatik. Wissen Sie, ich hatte keine großartige Ausbildung. Im Gegensatz zu vielen Leuten meiner Generation, die nach Übersee gingen und mit Titeln in Sachen wie Ausbildung, Trinkfestigkeit, Revolution, Einbildung und noch mal Einbildung etc. zurückkamen. Und die euch mit dem runden »r«, dem langen »e« und dem kurzen »t« in jedem Zusammenhang vor der Nase herumtänzeln, besonders aber, wenn es um ihre eigene Wichtigkeit geht. Pepe ist hier geboren, hier aufgewachsen, hier erzogen. Also erwarten Sie bitte nicht zuviel Bildung, Grammatik etc. in diesem schwachen Roman über sein (mein) Leben.

Der junge Palagi-Arzt kam wie üblich heute morgen, wie üblich tat ich so, als ob ich kein Englisch könnte, und er tat so, als sei ich kerngesund. Wie üblich lächelte er, wie üblich hörte er sich mein Husten an, und wie üblich sagte er der Krankenschwester, sie solle mir dieselben Pillen wie üblich geben. Während er das Übliche tat, sah ich mir die knackige Schwester neben ihm an. (Ich spiele nicht mehr mit dem Feuer.) Ich schaue sie an, weil sie jedesmal, wenn sie den Arzt ansieht, ihm große Kuhaugen macht, aber er bemerkt es nicht.

Bevor er weggeht, sagt er der Schwester wie üblich, sie soll mir sagen, daß ich auf dem Weg der Besserung bin. Wie üblich lächelt er mich an und zwinkert mir zu. Ich zwicke die Schwester in ihren knackigen Hintern, sie kichert und läuft hinaus, hinter dem Arzt her.

»Schnapp ihn dir!« rufe ich ihr nach.

Der Arzt, ein sommersprossiger, blonder Kerl in meinem Alter, der falsche Zähne, Kaninchenohren und Angst vor Frauen hat, der die weibliche Anatomie nur aus Büchern kennt, weiß, daß ich ein hoffnungsloser Fall bin. Aber weil er nett sein will, erzählt er mir, daß ich auf dem Weg der Besserung bin. Er denkt ungefähr so: Laß ihn sterben, ohne daß er weiß, daß er ein hoffnungsloser Fall ist und ein hoffnungsloser Fall war, seit dem Tag, als er aus seiner Mama gekrochen ist, bis zu dem Tag, an dem er in die sechs Fuß lange Höhle zurückkriecht. Ich mag diesen Arzt, er ist ein sanfter Junge. Wenn die Schwester ihn verführt, wird er besser in Biologie und allen anderen Fächern sein. Nichts ist besser gegen Schüchternheit, Nervosität und Stottern – und dieser Arzt ist ein Fall von Nervosität – als eine unterwürfige, warme, heißblütige Frau.

Ich habe nur ein paar Tage, um diesen Roman über das Ich zu schreiben. Ich war/bin kein Held; wenn Sie keine Geschichten ohne Helden mögen, hören Sie also besser gleich auf zu lesen.

Sex, Gewalt, jede Menge *action,* jede Art von Liebe werden Sie in meinem Roman finden. Gott werden Sie nicht finden. Auch keine Heiligen. Und keine Predigten. Also los, ohne großes Theater (sagt man das so?). Ich kann die Maden nicht warten lassen.

Also los, auf englische Art. Auf Vaipe-Art. Auf meine Art.

2 *Das rosa Haus in der Stadt*

Meine Mutter Lupe ist tot. Mein Vater Tauilopepe lebt. Er ist nun einer der Reichsten auf diesen kleinen Inseln, die der große Gott Tagaloaalagi einst vom Himmel in den Pazifik warf, um sie als Fußtritte im Wasser zu benutzen, die aber von Leuten wie meinem ehrwürdigen Vater zu Scheißhäusern, Schlachtfeldern, Opferaltären usw. gemacht wurden.

Wie alle Tauilopepe-Männer vor mir, wurde auch ich in Sapepe geboren, und meine 'Aiga ist eine der Hauptlinien der Sapepe-Familien, die das Dorf und den Distrikt von Sapepe vor langer Zeit gegründet hatte. Sapepe ist ein gutes Stück westlich von Apia gelegen und – so sagt die Legende – nur ein kurzes Stück entfernt vom Ende der Welt. Es ist eins der größten Dörfer Samoas und wird von anderen Distrikten durch niedrige Berge im Osten und im Westen und durch die Hauptgebirgskette nach hinten abgegrenzt. Wegen dieser Gebirgskette war Sapepe über Jahrhunderte vom restlichen Samoa getrennt und hatte deshalb seine eigene Geschichte, seine eigenen Stände und Gebräuche, die sehr stark von denen anderer Distrikte abwichen. Es änderte sich nicht viel. Das Leben verlief gemächlich, bis die Papalagi kamen und vieles veränderten – später auch Leute wie meinen Vater …

Ich trage meine besten Kleider, steige in den Bus und setze mich neben Tauilopepe (kurz Tauilo genannt). Ich sehe aus dem Busfenster. Meine Mutter Lupe und meine Schwestern schauen zu. Ich sehe Lupe nicht an, weil ich ihren Schmerz nicht sehen will.

Der Bus heult auf, und wir fahren los. Ich winke. Meine Schwestern sagen auf Wiedersehen, winken mir zu. Lupe steht einfach nur da. Ich schaue zu ihr zurück, bis der Bus um die Kurve biegt und ich sie nicht mehr sehen kann. Bald kommen wir an der letzten Fale Sapepes vorbei und fahren auf die Gebirgskette zu, nach Osten, der aufgehenden Sonne entgegen.

Der Bus ist voller Leute, die lachen und schwatzen, als ob sie die Stadt mit ihrem Lachen erobern wollten. Mir ist heiß, und ich fühle mich unwohl in meinen besten Kleidern. Tauilo redet mit einem andern Mann, der faule Zähne hat. Tauilo erzählt dem Mann, daß er nach Apia fährt, um seinen Sohn zur Schule zu bringen. Der Mann sagt, er wünsche, er hätte das Geld, seinen Sohn in der Stadt zur Schule zu schicken. Tauilo gibt dem Mann eine amerikanische Zigarette. Sie reden über die Bibel und darüber, daß Gott gut zu den Menschen ist, die hart arbeiten und so. Tauilo redet meistens über dieses Thema. Ich schlafe ein, als wir über die Gebirgskette fahren, dabei denke ich an meine Mutter.

Wir steigen am Markt von Apia aus, und Tauilo streicht seine Kleider glatt und führt mich zum Haus meines Onkels Tautala, gleich hinter dem Kino, das aussieht wie ein großer Blechsarg.

»Also, benimm dich wie ein Mann«, sagt Tauilo zu mir. »Tautala ist ein gottesfürchtiger Mann, der keine Dummheiten mag. Verstanden?« Ich nicke. »Sei fleißig in der Schule. Du bleibst nur so lange bei Tautala, bis ich genug Geld habe, um uns hier ein Haus zu bauen. Verstanden?« Ich nicke noch einmal.

Ich habe Tautala schon oft gesehen. Er kam immer nach Sapepe, um Lupe, seine Schwester, zu besuchen; aber das war nur ein Vorwand, um von uns umsonst ein paar Ladungen Taro und Bananen zu bekommen. Tautala ist klein, fast so breit wie hoch. Manche Leute in meiner 'Aiga nennen ihn »Schweinchen«, weil er eben so aussieht. Er sieht immer so aus, als suchte er ein Klo oder einen Busch zum Scheißen. Er redet immer von den Palagi, als seien sie seine besten Freunde. Er arbeitet in einem Regierungsbüro, wo er zwölf Pfund im Monat verdient. Weil er für die Regierung arbeitet und genau wie die Palagi ein weißes Hemd, Shorts, lange Socken und Schuhe trägt, sind die meisten Leuten in Sapepe – auch mein Vater – sehr von ihm beeindruckt. Besonders wenn er Englisch spricht, was die meisten Sapepeaner nicht verstehen. Tauilo erzählt allen, daß Tautala ein gebildeter Mann ist. Manche Leute in meiner 'Aiga sagen, er sei ein Palagi, der nicht lesen kann. Andere machen sich über ihn lustig und sagen, er sei ein Niemand, der wenig zwischen seinen fetten Beinen hat.

Ich sehe mir die Gegend an, während wir zu Tautalas Haus gehen. Die Fale sehen aus wie alte Männer, die auf den Tod warten; einige sind aus Bananenkisten und rostigem Eisen gemacht; die Gegend riecht wie ein totes Pferd wegen der Toiletten am schwarzen Fluß, der durch sie hindurchfließt. Der Fluß heißt Vaipe, sagt mein Vater. Das heißt soviel wie »Totes Wasser«.

Wir gehen über die schmale Holzbrücke, die den Fluß überquert, und ich sehe ein paar Kinder unter den Brotfruchtbäumen spielen; und auf der Treppe vor einem schmutzig aussehenden Haus sitzen zwei Frauen, die geschminkte Lippen haben und bunte Kleider tragen. Tauilo sieht es, faßt mich bei der Hand und zieht mich schnell durch diese Gegend; ich frage mich, warum. Dann gehen wir durch eine hohe Hibiskushecke.

Da ist es. Tautalas Haus. Das rosa Haus. Es hat zwei Stockwerke und viele Fenster aus richtigem Glas. Daneben ist eine Fale mit einem Zuckerrohrbeet dahinter. Rund um das Haus und die Fale herum ist eine hohe Hibiskushecke, wie eine Mauer, die etwas vor Dieben schützen soll. Weiter weg, hinter der Hecke und dem Fluß, sind die Polizeiwache und das Gefängnis. Vor dem Haus spielen zwei Jungen und ein Mädchen Murmeln. Als sie mich sehen, laufen sie uns entgegen. Einer der Jungen nimmt meinen Koffer. Er ist ungefähr in meinem Alter, aber kleiner als ich. Er führt uns zur Tür.

Ich war nie vorher in einem Palagi-Haus. Deshalb kommt es mir an der Tür so vor, als ginge ich in einen Tempel. Der Geruch des Hauses und seine Sauberkeit machen mir angst. Auch

Tauilo sieht ängstlich aus. Faafetai, Tautalas Frau, kommt und begrüßt uns. Meine Mutter hat mir erzählt, daß Faafetai Tautala unter dem Pantoffel hat. Kein Wunder, daß er immer so aussieht, als würde er sich jeden Moment in die Hose machen.

»Setzt euch«, sagt Faafetai und zeigt auf zwei Holzstühle.

»Hier geht es auch«, sagte Tauilo und setzt sich auf den glänzenden Fußboden. Ich setze mich neben ihn. Faafetai sitzt auf dem Stuhl uns gegenüber und lächelt.

Dann tauschen sie und Tauilo die üblichen Begrüßungen aus.

»Wie geht es deiner Familie?« fragt sie später.

Tauilo hat es die Sprache verschlagen. Er ist nervös. »Gut, danke«, sagt er schließlich.

»Tautala kommt bald nach Hause«, sagt sie. Sie versucht zu lächeln, als sie mich und meinen Koffer ansieht.

»Das ist schön. Und wie geht es ihm?«

»Er arbeitet hart, sehr hart. Macht immer Überstunden«, sagt sie. Ich weiß nicht, was Überstunden sind. »Er ist so müde, wenn er nach Hause kommt, daß er nur noch schläft.«

»Arbeitet er an wichtigen Regierungsangelegenheiten?«

»Ja, die ganze Zeit.«

»Hast du gehört, Pepe?« fragt mich Tauilo. Ich nicke. »Du bekommst eine gute Ausbildung, und dann wirst du wie Tautala werden.« Ich nicke noch einmal.

Während sie sich unterhalten, schaue ich herum und seufze vor Bewunderung. Da hängen Fotos von vielleicht hundert Leuten an der Wand – lächelnde Leute, traurige Leute, alte Leute, häßliche Leute und ein mit Ietoga bedeckter Toter, Faafetai weint an seiner Seite. An einer Wand sehe ich Urkunden wie die, die im Haus unseres Pfarrers in Sapepe hängen. Alle diese Urkunden gehören Tautala. Ich lese eine. Darauf steht, daß Tautala die Prüfungen der vierten Klasse bestanden hat.

»... ich werde mich um Pepe kümmern«, höre ich Faafetai sagen.

»Danke. Er ist ein guter Junge«, sagt Tauilo.

Hinten im Zimmer steht ein Tisch mit Stühlen darum herum.

Ich habe nie vorher an einem Tisch gegessen; deshalb freue ich mich darauf. Auf der anderen Seite steht das größte Radio, das ich je gesehen habe. Es glänzt so sehr, daß ich hingehen und es anfassen will. Faafetais Kinder kichern. Das Mädchen streckt mir die Zunge heraus. Ich schlage sie. Sie weint. Faafetai lacht, aber ich weiß, daß sie es anders meint. Tauilo warnt mich, es noch mal zu tun.

»Tut mir leid«, sagt er zu Faafetai.

»Macht nichts«, antwortet sie.

Der Junge, der meinen Koffer getragen hat, kommt herüber und setzt sich neben mich. »Wie heißt du, Junge?« fragt er. Ich antworte nicht. »Habt ihr ein Palagi-Haus wie wir?« fragt er. »Ich wette, ihr habt keins, weil ihr arm seid.« Er ist der albernste Kerl, den ich je gesehen habe.

»Warum willst du hier wohnen?« fragt seine Schwester. »Weil ihr arm seid, darum!« Sie ist furchtbar häßlich.

Meine 'Aiga in Sapepe hat mich gelehrt, mich nie von gewöhnlichen Leuten beleidigen zu lassen. Deshalb sage ich zu den Kindern: »Was glaubt ihr denn, wer ihr seid?« Sie setzen sich aufrecht. Ich wiederhole es noch mal, aber sie sind zu dumm, um zu wissen, wovon ich rede.

»Kannst du Murmeln spielen?« fragt der Junge.

»Das ist ein Spiel für kleine Kinder«, antworte ich. »Kannst du Fische mit dem Speer fangen?« frage ich. Die Kinder stehen auf, strecken mir die Zunge heraus und gehen weg; und ich fühle mich wohl, weil ich wieder allein bin.

Ich versuche, mich an Sapepe zu erinnern und daran, daß ich, wenn ich jetzt dort wäre, mit meinen Freunden zum Fischen gehen würde. Aber statt dessen sitze ich hier in dem rosa Haus, und nur mein Ich leistet mir Gesellschaft.

Dann kommt Tautala herein. Er keucht, als ob er am Ertrinken wäre, trägt die gestärkten Palagi-Kleider, lange weiße Socken und braune Schuhe; in seiner Hemdtasche stecken Bleistift und Füllhalter.

»Bleib sitzen«, grüßt er Tauilo. Sie schütteln sich die Hände.

»Sehr heiß heute. Und wie geht es deiner Familie?« Tauilo antwortet das Übliche. Tautala sinkt in den weichen Sessel neben Faafetai und wischt sich das Gesicht mit einem roten Taschentuch ab. »Heißer Tag. Oh!« Er steht auf und rennt fast aus dem Zimmer nach hinten. Ich habe das Gefühl, daß er zum Klo läuft.

»Heiß, nicht wahr? Und Hunger habe ich auch«, sagt er, als er zurückkommt und sich die Hände abwischt. Faafetai geht hinaus, um das Essen zuzubereiten. »Habe den ganzen Tag gearbeitet und Regierungsgelder zusammengezählt«, sagt er. Dann erzählt er Tauilo, der wie ein verlorener Junge auf dem Boden sitzt, daß Dave, sein Palagi-Chef, ihn gern hat, weil er schwierige Summen zusammenzählen kann, und daß Dave ihn bald befördern wird. Er zieht einen silbernen Füller aus der Tasche und zeigt ihn Tauilo. »Den hat mir Dave letzte Woche geschenkt.« Tauilo schaut den Füller an und seufzt neidisch.

Ich langweile mich. Ich stehe auf und gehe aus dem Haus. Ich sitze am Ufer des Flusses und schaue auf das Gefängnis auf der anderen Seite. Vom Gefängnis-Umu steigt Rauch auf, und zwei Sträflinge in gestreiften Lavalava bereiten das Essen. Ein Polizist kommt und redet mit ihnen. Sie lachen hinter dem Stacheldrahtzaun.

An dieser Stelle ist der Fluß schmal, und ein Stahlrohr dient als Brücke zum Gefängnis. Der Fluß ist voller Müll und Scheiße, und, wie gesagt, er stinkt. Ich hebe einen Stein auf und verwische damit mein Spiegelbild im Wasser. Die Sträflinge und der Polizist unterhalten sich noch immer. Ich versuche zu hören, was sie sagen, aber sie sind zu weit weg. Ich lege meinen Kopf in die Hände auf meinen Knien und weine. Sogar wenn ich an alle meine Freunde in Sapepe denke, bin ich allein. Da ist nur das schwarze Wasser und der Gestank.

»Junge!« ruft jemand. Ich schaue erschreckt auf. Es ist ein riesengroßer Sträfling, der einen Vogel auf die Brust tätowiert hat. »Warum weinst du?« fragt er. »Du hast keinen Grund zu weinen, du bist kein Sträfling!« Er lacht. Dann ist er wieder im Gefängnis verschwunden.

Ich gehe zum rosa Haus zurück.

Am nächsten Morgen bringt mich Tauilo zur Anmeldung in die staatliche Grundschule. (Tautala hat dort seinen Abschluß gemacht und überzeugt Tauilo, mich auch dorthin zu schicken.) Am Nachmittag gibt mir mein Vater zwei Pfund, bevor er mit dem Bus nach Sapepe zurückfährt. Ich stehe da, mit dem Geld in der Hand. Er winkt mir durch das Busfenster zu. Dann ist der Bus weg, und ich bin allein auf dem Markt, wo so viele Leute sind, die kaufen und verkaufen.

Ich fange an zu zittern. Zum ersten Mal bin ich allein in der Stadt. Aber als ich ein paar Kinder Eis essen sehe, laufe ich zum Laden und kaufe mir auch eins.

Ich pfeife und laufe nach Hause, vorbei am Polizeirevier, und esse mein Eis.

In der Nacht, als ich unter dem Moskitonetz liege, verläßt mich der Mut, den ich beim Eiskaufen noch hatte. Ich bete zu Gott, bitte ihn, mich zu beschützen. Ich schlafe ein, während ich mir sage, daß alles gutgehen wird. Ich werde kämpfen.

3 Der erste Tag in der Schule

Im Klassenzimmer ist niemand. Ein Gebet kommt auf meine Lippen. Ich bete. Hinter mir ein Kichern. Ich zucke zusammen und schaue mich um. Die beiden Mädchen sehen mich seltsam an. Sie rennen davon und schreien: »Der Neue ist dumm!«

Ich gehe in das Klassenzimmer, stelle mich ans Fenster und sehe hinaus auf den Spielplatz. Viele Kinder spielen dort, aber durch das schmutzige Glas sehen sie unwirklich aus. Ich drehe mich um und schaue mir das Klassenzimmer näher an.

Es ist eine große Zementkiste mit fünf Fenstern zum Spielplatz hinaus, mit Reihen von Tischen und einer Tafel vorn. An der Wand hängen Bilder und Zeichnungen mit englischen Sätzen. Ich versuche, ein paar Sätze zu lesen, und bekomme Angst, weil ich sie nicht besonders gut lesen kann. Das Klassenzimmer ist ganz anders als das in Sapepe. Dort ist es eine offene Fale, wir sitzen auf dem Kiesboden, und es ist nicht so heiß wie hier.

Das Klappern von Sandalen. Ich drehe mich um. Die Afakasi-Frau sieht mich an. Ich sehe sie an. Dann geht sie zu ihrem Pult nach vorn und schaut mich nicht mehr an. Sie sieht streng aus, wie Faafetai vielleicht. Sie knallt ihre Mappe hin, Blätter fallen auf das Pult. Ihre Fingernägel sind lang und rot lackiert.

»Du bist der neue Junge?« Sie sieht mich nicht an.

»Ja«, antworte ich.

»Setz dich hinten auf den leeren Stuhl.« Sie zeigt auf den Ecktisch. Sie sieht mich immer noch nicht an, als sie ihre Blätter wieder in die Mappe legt. Ich gehe und lege meine Mappe auf den letzten Tisch. Als ich mich umdrehe, schaut sie mich an. »Ich habe gehört, du warst in Standard zwei?« sagt sie schnell auf englisch. Ich verstehe sie nicht. »Ich … habe … gehört … du … warst … in … Standard … zwei?« wiederholt sie langsam. Ich nicke. »Ich bin Mrs. Brown«, fügt sie hinzu. Ich nicke. Sie nimmt ein Stück Kreide und fängt an, auf die Tafel zu schreiben.

»Ich heiße Pepe«, stelle ich mein Ich vor. Sie schreibt weiter, als wäre es ihr egal, ob ich einen Namen habe oder nicht. Sie ist Haut und Knochen in ihrer weißen Bluse und Lavalava, gehört nicht zu den Frauen, die man in Sapepe »Fleisch für die Götter« nennt.

Ich sehe zum Fenster hinaus, weil ich nicht weiß, was ich sonst tun soll. Ich sehe andere Kinder unter den Tamaligibäumen spielen, aber sie sind so weit weg.

Drei Jungen kommen herein, reden ununterbrochen und sehen Mrs. Brown nicht. Sie dreht sich um. »Ihr kennt die Regel: KEIN LÄRM. Verstanden?« sagt sie zu ihnen. Die Kinder nicken. Ich nehme mir sofort vor, Mrs. Brown nie zu ärgern. Niemals. Ich setze mich. Kinder kommen und gehen. Sie schauen mich nur an, und ich schaue sie an. Aber wir reden kein Wort.

Kling-kling-kling! macht die Schulglocke. Alle Kinder laufen hinaus. Ich wundere mich darüber, bleibe aber wie ein Dummkopf sitzen. Sie sieht mich an. Ich sehe sie an.

»Geh. Es ist Zeit zum Antreten«, sagt sie. Ich stehe schnell auf und laufe auf den Spielplatz.

Die anderen Kinder stehen in Reih und Glied vor den Tamaligibäumen, in deren Schatten ein Podium aufgebaut ist. Ich gehe hin und stelle mich ans Ende der Reihe, in der die Kinder sind, die heute morgen in meiner Klasse waren. Ich stehe entspannt da. Alle schauen geradeaus. Arme nach hinten, Brust heraus. Ich mache dasselbe, obwohl ich nie vorher ein Soldat gewesen bin.

»Mann, hat die heute schlechte Laune«, sagt jemand neben mir. Ich sehe mich um, aber da ist niemand. Ich sehe nach unten, links von mir, und da ist er – der Zwerg, der erste, den ich je gesehen habe. Er hat die Haare abrasiert und Wunden auf dem Kopf, und er geht mir nur bis zur Brust. Wie ich hat er kein Hemd an, sondern nur eine rote Lavalava mit zwei weißen Streifen darauf.

»Ich heiße Pepe«, stelle ich mein Ich vor.

»Ich heiße Tagata«, stellt er sein Ich vor. Er schaut mich nicht an. Seine Augen sind auf die Dächer der Schule gerichtet. »Meinem Vater gehört der Markt«, sagt er. Dann bohrt er in der Nase.

»Heute bringt sie jemanden um«, flüstert der Junge neben ihm. Er ist kein Zwerg und schwarz wie die Nacht. Er schaut mich an, und seine Augen leuchten wie weiße Korallen in der Dunkelheit.

»Ich heiße Pepe«, sage ich zu ihm.

Er nickt und sagt: »Mrs. Brown ist eine … eine … eine …« Aber er kann nicht weiterreden.

»Eine dumme Kuh?« schlage ich vor. Tagata kichert, aber der schwarze Junge schaut geradeaus.

»Simis Vater ist Pfarrer, deshalb sagt er keine Schimpfworte«, erzählt mir Tagata. Ich will fragen, ob Simis Eltern von den Salomon-Inseln kommen, aber ich tue es nicht, weil es unhöflich ist.

Kling-kling-kling! läutet die Glocke wieder. Alle sind ruhig, so wie tote Soldaten. Kein Wort.

Knirsch-knirsch-knirsch! Die Schuhe der Lehrer marschieren

vom Haus auf das Podium im Schatten zu. Die Sonne ist jetzt sehr heiß, sie hängt wie ein dicker, kochender Kloß über der Schule. Knirsch-knirsch! Die Schuhe halten an, und die Lehrer steigen auf das Podium. Frauen vorn, Männer hinten. Alle in Weiß, wie am Sonntag. Ich zähle sechs Palagi-Lehrer und nur zwei Samoaner. Vorne steht der Palagi-Direktor, in langen Strümpfen, die fast bis zu seinen Knien reichen und seine Cowboybeine bedecken.

»Das ist Mr. Croft«, flüstert Tagata. Mr. Croft hat kurze Haare, rot wie die Sonne, seine Haut ist weiß wie gekochtes Schweinefleisch. Er steht mit vorgeschobener Brust und erhobenem Kopf da.

»Mr. Croft«, sagt Simi. »Er war früher Kapitän beim Militär.«

»Aaach...tung!« kommandiert Mr. Croft.

Zack! Alle gehorchen. Mein Englisch ist nicht gut genug, um seinem schnellen Gebet zu folgen. Die Sonne brennt auf meinem Nacken. Tagata reibt seine Glatze.

»Je-etzt!« sagt Mr. Croft. Dann legt er los, sein Englisch ist wieder zu schnell für mich. Ich weiß nur, daß er sehr wütend über etwas ist. »Was sagt er?« frage ich Tagata.

»Er brüllt, daß niemand in der Pause auf die Straße darf, weil ein paar Jungen letzte Nacht Steine auf sein Haus geworfen haben. Er sagt, wenn er die Schuldigen kriegt, bringt er sie um ... Aber er wird sie nie kriegen.«

»Wieso nicht?« frage ich Tagata.

»Weil ich es getan habe«, sagt er. Dieser Zwerg hat vor niemand Angst, nicht einmal vor den Palagi.

»Wieso erzählst du's ihm?« flüstert Simi und schaut mich an. »Vielleicht erzählt er es Croft.«

»Wirst du's ihm sagen?« fragt mich Tagata.

Ich schüttele den Kopf. »Warum hast du's gemacht?« frage ich.

»Weil er mich letzte Woche für etwas verhauen hat, das ich nicht getan habe«, antwortet Tagata. Ich staune über seinen Mut.

»Du und Simi, seid ihr meine Freunde?« frage ich. Aber sie antworten nicht.

Mr. Croft ist fertig. Er wischt sich mit dem Taschentuch den Mund ab. Zwei Jungen schlagen die Trommeln. »Links um!« schreit Mr. Croft. Wir drehen uns nach links. »Links-rechts, links-rechts, links-rechts!«

Wir marschieren in die Schule. Niemand sagt etwas, als Mrs. Brown ihre Bücher herausnimmt. »Aufstehen!« ruft sie. Ich weiß nicht, daß sie mich meint, weil sie weder mich noch sonst jemanden ansieht. »Aufstehen!« sagt sie noch einmal. Sie sieht mich an. Ich springe auf. Die Mädchen kichern. »Das ist der neue Junge. Er kommt aus dem Hinterland«, erzählt sie den anderen. Ich schaue auf den Boden, auf meine schmutzigen Füße. »Nun wird er uns als Morgenrede etwas über sein Dorf erzählen.« Zum ersten Mal lächelt sie. »Wie heißt du?« fragt sie.

»Pe... Pepe«, stottere ich.

»Lauter!«

»Pepe.«

»Sehr gut. Nun erzähle den anderen etwas über dein Dorf.« Sie spricht langsam. Ich starre weiter auf meine Füße. »Komm nach vorn!« Ich rühre micht nicht. »Hast du gehört?«

Meine zwei schmutzigen Füße bewegen sich nacheinander nach vorn. Ich drehe mich um. Alle sehen mich an.

»Nun?« sagt Mrs. Brown. Ich schlucke die Tränen herunter. »Nun, weiter!«

»Mein ... mein Dorf ...«

»Lauter!«

»Mein Dorf heißt Sapepe«, fange ich an. Alle lachen über mein Englisch, auch Mrs. Brown. Ich schaue Simi und Tagata an, die hinten sitzen. Sie lachen nicht. Ich halte die Tränen zurück und schlage die Augen nieder.

»Bitte, Mrs. Brown«, die Stimme eines Jungen rettet mich. Ich schaue auf. Es ist Tagata. Er meldet sich.

»Ja?« fragt Mrs. Brown.

»Ich möchte heute morgen sprechen«, sagt Tagata. Er steht auf, noch bevor es Mrs. Brown erlaubt, und kommt nach vorn, um mich zu retten.

»Setz dich«, sagt sie zu mir. Ich renne fast zu meiner Bank.

Tagata steht allein da. Er sieht allen voll ins Gesicht. Niemand lacht über seine Häßlichkeit.

»Heute morgen werde ich über den barracuda erzählen, den mein Vater gestern auf dem Markt für meine Mutter gekauft hat«, beginnt er. Er spricht das beste Englisch, das ich je von einem Samoaner gehört habe. Ich verstehe, was er sagt, weil er langsam und deutlich spricht. »Wie wir wissen, ist der barracuda ein Raubfisch. Er sieht aus wie ein Torpedo und kann schneller als ein Torpedo durchs Wasser schießen. Und, wie wir alle wissen sollten, Torpedos töten Menschen!« Simi hebt seine Hand.

»Ja?« fragt Tagata.

»Was ist ein Torpedo?« fragt Simi.

»Nun, wie wir alle wissen sollten, ein Torpedo ist eine Bombe, die von einem U-Boot abgeschossen wird, und wenn sie etwas trifft, zum Beispiel ein anderes Schiff oder einen Wal, dann macht sie ›Bumm!‹ und dieses Etwas wird in Stücke gerissen«, erklärt er. Aber Simi meldet sich wieder.

»Was ist ein Wal?« fragt Simi. Ich merke, daß sie ein Spiel spielen, das wir auch in Sapepe kennen. Man fängt mit einer kleinen, lustigen Geschichte an und malt sie immer weiter aus, bis sie ein großer Witz geworden ist.

»Nun, der Wal ist ein Säugetier, das größte Säugetier der Welt, und lebt im Meer.«

»Was ist ein Säugetier?«

»Ein Säugetier«, antwortet Tagata, »ist ein großer Fisch mit einem Schwanz und einem Nasenloch und einer Fettschicht, und es ist das Tier, das in der Bibel Jonas verschlungen hat.«

»Verstehe«, sagt Simi. Ich platze fast vor Lachen, aber sonst lacht niemand, sie sind alle zu dumm, sogar Mrs. Brown.

»Das war meine Rede«, sagt Tagata zu Mrs. Brown. Er kommt zurück und setzt sich auf seinen Platz, und Mrs. Brown bittet ein Mädchen, eine Rede zu halten.

»Entschuldigung, Mrs. Brown«, sagt Tagata. »Ich möchte über unser Pferd sprechen.«

»Was hat euer Pferd denn nun schon wieder gemacht?« versucht sie zu scherzen.

»Nun, Midnight, unser Pferd, hat letzte Nacht ein Fohlen bekommen.«

»Erzähl weiter«, sagt Mrs. Brown.

»Nun, Midnight hatte noch nie Fohlen gehabt«, sagt Tagata. Simi lacht hinter vorgehaltener Hand. (In der Pause erfahre ich von Simi und Tagata, daß sie Mrs. Brown »Pferd« nennen und Mrs. Brown auch keine Kinder hat.) »Vor kurzem kaufte mein Vater einen Hengst …«

»Das reicht!« sagt Mrs. Brown. »Setzen!« Simi hebt seine Hand.

»Ja?« fragt sie.

»Was ist ein Hengst?« fragt Simi.

»Nehmt eure Lesebücher heraus, Kinder. Es ist Zeit für Leseübungen«, befiehlt sie.

Für den Rest des Tages läßt sie Tagata, Simi und mich in Ruhe.

An diesem ersten Schultag lerne ich auch zehn neue englische Wörter: PFERD, BROWN, HENGST (Tagata erzählt mir, was es bedeutet), HELL, STADT, SCHEISSE (das lese ich auf der Toilettenwand, und Simi erklärt mir, was es bedeutet), SONNENLICHT, REDE, WEIBLICH und TOILETTE.

Als ich aus dem Bus steige, sitzt Lupe in unserer Fale. Ich laufe auf sie zu, aber als ich ihre Traurigkeit sehe, verschwindet meine Freude. Sie umarmt mich. Ich erzähle ihr von der Schule und meinem neuen Zuhause und lasse meine Erzählung gut und glücklich klingen, damit sie sich keine Sorgen um mich macht.

Sie betet: »Lehre uns, wieder wie früher zu lieben, damit wir immer in Frieden zusammenleben. Beschütze Pepe, während er in dem fremden Haus und in der fremden Schule ist. Lehre ihn zu lieben …« Ich beobachte sie beim Beten und fühle, daß das Feuer in ihr erloschen ist und daß damit ein Teil des guten Lebens meiner Familie verschwunden ist. Sie beendet ihr Gebet. Ich gehe weg, um Toasa zu besuchen.

Toasa schläft in der Mitte seiner Fale. Ich gehe hinein, setze mich hin und beobachte ihn. Früher glaubte ich, daß Toasa niemals älter werden würde, aber nun sieht er älter aus. Die Falten sind tiefer, das Haar grauer, nur am Heben und Senken seiner Brust sehe ich, daß er lebt. Während der Nachmittag kommt und geht, sitze ich da und wache über ihn. Niemand sonst kommt in die Fale. Es ist eine Regel von Toasa, daß ihn niemand stört, wenn er schläft. Ein paar Kinder wollen mit mir schwimmen gehen. Ich sage nein.

Wie eine große Schildkröte, die zum Luftholen auftaucht, schnarcht er und dreht sich um, und eine Zeitlang geht sein Mund auf und zu, seine Zunge raus und rein. Er hält seine Lavalava fest und setzt sich hustend auf. Für einen Moment sieht er mich nicht, zwinkert und bewegt sich ein wenig zurück, dann sieht er mich, ohne zu erkennen, wer ich bin.

»Geht es dir gut?« frage ich. Er zwinkert wieder, dann lacht er und klopft mir auf die Schulter.

»Ganz gut, Mann«, sagt er. »Geht es dir gut?« Ich nicke. »Immer noch dünn«, sagt er. »Haben sie dir genug zu essen gegeben?« Ich nicke wieder. »Aber paß bloß auf Tautala und seine böse Frau auf.« Nein, Toasa hat sich nicht verändert.

Ich esse mit ihm zu Abend. Nachher erzählt er mir, während er raucht, die letzte Geschichte von Sapepes großem Helden, Pepesa, nach dem ich benannt bin.

Die Legenden von Pepesa kommen in den Geschichten anderer Distrikte nicht vor. Und wenn sie vorkommen, sind sie ganz anders als die Geschichten in Sapepe. Toasa erzählt, daß Pepesa als »Blutklumpen« geboren wurde, das heißt, er war eine Frühgeburt. Er war der uneheliche Sohn eines Gottes und einer sterblichen Frau, und deshalb setzte ihn seine Mutter am Strand aus. Eines Morgens geht eine alte Frau zum Fischen und findet ihn dort. Sie bringt ihn zu sich nach Hause und zieht ihn auf, bis er ein Junge ist – halb Gott, halb Mensch –, der zuerst von allen ausgelacht wird, weil sie erfahren haben, daß er unehelich ist, und der sehr frech zu allen Leuten ist. Aber als er älter wird und seine vielen Begabungen zeigt, bekommen sie Angst vor ihm. Sie lernen auch, ihn zu respektieren, als er in seinen vielen, tapferen Abenteuern das erste Fischernetz erfindet, die erste Taro-Plantage pflanzt, die erste Ava-Pflanze züchtet, die die Leute dann für die Ava-Zeremonien benutzen, und von den Göttern das Feuer stiehlt und seinen Leuten gibt. Er fängt auch die Sonne und schlägt sie, bis sie verspricht, langsam über den Himmel zu wandern, und deshalb haben wir nun viel längere Tage. Er erfindet die ersten Kriegskeulen und erobert damit die Inseln und bringt ihnen Frieden und eine einheitliche Regierungsform. Er fordert sogar alle Götter heraus, und sie lassen es sich gefallen, bis er der berühmteste lebende Mann ist, wegen seines Mutes, seiner Schläue und seines Humors von den Göttern gefürchtet.

Diese Geschichten hatte mir Toasa erzählt, bevor ich zur Schule nach Apia fortging. Jedoch hatte er mir nie erzählt, wie Pepesa starb. In dieser Nacht – warum, kann ich nicht erklären – erzählte er mir die Geschichte, und er erzählte sie langsam, als ob er wolle, daß ich sie nie vergesse.

Pepesas Vater, der Gott, der ihn gezeugt hat, wird Tane genannt, Vater der Menschheit. Aber Pepesa weiß nicht, daß Tane sein Vater ist, und Tane weiß nicht, daß Pepesa sein Sohn ist. Als er erwachsen ist, hat Pepesa eine Tochter namens Sina. Weil sie seine einzige Tochter ist, liebt er sie sehr, sogar mehr als sein eigenes Leben. Als sie zu einer schönen jungen Frau herangewachsen ist, kommen viele Freier und werben um sie, aber Pepesa verbietet ihr jedesmal zu heiraten.

Pepesas Haus steht am Meer, in der Nähe eines Teichs, der »Tagi-mai-Peau« genannt wird, das heißt: »Die Wellen weinen«. Sina badet jeden Tag in diesem Teich. Eines Tages findet sie dort einen kleinen Aal, den sie als Haustier hält und füttert. Pepesa, ihr Vater, weiß nichts davon, weil sie es ihm verheimlicht. Er erlaubt es ihr nämlich nicht, ein Lebewesen als Freund in ihrer Nähe zu haben. Jeden Tag nimmt sie Essen und füttert ihren Aal, bis er ziemlich groß geworden ist. Sie weiß nicht, daß der Gott

Tane die Gestalt eines Aals angenommen hat. Er hatte von ihrer Schönheit gehört und wollte sie zu seiner Frau machen. Tane war bekannt für seine Abenteuer mit Frauen, ganz gleich, ob sie sterblich oder unsterblich waren. Eines Tages, als Sina mit ihrem Tier im Teich spricht, verwandelt sich Tane aus dem Aal in einen schönen jungen Mann. Zuerst ist sie überrascht, aber Tane umwirbt sie, bis sie in ihn verliebt ist; dann entjungfert er sie. Eines Tages kehrt sie nicht vom Teich zurück. Pepesa und seine Leute suchen sie, können sie aber nicht finden. Sie wissen nicht, daß Tane sie in sein Haus im neunten Himmel gebracht hat. Als Pepesa sie in ganz Samoa sucht, hört er, daß Tane sie zur Frau genommen hat. In seinem Zorn plant er, Tane zu fangen, ihn zu töten und seine Tochter zur Erde zurückzubringen. Er wählt sieben seiner tapfersten Freunde aus, sie nehmen die Gestalt von Fliegenden Hunden an und fliegen zum Himmel hinauf.

Tane, der ein sehr mißtrauischer Gott ist, läßt sein Haus immer gut von niedriger gestellten Göttern bewachen. Kein Sterblicher kann in seine Nähe kommen, ohne getötet zu werden. Pepesa weiß das; als sie ankommen, setzen sie sich deshalb in den Brotfruchtbaum über Tanes Haus. Tanes Wachen glauben, sie seien wirklich Fliegende Hunde. Wie wir wissen, schmecken Fliegende Hunde köstlich; deshalb versuchen Tanes Wachen, sie mit ihren Speeren zu töten.

Pepesas Freunde fliegen vom Brotfruchtbaum weg, die Wachen verfolgen sie und lassen das Haus unbewacht. Pepesa fliegt hinunter, nimmt wieder menschliche Gestalt an, bricht in das Haus ein und findet Tane schlafend vor. Von seinem Zorn gepackt, weckt Pepesa ihn auf und – als er wach ist und Pepesa ins Gesicht schaut – schlägt ihn mit seinem Zauberknüppel tot. Sieben gezielte Schläge, einer nach dem anderen. Sina kommt herein und versucht, ihn zurückzuhalten. Pepesa stößt sie zur Seite.

Nachdem er Tane getötet hat, versucht Pepesa, Sina mit zur Erde zurückzunehmen. Aber sie weigert sich und sagt, daß sie ihr Baby nicht verlassen kann, das friedlich auf der anderen Seite des Hauses schläft.

Pepesa geht und tötet das Kind mit einem Knüppelschlag. Als sie dies sieht, tötet sich seine geliebte Tochter Sina.

Pepesas Freunde kommen zurück und finden ihn trauernd bei Sinas Leiche. Sie ziehen ihn von ihr weg und bringen ihn zur Erde zurück. Er wurde nie wieder wie früher. Eines Morgens besuchte ihn eine seltsame alte Frau, von der manche sagen, sie sei seine Mutter gewesen. Kurze Zeit später hören ihn seine Leute schreien, als sei er vor Trauer verrückt geworden. Noch in derselben Nacht, nachdem die alte Frau wieder in der Dunkelheit verschwunden war, verschwand auch Pepesa aus Sapepe und ward nie mehr gesehen.

Eine Geschichte sagt, er habe sich selbst getötet, weil ihm die alte Frau erzählt habe, daß Tane – den er getötet hatte – sein Vater gewesen sei. Eine andere sagt, er wandere noch immer durch den Himmel, auf der Suche nach Sina und ihrem Kind, das er getötet hatte. Noch eine andere Geschichte sagt, er sei nicht tot und werde eines Tages nach Sapepe zurückkehren und die Sapepe-Familie wieder vereinen.

Während der zwei Jahre, die ich in der Grundschule bin, mache ich solche Fortschritte, daß ich fast Klassenbester werde. Ich beherrsche die englische Sprache und gehorche Mrs. Brown, Tautala und Faafetai. Tagata, Simi und ich sind wie Brüder. Jedes vierte Wochenende und während der Schulferien bin ich in Sapepe. Aber jedesmal, wenn ich nach Sapepe zurückkehre, kommt es mir vor, als ob ich zu etwas zurückkehre, das immer unwichtiger wird, als sei es ein Schritt zurück, und ich kann dieses Gefühl nicht verdrängen.

Am Ende dieser zwei Jahre baut Tauilo für uns ein großes Palagi-Haus neben unserer Fale in Sapepe. Das Haus hat viele Glasfenster, fünf Schlafzimmer, ein großes Wohnzimmer mit Fotos an den Wänden, ein Radio und Möbel, ein Klo mit Wasserspülung – der ersten und einzigen Wasserspülung in Sapepe – und ein Zimmer, das Tauilo sein »Büro« nennt und in dem er die meiste Zeit, die er zu Hause ist, mit Schreiben und noch mal

Schreiben verbringt. Er kauft Bücher über Buchhaltung und Kurzschrift, drei Bibeln, alle auf englisch, und eine Schreibmaschine, auf der er sich selbst das Schreiben beibringt. Tauilo kauft auch einen eisernen Geldschrank, in den er fast sein ganzes Geld einschließt, den Rest bringt er auf die Bank in der Stadt. Mein Vater, der als Theologiestudent versagt hat, der von meiner Familie behandelt wurde, als habe er Schande über sie gebracht, weil er vom Theologischen Kollegium in Malua geworfen wurde, wird der mächtigste und erfolgreichste Sohn Sapepes.

Zu dieser Zeit erstreckt sich »Blätter des Banyanbaums«, die Plantage meines Vaters, über fast das ganze Tal hinter dem Dorf Sapepe und reicht bis zu den Hügeln und dem Waldgebiet am Fuß des Gebirges. Viele Sapepeaner arbeiten nun für Geld auf seiner Plantage. Das Geld kam nach Sapepe und blieb dort.

Gegen Ende dieser zwei Jahre besuche ich Taifau wie üblich nach dem Sonntags-Toonai. Wie üblich leuchtet sein Gesicht auf, wenn er mich sieht.

»Dein Vater ist ein harter Mann«, sagt er. »Aber er ist ein guter Mann. Bald wird er der mächtigste Mann hier sein.«

»Wenn er dir zu hart ist, warum gehst du dann nicht?« frage ich.

Er zwinkert mit seinen halbblinden Augen, sagt dann: »Ich habe eine Familie, Pepe. Ich habe jetzt Verantwortung. Nicht nur das, sondern die Leute akzeptieren mich jetzt, weil ich etwas aus mir mache. Niemand hat mich früher akzeptiert, und alle Männer wollen akzeptiert werden.« Er sieht weg.

»Aber ich akzeptiere dich. Und die jungen Leute lieben deine Musik und deine Lieder«, sage ich. Er antwortet nicht. Ich sehe mich in seiner Fale um, bei deren Bau Tauilo ihm geholfen hat. Sie ist eine der größten Fale in Sapepe. Ich sehe die neuen Möbel und die Fotos an den Balken, die neuen Kleider von Taifau und Nofo, die ihr Baby füttert, und den Schreibtisch, auf dem Taifaus Bücher über die Plantage liegen, und ich erinnere mich an Tauilos Versprechen, Taifau zu ändern und zu einem hart arbeitenden Mann zu machen.

»Du mußt verstehen, Pepe«, sagt Taifau. Seine Stimme zittert.

Die jungen Leute kommen nicht mehr zu Taifaus Fale, weil es dort jetzt weniger Musik, keine Geschichten und kein Lachen mehr gibt. Ich gehe und suche Faitoaga, kann ihn aber nicht finden. Man sagt mir, daß er nun nicht mehr so oft ins Dorf kommt. Er verbringt fast seine ganze Zeit in »Blätter des Banyanbaums«, wo ich manchmal mit ihm auf die Berghänge zum Taubenschießen gehe – die Tauben leben jetzt dort, nachdem Tauilo sie aus dem Tal vertrieben hat. Auch wenn ich Faitoaga an diesem Sonntag abend nicht finde, fühle ich, daß Faitoaga sich nicht ändert, bei allem, was sich sonst ändern mag. Und ich fühle mich wieder sicher.

Also besuche ich Toasa wie an jedem Wochenende, an dem ich in Sapepe bin. Nun spricht der alte Mann auf der Matai-Versammlung nicht mehr gegen Tauilo. Er geht kaum noch dorthin. Jede Nacht lerne ich wieder etwas von ihm über die Vergangenheit Sapepes, eine Vergangenheit, die er anscheinend nicht mehr gegen Tauilo verteidigt. Er lacht und erzählt immer noch von den Löwen und Aitu auf der Gebirgskette, und daß ich dort hinaufgehen und sie selbst sehen soll. »Beeil dich und klettere auf die Berge«, sagt er, »sonst hat dein Vater den ganzen Busch auf dem Gipfel abgeholzt, und die Löwen und Aitu müssen woanders hingehen, um leben zu können!«

Außer der Zeit, die ich mit Toasa und Faitoaga verbringe, bin ich die meiste Zeit mit Lupe zusammen. Ich benehme mich so, wie sie es will. Ich bringe meine Bücher mit und lese und lerne, wie sie es will. Sie beobachtet mich beim Lernen und ist mehr oder weniger glücklich. Sie wird dünn, und ihre Augen sind meistens ausdruckslos. Ich zähle ihre grauen Haare, und sie zeigen mir, wie sie langsam für mich stirbt, aber ich kann nicht einmal das aufhalten. Tauilo und Lupe reden jetzt nur noch wenig. Tauilo redet die ganze Zeit, wenn er zu Hause ist, aber er redet mit sich selbst und Masina; denn Lupe und meine Schwestern versuchen nicht einmal, ihm zuzuhören. Meine Schwestern leben in unserem großen Haus, als gehörten sie nicht dorthin. Sie haben ein Zimmer für sich, in das sie niemand hineinlassen. Lupe hat auch ein Schlafzimmer, und wenn Tauilo nachts nicht dort ist, höre ich sie auf und ab gehen, auf und ab, und ihre Schritte sind wie die Laute meiner Angst um sie.

In Sapepe behandeln mich jetzt alle mit Respekt, weil ich Tauilos Sohn bin, der am meisten begünstigte Sohn Sapepes. Ich will nicht, daß sie das tun, aber sogar meine Freunde fangen an, mich anders zu behandeln, so wie jemand, der wichtig ist und über ihnen steht, und meine Einsamkeit ist noch tiefer.

Bevor ich zur Schule gehe, komme ich nach Sapepe, um dort meine Weihnachtsferien zu verbringen. Weihnachten ist in Sapepe immer eine lustige Zeit. Kricket, Tanzen und viel Fiafia. In dieser Zeit gehen die Leute auch oft zur Kirche.

Tauilo hält zwei kurze Predigten, und die Eltern erzählen einander, daß Tauilo besser predigt als Filipo, weil Tauilo über vernünftige Sachen redet: daß man Geld sparen soll, um seine Kinder zur Schule zu schicken, und es nicht für wertlose Dinge ausgeben soll, daß man die Zeit kürzen soll, in der die dummen jungen Leute Kricket spielen, damit sie mehr Zeit auf den Plantagen verbringen und sie verbessern können, damit die Ökonomie (ist das das richtige Wort?) Sapepes entwickelt werden kann, daß viele unserer Sitten abgeschafft werden sollen, weil sie zuviel Geld kosten, und daß man viele Gebräuche der Palagi annehmen soll, um einen besseren Lebensstandard zu erreichen. Aber selbst wenn die älteren Leute seine Ratschläge befolgen, spielen die jungen Leute trotzdem Kricket, sooft sie können, und tanzen und singen nachts auf der Straße. Schließlich ist Weihnachten, sagt Toasa zu mir.

In der Nacht nach dem ersten Weihnachtstag geht in meiner Familie wieder der Ärger los. Es geht um Vao, die nun eine schöne junge Dame ist.

Die ganze Nacht haben wir auf Vao gewartet. Es ist dunkel, und es geht kein Wind; deshalb ist es sehr heiß. Ich sitze neben Lupe im Wohnzimmer und habe Angst um Vao. Ab und zu steht

Tauilo auf ünd geht hinaus, um nach Vao zu suchen. Er schickt auch einige Männer unserer Familie los, um sie zu suchen. Alle paar Minuten flucht Masina über Vao.

Die Hintertür geht auf, und Vao kommt herein. Sie sieht nicht so ängstlich aus, wie sie sein sollte.

»Wo warst du?« fragt Tauilo sie. Vao dreht sich um, um nach oben zu gehen. »Setz dich hin!« Tauilos Stimme ist wie sein Gürtel, mit dem er gleich auf Vao einschlagen wird. Vao hat gar keine Angst. Sie setzt sich in den Sessel gegenüber von Tauilo. Lupe kann jeden Moment losweinen. Ich lege meine Hand auf ihre Hände in ihrem Schoß.

»Tut es dir nicht leid, was du getan hast?« fragt Masina.

»Was habe ich getan?« fragt Vao.

»Mit Paulo gesündigt!« wirft Masina ihr vor. Paulo ist ihr Freund, den Tauilo und Masina nicht wollen, weil er aus einer armen und niedriggestellten Familie stammt. Lupes Hände zittern wie gerade ausgeschlüpfte Küken.

»Ich begehe keine Sünde«, sagt Vao zu Masina.

»Du lügst!« sagt Tauilo. Er löst seinen dicken Ledergürtel von seinen Hüften. »Keine meiner Töchter wird mir und dieser Familie Schande machen!« Er geht auf Vao zu, die ihn ohne Furcht anschaut. Als Tauilo seine Hand erhebt und der Gürtel aussieht wie eine Schlange, die Vao jeden Moment angreift, mache ich die Augen zu.

Der Gürtel pfeift durch die Luft. ZACK! Es erfüllt mich mit Schrecken und mit Liebe zu Vao. Mir kommen die Tränen, und ich presse Lupes Hand. ZACK!

»Sie hat gesündigt!« sagt Masina. ZACK!

»Es ist keine Sünde. Keine Sünde!« schreit Vao. ZACK! ZACK. Ich öffne meine Augen. »Ich spucke auf diese Familie!« schreit Vao. Und sie ist mein Schmerz und auch Lupes Schmerz. Tauilo läßt den Gürtel fallen und schlägt ihr mit seiner Hand ins Gesicht. Sie kracht gegen den Sessel. Aber sie steht auf und stellt sich ihm wieder gegenüber. »Ich hasse dich!« sagt sie zu Tauilo. Seine Hand schlägt wieder zu, und das Blut kommt aus der Wunde über ihrem Auge. Aber sie stellt sich ihm noch einmal gegenüber. »Ich verachte dich!«

»Habt ihr das gehört?« schreit Masina. »Undankbare Hure!« Tauilo schlägt Vao noch einmal. Sie fällt zu Boden. Sie hockt auf allen vieren und versucht aufzustehen. Die ganze Zeit weint sie.

»Genug!« schreit Lupe. Aber ich weiß, daß Tauilo nicht aufhören wird, bis Vao zugibt, daß sie im Unrecht ist. Vao hat nämlich Tauilos Stolz mit Füßen getreten, und keiner kann dies tun, ohne von ihm bestraft zu werden.

»Ich hasse dich!« versucht Vao zu sagen. Dann bin ich zwischen ihnen. Tauilo holt aus. Ich stoße ihn weg, halte Vao fest und ziehe sie zur Tür hinaus.

»Ich werde es ihm heimzahlen!« schluchzt Vao, als wir sicher draußen sind.

»Was wirst du tun?« frage ich, damit sie aufhört zu weinen. Sie sagt es mir nicht. Ich reiße den Zipfel meiner Lavalava ab, um damit ihr blutiges Gesicht abzuwischen.

»Kümmere dich um deine Mutter«, sagt sie.

In dieser Nacht brannte Vao mit Paulo in ein weitentferntes Dorf durch. Sie kamen nie mehr nach Sapepe zurück, und ich habe sie bis heute nicht wieder gesehen.

Ich gehe in Lupes Zimmer und sehe sie dort sitzen. »Vao hat doch nichts Böses getan, oder?« frage ich. Sie antwortet nicht. Und ich will auch nicht weinen.

4 *Ein heimgesuchtes Haus der Stadt*

Leser, macht mal einen Augenblick lang halt, denn ich muß haltmachen, weil der Husten mich noch umbringt. Er schmerzt in mir wie wahnsinnig. Heute morgen habe ich kurz geschlafen. Als ich aufgewacht bin, habe ich mein Ich mit einer Erektion vorgefunden, etwas, das mich überraschte, hatte ich doch so etwas in den letzten paar Wochen nicht gehabt. Ich glaube, es liegt daran, daß ich schon halbtot bin. Irgendwo habe ich gelesen, daß, wenn ein Mann am Hals aufgehängt wird, man ihn da baumeln sehen könne mit seinem erigierten Ding, das da wie eine wehende Flagge dem Henker Lebewohl sagt. Ich hoffe, daß, wenn ich das Zeitliche segnen werde, die Leute in mein Zimmer kommen und mein Ding da vorfinden, wie es sich über sie lustig macht. Muß nun eine Pause einlegen. Es fällt mir schwer, länger als zwei Stunden am Tag zu schreiben.

In meinem vierten Jahr am Gymnasium kauft uns Tauilo ein großes Haus in Apia. Das Haus befindet sich gerade gegenüber der Grundschule, die ich einmal besucht habe; es gehörte mal einem Papalagi-Plantagenbesitzer aus Deutschland, der im Alter von achtzig starb. Er war sechzig Jahre zuvor nach Samoa gekommen. Und nach dem, was ich gehört habe, starb er, weil Aitu ihn zu Tode erschreckt hatten. Er hatte weder Frau noch Kinder. Er zog sich von der Plantage zurück und richtete sich ganz allein in seinem Haus ein. Einige Leute sagen wohl auch, daß er sich zu Tode getrunken und gewöhnlich seine Zeit mit einem Faafafine verbracht hat.

Das Haus hat viele Zimmer und steht auf Pfählen. Darum herum ist ein herrlicher Garten mit Orchideen, Hortensien, Bougainvilleas, Farnkräutern, Hibiskus, Jasminblüten, Flammenden Bäumen, Tamaligi, Kakteen, Blumen der Nacht, Puataunofo (ich kenne den englischen Ausdruck dafür nicht), Lilien, Tigerorchideen, herrlichen Schlingpflanzen und Lianen, deren Namen ich nicht kenne. Es gibt da wirklich fast jede tropische Blumenart, die man sich denken kann.

Tauilo ist mit dem Haus nicht zufrieden. Er stellt Hausmeister ein, die alles erneuern und es so umändern, daß es wie unser Haus in Sapepe aussieht. Er füllt es mit teuren Möbeln, die er billig von seinen Geschäftsfreunden kauft, und läßt ein neues Klosett anbauen. Dieses Klo ist so groß, daß man etwa zehn Personen darin unterbringen könnte. Das Wohnzimmer, das den ganzen mittleren Teil und die Fassade des Hauses einnimmt – dahinter ist eine Veranda mit Blick auf die Straße –, hat eine blaugetünchte Wand, an der all die Familienfotos hängen. Es gibt auch einen großen Glasschrank darin voller Kristallgläser und Whiskyflaschen. Als wir noch arm waren, war mein Vater gegen Schnaps. Nun, wo er reich ist, liebt er ihn, trotz seines Postens als Diakon in unserer Kirche, wo doch unsere Kirche gegen den Alkohol predigt – von den Sapepeanern »Teufelswasser« genannt. Neben dem Schrank steht ein langes Bücherregal mit drei Brettern, wo Tauilo die Bücher unterbringt, die er kauft, aber nicht liest. Hinter dem Haus baut Tauilo nun eine Fale, in die ein paar meiner Sapepe-Angehörigen einziehen und uns, die Hausbewohner, bedienen.

Tauilo verbringt fast alle Wochenenden in diesem Haus. Er veranstaltet Parties für seine Freunde. Ich habe nie auch nur einen Samoaner auf diesen Parties gesehen. Nur Papalagi und reiche Afakasi etc. Selbst meiner Familie ist es nicht gestattet, als Gast dort zu erscheinen. Er schämt sich seiner Verwandten; sie taugen bloß als Diener für seine Gäste. Als ich von den Tautalas zu ihm umziehe, fungiere ich als Kellner, darf aber keinen Tropfen dieses Teufelswassers anrühren. Lupe, meine Mutter, zieht auch hierher. Tauilo sagt, daß das Klima der Stadt ihrer nachlassenden Gesundheit guttun wird.

Lupe zeigt reges Interesse an dem alten Deutschen, der das Haus vor uns besaß. Wenn Leute aus Apia sie besuchen, fragt sie sie, ob sie den Deutschen gekannt haben und wie er gestorben ist, ob er an Aitu starb oder nicht. Jedermann sagt ihr dann, daß er an Einsamkeit und seiner Trunksucht gestorben ist, aber sie glaubt ihnen nicht. Wenn sie in dem Haus allein ist, geht sie darin herum und schaut in jede Ecke, ohne jedoch eine Spur des Mannes zu finden, der vorher hier gewohnt hat. Tauilo hat versucht, Mitglieder unserer Familie dazu zu bringen, den Blumengarten in Taro-Beete umzuwandeln, doch Lupe ist dagegen. In diesem Garten verbringt sie nämlich ihre Abende, bevor die Sonne ganz untergeht. Sie wandert darin herum wie ein Vogel auf der Suche nach einem Nest, das er niemals finden kann. Wenn es dunkel ist, meidet sie stets die Nähe des Gartens, denn sie glaubt, daß er dann wieder dem Deutschen gehört, dessen Aitu dann in der Welt herumwandert, weil er zum Himmel nicht zugelassen wurde.

Es ist Samstag. Ich stehe auf und merke, daß es ein heißer Tag werden wird. Als ich angezogen bin, gehe ich in die Küche, um mit Lupe und Niu zu essen. Ich setze mich an das Kopfende des Tisches. Niu und Lupe schweigen. Ich fühle, daß etwas schiefgelaufen ist, sage aber nichts. Lupe fängt an zu weinen. Mein Appetit legt sich schlagartig. Niu blickt auf ihr Essen.

»Was ist denn passiert?« frage ich. Lupe rennt hinaus und hoch in ihr Zimmer. »Was ist los?« frage ich Niu. Sie heult nun auch los, und ich werde wütend. »Was ist passiert?« wiederhole ich. Auch sie verschwindet jetzt aus dem Zimmer.

Ich rufe eine meiner Verwandten, die gerade am Kochen ist, herein und frage sie. Sie blickt bloß auf den Boden. »Antworte mir!« befehle ich.

Sie sagt es mir schnell und verschwindet dann. Ich schmettere die Eßplatte auf den Tisch. Ich werde auf ihn warten.

Den ganzen Tag sitze ich in meinem Zimmer und warte; ich spüre keine Hitze.

Das Auto saust nun in die Garage. Die Tür öffnet sich und knallt gleich wieder zu. Seine Schritte kommen die Treppe herauf und gehen ins Wohnzimmer. Der Whiskyschrank steht offen. Das Klirren eines Glases und das Eingießen von Whisky. Ich gehe ins Wohnzimmer.

Das Licht brennt. Er sitzt auf dem Sofa und leert seinen Whisky. So langsam wird er fett, sein Haar färbt sich grau. In seinen weißen Kleidungsstücken sieht er aus wie ein Pfarrer, wirkt wie ein Fremder auf mich. Er schaut mich an. Das ist alles. Trinkt seinen Whisky. Ich stelle mich vor ihn.

»Wo ist Lupe?« fragt er. Ich schüttele den Kopf. Er trinkt wieder. »Wo ist Niu?« Ich gebe keine Antwort. »Wo sind sie denn alle?« Er lächelt mich an.

»Sie wird jenen Mann nicht heiraten.« Ich höre, wie sich mein Ich zum ersten Mal gegen ihn ausspricht.

»Wer?«

»Niu.« Ich kann nicht zulassen, daß er das tut.

»Er ist ein guter Mann. Ein Pfarrer und ein Oberhaupt unserer Kirche. Sie wird glücklich mit ihm sein.« Er trinkt seinen Whisky bis zum letzten Tropfen.

»Niu wird ihn nicht heiraten. Sie will doch gar nicht!«

»Du bist immer noch ein Kind. Du verstehst das doch gar nicht. Gib mir noch was zu trinken.« Er hält mir das leere Glas hin.

»Sie wird das nicht tun!«

»Sprich nicht so mit mir. Ich bin dein Vater.«

»Du hast kein Recht, sie diesen alten Mann heiraten zu lassen!« Das Ich schreit schon fast.

»Ich bin immer noch dein Vater. Ich weiß, was für Niu das Beste ist ... Schenk mir noch ein Glas ein!« Es ist ein Befehl und eine Herausforderung. Er hält mir das Glas hin.

Ich schlage es ihm aus der Hand und bewege mich aus dem Zimmer.

»Keiner hört mehr auf mich!« höre ich ihn rufen.

Einen Monat später ist Niu in Sapepe mit dem alten Pfarrer verheiratet, dessen Frau gestorben ist. Der Mann ist älter als Tauilo. Niu ist um die Zwanzig herum. Tauilo hat schuld daran, und ich auch, weil es mir nicht gelungen ist, die Heirat aufzuhalten. Ich kann es Tauilo nicht verzeihen.

Niu und ihr Ehemann ziehen nun fort in ein Dorf in Savaii, wo er als Pfarrer tätig ist. Von meinen Verwandten höre ich, daß Tauilo ihnen viel Geld und viele Geschenke gegeben hat, bevor sie weggegangen sind. Wie bei Vao: Bis zum heutigen Tag habe ich nie mehr mit Niu gesprochen. Ich ging ihr aus dem Weg, weil ich mich vor mir selbst schäme. Einmal habe ich sie gesehen, wie sie vor mir in einen Bus einstieg, wie eine Person meiner Träume, die verschwunden ist, wenn ich am nächsten Tag aufwache. Doch ihr Leid geht mir nach, denn ich sehe es täglich an Lupe in dem großen, einsamen Haus.

Mr. Peddle, der Rektor meines Gymnasiums, sitzt an seinem gewaltigen Pult. Auf der Wand hinter ihm ist ein Schild, auf dem steht: HARTE ARBEIT IST DER SCHLÜSSEL ZUM ERFOLG. Ich trete ein und setze mich ihm gegenüber. Er spricht lange Zeit nicht. Er probiert seinen berühmten starren Blick an mir aus. Ich schaue zu Boden und lasse den dummen Blick auf mein langes Haar fallen. Wir nennen ihn »Haifischköder«, weil er so schmeichlerisch mit einem reden kann, bis man den Köder schnappt und glaubt, daß das, was er sagt, so wahr wie das Evangelium sei, bis er einem eine reinhaut und noch meint, es sei nur zum eigenen Besten. Er ist ein harter Mann, ein Meister im Tennis, Hockey und Golf; ein Meister im Reden und fleißig Studieren. Während des Ersten Weltkrieges ist Peddle einmal Oberstleutnant in der Neuseeland-Armee gewesen. Also denkt er – und erzählt es auch allen Schülern –, daß Soldaten die besten Bürger seien. Er ist Vorsitzender des RSA-Klubs, der auch Tauilo als Mitglied zählt. Einige Studenten, deren Väter RSA-Mitglieder sind, werden euch sagen, daß Peddle viele Tapferkeitsmedaillen und zwei Wunden in der Nähe des Bauchnabels hat. Andere meinen, daß Peddle nie Oberst, sondern nur Korporal war. Zu schade, daß der Feind seinen Bauchnabel nicht mit einem stumpfen Bajonett herausgeschnitten hat.

Ich bin einmal sein Lieblingsschüler gewesen, aber nun stehe ich ihm als Gegner gegenüber.

»Hmm!« macht er als erstes. Ich schaue ihn nicht an. »Ein schlechter Mann ist und bleibt ein schlechter Mann, Pipi.« Er kann samoanische Namen nicht richtig aussprechen und bemüht sich auch gar nicht erst darum. »Genauso ist's mit schlechten Schülern. Aber du bist ein sehr guter Schüler … Wie geht's deinem Vater?« Ich sage nichts. »Dein Vater ist ein guter Mann. Hmm. Einer der besten Samoaner in diesem Land. Ein Samoaner, auf den jeder samoanische Jüngling stolz sein sollte. Ihr seid ein sehr gutes Volk, lacht die ganze Zeit und seid glücklich. So sind nun mal die Polynesier – glücklich und unbekümmert. Hmm. Und lebensfroh. Darum leben wir Neuseeländer auch hier unter euch.« Ich habe von jemandem gehört, daß Peddle in Neuseeland keinen Rektorposten finden konnte und deshalb nach Samoa gekommen ist. »Wir sind hier, um euch Samoanern zu helfen, euch in der modernen Welt zurechtzufinden. Wir möchten euch helfen. Euch die bessere Lebensweise zeigen. Hmm. Wie auch dein Vater von uns gelernt hat. Warum, glaubst du, ist dein Vater reich und von uns geachtet? Weil er einer von uns sein wird. Er ist der neue Samoaner, der eurer Rasse helfen wird, ein besseres Leben zu führen. Hmm. Denk aber jetzt nicht, daß ich damit sagen will, daß eure herrliche Lebensweise etwa schlecht sei. Nein, keineswegs.« Er lacht, seine falschen Zähne klappern. »Ihr habt wundervolle Bräuche und Traditionen. Ihr achtet alte Leute und solche Dinge. Ihr wißt, wie ihr bedeutende Leute zu behandeln habt. Aber wenn ihr es den modernen Leuten wie uns gleichtun wollt, müßt ihr hart arbeiten wie dein Vater ...«

»Warum laßt ihr nicht alle Samoaner in den RSA eintreten?« frage ich unvermittelt. Seine Zähne fallen fast heraus.

»Aber dein Vater ist doch Mitglied, oder etwa nicht?« Lächelt.

»Und warum die anderen nicht?«

»Nun, weil ihr, Leute, lernen müßt, Schnaps zu trinken, ohne dabei gewalttätig zu werden. Wie beim Wissen, für das ihr ja in die Schule kommt, müßt ihr auch die Trinkgewohnheiten lernen, euch beibringen ...«

»Warum, glauben Sie, können wir nicht selbst unser Land regieren?«

»Aber das machen wir doch, Pipi. Wir tun das doch. Es ist bloß so, daß ihr hier noch nicht reif zum Führen seid.«

»Aber wir haben doch unser Land jahrhundertelang regiert, bevor ihr gekommen seid.«

»Ja, aber schau doch, wohin das euch gebracht hat.« Er wird langsam wütend.

»Wohin?«

Er klopft auf das Pult. »Warum hast du diese Aufsichtsschülerin bezeichnet als ... hmm ... als ...«

»Als dumme Sau.« Ich helfe ihm.

Er klopft wieder auf sein Pult und steht auf. »Nun, Pipi. Nun, ich mag nicht, daß du so dahersprichst. Hörst du? Du hast diesem Mädchen unrecht getan. Nun mußt du dafür bezahlen!«

»Wie mein Volk bezahlt hat und noch immer bezahlt?« Ich lächle. »Wie die Neger und die Chinesen der ganzen Welt bezahlen.«

»Du bist rassistisch, Junge. Den Samoanern, die so sind wie du, haben wir es zu verdanken, daß unsere gute Arbeit hier zu nichts führt. Du bist wie all die anderen anmaßenden und undankbaren Samoaner!« sagt er. Ich lache. »Du ... Du ... Du Samoaner! Verschwinde aus meinem Büro. Dein Vater wird davon unterrichtet. Hörst du?«

Ich gehe hinaus. Peddle ist, gerade wie Tauilo, ein zurechtgeputzter Gott. Ich lache über mich selbst, denn in meiner Zeit eifrigen Studierens habe ich Peddle immer bewundert. Nun hat er seine wahre Hohlheit offenbart, und die klappert wie seine falschen Zähne. Peddle ist ein Korporal mit einem Bauchnabel, kein Oberst mit Medaillen.

In der Pause habe ich die Aufsichtsschülerin getroffen, der ich den ganzen Wirbel zu verdanken habe. Sie ist ganz allein im Klassenzimmer. Ich gehe auf sie zu und stelle mich hinter sie. Plötzlich lege ich meine Arme um sie und drücke fest ihre Titten. »Bitte, Pepe«, sagt sie, versucht aber nicht ernsthaft, sich zu befreien, und ich denke mir, sie mag wohl, was ich da mache. Ich ziehe sie an mich, schiebe von hinten die Hand an ihrem Kleid hoch. Sie gibt keinen Laut von sich. Ist feucht da unten. Ich reiße ihr die Unterhose herunter. Sie dreht mir ihr Gesicht zu – rennt nicht fort. Sie atmet schwer, so wie Taifau mir sagte, daß eine Frau schwer atmet, wenn sie es möchte. Ich lache laut auf. Als sie merkt, daß ich nichts weiter vorhabe, schämt sie sich plötzlich, rennt zur Tür hinaus und schreit: »Pepe, er hat versucht, mich zu vergewaltigen!«

Ich lache und lache – bis mir die Tränen in die Augen kommen. An diesem Nachmittag schickt mir Peddle eine Benachrichtigung, daß ich von der Schule ausgeschlossen bin.

Zu dieser Zeit geht der Zweite Weltkrieg zu Ende. Arme Deutsche, denke ich mir. Hitler ist bloß so ein Korporal wie Peddle.

Zwei Tage darauf kommt Tauilo nach Apia mit seinem Zorn. Er schlägt mich mit seinen Fäusten, wie ich es erwartet habe, und ich schreie nicht. Und er läßt mich mit ihm zu Jehova beten, auf daß Er mir meine Sünde vergebe, wie erwartet. Aber ich spreche nur die Worte, wie ich es erwartet habe, und biege mich innerlich vor Lachen, weil Tauilo so lächerlich aussieht, wie er dasitzt und – wie erwartet – das Gebet hervorstößt. Er gibt mir die Weisung, nie mehr ohne seine Erlaubnis nach Sapepe zurückzukehren, denn ich sei eine Schande für unsere 'Aiga. Er möchte auch nicht, daß Sapepe von mir den wahren Grund erfährt, weshalb ich von der Schule geflogen bin. Wie ich es erwartet habe, haben er und Masina den Leuten im Dorf erzählt, daß ich wegen meiner Krankheit die Schule verlassen habe. Einige Leute glaubten das auch, weil sie erwartet hatten, daß das viele Lernen mich krank mache. Wie erwartet, fanden Toasa, Taifau und Faitoaga ein paar Tage nach meinem Abgang den wahren Grund heraus.

Am nächsten Tag treffe ich Simi, der noch immer als Musterschüler das Gymnasium besucht, und er sagt mir, daß ihm sehr leid täte, was geschehen sei. Ich lache, schüttele ihm die Hand und sage Lebewohl. (Nach dem Gymnasium geht Simi dann auf das Theologische Kollegium, das er als Pfarrer verlassen wird.)

Simi besuchte mich heute im Krankenhaus.

»Hallo, Salomo!« begrüße ich ihn.

Er schüttelt mir die Hand und sagt: »Hallo, Pepesa, Sohn der Götter!« Er lacht, und ich lache auch. Es ist wie in alten Zeiten, als er, Tagata und ich auf der Schule dicke Freunde waren.

»Bist du verheiratet?« frage ich ihn.

Er nickt. »Hab zwei Kinder, einen Jungen und ein Mädchen.« Wir lachen auch darüber.

»Du hast eine Frau und Kinder und die Religion, und ich habe Tb!« scherze ich, und wir lachen immer noch.

»Ich bin von deinem Vater und den Matai in Sapepe gefragt

worden, ob ich ihr Pfarrer sein möchte«, erzählt er mir. »Filipo geht bald in den Ruhestand.«

»Das ist gut. Du wirst Sapepe mögen, wenn sie dich auch wegen deiner Hautfarbe wie einen Wilden behandeln werden.«

»Ich habe mich noch nicht dazu entschieden. Soll ich dahin gehen, Pepe?«

»Ja, es ist ein guter Bezirk. Und sie werden dich brauchen, du mußt ihnen gegen meinen Vater beistehen«, erwidere ich.

Er sagt eine Weile lang nichts. Dann schaut er mir direkt in die Augen und fragt: »Wirst du sterben?«

»Ja.«

»Fest dazu entschlossen?«

Ich nicke. »Und du kennst mich, Salomo.«

»Du bist noch immer derselbe, Pepe«, sagt er. »Du entschließt dich zu etwas, und dabei bleibst du!« Und er lacht.

Es ist Simis Art, eine Frage direkt zu stellen und eine ehrliche Antwort darauf zu erwarten. Und es ist auch seine Art, mit mir nicht über Religion und das Leben nach dem Tod zu reden. Er akzeptiert mich so, wie ich bin. Und wir reden und reden über Politik, über Samoa, wie es war und wie es sein wird und so weiter, sprechen aber nicht über die Vergangenheit, denn er wählte den Weg Gottes und ich den Weg zur Hölle, so würden viele Leute wohl sagen.

Als die Besuchszeit um ist, sagt er: »Ich muß jetzt gehen.« Ich sehe ihm seine Sorge an, als er aufsteht, mir einen Kuß auf die Stirn drückt und zur Tür geht. Er bleibt stehen und fragt: »Du bereust nicht, wie du dein Leben gelebt hast? Das, wofür du dich entschieden hast?« Ich schaue von ihm weg. »Ich habe dir eine dumme Frage gestellt, nicht wahr?« sagt er. »Leb wohl, Pepe!«

»Leb wohl!« rufe ich noch. Er ist schon nicht mehr da, und ich hoffe für mich, daß seine aufrichtige Ehrlichkeit sich in Sapepe nicht zu seinem Nachteil auswirken wird, besonders, weil Tauilo da ist.

Ich schlafe ein, und als ich neben der Schwester und meiner Abendarznei aufwache, schaue ich mich gleich nach Simi um, denn ich fühle, daß er noch immer da ist. Aber ich sehe nur die Nachtschwester in ihrer weißen Tracht, ohne Lächeln auf den Lippen. Vom Fenster her kommt der Geruch nach Feuer und dem schmorenden Fleisch.

»Kann ich den Pißpott haben, Schwester?« frage ich.

5 *In das tote Wasser hinein*

Und so beginne ich denn meine Reise in die Nachbarschaft Vaipes, gehe in die Richtung, die Kirchgänger als dunkle Welt der Sünde bezeichnen, da sie meinen, es widerspräche der Religion und einem wohlanständigen Leben. Einige Jahre lang lebe ich noch immer bei Lupe, wobei ich Sapepe nie besuche, weil Tauilo es mir nicht gestattet. Und weil Sapepe für mich nun ziemlich uninteressant ist. Während dieser Zeit brauche ich nicht zu arbeiten, weil Lupe mir alles Geld gibt, das ich brauche. Sowieso schlafe und esse ich bloß zu Hause, die restliche Zeit reise ich in Apia und »der Vaipe« umher.

Tagata, der das Gymnasium drei Jahre vor mir verlassen hat, hört nun, daß ich rausgeflogen bin, und lacht, als ob es der beste Witz sei, den er je gehört hat. Ich lache mit ihm. Monatelang bilden Tagata und ich eine Gruppe für uns.

Der Markt, im Besitz von Tagatas Eltern, erstreckt sich über eine große Fläche. Es riecht da nach faulenden Nahrungsmitteln und nach Leuten; der Lärm der feilschenden, kaufenden und übers Ohr hauenden Stimmen ist ohrenbetäubend, aber ich gewöhne mich bald daran. Tagata und ich gehen fast jeden Abend ins Kino. Die Cowboyfilme sind die besten, weil sich da was abspielt – es gibt Blut und eine schnelle Justiz. Tagata und ich tragen Bluejeans wie die Cowboys. Wir rauchen amerikanische Zigaretten, trinken das Coca-Cola der Yankees und reden so glattzüngig wie die Gangster von Chicago. Wir können so jeden Fremden an die Wand reden, um an billige Dollars und Spaß heranzukommen.

Tagata, als einziges Kind seiner Eltern, ist der Boß des Marktes, wann immer er will, was nicht oft der Fall ist. Da er auf dem Markt großgeworden ist, kennt er alle Tricks, um schnell an Geld heranzukommen, besonders bei den Yankee-Touristen. Ich werde nie vergessen, wie Tagata mir einmal gezeigt hat, wie man den Touristen Dollars abluchst.

Ein großes, glänzendes Taxi hält vor dem Markt. Wir stehen wartend da in unseren adretten Kleidern, Schuhen und Seemannsmützen. Tagata tritt vor und öffnet die Taxitüren. Zwei alte Yankees steigen mit ihrem Bürstenhaarschnitt zuerst aus, genau wie im Kino. Nach ihnen kommen dann ihre Weiber, die so geschminkt sind, als seien sie reif fürs Begräbnis. Als Tagata sich vor ihnen verneigt, kichern die Weiber: Sie halten Tagata für die lustigste Sehenswürdigkeit, die sie jemals zu Gesicht bekamen.

»*Howdy frands. Nice day, ain't it?*« begrüßt Tagata sie auf Cowboy-Englisch. Sie sind höchst erstaunt. »*Now, today we gonna show ya the real genuine Samoan markit.*« Die Männer versuchen, sich das Lachen zu verbeißen, nicht so die Frauen. In der Zwischenzeit haben sich die Kinder, die Körbe, Gemüse und Seefrüchte verkaufen, um sie herum versammelt, wie Fliegen, die ihre Bazillen loswerden wollen. »*Youse from Texass?*« fragt er die Touristen.

»Nein. Wir kommen aus Chicago«, sagt einer.

»Kennen Sie die Al-Capone-Filme?« fragt Tagata.

»Nein!« sagen sie schnell.

»Al war ein toller Bursche«, sagt Tagata. Sie scheinen nicht gerade glücklich über diese Feststellung.

Nun haben wir, bevor wir ein Zusammentreffen mit diesen Yankees arrangierten, mit Freunden von uns, Lafoga und anderen, vereinbart, einen Marktstand aufzumachen, auf dem kunstgewerbliche Gegenstände, Blumenkränze und dergleichen verkauft werden. Genau zu diesem Stand führen wir nun die Yankees. Auf dem Weg dorthin beschreibt Tagata den Touristen Samoa, als ob es sich um Hawaii handle, das er gerade in den Hollywoodfilmen gesehen hat. Lafoga ist nicht wiederzuerkennen – er hat den Rücken gekrümmt und sieht aus, als sei er nicht größer als etwa fünf Fuß und von Elend und Läusen geplagt. Als Lafoga auf die Touristen zutritt, weichen sie zurück, als ob er von der Lepra befallen sei. Lafoga hält ihnen Halsketten hin und sagt auf samoanisch: »So was findet ihr sonst nirgends, meine Herren. Sie wurden mir von meinen Vorvätern hinterlassen und sind Hunderte von Jahren alt.«

Tagata übersetzt für die Touristen und fügt hinzu, daß Lafoga der letzte Sohn eines verstorbenen Pfarrers sei. Lafoga, so sagt Tagata, sei arm und krank und verkaufe diese antiken Halsketten, um sich und seinen zehn Kindern Nahrung zu beschaffen.

»Nein, ich hab es mir anders überlegt. Ich möchte sie doch nicht verkaufen«, sagt Lafoga. Die Halsketten sind aus Zahnbürstengriffen gemacht, und Lafoga hat sie zusammen mit Tagata für zwei Schilling pro Stück von zwei Gören erstanden. »Ich kann sie doch nicht verkaufen, denn sie gehörten einmal meiner Ur-Ur-Urgroßmutter und sind aus Schildkrötenpanzern gearbeitet. Sie sind echt samoanisch. Es gibt nur noch zwei von dieser Art«, übersetzt Tagata. Die Yankee-Frauen gucken Lafoga voller Mitleid an.

»Kauf sie«, sagt eine der Frauen zu ihrem Mann. »Der arme Mann braucht das Geld.« Ihr Gatte legt zwanzig Pfund auf den Tisch. Lafoga seufzt und nimmt das Geld nicht an. Der andere Mann legt nun auch zwanzig Pfund hin. Lafoga will schon nach dem Geld greifen, als Tagata ihm auf samoanisch sagt, er solle es liegen lassen. Lafoga bricht in Tränen aus.

»Der arme Mann möchte die Sachen nicht verkaufen, aber er braucht das Geld«, sagt eine der Frauen. »Kauf den ganzen Haufen!«

»Das sind nette Papalagi-Menschen, Lafoga. Nimm ihr Geld ruhig«, sagt ihm Tagata auf englisch. Auf dem Tisch liegen nun achtzig Pfund. Lafoga weint, als er die Halsketten in Zeitungspapier einwickelt. Der Yankee-Mann greift nach dem Päckchen. Lafoga küßt seine Hand, und der Mann macht einen Satz nach hinten. Ich nehme das Päckchen und gebe es ihm. Wir ziehen weiter. Die Yankees seufzen auf, froh darüber, dem ersten Anblick von Elend und Armut entronnen zu sein. Seht, es gibt keine Bettler in Amerika, lehren euch die Filme, und es bestürzt die Yankees zutiefst, mit Bettlern konfrontiert zu werden.

Als wir den Marktrundgang für die Yankees beenden, haben sie eine schöne Stange Geld liegengelassen. Darüber freuen wir uns, denn wir werden von all den Leuten einen Anteil kriegen, die den Yankees etwas verkaufen. Während des ganzen Rundgangs lobt und preist Tagata die USA. Er sagt, die USA seien das absolut tollste Land der Welt. Die Yankees fallen darauf herein, fühlen sich in ihrem Glauben bestätigt und bezahlen gerne dafür, einen Ausländer, so eine Zwergengestalt, das sagen zu hören.

Am Nachmittag, nachdem die Touristen in einem Taxi fortgefahren sind, gehen wir bei Lafoga und den anderen herum, um unseren Anteil am Touristengeschäft abzuholen. Zwanzig Prozent.

Viele Touristen, hauptsächlich Amerikaner, kommen nun nach West Samoa gereist, während ich diesen bescheidenen Roman schreibe. Unsere Regierung, die von Neuseeland-Papalagi geleitet wird, möchte sie gerne per Schiffsladung kommen lassen, damit Samoa Geld einstreichen kann für das, was die Regierung »Wirtschaftliche Entwicklung« nennt. Mein Land braucht keine Schriftsteller, wie ich es bin. Es will Touristen haben, und ich bin sicher, daß nach meinem Tod Samoa bald ein Touristenzentrum wie Hawaii und Tahiti sein wird – ein tropisches Paradies auf den Postern, in dem sich die Dummköpfe tummeln und die Touristen bis aufs Hemd ausgenommen werden. Der Touristenhandel wird nun der neue Missionars-Handel sein, nur daß diesmal für die Bibel der Yankee-Dollar steht und die Priester die Touristenunternehmen sind. Der Opferaltar wird nun unser Volk sein und die Chöre die »Eingeborenen« in »echt-samoanischer Bekleidung« aus Hollywood, die »echt-samoanische Lieder« aus Hawaii singen und dazu »echt-samoanische Tänze« wie den Hula-Hula tanzen. Ich bin froh, das Zeitliche zu segnen, bevor all das eintritt. Selbst mein Schriftsteller-Held Tusitala und sein Grab auf dem Mt. Vaea wird eine Touristenattraktion sein, wo die Touristen ihre Weiber mit ihren Kameras vergewaltigen werden. Meinem Sohn und allen unseren jungen Leuten, den armen Wichten, wird das als Erbe zufallen.

»He Schwester!« rufe ich.

»Ja, Pepe?«

»Trag die Pißpötte hinaus. Hier sind sechs Pennies.«

»Wofür die sechs Pennies?«

»Ein Trinkgeld von einem echt-samoanischen Touristen.«

»Stopf es in deinen echt-samoanischen ...«

»Hals?«

Wir lachen beide. Zumindest werde ich mir keine Sorgen zu machen brauchen, was wohl geschieht, wenn die touristisch-barbarischen Horden kommen. Ich bin ein toter Schriftsteller, der einen toten Roman hauptsächlich über tote Leute schreibt.

Übrigens ist Tusitala genau wie ich an Tb gestorben. Vielleicht ist Tb sogar eine heilige Krankheit.

Später Sonntagabend. Apia ist still wie ein Friedhof. Ich spüre plötzlich, daß wir Aitu sind, die Apia eine lange Zeit heimsuchen werden. Und ich fühle mich unsichtbar und mächtig. Tagata und ich sind mit der Operation beauftragt, so sagt uns der Film. Zwölf von uns sind hinter dem Laden. Zwölf Verschworene. Im Dunkel. Gerade wie im Film, nur daß dies kein Kino ist, und ich bebe wie die Brise, die durch Apia weht.

Die Turmuhr schlägt Mitternacht, die Stunde, wenn die Sapepeaner glauben, daß die Aitu aus ihren Gräbern kommen, um die Lebenden zu verfolgen. Die Straßen sind menschenleer. Nur ein paar Straßenlaternen brennen. Jetzt!

»Hast du das Kerosin?« flüstere ich dem Jungen zu, der für das Feuer verantwortlich ist.

»Welches Gebäude?« fragt er.

»Irgendeins auf der anderen Stadtseite«, erwidere ich, ohne richtig nachzudenken. »Leg das Feuer in einer halben Stunde. Und paß auch auf, daß es schön groß ist.« Fünf Jungen machen sich durch die Straße davon.

Sieben von uns sind noch da. Ich weise zwei von ihnen an, zur anderen Seite des Ladens hinüberzugehen und sich dort zu verstecken, um nach der Polizei Ausschau zu halten, falls sie zu früh käme. Wir sind nun noch fünf, und Tagata neben mir atmet schwer.

Es herrscht Totenstille, während wir auf das Geräusch der Feuerwehr mit ihrer Sirene warten. Meine Kehle ist völlig ausgetrocknet. Der Himmel ist sternenklar. Morgen wird schönes Wetter sein.

Die Sirene heult wie verrückt. Ein Junge kommt hergerannt und sagt mir, daß das Feuer voll lodert. Es ist die Halle der Evangelischen Kirche, die jetzt von den Flammen verschlungen wird. Es macht mir nichts aus.

Wir zerstören die Glastüren und stürmen mit Fackeln hinein. Die anderen füllen ihre Körbe mit Verpflegung, Kleidern und anderen Sachen. Tagata und ich rennen hinauf und stürmen das Büro. Ich reiße die Schubladen auf und knacke den kleinen Safe. Wir stopfen unsere Taschen voll mit Geld, laufen die Treppen hinunter und zur Vordertür hinaus.

Die Scheinwerfer des Polizeiautos streifen uns einen Augenblick lang, als wir über die Straße hechten und im Schatten am Ufer entlangsprinten.

»Stop!« rufen die Polizisten. Wir rennen weiter an der Werft vorbei. Tagata ist zu langsam; sie werden uns einholen. Ich bleibe stehen.

»Ein paar Bastarde haben die Bullen benachrichtigt!« sagt er. Ich gebe ihm den Geldsack.

»Du gehst voraus!« sage ich ihm. Er mag nicht. Ich stoße ihn vorwärts. Er verschwindet. Ich reiße das Hemd weg und tauche hinter dem Holzzaun unter.

Ich höre, wie mir einer dicht auf den Fersen ist. Ich hüpfe hinter ihn, schlage ihm mit der offenen Hand auf den Hals, wie es der Detektiv im Film getan hat, und er bricht lautlos zusammen. Ich mache kehrt und renne Richtung Mulinuu, um die Verfolger von Tagata abzulenken. Die Schatten bergen mich.

Ich höre sie hinter mir, springe hinter den Baum vor dem Crown-Estates-Gebäude. Die Schritte kommen auf mich zu. Ich trete hervor. Er ist zu langsam. Ich hole aus und trete ihm in die Eier. Stöhnend bricht er zusammen. Ich trete ihn nochmals in den Bauch, um sicherzugehen, daß er auch liegenbleibt.

Sie verfolgen mich immer noch. Das Licht der Straßenlaternen fällt auf mich. Ich breche durch die Hibiskushecke vor dem Casino-Hotel. Ich ducke mich zu spät. Der Nachtwächter sieht mich so klar wie das Sonnenlicht. Ich kehre ihm den Rücken, obwohl ich mir ganz sicher bin, daß er mich wiedererkennen würde.

Ich schaue mich um. Die Polizisten sind vor dem Crown-Estates-Gebäude. Ich renne hinter eine Hecke, dann wieder ins Dunkel und zurück über die Straße, springe auf den Strand und hinein ins Meer.

Die Kälte stachelt mich auf, gibt mir meinen Atem wieder. Ich schwimme ruhig auf die Boje in der Mitte des Hafens zu. Weit draußen, lasse ich mich von ihr tragen und schaue zurück zum Strand. Die Scheinwerfer der Polizei schwenken hinter das Casino, in Richtung Mulinuu. Ich bin in Sicherheit.

Die Boje unter mir hebt und senkt sich. Meine Zähne klappern aufeinander. Die Lichter der Stadt brennen alle. Am einen Ende brennt die Evangelische Kirchenhalle schnell zu Boden, mit einer großen Menschenansammlung und hilflosen Feuerwehrmännern davor.

Der Wind läßt mich vor Kälte erschauern, während am Himmel die Sterne vor sich hinlachen. Furcht durchströmt mich, wenn ich an den Nachtwächter denke.

Ich warte, bis die Kirchenhalle zusammenbricht und die Flammen langsam verlöschen. Meine Knochen sind steif und schmerzen. Ich tauche ins Meer hinein und schwimme auf den Markt zu.

Tagata öffnet mir daheim die Tür, als ich anklopfe. Ich falle ihm in die Arme. Er drückt mich auf einen Platz und reicht mir ein Handtuch. »Sie haben niemanden erwischt«, sagt er. »Aber die

Polizei wird mit Sicherheit hier aufkreuzen. Sie machen das immer so.«

Er stützt mich, als wir nach Hause eilen. Wir halten uns im Schatten. »Ganz wie im Kino«, sagt er, um mich aufzumuntern. Ich nicke.

Am nächsten Morgen verlasse ich das Haus nicht. Am Nachmittag stürmt Tauilo in die Fale. Ich höre, wie er über die Leute flucht, die seinen Laden geplündert haben. Ich ziehe mich an und gehe zu ihm ins Wohnzimmer. Er liest in seinen Rechnungsbüchern. Er schaut mich kurz an und dann wieder in seine Aufzeichnungen.

»Worüber grinst du?« fragt er. Ich sage nichts, sehe ihn bloß an. Er wirkt schlaff, seine Haare sind leicht ergraut. Wir sind beide gleich groß, und, was die Stärke betrifft, werde ich ihn bald eingeholt haben. Er hat fünf Läden in Sapepe und in anderen Dörfern, zwölf Busse und Anteile an vielen Geschäften. Außerdem zwei Papalagi-Häuser, sechs Lastwagen, etwa sechshundert Hektar der besten Plantage, jede Menge Geld auf der Bank, einen Rechtsanwalt und ganz Sapepe unter seiner Fuchtel. Ich muß fast lachen, wenn mir der Gedanke kommt, daß ich jetzt sein einziger Erbe bin. Ich, der nichtsnutzige, einzige Sohn. Er wirkt lächerlich mit seiner halb heruntergerutschten Brille. Er braucht die Augengläser eigentlich gar nicht, er sieht aus, als ob er eine Predigt vorbereite.

Lupe kommt herein und setzt sich. Ich schaue sie vom anderen Ende des Zimmers, wo ich sitze, an und merke, daß das Leben wieder Einzug in sie zu halten scheint, während sie Tauilo anblickt, wissend, daß er bestohlen worden ist. Und ich glaube auf einmal, daß sie ihn in gewisser Weise haßt.

»Etwa tausend Pfund Schaden an Waren und Geld!« sagt er und steht auf.

»Was ist denn passiert?« fragt Lupe, als ob sie nicht schon alles wüßte. »Hol mir einen Whisky«, sagt er. Nichts an ihr rührt sich. Ich hole ihm einen.

Lupe verläßt das Zimmer und geht in den Garten. Ich schaue

ihr vom Fenster aus nach. Sie fängt an, Blumen zu pflanzen. Es ist das erste Mal, daß ich sie dabei gesehen habe.

Ich schenke Tauilo noch einen Whisky ein und gehe dann fort zum Markt.

Drei Polizisten unterhalten sich mit Tauilo, als ich am Abend zurückkehre. Ich verspüre keinerlei Furcht und setze mich hin. Ich kenne die Polizisten alle. Der eine von ihnen ist Galo, der Unterwachtmeister; ich kenne ihn noch aus der Zeit, als ich bei Tautala gewohnt habe. Tauilo scheint über etwas sehr aufgebracht zu sein. Ich warte mal ab. Die Polizisten sehen mich nicht an.

»Warst du es, Junge?« fragt mich Tauilo. Ich schaue verblüfft drein. »Hast *du* unseren Laden ausgeraubt?« Ich schüttele den Kopf. »Seht ihr, mein Sohn sagt, er hat es nicht getan«, sagt Tauilo zur Polizei. »Und mein Sohn erzählt mir keine Lügenmärchen!«

Die Polizisten sehen einander an; sie haben Angst vor Tauilo. »Der Nachtwächter beim Casino meint aber, daß es Ihr Sohn war, der es getan hat, Herr«, sagt Galo behutsam zu Tauilo.

»Glaubt ihr denn ihm oder mir?« warnt Tauilo. Galo blickt zu Boden. »Pepe ist kein Lügenbold. Er ist mein eigen Fleisch und Blut!«

»Sie tun nur ihre Pflicht«, sage ich zu Tauilo. »Stell mir doch irgendwelche Fragen«, wende ich mich an Galo.

»Macht schon«, sagt Tauilo, »fragt ihn irgendwas. Er wird euch schon sagen, daß er's nicht gewesen ist.«

Galo räuspert sich und fragt mich: »Wo bist du letzte Nacht gewesen?«

»Hab in meinem Zimmer geschlafen«, sage ich.

»Kannst du das beweisen?«

Ich schaue Tauilo an und möchte plötzlich, daß er für mich lügt. »Fragt meinen Vater«, sage ich zu Galo. Es herrscht Stille.

»Ja, er hat hier geschlafen«, sagt Tauilo.

»Habt Ihr das denn gesehen, Herr?« fragt Galo.

»Selbstverständlich habe ich das gesehen. Nehmt ihr nicht mein Wort darauf?«

Und sofort sind die Polizisten verloren. Tauilo bemüht sich, mich nicht anzusehen. Ich platze vor Lachen heraus, und die Polizisten sehen verdutzt aus.

»Ich hab's getan«, sage ich ihnen. Sie schauen etwas entsetzt drein. Tauilo dreht mir den Rücken zu. »Ich hab's allein getan.«

»Bist du sicher?« fragt Galo.

»Ganz sicher«, erwidere ich. Ich stehe auf. »Gehen wir jetzt?« Ich gehe auf die Tür zu.

»Er erzählt euch ein Lügenmärchen!« ruft Tauilo aus.

Ich bleibe stehen und schaue ihm ins Gesicht. »Mein Vater ist der Lügenbold«, sage ich zu den Polizisten und gehe nach draußen.

Die Polizei folgt mir.

Tauilo schmettert die Tür hinter uns zu.

6 *Gerichtsverfahren gegen den Eingeborenensohn*

Galo bringt ein Frühstück aus Tee und Brot mit Butter und Marmelade in meine Zelle. Er setzt sich mir gegenüber, während ich esse. »Weißt du was?« sagt er.

»Was?« Das Brot und der Tee schmecken gut, denn ich habe einen Tag lang nichts gegessen.

Er schaut an mir vorbei und sagt: »Du kannst frei sein.«

»Kann ich noch etwas Tee haben?« frage ich. Er schenkt mir noch eine Tasse ein.

»Sie nennen es schon ›Der Große Raubüberfall‹.«

»Wer?«

»Jeder, sogar meine Söhne. Du bist der Held der Geschichte. Sie werden noch Lieder über dich verfassen. Aber ich, ich werde den Bösewicht darin spielen. Es stört mich aber nicht, denn ich tue nur meine Pflicht.«

»Wie lange bist du schon bei der Polizei?« frage ich.

»Seit zwanzig Jahren.«

»Eine lange Zeit. Gefällt dir dein Beruf?«

»Es ist ein Beruf, den jemand ausüben muß«, sagt er.

Wir sagen eine Weile lang nichts.

»Du kannst frei sein«, sagt er.

»Wie?« Ich halte ihm meine leere Tasse hin. Er füllt sie nach.

»Der Nachtwächter kann nicht beweisen, daß du schuldig bist. Er stellt nur die Behauptung auf.«

»Aber er sagt die Wahrheit.«

»Deine Behauptung steht gegen seine Behauptung«, sagt er. Ich reiche ihm die leere Tasse und die Eßplatte.

»Vor wem hast du Angst?« frage ich. »Vor meinem Vater?« Er gibt mir eine Zigarette. »Pepe, ich kenne dich schon lange Zeit. Du hast alles – Geld, Verstand, eine Zukunft. Ich dagegen habe neun Kinder und eine große Familie. Ich habe gekämpft, um da zu sein, wo ich heute bin.«

»Galo, ich bleibe bei dem, was ich gesagt habe.«

»Ist das dein Ernst?« fragt er. Ich nicke. »Brauchst du sonst noch irgendwas?« Ich schüttele den Kopf. »Gib nicht mir die Schuld daran, Pepe.«

»Für was?«

»Für das, was ich dann tun muß.«

»Es ist deine Pflicht«, erwidere ich.

»Ja, es ist meine Pflicht«, sagt auch er. Dann geht er hinaus.

Am Nachmittag, als es heiß in meiner Zelle wird, kommen sie und bringen mich aufs Büro zum Verhör. »Wem gibst du die Schuld daran? Wer war mit daran beteiligt?« fragen sie ohne Unterlaß. Aber ich bleibe bei meiner Geschichte. Sie machen noch stundenlang weiter, bis sie vor Schweiß triefen und ihre Uniformen durchnäßt sind. Galo leitet das Verhör; er macht seine Arbeit gut.

»Ich habe auch jene Polizisten zusammengeschlagen und die Halle niedergebrannt«, füge ich hinzu, merke aber, daß sie nichts als Beweis aufschreiben.

»Wenn wir dich des Raubes, der Brandstiftung und des Überfalls anklagen«, sagt Galo, »wird dich der Richter lange Zeit ins Gefängnis stecken.«

Aber ich bewege mich nicht von der Stelle.

Der Papalagi-Bevollmächtigte tritt ein und setzt sich neben Galo. Er raucht und beobachtet mich, während die anderen ihr Verhör fortsetzen. Der Bevollmächtigte, so haben mir die Bewohner von Vaipe gesagt, ist ein grausamer Mann. Es kursieren Geschichten über Mr. Towers (so lautet sein Name), die beschreiben, wie gern er andere Menschen leiden sieht. Seine Frau hat ihn nach einem Jahr auf Samoa verlassen und ist nach Neuseeland zurückgekehrt. Towers gibt sich mit vielen Frauen ab, vor allem, nachdem er jemanden leiden gesehen hat. Einige Jahre zuvor sind drei Männer aus dem Tafaigata-Gefängnis entkommen, und einer hat Towers eine Gewehrkugel in die Lunge gejagt. Man sagt, daß diese Kugel noch immer da sitze und ihn langsam vergifte.

»Warum erzählst du uns alle diese Lügen, Junge?« fragt mich Towers unvermittelt auf englisch. »Du hast das auf keinen Fall alles allein getan.« Galo übersetzt alles auf samoanisch.

»Haben Sie auch Angst vor meinem Vater?« frage ich ihn auf englisch. Towers springt auf.

»Junge, dein Vater ist ein guter Mann. Ich weiß nicht, wie er dazu kommt, einen so schlimmen Sohn wie dich zu haben«, sagt er. Ich erwidere nichts, starre ihn nur an. »Hältst du was von Religion, Junge?«

»Es interessiert mich nicht«, sage ich.

»Liebst du deine Mutter, Junge?« Er lächelt jetzt. Ich mißtraue diesen Fragen, denn sie haben nichts mit meinen Vergehen zu tun. »Liebst du sie?« wiederholt er.

»Ja«, sage ich.

»Du lügst, du bist nie zu Hause, kümmerst dich nicht um sie. Du richtest sie langsam zugrunde. Habe ich recht?« Ich erwidere nichts. Ich merke, daß Galo nun alles niederschreibt. Das verblüfft mich.

»Wenn du ein Christ bist, weshalb steckst du dann die Evangelische Kirchenhalle an?« fragt Towers als nächstes.

»Weil Gott nicht darin wohnt und ich nicht gerne Häuser anzünde, in denen Menschen wohnen«, gebe ich zur Antwort.

»Bist du ein Atheist?« Towers ist gerade wie der Pfarrer auf der Kanzel, wie Tauilo.

»Was ist ein Atheist?« frage ich.

»Er ist ein Atheist«, sagt Towers zu Galo. »Schreibt das auf!« Galo schreibt es in sein Buch. Die anderen Polizisten blicken mich seltsam an, so als hätte ich einen Aitu in mir sitzen. »Bringt die Bibel!« befiehlt ihnen Towers. Als das Schwarze Buch gebracht wird, hält Towers es mir hin und sagt: »Nimm es.« Ich lächele und nehme es. »Bist du bereit zu schwören, daß du den Raub, die Brandstiftung und den Überfall allein begangen hast, Junge?« Ich nicke mit dem Kopf. Es ist alles lächerlich. Die anderen Polizisten sehen verängstigt aus; vielleicht warten sie darauf, daß ihr Gott mich totschlägt, wenn ich beim Schwarzen Buch lüge.

»Sag es!« spricht Towers.

»Ich schwöre bei eurem allmächtigen Gott und eurem allmächtigen Buch, daß ich euren Laden geplündert und eure Polizei zusammengeschlagen habe. In Ordnung?« sage ich. Während ich das sage, schaut Galo nach oben, als ob er den heiligen Blitzstrahl erwarte, auf daß er herabfahre und mich wie die Kirchenhalle zu Asche verbrenne.

»Und daß du die Gotteshalle niedergebrannt hast«, fügt Towers hinzu.

»Und daß ich eure Halle zu Asche verbrannt habe«, sage ich.

»Schreibt das auf. Jedes einzelne Wort!« weist Towers Galo an.

»Was beweist das Ganze eigentlich?« frage ich. Towers lächelt.

»Du wirst es schon noch herausfinden. Warte nur, bis du vor *ihm* erscheinst.«

»Vor ihm?«

»Vor dem Richter. Er wird dich für lange Zeit zur Zwangsarbeit wegstecken!« Er lacht zum ersten Mal. Einige der Polizisten lachen mit, als ob der Scherz auf mich gemünzt sei. Es hat etwas mit dem Richter zu tun, aber ich verstehe noch nicht ganz.

An diesem Abend, bevor die Sonne voll untergegangen ist, führt Galo Lupe in meine Zelle. Ich wende mich von ihr ab, denn es ist nicht mehr die Lupe, die ich gekannt habe. Sie steht da und weint. »Hör auf zu weinen«, sage ich ihr.

»Pepe, sag ihnen, daß du es nicht getan hast, bitte!« fleht sie.

Ich drücke sie auf das Zellenbett hinunter. Zum Fenster hinaus schaue ich zum blutroten Westen, wo Sapepe liegt und immer liegen wird, und wo die lebendige Lupe, die ich geliebt habe, begraben ist. Und ich kann das Tauilo nie verzeihen. »Pepe, bitte sag ihnen, was sie hören wollen. Du bist alles, was mir noch geblieben ist!«

»Es ist zu spät«, sage ich. Ich weiß nicht, was ich ihr sonst sagen soll.

»Es ist nicht zu spät. Sie haben mir gesagt, wenn du beichtest, werden sie dich freilassen!«

»Du verstehst das nicht«, sage ich. »Jetzt nicht mehr.«

»Aber ich versteh doch, Pepe!«

»Wir sind jetzt zwei verschiedene Leute.«

»Sag ihnen alles, Pepe. Ich versteh ja, daß du ihnen nicht deine Freunde nennen willst. Das hat mir Tauilo gesagt!«

So weiß ich denn, daß Tauilo und die anderen sie schon wieder benutzen. »So machst du das also für Tauilo?« Ich drehe mich um, um ihr ins Gesicht zu sehen.

»Nein Pepe. Es ist für mich, deine Mutter!«

»Du hast inzwischen vergessen, was er dir angetan hat und was er dir jetzt antut! Er hat dich zugrunde gerichtet – und ich hasse ihn darum!«

»Er liebt mich, Pepe. Er liebt auch dich immer noch«, heult sie. Und ich muß mich abwenden vor der Qual und dem Tod der Frau, der ich meine Geburt und mein Leben verdanke.

»Es ist besser, wenn du jetzt gehst. Es ist zu spät, zu spät«, sage ich zu ihr. Sie bricht wieder in Tränen aus, und ich möchte meine Ohren und mein Herz vor ihr verschließen, vor der schönen Erinnerung an sie – früher in Sapepe, in den Jahren meiner Kindheit, bevor Tauilo alles zerstörte. »Galo!« rufe ich.

Er tritt herein, schaut erst auf sie, dann auf mich, und ich kann an seinen Augen die Abneigung mir gegenüber ablesen. »Bring sie nach draußen«, sage ich zu ihm. Ich drehe mich zum Fenster. Die Sonne ist in Sapepe, am Ende der Welt, versunken.

Ihre Schritte verblassen in meinem Leben.

Der Gerichtssaal ist wie der Innenraum der Kirche in Sapepe. Zu meiner Linken ist das hohe Pult, auf dessen Thron der Richter sitzen wird. An der Wand hinter ihm ist eine Abbildung der Flagge von Neuseeland und von Samoa. Ich sitze vor dem Pult mit dem Rücken zu den Fenstern, die auf die Hauptstraße und den Hafen gehen. Mir gegenüber am Schreibtisch sitzt der Staatsanwalt. In seiner Polizeiuniform. Zu seiner Rechten steht ein hölzerner Käfig mit einer Bank drinnen. Hier sitzt normalerweise der Angeklagte, aber da ich mein eigener Verteidiger bin, brauche ich da nicht Platz zu nehmen. Das Publikum strömt unablässig herein und setzt sich auf die Bänke, die sich in einer Reihe rechts im Hintergrund erstrecken – alle mit Blick auf das Pult. Bald ist der Saal voll, und die Gemeinde guckt mich an. Der Richter hat Verspätung. Zwei Reporter kommen herein und setzen sich neben den Staatsanwalt. Sie schauen mich mit leeren Augen an; alles, was sie wollen, sind Neuigkeiten. Ein paar Leute der Gemeinde unterhalten sich, und ich weiß, daß es dabei um mich geht. Sie werden mit ihren Geschichten ins Dorf zurückkehren und sie herumerzählen. Die meisten meiner Vaipe-Freunde befinden sich unter den Versammelten.

»Steh auf!« befiehlt mir der Polizist, der jetzt hereinkommt und sich vor dem Pult aufstellt. Die Polizisten hinter mir sagen, ich solle aufstehen. Stillschweigen. Keiner rührt sich.

Die Tür hinter dem Pult zur Rechten geht auf. Der Richter tritt herein. Mit dem schwarzen Seidengewand, der Perücke, den glänzendschwarzen Schuhen und der Metallbrille sieht er aus wie ein Priester. Mein Richter, mein Priester, mein Beichtvater. Er schaut niemanden an. Die Schritte seiner Schuhe tappen über mein Herz und hinauf zu seinem Pult und Thron.

Die Versammelten neigen ihre Köpfe. Das Schwarze Gewand, mein Richter, betet. Ich fange mit Beklommenheit an zu verstehen, warum der Bevollmächtigte und die Polizei mir Fragen über Religion und Gott gestellt haben.

Man sagt mir wieder, ich solle aufstehen.

Einer von der Polizei liest mit lauter Stimme die Verbrechen vor, die ich begangen habe. Die Versammelten seufzen erstaunt.

»Bekennst du dich schuldig oder nicht?« fragt der Polizist.

»Schuldig«, erwidere ich. Das Publikum murmelt voller Überraschung, weil ich nicht kämpfe. Die Reporter schreiben.

Das Schwarze Gewand will sprechen – will wissen. »Bringt ihn nach vorne«, befiehlt es. Die Polizei führt mich hoch, so daß ich vor das Pult zu stehen komme.

Ich beginne, mich zu fürchten, möchte aber wissen, wer das Schwarze Gewand ist. Ich schaue zum Gesicht hoch. Es sitzt bleich hinter seinen Gläsern und hat einen schmalen Mund. Die Augen sitzen tief unter der Stirn und blicken ausdruckslos, wie die Augen der Eule, die in alten Zeiten einmal die Gottheit der Familie Tauilopepe war. Den Kopf krönt eine Perücke. Der Rest ist so schwarz wie nasses Flußgestein. Es ist ein Gesicht, das man überall sehen kann, ohne es besonders zu beachten, weil es das Gesicht von jedermann ist, das man gleich wieder vergißt. Es spielt auch keine Rolle, ob das Gesicht nun weiß, schwarz, braun oder gelb ist.

Das Schwarze Gewand hebt zu sprechen an.

»Wie lautet dein Name?« fragt es mich auf englisch. Der Übersetzer fängt an zu übersetzen. Ich heiße ihn schweigen. Die Augen des Schwarzen Gewandes funkeln einen Augenblick lang und blicken dann tot. Ich will mir meinen Scherz erlauben.

»Meine Name ist Pepesa, Sohn Sapepes und der Gottheiten Sapepes«, erkläre ich auf samoanisch. Die Versammlung murmelt überrascht. Man weiß jetzt, daß ich doch kämpfe, eine gute Show abziehe wie im Kino.

»Pepesa? Weshalb Pepesa?« fragt es auf samoanisch.

»Nach dem Sapepe-Helden, der alle Gottheiten herausgefordert und gewonnen hat«, erwidere ich. Doch das Schwarze Gewand lächelt nicht, zeigt auch keine Belustigung.

»Gut. Aber weshalb, Sohn der Gottheiten?« fragt es.

»Weil mein Stammbaum so aussieht!« Ich fühle mich entspannt und möchte ihm alles sagen, weil es meinen Scherz ernst nimmt.

»Voller Gottheiten?« fragt es.

»Ja, voller Gottheiten.«

»In unserem Jahrhundert?«

»Ja, in unserem Jahrhundert«, scherze ich fort. Es denkt einen Augenblick lang nach.

»Dies ist das zwanzigste Jahrhundert. Es gibt einen einzigen Gott.« Es schaut mich durchdringend an. Dies ist für es kein Scherz, und es weiß noch nicht, wer ich bin. »Du weißt, wer die Missionare waren?«

»Ja, das weiß ich.«

»Wer?«

»Sie brechen durch den Himmel unserer Welt und bringen Gewehre und die neue Religion und den neuen Gott. Sie treiben meine Gottheiten in den Busch und die Berge, wo sie heute fortleben«, erkläre ich, mir das Lachen verbeißend. Einige der Versammelten sprechen laut miteinander. Das Schwarze Gewand läßt den Hammer heruntersausen.

»Die Missionare haben das Licht gebracht!« Die Stimme klingt so hart wie die Metallfassung seiner Brille. Ich höre die Stille um mich herum und in mir.

»Es ist nicht an mir, zu sagen, ob die Missionare das ›Licht‹, wie Ihr es nennt, gebracht haben«, erwidere ich. Der rechte Arm des Schwarzen Gewandes erhebt sich wie der Flügel eines schwarzen Vogels. Es scheint allmählich zu erkennen, wer ich bin.

»Warum nicht?« verlangt es zu wissen.

»Weil sie tot und aus der Welt sind, ich aber noch hier bin. Wir sind noch immer hier«, sage ich. Einige der Versammelten unterhalten sich wieder. Der Hammer macht bumm-bumm-bumm! Es herrscht wieder Stille. Es hustet, nimmt das Glas und trinkt seine Arznei. »Ich kann dir nicht glauben«, sagt es, nachdem es sich den Mund abgewischt hat. »Bist du Christ?« Und ich begreife jetzt, warum mir die Polizei all jene Fragen gestellt hat, und mein Mut, Scherze zu machen, verläßt mich. »Bist du Christ?« wiederholt es.

Eine Verhandlungsszene aus einem amerikanischen Gangsterfilm fällt mir ein, und ich erwidere: »Ich möchte diese Frage nicht beantworten, weil sie gegen mich verwendet werden kann!« Einige der Leute lachen. Es bringt sie mit seinem Hammer zum Schweigen.

»Nun, Junge, wenn du nicht ganz bei der Sache bleibst, werde ich dich empfindlich bestrafen. Verstehst du?« sagt es. Das Schwarze Gewand hat keinen Sinn für Humor, wie alle anderen Priester und Götter der modernen Art. Aber ich kann meine Herausforderung nicht zurücknehmen, denn ich bin sie Pepesa schuldig. »Ich wiederhole, Junge, BIST DU CHRIST?« Alle erwarten sie meine Antwort.

»Ich weiß es nicht, weil ich nicht weiß, was ein Christ ist«, höre ich mein Ich laut sagen.

»Gehst du zur Kirche?«

»Einmal bin ich gegangen«, erwidere ich. Es sagt nichts darauf.

»Warum hast du das Haus Gottes abgebrannt?« fragt es mich langsam.

»Um die Polizei fernzuhalten von dem Laden, den ich gerade ausraubte.«

»Lüge nicht, Junge. Du hast bereits gesagt, daß du ein Gottesverleugner, ein Heide bist!« Es macht eine Pause und sagt dann: »Ich frage dich noch einmal: Glaubst du an Jehova?« Ich schüttele den Kopf. »Sprich!«

»Nein!« erwidere ich. Die Gemeinde ist in Aufruhr geraten; die Mehrzahl der Leute ist nun gegen mich. Das Schwarze Gewand bringt sie zum Schweigen.

»Warum glaubst du nicht an *unseren* Gott?« fragt es dann.

»Das versteht Ihr doch nicht«, sage ich.

»Gib jetzt eine Antwort!« befiehlt es. Plötzlich gewinne ich den Eindruck, daß es sich vor mir fürchtet.

»Weil ich weiß, daß es keinen gibt.«

»Wieso?« sagt es schnell.

»Wegen dem, wer und was ich bin.«

»Und was ist das?« Es scheint belustigt zu sein.

»Ihr seid es gewesen, der mir gesagt hat, wer ich bin«, erwidere ich und schaue geradewegs in die Metallbrille hinein.

»Ein Heide?« Es lächelt. Ich verneige den Kopf. »Dann lebst du im Dunkeln und hast nichts.«

Ich schaue auf und sage: »Ich habe die Dunkelheit und mich selbst.« Es seufzt um meinetwillen und um dessentwillen, was es mir antun wird. »Kein Wunder, daß du das Verbrechen begangen hast. Du bist böse. Du bist krank.« Es hält einen Moment lang inne. »Glaubst du, daß es etwas oder jemanden gibt, der Gott ähnlich ist?« fragt es. Es ist noch immer nicht zufrieden.

Ich nicke langsam mit dem Kopf. Ich weiß, wie die nächste Frage lauten wird, und spüre, daß ich nicht länger den Mut habe, sie ehrlich zu beantworten, weil man mich ja doch nicht versteht, je verstehen wird.

»Was ist es dann?« Es lehnt sich nach vorne. Ich höre, wie es atmet. »Sag schon.«

»Ich habe nur meine Dunkelheit und mein Ich, das in meiner Welt lebt, deshalb …« Ich breche ab.

»Deshalb was?«

Ich schaue direkt in sein Gesicht. »Deshalb bin ich mein eigener Gott.« Seine Lider zucken. Die Versammlung ist wie erschlagen. Der Verbrecher ist übergeschnappt, denkt man jetzt. Einige Leute lachen.

»Nun weiß ich, weshalb du all jene schlimmen Dinge verübt hast. Du bist ein Opfer deines eigenen Wahns. Der Teufel hat dich in die Irre geführt.« Es macht eine Pause. »Deshalb werde ich nachsichtig – jawohl, nachsichtig – mit dir verfahren. Dein Vater ist ein guter Mann. Vielleicht wirst du so wie er werden, nachdem wir dir im Gefängnis beigebracht haben, wieder einer von uns zu sein. Du warst der vollkommene Sohn, der vom Weg abgekommen ist und zum verlorenen Sohn wurde. Kein menschliches Wesen kann Gott verkörpern, Junge. Es gibt nur einen Gott …«

Während es so redet und redet, kommt es mir vor, als ob ich wieder meinem Vater Tauilo zuhöre und all den Predigern auf ihrem hölzernen Thron, die nicht mal ihre eigene Mitteilung hören, weil ihre Herzen aus Stein sind. »Wir werden um deine Reue beten, um die Heilung deines Wahns durch unseren Liebenden Vater«, beschließt es seine Predigt. »Hast du noch irgend etwas zu sagen, Pepe?« fragt es. Dies ist das erste Mal, daß es mich beim Namen nennt.

Was würde es nützen? Die Welt ist nun ihre Welt, und sie würden nichts verstehen von dem, was ich sage. So schüttele ich den Kopf. Ich drehe mich um und blicke auf die Versammelten. Außer meinen Freunden schauen sie mich alle mit ihrem Stillschweigen an, als ob ich der Aitu sei, den die Missionare verbannt haben. Es steht eine Welt zwischen uns, spüre ich. Ein steinerner Himmel, ein steinerner Fluß, ein Stillschweigen, so tief wie eine Grabtür sind zwischen ihnen und mir und den Leuten, die wie ich sind. Ich kann nichts tun, um das zu ändern. Nichts.

Die Polizei läßt mich meinen Platz wieder einnehmen.

Das Schwarze Gewand erhebt sich. Wir stehen da und warten darauf, daß es seinen Thron verläßt. Es kommt die Stufen herab. Plötzlich stolpert es auf seine Knie, die Perücke fällt ihm vom Kopf. Schwarzes Menschenhaar. Das Schwarze Gewand ist schließlich doch menschlich, nackt ohne seine Perücke aus Macht. Er schaut mich an, greift seine Perücke, setzt sie auf und eilt zur Tür hinaus – verjagt durch mein Lächeln.

Ich bekomme vier Jahre Zuchthaus.

7 *Tod des Heiligen Kriegers*

Die ersten paar Monate nach dem Gefängnis verbringe ich mit Tagata bei mir daheim. Wir gehen aus, ins Kino und zum Billardsalon, aber damit hat es sich. Als mich Tauilo das erste Mal wieder trifft, sagt er: »Du kannst dankbar sein, daß ich sie davon abgehalten habe, dich so lange wegzuschicken, wie du's in Wirklichkeit verdient hättest.« Ich sage nichts. Sehe reuig aus. Er gibt mir etwas Geld. »Wenn du deine Lebensweise änderst, komm nach Sapepe. Du bist immer noch mein Sohn.« Doch ich weiß, daß das nur Worte sind. Er schämt sich meiner.

Ich denke mehr und mehr an Sapepe und Toasa. Meine Verwandten halten mich auf dem laufenden über Toasa. Seit ich ins Gefängnis gekommen bin, so sagen sie, verläßt Toasa kaum noch seine Fale. Er verbringt die Zeit damit, Karten zu spielen, Taue zu flechten und bloß auf die Straße hinauszuschauen, als ob er auf jemanden warte – auf mich. Sie sagen, daß er langsam den Verstand verliere, weil er alt werde, und daß er recht oft krank sei. Jedes Wochenende schicke ich einen Verwandten mit Nahrungsmitteln und Geld bei ihm vorbei, sage dem Verwandten aber, er solle Toasa nicht verraten, von wem diese Sachen sind. Toasa ist das einzige starke Bindeglied, das ich noch zu Sapepe habe. Taifau hat sich inzwischen verändert. Manchmal denke ich an Faitoaga, weiß aber, daß mit ihm alles in Ordnung ist, weil ihn Tauilo weder ändern noch ihm schaden kann.

Das schrille Wehklagen weckt mich wie ein Alptraum aus dem Bett. Ich springe hinaus. Es ist Lupe, sie schlägt sich mit den Händen ins Gesicht. Ein Bote aus Sapepe steht ihr gegenüber.

»Was ist los?« frage ich ihn. Er gibt mir zögernd Auskunft. Heiß hämmert es an meine Schläfen. Ich setze mich. Lupes Wimmern ist auch der Ausdruck meines Schmerzes: Toasa ist tot. Tot. Der Vater meines Lebens verfällt zu Asche. Der Heilige Krieger, der mich die Weisen des Meeres und des Busches und der Menschen gelehrt hat, der erzählte von unserer alten Welt, so alt wie die Erinnerung von Sapepe, so alt wie meine Liebe zu ihm. Er ist tot, der Banyanbaum, und ich bin die Hülse, die auf der Erde wie der schattenlose Mittag umherwandern wird.

Den ganzen Weg nach Sapepe im Lastwagen versuche ich, die Kindheit mit Toasa wieder einzufangen, aber die Erinnerungen verflüchtigen sich wie Moskitos, die einen stechen und dann fort sind, bevor man sie fangen kann. Alles außerhalb des Lastwagens ist genauso nutzlos wie die Fotos, die an den Wänden von Tauilos Haus herumhängen. Es hat keine Bedeutung. Die Reise ist wie eine Rückkehr an einen Ort, von dem ich nie abstammte – in eine Welt, in die nur Pepe, der Junge, gehört.

Der Lastwagen hält vor unserem Haus in Sapepe. Ich werde mir bewußt, daß ich Stadtkleidung trage, also gehe ich ins Haus, um einen von Tauilos Lavalava anzuziehen, und lege mein Hemd ab. Als ich wieder herauskomme, sind da viele Freunde aus meiner Kindheit auf der Veranda unseres Ladens. Sie schauen mich an und ich sie. Es steht jetzt eine Welt zwischen uns. Ich beuge den Kopf und gehe in Richtung Toasas Fale.

Ich halte unter den Palmen. Die Fale ist voller Leute und von Leuten umgeben. Unter den Bäumen und in den nahe gelegenen Häusern sind noch mehr Leute. Ich sehe die Berge von Nahrungsmitteln hinter der Fale und fühle mich plötzlich schuldig: Ich habe nicht das geringste zum Begräbnis meines Vaters mitgebracht. Ich gehe zur Küchen-Fale und setze mich auf das Paepae. Sie alle beobachten mich wie einen Fremden. Ein paar Kinder kommen und stehen um mich herum. Toasas Familie scheucht sie weg. »Es ist Pepe«, höre ich einige Leute zu anderen sagen. Die Leute in der vorderen Fale drehen sich um und schauen mich nun auch an. Der verlorene Sohn ist zurückgekehrt, lese ich in ihren Augen. Eine Hand fällt auf meine Schulter. Ich gucke hoch. Es ist Faitoaga.

»Bist du gekommen?« sagt er zur Begrüßung. Ich nicke mit dem Kopf. »Er hat auf dich gewartet, aber du bist nie gekommen.«

»Nun ist es zu spät«, höre ich meinen Mund sagen.

»Er wird froh sein, daß du zu seinem letzten Tag gekommen bist. Bevor er gestorben ist, hat er mich gebeten, dir zu sagen, du sollest ihm doch bitte verzeihen«, sagt Faitoaga. Ich schaue ihn an. »Er sagte, es sei seine Schuld gewesen, daß du der geworden bist, der du bist. Es war seine Schuld, sagte er.«

»Es war nicht seine Schuld«, erwidere ich. Wir sagen eine Weile lang nichts. Mehr und mehr Leute treffen ein.

»Magst du hineingehen und ihn sehen?« fragt Faitoaga.

Sie alle beobachten uns, als wir zur Fale gehen. Die Leute auf dem Paepae machen Platz, und wir treten in die Fale, wobei mein Körper innerlich brennt wie die Steine unter meinen Füßen.

Er ist umgeben von seinen schwarzgekleideten Töchtern, die ruhig in sich hineinschluchzen. Auf ihm liegen Ietoga und weiße Seide. Nur sein Gesicht ist unbedeckt. Ich sehe keinen an. Ich zwinge meinen Körper, zu ihm hinzugehen, zu seinem Gesicht, das der Tod schon etwas schwarz gefärbt hat. Ich küsse seine Kälte, wie es der Brauch verlangt, und setze mich neben seinen Kopf.

Die Frauen hören auf zu weinen. »Pepe ist da, Toasa«, sagt eine seiner Töchter zu seinem Körper.

»Was machst du hier?« durchfährt mich Tauilos Stimme. Aber ich bleibe stehen mit dem Rücken zu ihm und den anderen Sapepe-Matai, die nun alle seine Lakaien sind. Ich neige meinen Kopf und dichte die Worte der Sorge, wie Toasa sie mich gelehrt hat zu dichten, die Totenklage. Dann beginne ich mein Lied, das letzte Scheidelied – etwas, das die meisten Sapepeaner nun für unchristlich, für heidnisch halten:

»Der Heilige Krieger ist gegangen,
ist geflüchtet in die Berge,
und das Meer bricht sich in Blut.
Weh, mein Vater ist verloren im Auge des Sturms.
Seine Flucht ist zunichte ...«

Das Lied, das er mich gelehrt hat, treibt mich in meinen Schmerz, um mich davon zu befreien.

»Sucht nach ihm in den Bergen.
Weh, haltet Ausschau nach ihm in des Meeres Tiefen,
sucht nach ihm im schwarzen Fluß
und in den dunklen Wolken.

Vielleicht ist er im Haus der Sorge.
verbannt ins schwarze Dunkel,
wo ich ihn nicht finden kann …«

»Dein Vater will, daß du gehst, Pepe«, flüstert Faitoaga mir zu. Ich drehe mich um. Tauilo besetzt nun den Pfosten mit dem höchsten Rang, der rechtmäßig Toasa und mir zusteht, weil Toasa ihn mir versprochen hat. »Bitte Pepe, es ist Toasas letzter Tag!« bittet mich Faitoaga. Ich schnelle hoch und zur Fale hinaus. Tauilo rückt zur Seite, damit ich den Vorderausgang benutzen kann.

Ich stehe auf dem Paepae mit dem Gesicht zur Straße und Sapepe und jedem vorbeikommenden Fremden. »Sapepe!« so rufe ich meine Herausforderung. »Ich bin es, Pepesa. Was mein ist und mir von Toasa vermacht wurde, vermache ich nun den Hunden!«

»Bitte, Pepe!« versucht Faitoaga mich abzuhalten.

»Der Mann, der sich als mein Vater bezeichnet, sitzt wie ein Hund auf meinem Platz, und ihr habt alle Angst vor ihm! Sapepe, hörst du mich? Ich vermache euch alle ihm, denn er ist ein Hund, und ihr seid einander wert!«

Keiner wagt es, mich und meine Beleidigungen aufzuhalten. Und man geht mir aus dem Weg, als ich zu Tauilos Haus stürme, Toasas Foto herunterreiße und in Stücke zerfetze.

»Bist du nun zufrieden?« schreit mich Masina an. »Du bist der Verschworene Satans!« Sie kommt mit ihren Klauen auf mich zu. Ich stoße sie zur Seite. Sie verflucht mich. Ich nehme die Bibel, die sich seit der Ankunft der Missionare im Besitz der Familie befunden hat, reiße sie in Stücke und spucke darauf.

Eine Faust landet mir im Gesicht. Es ist die Faitoagas. Er hält mich fest. Seine Einsicht bringt mich zum Weinen.

Er setzt mich in einen Lastwagen und sagt dem Fahrer, er solle mich zurück nach Apia bringen.

Die ganze Nacht sitze ich im Dunkeln in meinem Zimmer. Toasa ist bei mir. Sein Tod hat meine Freiheit fortgenommen. Die Dunkelheit umschließt mich wie mein neues Gefängnis, und ich sehne den anbrechenden Morgen herbei.

Der erste Hahn kräht. Die Brise streicht durch die Fenster sacht ins Zimmer, und ich fasse langsam wieder Mut. Der zweite Hahn kräht. Ich strecke mich aus. Toasa verschwindet allmählich aus meiner Furcht. Der dritte Hahn kräht. Es ist hell geworden. Ich finde den Mut, mich an den Gedanken zu gewöhnen – ohne Haß oder Bedauern –, daß ich nichts, absolut nichts habe, jetzt, wo Toasa gestorben ist.

Das Morgengrauen bringt mir den Schlaf.

Er zerrt mich vom Bett herunter. Ich stoße ihn weg. Er versetzt mir einen Faustschlag. Ich weiche ihm aus. Er holt wieder aus – und noch mal. Ich ziehe mich noch mehr zurück. Kein Wort ist gesprochen worden. Sein Atem keucht mir entgegen. »Du darfst nie deinen Vater schlagen, das ist ein heiliges Gesetz. Was immer er auch tun mag, er ist noch immer dein Vater, und du kannst nichts daran ändern«, höre ich Toasa mich ermahnen. Der Hieb trifft mich ins Gesicht, und ich falle gegen das Bett. Ich stehe auf und biete ihm wieder die Stirn. Seine Faust schlägt mich wieder und wieder ins Gesicht, bis ich blute. Aber ich halte mich auf den Beinen. Ich spüre, wie die Kraft aus mir weicht, als der Schmerz seiner Schläge mir Kopf und Körper umnebelt. Ich gehe in die Knie, erhebe mich aber langsam, indem ich ihn anstarre – das andere Ich, das ich so sehr in meinem eigenen Ich verachte.

»Hör auf! Hör auf damit, bitte!« schreit Lupe.

»Ich werde ihm eine Lektion erteilen, die er nie vergißt!« keucht er. Er schlägt mich, bis ich in die Knie sinke. Ich halte mich am Bett fest und richte mich wieder auf.

»Bitte!« schreit Lupe.

»Du … reicht dir's jetzt?« ruft er. Ich stehe auf und schaue ihm ins Gesicht; Dunkel erfüllt meinen Kopf.

»Es reicht jetzt!« sagt Lupe. »Sag's ihm, Pepe!« Ich weigere mich. Ich bereite mich auf die letzten Schläge vor, die mich niederstrecken werden. Aber er wendet sich ab. Ich höre noch, wie die Tür zuschlägt. Mein anderes Ich ist nun für immer von mir gewichen. Ich breche überm Bett zusammen.

An diesem Nachmittag verlasse ich unser Haus für immer. Ich ziehe um zu Tagata hinter den Markt.

Lupe ist einige Monate darauf gestorben. Ich ging nicht zu ihrem Begräbnis. Tauilo hat sie im großen Stil, mit viel Aufwand und Schein auf dem Apia-Friedhof bestattet. Ein Jahr, nachdem Lupe unter teurem Beton einer Engelsstatue lag, heiratete Tauilo Teuila, eine von Filipos Töchtern, die ungefähr in meinem Alter ist.

8 Lava

»... Diese Welt, die die Menschen glauben, so sehr zu begehren, ist nur wahr im Film, weil Menschen die Filme machen. Verstehst du, was ich meine?« sagt Tagata. Ich schüttele den Kopf. »Okay, laß es mich so erklären«, sagt er. »Hast du die Lavafelder in Savaii gesehen?« Ich schüttele wieder den Kopf. »Vor zwei Jahren bin ich mit Freunden da hingegangen. Du reist meilenweit durch Wälder und viele Dörfer, wo die Menschen die Landschaft verschandelt haben. Und dann ... Und dann ist es da. Du spürst, du bist endlich mitten drin. Begriffen? Als ob du da seist, wo der Friede wohnt, wo alle dreckigen kleinen Plätze und Lügengebäude, die wir uns selbst errichten, keine Bedeutung mehr haben, weil die Lava eben nichts anderes sein kann als Lava. Begreifst du mich?« Er macht eine Pause und schaut mich an. »Die Lava erstreckt sich meilenweit – bis ins Meer hinein. Und nichts sonst. Ein bloßes schwarzes Schweigen wie der Mond, vielleicht. Erinnerst du dich noch an den Film, den wir beide vor Jahren gesehen haben? Nun, gerade so sieht es aus, wie die Mondoberfläche in jenem Film. Eine Lavaflut überall. Aber an manchen Stellen siehst du, wie durch die Risse der Lava kleine Pflanzen sprießen, wie die lustigen Geschichten, die aus unserem steinernen Verstand hervorbrechen. Verstehst du, was ich meine? Es kam mir vor, als ob ich danach mein ganzes elendes Leben lang gesucht habe. Junge, es hat mich die Dinge mit einem Mal so klar erkennen lassen. Daß es ganz egal ist, ob man jetzt Zwerg, Riese oder ein Heiliger ist.« Die Augen Tagatas leuchten hell. »Daß wir alle gleich sind in dem Schweigen, im Nichts, in der Lava. Ich wollte die Lavafelder nicht verlassen, aber … aber man kann da nicht für immer bleiben, weil man an Durst und Hunger sterben würde, falls man bliebe. Es gibt dort kein Wasser und keine Nahrung – bloß Lava. Alles ist Lava.«

9 *Ehefrau und Sohn*

Als ich mit Tagata und den anderen Freunden in der Fale hinter dem Kino sitze und Faamafu trinke, tritt Susana herein. Sie ist die Tochter des Mannes, dem die Fale und das Faamafu gehören, das er zu zwei Schilling pro Flasche verkauft. Sie ist jünger als ich, ist aber das bestaussehendste Mädchen, das ich je gesehen habe. Nach dem Abschluß der Mädchenschule arbeitet sie jetzt als Stenotypistin für den Staat. Als sie hinter den Vorhang auf die gegenüberliegende Seite der Fale geht, hält sie inne und wirft mir schnell einen Blick zu, bevor sie verschwindet. Alle meine Freunde sind hinter ihr her, aber ihre Eltern passen auf, daß ihr keiner zu nahe tritt.

Wir trinken etwas über den Durst. Ein paar der Männer unterhalten sich anzüglich über Susana. Das macht mich wütend. »Wetten, daß sie sich im Bett ganz fürchterlich anstellt!« lacht einer. »Mit Sicherheit ist sie 'ne Jungfrau!« Sie lachen wieder.

Überall um uns herum sind die Lichter der anderen Fale und Hütten angegangen; die Leute bereiten jetzt das Abendessen, nehmen ein Bad und legen sich allmählich schlafen. Susana kommt durch den Vorhang. Die Männer hören auf zu sprechen und sehen sie an. Sie geniert sich und geht schnell hinaus zur hinteren Fale, wo ihre Familie die Abendmahlzeit einnimmt.

Ich trinke, bis sich alles vor mir dreht und ich nicht mehr richtig sitzen kann. Tagata und die anderen helfen mir auf, bringen mich nach Hause und legen mich ins Bett. Die ganze Zeit über brabbele ich zu Tagata, daß ich gerne mit Susana zusammenwäre. Er sagt, daß er die Sache für mich regeln würde. Nie zuvor, seit ich mein Zuhause endgültig verließ, habe ich mich so stark zu einem weiblichen Wesen hingezogen gefühlt. Für mich gibt es auf dem Markt keinen Mangel an Frauen. Sie kommen von überall her: Dorffrauen, Krankenschwestern, Ehefrauen, Halb-Jungfrauen, Frauen zum Amüsieren, unbefriedigte Frauen, Frauen, die für Geld zu haben sind, unansehnliche Frauen, hübsche Frauen, Katzenfrauen, alte Frauen, kalte Frauen, Touristenfrauen, die sich nach dem noblen polynesischen Wilden mit dem dicken Knüppel umsehen, aber keine, die wie Susana wäre.

Am nächsten Abend verschwindet Tagata aus dem Haus. Lachend kommt er zurück und erzählt mir, was geschehen ist:

Er geht schnurstracks zur Fale hinein und sieht Susanas Vater, einen Mann, der gierig nach Geld und der römisch-katholischen Religion ist. Tagata setzt sich auf den Boden und schaut ihm ins Gesicht. Er bestellt etwas Faamafu, und sie trinken und plaudern über Religion und alles mögliche. Nun ist Tagata, wie ihr wißt, absolut beschlagen, was Unterhaltungen angeht. Er kann über die Bibel reden und mit seinen Kenntnissen jedermann verblüffen, wie er es bei Susanas Vater auch getan hat. Mitten im Gespräch kommt Susana herein und bügelt Kleider, nicht weit von Tagata entfernt, der weiß, daß sie alles mithört, was er sagt. Bevor Tagata zum Schluß kommt, bittet er den Mann (und Susana), da sie fromme Christen sind, zu Jehova zu beten, auf daß er ihm vergebe, da er sein ganzes Leben lang ein Sünder gewesen sei. Der Mann erhofft sich Vorteile, weil Tagata den Markt besitzt, also betet er für Tagata, der seinen Kopf senkt und aus dem Augenwinkel sieht, daß Susana auch betet. Nach dem langen Gebet stellt Tagata Susana Fragen über ihre Religion. Er sagt ihr, er sei daran interessiert, weil er der »wahren Kirche« beitreten wolle. Susana ergeht sich – mit der Zustimmung ihres Vaters – in einer langen Ausführung über ihren Glauben. Ihr Vater nickt dabei ein. Tagata sagt ihm höflich, er solle doch zu Bett gehen. Weil der Mann Tagata noch immer nicht ganz traut, legt er sich hinter dem Vorhang schlafen; von da aus hört er wenigstens, falls Tagata irgend etwas mit Susana versuchen sollte. Bald hört ihn Tagata schnarchen, also erzählt er Susana, daß sein bester Freund auch ihrem Glauben beitreten wolle. Susana fragt, wer es denn sei. Er sagt ihr, es sei Pepe, der dem Richter erzählt habe, daß es keinen Gott gebe. Sie fällt darauf herein.

»Wann wirst du mit Pepe sprechen?« fragt er sie. »Es müßte bald geschehen, denn er ist tief in die Sünde verstrickt, und keiner hilft ihm, das Licht zu erkennen.«

Sie sagt: »Sehr bald.«

»Aber was ist mit deinem Vater?« fragt er.

»Ich werde das schon machen«, sagt sie.

Tagata beendet seine Geschichte, und wir lachen los. Wie ich schon vorher gesagt habe: Tagata ist ein toller Geschichtenerzähler, und ich weiß zwar nicht, ob die Geschichte ganz stimmt, doch ich glaube ihm.

Am nächsten Abend ziehe ich mich anständig an und gehe zur Fale. Sie bieten mir Platz an. Susanas Mutter ist auch anwesend. Ich bekomme den Eindruck, sie wollen mich nicht als römischkatholischen Jünger, sondern auch als Ehemann für Susana. (Sie wissen, Tauilo ist ein reicher Mann und ich bin sein einziger Sohn.) Die ganze Zeit reden sie über Religion, Susanas Eltern, meine ich. Susana guckt überall hin, bloß nicht auf mich. Die Unterhaltung langweilt mich, aber ich zeige mich interessiert.

Gegen Mitternacht gehe ich.

Vier Abende lang oder so spielt sich dasselbe ab, als ich sie besuche. Ich gerate in Wut, weil der Plan nicht funktioniert. Bald spricht halb Vaipe davon, daß ich hinter Susana als Ehefrau herbin. Susanas Vater setzt dieses Gerücht in Umlauf. Ihre Mutter, eher Mann als Frau, fängt an, den Markt zu besuchen, den ich Tagatas Eltern leiten helfe; sie führt sich auf, als ob sie mich schon unter der Fuchtel hätte. Meine Freunde lachen über mich. Ich möchte dieses blöde Umwerben aufgeben, doch jedesmal, wenn ich so weit bin, steht Susanas Bild lebendiger vor mir als sonst. Es ist wie die Anziehungskraft, die manche Leute zur

Religion, den Sünder zu seinem Beichtvater und Absolutionserteiler und den Geizhals zu seinem Geld treibt. Sie wirkt auf mich wie der Traum Hollywoods. Es ist ein neuer Wahn für mich.

Am siebenten Abend renne ich durch den Regen zu ihrer Fale und bin überrascht, denn sie ist allein. Ihre Eltern sind zum Schlafen hinter den Vorhang gegangen, und die übrige Familie hält sich in der hinteren Fale auf. Sie schaut mich nicht an, sondern blickt in den Regen hinaus.

Sie fängt an, wie gewohnt über Religion zu sprechen, aber ihre Stimme zittert. Ich sehe sie mir genau an, lasse sie weiterreden. Ich merke, wie ich immer näher an sie heranrücke, bis mein Knie sich gegen das ihre preßt. Sie springt ein wenig fort, bleibt aber immer noch in meiner Nähe. Ihre Lippen beben, und obgleich es recht kühl ist, sieht sie erhitzt aus.

Nun sind, wie ihr wißt, Fale nach allen Seiten hin offen, und jeder kann hereinsehen, wenn das Licht brennt. Leute rennen im Regen vorüber. Es ist unmöglich, sie hier für mich zu gewinnen, wo jeder Schatten uns sehen kann. Während sie spricht, fällt meine Hand auf ihr Knie und bleibt da liegen. Sie tut so, als ob meine Hand nicht da wäre. »Nun, Pepe, Gott ist gütig zu allen Menschen«, sagt sie. Meine Hand gleitet auf ihren Oberschenkel. Sie spricht schneller. Ihre Eltern werden nichts hören wegen des Regens. »Er wird gütig zu dir sein, wenn du bereust ...« Meine Hand rutscht auf ihren Schoß. Sie zittert ein wenig. »Gott ist jedermanns Vater, und Er liebt dich und mich ...« Die Hand streichelt sie da unten und entdeckt weiches Haar, und die Finger gewinnen an Leben und fangen an, damit herumzuspielen. »Nun, wenn du ein Sünder bist und Gott nahe sein möchtest, mußt du gut sein und jetzt bereuen ...« Ihre Beine gehen ein wenig auseinander, ihre Lavalava öffnet sich noch ein Stückchen, und ich sehe das Schwarze da unten – ein kleiner Wald, in dem die Finger nach dem Strom suchen. Mein Herz klopft nun so, daß ich es in Ohren, Augen und Kopf spüren kann. Ihre Stimme schwatzt, als ob sie kalt sei, und sie redet immer weiter. Ich finde den Strom. Meine Finger liebkosen ihn. Der Strom fließt. »Pepe … Gott … Gott ist Liebe … Gott, oohh!« Ihre Augen sind fest geschlossen.

»Susana!« ruft ihre Mutter. Susana stößt meine Hand fort und springt auf die Beine. »Geh zu Bett!« sagt ihre Mutter. Sie schickt sich zu gehen an. Ich flüstere, daß ich zu ihr kommen werde, wenn das Licht aus ist. Sie sagt nichts darauf. Sie geht hinüber, schaltet das Licht aus, und ich höre, wie sie die Hintertreppe hinunter in den Regen und dann in die hintere Fale rennt, in der kein Licht brennt. Ich schleiche ihr nach.

Ich stehe draußen und kann kaum in die hintere Fale sehen. Meine Augen gewöhnen sich an das Dunkel. Ich bin fast völlig durchnäßt. Ich kann nun schlafende Gestalten unterscheiden – aber nicht Susana. Bald sehe ich jedoch jemanden von der Rückseite her winken. Sie ist es. Ich trete hinein. Alle Leute schlafen, einige schnarchen. Ein Schritt, zwei Schritte. Jemand vor mir bewegt sich. Ich bin zu Tode erstarrt. Wenn sie mich erwischen, werden sie mich auf der Stelle umbringen. Die Person liegt wieder still. Ich steige über sie hinweg – ein Schritt, zwei Schritte – und über die nächste Person. Es ist der längste Spaziergang, den ich je unternommen habe. Ich steige über die vierte Person. Und dann liegt da Susana unter dem Bettlaken.

Ich lege mich neben sie. Sie liegt still da und regt sich nicht. Ich rutsche näher an sie heran, bis ich warm an ihrer Seite liege. Die ganze Zeit stehen meine Ohren weit offen. Sie werden mich mit Sicherheit umbringen. Ich streichle ihr Haar und ziehe langsam das Bettuch von ihr weg. Meine Hand fällt auf ihre Brüste, und sie atmet ganz tief. Ich streife ihr Hemd hoch, bis es ganz an ihren Schultern ist, und meine Finger spielen süße Melodien auf ihren Brüsten und ihrem Bauch. Ihre Haut ist so weich wie Schlaf.

»Nein, Pepe. Es ist eine Sünde!« flüstert sie. Aber sie hält meine frechen Finger nicht auf, die das obere Ende ihrer Lavalava erreicht haben und sie ausziehen. »Bitte, Pepe. Es ist eine Sünde!« Die Lavalava liegt nun neben ihr, die Finger liebkosen ihre Oberschenkel und finden bald den Wald wieder. Sie macht nicht die leiseste Bewegung und hält ihren Arm über dem Gesicht. Ich küsse ihr Gesicht und ihren Körper und lege mich dann auf sie, und sie spreizt ihre Beine. »Es ist eine Sünde, eine Sünde!« flüstert sie. Ich knie zwischen ihre Beine, lege meine Kleidungsstücke ab.

Und dann knie ich auf sie. Der Damm kommt mir in ihrem Meer entgegen. Sie fängt an zu weinen. Ihre Jungfernhaut ist stark. Ich versuche es langsam. Nichts läuft. Währenddessen ihr ununterbrochenes Klagen, daß es eine Sünde sei!

Fest. Endlich gelingt es mir. Sie bäumt sich auf vor Schmerz. Ich umarme sie und dringe langsam in ihr Meer vor, und sie reagiert, wie eine Frau reagieren sollte. Alle Tricks wende ich an, um sie kommen zu lassen, doch mein Ich ist zu begierig, und ich gebe ihr meinen Samen, während das Feuer in meinen Augen explodiert.

Sie schlingt ihre Arme um mich. »Pepe, ich liebe dich«, sagt sie. Das trifft mich bis in die Eingeweide. Ich bin nicht in sie verliebt, und ich weiß, daß auch sie keine solchen Gefühle für mich hat. »Es ist eine Sünde, was wir getan haben«, sagt sie. »Aber es ist keine Sünde, wenn wir uns in der Kirche trauen lassen. Meine Mutter hat das gesagt.«

Ich ziehe meine Kleider an und schlüpfe zur Fale hinaus. Nie mehr werde ich sie besuchen. Der ganze Traum ist Betrug, hohl. Sie haben alles geplant.

Einige Monate lang fahren Tagatas Eltern nach Amerikanisch Samoa auf Urlaub und überlassen es Tagata und mir, den Markt zu leiten. Ich merke immer mehr, daß etwas mit Tagata nicht stimmt: Er sieht krank aus, sagt mir aber nicht, warum; er vernachlässigt seine Arbeit, also mache ich das Ganze, und der Markt wirft mehr Geld ab als jemals zuvor. Ich führe neue Methoden ein und lege Rechnungsbücher an. Ein paar Leute meinen, daß mein Erfolg daher kommt, weil ich Tauilos Sohn sei und das Talent für Geschäfte im Blut unserer Familie läge.

Tagata bleibt nun die meiste Zeit auf seinem Zimmer und läßt sich die Haare lang wachsen. Manchmal hebt er Gewichte und macht lange Läufe, um sich fit zu halten. Um ihn aufzumuntern, nehme ich an seinen Übungen teil. Er flüchtet sich in etwas, denke ich, und es ist wie ein neuer Wahn. Er ist wie ein Fliegender Hund, was auch sein Kosename ist, der kein Nest bei den anderen Vögeln hat, weil sie über ihn lachen und ihn abfällig behandeln, bloß weil er anders ist als andere Vögel. Nun versucht er, mein Bruder, zu wachsen und wie andere Männer zu sein – so verstehe ich sein Problem jedenfalls. Warum er das auf einmal alles macht, finde ich nie heraus.

Wegen meiner harten Arbeit auf dem Markt und meiner Sorgen über Tagata vergesse ich Susana.

Tagata nimmt die LMS-Religion an. Ich mache mir wirklich Sorgen um ihn, denn es steht in schroffem Gegensatz zu dem, was er vorher vertreten hat. Jeden Sonntag legt er seine weißen Sachen an und geht zur Kirche. Aber wenn er zurückkommt und ich sehe, daß er glücklich ist, verschwindet mein Kummer. Es geschieht zu jener Zeit, daß Susana wieder in mein Leben tritt.

Im kleinen Marktbüro sitze ich über den Büchern und arbeite. Es klopft an der Tür. Ich mache auf. Es ist Susanas Vater.

»Bist du gekommen?« grüße ich ihn.

Er steht da, blickt zu Boden und sagt: »Ja, Herr.« Als er mich »Herr« nennt, werde ich sofort mißtrauisch. Die meisten Leute auf dem Markt fangen an zu schmeicheln, wenn sie etwas umsonst haben wollen.

»Setz dich doch!« Ich stelle ihm einen Stuhl hin.

»Nein danke, Herr.« Er steht herum. Ich kenne ihn sehr gut; er steht im Ruf, seiner vor Hunger sterbenden Mutter den letzten Penny weggenommen zu haben.

»Weshalb kommst du?« frage ich ihn geradeheraus.

Dann füllt seine Frau den Türrahmen. Susana sieht nicht wie eine Mischung der beiden aus. Die Mutter gleicht einer Kuh und der Vater einer kranken Sau.

Sie setzt sich auf den Stuhl, ohne zu fragen, und sagt: »Ein heißer Tag heute, nicht?« Ich starre ihr in die Augen. »Wie läuft das Geschäft, Pepe?« Dann lacht sie. Ich gebe keine Antwort. Sie kratzt sich die Achselhöhlen. Ihr Mann sieht noch immer zu Boden. »Du bist eine lange Zeit nicht zu uns gekommen«, sagt sie. »Wir haben noch immer das beste Faamafu. Für dich ist es umsonst!« Und ihr Lachen dröhnt wieder ins Zimmer.

»Ich habe viel zu arbeiten«, sage ich.

»Du kommst voran«, sagt sie und blinzelt mir zu. »Junge, du bist wirklich gebildet und scharfsinnig wie dein Vater. Schau mal einer die ganzen Zahlen und Bücher an, die du da anhäufst. Hast du das alles geschrieben?« Ich antworte nichts darauf. Sie nimmt sich ein Buch und schaut hinein. »Pepe ist ein heller Kopf«, sagt sie zu ihrem Mann. »Schau mal, all dieses Englisch und all diese Zahlen. Er ist so klug wie ein Papalagi. Du machst wohl viel Geld in den letzten Tagen?« fragt sie. »Das Geschäft steht bei uns schlecht. Wir haben Schwierigkeiten, unsere große Familie zu ernähren.«

»Was willst du?« frage ich. Sie schaut zu ihrem Mann, der noch immer auf den Boden starrt. Sie hüstelt, doch er zeigt keine Reaktion. »Was ist denn los?« frage ich ihn.

Er zuckt mit den Wimpern und flüstert: »Es geht um unsere Susana, Herr.«

»Lauter!« herrscht sie ihn an.

»Die Sache dreht sich um unsere Susana, Herr«, wiederholt er. Sie nickt.

»Was ist mit ihr?« frage ich. Sie schaut mich an, als ob ich die Fliege sei und sie die Spinne.

»Sie kriegt ein Kind, Herr«, sagt er und schaut mich zum ersten Mal an diesem Tag an.

»Was hat das mit mir zu tun?« will ich wissen. Er sagt nichts mehr. »Erzähl's ihm!« befiehlt sie.

Er blinzelt wieder und sagt: »Susana sagt …«, und bricht wieder ab. Zuckt und sagt: »Sie sagt, du seist der Vater, Herr.«

»Nun, es sind nicht wir, die sagen, daß du der Vater seist, Pepe. Susana sagt es«, meint sie.

»Versucht ihr, mich reinzulegen?« frage ich.
»Nein, aber Susana sagte …«, sagt sie.
»Sagte was?« will ich wissen.
»Erzähl's ihm!« weist sie ihn an. Er schüttelt den Kopf. »Sag ihm, was deine Tochter gesagt hat. Mach schon!«
»Es könnte sein, daß sie lügt«, sage ich.
»O Pepe, sie lügt mich nicht an. O nein. Sie ist ein religiöses Mädchen«, sagt sie.
»Ja, Susana ist ein gutes Mädchen«, sagt er. »Sie ist nicht wie die anderen Mädchen in Vaipe.«
»Wenn sie so gut ist«, sage ich, »warum hat sie dann den dicken Bauch?« Ich habe sie jetzt. Sie sitzt, und er steht; beide blicken sie zu Boden.
Ich sitze da und schaue hinaus auf die Leute, die vorübergehen. Sapepe und meine Mutter Lupe fallen mir ein, und meine Wut verraucht. Der Wunsch nach jemandem von meinem eigenen Fleisch, für den es zu sorgen gilt und der mir Sinn gibt, erfüllt mich, während ich die Marktleute so anschaue. Mein eigenes Kind wächst in Susanas Leib heran, womöglich der Sinn all der vergangenen Jahre. Ein Sohn oder eine Tochter.
Tagata platzt in den Raum. »Es ist alles erlogen!« lacht er. »Die Religion hängt mir zum Hals raus!«
Es ist wieder der alte Tagata, und meine Freude ist groß. Er hört auf, herumzutanzen, als er Susanas Eltern sieht. Er schaut zuerst auf sie, dann auf mich.
»Was ist los?« fragt er mich.
»Susana erwartet ein Kind von mir«, sage ich ihm. Er hüpft auf und nieder, dann rennt er hinaus auf den Markt. Ich höre, wie er seinen Freunden erzählt, daß er bald Onkel sein wird.
»Ich werde sie zur Frau nehmen, aber ich will nicht, daß ihr mir und meiner Familie nahetretet. Habt ihr verstanden?« drohe ich Susanas Eltern.
»Ja, Herr«, sagt er.
Sie steht wütend auf und verläßt das Zimmer.
So kommt es, daß Susana, für die ich keine wirkliche Liebe

empfinde, bei mir wohnen wird in Tagatas Haus, das jetzt auch mein Zuhause ist. Sie besteht darauf, daß wir uns in der Kirche trauen lassen. Ich widersetze mich dem außerordentlich.

Weil ich jetzt eine Familie zu unterhalten habe – Tagata, seine alten Eltern und Susana mit meinem Kind, das bald zur Welt kommt –, arbeite ich nun härter auf dem Markt. Die meiste Zeit bin ich von Susana getrennt, was mich aber nicht beunruhigt, weil Tagata ihr die ganze Zeit zur Hand geht und von dem Neffen träumt und spricht, den er bald bekommen wird. Meist finde ich abends, wenn ich heimkomme, fast alle meine Vaipe-Freunde da versammelt, auch Lafoga. Tagata erzählt ihnen, daß das Baby ein Junge sein wird mit dem Namen Lalolagi, was »die Welt« bedeutet.

»Warum Lalolagi?« fragt ihn Lafoga.

»Weil Pepesa der Vater der Menschheit war«, erwidert Tagata.

»Aber das ist nicht die richtige Sage«, sagt jemand anders.

Tagata gerät in Wut und sagt ihnen: »Das ist ja das Schlimme – ihr kennt nicht mal eure eigene Geschichte und Sagen. Ihr seid ungebildet. Aber selbst wenn es nicht die richtige Sage ist, wird er Lalolagi heißen!«

Susana hat meine Freunde nie gemocht. Sie erzählt mir, daß sie die schlimmsten Sünder und Verbrecher Samoas seien, und als sie von des Kindes künftigem Namen hört, meint sie, daß wir ihn nicht so nennen werden. »Warum nicht?« frage ich.

»Weil meine Mutter sagt, daß der Name des Kindes nicht von Verbrechern gewählt werden sollte!«

Bumm! – Ihr Kopf dröhnt von meiner Ohrfeige. »Wenn du meine Freunde nochmals so nennst, werde ich dich zurück zu deiner Mutter schicken, die dich an mich verkauft hat!« Dies ist der erste größere Krach, dem noch viele folgen werden. Sie läuft nicht fort. Ihre Mutter will sie nicht zurückhaben, denn Susana, so sagt mir Tagata, versorgt ihre Familie mit viel Geld und Verpflegung.

Ich versuche, Susana näherzukommen, bemühe mich wirklich

darum. Doch sie möchte, daß ich ihr ein Ehemann nach ihren Vorstellungen werde – ein Mann, der hart arbeitet, die Beute mit nach Hause bringt, nicht trinkt und ein zuverlässiger Anhänger der römisch-katholischen Kirche ist, der sich kirchlich mit ihr trauen läßt. Ich möchte, daß sie mich als das akzeptiert, was ich bin, aber dazu ist es zu spät, da sie auf immer dem römisch-katholischen Glauben verschworen ist.

Die Bitterkeit zwingt mich, zu versuchen, ihr die Kälte mit meinem Fleisch auszutreiben, aber die Kälte ihrer Erziehung ist der Sarg ihres Selbst.

Das Kind wird geboren. Es ist ein Junge, wie es Tagata vorausgesagt hat. Er liegt in meinen Armen. Das Fleisch meines Fleisches. Der Beweis, daß das Leben, das mich hervorgebracht hat, noch immer an mich glaubt. Ich halte ihn wie den Schatz meiner Kindheitsjahre in Sapepe, wie Lupe mich in der ersten Zeit gehalten hat und Toasa später. Ich halte ihn wie den wahren Sinn meiner vergangenen und kommenden Jahre, wie Tauilo mich gehalten hat, halte ihn, wie ich die Erinnerung an Niu und Vao halte. Und ich weine vor Freude.

Als Susana und mein Sohn aus dem Krankenhaus nach Hause kommen, versammeln sich meine Freunde. Tagata hält meinen Sohn hoch und sagt allen, daß sein Name Lalolagi sei.

»Lalolagi – und wie weiter?« fragt ihn Lafoga. Susana schaut mich an. Ich sage nichts, denn es ist der Brauch, daß ein Kind den ersten Namen seines Vaters als Vornamen annimmt, aber nicht den Familiennamen nach dem Brauch der Papalagi.

»Lalolagi Tauilopepe«, sagt Susana. Alle blicken mich an. »So, hat meine Mutter gemeint, sollte sein Vorname lauten«, sagt Susana.

»Das ist nicht der Brauch«, sagt ihr Tagata. Meine Freunde stimmen ihm zu. »Sein Name ist Lalolagi Pepesa.«

»Kommt, wir machen ein Fest!« schlägt Lafago vor. Unsere jüngsten Freunde gehen zur Hütte hinter unserem Haus und kommen mit Dutzenden von Faamafu zurück. Alles tönt nun von Singen und Tanzen, Lachen und Essen. Tagatas Eltern kommen von oben herab und geben Susana Geschenke für das Kind, küssen es und gehen dann wieder fort. Susana sitzt vergessen in der Ecke. Das Fest dauert an. Tagata hält Lalolagi, während er trinkt, in den Armen.

Plötzlich verstummen alle. Eine Frau meines Alters in einem blauen Kleid und weißer Lavalava steht im vorderen Eingang. »Bitte«, sagt sie, »wohnt Pepe hier?« Keiner gibt eine Antwort. Ein Mann erscheint an ihrer Seite. Ich sehe ihn an und erkenne, daß es ein Verwandter von mir ist. Er hält einen großen Korb mit einem gekochten Schwein. Ich trete auf sie zu. »Wir bringen das für deine Frau und dein neugeborenes Kind«, sagt sie. Es ist der Brauch. Der Mann, dessen Name ich vergessen habe, bringt das Schwein herein und legt es mitten ins Zimmer. Zwei Frauen, beide meine Verwandten, folgen ihm und legen Babymatten und Schlafmatten neben das Schwein; dann gehen sie hinaus. Aber ich bin noch immer verdutzt darüber, wer die Frau wohl ist. Das Fest ist hinter mir wieder im Gange. Sie wendet sich zum Gehen.

»Danke«, sage ich.

»Es ist von deinem Vater«, sagt sie. Jetzt weiß ich, wer sie ist: Teuila, Tauilos neue Frau. »Hier ist etwas von mir.« Sie gibt mir ein kleines Päckchen. »Es ist für euer Kind.«

»Kommt doch herein!« bitte ich sie.

»Ich muß noch woanders hin«, sagt sie. »Ist es ein Junge?« Ich nicke. »Dein Vater wollte es wissen. Er wird sich freuen, wenn er das hört. Ich muß jetzt gehen.« Ich gehe mit ihr zur Veranda hinaus. Tauilos Auto ist vorne geparkt.

»Ist er da?« frage ich. Sie schüttelt den Kopf. »Wir sind einander nun fremd, mein ...«

»Ja?« ermutigt sie mich.

Und ich spreche es endlich nach all den Jahren aus. »Wir sind einander jetzt fremd, mein Vater und ich. Ich hasse ihn nun nicht mehr.«

»Kannst du ihm verzeihen?« fragt sie. »Er ist kein schlechter Mann. Er ist hart. Er ist auch ein einsamer Mann. Möchte, daß jeder gerade so ist wie er … Ich muß jetzt gehen.« Sie geht die Treppe hinunter, hält inne und fragt: »Er möchte ihn sehen, den Jungen, meine ich. Was soll ich ihm sagen?«

»Ja, sag ihm, ja.« Und ich weiß, daß – wäre es nicht ihretwegen – ich nie zugesagt hätte.

»Danke«, erwidert sie. »Wie heißt der Junge?«

»Lalolagi.«

»Das ist ein guter Name. Ich werde es ihm sagen.«

»Komm und besuch ihn, wann immer du magst!« rufe ich, als sie ins Auto einsteigt.

Während des Festes, als beinahe jeder betrunken ist, läuft Susana plötzlich auf Tagata zu und versucht, ihm Lalolagi fortzunehmen. Tagata lacht und tanzt mit Lalolagi weg. »Halt sie an!« ruft mir Susana zu. »Sie tun ihm sonst weh!« Sie rennt wieder auf Tagata zu und – bevor ich etwas machen kann – schlägt sie ihm ins Gesicht. »Laß meinen Sohn in Ruhe!« kreischt sie. »Du wirst ihn verderben!« Alle schweigen. Tagata zeigt keine Reaktion, wegen mir. Er gibt ihr das Baby und rennt aus dem Haus.

»Mach das nie wieder!« warne ich sie.

»Ihr seid alle gleich!« sagt sie mir. Meine Hand holt aus, sinkt aber wieder, weil Lalolagi in ihren Armen ist. Sie rennt fort, die Treppe hinauf.

»Dumme Kuh!« rufe ich. Alle schweigen.

»Trinkt nur, da ist noch mehr Faamafu, mit dem ihr die Sterne beäugen könnt!« lacht Lafoga, und die Spannung löst sich wieder.

Vier Jahre lang sehe ich meinen Sohn heranwachsen und das Geschenk der Sprache finden. Tagata ist sein Leibwächter, Windelwechsler und großer Bruder; er nimmt ihn überall hin mit, wo er geht und steht. Die meisten meiner Freunde, besonders Lafoga, kaufen ihm alles, was er haben will.

Tagata fängt an, ihm Lesen beizubringen, und wenn Lalolagi nicht lernen will, sagt er zu ihm: »Möchtest du etwa sein wie ich? Häßlich und ungebildet?« Und Lalolagi nimmt den Unterricht an.

An den Nachmittagen, wenn Susana nicht in der Nähe ist,

kommt Lafoga und bringt Lalolagi das Boxen bei. Lalolagi schreit zuweilen, aber Lafoga gibt nicht auf. Er besticht Lalolagi mit Lutschern und sagt Tagata, er solle ihn nur immer mit Steaks und Taro füttern, damit Lalolagi auch schön groß und ein Meister im Boxen werden kann. Susana möchte ihn in der Kirche taufen lassen. Ich lasse es zu, denn Lalolagi soll selbst herausfinden, ob für ihn Religion etwas bedeutet oder nicht.

Ich leite weiterhin den Markt, vergrößere ihn, putze ihn auf, und er wirft mehr Geld ab als je zuvor. Tagata überredet mich dazu, ein Auto zu kaufen, und bringt damit alle zwei Wochenenden Lalolagi nach Sapepe zu Teuila und Tauilo. Jemand anders muß das Auto lenken, weil Tagata zu kurz geraten ist. Montags fährt er dann wieder hin, um Lalolagi zurückzuholen. Ich möchte, daß Lalolagi etwas über Sapepe und die Vergangenheit unserer Leute lernt. Am Anfang widersetzt sich Susana, weil sie, wie sie sagt, nicht will, daß er wie ein »unwissender Dörfler aus dem Hinterland« heranwächst. Aber als sie alles nochmals überdenkt, kommt sie zu dem Schluß, daß Tauilo ein sehr wohlhabender Mann ist und – da ich das Erbe verweigert habe – Lalolagi Tauilos Geld wohl einmal bekommen wird. Also ermutigt sie ihn, immer schön hinzugehen.

Als er sprechen kann, erzählt Lalolagi, wenn er von Sapepe zurückkommt, jedem, daß sein Großvater sehr gut zu ihm sei, ihm alles gäbe, was er haben wolle, und daß er wie sein Großvater sein will, wenn er einmal groß ist. Das erschreckt mich etwas, aber ich möchte, daß er alles selbst entscheidet.

Er geht jeden Sonntag mit Tauilo und Teuila zur Kirche. Am Montag kommt er zurück und fragt mich: »Warum gehst du nicht in die Kirche? Susana geht, und auch Teuila und Tauilo. Die Kirche ist da für die guten Leute. Warum gehen du und Tagata denn nicht hin?«

Tagata lacht, ich aber schweige still.

Wie erklärt man sein Leben einem Kind?

Wie ich schon gesagt habe, macht Lafoga, den ich wie Tagata als Bruder betrachte, vollständig, was wir als unsere »Drei-Mann-Familie« bezeichnen. Er war einmal West Samoas Meister im Schwergewicht. Wie ich, ist er nicht in Vaipe geboren worden, sondern kam aus einem entlegenen Dorf. Vor Jahren hatte ihn sein Dorf zum Boxen ermutigt, denn er war stark wie ein Bulle. Sie bringen ihn jeden Freitagabend zur Stadt, damit er sich an den Boxwettkämpfen beteilige, und er macht innerhalb eines Jahres jeden Gegner fertig. Somit hat er die Chance, um den Schwergewichtstitel zu kämpfen. In zwei Runden schlägt er den Meister mit einer Links-rechts-Kombination aus Kinn- und Magenhaken und wird zum beliebtesten Meister des Landes. Leute, die ihm beim Kämpfen zuschauten, werden euch sagen, daß er wenig Stil, Technik, meine ich, an den Tag legte. Er kam in den Ring wie eine Steinwand, und die Hiebe prallten nur so von ihm ab, dann kam er zum Zug, und eins-zwei-drei sahen seine Gegner Sterne.

Als er den Titel hat, zieht er nach Apia um. Sechs Jahre lang ist er Meister, und die meisten Boxer haben Angst, ihn herauszufordern. Dann steigt ihm der Ruhm zu Kopf, und er trainiert nicht mehr so hart. Er entdeckt seine Liebe zum Alkohol, zu Frauen und zu enormen Bergen von Speisen und wird schlaff und langsam. Die ganze Zeit über rühmt er sich seiner Stärke und Schnelligkeit, doch gehen ihm die immer mehr verloren. Ein junger Polizist, der die Technik wirklich beherrscht und fit im Schwergewicht ist, steigt die Meisterschaftsleiter empor und gewinnt den Jubel der Zuschauer. Lafoga versucht, sich für den Kampf um den Titel zu rüsten, trainiert aber nicht ernsthaft genug. In dem Zwölfrundenkampf kommt der Polizist gerade eins-zwei-drei, entfernt sich wieder, und zurück bleibt Lafoga, der leer in die Luft schlägt. Der Polizist verfährt acht Runden lang so, bis Lafoga wie ein geschlagener Bulle kraftlos mitten im Ring steht. In der neunten Runde nagelt ihn der Polizist fest – wie ein Maschinengewehr, das einen Ganoven niederstreckt. Links-rechtslinks. Kopf und Körper. Und Lafoga steht da – gekreuzigt von den Buhrufen der Menge – unfähig, zurückzuschlagen. Er geht zu Boden. Steht wieder auf. Fummelt ungeschickt ins Leere. Der Polizist läßt Salven los. Die Menge pfeift Lafoga aus. Der Ringrichter stoppt den Kampf.

Von dieser Niederlage an steht Lafogas Kopf ab und zu etwas quer. Wann immer er an den verlorenen Kampf denkt, gerät er außer sich, und jeder muß ihm aus dem Weg gehen. Er wollte zurückkehren in sein Dorf, konnte jedoch die Schande nicht ertragen und blieb lieber in Apia, in der Vaipe. Als ich den Markt leite, lasse ich ihm ab und zu eine Arbeit zukommen, vor allem, wenn es darum geht, bei irgendwelchen Streitigkeiten oder Raufereien Frieden zu stiften. Und wir werden dicke Freunde.

An Lalolagis fünftem Geburtstag erscheint Lafoga bei uns daheim mit einer Frau, die wir noch nie zuvor gesehen haben. Er sagt uns, sie käme aus seinem Dorf, er habe sie auf dem Markt getroffen, und sie lebe nun als seine Frau bei ihm. Sie heißt Fanua und ist fast so groß und dick wie er. Sie ist sehr schüchtern, spricht ausnehmend wenig, aber man spürt ihre Gegenwart bei jedem Treffen. Etwa in Lafogas Alter, ist sie mit Sicherheit schon einmal verheiratet gewesen und hat Kinder geboren. Aber wir fragen sie nicht danach, da wir spüren, daß Lafoga zufrieden ist, daß er nicht viel über ihre Vergangenheit weiß. Lafoga, so stellen wir mit einemmal fest, ist ein anderer Mensch geworden. Er ist ruhiger und glücklicher und scheint Fanua sehr zu lieben. Er tut ihr jeden Gefallen, arbeitet härter und regelmäßiger in dem Job, den er bei mir hat. Er trinkt sogar weniger und beteiligt sich nicht mehr an den krummen Sachen, die er und seine Freunde früher begangen haben. Wir nehmen es Fanua nicht übel, daß sie ihn verändert hat, weil wir alle froh sind, daß Lafoga etwas Ruhe, Frieden und Freude in seinem Leben gefunden hat. Irgendwie scheint sie sein Gefühl der Niederlage zu heilen, an dem er immer gelitten hat.

Je mehr wir Fanua kennenlernen, desto mehr nehmen wir sie auch ganz und gar als eine der Unsrigen auf, als jemanden, den wir nicht entbehren können. Sie hat die Gabe, Frieden zu stiften und die Ängste der Menschen zu besänftigen, sagt mir Tagata. Wenn sie um uns ist, fühlen wir uns wohl. Nur Susana akzeptiert sie nicht. Jedesmal, wenn Fanua bei uns im Haus ist, findet sie eine Ausrede, um wegzugehen. Es ist, als ob sie Angst vor Fanua habe, daß sie ihr Zutrauen gewinnen und sie zu einem anderen Menschen machen könnte.

Eines Tages sehe ich Fanua auf dem Markt mit einem Mann sprechen, den ich nie zuvor gesehen habe. Ich denke mir nichts dabei. Ich gehe in mein Büro, und als ich nach ein paar Minuten wiederkomme, ist der Mann verschwunden. Fanua kommt herüber, und ich kaufe ihr etwas Eiskrem an einem der Stände. Als wir so unser Eis lecken, bemerke ich plötzlich, daß etwas sie verwirrt haben muß. Ich frage sie danach, aber sie schüttelt bloß den Kopf und lacht sanft.

Lafoga taucht auf, und ich kaufe ihm auch eine Eiskrem. Er erzählt uns, daß er gerade einen Streit zwischen zwei Verkäuferinnen geschlichtet hat.

»Wie hast du das gemacht?« fragt ihn Fanua.

»Ich habe ihre Köpfe aneinandergeschlagen!« lacht er. Wir lachen auch.

Als sie von mir weggehen, merke ich, wie groß und breit die beiden sind. Wie riesige junge Hunde, denke ich. Oder Delphine. Ich will mich gerade umdrehen und in mein Büro zurückgehen, als ich merke, daß Fanua mir nachschaut. Da ist ein Ausdruck von Furcht auf ihrem Gesicht, denke ich bei mir, als ob sie versuchen wolle, mir etwas zu sagen, mich um Hilfe zu bitten.

Nach ungefähr zwei Wochen sehe ich sie und den anderen Mann wieder. Diesmal sehen sie aus, als ob sie sich streiten, aber nicht wollen, daß es so aussieht. Ich trete auf sie zu, doch der Mann dreht sich um und geht, bevor ich in sein Gesicht sehen kann. Fanua redet schnell mit mir, und ich weiß, sie versucht, mich abzulenken und auch, ihre Gefühle vor mir zu verbergen. Ich spreche sie mit keinem Wort darauf an. Sie ist jetzt auf der Hut vor mir, ich spüre es. Wenn sie spricht, geht etwas von ihr aus, das ich noch nie vorher bemerkt habe. Eine Farbschattierung in ihren Augen, eine Bewegung ihres Körpers, ein Gefühl, das mit ihr zusammenhängt und in mir plötzlich den Wunsch auslöst, ihr weh zu tun. Dasselbe habe ich in den letzten Jahren an Lupe wahrgenommen – etwas, das viele Leute veranlaßt, sich selbst zu bestrafen oder von anderen bestraft zu werden. Der Mann, mit dem sie gesprochen hatte, stellt eine Bedrohung für sie dar, und gerade diese Angst ruft diese Ausstrahlung in ihr hervor, sage ich mir, nachdem sie von mir weggegangen ist. Aber ich sage keinem auch nur ein Wort davon. Ich vergesse es sogar, als ein paar Wochen verstreichen, und zwischen Fanua und Lafoga alles in bester Ordnung zu sein scheint.

Die Tür zu meinem Büro geht langsam auf. Ich bin mit meinen Aufzeichnungen beschäftigt und schaue nicht hoch. Ich merke nur, wie sich der Schatten eines Mannes von der offenen Tür zum Schreibtisch herüberlegt. »Ja?« frage ich. Stillschweigen. Ich blicke auf und erkenne ihn sofort.

»Herr«, sagt er, »arbeitet ein Mann namens Lafoga hier?« Ich nicke. Er sagt nichts, tritt in mein Büro. Ich bitte ihn nicht, Platz zu nehmen. Ich mag ihn nicht, ich weiß aber nicht, warum. Dann fällt mir Fanua ein, und wie mir zumute war, nachdem er mit ihr gesprochen hatte. Als ich seinen starren Blick erwidere, kommt mir der Gedanke, daß er die Macht verkörpert, welche die Leute immer zur Selbstbestrafung bringt – wie bei meinem Vater. Er ist bloß ein zerbrechlich wirkender Mann, jemand, der niemals aus der Masse herausstechen würde, doch gerade sein Erscheinungsbild der Schwäche ist seine Stärke, seine Macht. Wie bei einem Hypnotiseur, den ich einmal im Kino gesehen habe – er zieht einen in etwas hinein, lähmt einem den Widerstand, und man begrüßt den Schmerz.

»Könnt Ihr mir sagen, wo ich ihn finde?« fragt er. Ich schüttele den Kopf. Sein Gesicht läßt mich an den Joker in einem Packen Spielkarten denken – lächelndes Gesicht und tödliche Leere in den Augen. »Wißt Ihr etwas von einer Frau namens Fanua?« fragt er. Ich nicke mit dem Kopf. Nichts wird ihn aufhalten, denke ich bei mir, außer der Tod. Er scheint entschlossen zu dem, was er sich vorgenommen hat.

»Warum suchen Sie die beiden?« frage ich ihn.

Er sieht mich weiterhin an, aber ich merke, daß er in sich selbst hineinschaut. »Weil es da etwas gibt, was ich tun muß«, sagt er.

»Was?« frage ich, mit einem beklommenen Gefühl auf der Brust. »Nur Fanua darf das wissen«, sagt er. »Sie ist meine Frau.«

Bevor ich noch etwas sagen kann, bedankt er sich und geht, nimmt seinen Schatten mit sich fort.

Ich lasse Tagata holen und sage ihm, was geschehen könnte. Er schenkt mir keinen Glauben. Wer würde je daran denken, ihr etwas anzutun, fragt er. Ich versuche, ihn davon zu überzeugen, doch er glaubt mir einfach nicht. Fanua wird die Eifersucht ihres Ehemannes besänftigen, falls er wirklich ihr Mann ist, sagt er. Er geht, bringt Lafoga herein und sagt mir, ich solle es doch mal Lafoga auseinandersetzen.

Ich versuche es nochmals. Aber Lafoga lacht nur. Sie war vorher nicht verheiratet, sagt er. »Woher weißt du das?« frage ich ihn. »Weil Fanua mir das gesagt hat«, sagt er.

Ich bringe sie so weit, daß sie gehen und nach ihr sehen.

Am Nachmittag kommen sie wieder, um mir zu sagen, daß sie daheim und alles in bester Ordnung sei. Lafoga bringt sie an diesem Abend in unser Haus. Fanua hat nie vorher getrunken, aber als ihr in dieser Nacht Tagata etwas Faamafu anbietet, trinkt sie es. Lafoga sagt, daß er sich darüber freut. Nun kann sie ihm und Tagata Gesellschaft leisten. Wir trinken alle bis spät in die Nacht, und Fanua ist sehr betrunken, gesprächig und tanzt herum, als Lafoga sie nach Hause bringt. Wir alle sind froh, daß nichts schiefgelaufen ist. Ich streiche den Mann aus meinem Gedächtnis.

Am nächsten Abend, als Tagata und ich auf der Veranda sitzen, steht Lafoga plötzlich da, und wir merken, daß er nahe am Durchdrehen ist. Dann stößt er wie ein verwundeter Bulle hervor: »Sie ist tot!« Tagata hält ihn fest. Lafoga schleudert ihn zur

Seite. »Sie ist tot!« wiederholt Lafoga und fällt in die Knie, als ob die ganze Luft der Atmosphäre ihn herabdrückt. Dann zwingt er sich selbst auf die Beine. Ich springe auf ihn zu. Zu spät. Er ist gegangen, um in der Nacht herumzujagen und Fanua zu rächen, die sein lebendiges Ich ausmachte.

Tagata versucht, ihm nachzulaufen. »Ich will gehen und den Mann mit Lafoga erwischen!« schreit er. Ich halte ihn fest, doch er reißt sich von mir los. Ich versetze ihm einen festen Schlag; er bricht bewußtlos zusammen, und ich trage ihn ins Schlafzimmer. Dann gehe ich hinaus, um nach Lafoga Ausschau zu halten.

Meine Suche ist gerade so, als ob ich dem Ende der Nacht hinterherlaufe. Die Dunkelheit hält mich fest, und Fanua spukt in meinem Kopf herum. Und ich verstehe jetzt voll, weshalb Lafoga und Tagata sie geliebt haben. So, wie Toasa das Herz Sapepes ausmachte, ist Fanua in dieser kurzen Zeit das Herz Vaipes geworden, die Frau, die an unser aller Anfang gestanden hat. Sie ist von uns gegangen wie Toasa, und die wirkliche und beständige Nacht ist geblieben.

Ich gehe wieder heim und setze mich neben Tagata, um zu warten. Auf was? In uns tragen wir die Saat zu unserem Ende, und die Worte Toasas fallen mir wieder ein: »Die Eitelkeit in jedem von uns läßt uns zu Raubtieren werden – an uns und allen anderen lebenden Kreaturen. Wir müssen einander heilen, unsere Eigenliebe zerstören. Tun wir dies nicht, so betreiben wir unsere eigene Selbstzerstörung. Wir sind zu soviel Schönheit fähig.« Ich sitze im Dunkeln und sehe nur das Gesicht von Fanuas Henker vor mir, dem Joker in den Karten, der mich angrinst. Es ist gerade so, als ob ich wieder auf die andere Hälfte meines Ichs blicke, die ich doch mein ganzes Leben lang austreiben wollte, wie ein Priester in alten Zeiten sich bemüht haben würde, einen schlimmen Aitu auszutreiben.

Gegen Morgen bringen vier unserer Freunde Lafoga zurück. Wir zwingen ihn in ein Bett und binden ihn fest. Er schreit und schreit. Ich lasse einen befreundeten Arzt holen, der kommt und ihm eine Spritze verpaßt, damit er endlich einschlafen kann.

Tagata hält Wache. »Es ist alles meine Schuld!« weint er. »Ich hab dir nicht geglaubt, Pepe, als du's mir gesagt hast!« Doch von meiner eigenen Schuld ist ganz zu schweigen.

Die Morgendämmerung vertreibt die Dunkelheit. Ich wecke Susana und Lalolagi und sage ihnen, sie sollen gehen und bei Teuila unterkommen. Mit Tagata gehe ich ins Krankenhaus und bringe Fanuas Leichnam ins Haus.

Das Grab liegt offen unter den Frangipanibäumen. Lafoga und Tagata stehen am oberen Ende. Das Grab ist wie ein aufgerissener Rachen, der sie verschluckt, als wir den Sarg hinuntersenken. Wir stehen da, als ob wir zu Salzsäulen erstarren wollten. Vögel fliegen über uns hinweg, vielleicht zum Meer. Wir gehen auf die Spaten zu, aber Lafoga befiehlt »Nein!« Also greift er allein zum Spaten. Wir schauen zu. Der Spaten sieht in seinen Händen aus wie ein Spielzeug. Der Schweiß tritt ihm auf die Stirn, als er grimmig daran arbeitet, sein Ich zuzuschaufeln. Jedesmal, wenn er die Erde hinunterschleudert, schließt er seine Augen. Die Erde türmt sich wie die ansteigende Meeresflut, bis wir sie nicht mehr sehen, da die Erde den ewig gleichen Stand erreicht hat.

Lafoga wirft den Spaten hin und läuft nach Hause.

Ich versuche nicht, ihn zurückzuhalten. Seine Jagd nach dem Mann, der Fanua umgebracht hat, treibt ihn sogar bis ins Innere seines Heimatdorfes.

Tagata kehrt zurück, um mir mitzuteilen: »Es ist vorüber. Er hat sich selbst der Polizei gestellt. Er sagt, er sei ein Feigling, denn er wolle, daß ihn die Polizei und der Richter ins Jenseits befördern. Sagt, er könne sein Leben nicht selber beenden. Er läßt für alles danken.«

In der nächsten Woche hat Lafoga seine Verhandlung. Wir gehen nicht hin. Der Richter ordnet an, ihn zu hängen, sagt er, er wolle für Lafogas Seele beten. Wer wird für des Richters Seele beten, frage ich mich.

… Eines Morgens wache ich auf und merke, daß Tagata verschwunden ist. Ich schicke Freunde nach ihm aus. Sie können ihn nirgends finden. Selbst die Polizei und das Krankenhaus haben keine Spur von ihm.

Ich warte sechs Tage lang auf ihn. Am siebten Tag kommt er zurück. Seine Haare und sein Bart sind lang und ungekämmt, seine Kleidungsstücke sind zerschlissen und schmutzig, und seine Augen glühen wie die der Propheten in der Wüste.

»Ich bin zurückgegangen, Pepe. Zurück zur Lava, und sie hat mich wieder aus der Hölle hervorgeholt. Lava ist das einzig Wahre, das übriggeblieben ist. Sie kann sich nicht verändern. Sie ist der Felsen, aus dem wir entstanden sind, und sie ist bei uns, um uns den Rücken zu stärken. Verstehst du, was ich meine?« sagt er. »Ich habe da mein Ich wiedergefunden. Und den Mut, alles zu akzeptieren, was passiert ist!« Darauf lacht er, und es scheint, als ob er wieder ganz der alte ist.

Ich glaube, es ist wieder alles in Ordnung, und gehe zur Arbeit auf den Markt.

An diesem Abend senkt sich die Sonne über dem Meer, die Vögel fliegen zurück zu den Bergen und den Wäldern, der Markt ist leergefegt und die Stände hochgeklappt, also gehe ich nach Hause.

Ich finde ihn, wie er vom Mangobaum hinter dem Haus herabhängt.

Ich schneide ihn ab und trage ihn ins Haus.

Ich bade ihn.

Ich kleide ihn an.

Ich finde diesen Brief auf englisch auf meinem Tisch:

An Seine Exzellenz
Pepesa Tauilopepe
Unehelicher Sohn der Götter

Mein geliebter verdammter Bruder,

ich weiß, Du wirst verstehen, denn Du verstehst diesen Zwerg und verdammten Bruder wirklich gut. Wie ich Dir zuvor gesagt habe, bin ich ein freier Mensch, der das Recht hat, über sein Ich zu verfügen. Dieses Leben ist das einzige, und es ist ein gutes Leben, weil es nur das für uns gibt. Ich wurde geboren als ein kleiner Mann mit einem großen Mann in seinem Inneren, der Fliegende Hund mit einem Adler in der Brust. Mein ganzes Leben lang habe ich versucht, diesen Adler zu befreien, damit er hoch fliegen und die Welt in Erstaunen versetzen kann. Jedenfalls wirst Du an diesem meinem letzten Tag und Stunde den Adler finden, wie er auf den Mangobaum geflattert ist, mit dem Seil in seinem einen Flügel. Das Leben, wie ich Dir gesagt habe und immer versucht habe zu predigen, ist gut. Es ist gut, weil es lächerlich ist, so wie ein Zwerg lächerlich ist – ein Unglücksfall, hervorgerufen, wenn Eltern zu sehr miteinander rammeln. Weil das Leben lächerlich ist, muß es auch auf die lächerlichste Weise enden: in Selbstmord, wie bei Christus. Lache, Pepesa, denn ich bin nun einverleibt in jener Todesgöttin, an die kein Mensch mehr glaubt, und ihr heiliges Fahrwasser ist ganz Lava, Pepesa, denn ihre Lavamaschine mahlt mich, den Fliegenden Hund, zu Staub, Pepesa, denn es bleibt sonst nichts zu tun.

Der Papalagi und seine Welt haben uns und Leute wie Deinen reichen, aber unglücklichen Vater in Karikaturen ihrer selbst verwandelt, in witzige, weinende, lächelnde Schatten auf dem Bildschirm. Aber was soll's, wir haben versucht, uns selbst treu zu bleiben. Das ist auch schon alles, was ein Mann mit seiner Keule tun kann.

Bei Dir, Eure göttliche Exzellenz, entschuldige ich mich, denn der Fliegende Hund hat nichts in diesem meinem Testament zu hinterlassen als die 1001 Lachen, von denen die Filme sprechen, und ich will, daß Du, Seine Exzellenz, lachst – ein Lachen jeden Abend von jetzt an bis zu Deinem Tod. Ein laut gelachtes Lachen wird vom Leib halten allen Kummer und Deinen Vater, die Römisch-Katholischen und den LMS, *die modernen Aitu und die Polizei, den Richter und den Mundgeruch. Ein Lachen wird alles verwandeln in Lava und Freude und Vergebung.*

Um allen diesen Reichtum verlasse ich Dich, Eure höchst intelligente Exzellenz, und bitte Dich nur um einen letzten, winzig kleinen Gefal-

len. Nämlich diesen: Grab ein kleines Loch am Ufer der Vaipe und wirf diesen meinen Zwergkadaver da hinein. Dann füll es schnell mit Vaipe-Schlamm auf, bevor er unsere allervorzüglichste Vaipe-Nachbarschaft verpestet. Pflanze Taro darauf, und ich schwöre bei der Lava, daß die Taro-Wurzeln sprießen werden wie nirgends sonst, denn ich bin ein ausgezeichneter Dünger. Wenn die Taro groß genug ist, gib sie den Leuten auf dem Markt. Ich bin sicher, so sicher, wie ich tot bin, daß sie alle an nicht enden wollendem Dünnschiß sterben werden.

Leb wohl, Pepesa, ich ziehe weiter, wie der Cowboy sagt.

Alles ist gut, angesichts der Lava. Sag Deinem Sohn und meinem Neffen das, nicht aber Susana, die – wie Seine Exzellenz ja weiß – eine dumme Kuh ist.

Ich bleibe für immer tot,
Dein bescheidenes Ich,
Tagata, der Fliegende Hund im Mangobaum.

Ich begrabe ihn am Ufer der Vaipe.

12 *Abgang*

Es ist heiß in meinem Krankenzimmer, so heiß, daß es schwerfällt zu atmen, besonders, wenn die Lunge nichts mehr taugt. An diesem Morgen, so sagt die Schwester, ist mein Vater wieder gekommen, um mich zu sehen; er kommt jeden Tag, doch ich will ihn nicht sehen. Ich schaue zum Fenster hinaus; die beiden alten Männer stochern wie immer im Feuer herum. Die Schmerzen werden fast unerträglich. Wie immer machen die Schwestern die Betten auf der nächsten Station. Die alte Patientin nebenan ist tot, sie starb letzte Nacht. Ihre Familie hat den Leichnam heute morgen abgeholt. Da war ein großes Heulen und Wehklagen. Doch das Krankenhausleben geht weiter, wie immer.

Ich bin heute morgen aufgestanden, nachdem die Schwester mich gebadet hat, und habe mein Knochengerüst zum Spiegel geschleppt. Als ich den Mann im Glas so anguckte, empfand ich ihn als totalen Fremden, sogar als einen recht häßlichen. Die Haut hängt von den Knochen herab wie alte Kleidungsstücke. Die Augen blicken ohne Lachen aus den tiefen Höhlen. Der Schädel dringt immer mehr an die Gesichtsoberfläche; bald wird er keine Haut mehr zum Verdecken haben. Nur ragende weiße Knochen. Ich taumle zurück ins Bett und huste das Blut heraus. Ich liege da wie immer und warte auf die Visite des Arztes.

Sie treten ein, die Schwester und der rothaarige Arzt. Ich verberge meine Schmerzen und spiele das übliche fröhliche Ich. Der Arzt lächelt und untersucht den Patienten auf dem Bett. Ich beobachte seine Hände, während sie über meinen Körper gleiten, über die Haut und Knochen, und ihn noch immer als lebendig finden. Er sagt der Schwester, sie solle mir die übliche Arznei geben. Die Schwester notiert sich das.

»Ist da noch Leben drin?« frage ich ihn auf englisch. Er ist überrascht, denn es ist das erste Mal, daß ich englisch mit ihm spreche. Ich lache und wiederhole meine Frage.

»Wo soll noch Leben drin sein?« fragt er.

»In diesem Körper?« erwidere ich.

Er lacht und sagt: »Ja, er wird bald aufstehen und heimgehen.«

»Das denken Sie vielleicht«, scherze ich.

»Es wird schon alles in Ordnung sein.« Er sagt das nicht im Spaß. Die Schwester geht hinaus.

»Haben Sie schon mit ihr gevögelt?« frage ich. Er weiß nicht, worauf ich anspiele. »Mit der Schwester? Sie ist verrückt nach Ihnen.« Er steht auf, das Gesicht so hochrot wie sein Haar. »Ich bin verheiratet«, sagt er.

»Das spielt keine Rolle«, erwidere ich.

»Meine Frau würde kein Verständnis dafür haben.«

»Wie schade! Diese Schwester kann Sie vieles lehren«, lache ich. Er lächelt, dieser Papalagi, der mein erster Papalagi-Freund ist.

Ich habe vergessen, den Roman auf dem Tisch neben meinem Bett wegzupacken. Er sieht ihn an und sagt: »Was schreiben Sie da?«

»Einen Brief.«

»Einen langen Brief, nicht wahr? An wen geht er?«

»An mein Ich«, sage ich. Er blickt erstaunt.

»Ist er auf englisch?« fragt er. Ich nicke mit dem Kopf. »Nun, viel Spaß beim Schreiben!« Er geht zur Tür.

»Ich werde sterben, nicht wahr?« rufe ich. Er hält inne, sieht mich aber nicht an. »Oder etwa nicht? Ich möchte, daß Sie es mir sagen!«

»Ja«, sagt er. Er dreht sich um und schaut mich an.

»Denkt an die Schwester!« sage ich ihm.

Er geht hinaus.

Ich schreibe nun zum letztenmal weiter.

Von der Welt Sapepes, die mein Vater durch seine Veränderungen zerstörte, bin ich gekommen. Von der Welt Lupes und Toasas, Taifaus und Faitoagas und meiner Familie zu der Welt der Vaipe, Tagatas, Lafogas, Fanuas und all meiner weiteren Freunde – bloß um festzustellen, daß sie Stufen zu meinem Ich und meinem Ende sind. Vom Dunkel aus Lupes Leib zum anderen Dunkel der Todesgöttin bin ich, Pepesa, gereist und habe gesehen, was zu sehen ist, und gefühlt und getan, was da zu fühlen und zu tun ist – und habe das Lachen gefunden.

Letzte Nacht, als ich so im Bett lag und die Schmerzen vergangen sind, so daß der Schlaf kommen konnte, träumte mir, ich sähe ein Lavafeld so schwarz wie das Nachtmeer hereinfließen und Sapepe, die Vaipe, Apia, den Marktplatz und die ganzen Fehlkonstruktionen und Monumente, mit denen wir unser Ich verbauen, überdecken. Und ich sah mich selbst über dem Lavameer, wie es gewaltig und auf ewig sich auftürmte. Und wie die Sonne im Himmel sah ich Tagata lachen, während er vom Freiheitsbaum herabhing.

Einige Sätze noch, und ich habe den Roman über mein Leben abgeschlossen. Ein wenig mehr noch, und ich habe abgeschlossen. Vor dem Krankenzimmerfenster draußen füttern die kahlköpfigen Männer ihr Feuer.

Die Maden werden ungeduldig. Bald werden sie aus meinem Fleisch brechen wie Seifenblasen, so schön wie Diamanten.

Alles ist gut, angesichts der Lava, so sprach der Fliegende Hund.

Drittes Buch

Begräbnisse und Erben

1 *Leichenbegängnis, einem König angemessen*

Tauilopepe kehrte vom Krankenhaus zurück und ging in das Wohnzimmer seines Hauses in Apia. Zwei verchromte Tischplatten glänzten in der Mitte des Raumes; auf einer stand eine Vase mit Kunststoffblumen. Grellbunte Sessel standen entlang der hinteren Wand, die mit gerahmten Fotos seiner 'Aiga behängt war. Der Fußboden war eine schimmernde Fläche von rotem und gelbem Linoleum. Links führte eine Tür in das Eßzimmer. In ihrer Nähe stand ein großer Glaswandschrank voll teurer Glasgefäße und Whiskyflaschen. Zur Rechten zeigten zwei große französische Fenster auf eine weite Veranda; Louvre-Fenster reihten sich an den anderen beiden Wänden.

Tauilopepe seufzte schwer und setzte sich in einen der Sessel unter den Louvre-Fenstern. Die zu den Fenstern hereinwehende Brise kühlte ihm Hals und Rücken. Auf der anderen Seite des Zimmers, neben dem Regal mit den Schnapsflaschen stand ein langer Bücherschrank mit drei Regalen, fast voll mit ledergebundenen Konversationslexika, die er wegen seines mehr als dürftigen Englisch nie gelesen hatte. Wann immer er die Zeit fand, überflog er die Bände mit gerunzelter Stirn und las laut die Wörter, die er wiedererkannte.

Er hörte jemanden in der Küche. »Schenk mir ein Glas ein«, rief er. Teuila, seine Frau, kam mit einem Krug voller Eis herein. »Er weigerte sich, mich zu sehen«, sagte Tauilopepe. Teuila nahm eine zur Hälfte gefüllte Whiskyflasche und ein Glas aus dem Regal, tat etwas Eis ins Glas, füllte es halb mit Whisky und goß dann Wasser hinein. »Hast du mich gehört?« sagte Tauilopepe. Sie nickte und gab ihm das Glas. »Gut?« Sie setzte sich und sah ihn über den Raum hinweg an. Er schüttete den Whisky hinunter. Sie schenkte ihm noch einen ein. Diesmal stellte sie die Flasche und den Eiskrug vor ihm auf den Tisch. Er nippte an seinem zweiten Whisky und starrte zum Bücherschrank.

»Ist die 'Aiga in Sapepe wohlauf?« fragte sie. Er war die Woche über in Sapepe gewesen. Er gab keine Antwort. Sie saßen still, und sie sah ihn lange Zeit sanft an.

Teuilas Heirat mit Tauilopepe war von Taulua, ihrer Mutter, und Masina in die Wege geleitet worden – ein Jahr, nachdem sie mit dem Vaiuta-College abgeschlossen hatte, eine Schule, die der LMS gehörte, wo Mädchen zu passenden Ehefrauen für Pfarrer ausgebildet werden. Filipo, ihr Vater, der im Begriff war, sich von seiner Stellung als Pfarrer Sapepes pensionieren zu lassen, hatte Tauluas Plänen froh zugestimmt.

Am ersten Abend, an dem Tauilopepe um Teuila warb, sprachen sie nicht miteinander. Ihre Eltern und Tauilopepe unterhielten sich, während sie nur dabeisaß, wie es von ihr erwartet wurde, und ihn aus den Augenwinkeln musterte. Sie konnte es nicht glauben – Tauilopepe war für sie stets der Mann gewesen, den es zu bewundern galt, wie man einen großen Helden der Bibel bewunderte, ein Mann, von dem man nicht einmal träumte, ihn zu kennen, geschweige denn zu heiraten. Als sie ihn jedoch so beobachtete und fühlte, wie er sie beobachtete, fand ihre staunende Verwunderung ein Ende. Aber sie sprachen nicht miteinander bis zu dem Tag, als sie in der Kirche Sapepes getraut wurden. An jenem Tag verspürte Teuila plötzlich eine unerklärliche, aber doch unausweichliche Angst. Vor der Hochzeit war es ihr nie gestattet gewesen, einem Mann nahezukommen; sie war so gut wie immer von einer Anstandsdame begleitet gewesen. Selbst als sie von einigen ihrer Freundinnen erfahren hatte, daß deren Männerbekanntschaften sich nicht nur auf unschuldiges Flirten beschränkten, verspürte sie doch nie die Lust, etwas Ähnliches zu tun. Für sie war es keine Frage der Moral, daß sie ihre Unschuld bis zur Hochzeitsnacht bewahrt hatte, und wenn die Erfüllung außerhalb der Heirat gekommen wäre, hätte sie das ohne Schuldgefühl akzeptiert.

Teuilas erste Nacht mit Tauilopepe war nicht furchterregend, wie ihre Mutter das vorausgesagt hatte. Sie nahm den Schmerz mit Genuß an und verarbeitete diese Erfahrung als Anfang der Liebe für den Mann, der in jener Nacht aufgehört hatte, eine Legende zu sein, und für sie nun aus menschlichem Fleisch und Blut war, mit all seinen Freuden und Ängsten und Hoffnungen. Mit der Zeit akzeptierte sie Tauilopepe als das, was er war; also konnte er sie nicht zunichte machen durch das, wer und was er war. Sie erkannte, daß das, was er Liebe nannte, kein von ihm ausgehendes Geben war, sondern ein Nehmen und nach seinem Bilde Gestalten von allem, was innerhalb seiner Reichweite lag. Dies war der Hauptgrund, so glaubte sie nun, warum ein aufrichtiger und bewundernswerter Sohn wie Pepe sein ganzes kurzes Leben dem Ziel gewidmet hatte, gegen Tauilopepe und das, was er verkörperte, zu rebellieren.

Als sie jetzt Tauilopepe beobachtete, den Vater des Mannes, der im Krankenhaus vor sich hin starb, erkannte sie, daß die beiden Männer sich so ähnlich und doch so weit voneinander entfernt waren.

Sie würde es Tauilopepe nun sagen ... »Pepe sagte mir gestern, daß er ... daß er ... bis morgen nacht tot sein wird.«

»Nur Gott besitzt die Macht, menschliches Leben zu beenden«, sagte Tauilopepe. »Es ist bloß ein weiterer Scherz Pepes.« Er hielt ihr das Glas hin. Sie füllte es wieder auf. »Er ist schlecht, nicht?« Sie sagte nichts. »Es war ... ist ... keine Liebe in ihm.« Er schaute sie an. »Du hast dich auf seine Seite gestellt wie all die anderen, nicht wahr? Seine Mutter und seine Schwestern und Toasa – sie alle haben seine Seite eingenommen.«

»Du möchtest, daß er dich um Vergebung bittet. Aber du weißt, daß er das nie tun wird. Er ist zu stolz dazu, genau wie du«, sagte sie. Er schüttelte den Kopf. »Hast du ihm jemals gesagt, daß du ihn liebst.«

»Es ist zu spät. Er war schlecht. Das ist es – er war böse!«

»Du sprichst immer von gut und böse, als ob du allein der Richter solcher Dinge seist!« sagte sie. Es war das erste Mal, daß sie ihn offen kritisierte. Bevor er sie widerlegen konnte, stürmte Lalolago, Pepes Sohn, ins Zimmer und warf sich ihm in die Arme.

»Ich bin da, Papa!« sagte der Junge und vergrub sein Gesicht in Tauilopepes Brust.

»Vielleicht ist er zurückgekommen«, sagte Teuila, während sie aufstand und ins Eßzimmer hinüberging.

»Ja«, flüsterte Tauilopepe ins Haar des Jungen. »Ja, mein Sohn ist zurückgekommen.« Lalolago konnte nicht verstehen, warum sein Großvater weinte.

Tauilopepe kehrte am Nachmittag nach Sapepe zurück. Diese Nacht verbrachte er, ohne zu schlafen, und den nächsten Tag abwesend in der Leere sauber geführter Rechnungsbücher. Die nächste Nacht verbrachte er im Gebet um ein Wunder, das Pepes schreckliche Voraussage aufhalten sollte.

Das Wunder geschah nicht.

Taifau überbrachte Tauilopepe die Nachricht. Er schloß sich in sein Arbeitszimmer ein und weinte, verfluchte Pepe, daß er sich von ihm abgewandt hatte. Trank sich schließlich in den Schlaf. Früh am Morgen erwachte er, rief seine ganze 'Aiga zusammen und wies sie an, keine Kosten für Pepes Begräbnis zu scheuen.

Tauilopepe eilte den Gang des Krankenhauses hinunter. Der rothaarige Papalagi-Arzt und drei samoanische Ärzte grüßten ihn respektvoll. Er nickte nur.

»Es tut mir außerordentlich leid ...«, begann der Papalagi-Arzt.

»Wo ist er?« fragte Tauilopepe auf englisch.

Der Papalagi-Arzt deutete auf die Tür am Ende des Gangs.

Tauilopepe ging langsam darauf zu. Die Ärzte folgten ihm, und einer von ihnen stieß die Tür auf. Tauilopepe trat in das Zimmer, worauf eine junge Schwester zusammenschreckte, die neben einem schwarzen Sarg saß, der auf einem Bett inmitten des Zimmers stand. Auf dem anderen Bett lag Susana; sie war eingeschlafen. Sie geriet in Bewegung, sprang auf die Beine, als sie Tauilopepe sah, und fing an zu weinen. Tauilopepe sagte einem der Ärzte, er solle sie aus dem Zimmer bringen.

»Wir haben uns die Freiheit genommen, für Ihren Sohn das hier zu beschaffen«, sagte einer der samoanischen Ärzte auf samoanisch und legte eine Hand auf den Sarg.

»Wo sind die Sachen meines Sohnes?« fragte Tauilopepe auf englisch. Die samoanischen Ärzte blickten auf ihren Papalagi-Kollegen, der seinerseits die verschreckte Schwester anschaute.

»Er hat nichts mitgebracht«, sagte die Schwester auf englisch.

»Es scheint, mein Herr, Ihr Sohn ist mit sehr wenig hierhergekommen«, sagte einer der samoanischen Ärzte auf englisch.

»Wo sind die Kleider, die er anhatte?« fragte Tauilopepe auf samoanisch. Die samoanischen Ärzte blickten auf ihren Papalagi-Kollegen, der ebenfalls verdutzt dreinblickte, da er kein Samoanisch verstand.

»Wir verbrennen sie«, erwiderte die Schwester auf englisch.

»Danke sehr«, sagte Tauilopepe auf englisch.

»Möchten Sie ihn jetzt mit nach Hause nehmen?« fragte einer der samoanischen Ärzte auf samoanisch.

»Nein, laßt uns allein«, erwiderte Tauilopepe auf samoanisch.

Die Ärzte und die Schwestern gingen aus dem Zimmer. »Sag der Frau meines Sohnes, sie soll nach Hause gehen. Ich möchte sie nicht sehen, wenn ich herauskomme!« rief Tauilopepe auf samoanisch der Schwester zu.

Allein im Zimmer, das leicht nach verwelkten Jasminblüten und Desinfektionsmitteln roch, konnte Tauilopepe seine Augen nicht vom Sarg abwenden, so, als ob sein eigener Körper in dieser schwarzen Kiste verschlossen sei – der Brennpunkt allen mit dem Tod verbundenen Aberglaubens. Maden, die sich winden, die sich ins Fleisch bohren. Er grub sich die Fingernägel in den Arm. Nie war er so recht imstande, die wahre Tatsache anzunehmen, daß jedermann sterben muß.

Er mußte es tun. Er schloß fest seine Augen und näherte sich dem Sarg. Der Schweiß schmeckte bitter auf seiner Zunge, als seine Hand die schwarze Samtdecke berührte. Nichts geschah. Gott war seine unversehrliche Rüstung. Er öffnete die Augen, weigerte sich aber, hinunterzuschauen. Etwas glitzerte auf dem niederen Schrank gegenüber. Er trat darauf zu. Es war ein Rosenkranz. Seine Finger liebkosten das Kruzifix, das von ihm herabhing, dann ließ er es in seine Tasche fallen. Er öffnete den Schrank. Er war völlig leer. Er schlug ihn zu. Pepe war tot. Nun würde er niemals wissen, wie sein Sohn wirklich war.

Er wandte sich zum Sarg. Trat auf ihn zu ... hielt inne. Schaute hinunter durch das kleine Glasfenster auf Pepes Gesicht. Machte einen Satz nach hinten, wobei er einen Schrei unterdrückte. Er würde nie auch nur etwas über Pepe wissen. Absolut nichts. Das schwarze Gesicht mit dem spöttischen Lächeln – speziell für ihn reserviert – sagte ihm das. Eine weitere Totenmaske tauchte vor seinem inneren Auge auf: Toasa – mit demselben spöttischen Grinsen. Er nahm den Rosenkranz heraus und schleuderte ihn auf den Sarg. Er zerriß ihn, die Kügelchen hüpften über den Fußboden. Er flüchtete aus dem Zimmer.

Nein, sie werden das Spiel nicht gewinnen.

Sie waren tot.

Er saß in seinem Wagen, den er im Schatten eines Tamaligibaums vor der Apotheke des Krankenhauses geparkt hatte, und rauchte eine Zigarette nach der anderen. Seine Kleider waren schweißdurchtränkt. Eine Schar von Leuten weinte vor der Chirurgie, die nur ein paar Meter entfernt war. Ein alter Mann mit von Filariasis geschwollenen Beinen sah ihnen von der Veranda des Büros aus zu. Ein weißer Hund ging gemächlich hinauf und schnüffelte an den Beinen des alten Mannes. Der alte Mann hieb ihn über den Rücken, und der Hund verschwand laut jaulend unter dem Bürogebäude, während der alte Mann seine ballongleichen Beine kratzte. Alles, was Tauilopepe über Pepe wußte, erschien ihm nun unwirklich; nur die Totenmaske mit ihrem spöttischen Ausdruck verfolgte ihn noch.

Der Lastwagen mit Faitoaga und den anderen Männern seiner 'Aiga kam aus Sapepe an. Vom Auto aus wies Tauilopepe die Männer an, ins Krankenhaus zu gehen und den Sarg herauszubringen. Einige Minuten später erschienen sie mit dem Sarg auf ihren Schultern. Die Gruppe vor der Chirurgie machte ihnen Platz. Der alte Mann auf der Veranda stand auf, um besser sehen zu können. Während die Männer den Sarg auf den Lastwagen hoben, der mit schwarzem Stoff und Blumen geschmückt war, war der alte Mann von der Veranda herabgeschlurft und stand nun hinter ihnen. Tauilopepe sah, daß Faitoaga hemmungslos schluchzte. Er konnte nicht verstehen, warum Faitoaga und die meisten anderen Bewohner Sapepes soviel Zuneigung für Pepe empfanden, wo Pepe doch alles abgelehnt hatte, woran sie glaubten. Er, Tauilopepe, hatte Sapepe zu Wohlstand und einem besseren Lebensstil verholfen, und doch hatten sie vor ihm Angst und liebten seinen nichtsnutzigen Sohn.

Als er hinter dem Lastwagen her zur Krankenhauspforte fuhr, blickte er zurück. Der alte Mann stand noch immer da mit seinen geschwollenen Beinen, die ihn im Boden verankerten, und starrte ihnen nach, die Hände zum Schutz vor der Sonne über den Augen. Als er gerade in die Hauptstraße einbog, sah er, wie der alte Mann böse nach dem Hund trat.

Tauilopepes Haus, Taifaus Haus und die ganzen Fale seiner 'Aiga waren voller Trauergäste, als sie nach Sapepe kamen. Der Mittag war weit überschritten. In der Haupt-Fale, in der Pepe aufgewachsen war – sie wirkte nun geheimnisvoll alt neben dem zweistöckigen grün-gelben Haus –, saß Masina neben dem Stapel von Matten, auf dem der Sarg abgestellt werden sollte. Filipo besetzte den Pfeiler neben ihr. Die Matai mit den höchsten Rängen saßen an den anderen Pfosten. Die ältesten Frauen der 'Aiga Tauilopepe nahmen die hintere Fale ein; sie wehklagten leise, als der Lastwagen in Sicht kam.

Taifau, Faitoaga und die Mehrzahl der Matai der 'Aiga Tauilopepe hatten darauf bestanden, Pepe ein traditionelles Begräbnis zukommen zu lassen. Und das, obwohl bald nach Toasas Bestattung Tauilopepe und der Rat übereingekommen waren, traditionelle Begräbnisse abzuschaffen, mit der Begründung, sie seien beschwerlich, eine Geld- und Zeitbelastung, und den Kindern sei das Zuschauen nicht zuzumuten. Begräbnisse, so sagte man, seien für die Seelen der Verstorbenen da und nicht zum Nutzen der gierigen Überlebenden, die nur kommen, um Ietoga und einen Anteil am Essen zu kriegen.

Unter den Bäumen in der Nähe der Fale und auf der Veranda von Tauilopepes Laden standen weitere Gruppen von Trauernden. Viele Autos von Tauilopepes Freunden aus Apia säumten die Straße; um sie herum schwärmten Kinder wie die Motten um das Licht. Keiner arbeitete an diesem Tag, sogar die Schule war geschlossen. Auf dem Paepae türmten sich ganze Berge von Speisen. Die Tulafale, die früh angekommen waren, liebäugelten bereits mit ihnen.

Eine große Menge versammelte sich sofort um den Lastwagen, als er vor der Fale hielt. Als die Männer mit dem Sarg sich der Fale näherten, fing Masina aus voller Kehle zu wehklagen an, die anderen Frauen der Fale stimmten ein, und die ganze Gegend tönte bald von ihrer Klage wider. Als der Sarg auf die vor Masina aufgestapelten Matten gesetzt wurde, stürzte sie vor und warf sich über den Deckel, während sie klagte: »Mein Sohn, mein Sohn!« Fast die ganze 'Aiga Tauilopepe, besonders die Frauen und Kinder, scharte sich um sie und den Sarg herum. Tauilopepe blieb draußen stehen und sah zu. Einige der Männer schraubten den Sargdeckel ab. Die Leute kreischten wie von Sinnen. Durch eine Lücke in der Menge erblickte Tauilopepe Masina, wie sie den Leichnam umarmte. Er drehte sich um und eilte zu seinem Haus.

Taifau, verantwortlich für die Begräbniszeremonie, hatte alle Trauergäste aus Apia im Haus auf Stühlen untergebracht. Das gehöre sich so, gab er der 'Aiga Tauilopepe zu verstehen. Diese bedeutenden Leute seien an Sessel gewöhnt; sie auf den Boden zu setzen käme einer Beleidigung gleich. Jedermann hatte ihm zugestimmt.

Tauilopepe ging umher, um den städtischen Trauernden die Hände zu schütteln. Die meisten von ihnen waren Afakasi, die Läden und Geschäfte in Apia hatten. Es gab auch zwei Chinesen, die damit rechneten, daß Tauilopepe ihre Restaurants mit Taro und Rindfleisch beliefern würde. Die fünf Papalagi belegten die bequemsten Sessel, wobei Mr. Ashton, Tauilopepes Rechtsanwalt, auf dem weichsten und größten saß. Alle städtischen Trauergäste trugen Anzüge, schwarze Schuhe und schwarze Krawatten. Vier Burschen mußten ihre ganze Kraft aufwenden, um die Kinder Sapepes davon abzuhalten, sich an die Fenster heranzudrängen und diese fremden Männer aus Apia anzustarren, ganz besonders die Papalagi und die Chinesen mit ihrer Haut weiß wie Schweinehaut und ihren unverständlichen Sprachen.

Mr. Ashton – jeder, der ihn kannte, nannte ihn *Mister* Ashton – drückte Tauilopepe gewichtig die Hand. Tauilopepe setzte sich neben ihn. Alle verstummten. Mr. Ashtons dicke Hände legten sich fest auf die Lehnen des Sessels; er stemmte sich in die Höhe; räusperte sich, zog den Krawattenknoten zurecht, spitzte den Mund und hustete. »Wir sind heute hier zu diesem sorgenvollen Anlaß zusammengekommen«, begann er langsam, wissend, daß Tauilopepe nicht viel Englisch verstand, »mit großem Kummer in unseren Herzen, Herr. Einer *unserer* Söhne, einer, den wir alle gut kannten und der uns allen lieb war, ist von uns geschieden …«

Er redete etwa fünfzehn Minuten lang. Die anderen Trauergäste der Stadt begannen, flüchtige Blicke auf ihre Uhren zu werfen. Zeit war Geld. Mr. Ashton war nach einem Leben von beinahe zwanzig Jahren auf Samoa in etwa mit den samoanischen Begräbnisgepflogenheiten vertraut, also endete er seine Ansprache mit dem Ausspruch: »Ich weiß, daß diese Gaben« – und er deutete auf die übereinandergestapelten Pappschachteln mit konserviertem Fleisch und Fisch und die Fässer voller gesalzenem Rindfleisch hinten im Zimmer – »nur allzu bescheiden sind, doch sind sie ein kleines Zeichen für die Achtung und die Liebe, ja Liebe, die zwischen euch und mir besteht. Ähh, zwischen euch und *uns.*« Er traf Anstalten, sich zu setzen, da fiel ihm noch etwas ein, und er fügte hinzu: »Oh, und für die Achtung, die zwischen eurem verschiedenen Sohn und uns bestand. Danke.«

Tauilopepe erhob sich. Er sprach leise auf samoanisch. Seine Ansprache sagte – im Gegensatz zu der Mr. Ashtons – wenig über Pepe aus. Die wörtliche Schaffung von Heiligen aus den Leichnamen konnte in diesem Fall nicht erfolgreich verlaufen, denn Tauilopepe wußte, wie auch all die anderen, daß Pepe ein Dieb, Brandstifter und Atheist gewesen war. »Nun werde ich zu meinen Leuten gehen«, sagte er auf englisch, um seine Rede zu beenden. Er schüttelte den Trauergästen aus Apia die Hände und ging hinaus.

Sobald Tauilopepe außer Sicht war, löste sich die Gruppe der Trauernden aus Apia auf. Die Afakasi gingen als getrennte Gruppe zu ihren Wagen, die Chinesen als getrennte Gruppe zu den ihrigen. Die Papalagi gingen für sich zu ihren Autos, und alle verjagten für sich die Kinder, die ihre Wagen beschmutzten. Sie stiegen einzeln in ihre Autos und fuhren einzeln nach Apia. Geschäft war Geschäft, Zeit war Geld. Auf ihren getrennten Wagen nach Apia bemerkte einer der Afakasi mit Ekel und Ärger, daß irgendein samoanisches Kind samoanisches Exkrement über das private Steuerrad seines Wagens geschmiert hatte. Einer der Chinesen bemerkte mit tosender Wut, daß irgendein samoanisches Kind samoanischen Urin auf den privaten Rücksitz seines Wagens gepißt hatte, und Mr. Ashton bemerkte – und dachte wütend daran, die Polizei zu benachrichtigen –, daß irgendein verbrecherisches samoanisches Kind seinen samoanischen Hund (oder war es ein Schwein?) dazu gebracht hatte, samoanische Hunde- (oder war es Schweine-) Scheiße auf den privaten Boden seines Wagens zu setzen. Und so verfluchten sie alle in ihren einzelnen privaten Autos – in den ihnen eigenen privaten und unverständlichen Sprachen – diese verdammten, emporgekommenen, unzivilisierten Samoaner!

In der Fale wurde Tauilopepe von den anderen Matai förmlich begrüßt, die dann, einer nach dem anderen, in langen, geschmückten Reden ihr Beileid aussprachen. Masina und die anderen alten Frauen sahen erschöpft aus vom Weinen. Filipo hielt seinen Kopf gesenkt und schien zu beten. Tauilopepe schaute nicht auf den Leichnam im offenen Sarg – er sollte dies auch den ganzen Tag lang nicht tun. Der Kirchenchor trat herein und füllte die Fale vom Sarg bis zu den hinteren Pfosten. Sie hoben zu einer Hymne an. Der Organist war einer von Filipos Söhnen, der – von strengem Aussehen mit der Ersatzbrille seines Vaters – die Orgel mit übertriebenen Handbewegungen spielte. Eine Hymne folgte der anderen. Es kamen immer mehr Trauergäste aus ganz Samoa; sie brachten Gaben von Ietoga, Geld und Speisen. (Taifau hatte Geld dafür ausgegeben, daß die Neuigkeit von Pepes Begräbnis über die nationale Funkstation durchgegeben wurde.) Tauilopepes Tulafale begrüßte sie mit der üblichen Ansprache.

Später sagte Filipo zu Tauilopepe, daß Pepe ein wahrlich guter Sohn gewesen sei, daß aber die Stadt ihn zerstört habe. Apia sei das Herrschaftsgebiet des Teufels, sagte er, und er tröstete Tauilopepe, indem er hinzufügte, daß Toasa auch dieser Meinung wäre, wenn er noch leben würde. Doch es war Toasas Schuld, daß sich Pepe so schlimm entwickelt hatte, sagte sich Tauilopepe, denn er war es gewesen, der seinen ihn vergötternden Sohn mit all dem lächerlichen Unsinn über Aitu und Löwen und, vor allen Dingen, mit der heidnischen Faselei über Pepesa gefüttert hatte, jenem unverantwortlichen, verrückten Helden aus Sapepes vorchristlicher und kannibalischer Vergangenheit. Toasa hatte absichtlich Pepe gegen ihn aufgebracht, schloß Tauilopepe. Doch hatte er am Ende den alten Narren besiegt.

Als Pepe nach seinem Ausschluß aus der Schule nicht heimgekehrt war, hatte Toasa aufgehört, Tauilopepes zunehmende Macht in Sapepe zu bekämpfen; er hatte sogar aufgehört, Ratsversammlungen zu besuchen. Doch Tauilopepe hatte niemals den Einfluß des alten Mannes unterschätzt, und er hatte mit zunehmendem

Wohlstand versucht, Toasas Unterstützung durch teuere Geschenke und unbegrenzten Kredit in seinem Laden zurückzugewinnen. Toasa hatte jedoch jedesmal die Geschenke abgewiesen, indem er sagte, er habe keinen weiteren Bedarf an solchen Nebensächlichkeiten. »Sagt Tauilopepe, er soll mir einen Sarg schicken«, pflegte er zu sagen. (Tauilopepe tat gerade das, als Toasa starb.) Ansonsten benahm sich Toasa, wann immer sie zusammentrafen, so, als gäbe es Tauilopepe gar nicht. Tauilopepe predigte oft; Toasa schnarchte entweder oder stand auf und verließ die Kirche. Und doch, sagte sich Tauilopepe jetzt, war der Sieg letztlich auf seiner Seite. Indem er Sapepe zu Wohlstand verhalf, hatte er Toasa isoliert, ihn zu einem wunderlichen Zeugen vergangener Zeiten abgestempelt.

Nach Pepes Prozeß hatte sich Toasa in tragisches Schweigen zurückgezogen. In manchen Nächten sah ihn Tauilopepe hinter sein Haus schlurfen, kaum sichtbar in der Dunkelheit. Fast wie ein Geist, dachte Tauilopepe dann immer und wollte Toasa sagen, doch aus der Kälte zu kommen und sich wieder mit ihm zu versöhnen.

Noch während Pepe im Gefängnis war, wurde Toasa krank, und die Nacht vor seinem Tod sandte er nach Tauilopepe. Tauilopepe ging hin, in der Erwartung, daß Toasa ihn um Vergebung bitten würde. Doch Toasa entschuldigte sich bei ihm in keinster Weise. Er starrte ihn lediglich an und sagte: »Ich werde am Ende gewinnen – Pepe wird dafür sorgen.« Und Tauilopepe sah das Grinsen, den trotzigen Spott, den er später auf Pepes totem Gesicht sehen sollte.

»Wo wirst du ihn begraben?« fragte Filipo. »Du mußt ihn neben Toasa legen. Der alte Mann würde das gerne mögen!«

»Nein!« hörte Tauilopepe seine Zunge hervorstoßen. »Er wird bei seiner Mutter in Apia beigesetzt werden.« Halte sie auseinander. Auseinander.

Die Begräbnisfeier und die Totenwache dauerten noch den ganzen restlichen Tag und die Nacht hindurch an. Tauilopepe, Masina und Teuila, die an diesem Nachmittag von Apia gekommen war, verließen kaum die Fale. Der Leichnam, vom Tode schon beinahe geschwärzt, lag da im offenen Sarg und starrte mit seinem Grinsen zu den Dachbalken hinauf.

Die lange Schlange von Autos, Bussen und Lastwagen folgte dem Lastwagen mit dem Sarg, der von vielen jungen Leuten der 'Aiga Tauilopepe umringt war. Die Schlange bewegte sich langsam, feierlich. Sie brauchte fast zwei Stunden, bis sie Apia erreicht hatte. Am Randbezirk der Stadt wies Masina Taifau an, die Autoschlange die Taufusi-Road hinunterzuleiten und dann hinauf zur Hauptstraße, damit jedermann sehen konnte, wie würdig das Begräbnis ihres Enkels begangen wurde. Noch mehr Autos reihten sich in das Gefolge, als es sich die Beach-Road entlangbewegte, und die Leute traten aus ihren Läden und Geschäften, um dem längsten Leichenzug zuzusehen, den sie seit Jahren erblickt hatten. (Zu den zehn Lastwagen und zwei Autos, die Tauilopepe gehörten, kamen die zwanzig Taxis und zehn Busse, die Taifau angemietet hatte.)

Bei stechender Nachmittagshitze standen Tauilopepe, Masina, Teuila und Filipo am oberen Ende des offenen Grabes; die übrigen Trauergäste nahmen allen verfügbaren Platz bis hinunter zum Tor des Magiagi-Friedhofs ein. Kinder aus der ganzen Nachbarschaft kauerten, standen, hockten und lagen auf den Betonwänden. In ihren zerlumpten, schmutzigen Kleidern sahen sie aus wie Aasgeier. Faitoaga, der sich um das Ausheben des Grabes gekümmert hatte, stand hinter Tauilopepe an ein Brecheisen gelehnt, das in den Boden gerammt war.

An Tauilopepes Schulter lehnte Filipo und begann, das Gebet für den Toten zu sprechen. Tauilopepe starrte hinunter auf das Glasfenster, das Pepes Gesicht zeigte. Die Steine und die Erde würden dieses spottende Gesicht bald verdecken, dachte er, und heute abend würde er einschlafen können. Er rutschte fast ins Grab, als etwas nahe seinem Ohr klickte. Seine Haltung straffte sich. Es war ein Fotograf. Taifau hatte ihn bestellt, um Aufnahmen von dem Grab zu machen. Als der Fotograf um das Grab herumkam, um den Sarg und die Trauernden zu knipsen, zog Tauilopepe sein Taschentuch heraus und weinte leise hinein.

Masina kreischte auf, als der erste Spaten voller Erde auf den Sarg geworfen wurde. Teuila hielt sie fest, hinderte sie, ins Grab zu springen, als sie schrie: »Mein Sohn, mein Sohn!«

Tauilopepe wandte den Rücken zum Grab, doch das polternde Geräusch, das jede Schaufel voller Erde verursachte, donnerte in seinen Ohren.

»Geht weg!« hörte er Faitoaga jemandem befehlen. Er drehte sich herum. Das zerlumpte Gesindel von Kindern trippelte durch die Lücken zwischen den Trauergästen auf das Grab zu. »Geht weg!« wiederholte Faitoaga.

»Laß sie doch!« sagte Filipo. Und ein paar der Kinder setzten sich auf die Grabsteine der Umgebung; andere kletterten die Frangipanibäume hoch und schauten von da aus zu. Die paar wirklich Mutigen schlichen sich bis zum Grab vor und setzten sich an den Rand.

Filipo legte den Arm um Tauilopepes Schulter und sagte: »Er ist zu Gott gegangen. Er ist glücklich dran. Er ist den Sorgen und der Trübsal seines sündigen Lebens entronnen. Sei froh!«

»Ich habe nun keinen Erben«, murmelte Tauilopepe.

»Gott wird dir durch Teuila einen weiteren Sohn schenken«, tröstete ihn Filipo.

Tauilopepe wandte sich mit einem Ruck von Filipo ab und stolperte durch die Trauergäste. Nur Teuila und ein Arzt am Apia-Krankenhaus wußten es, und sein schändliches Geheimnis war sicher bei ihnen aufgehoben. Pepes Totenmaske drang in sein Gedächtnis. Pepe wußte es, er wußte, daß Tauilopepes Samen nicht länger Kinder hervorbringen konnte, daß er von Gott verflucht war.

Als sie an diesem Abend nach Sapepe zurückkehrten, ging er in sein Arbeitszimmer, verschloß die Tür, zog die Gardinen zu und öffnete eine Flasche Whisky. Er trank ganze zwei Tage, lange und ausgiebig.

»Mach die Tür auf, Papa!« rief sein Enkel.

»Geh fort!« erwiderte er. Aber Lalolagi klopfte immer weiter und rief, er solle herauskommen und etwas essen.

Schließlich machte er die Tür auf. Lalolagi starrte zu ihm hinauf. Er sah weg. Lalolagi nahm seine Hand und führte ihn in Richtung Wohnzimmer, doch Tauilopepe sagte, er wolle lieber nach oben gehen.

Als sie die Treppe hinauftrampelten, blieb Lalolagi stehen und sagte: »Es war ein großes Begräbnis, nicht wahr, Papa? Pepe hätte es gefallen!«

»Ja, deinem Vater hätte es gefallen«, sagte Tauilopepe.

»Wirst du auch ein großes Begräbnis haben, wenn du stirbst, Papa?«

2 *Ein neuer Erbe*

Nach einem Frühstück, das er kaum anrührte, bat Tauilopepe Teuila, jemanden nach Taifau zu senden. Dann ging er in sein Arbeitszimmer. Keine Spur war von seinem zweitägigen Zechgelage übriggeblieben. Teuila und einige der Mädchen hatten die ganze Nacht lang das Zimmer gesäubert. Er stand am Fenster. Auf der anderen Seite der Straße saß Nofo, Taifaus Frau, auf der Veranda. Sie kämmte gerade ihr Haar; zu ihren Füßen rollte ihr Baby auf einer Matte umher. Er sah ihnen zu.

Jemand hustete hinter ihm. Es war Masina. »Du weißt, du solltest nicht soviel trinken«, sagte sie. »Es schadet deiner Gesundheit, und du bist Diakon!« Er schaute sie nur an. »Vielleicht ist er zu Gott gegangen«, fügte sie hinzu. Er wandte sich ab. »Wirst du ihm je vergeben?« fragte sie.

»Und du?« sagte er vorwurfsvoll. Sie schnaufte und schlurfte wieder den Gang zurück.

Als Masina erfahren hatte, daß Pepe aus der Schule ausgeschlossen worden war, weil er versucht hatte, ein Mädchen zu vergewaltigen, verurteilte sie ihn vor ihrer 'Aiga als »bösen Sohn«.

»Wart mal ab«, hatte sie Tauilopepe gewarnt. »Der Teufel wird seine Klauen nach ihm ausstrecken.« Tauilopepe wußte, daß sie während Pepes Kindheit alles versucht hatte, um Pepes Zuneigung zu gewinnen, und daß am Ende er sie abgewiesen hatte. Deshalb hatte sie sich auch gegen ihn gewandt.

»Er ist nicht mehr von meinem Blut!« hatte sie geschrien, als sie hörte, daß Pepe in einen Laden eingebrochen war, eine Kirchenhalle niedergebrannt und ein paar Polizisten zusammengeschlagen hatte. Sie trug damals alle seine Habseligkeiten aus dem Haus in Sapepe zusammen und verbrannte sie. Sie entwickelte eine ähnliche Abscheu vor ihm wie vor dem mitternächtlichen Dunkel – der Zeit, zu der, wie sie glaubte, die Welt ein geistiges Durcheinander war und die Aitu aus ihren Gräbern heraufkamen, um die Seelen der Lebenden zu verwüsten. Als Pepe zu Toasas Begräbnis gekommen war und voller Zorn die Bibel ihrer 'Aiga bespuckt und zerrissen hatte, wurde er für sie ein Verbündeter des Teufels, fern jeglicher Erlösung. Selbstverständlich hatte sie ihre wahren Gefühle für ihn vor den Leuten Sapepes verborgen. Ob ihr Kummer an Pepes Begräbnis wohl echt war? fragte sich Tauilopepe jetzt. Er wagte nicht, diese Frage zu beantworten. Masina war seine Mutter, und er würde sie weiterhin achten und für sie sorgen, wie es ihm als ihrem pflichtgetreuen Sohn zukam.

Als Taifau ins Zimmer trat, wies Tauilopepe auf einen Sessel. Taifau setzte sich, drückte sich seine dicke Brille auf die Nase, öffnete ein dickes Rechnungsbuch und begann, die Liste der Begräbniskosten vorzulesen. »Alles in allem wurden dreihundertzwei Ietoga eingenommen und zweitausendfünfhundert Pfund und zehn Schilling ausgegeben«, schloß er einige Minuten später, nachdem er alle Einzelheiten kurz und bündig aufgeführt hatte. »Es war ein Begräbnis, das eines Alii wert war«, fügte er hinzu. Tauilopepe blickte auf die Aufnahmen seiner 'Aiga an der hinteren Wand ... »Ich bin auch dafür verantwortlich«, sagte Taifau nach einer Weile. Tauilopepe schaute ihn an. »Ich bin auch verantwortlich für das, was aus ihm geworden ist«, wiederholte Taifau.

»Keiner ist verantwortlich. Jede Person ist von Gott mit einem freien Willen versehen worden. Pepe hat den anderen Weg gewählt.«

»Wir haben ihm keine große Wahl gelassen, oder?«

»Vergiß ihn!«

Ohne Tauilopepes Bemerkung zu beachten, sagte Taifau: »Wir haben Pepe keine Wahl gelassen, außer das zu werden, was er auch wurde.«

»Was ist er denn geworden?« fragte Tauilopepe.

»Nun ...«, sagte Taifau, »er wurde ... ein verirrter Jüngling.«

Tauilopepe lachte. »Ein verirrter Jüngling!« Und er lachte noch einmal.

»Was war er dann?«

»Bestimmt kein verirrter Jüngling. Er hat gewählt. Verstanden? Er hat den anderen Weg gewählt.«

»Was für einen Weg?«

»Er war ein Schwächling, und ein Schwächling wählt stets den leichten Weg, den Weg Satans«, erwiderte Tauilopepe. »Er war nicht als Führer geboren. Das ist alles.«

»In Ordnung. Aber hätte ein Schwächling den Mut gehabt, sich selbst zu vernichten, besonders in der langsamen, schmerzhaften Weise, in der er es getan hat?«

»Ja. Es erfordert keinen Mut, sein Leben zu beenden. Aber es erfordert Mut, es zu leben.«

»Wie aus einem Cowboyfilm entnommen«, sagte Taifau.

»Wie dem auch sei, der Herr hat Selbstmord verboten.« Die Bibel hatte das letzte Wort.

Taifau ließ seine Hände dumpf auf die Sessellehnen fallen. Er gab sich geschlagen und sagte: »Wir flüchten uns immer in das Buch, oder nicht? Aber sag mir eins: Wenn er nicht an das Buch geglaubt hat, was dann? Hat er dann nicht das Recht zu handeln, selbst wenn es dem Buch widersprach?«

»Er muß sich noch immer vor Gott verantworten«, sagte Tauilopepe. »Wenn Pepe Gott verleugnete, hat er gesündigt – und dafür bezahlt.«

Der Streit war vorüber. Für oder gegen das Gesetz Gottes zu

argumentieren oder gegen das Buch, wäre Ketzerei. Also redeten sie nicht mehr, sondern blickten auf das Sonnenlicht, wie es in das Zimmer strömte und die Kühle des Morgens vertrieb.

Die Tür flog auf und Lalolagi rannte herein. »Es ist Zeit, aufzubrechen, Taifau«, sagte er. Taifau stand auf. »Taifau nimmt mich mit zum Taubenschießen«, sagte Lalolagi zu Tauilopepe, der ihm den Rücken zugedreht hatte. »Los, Taifau!« Und er zog Taifau aus dem Zimmer.

»Paß auf ihn auf!« rief Tauilopepe.

Der Jeep fuhr die Straße entlang, die durch die Plantagen führte. Der Straßenbau war ein Gemeindeprojekt gewesen, wobei die Männer Sapepes die Arbeit und Tauilopepe einen Bagger stellte; den Bagger hatte er vom Straßenbauamt gemietet. Tauilopepe brachte beim Rat das Argument vor, daß eine Straße den Transport zwischen der Plantage und dem Dorf erleichtern würde. Die anderen Matai hatten zugestimmt, wobei sie ganz vergaßen, daß nur Tauilopepe über Lastwagen verfügte. Als die Straße freigegeben war, hatten sie für die Benutzung von Tauilopepes Lastwagen zu bezahlen, wann immer sie die Ernte zum Dorf befördern wollten. Die meisten von ihnen kamen auf ihre Pferde und Traghölzer zurück.

Taifau, ein nervöser Fahrer, reagierte auf jedes Schlagloch und jeden Höcker mit äußerster Vorsicht, jede Biegung und Kurve nahm er mit wütendem Gemurmel, und seine Hand lag auf der Handbremse.

Lalolagi spielte neben ihm mit dem schlanken Gewehr, zielte damit auf Bäume und betätigte den Abzug. Jedes scharfe »Klick« des Abzugs ließ Taifau zusammenzucken.

»Hör auf damit!« befahl er ab und zu.

»Darf ich es heute abfeuern? Bitte, darf ich?« bat Lalolagi. Bei ihren vorhergehenden Ausflügen war Taifau in der Fale mitten in der Plantage geblieben, und Faitoaga hatte Lalolagi mit hinauf in das Vorgebirge genommen, aber er durfte das Gewehr nicht abdrücken.

»Das hängt von Faitoaga ab. Wenn er ja sagt, geht es in Ordnung.«

»Bist du so gut wie Faitoaga?« fragte ihn Lalolagi.

»In was?«

»Im Schießen. Faitoaga ist so gut wie ein Cowboy.«

Taifau manövrierte den Jeep vom Graben weg und sagte: »Sprich jetzt nicht mit mir. Schau, wo wir um ein Haar gelandet wären!«

Bald erreichten sie »Blätter des Banyanbaums«. Die Palmen, die Pepe vor Jahren gepflanzt hatte, um den Beginn der Plantage zu bezeichnen, waren nun ausgewachsene Stauden; ihre Blätter waren zerlappt und halb zerfressen von den Nashornkäfern. Die Straße ging weiter geradeaus. Taifau seufzte und wischte sich über die Stirn. Keine Schlaglöcher, Höcker, Biegungen, Steinbrocken oder sonstige Fallen mehr. Der Banyan – und jeder Sapepeaner nannte den Baum nun so – erhob sich über die Kakaobäume am Ende der Straße. Seine Wurzeln wanden sich hoch und höher und breiteten sich dann – gewiegt vom Bauch des Himmels – in wirres Ast- und Laubwerk aus.

»Gib Gas!« drängte Lalolagi. Taifau drückte auf das Pedal, und der Jeep schoß vorwärts. »Aahh! Aahh!« rief Lalolagi. Taifau kicherte nervös.

Zu ihrer Rechten purzelten die langen Reihen von Palmen ins Tal hinab und auf der anderen Talseite wieder empor; Vieh weidete unter ihnen. Auf der anderen Seite huschte die üppige Barriere aus Kakao, Taro, Tapioka und Bananen vorüber. Keine Spur war mehr vom Busch zu sehen. Nur die Sonne hoch am Himmel und der Banyan in zunehmendem Umfang, während der Jeep auf ihn zuschoß: der Banyan mit ausgestreckten Armen, bereit, die Maschine und den Jungen zu umarmen, der nun stand und die hohe Frontscheibe des Jeeps umklammert hielt, mit sich kräuselndem Haar und seinem rechten Arm, der in den Wind schlug, und dabei schrie »Aahh! Aahh!«. Der Mann packte das Steuer, schweißgebadet, weigerte sich aber hartnäckig, die Geschwindigkeit zu drosseln, weil er nicht wollte, daß der Junge auf den Gedanken käme, daß er einst als der größte Feigling Samoas bekannt war. Der Staub wurde hinter dem Wagen heftig aufgewirbelt.

»Mach langsam!« schrie Lalolagi.

Quietschende Bremsen. Der Jeep drehte sich und schlingerte; seine Reifen griffen in die Straße. Die Straße hielt ihn. Die Maschine grub sich hinein, stoppte. Taifau senkte den Kopf und stöhnte ins Lenkrad.

»Diesmal hast du es fast nicht geschafft«, sagte Lalolagi. »Schau, wo wir sind.« Taifau blickte hoch. Sie standen unter den Kakaobäumen am Ende der Straße. »Nicht schlecht gefahren, Taifau«, fügte Lalolagi hinzu. »Aber nicht so gut wie Papa.« Taifau hatte noch immer seine Stirn auf das Lenkrad gedrückt. »Was ist los?« fragte Lalolagi.

»Nichts«, murmelte Taifau und stieg langsam aus dem Jeep. »Lauf voraus und gehe mit Faitoaga jagen.« Mit Kriegsgeheul sprang Lalolagi aus dem Jeep und rannte zum Pfad, der zur Fale unter dem Banyan führte.

Taifau schälte sich aus seinem naßgeschwitzten Hemd und breitete es zum Trocknen in der Sonne aus. Er legte sich in den Schatten der nahen Kakaobäume und war bald eingeschlafen.

Der Schuß explodierte in seinem Kopf. Schon war er auf den Beinen, bereit, Deckung zu nehmen. Lalolagi und Faitoaga fielen ihm ein, und er seufzte. Die Sonne hatte Mittag überschritten, er war hungrig und durstig. Sein Hemd war trocken; also zog er es an und stieg zur Fale hinauf.

Braune Schmetterlinge, Ameisen und Eidechsen wimmelten im kühlen Schatten unter den Wurzeln des Banyan. Breitblättrige Lianen begannen schon wieder die Wurzeln zu erdrosseln, und er beschloß, daß sie durch ein paar Arbeiter entfernt werden müßten. Die Männer murrten immer, wenn er sie das Unkraut und die Lianen vom Baum beseitigen ließ. »Man könnte meinen, wir äßen Banyanbäume«, hatte er einmal einen der Aufsehersöhne zu den Arbeitern sagen hören. Aber nicht einmal sein Sohn wagte es, seine Befehle zu mißachten. Alle wußten schließlich, daß Tauilopepe gleichfalls mit dem Banyan verbunden war.

Die Fale war vollgestopft mit einem Holzbett und Stühlen aus Bananenkisten; von den Dachbalken hing eine Kollektion von Äxten und Buschmessern. Ansonsten war sie sauber und ordentlich. Eine kühle, nach Sonne riechende Brise drang von der offenen Seite herein, die auf den tiefstgelegenen Teil des Tals hinausging. Da niemand anwesend war, ging Taifau in den hinteren Teil der Fale, die sich gegen die massiven Wurzeln des Banyanbaums schmiegte. Faitoagas Frau wandte ihm den Rücken zu. Sie rupfte ein Huhn, dessen Federn sie in einen Korb warf, während sich ihr Baby mit einer ihrer Brüste beschäftigte.

»Gibt es irgendwo Wasser?« fragte er. Als sie sich umdrehte, verlor das Kind die Brust und fing an zu schreien.

»Es steht da drüben«, sagte sie. Sie gab dem Kind die Brust wieder. Taifau trat zum Eimer auf dem Regal, goß etwas Wasser in eine Emailtasse und trank. »Es ist sehr heiß, nicht wahr?« sagte sie. Er nickte und trank eine zweite Tasse Wasser. »Es tut mir leid, aber ich habe noch nichts gekocht«, fügte sie hinzu.

»Ich kann warten«, sagte er. Er ließ die leere Tasse in den Eimer fallen und ging zurück in den Hauptteil der Fale.

Er zog sich wieder das Hemd aus, setzte sich auf einen Stuhl und starrte auf den tiefstgelegenen Teil des Tals. Die kühlen Finger der Brise streichelten ihm Brust, Arme und Gesicht. Das Gewehr feuerte wieder vom Vorgebirge herab. Er dachte an die vergangenen Jahre: an den Schweiß und das Brennen, an das stete Zurückweichen des Buschs, an die reiche jungfräuliche Erde, die innerhalb eines Tages ihre Faust hergab – so schien es ihm zumindest jetzt. Seine Augen verfolgten die unbefestigte Straße, die sich das Tal heraufschlängelte bis hin zum Kakao-Meer, das über das Vorgebirge kroch. Sie schweiften darüber hinweg zu der braunen, trockenen Fläche des frisch geschlagenen Buschs, die gleich einem Riff die Flut des Urwaldes zurückhielt, welche mit der Bergkette und dem Rand des Himmels verwachsen schien. Er roch den Duft des Huhns, das auf Holzkohlen vor sich hin briet. Er sog ihn ein, hielt ihn mit geschlossenen Augen. Als er sie wieder öffnete, sah er eine kleine, gerahmte Fotografie, die von der Spitze des mittleren Vorderpfostens der Fale herabhing. Es war eine Aufnahme von Pepe – ein feingliedriger Zwölfjähriger im besten Sonntagsanzug auf den Stufen der Kirche von Sapepe; sein Gesicht erstarrt zu einem ungeschickten, fast furchtsamen Lächeln, seine Rechte eine Bibel an die Hüfte pressend. Taifau hatte das Bild im Haus Tauilopepes gesehen.

»Faitoaga wollte es eigentlich nicht nehmen, ohne Tauilopepe darum zu bitten«, entschuldigte sich Faitoagas Frau. Taifau wandte sich um, um ihr einen Verweis zu erteilen. Sie wiederholte ihre Entschuldigung.

»Es ist in Ordnung«, sagte er. Sie ging hinaus.

Er saß da und dachte an Pepe und Toasa, doch als jene Erinnerungen drohten, ihn zu unangenehmen Schlüssen zu bringen, was seine Entwicklung betraf, zwang er sich, aufzuhören. Er blickte auf seine Uhr – eine Stunde war vergangen. Er schaute hinunter und sah Faitoaga und Lalolagi auf dem Pfad durch die Palmen das Vorgebirge herunterkommen. Hie und da blitzte das Gewehr auf Faitoagas Schulter in der Sonne auf.

»Das Essen ist fertig«, sagte Faitoagas Frau. Er drehte sich um und sah das Huhn und etwas Taro und Luau auf einer Eßmatte in der Mitte der Fale. »Es ist nicht viel«, fügte sie hinzu. Er sagte ihr, daß Faitoaga und Lalolagi zurückkehrten, und daß er auf sie warten würde.

»Schau, was wir haben, Taifau!« rief Lalolagi, als er zur Fale hereinkam, eine blutige Schnur mit toten Tauben vor Taifau hin und her schwenkend. Taifaus Appetit schwand sogleich. »Ich habe die da geschossen. Siehst du?« Lalolagi hielt einen Vogel hoch und steckte seine Finger in das klaffende Loch, wo die Eingeweide gesessen hatten. »Ich hab sie wirklich getroffen, nicht wahr, Faitoaga?«

»Er ist kein schlechter Schütze«, sagte Faitoaga und setzte sich Taifau gegenüber. Seine Frau legte eine Eßmatte vor ihn.

»Ich hab fünfzehn Kugeln abgefeuert und nur zehn davon verfehlt. Das ist gut, nicht wahr, Taifau?« sagte Lalolagi.

Taifau sagte, er solle sich setzen und essen. Lalolagi war bald ganz damit beschäftigt. Als Taifau aß, warf er keinen Blick auf die Schnur voller Tauben, die Lalolagi über die Lehne eines Stuhls gehängt hatte. Auf den Boden rieselte ständig Blut und breitete sich aus.

»Wie lange wirst du brauchen, bis du die letzten Hügel gerodet hast?« fragte Taifau Faitoaga.

»Zwei – drei Wochen. Weiß nicht genau.«

»Kannst du es nicht in zwei erledigen?«

Faitoaga zuckte die Achseln, sein Mund vor Taro ganz rund, und murmelte: »Sehe keinen Grund, warum nicht.«

»Aber was wird passieren?« fragte Lalolagi.

»Inwiefern passieren?«

»Mit den Tauben? Tauben brauchen Bäume.«

Taifau merkte, wie Faitoaga zu ihm hinüberblickte, und er spürte, daß seine Antwort auf die Frage des Jungen wichtig für Faitoaga war. »Hab nie daran gedacht ...«, sagte er, machte eine Pause, entschloß sich, daß er keine Verantwortung für die Tauben übernehmen würde, und sagte: »Du solltest besser Tauilopepe fragen.«

»Das werde ich tun«, sagte Lalolagi. »Aber ich glaube, die Tauben können in den Bergen leben, oder nicht?«

»Ja, es gibt bessere Bäume in den Bergen«, erwiderte Taifau, wobei er Faitoaga nicht ansah.

»Es gibt Aitu auf den Bäumen, nicht wahr, Taifau? Und auch Löwen?« sagte Lalolagi.

»Wer hat dir das gesagt?« fragte Taifau, wobei er sich das Lachen verbiß.

»Faitoaga. Glaubst du, ich kann einen Aitu und einen Löwen fangen?«

Taifau blickte starr auf Faitoaga, der aussah, als sei er völlig mit dem Essen beschäftigt, und sagte: »Keiner in Sapepe hat das jemals getan, weil es keine Aitu oder Löwen da droben gibt.«

»Aber Toasa hat einen gefangen«, beharrte Lalolagi.

Taifau gluckste in sich hinein und fragte: »Und wer hat dir das gesagt?«

»Faitoaga. Faitoaga sagte, daß Toasa als Junge in die Berge verschwand und mit einem Aitu in einem kleinen Zauberkorb zurückkehrte. Doch als die Leute den Aitu sehen wollten, hat Toasa den Korb aufgemacht und ihn zurück in die Berge entkommen lassen. Faitoaga sagte, Toasa habe gesagt, daß er nicht wolle, daß sein Aitu anderen Leuten gehöre, weil sie ihn verletzen würden. Toasa muß ein Zauberer gewesen sein, nicht wahr?«

Taifau hustete, um Faitoagas Aufmerksamkeit zu erringen, aber Faitoaga mied seinen Blick. So sagte er: »Toasa war ein großer Mann.«

»So groß wie Papa?«

»Ja«, erwiderte Faitoaga, bevor Taifau eine Antwort geben konnte. »Wenn Toasa so groß wie Papa gewesen wäre, hätte Papa mir das gesagt. Papa spricht nie über Toasa. Niemand ist so groß und so reich und so gut wie Papa. Nicht einmal Pepe.« Lalolagi machte eine Pause und sagte dann: »Pepe war ein Verbrecher, nicht wahr?«

Taifau und Faitoaga sahen einander an; jeder wollte, daß der andere die Antwort gab.

»Wer hat dir das gesagt?« fragte Taifau endlich.

»Ein paar Leute in Sapepe. Und Masina.«

»Glaub ihnen nie. Pepe, dein Vater, war ein guter und freundlicher Mann«, sagte Faitoaga.

»Aber er ist ins Gefängnis gekommen, oder nicht? Und nur Verbrecher kommen ins Gefängnis. Sowieso ist es mir egal. Papa ist mein Vater.« Lalolagi griff das Gewehr und ging zur Fale hinaus.

Keiner der Männer wußte, wie er sich verhalten sollte. »Man muß ihm sagen, wie sein Vater und Toasa wirklich waren«, sagte Faitoaga. »Bevor es zu spät ist.«

»Du hast nicht gerade einen guten Anfang gemacht, oder? Indem du ihm über Aitu und Löwen erzählt hast.«

»Aber sie sind für Pepe und Toasa wahr gewesen«, beharrte Faitoaga. Seine Frau entfernte die Eßmatten und Speisereste.

»Sie waren lediglich Geschichten, die der alte Mann sich zusammengereimt hat.«

»Wenn ich falsch damit umgehe, so sprich du doch mit Lalolagi. Erzähle du ihm doch von seinem Vater. Tauilo und Masina erzählten ihm bereits die falschen Sachen. Sag du es ihm doch!«

»Du brauchst nicht gleich wütend zu werden. Ich sag's ihm schon«, entgegnete Taifau behutsam. Faitoaga war in Sapepe gefürchtet. Er besuchte selten das Dorf, und wenn, dann oft, um eine Beleidigung an der 'Aiga Tauilopepe zu rächen oder um jemanden zusammenzuschlagen, der seine Kinder tyrannisiert hatte. Tauilopepe und neuerdings Teuila waren die einzigen, die ihn davon abhalten konnten, Leute anzugreifen. Taifau und die meisten anderen Sapepeaner wußten, daß die Erinnerungen an Pepe und Toasa für Faitoaga heilig waren. Außer Tauilopepe mußte jeder, der diese Erinnerungen geringschätzig behandelte, schnell mit den Fäusten reagieren können, und keiner in Sapepe war so schnell oder so fit oder so wild entschlossen wie Faitoaga. Faitoaga hatte seit dem Tod Toasas keinen Fuß in die Kirche gesetzt, doch tadelte ihn Filipo nie deswegen von der Kanzel aus. Auch war Faitoaga die einzige erwachsene Person in Sapepe, die nichts für die Kirchen- und Dorfprojekte beisteuerte. Kein Matai des Rates forderte deswegen eine Geldstrafe von ihm.

»Möchtest du eine Zigarette?« fragte ihn Taifau. Faitoaga rappelte sich auf, zog ein Buschmesser aus einem der Balken und ging hinaus, um die Bananenstauden gegenüber der Fale von Unkraut zu befreien. »Narr!« flüsterte Taifau. Wie die übrigen Sapepeaner fürchtete er sich vor Faitoaga. Und doch war Faitoaga außer Tauilopepe sein einziger Freund im Distrikt.

Kurze Zeit später ging Taifau hinaus zu Lalolagi, der unter dem Banyanbaum saß. Ein Fliegender Hund, der aus dem Nichts gekommen zu sein schien, flog zum Wipfel des Baumes und hängte sich an einen der obersten Äste.

Taifau konnte den Jungen nicht aufhalten. Schon war die Patrone ins Gewehr gedrückt und Lalolagi auf den Beinen, das Gewehr an der Schulter.

Während Taifau auf ihn zuging, sah er, wie Faitoaga aus den Bananenstauden herbeirannte. Das Gewehr ging los. Der Fliegende Hund ließ den Ast los, spreizte die Flügel, gewann an Höhe und flatterte davon, auf die Bergkette zu. Faitoaga wand das Gewehr aus den Händen Lalolagis, seine Rechte hob sich, um den erschrockenen Jungen zu schlagen.

»Nicht!« befahl ihm Taifau.

Faitoaga stieß den Jungen von sich. »Mach das nie wieder. Hörst du? Nie wieder!«

»Was ist denn so wichtig an einem Fliegenden Hund?« schrie Lalolagi. Faitoaga warf das Gewehr hin und stapfte in die Bananenstauden. »Ich habe nur auf einen Fliegenden Hund geschossen!« sagte Lalolagi zu Taifau. »Was ist denn mit Faitoaga los?«

»Es war nicht wegen dem Fliegenden Hund«, sagte Taifau.

»Aber weshalb denn dann?« fragte Lalolagi und fing an zu weinen. »Es war wegen des Banyanbaums.«

»Das ist nicht wahr. Es ist ein alter, nutzloser Baum!«

»Aber Faitoaga ist er wichtig«, versuchte Taifau zu erklären.

»Das waren schlimme Leute!« sagte Lalolagi. »Ich werde Papa das mit Faitoaga erzählen. Faitoaga hätte mich nicht so schlagen dürfen!«

»Aber er hat dich nicht geschlagen.«

»O doch! Er hat!« Lalolagi griff sein Gewehr und rannte fort, den Pfad hinunter.

3 *Die Wahl eines Vaters*

Sie saßen im geräumigen Wohnzimmer, das durch seine Reihe von Louvre-Fenstern in die Nacht hinauszeigte. Es herrschte eine drückende Schwüle. Die Hitze klebte an ihnen. Sie hatten das Abendessen beendet. Tauilopepe und Taifau, beide ohne Hemd, saßen auf dem Sofa zum Fenster hin, zusammen mit Teuila und Susana, Lalolagis Mutter, die vor sechs Tagen zu Besuch gekommen war. Motten flatterten lautlos um die sechs Lampen, die an der blauen Decke verteilt waren. Sie konnten hören, wie Masina Lalolagi einen Stock höher aus der Bibel vorlas; der Ton ihrer Stimme wurde noch verstärkt durch das leise Murmeln der Brandung. Tauilopepe war beim sechsten Whisky, und Taifau, nun ein Antialkoholiker, nippte an einem Glas gekühlten Orangensaft. Die beiden Frauen sprachen leise miteinander.

Als Tauilopepe seinen Whisky geleert hatte, kam eines der Dienstmädchen und füllte sein Glas von neuem. »Und wann kehrst du nach Apia zurück?« fragte Tauilopepe Susana.

»Ich denke, wir werden morgen losfahren, wenn es Euch paßt, Herr«, antwortete Susana.

»Wir?«

»Ja, Lalolagi und ich.«

»Möchte er denn gehen?« fragte Tauilopepe.

»Ich habe ihn noch nicht gefragt, Herr. Aber da er mein Sohn ist, wird er schon mit mir kommen wollen«, sagte Susana.

»Und wo wird er wohnen?«

»Bei meinen Eltern.«

»Was werden sie ihm geben können? Einen Job, bei dem er Faamafu ausschenkt? Keine Bildung?«

Susana senkte den Kopf und sagte: »Ich versuche mein Bestes, ihm das zu geben, was er von hier gewohnt ist.«

»Ich möchte nicht, daß er in jener Umgebung aufwächst. Die Gegend von Apia, in der du lebst, ist schlimm und wird ihn kaputtmachen, wie sie seinen ...« Tauilopepe konnte es nicht aussprechen.

Teuila war es nie gelungen, eine enge Freundschaft mit Susana aufzubauen, doch nun sagte sie: »Wie lange soll das noch gehen? Wie lange wirst du Pepe als Entschuldigung benutzen?« Sie erwartete, daß Tauilopepe sie zurechtwies, doch er tat nichts dergleichen. »Gib ihr Lalolagi. Er ist ihr Sohn.«

»Niemals!« sagte Tauilopepe. »Was für eine Mutter ist sie denn? Alles, was sie will, ist Geld, mein Geld. Benutzt meines Sohnes Sohn dazu, Geld aus mir herauszuschinden!« Er schaute Susana an und fragte: »Stimmt das etwa nicht? Antworte mir!«

Susana fing an zu weinen. »Ich möchte nur meinen Sohn. Er ist alles, was ich jetzt noch habe«, sagte sie.

»Acht Dollar pro Woche«, sagte Tauilopepe. »Was hältst du davon? Ich gebe dir acht Dollar pro Woche, bis du einen anderen Ehemann gefunden hast.« Susana war einer der Gründe, weshalb Pepe sich gegen ihn gewandt hatte, dachte er oft. Sie war eine verschlagene, herzlose Dirne, die hinter seinem Geld her war. »Oder willst du mehr?« Susana wischte sich die Nase mit dem Handrücken. »Ich möchte nur meinen Sohn!« sagte sie.

Tauilopepe rief nach einem weiteren Whisky. Das Mädchen eilte ins Zimmer und füllte das Glas nochmals.

»Warum laßt ihr denn Lalolagi nicht selbst wählen?« schlug Taifau vor, in der Überzeugung, daß der Junge seinen Großvater wählen würde, denn wo sonst bekäme er das, was er sich wünschte?

Auch Taifau hatte Susana nie gemocht. Als Pepe sie ihm in Apia zum ersten Mal vorgestellt hatte, bemerkte er gleich, daß sich hinter ihrer äußerlichen Schönheit eine schreckliche Leere verbarg.

Teuila ging aus dem Zimmer und stieg die Treppe empor. Tauilopepe stand auf und füllte sein Glas, während Susana still in sich hineinschluchzte. Taifau begann, seinen Vorschlag zu bereuen. Tauilopepe würde ihm nie verzeihen, falls Lalolagi Susana wählte. Sie warteten ab.

Die Tür ging auf. Lalolagi blieb im Rahmen stehen. Teuila stupste ihn in das Zimmer. »Komm her«, sagte Taifau. Der Junge schaute Susana an, dann Tauilopepe. Teuila schubste ihn nochmals. Lalolagi kam herein und blieb vor Taifau stehen. »Geh zu deiner Mutter«, sagte Taifau. Lalolagi kam näher auf ihn zu. »Mach schon«, ermunterte ihn Taifau.

»Teuila ist meine Mutter«, sagte Lalolagi.

»Aber du bist mein Sohn!« schrie Susana. Lalolagi rannte zum Sessel Tauilopepes. Tauilopepe schlang den Arm um ihn. »Du hast ihn gegen mich aufgebracht!« beschuldigte Susana Teuila. »Wie kannst du so grausam sein!« Teuila verließ das Zimmer.

»Sag ihr, sie soll gehen«, flüsterte Lalolagi Tauilopepe zu.

Susana hörte es und schaute auf. »Heuchler!« schrie sie Tauilopepe an. »Weißt du, warum dein eigener Sohn dich gehaßt hat? Er haßte alles an dir, weil du ein Heuchler bist! Du bist ein Dreck, gerade wie dein dreckiger Sohn, der mich mit Sünde erfüllt hat. Mit Sünde, die diesen Balg hervorgebracht hat!«

Tauilopepe sprang auf die Beine. »Geh! Mein Sohn hat gewählt!« Susana fuhr sich durch das Haar und Gesicht und schleuderte ihm weiter Obszönitäten entgegen. Taifau hielt sie fest und rang mit ihr, um sie aus dem Zimmer zu bekommen. Mit Fußtritten und kratzenden Fingernägeln wehrte sie ihn ab.

»Sie hat mich nie geliebt, Papa!« sagte Lalolagi. »Die ganze Zeit hat sie mich geschlagen!« Tauilopepes offene Hand durchschnitt das grelle Licht und wirbelte Susana zu Boden.

»Du Dreck! Du dreckige Scheiße!« kreischte sie.

Tauilopepe ging auf sie zu. Taifau packte den Kragen ihrer Bluse und zog sie mit einem Ruck auf die Füße. Sie hieb mit ihren Klauen um sich, er aber duckte sich, hob sie hoch und trug sie, die fortfuhr zu treten und zu kreischen, zur Tür.

»Er wird dich ruinieren, wie sein Vater mich ruiniert hat!« verfluchte sie Tauilopepe. »Sein böser Vater lebt in ihm!« Tauilopepe warf die Tür hinter ihnen zu. Er hörte es schwer plumpsen, als Taifau sie vor der Tür ablud.

Tauilopepe mußte seine Wut zügeln, als er hörte, wie Susana mit Taifau und Mitgliedern seiner 'Aiga kämpfte, die versuchten, sie nach draußen zum Auto und für immer aus Sapepe zu bringen.

Dann trat Stille ein. Lalolagi sprang herüber und barg seinen Kopf auf Tauilopepes Bauch. Der Wagen heulte auf und schoß zur Garage hinaus auf die Straße. Tauilopepe hob Lalolagi hoch und trug ihn zum Sofa. Das Auto drehte und heulte in Richtung Apia davon.

Sie würde Lalolagi nie wiedersehen; dafür würde er sorgen. Solch ein römisch-katholischer Dreck! Aber als er Lalolagi ansah, hallten ihre letzten Worte wie ein Echo in seinem Kopf. Nein, es war nicht so. Lalolagi war nicht Pepe. Pepe war tot, und Lalolagi war sein einziger Erbe, sein Name.

Teuila kam herunter und nahm Lalolagi mit nach oben, um ihn ins Bett zu bringen. Tauilopepe knipste die Lichter aus und trank Whisky um Whisky, bis sein Kopf vor Betäubung schwindelte und ihn ein Angstbild umkreiste. Er hatte Susana am Abend zuvor beobachtet. Sie hatte nicht gewußt, daß die Tür der Dusche offenstand. Susana schimmernd in ihrer Nacktheit, während ihr das Wasser vom Leib herabrieselte. Silberschlangen von Wasser, die ihre hohen, emporstrebenden Brüste und ihren Bauch und das schwarze Dreieck zwischen ihren Beinen liebkosten. Ihre Hände, seine Hände, als sie die brennende Haut einseiften, seine Haut brannte von der Grube seiner Lenden bis zu den schmerzenden Fingerspitzen. Die Tatsache, daß sie Pepes Frau gewesen war, erhöhte sein Verlangen noch.

»Soll ich das Licht ausschalten?« fragte Teuila, als er in den frühen Morgenstunden in das Schlafzimmer taumelte. Er ging hinüber und stand über dem Bett. »Du hättest sie nicht so behandeln sollen«, sagte Teuila, indem sie nach seinen zitternden Händen faßte. Er setzte sich auf die Bettkante.

Sie richtete sich auf, öffnete sein Hemd und zog es ihm aus. »Du solltest nicht soviel trinken.« Sie schnallte seinen Gürtel auf und legte ihn ab. »Was ist los? Fühlst du dich krank?«

Er streckte die Arme aus und umschloß sie. Sie murmelte weich, als er sie liebkoste. »Warte, ich ziehe mein Nachthemd aus.« Er lag auf dem Bett, während sie sich auszog.

Susana in der Dusche – Pepes Frau, stöhnend und sich regend auf dem Bett, als seine Hände wie das Wasser über ihren Körper glitten.

»Mach schon!« flüsterte die Frau, und er war in ihr drin. »Ah, ah, du bist größer als er!« stöhnte sie, ganz um ihn herum. »Fester, fester! So ist es … so ist es gut! … Komm! Ich komme. Komm! Du bist der Beste!«

»Bin ich besser als er?«

»Jajaja!«

Er wachte auf und merkte, daß Teuila ihm leicht das Gesicht klopfte. »Was ist los? Hattest du einen Alptraum?«

»Ja, einen Alptraum«, murmelte er.

Er war eingeschlafen, während sich Teuila auszog.

4 *Versäumnis eines Vormunds*

Taifaus Haus, das zweitgrößte Sapepes, war das einzige Haus außer dem Tauilopepes, das Elektrizität hatte. Tauilopepes Generator beschaffte den Strom. Wie Tauilopepes Haus war es mit prunkhaften, teuren Möbeln, glänzendem Linoleum in allen Räumen, zwei Rundfunkgeräten (eines im Wohnzimmer und eines einen Stock höher) und einem großen Holzofen in der riesigen Küche ausgestattet. Aufnahmen von Taifaus 'Aiga bedeckten eine Wand des Wohnzimmers und eine seines Büros – eine kleinere Ausgabe vom Arbeitszimmer seines Brotherren –, in dem er die Rechnungsbücher und die Papiere der »Blätter des Banyanbaums« und der weiteren Geschäfte Tauilopepes aufbewahrte. Im Lauf der Jahre hatte Taifau einen unersättlichen Hunger nach Wildwestromanen entwickelt. Jedesmal, wenn er in Apia war, kaufte er drei oder vier Bände, und ganze Reihen davon füllten nun das eine Bücherregal seines Büros. Taifaus Haus besaß auch das einzige Spülklosett Sapepes neben Tauilopepe, und nur Taifau, Nofo und wichtige Besucher benutzten diese Toilette. Die anderen 'Aiga-Mitglieder mußten das zugige Außenklo benutzen. Taifaus wertvollster Besitz war sein Schlafzimmer: Seine Decke war marineblau, die Wände rosa, der Fußboden blutrot; Louvre-Fenster mit gelben Vorhängen gingen auf die Straße hinaus, und die Mitte des Zimmers nahm ein Bett mit Messingpfosten ein, die fast bis zur Decke hinaufreichten. Taifau hatte das Bett einem Pfarrer abgekauft, der es von seinem Großvater geerbt hatte, welcher es wiederum von einem Papalagi-Missionar erstanden hatte, der zehn Jahre lang hatte mitansehen müssen, wie seine Frau darin gestorben war. Das glänzende Ungeheuer, das Taifaus Töchter einmal pro Woche polieren mußten, stützte ein schweres, mit Quasten geschmücktes Moskitonetz. Eine gewaltige Kapokfasermatratze, der Geburtsort der meisten Geschäftspläne Taifaus – nicht jedoch seiner Kinder, denn Nofo hatte ihr eigenes Schlafzimmer –, drückte das Bett zu Boden. Ein Lackschrank stand in der Nähe der Louvre-Fenster; keiner durfte ihn öffnen.

Taifaus Kinder konkurrierten jetzt in ihrer Zahl mit der Brut Filipos: sieben Söhne – drei verheiratet, die als Aufseher und Ladenverwalter für Tauilopepe arbeiteten, einer Pfarrer in Savaii, einer Schüler auf dem Samoa-College in Apia; sechs Töchter – drei von ihnen waren verheiratet und lebten mit ihren Männern und Kindern in der Fale hinter dem Haus. Alle seine Kinder waren gesund, arbeiteten hart, waren gottesfürchtig, gehorsam und sparsam. Keins ähnelte dem Charakter nach dem feigen, faulen, gottlosen Verschwender Taifau von früher, auch keins der älteren, die jenen Taifau noch gekannt und ertragen hatten. Einige der älteren Personen Sapepes redeten noch immer über den hasenfüßigen, halbblinden Musikus und seine unglaublichen Heldentaten, allerdings nicht, wenn Taifau oder Tauilopepe in der Nähe waren. Als Taifaus jüngere Kinder diese Geschichten hörten, weigerten sie sich zu glauben, daß ihr Vater, den sie als einen verantwortungsbewußten Ernährer kannten, ein fauler Narr gewesen sein sollte, und der Urheber – weiß Gott – wie vieler unehelicher Kinder, unflätiger Witze und Lieder. Der junge Taifau, so schlossen die Kinder aus dem, was die Älteren sagten, hatte nur einen bewundernswerten Zug: Er war der beste Musiker Sapepes – und Samoas – gewesen. Die Existenz der mittlerweile legendären Gitarre, von der die Kinder wußten, daß sie im Schlafzimmerschrank ihres Vaters verschlossen war, bot den Beweis hierfür. Taifau erzählte ihnen nie aus seiner Vergangenheit. Seine Geschichten handelten meist von drei Personen: Toasa und Pepe, die nun beide gestorben waren, und Tauilopepe. Kombiniert das Beste dieser drei Männer, und ihr hättet einen Mann, der nur Jesus Christus nachstand, sagte er seinen Kindern.

So war es für die Kinder ein unerwartetes, aber herrliches

Ereignis, als sie – bald nach Pepes Begräbnis – eines Abends Gitarrenklänge aus dem Schlafzimmer ihres Vaters dringen hörten. Die Akkorde waren grob und unmusikalisch – die ungeschickten Bemühungen eines Anfängers. Doch im Laufe der Abende und mit zunehmender Übung klang es allmählich nach Musik. Eines Abends ertappten die Kinder ihre Mutter dabei, wie sie andächtig der Musik lauschte – das Gesicht verklärt von einem wundervollen Leuchten. Die Musik endete abrupt, und sie hörten, wie Taifau nach der Gitarre schlug und fluchte. »Er hat die Gabe verloren«, sagte Nofo traurig. Dann, etwa eine Woche später, hörten sie ihren Vater im tiefen Bariton singen, wobei er versuchte, auf der Gitarre rhythmisch mitzuschlagen. »Gott ist gnädig gewesen, vielleicht wird Er ihm die Gabe wieder voll gewähren«, sagte Nofo. Ihr jüngster Sohn fragte, ob es wahr sei, daß Taifau einmal der beste Musiker Samoas war. Nofo sagte »Ja«. Und sie fügte hinzu: »Pepes Tod wird die Sehkraft wiederherstellen, die euer Vater einst besessen hat.«

»Aber Taifau war damals halbblind«, beharrte eine der Töchter. Nofo gab keine Antwort, und so fragte das Mädchen, was Pepe denn damit zu tun gehabt habe.

»Pepesa, Tauilopepes Sohn«, sagte ihnen die Mutter, »liebte Taifaus Musik, aber Pepesa ist nun verschieden.«

»Pepesa?« fragte der Sohn, der auf dem Samoa-College war.

Nofo sagte ihm, daß Pepes voller Name Pepesa war, was »Geheiligtes Kind« bedeute. »Er ist fortgegangen und hat Taifau allein gelassen«, sagte sie traurig. Die Kinder sahen einander verwirrt an.

Ein paar Tage lang verschwand Taifau direkt nach dem Abendessen nach oben ins Schlafzimmer – und zwar nach dem Streit zwischen Tauilopepe und der Frau, die, wie die Kinder erfuhren, Lalolagis Mutter war. Die Kinder räumten den Tisch ab und gingen zum Essen in die Küche, äußerst verwirrt durch das Verhalten ihres Vaters, da er normalerweise Radio hörte oder am Abend ein Cowboybuch las. Sie aßen schnell, wuschen die Schüsseln ab und duschten; dann gingen sie mit um sich gewickelten Tüchern ins

Wohnzimmer, wo sie angeblich Radio hörten. Der Sohn auf dem Samoa-College fragte Nofo gelegentlich, ob jemand sie an diesem Abend besuchen würde. Sie sagte, sie wisse es nicht. Der Sohn auf dem Samoa-College, das einzige Kind, dem Taifau die Erlaubnis erteilt hatte, das Radio anzurühren, schaltete das Gerät an, und die anderen setzten sich darum herum. Nofo fragte, ob irgend etwas los sei. Nachdem sie ihr versicherten, alles sei in bester Ordnung, sagte sie, sie sollen doch ihre Hausaufgaben machen. Sie holten ihre Bücher heraus und gaben vor zu arbeiten.

Die Tür hinter Nofo, die gerade ihr langes schwarzes Haar kämmte, ging auf. Die Kinder atmeten schwer vor staunender Überraschung, als Taifau eintrat, mit der legendären Gitarre im Arm. »Was starrt ihr denn so?« fragte er.

»Nichts«, erwiderte der Sohn vom Samoa-College, der Taifaus Liebling war, da er der hellste unter seinen Söhnen war und der einzige, dem es gelungen war, auf das College zu kommen, auf das Gymnasium. Taifau legte die Gitarre sachte auf den Tisch in der Mitte des Zimmers. Die Kinder standen darum herum, mit großen Augen und etwas unsicher. Taifau setzte sich dahinter. Er verbot ihnen, die Gitarre zu berühren. Ein Weilchen später fragte ihn eines der Mädchen, wieviel die Gitarre gekostet habe.

»Eine Million«, erwiderte Taifau. Nofo lachte. Sie wußte, ohne daß jemand es ihr gesagt hätte, was er da nach unten brachte.

»Das ist ein Haufen Geld«, sagte der Sohn, der auf dem College war.

»Was ist eine Million?« fragte der Jüngste den College-Sohn.

»Es ist eine Eins mit sechs Nullen«, war des College-Sohns gelehrte Antwort.

»Das stimmt«, bestätigte Taifau seinem jüngsten Sohn.

»Woher hattest du das viele Geld? Selbst die Papalagi und Tauilopepe haben nicht soviel«, beharrte sein jüngster Sohn.

»Ich habe nicht gemeint, eine Million Dollar«, erklärte Taifau, »sondern eine Million Lachen.« Der College-Sohn fing an zu lachen, war aber gleich wieder stumm, als er bemerkte, daß sein Vater keineswegs scherzte. Eine der Töchter Taifaus, deren Kopf in der vorigen Woche wegen der Läuse kahlgeschoren worden war, fragte ihn, ob ihm jemand die Gitarre gegeben habe. Der College-Sohn kicherte, nannte sie eine kahlköpfige Närrin und bestand darauf, daß sein Vater die Gitarre in einem Laden in Apia gekauft habe.

»Nein!« sagte Taifau. Die anderen Kinder, besonders das glatzköpfige Mädchen, lachten den College-Sohn aus. »Pepe, ja, Pepe hat sie mir gegeben«, sagte ihnen Taifau.

»Aber ...«, hob Nofo an.

»Aber was? Pepe gab sie mir für eine Million Lachen«, sagte Taifau. »Das ist nicht ...«

»Das ist nicht was? Es ist alles dieselbe Gitarre«, sagte er schnell. Sie wußte, daß er sie anlog; später würde er ihr die Gründe dafür auseinandersetzen.

Also sagte sie: »Das stimmt. Ich hab es vergessen.«

Die Kinder baten Taifau, ihnen etwas vorzuspielen, doch er sagte ihnen, daß er Besuch erwarte. Sie fingen an zu murren. Er sagte, sie sollten gehen, sich auf die Straße setzen, und wenn sein Besucher gegangen wäre, würde er für sie spielen. Widerstrebend gingen sie hinaus, doch anstatt sich weit von dem Haus zu entfernen, setzten sie sich unter die Vorderfenster des Wohnzimmers. Der College-Sohn sagte den anderen, sie sollten still sein.

»Pepesa hat dir die Gitarre nicht gegeben, oder?« hörten sie Nofo fragen.

Es folgte eine Pause. Dann sagte ihr Vater: »Nein.«

»Aber warum dann die Kinder anlügen?«

»Es war wichtig.«

»Warum?«

»Du stellst zu viele Fragen.«

Eine weitere ausgedehnte Pause.

»Warum war es wichtig?«

»Wegen Pepe. Ich möchte, daß sie die Erinnerung an Pepe wie einen Schatz behandeln ... Warum muß ich eigentlich alles, was ich tue oder sage, erklären?« sagte Taifau. Nofo gab keine Antwort. »Ich lüge, weil ich nicht will, daß unsere Kinder wissen, was für ein Mann ich war. Würdest du es mögen, wenn sie wissen, wie ich war?« Sie schwieg noch immer still. »Du bist noch der Nagel zu meinem Sarg. Du bist so blind wie ein Huhn, aber du kannst bis in mich hineinsehen, oder etwa nicht?«

»Warum hast du mich dann zur Frau genommen?«

»Fang nicht wieder damit an«, sagte er.

»War es, weil ich schwanger war? War es aus Mitleid?«

»Wegen deiner Gabe der Blindheit«, versuchte er zu scherzen. Sie gluckste in sich hinein und sagte: »Und ich hab dich genommen, weil niemand sonst meine Blindheit ertragen hätte.«

»Falsch. Du hast dich in meine Gitarre und in meine einsaitige Baßgitarre verliebt!« sagte er. Sie lachten beide. Draußen befahl der College-Sohn den anderen, nicht mehr hinzuhören.

»Ja, deine beiden Gitarren haben es ganz gut verstanden, zu musizieren«, sagte Nofo.

»Haben es verstanden?« sagte er. »Beide sind noch immer fit und fähig, wie du sehr gut weißt. Welche würdest du nun bevorzugen?«

»Jetzt, in dieser Minute?«

»Ja, gerade jetzt.«

»Die schwarze.«

»Die mit einer Saite oder die mit sechs?«

»Mit sechs.« Und sie lachten, wie ihre Kinder sie noch nie zuvor hatten lachen hören.

Der Jüngste fragte den College-Sohn, über was ihre Eltern denn lachten. Dies gehe ihn nichts an, erwiderte der College-Sohn streng.

»Warum hört denn Taifau nicht auf zu sprechen und spielt endlich?« fragte eines der Mädchen. Es wurde ihnen kalt, denn eine kühle Brise wehte durch die Bäume und die Blumen.

Taifau und Nofo hörten auf zu lachen, und die Kinder hörten das Aneinanderklirren von Gläsern. Der College-Sohn stand auf und spähte durch das Fenster. Taifau stellte drei leere Gläser auf den Tisch neben die Gitarre. Dann ging er in die Küche und kam mit einem Krug kalter Orange zurück. Er füllte zwei Gläser und reichte Nofo eins davon. Der College-Sohn duckte sich aus dem Sichtfeld.

»Wer kommt heute abend?« hörten sie Nofo fragen.

»Lalolagi. Ich hoffe, daß er kommt.«

»Warum möchtest du, daß er kommt?«

»Magst du ihn nicht?«

»Er ist recht dreist und hochnäsig. Nicht wie Pepe, als er ein Junge war. Erinnerst du dich noch daran, wie er zu mir war? Nahm meine Hand und führte mich zur Kirche und brachte mir das Essen. Er war immer höflich zu mir, selbst als wir so arm waren, daß jeder uns grausam behandelte. Weißt du es noch?«

»Ja, ich weiß es noch. Laß uns nicht mehr darüber reden.«

»Erinnerst du dich noch an den Scherz, den er immer machte, wenn Toasa wütend auf ihn war? ›Ich bin Pepesa, Nachhut der Gottheiten, doch Vorhut Sapepes.‹ Und Toasa lachte dann immer und vergaß seine Wut.«

»Wir wollen nicht über ihn sprechen.«

»Was ist aus ihm geworden, Taifau? Ich meine, nachdem er nach Apia fortgegangen ist? Du bist ihm begegnet, als er ein Mann wurde, wie war er da? Hatte er sein Herz für die Menschen verloren?« Während sie so redete, spürten die Kinder, daß sie den Tränen nahe war.

»Ich weiß nicht, was aus ihm geworden ist. Hör auf zu weinen. Ich kann's dir wirklich nicht sagen. Alles wäre einfach, wenn ich die Antwort wüßte. Hör auf zu weinen!« Aber Nofo weinte noch immer leise.

Dann, in der angespannten Stille, hörten die Kinder die ersten zarten Akkorde, und im Geiste sahen sie die gewandten Finger die erwachenden Saiten zupfen. Und die wunderbare Gitarre sang zum ersten Mal in ihrem Haus; selbst die Bäume und die Sterne konnten nicht anders als zuhören, dachten sie. Solch eine Gitarre konnte die Toten auferwecken – den sagengleichen Toasa und Pepe und den musikalischen Zauberer, der ihr Vater gewesen war.

Auf der anderen Straßenseite ging die Vordertür von Tauilopepes Haus auf. Die Kinder erkannten im Schein der Tür die Umrisse Lalolagis. »Warum muß er hierherkommen!« rief eines der Mädchen aus.

»Verzogene Kröte!« zischte der College-Sohn. Die meisten der Kinder hatten dann und wann Lalolagis Arroganz ertragen müssen. »Eines Tages werde ich ihn noch zusammenschlagen.«

»Du hast doch Angst vor ihm. Du bist größer und älter als er, aber du hast Angst vor ihm!« sagte eine seiner Schwestern. Er brachte sie zum Schweigen, indem er drohte, sie zu ohrfeigen.

Lalolagi trat ins Licht draußen vor der Tür. Der Arm des Jüngsten holte aus, um einen Stein zu schleudern. Der College-Sohn schlug ihn ihm aus der Hand. »Ich hab keine Angst vor ihm!« erklärte der Jüngste. Lalolagi trat in ihr Haus. Die Kinder peilten über den Fenstersims ins Zimmer. Taifau hatte zu spielen aufgehört. Lalolagi stand vor ihm. Taifau deutete auf den Sessel ihm gegenüber. Lalolagi setzte sich.

»Hab nie gewußt, daß du spielen kannst«, sagte Lalolagi. »Kann ich etwas zu trinken haben?« Taifau zeigte auf das leere Glas, und Lalolagi mußte sich selbst einschenken.

»Was hast du heute gemacht?« fragte Taifau.

»Bin mit Papa nach Apia gefahren. Am Nachmittag sind wir zurückgekommen. Das ist alles. Oh, ich habe einen Cowboyfilm in Apia gesehen.« Lalolagi machte eine Pause. »Wem gehört diese Gitarre?« fragte er.

»Mir«, erwiderte Taifau. Seit jenem Tag vor etwa einem Jahr, als Faitoaga Lalolagi fast geschlagen hatte, weil er auf den Banyanbaum schoß, war er Taifau und Faitoaga mit zunehmender Gleichgültigkeit begegnet.

»Warum hast du mich sehen wollen? Ist es etwas Wichtiges? Ich habe gerade mit Masina Karten gespielt«, sagte Lalolagi.

»Dachte, du möchtest mir vielleicht gern beim Gitarrenspielen zuhören«, erwiderte Taifau.

»Dein Vater ist immer gekommen, um Taifau zuzuhören. Er sagte immer, daß Taifau am besten spielen könne«, sagte Nofo.

»Am besten im Vergleich zu wem?« fragte Lalolagi.

Bevor Nofo etwas erwidern konnte, fing Taifau an zu spielen. Die Kinder hatten plötzlich das Gefühl, daß der Musik etwas Wichtiges fehlte, nämlich die Qualität, die sie hatte glauben lassen, daß die Gitarre Tote auferwecken könne. So vertiefte sich das Gefühl der Feindschaft gegenüber Lalolagi. Lalolagi rieb seine Knöchel auf der Lehne des Sessels.

»Toasa und Pepe haben immer ein Spiel miteinander gespielt«, sagte Taifau, während er spielte.

»Was für ein Spiel?« fragte Lalolagi mit lautem Gähnen.

»Toasa fragte da immer: ›Wer bist du?‹ und Pepe pflegte zu antworten: ›Ich bin Pepesa Tauilopepe, Nachkomme der großen Helden Sapepes, Sohn ihrer Gottheiten, Erbe ihrer …‹«

»O das!« sagte Lalolagi. »Masina hat mir davon erzählt. Sie meint, das sei ein dummes Spiel gewesen. Das meine ich auch. Erwachsene sollten keine solchen Spiele spielen, nicht wahr? Papa denkt auch, daß das Spiel recht dumm ist.«

Taifau hörte auf zu spielen. Lalolagi gähnte wieder. Taifau legte die Gitarre auf den Tisch, im grellen Licht sah sie aus wie eine hilflose Schildkröte. »Es war kein dummes Spiel«, sagte er. Lalolagi fuhr auf. »Es beinhaltet die ganze Geschichte und Zukunft deiner 'Aiga und Sapepes. Eines Tages wirst du den Tauilopepe-Titel erhalten, und es gibt …«

»Papa hat schon gesagt, daß ich der nächste Tauilopepe sein werde«, unterbrach ihn Lalolagi.

»Es gibt gewisse Verantwortlichkeiten und Pflichten, die zu diesem Titel gehören. Diese Verantwortlichkeiten kommen vor in dem Spiel, das Toasa und dein Vater immer miteinander gespielt haben. Erscheint dir das Spiel jetzt immer noch so dumm?«

»Aber Masina hat gesagt …«, beharrte Lalolagi.

»Hat was gesagt?«

»Du solltest nicht wütend werden. Ich meine nicht, daß das Spiel … dumm ist. Es ist nur, daß Papa will, daß ich zuerst auf das Internat, dann auf die Universität in Neuseeland oder in Amerika gehe, wie die Söhne der anderen reichen Samoaner. Papa sagt, daß ich unsere Bräuche später lernen kann.«

»Es ist schon spät. Du gehst wohl besser heim«, sagte Taifau. »Es hat keinen Sinn.«

»Was hat keinen Sinn?« fragte Lalolagi.

»Nichts. Geh nach Hause ins Bett.«

»Gute Nacht«, sagte Lalolagi. Er stand auf und ging hinaus.

Die Kinder schlichen zur Hintertür und gingen hinauf in ihre Schlafzimmer, bitter enttäuscht darüber, daß ihr Vater Lalolagi nicht verprügelt hatte, weil er so ungezogen war.

Taifau nahm die Gitarre an sich. »Worauf starrst du?« schrie er Nofo fast an. Sie schüttelte den Kopf. Er stapfte zum Zimmer hinaus; die Gitarre nahm er mit.

»Es tut mir leid!« rief sie ihm nach.

5 *Von der alten Weisheit*

Und es geschah, daß Masina am Morgen des Montags, des 15. März 1959, starb, zwei Wochen und einen Tag nach ihrem neunundsiebzigsten Geburtstag und vier Jahre, fünf Monate und zwei Tage nach Pepes denkwürdigem Begräbnis. Todesursache: Altersschwäche und ihr würdiges Begehren, Einlaß in das Himmlische Königreich zu erlangen.

Da sie Tauilopepes Mutter war, hatte sie fast uneingeschränkte Macht in Sapepe genossen. Das Sapepe-Frauenkomitee, über das sie mit selbstherrlicher Hand regierte, war in Furcht und Schrekken vor ihr. In ihren Spenden für mildtätige Zwecke und die Kommunaleinrichtungen Sapepes konnte es ihr niemand gleichtun – nicht, daß es jemand auch nur gewagt hätte. Sie wurde zum geschwätzigsten Vertreter der wörtlichen Auslegung der Bibel sowie dessen, was sie als die »immerwährenden Lehrsätze der LMS-Kirche, der einzig wahren Kirche«, bezeichnete. Ferner war sie die ursprünglichste Autorität im Bereich der religiösen Deutung von Träumen, Alpträumen, Visionen und der unterschiedlichen Arten des Zugangs zum Paradies. Bei den Zusammenkünften des Frauenkomitees erging sie sich stets etwa eine

Stunde lang in ihrer unverwechselbaren Baßstimme über die Träume, mit denen der Schlaf sie die Woche hindurch gesegnet hatte. Nach diesen Ausführungen, die selbst die gelangweilteste Zuhörerin nicht zu unterbrechen wagte, enträtselte sie mit der ihr eigenen schwachen Logik die religiöse Symbolik dieser Träume zum Nutzen der anderen Frauen, die sie, wenn sie wütend war, »unwissende Produkte der niedrig Gesinnten« oder, falls angenehm berührt, »meine Christentöchter« nannte. Der Himmel, so behauptete sie, sei eine »mit Gold gepflasterte Stadt, in der Milch und Honig fließen«, eine Stadt, worin die Gesegneten – zu denen sie mit Sicherheit einmal zählen würde – zu Gottes Füßen mit goldenen Sandalen säßen – (Gott hatte Füße, wenn sie Ihn auch als »Feuerball« beschrieb) – und in alle Ewigkeit mit dem Chor der Engel Hymnen sängen. Wenn sie also in ihren Träumen irgend etwas sah, das wie Gold glänzte, so deutete sie es als heiliges Zeichen dafür, daß sie dem Himmel immer näher kam und freien Zutritt hatte zu jener utopischen Kolonie. Die Hölle war dagegen ein unermeßlicher Abgrund, in dem das flüssige Feuer herumstob und die Verdammten in alle Ewigkeit kreischten, während der Teufel, ein verderbter Papalagi mit feurigen Augen, Schaum vor dem Maul und Schwanz, sie mit einem Dreizack-Spieß stach. Als sie Pepe unter den ertrinkenden Verdammten erblickte, weinte sie und sagte, er sei da, weil er nicht emsig genug versucht habe, sich für den Herrn zu bewahren. Doch immerhin war Pepe von seinem Schöpfer mit einem freien Willen ausgestattet worden, also traf sie keine Schuld, daß er das Dunkel und die Sünde erwählt hatte.

Sieben Tage bevor sie starb, brachte sie ihre 'Aiga dazu, sie in die Fale zu transportieren. Sie war in einer Fale geboren worden, und – wie alle wahren Vollblut-Samoaner – wollte sie auch in einer Fale sterben. Sie rief die 'Aiga Tauilopepe zusammen, so daß sie ihr letztes Mavaega erteilen konnte; damit belebte sie einen Brauch wieder, der in Sapepe nicht mehr beachtet worden war.

Behaglich in ein teures Laken gehüllt, lag sie inmitten der

schweigsamen Menge, starrte in die Kuppel der Fale hinauf und hielt Tauilopepes Hand.

Als bescheidene Tochter eines bescheidenen Pfarrers war sie geboren worden, so hatte sie ihr Mavaega begonnen. Später hatte sie sich als künftige Ehefrau eines Pfarrers qualifiziert – war sie doch eines der ersten Mädchen Samoas, die das Vaiuta-College besuchten –, doch sie heiratete aus Liebe einen unwissenden, aber adligen Sapepe-Matai gegen den Willen ihrer Eltern, die sie – wie jedermann wußte – geliebt hatte. Sie hatte vier Söhne in diese sündige Welt gesetzt, wie sie es Gott schuldig war, hatte zugesehen, wie drei ihrer Söhne, alle gläubige Jünglinge, die Jesu wert waren, während der Grippe-Epidemie gestorben waren – allerdings ohne Sorgen, denn sie gingen ja in das Land des Glücks. Übrig blieb Tauilopepe, der für sie sorgte, wie kein anderer Sohn es gekonnt hätte, und sich als äußerst gottesfürchtiger Mann erwies.

An ebendiesen wertvollen Sohn vermachte sie mündlich die 'Aiga Tauilopepe und all die Ländereien und weiteren Eigentümer jener 'Aiga. Ihm mußte die 'Aiga Tauilopepe unerschütterliche Treue halten, den vollsten Gehorsam, die vollste Liebe und den vollsten Dienst entgegenbringen, und durch ihn und ihre Kirche mußte sie ihre Seelen Gott widmen. Sie hatte ihren Nachkommen nichts zu hinterlassen als ihr keusches Angedenken als eine gläubig Liebende Jesu Christi. Zum Abschluß sagte sie unter vielen Tränen: »Ich habe gelebt, ich habe geliebt, ich habe den Geboten des Herrn gehorcht, und ich habe das Licht der Wahrheit gefunden. Nun bin ich bereit, rein an Herz und Seele, meinem Schöpfer zu begegnen. Weint nicht um mich.« (Die meisten fingen sofort zu weinen an.) »Weint um euch selbst, die ihr noch immer in dieser sündigen Welt leben müßt, von der Gott mich befreit, so daß ich im Paradies mit Ihm leben darf. Amen.« Sie seufzte und schloß die Augen, in der Erwartung, daß der Engel Gottes sie noch in dieser Minute davontragen würde.

Gegen Ende ihres Mavaega weinte ihre ganze 'Aiga außer Tauilopepe ausgiebigst. Sie sangen Hymnen, lasen aus der Bibel und beteten zu Jehova, daß Er doch ihre geliebte Mutter, die krank und hinfällig war, in die Geheiligte Stadt aufnehmen möge.

Tauilopepe blieb an ihrer Seite, nachdem die anderen gegangen waren; er drückte ihr die Hand. Die Frauen hatten die Fale-Matten heruntergelassen, gegen die nun ein starker Wind blies. Als er in ihr runzliges Gesicht sah, kam es ihm vor, als ob ihre Wangenknochen durch das Fleisch drangen. Die Fale-Vorhänge bewegten sich unerwartet hin und her. Tauilopepe fuhr herum. Seufzte.

Ihre Finger krallten sich um seine Hand. Er riß die Hand fort. Ihre Augenlider öffneten sich langsam. »Ich bin da«, sagte sie. »Ich bin angekommen.«

»Nein, es ist bloß das Licht«, flüsterte er, erleichtert, daß sie nicht gestorben war, als sie seine Hand faßte.

Sie sah ihn an. »Ich bin also gar nicht tot?« Er schüttelte den Kopf. »Wo ist Lalolagi?« fragte sie mit wieder geschlossenen Augen.

»In Apia bei Teuila«, erwiderte er.

»Laß ihn holen.«

»Wie du wünschst.«

»Schicke heute abend einen Wagen los.«

»Aber es ist …«

»Jetzt!«

»Also gut«, sagte Tauilopepe. Die gespannte Stille, die seit Pepes Tod immer zwischen ihnen bestanden hatte, war nun wieder eingekehrt. Er wollte mit ihr über die Gründe jener Stille sprechen, wußte aber nicht, wie er anfangen sollte.

»Bist du noch immer hier?« fragte sie.

»Ja, ich bin immer noch da.« Er hielt inne. »Masina?« Sie nickte mit dem Kopf. »Eine Person fehlte heute abend«, sagte er und beobachtete jeden Zug auf ihrem Gesicht.

»Lalolagi?«

»Nein.« Er hielt wieder inne. »Pepe.« Sie atmete schwer. »Alles in Ordnung?« fragte er und faßte wieder ihre Hand. Er seufzte auf, als er merkte, daß sie noch am Leben war. Es fiel ihm ein, daß er schon einen teuren Sarg für sie bestellt hatte. Er verscheuchte den Gedanken.

»Bitte ... sprich ... nicht ... mit mir ... über ihn«, sagte sie und stöhnte, als ob es ihr letzter Atemzug sei.

»Warum nicht?«

»Ich mag ... nicht.«

»Aber warum? Du kannst doch nicht dahingehen mit diesen Gefühlen ihm gegenüber!«

»Mit was für Gefühlen?« Normale Stimme, mit einer Spur von Ärger.

»Du hast ihn verachtet und tust es immer noch.«

»Nein!«

»O doch.«

»Nein, nein!« Neue Taktik – Tränen. »Bitte verdirb mir doch nicht meinen letzten Tag!«

»Du kannst nicht zu Gott gehen, wenn du Pepe haßt.«

»Nein, nein!« sagte sie.

»Dann hast du ihn gefürchtet?« fragte er.

»Nein!« Sie weinte nun in einem fort.

»Ich hab ihn gefürchtet, Masina«, sagte er. Eine neue Taktik, ihren Tränen zu begegnen. Sie funktionierte.

»Ja, ich hatte Angst vor ihm«, flüsterte sie. Keine Tränen mehr. Die Augen waren noch immer geschlossen.

»Warum?«

»Weil ... weil ...«

»Weil was?«

»Weil er gerade so war wie ...«

»Wie wer?« Er fühlte, wie ihre Hände zitterten. Er zog seine Hand fort.

»Wie ... ich kann nicht. Bitte bring mich nicht dazu. Ich kann ihn nicht betrügen!« Sie wandte ihr Gesicht ab.

»Betrügen? Wen betrügen?«

Das Gesicht drehte sich langsam um, bis es gerade zu ihm hinaufstarrte, mit geschlossenen Augen und Knochen, die durch das durchdringende Licht noch betont wurden. Dann öffnete sich der blaugeäderte Mund und heraus sprudelten die Worte: *»Dein* Vater!«

»Mein Vater?« fragte er, weil er dachte, sie wolle ausweichen.

»Ja, dein Vater. Pepe war gerade so wie dein Vater!« Das Gesicht wandte sich wieder ab.

»Aber inwiefern? Ich glaube dir nicht.«

»Du glaubst es nicht?«

»Nein!«

Der Kopf bewegte sich auf und ab, als ob er lachte. »Warum glaubst du mir nicht?«

»Weil ... weil er ein guter Mann war.«

»Ein ›guter Mann‹?« Der Kopf lag still.

»Und du hast ihn geliebt!« beharrte er, überzeugt, daß sie nun die Wahrheit sprach.

»Ihn geliebt?«

»Ja, du mußt ihn geliebt haben!«

»Ich tat's nicht.«

»Du hast ihn nicht geliebt?«

»Nein!«

»Aber warum?« fragte er.

Das Gesicht wandte sich ihm zu. Die abgrundlosen Augen, Gruben im Schädel, starrten in seine Augen. »Warum hast *du* deinen Sohn nicht geliebt? Warum hattest *du* Angst vor Pepe?« sagte sie.

Er sprang auf und stürmte durch die Mattenvorhänge in die bedrückende Dunkelheit und das Brausen der hereinkommenden Flut.

Sie sagten einander sonst nichts mehr.

Sechs Tage darauf starb sie.

Gemäß ihren letzten Wünschen hielt Filipo, der im Ruhestand in Tauilopepes Haus lebte, ihren Totengottesdienst. Es war sein letzter Gottesdienst, bevor er selbst einige Monate darauf starb und Simi, dem neuen Pfarrer, die Gelegenheit gab, seinen ersten Totengottesdienst in Sapepe zu halten.

Wie Masina, so starb auch Filipo hauptsächlich an Altersschwäche. Er war zwei Jahre nach Pepes Tod in den Ruhestand getreten und zusammen mit Taulua und ihrem jüngsten Sohn zu Teuila und Tauilopepe umgezogen. Er hätte Tauilopepes großzügige Gastfreundschaft auch noch einige Jahre länger genossen, wäre er nicht dem reichlichen Whiskyvorrat seines Gastgebers verfallen.

Während seiner ganzen ausgedehnten Amtszeit als Pfarrer – zumindest bis zu dem Tag, als er entdeckte, daß Tauilopepe keineswegs ein Abstinenzler war – hatte er eine ungestüme Anti-Alkohol-Kampagne geführt. Seine Kanzel war dabei seine unfehlbare Propagandaplattform und der Rat der Matai die Polizeimacht. Während des Nachmittagsgottesdienstes am letzten Sonntag eines jeden Monats, nachdem die Gemeinde ihre Spende für seinen Unterhalt geben sollte, sprach Filipo gewöhnlich wortreich gegen das Übel des »Teufelswassers«. Diese monatliche Predigt hatte Toasa dazu bewogen, das anziehende Gerücht zu verbreiten, daß Filipo deshalb so predige, weil er Angst habe, die Gemeinde könne zu trinken anfangen und dafür ihr ganzes Geld ausgeben, so daß nichts mehr übrigbleibe, womit seine Lebenshaltung finanziert werde. Filipo selbst argumentierte von der Kanzel herab, daß das Teufelswasser zu hohen Ausgaben verleite und auch zur Rebellion gegen den göttlichen Brauch, der Kirche reichlich zu spenden.

Durch diesen geistlichen Ratgeber inspiriert, schaffte der Rat der Matai erbarmungslos das Faamafu-Brauen ab. Zu Lebzeiten Toasas brauten nur wenige »Verschworene Satans« (Filipos Ausdruck dafür) Faamafu törichterweise in den Plantagen. Sie wurden gewöhnlich dabei ertappt – verraten durch jemanden, der keinen Gratistrunk bekommen hatte – und zu Geldstrafen verurteilt. Ein Mann, der zum zweiten Mal erwischt worden war, wurde aus Sapepe verbannt, mit nichts weiter als seiner Frau und den Kleidungsstücken am Leib. Das totale Verbot bestand bis zu dem Tag, als Filipo eine halbvolle Flasche Whisky auf dem Wohnzimmertisch Tauilopepes vorfand. Er verlangte höflich von Tauilopepe das Versprechen, nicht in der Öffentlichkeit zu trinken, und von da an bis zu seiner Pensionierung hatten seine Predigten eine leichte Wandlung: Jene Leute, die Alkohol aus gesundheitlichen Gründen brauchten, hatten die Erlaubnis zu trinken, wenn auch nur in geringen Mengen. Zu dieser Kategorie zählten jedoch keine männlichen Personen unter fünfundvierzig Jahren und keine weiblichen, gleich welchen Alters. Tauilopepe war männlichen Geschlechts und über fünfundvierzig.

In den schwankenden Jahren von Filipos geistlicher Herrschaft, wo immer mehr Sapepeaner nach Apia übersiedelten, um Jahre darauf völlig vertraut mit der Kunst des Trinkens und Brauens des Teufelswassers wiederzukommen, wurde der Busch immer mehr die Heimstätte des Faamafu-Brauens. Jetzt, wo Sapepe sich eines hohen Lebensstandards erfreute, sahen einige tollkühne Männer großen Gewinn in dem Unterfangen, Fale zum Faamafu-Brauen tief in ihre Plantagen hineinzubauen. Die Männer, denen nach dem Teufel dürstete – und ihre Zahl mehrte sich mit jedem Jahr –, schlichen nachts zu jenen Lagern und gaben ihre Zweischillingstücke aus für das, was sie »Filipos geistliches Zeug« nannten. Auch einige Matai zog es zum nächtlichen Busch. Nachdem jedoch Filipo und Tauilopepe, unter dem Beistand des Rats, zwei von ihnen verbannt hatten, mieden die restlichen Matai, die es nach glücklichem Vergessen dürstete, die Buschlager und flüchteten auf Ausflügen zu den Lagern Apias, wo sie soffen, bis sie überall Sterne sahen, sich wieder ausnüchterten und nach Sapepe zurückfuhren.

Kurz bevor Filipo in den Ruhestand ging, wurden die Buschlager von einer Bande von Mitgliedern des Selbstschutzverbandes, organisiert durch den Rat, gestürmt. Die ertappten Verbrecher wurden mit schweren Geldstrafen belegt und dann, zu ihrer zornigen Überraschung, jeder für zwei Jahre verbannt. Filipo beanspruchte dies als seinen letzten glorreichen Sieg über die Faamafu-brauende Vorhut des Teufels – ein Sieg, den er begeistert jedem, der es hören wollte, beschrieb. Es gab derer nicht viele. Als er in Tauilopepes Haus übersiedelte, endete die Siegesgeschichte mit einer klaren Moral: Filipo erzählte der 'Aiga Tauilopepe, daß er deshalb die Kampagne mit solch nie ermüdender

Zähigkeit fortgesetzt habe, weil das Teufelswasser den Niedergang Pepes verursachte. Einmal unterbrach Taifau Filipos Redefluß und fragte, warum denn Gott Tauilopepe mit seinem Whiskykonsum nicht verurteilt habe. Wie von einem übergroßen Moskito gestochen, zuckte Filipo zusammen, hustete und erwiderte, daß Tauilopepe eben Tauilopepe sei und außerdem Tauilopepe nur aus Gründen der Gesundheit trank. Punktum!

Das Leben bei der 'Aiga Tauilopepe war für Filipo zu Anfang nicht leicht. Er war gewohnt, seinen eigenen Haushalt herumzukommandieren wie ein General seine Truppen. Diese genießerische Rolle aufzugeben, war für ihn, wie zu einem Gemeinen degradiert zu werden, und noch dazu zu einem invaliden Gemeinen. Teuila, seine Lieblingstochter, war dafür verantwortlich, so glaubte er. Sie erlaubte nicht einmal Taulua, den Kindern der 'Aiga Tauilopepe Weisungen zu erteilen, ganz zu schweigen Vorschläge zu unterbreiten, was er mit seinem empfindlichen Magen essen sollte. Denn der Haushalt Tauilopepe funktionierte nach Papalagi-Gesichtspunkten, was die Mahlzeiten betraf. Anstatt zwei Gängen pro Tag – ein Brauch, der Filipo sehr lieb war – gab es drei Hauptmahlzeiten und zwei kleinere Imbisse (genannt Morgen- und Nachmittagstee); und dies an jedem Tag außer Sonntag, wo die Tradition befolgt wurde. Filipo machte indessen keine offenen Einwände; er tolerierte vielmehr seinen Durchfall mit stoischem Gleichmut – war doch die Toilette Tauilopepes luxuriös und wirksam, und man sorgte für ihn mit den besten Dingen, die man mit Geld nur kaufen konnte. Selbst Taulua gedieh bei einem Leben ohne Arbeit und Sorgen – sie wurde fetter, während Filipo dünner wurde.

Filipo fand einen religiösen und geistigen Gefährten in Masina. Bevor sie starb, hatten sie sich in langen Diskussionen über die geographische, soziale und politische Struktur von Himmel und Hölle sowie über die Einlaß-Qualifikationen von beiden ergangen. Auch führten sie endlose Diskussionen über die natürliche Beschaffenheit des Menschen und kamen zu dem Schluß, daß die Sterblichen »durch und durch von Sünde befallen« seien. Es war, so stimmten sie überein, ein Apfel, den Adam so törichterweise gegessen hatte, und nicht das »nicht-zu-erwähnende Etwas«, das die modernen Verschworenen des Teufels in ihren unreligiösen Büchern, die in Apia verkauft wurden, weismachen wollten. Filipo stimmte auch mit Masinas Auffassungen der Geschichte Sapepes und der Familienforschung überein, die besagten, daß die 'Aiga Tauilopepe der wahre Herrscher Sapepes sei. Kurz und gut: Sie stimmten in allem überein – einschließlich der Natur des Papalagi: Nur Missionare und Ärzte waren gute Papalagi, der Rest waren gottlose, unzivilisierte Ausländer.

Filipo empfand Tauilopepe als erhellenden Gastgeber. Nachts hatten sie, wann immer er zu Hause war, angenehme Diskussionen in seinem Arbeitszimmer. Normalerweise kam zuerst die Politik an die Reihe. Tauilopepe war ein Mitglied der gesetzgebenden Versammlung gewesen, war aber zurückgetreten, weil er sich weigerte, die Unabhängigkeitsbewegung zu unterstützen. Unabhängigkeit, so erklärte er Filipo, würde ihr Land ruinieren: Samoaner seien unfähig, ihr Land richtig und gerecht zu regieren; die Anführer der Unabhängigkeitsbewegung hätten sich die obersten Titel zu eigen gemacht und benutzten die unwissenden Samoaner dazu, hohe Ämter, Geld und Macht zu erlangen; einer von ihnen verriete sogar ihre Bewegung heimlich dem Chef der Polizei. Wenn die Unabhängigkeit je käme – und das bezweifelte er, denn sein Freund, der Gouverneur, hatte zugesagt, daß dies nicht der Fall sein werde –, so würde er alles, was er habe, verkaufen und aus Samoa verschwinden. Filipo stimmte dem zu.

Dann diskutierten sie gewöhnlich über Ackerbau, Gott und Religion – in dieser Reihenfolge. Nachdem sie jeweils die heutigen jungen Leute mit ihrer eigenen Generation verglichen hatten, kamen sie überein, daß die gegenwärtige Generation, Lalolagi ausgenommen, sich zusammensetze aus »unverantwortlichen, undankbaren Narren, die nur an Trinken und Spiel und nicht-zu-erwähnenden Vergnügungen interessiert« sei. Sie diskutierten mit grenzenlosem Optimismus über Lalolagis Zukunft. Filipo war sicher, daß er das »große Kind der Erleuchtung« sein werde.

Tauilopepe stimmte zu.

Sie redeten nie über Pepe. Oder über Toasa.

Diese Diskussionen wurden gewöhnlich begleitet vom lieblichen Klang des Whiskyausschenkens in Tauilopepes Glas, das er dann gleich die Kehle hinunterkippte. Wie die Nächte so dahingingen und Filipo Tauilopepe beim Trinken zusah, nagte die Neugier immer mehr an der Willensstärke des pensionierten Meisters des Alkoholverbots, und Tauilopepe merkte, daß jedesmal, wenn er sich Whisky einschenkte und trank, Filipo der Mund wässerte. Eines Nachts, als Filipo sich mitten in einer hektischen Analyse eines Auszugs der Schöpfungsgeschichte erging, füllte Tauilopepe ein zweites Glas und schob es über den Tisch. Noch im Sprechen nahm Filipo es auf und leerte es bis auf den Grund. Tauilopepe mußte an sich halten, um nicht zu lachen, als Filipo von seinem Sessel hochfuhr, wobei er die Hände an die brennende Kehle und Brust preßte. Später scherzten sie darüber, und Tauilopepe schenkte seinem Schwiegervater nie wieder einen Whisky ein. Nichtsdestoweniger merkte er, wenn er abends heimkam, daß jemand des öfteren seinen Whisky getrunken hatte. Er redete mit niemandem darüber, auch nicht mit Filipo, der nun am späten Nachmittag sang, während er duschte. Alle anderen dachten, Filipos seltsames Verhalten rührte vom zunehmenden Alter her.

Eine Person, die Filipo stets verachtet hatte, wenn er es auch nie öffentlich kundtat, war Taifau. Er klassifizierte Taifau zusammen mit Toasa als unflätigen Raufbold, der ihn absichtlich in der Öffentlichkeit blamierte, oftmals durch einen grausamen Witz. Und es war Taifau, der einstmals »blinde, wie die Pest stinkende Feigling« (Filipos Worte), der zuerst das Geheimnis dieser lauten, unverständlichen Dusch-Gesänge lüftete. Eines frühen Nachmittags, einen Monat nachdem Masina mit Filipos Gebeten zur Ruhe gebettet worden war, kam Taifau gerade in dem Moment in Tauilopepes Arbeitszimmer, als Filipo seinen vierten Whisky stülpte. Filipo ließ das Glas sinken, mit vor Angst geweiteten Augen und seinen Händen mitten in der Luft, wie ein Kind, das beim Herumspielen mit »dem-was-man-nicht-erwähnt« ertappt wurde. Taifau lachte und lachte. Lachte in einem fort. Filipo schleuderte den Wasserkrug nach ihm. Verfehlte ihn. Filipo brach in Tränen aus, als Taifau aus dem Zimmer ging.

Während der nächsten paar Tage rührte Filipo keinen Tropfen an. Aber er konnte Taifaus Gelächter nicht vergessen. Es verfolgte ihn selbst dann, wenn er beim Abend-Lotu betete. Gebete waren, kurz gesagt, nutzlose Zauberformeln beim Versuch, Taifaus lachenden Aitu auszutreiben. Also versuchte er zu fasten, aber der Hunger vergrößerte lediglich noch den Umfang des lachenden Aitu. Er versuchte zu schlafen, doch die Träume blähten den Aitu ebenfalls auf. Und er versuchte es mit kalten Duschen im Morgengrauen, die ihm lediglich eine Grippe einbrachten, welche ihn fast hinwegraffte. Und er versuchte, mit Taulua herumzutändeln, in der Hoffnung, daß die physische Leidenschaft für das, was man nicht erwähnt, den nicht-zu-erwähnenden Aitu ausbrenne; aber Taulua, deren nicht-zu-erwähnendes Teil es war, zog ihm die Ohren lang und sagte, er solle sich seinem Alter gemäß benehmen und an sein schwaches Herz denken. Also versuchte er die physische Leidenschaft an seinem eigenen Nicht-zu-Erwähnenden, doch dieser Nicht-zu-Erwähnende war zu alt, um sich wie ein Meister zu erheben und den lachenden Aitu zu bekämpfen.

Als all diese Hausmittelchen fehlschlugen und statt dessen ihren alten Erfinder zu einem gebeugten, bebenden, dürren alten Mann degradierten, dessen Herz noch älter geworden war, suchte Filipo wiederum Zuflucht in Tauilopepes Whiskyschrank und dem glückverheißenden Glas. Nach seinem siebten Whisky (oder so) vergaß er den lachenden Aitu, aber er vergaß auch, daß er ein gebeugter, bebender, dürrer alter Mann mit einem noch älteren Herzen war.

An diesem Abend fand ihn Tauilopepe vor dem Lotu über den Tisch gestreckt, ein leeres, glückverheißendes Glas umklammernd. Das Zimmer stank nach Whisky. Ebenso Filipos Mund. Er stank auch nach dem Skandal, der in Sapepe losbrechen würde, wenn die Leute herausfänden, daß Filipo am Herzschlag, verursacht durch zuviel Alkohol, gestorben war. Also säuberte Tauilopepe das Zimmer, versteckte den Whisky, wusch seines Schwiegervaters Mund mit Zahnpasta aus und entschwand aus seinem Arbeitszimmer, um zu verkünden, daß ihr großer und geliebter Vater in Christus verschieden sei. Zwei Monate nach Filipos denkwürdigem Begräbnis feierte die 'Aiga Tauilopepe Lalolagis zwölften Geburtstag und seinen Abschluß der Grundschule. Er würde nun, zu Beginn des neuen Jahres 1961, auf das Internat in Neuseeland gehen.

6 *Lebewohl*

Alle Möbel waren aus dem Wohnzimmer entfernt worden, und die Ältesten saßen in einer Runde auf dem Fußboden. Lalolagi saß zwischen seinem Großvater und Simi, dem neuen Pfarrer. Sein neues weißes Hemd und die blaue Krawatte, seine ersten langen Hosen und die teuren Schuhe juckten ihn, doch er ertrug die Unbehaglichkeit voller Stolz. Galt das Lebewohl doch ihm, dem ersten Sapepeaner, der auf ein Internat in Neuseeland ging, dessen Kosten seine eigene 'Aiga bezahlte. Es gab bereits andere samoanische Jugendliche auf neuseeländischen Internaten; sie erhielten jedoch Stipendien von der Regierung.

Unter den Kindern, die durch die Fenster hereinlugten, waren auch ein paar enge Freunde von ihm, doch er konnte sie nicht hereinkommen lassen, denn solche Lebewohlfeiern waren für die Ältesten bestimmt. Er hörte, wie seine 'Aiga in der Küchen-Fale Vorbereitungen für das Fest traf, und er wünschte, daß die restlichen Ältesten einträfen, denn der Gottesdienst würde erst dann beginnen und das Fest wiederum erst nach dem Gottesdienst.

Während er wartete, beäugte er den neuen Pfarrer. Simi war der schwärzeste Mann, den er je gesehen hatte. Alle Bewohner der Salomon-Inseln hätten kesselschwarze Haut, sagte eine Verwandte. Da er schwarz war, würde Simi auch die Sprache der schwarzen Inselbewohner sprechen, die dem Affengeschwätz der

Tarzanfilme ähnlich sei, wie jemand hinzugefügt hatte. So war Lalolagi enttäuscht, als er die Pfarrerschule besuchte und herausfand, daß Simi kein Wort der Affensprache beherrschte. Da ihm auch gesagt wurde, daß alle Schwarzen Meisterboxer und -athleten seien, war er noch enttäuschter, als Simi weder besonders fit, schnell, noch wild aussah. Er war, so fand Lalolagi heraus, bloß ein schwarzer Pfarrer, der ein besseres Samoanisch als die meisten Samoaner sprach und freundlicher war als alle Pfarrer, die er je gekannt hatte. Nach einigen Wochen merkte Lalolagi, daß er Simi zu respektieren begann, gab dies aber vor seinen Freunden nicht zu, die noch immer darauf warteten, daß Simi seine sportlichen Qualitäten und seine Affensprache enthülle. Als sein Großvater Simi antrug, ihr neuer Pfarrer zu werden, waren ihm andere Sapepeaner, wie Lalolagi wußte, deshalb böse; sie meinten, daß ein schwarzer Wilder als Pfarrer sie zur Zielscheibe des Spotts auf Samoa machen würde.

Taifau und Nofo kamen als letzte der Ältesten.

»Wir fangen am besten gleich an«, sagte Tauilopepe. Er begrüßte die Ältesten förmlich und sagte dann, daß sein Sohn Lalolagi von Gott dazu auserwählt worden sei, Sapepe im Wettstreit der Jugendlichen zu repräsentieren, um etwas vom Wissen aus Übersee zu erfahren. Samoa sei auf Gott gegründet und dazu ausersehen, große Dinge zu vollbringen; dazu benötige es Bürger, die über das entsprechende neue Wissen verfügen. Mit dem Blick auf Lalolagi, der seine Schuhspitzen anstarrte, erklärte er, daß sein Sohn Gott und Samoa und Sapepe und ihn nicht enttäuschen werde. Lalolagi trage mit ihm alle Hoffnungen Sapepes, und falls vom Teufel eingegebene Versuchungen seinen Beschluß zunichte zu machen drohten, würde er beten, und ihr Liebender Vater würde ihn beschützen. Die Welt der Papalagi sei eine sündige Welt der Vergnügungen, Vergehen und des plötzlichen Todes; er müsse daher stets auf der Hut sein. Lalolagi spürte, daß Simi, der Tauilopepe aufmerksam anstarrte, dieser Ansicht nicht zustimmte. Sein Gesicht spiegelte etwas anderes – Verwirrung? Belustigung? »Traue nie einem Schwarzen«, hatte eine Tante ihm gesagt. Sie alle seien stolz auf Lalolagi, sagte Tauilopepe gerade, und wenn Pepesa, sein Vater noch leben würde, wäre auch dieser stolz. Simi zuckte zusammen, als habe Tauilopepe ihn verletzt, und Lalolagi dachte daran, daß Simi und Pepe nach Aussage Teuilas enge Freunde gewesen waren. Dann dachte er daran, daß es das erste Mal war, daß Tauilopepe Pepe in der Öffentlichkeit gelobt hatte, und er erkannte, daß Simi Tauilopepes Lüge bemerkt hatte. Mit diesem bloßen Zucken hatte Simi die Ansprache seines Großvaters zu hohlen Worten abgestempelt. Tauilopepe brachte seine Rede zu Ende, und die Älteren applaudierten mit den üblichen Ausdrücken des Lobs.

»Halt noch ein Weilchen aus«, flüsterte Tauilopepe Lalolagi zu, »es gibt eine Menge zu essen!«

Simi stimmte die Hymne an. Außer Lalolagi, der am Absatz seines rechten Schuhs herumfummelte, sangen alle. Nach der Hymne wandte sich Simi unmittelbar an Lalolagi. Er wollte erst nicht hinhören, aber Simis gebietende Stimme verflüchtigte seine Vorbehalte allmählich. »Ich weiß wenig über die Papalagi«, sagte Simi, »aber da es sich um lauter menschliche Wesen handelt, brauchst du sie nicht zu fürchten. Alles, was du tun mußt, ist zu versuchen, sie zu verstehen, und aus diesem Verständnis wird Liebe wachsen und mit der Liebe Vertrauen.« Lalolagi bemerkte, daß die meisten der Ältesten Tauilopepes Reaktion auf Simis Ansprache beobachteten.

Ihre Leute, die auf Neuseeland waren, fuhr Simi fort, behaupteten, es sei ein Land, in dem die Menschen in kleinen Zimmern wohnten und ihren Nachbarn nicht kennen wollten. Ein gottloses Land von einsamen alten Menschen, ein Land, wo die Maoris, die ursprünglichen Siedler, enteignet und ihre Kultur und ihr Stolz zerstört worden waren. Doch er könne Lalolagi nicht sagen, ob diese Behauptungen stimmten. Es war seine Zukunft, die auf dem Spiel stand. Nur Lalolagi, der dorthin ging, könne dies alles herausfinden. Keiner, nicht einmal die Menschen, die er liebte, habe das Recht, sein künftiges Leben zu bestimmen. Tauilopepe starrte Simi an; Lalolagi legte die Hand auf Tauilopepes Knie.

Tauilopepe blickte wieder zu Boden, und Lalolagi wußte: Alles würde in Ordnung gehen. Viele der Ältesten blickten unbehaglich drein; wußten sie doch, daß es das erste Mal geschah, daß jemand Tauilopepe in aller Öffentlichkeit widersprochen hatte.

»Dein Vater war mein Freund«, redete Simi weiter. »Er war ein guter Mann, und du hättest ihn bewundert, wie ich es getan habe. Er hatte eine tiefe Liebe für andere Menschen ...« Als Lalolagi so zuhörte, begann er zu bedauern, daß er seinen Vater nicht gekannt hatte, den sein Großvater so sehr verachtete. Aber es war Jahre zu spät: Pepe war tot, und er, Lalolagi, war im Begriff, in ein Land mit heidnischen weißen Wilden zu gehen. Als er wieder Tauilopepes Hand auf seinem Knie spürte, nahm er aufs neue die Hoffnungen und Träume seines Großvaters als seine eigenen an. Er würde seinen Großvater nie im Stich lassen – schon deshalb nicht, weil Pepe, sein eigener Vater, sich gegen Großvater gestellt hatte. Simi endete mit den Worten: »Lebe zum Angedenken an deinen Vater. Fürchte dich nicht vor den anderen. Triff die Entscheidung, alle Menschen zu lieben, ob sie jetzt braun, weiß, gelb oder schwarz sind.« Ein paar der Ältesten schmunzelten in sich hinein, aber Simi schien nichts zu bemerken. Er stimmte die letzte Hymne an.

Tauilopepe sang nicht, wie Lalolagi bemerkte. Geschah dem schwarzen Pfarrer ganz recht. Er hätte Großvater nicht erzürnen sollen, und all das wegen eines toten, nutzlosen Pepe.

Nach dem kurzen Abschlußgebet wurde soviel Essen hereingetragen, daß es ausgereicht hätte, dreimal die Münder der anwesenden Gäste zu stopfen. Doch wie Lalolagi nach der goldenen Armbanduhr berechnete, die ihm Tauilopepe zum letzten Geburtstag geschenkt hatte, kostete es die Anwesenden nur eine zähneknirschende, malmende, knochenlutschende halbe Stunde, bis das Ganze zu armseligen Resten geschmolzen war. Viele der Nahrungsmittel gingen an die Menge draußen. Unmittelbar danach dankte Simi Tauilopepe, der es vermied, ihn anzusehen, sagte den Ältesten gute Nacht, die gleichfalls vermieden, ihn anzusehen, und ging nach Hause. Wie es Brauch war, wurde von

Pfarrern nicht erwartet, an den weiteren Feierlichkeiten teilzunehmen.

Teuila, die das Fest überwacht hatte, kam und setzte sich zu Lalolagi und Tauilopepe, und alle drei scherzten und lachten ausgiebig. Während die Gäste rauchten und an ihren Zähnen herumstocherten, hörten die meisten doch aufmerksam hin. Kein anderes Kind Sapepes scherzte auf diese Weise mit seinen Eltern, und keins traute sich jemals, so mit Tauilopepe zu sprechen; es war wirklich schade, daß die 'Aiga Tauilopepe solche Verhaltensweisen einführte.

Alle Kinder draußen und die Leute, die bei den Festlichkeiten geholfen hatten, kamen herein und formierten sich zu einem Chor.

»Mal sehen, ob du noch immer den Ton angeben und tanzen kannst!« forderte Tauilopepe Taifau heraus.

Auch die anderen Ältesten forderten ihn dazu auf.

»Los, singt schon!« befahl Taifau dem Chor. Er machte einen hohen Sprung und landete in Hockstellung vor dem Chor. Alle lachten. Unter Anleitung Taifaus begann der Chor zu singen. Sein ganzer Körper fungierte als Taktstock. Bald war jeder so von ihm gefesselt, daß er in ein lautes, selbstvergessenes Singen und Händeklatschen ausbrach. »Seht ihr das?« kreischte er und schlug sich auf die Brust. »Seht ihr diese Muskeln? Nichts, was dem nahekäme!« Er hustete und keuchte wie ein Tb-Patient. Alle lachten aufs neue. »Los, Papalagi-Junge!« rief Taifau auf englisch Lalolagi zu. »Schau mal diesen Samoa-Jungen an, der so unermüdlich und gut tanzt. Bald wird er tanzen wie der Mond und der russische Sputnik!« Und mit seinen Armen, ausgestreckt zu Flugzeugflügeln, tauchte er wie im Sturzflug im Zimmer herum, die Geräusche eines Flugzeugmotors nachahmend und begleitet vom Singen und Händeklatschen.

Ein runzliger alter Mann sprang mit lautem Schrei auf seine wackligen Beine, entblößte sein zahnloses Zahnfleisch zum Publikum hin, watschelte ein Stück im Affengang, blieb vor dem Chor stehen, zog sein Hemd aus und hob eine Seite seiner Lavalava hoch, um einen Teil seiner Tatau bloßzulegen; dann streckte er seine fast fleischlosen Arme aus und tanzte, die Beine fest auf den Boden gepflanzt, die Hände und Arme wölbend und wirbelnd wie niederschießende, tauchende Vögel. Alle klatschten in die Hände, und die Ältesten flüsterten einander zu, daß dies der Siva war – so zeitlos und schön wie das Meer, wie Paddel, die in die murmelnde Stille des Wassers eintauchten und sich drehten, wie der Wind, der träge über den Sand glitt. Das Lied wurde mehr und mehr zum Crescendo. Der alte Mann hielt mit – Hände, Arme, Beine und Körper tauchten, wanden und wölbten sich, die Finger schrieben verworrene Muster in die Luft –, bis Leib und Tatau vor Schweiß glänzten und er nach Luft japste. Er breitete die Arme aus. Verbeugte sich. Das Lied war zu Ende. Alle klatschten, als er zu seinem Sitz zurückschlurfte und vor sich hin schmunzelte.

Nachdem fast alle Gäste und viele der Chormitglieder getanzt hatten, und nach weiteren ausgelassenen Clownerien und Tanzvorführungen Taifaus, tanzte Teuila mit drei alten Frauen, die mit Geschrei und Gebrumme um sich herumflanierten. Als sie damit fertig war, zog sie Lalolagi hoch. Einige seiner Freunde tanzten um ihn herum. »Malo! Malo!« feuerten sie die Ältesten an.

»Ihr müßt noch eine Menge über den Siva lernen!« scherzte Tauilopepe, als Lalolagi und seine Freunde zu tanzen aufhörten. Die Jungen kicherten.

»Dann zeig du es uns doch«, sagte Lalolagi. Tauilopepe schüttelte den Kopf. »Papa, du zeigst es uns!«

»Taifau!« rief Tauilopepe. Taifau, der sich hinter dem Chor ausruhte, sprang auf. »Sing dieses Lied!«

»Was für ein Lied, Mann aus Apia?« erwiderte Taifau.

»Das, welches die Frauen zum Einschlafen brachte, Mann aus Rußland!«

»Ach, *das* Lied! Das Lied, das ich komponiert habe und dafür all meine Frauen bekam?«

»Ja, du häßlicher Mann!«

Nur die Ältesten und Lalolagi lachten. Die übrigen Anwesenden blieben still: Es war unhöflich, über die Witze der Ältesten zu lachen, besonders solcher vom Format Tauilopepes.

Tauilopepe zog die Krawatte und das Hemd aus, zog seine Lavalava fest, schlug sich mit den Händen auf Brust und Magen, stieß einen Schrei aus und drehte seine gewaltige Gestalt gegen das Licht. Taifau schwang sein rechtes Bein hoch, und der Chor brach sogleich in Singen aus, wobei die traditionellen Singstimmen der alten Männer zur Geltung kamen. Kein Händeklatschen diesmal, nur das dumpfe Schlagen zweier Stöcke auf eine Mattentrommel. Nur ein paar der ältesten Männer und Frauen hatten Tauilopepe als jungen Burschen tanzen gesehen, so waren die meisten unter ihnen erstaunt, als er mit dem Siva begann. Geschmeidig, flink und anmutig waren seine Bewegungen, Gliedmaßen und Körper glänzten im Licht. »Malo! Malo!« schrien die Ältesten.

»Nun, Russe? Wie findest du das?« rief Tauilopepe.

»Nicht schlecht, nicht schlecht!« lachte Taifau.

»Seht mal zu!« Und schon war er fort – drehend, wirbelnd, sich Arme, Fersen und Brust im Rhythmus zur Mattentrommel schlagend, wobei er keinen Takt ausließ. Er stampfte mit den Füßen. Lachte. Dann tanzte er im anmutigen Stil eines Manaia, und zwar besser, als man es je gesehen hatte. Selbst besser als Toasa, sagten die Ältesten zu ihren Kindern.

Plötzlich schloß sich Taifau Tauilopepe an, wobei er seine Bewegungen mit übertriebenen Gesten imitierte, und so brach das Lachen wieder los. Bebend vor Lachen, nahm sich Tauilopepe wieder das Hemd und ging. Taifau ließ sich neben Nofo niederfallen, die ihm mit einem gefalteten Stück Zeitungspapier Luft zufächelte. Bald darauf verflüchtigten sich fast alle. Teuila ging hinüber in die Küche, während Lalolagi und seine Freunde sich unterhielten.

Lalolagi versprach, er würde ihnen jede Woche schreiben; sie seien, so betonte er, seine besten Freunde. Ein Junge meinte, Papalagi-Gören seien Schwächlinge, und da Lalolagi ein guter Boxer sei, würde er sie schon ausstechen. Ein anderer Freund, der dickste, behauptete, Papalagi seien arm und äßen zuweilen Pferde- und Hundefleisch, und die Frauen trügen falsche Zähne und falsches Haar. Und so schwätzten sie fort. Teuila kam herein und meinte, es sei schon spät, aber Lalolagi flehte um noch ein Weilchen, also sagte sie gute Nacht und ging schlafen.

Lalolagi sagte, er würde nach dem Gymnasium Jura studieren. »Was ist das?« fragte Taifaus jüngster Sohn. Die anderen lachten über sein Unwissen. Jura, so erklärte Lalolagi, habe mit Gerichten zu tun. »Wie was?« beharrte Taifaus Sohn.

Um Beherrschung ringend, sagte Lalolagi: »Recht ist etwas, das, wenn du es brichst, dich ins Gefängnis bringt, gerade wie Fono, als er eine von Papas Kühen gestohlen hat, dafür ins Gefängnis mußte. Und eine Person, die Recht studiert hat, ist ein Rechtsanwalt.«

»Wie der fette Papalagi, der Tauilopepe öfters besucht?« fragte Taifaus Sohn.

Lalolagi nickte. Papas Rechtsanwalt, sagte er, hieße Mr. Ashton, und Papa wollte, daß er wie Mr. Ashton ein Rechtsanwalt würde, damit er das ganze Eigentum von Papa beschützen könne.

»Was ist, wenn du nicht zurückkommst?« fragte Taifaus schlauer Sohn. Die anderen Jungen starrten ihn an.

»Warum sollte ich nicht zurückkommen?« fragte Lalolagi.

»Du könntest an einem Verkehrsunfall sterben.«

»Junge, du bist dumm!« tadelte ihn Lalolagis bester Freund.

»Ja, dumm!« riefen die anderen im Chor.

»Wenn ich sterbe, sterbe ich!« scherzte Lalolagi. »Und wenn ich mich in einen Papalagi verwandle, verwandle ich mich eben in einen Papalagi.« Die anderen lachten über Taifaus Sohn.

Die Jungen fragten Lalolagi, ob sie alle mit zum Flughafen kommen könnten, um ihm Lebwohl zu sagen. »Ja«, sagte er.

»Was ist mit ihm?« sagte Lalolagis engster Freund und zeigte auf Taifaus Sohn, der ganz nach hinten gedrückt worden war.

»Nein!« riefen die anderen im Chor. »Er ist zu klein und dumm!«

»Ich hab's nicht so gemeint, Lalolagi«, flehte der Junge.

»Nein, da ist wohl kein Platz für dich frei«, sagte Lalolagi.

Den Tränen nahe, sprang Taifaus Sohn auf, rannte zur Vordertür, machte halt und rief: »Ich hoffe, du stirbst da. Ich hoffe, du wirst ein dummer, fetter Papalagi wie Tauilopepes fetter Papalagi-Rechtsanwalt!« Dann verschwand er in der Dunkelheit, bevor sie ihn erwischen konnten.

Die vier Lastwagen und zwei Autos und der eine Jeep, die fast die ganzen 'Aiga Tauilopepe und Taifau, Simi, die bedeutenden Ältesten und eine große Schar von Lalolagis Freunden beförderten, kamen am Sonntag morgen am Faleolo-Flughafen an, eine Stunde, bevor das Flugzeug starten sollte. Alle, außer Tauilopepe, Teuila und Lalolagi, stürmten in das schuppenartige Gebäude oder verteilten sich am Maschendraht, hinter dem, nur ein paar unglaubliche Schritte entfernt, das Flugzeug stand. Lalolagi, nicht in der Lage, die wilden Schmetterlinge in seinem Magen unter Kontrolle zu bringen, stieg aus dem Auto, das Tauilopepe gerade oberhalb des Strandes gegenüber dem Flughafengebäude geparkt hatte, und starrte ins Meer hinunter, das über dunklen Korallenbänken schimmerte.

Tauilopepe folgte ihm. »Hast du Angst?« fragte er.

»Ja, Papa.«

»Ich hab mal wie du Angst gehabt.«

»Wann, Papa?«

»Als mein Vater mich zum ersten Mal mit nach Apia genommen hat.«

»Aber Apia ist ein sicherer Ort.«

»Und so wird Neuseeland sein, wenn du dich erst einmal daran gewöhnt hast.« Tauilopepe legte beruhigend die Hand auf Lalolagis Schulter.

»Es ist beinahe Zeit!« rief Teuila vom Auto aus.

»Sei tapfer«, sagte Tauilopepe, als sie auf das Flughafengebäude zugingen, gefolgt von drei Männern, die Lalolagis Handkoffer trugen. Teuila nahm Lalolagis Hand, und sie blieben inmitten der lärmenden, nach Brillantine riechenden Menge stehen. Eine lange

Reihe von Passagieren stand vor dem Flugschalter. Tauilopepe schob sich zum Schalter vor, und Lalolagi sah, wie er zu drei uniformierten Männern sprach. Einer von ihnen war ein Papalagi mit einem dicken Bart. Tauilopepe drehte sich um und rief sie zu sich herüber. Teuila schubste Lalolagi ans vordere Ende der Schlange. Keiner widersprach. Tauilopepe nahm Lalolagis Flugschein und Reisepaß heraus und gab sie dem Papalagi-Beamten, der sie prüfte und stempelte und dann an Tauilopepe zurückgab.

»Mein Sohn wird Rechtsanwalt werden«, sagte Tauilopepe.

»Er ist ein glücklicher Bursche«, sagte der Papalagi. Einige der anderen Passagiere hinter ihnen fingen an, sich zu beschweren.

»Hier sind die Koffer meines Sohns«, sagte Tauilopepe. Der Papalagi deutete auf die beiden samoanischen Beamten. Sie hoben die Handkoffer und stellten sie auf die Waage.

»Wer glauben sie, wer sie sind!« hörte Lalolagi eine Frau sagen.

»Das ist das Schlimme an diesem Land. Nicht das, was man weiß, sondern der, den man kennt, ist's, was zählt!« fügte jemand hinzu.

»Ich danke Ihnen«, sagte Tauilopepe, als die Koffer gewogen waren und der Papalagi keine Gebühr für Übergewicht haben wollte. »Dankt auch Mr. Pool in meinem Namen.« Mr. Pool war der Geschäftsführer der Luftfahrtsgesellschaft.

»Nicht das, was man weiß, sondern der, den man kennt«, dachte Lalolagi, als sie das Gebäude verließen, gefolgt von Wogen von Sapepe-Leuten. Selbstgefühl, heraufbeschworen durch die Bedeutung seines Großvaters für die Beamten, hatte die Schmetterlinge in ihm wieder zur Ruhe gebracht.

Sie blieben vor dem Maschendraht stehen. Arbeiter verluden die Handkoffer und Taschen voller Post in das Flugzeug. Ein kurzgewachsener, untersetzter Mann an der Tragfläche füllte Treibstoff durch einen langen Schlauch ein, der mit einem seltsam anmutenden Gerät am Boden verbunden war. Lalolagi schaute zu. Simi kam und stellte sich neben ihn; auf einmal spürte er die Schmetterlinge wieder, und er wünschte, Simi würde ihn in Ruhe lassen.

»Wie lange wird der Flug dauern?« fragte Simi.

»Etwa sechs Stunden.«

»Du bist also nicht mehr böse? Du warst mir böse gestern abend, nicht wahr?« fragte Simi. Lalolagi schüttelte den Kopf. »Das ist schön. Ich dachte schon, du seist es gewesen.«

Das Flugzeug, funkelnd wie die Klinge eines Messers, schien unvereinbar mit dem Hintergrund aus Palmen, Bergen und blauem Himmel. Und es würde ihn bald davontragen von denen, die er liebte.

»Es gibt keinen Grund, Angst zu haben, Lalolagi.« Simi übergab ihm einen kleinen Umschlag. »Das ist für dich.«

»Danke«, sagte Lalolagi und verbarg das Geschenk in seiner Brusttasche.

»Ich sage dir jetzt Lebewohl«, meinte Simi, schüttelte Lalolagis Hand und blickte ihm traurig ins Gesicht. »Du siehst gerade so aus wie dein Vater an dem Tag, als ich ihn traf«, flüsterte er, »Gott segne dich.« Er wandte sich um und ging weg. Lalolagi würde Simis Geschenk vergessen, bis er, voller Kälte und Heimweh in seinem Schulschlafsaal, es öffnen würde und eine schmutzige Pfundnote und ein Bild vorfände – eine kleine Aufnahme von einem Jungen, der aussah wie er, ein kahlköpfiger Zwerg und ein schwarzer Junge: sein Vater und Onkel Tagata und Simi, wie sie da vor dem Apia-Markt lachten. Und er würde weinen.

Teuila kam und legte ihm den Arm um die Schultern. Er spürte, daß sie den Tränen nahe war, und merkte, daß auch er losweinen könnte, wollte es aber nicht hier vor all diesen Leuten tun, die heraufströmten und ihn umringten, wobei sie ihn von ihr trennten. Er konnte Tauilopepe nicht sehen. Die meisten Frauen schneuzten sich in ihre Hände und Taschentücher. Hinter ihm startete das Flugzeug und stachelte die Schmetterlinge in seinem Magen wieder zu neuem Leben an. Einer nach dem anderen umarmte ihn, den Ältesten, und sagte ihm Lebewohl. Er war ein Mann, und Männer weinten nicht in der Öffentlichkeit. Dann umkreisten ihn die weinenden Frauen, schlangen ihm Ula um den Hals, küßten ihn und ermahnten ihn, tapfer zu sein. Und er weinte doch noch. Dann umarmten ihn tränenlos die anderen Männer mit ihrer flüchtigen Tapferkeit, stopften ihm Geld in die Taschen und zogen sich dann hinter ihre schluchzenden Frauen zurück. Dann waren schniefende, heulende Kinder um ihn herum, die ihm die Hand schüttelten.

»Zeit, aufzubrechen!« rief jemand. Teuila brach durch den Kreis der Kinder und steuerte ihn durch die Menge.

Weinende Menschen füllten das Flughafengebäude. Einige alte Frauen wehklagten. Tauilopepe und Taifau standen an der Tür, die zum Flugzeug hinausführte. Ihm ins Haar schluchzend, drückte ihn Teuila an sich, schob ihn zu Tauilopepe hinüber, drehte sich um und taumelte in die Menge zurück.

Nur Passagiere waren draußen beim Flugzeug zugelassen, doch Tauilopepe und Taifau hielten Lalolagi an der Hand und gingen mit hindurch, ohne daß die Polizei Einhalt bot. »Leb wohl, Lalolagi!« riefen die Sapepeaner vom Zaun hinüber. Er winkte und sah durch seine Tränen Faitoaga über den Zaun springen und auf ihn zurennen, an den Polizisten vorbei. Er lief Faitoaga entgegen, der ihn fest umarmte und ihn hochhob.

»Sei stark. Stark wie dein Vater!« sagte Faitoaga, als er ihn auf den Boden stellte. Zwei Polizisten kamen, faßten Faitoagas Arme und zogen ihn fort. »Denk dran, daß dein Vater vor niemand Angst hatte!«

»Bitte beeilen!« rief die Stewardeß oben vom Laufgang herunter. Alle anderen Passagiere saßen auf ihren Sitzen.

Lalolagi streckte die Arme aus und umarmte Taifau. »Faitoaga hat recht«, sagte Taifau. »Sei tapfer wie Pepe.«

Tauilopepe schob ihn auf den Laufsteg hinauf. Auf halbem Wege blieb Lalolagi stehen.

»Wir sind bereits zu spät!« rief die Stewardeß.

»Du mußt tapfer sein. Sei tapfer wie Pepe, dein Vater!« sagte Tauilopepe.

»Ja, Papa!«

Lalolagi lief an der Stewardeß vorbei ins Flugzeug, ohne sich nochmals umzusehen.

Tauilopepe wandte sich wieder nach unten. Arbeiter zogen den Laufsteg fort. Sofort wurde das Schnurren zu einem wütenden Aufheulen; der Wind der Propeller wirbelte den Staub auf und peitschte die Kleidungsstücke Tauilopepes; er aber stand und sah zu, wie sich die Maschine davonbewegte.

Das Flugzeug bog auf die Rollbahn ein, schwenkte herum, mit der Spitze nach Osten. Tauilopepe winkte. Die Maschine schoß vorwärts, hob sich … hob sich; ihr Metallkörper funkelte in der Sonne, als sie die Palmen am Ende der Rollbahn unter und hinter sich ließ und sich in Richtung der hohen Berge und dem Nebel verflüchtigte. Sich verflüchtigte mit seinem einzigen Erben darin.

7 *Briefwechsel zwischen zwei Welten*

In seinem ersten Brief nach Hause, der auf samoanisch geschrieben war und das Datum des 10. Februar 1961 trug, teilte Lalolagi den Seinen mit, daß ihn fror, obgleich Sommer war, daß er auch Heimweh hätte und sich nicht an das Papalagi-Essen gewöhnen könne. Er beschrieb den Flug mit dem Flugzeug, wie die anderen samoanischen Passagiere sich um ihn gekümmert hätten und wie groß der Flughafen von Auckland sei. Mr. Stubbs, einer seiner Lehrer, wie er sagte, holte ihm am Flugplatz ab. Mr. Stubbs war ein bekannter Rugby-Spieler. Es gehörte zu den Schulregeln, Rugby zu spielen. Nach seiner ersten Mahlzeit in einem neuseeländischen Restaurant, wo er nicht viel aß, weil er spürte, wie jeder Papalagi ihn beobachtete, und er ja nicht wußte, wie er Messer und Gabel gebrauchen sollte, verbrachten sie die ganze Nacht in einem Zug nach Plymouth. Er konnte nicht schlafen: Der Zug war so laut und heiß und roch so stark; außerdem hatte er Angst und so furchtbares Heimweh.

Er schlief in einem Schlafsaal mit zwanzig anderen Jungen zusammen, und trotz seines schlechten Englisch kam er gut mit ihnen aus. Er war in der dritten Allgemeinstufe, der zweithöchsten Klasse, doch Mr. Stubbs sagte ihm, daß er, wenn sein Englisch besser sei, in die dritte höhere Fachstufe kommen würde. Sie waren über sechshundert Jungen auf der Schule, einige von ihnen waren Maoris. Einer der Maoris, Hawley Kuru, war bereits sein Freund und hatte ihn eingeladen, seine Ferien bei seiner 'Aiga zu verbringen. Hawleys Vater war Rechtsanwalt. »Sollte ich da hingehen?« fragte er Tauilopepe.

Jeder Schüler trug eine blaue Uniform – blaues Hemd, blaue kurze Hosen, blaue Socken mit einem goldenen Streifen, schwarze Schuhe und eine blaue Kappe. Sie hatten alle Nummern. Die seine war hundertvierunddreißig, und sie stand auf allen seinen Kleidungsstücken. Die Papalagi hatten eine seltsame Angewohnheit: Sie riefen jeden beim Nachnamen, also nannten sie ihn zu Anfang Tauilopepe, konnten es aber nicht richtig aussprechen, so daß er ihnen sagte, sie sollen ihn eben Pepe nennen. Er vermißte sie alle und schrieb, daß er nur zwei Schilling pro Woche zum Ausgeben habe. Die Eltern der anderen Jungen sandten ihnen zusätzliches Geld, und Papa wolle doch dasselbe tun.

»Es gibt hier keine LMS-Kirche«, schrieb er, »also gehe ich zur Methodistenkirche. Ist es in Ordnung so, Papa? Übrigens«, so schloß er, »gibt es in Neu-Plymouth keinen Schnee, außer auf dem Mount Egmont. Vergiß das Geld nicht. Ich habe Euch alle sehr, sehr lieb.«

In seinem Antwortbrief pries Tauilopepe zuerst Gott dafür, daß er für Lalolagi gesorgt habe, und fragte dann, ob er die zehn Pfund, die er ihm gesandt hätte, bekommen habe. Er betonte, wie wichtig es sei, frühzeitig im Leben den Wert des Geldes schätzen zu lernen. Da Hawleys Vater Rechtsanwalt sei, könne Lalolagi in seinen Ferien ruhig da hingehen, sagte er. »Ich bin zutiefst darüber bestürzt«, so fügte er hinzu, »daß Dich alle Pepe nennen. Du solltest stolz auf Deinen eigenen Namen sein. Mr. Ashton schreibt Eurem Direktor, um das klarzustellen. Gegen eine Abkürzung wie ›Lagi‹ wäre nichts einzuwenden.«

Lalolagi sollte ein Bild von sich schicken, schrieb Tauilopepe, das ihn in seiner Uniform zeige. Er solle hart daran arbeiten, sein Englisch zu verbessern und in die dritte höhere Fachstufe versetzt zu werden. Er solle auch lernen, alle seine Briefe auf englisch zu schreiben, der einzigen Sprache, in der es sich auszukennen lohne. Samoanisch brächte niemanden weiter, insbesondere nicht, was das Geschäftsleben beträfe.

Rugby sei ein gefährliches Spiel, und Lalolagi solle es nicht spielen, trotz der Schulregeln. Es sei gut, daß es da keinen Schnee gäbe, denn Schnee verursache bloß Lungenentzündungen.

In einem Brief mit Datum vom 20. Mai 1961 beschrieb Lalolagi seine Ferien bei der Kuru-Familie in Hawera, dreißig Meilen außerhalb von Neu-Plymouth. Sie hatten ein großes, herrliches Haus und zwei Autos. Mr. Kuru war ein Halb-Maori, und seine Frau war eine Pakeha, die Maori-Bezeichnung für Papalagi. Sie behandelten ihn wie den eigenen Sohn. Pakeha und Maoris hatten einen lustigen Brauch: Hawley konnte seinen Eltern alles sagen, sie sogar anschnauzen, wenn er wütend war. Aber Hawley täte dies nicht mehr, nachdem er, Lalolagi, ihm gesagt habe, daß es unhöflich sei. Es gäbe mehr Kühe als Leute in Hawera, und fast jeder sei ein Milchbauer. Er hatte die Farm von Mr. Kurus Bruder besucht. Sie war etwa zweihundert Hektar groß, viel kleiner als »Blätter des Banyanbaums«. Im Vergleich zu den Samoanern behandelten die Pakeha und Maoris die Tiere viel besser.

Es wurde nun sehr kalt, aber er gewöhnte sich daran. Er spielte Rugby. (In einem vorausgehenden Brief hatte er Tauilopepe dazu überredet, es doch zu erlauben.) Mr. Stubbs war von seinen Fähigkeiten beeindruckt. Alle Samoaner waren ausgezeichnete Rugby-Spieler, hatte Mr. Stubbs ihm gesagt. »Bitte schicke mir Geld für meine Rugby-Ausrüstung«, schrieb er. »Und, Papa, Du brauchst Dir keine Sorgen zu machen, daß ich mich verletzen könnte.«

War es wahr, daß West Samoa, ihr geliebtes Land, bald die Unabhängigkeit erreiche? schloß er.

Tauilopepe antwortete: »Ich eröffne Dir ein Konto bei einer Neu-Plymouth-Bank, so daß Du Geld abheben kannst, wann immer Du welches brauchst. Ja, unser Land soll noch Anfang 1962 selbständig werden. Mit der Unabhängigkeit werden die glanzvollen Zeiten ein Ende haben. Die Papalagi, alle hochgebildete Leute, haben gerecht und angemessen regiert. Aber unsere eigenen Führungskräfte, alles ungebildete, unwissende Leute, werden unser Land ruinieren. Ich werde ein Haus in Auckland kaufen, für den Fall, daß unser Land nach der Unabhängigkeit zusammenbricht.«

Er und der Rat, so sagte Tauilopepe, hätten beschlossen, daß Sapepe eine neue Kirche bräuchte. Sie waren die wohlhabendste Gegend Samoas und konnten sich eine solche Kirche zum Ruhme Gottes gut leisten. Die Beschaffung der nötigen Geldmittel würde in der kommenden Woche beginnen.

Um diese Zeit herum begann Teuila in den Briefwechsel mit Lalolagi zu treten. Simi war gegen das Kirchenprojekt, schrieb sie. Nicht einmal Papa kannte alle seine Gründe, aber Simi glaubte, ihre gegenwärtige Kirche reiche völlig aus. Nachdem Lalolagi abgereist war, hatte Papa Simi eingeladen, mit ihm an den Abenden zu plaudern. Zu Beginn scherzten und lachten sie, und Papa rührte keinen Tropfen an. Dann wären die Dinge plötzlich schiefgelaufen, und kurz bevor Simi überhaupt nicht mehr kam, hatte sie die beiden einander anschreien hören. Papa wollte ihr nichts über das Vorgefallene sagen. Es gäbe jedoch nichts, worüber sich Lalolagi Sorgen zu machen brauche.

Zum ersten Mal waren Lalolagis Antwortbriefe auf englisch geschrieben. Er wies seinen Großvater stolz darauf hin. Wieviel sollte ihre neue Kirche denn kosten? Im Gegensatz zu den Samoanern legten die Papalagi nicht viel Wert auf die Kirche. Und das war doch eine Sünde, nicht wahr? In bezug auf die Unabhängigkeit schrieb er: »Es ist schlecht, daß unser Land die Unabhängigkeit erlangt. Wir haben keine Führungskräfte, die so gut wären wie die Europäer, die uns regierten. Es ist gut, daß Du ein Haus für uns in Auckland kaufst, gerade für den Fall, daß die neue Regierung der Unsrigen hopsgeht.«

Er schloß seinen Brief mit: »Ich sage allen, daß sie mich nicht Pepe nennen sollen. Sie rufen mich jetzt Lagi. Ich bin jetzt Lagi, Nr. 134. Es fällt den Europäern leichter, das zu sagen.«

Er rühmte sich auch Teuila gegenüber seines Englisch und kritisierte dann Simi wegen seines Standpunktes der neuen Kirche gegenüber: »Simi ist für Sapepe ein Fremdling, widersetzt sich aber Papa, der alles für Sapepe hergibt. Simi ist auf Papa eifersüchtig. Simi ist wie Pepe. Sie denken gerade, sie wüßten alles. Der ganze Ärger zwischen Simi und Papa hängt wohl auch mit Pepe zusammen. Papa wird aber gewinnen. Unsere Kirche wird gebaut werden, weil es Gottes Kirche ist, und weil Papa will, daß eine Kirche erbaut wird.« Er erinnerte Teuila daran, Papa zu erinnern, Mr. Ashton zu veranlassen, mehr Geld auf sein Bankkonto zu überweisen.

»Dear Mummy and Daddy«, begann er seinen nächsten Brief vom 15. Juni 1961. Er entschuldigte sich, daß er nicht früher auf die vorausgegangenen Briefe geantwortet hätte. Seine ganze Freizeit verwende er dazu, seine Schulaufgaben zu machen. Eine ganze Woche lang habe es nun »Katzen und Hunde« geregnet. Hawley war noch immer sein bester Kumpel, doch hatte er nun eine Menge anderer Partner. Keiner von ihnen sei so gut wie er beim Rugby-Spielen. Er sei ermahnt worden, weil sie Schulregeln für alles hätten; die Verpflegung war miserabel – sie bekämen die ganze Zeit über Reispudding und jeden Morgen ein undefinierbares Mischmasch. Er wünschte, er hätte samoanisches Essen. Was sei aus der Kirche geworden?

In einem ausgedehnten Antwortbrief gratulierte ihm Tauilopepe zu seinem »schönen Englisch«. (Taifau hatte Lalolagis Brief für ihn übersetzt.) Die Papalagi hätten eine sehr farbenreiche und präzise Sprache. Regnete es wirklich Tiere während des Winters? Er warnte Lalolagi, doch von seinen Freundinnen Abstand zu halten (seinen »Partnern«, wie Lalolagi sie bezeichnet hatte) und sich auf seinen Lernstoff zu konzentrieren. Die Zeit für Partner sei dann gekommen, wenn er einen Abschluß erreicht hätte. »Bitte befolge doch die Schulregeln«, schrieb er, »sie existieren zu Eurem Nutzen. Wo würde die Welt hingelangen ohne Regeln? Pepe zerstörte sich selbst, indem er sich den Regeln widersetzte.«

Sie hätten nun schon achttausend Pfund für die Kirche zusammen, schloß er, und bis zum Jahresende sollten es sechzehntausend werden. Teuila schickte ihm etwas Taro.

Teuilas Brief, ohne Tauilopepes Wissen abgeschickt, erzählte ihm von den Zwistigkeiten zwischen Tauilopepe und Simi. In seinen Predigten sprach sich Simi für eine Reformierung der LMS-Kirche aus: Sie sei zu weltlich geworden, zu sehr damit beschäftigt, Geld für Kirchen und Pfarrhäuser zu beschaffen, und vernachlässige ihre geistliche Rolle und ihre Bestrebungen nach gesellschaftlicher und politischer Gerechtigkeit. Simi bearbeitete seine eigene Plantage und verweigerte die Annahme der monatlichen Geldbeiträge durch die Gemeinde. Pfarrer und Kircheseien eine Last für die Menschen geworden, erklärte er. Teuila sagte, daß viel Wahres in dieser Feststellung läge. Simi sei Pepe sehr ähnlich, fügte sie hinzu. Bis jetzt hätte, obwohl einige Sapepeaner sich auf die Seite Simis stellten, noch keiner der Matai Tauilopepe im Stich gelassen. Der Rat sammele noch immer einhundertfünfzig Pfund von jeder 'Aiga ein, und Simi hätte sich noch nicht öffentlich gegen dieses Eintreiben der Gelder erhoben. Sie hoffte, er werde es auch nicht tun, denn es würde einen ernsthaften Zusammenstoß zwischen ihm und Papa zur Folge haben.

Sie bat ihn, das, was sie ihm geschrieben hatte, Papa gegenüber nicht zu erwähnen, da es ihn verwirren würde.

In seinem Antwortbrief schrieb Lalolagi, er würde ihnen nicht mehr auf samoanisch schreiben. Simi habe nicht das geringste Recht, sich gegen Papa zu stellen; er sei die Art Spaßmacher, die keine guten Pfarrer abgäben. Ihr Neu-Plymouth-Pfarrer mische sich in keine Angelegenheiten der Stadt ein, und Simi solle sich genauso verhalten. Papa hätte nur zu recht, wenn er den Rat dazu brächte, Simi aus Sapepe auszubooten. Ihre Kirche sei eine große Kirche, die beste Samoas. Alles, was Simi tat, würde sie ruinieren. Simi sei so dumm, wie Pepe einmal gewesen war, und Pepe habe ja in einem kleinen, netten Suff geendet, voller Armut und so, ohne daß jemand ihn geliebt hätte. Er würde nie im Leben so werden wie Pepe.

Mitten im September schrieb Tauilopepe, daß der Bau der

Kirche im Februar 1962 beginne, einen Monat nach der Unabhängigkeit. Er sei glücklich, daß Lalolagi zu den Klassenbesten zählte, und neunzig Punkte während der Rugby-Saison zu erzielen, sei schon ein großes Fest wert. Er höre mit Genugtuung, daß Lalolagis Schule ein militärisches Trainingsprogramm unterhalte. Viele seiner Freunde in Apia hatten als Soldaten im Zweiten Weltkrieg gekämpft, und sie hatten ihm gesagt, daß eine militärische Ausbildung die besten Staatsbürger erzeuge. In einem vorhergehenden Brief hatte Lalolagi ihn gebeten, mit dem Trinken aufzuhören, also schloß Tauilopepe: »Ich habe Deinen Wunsch erfüllt. Ich weiß nicht, weshalb ich jemals mit dem Trinken angefangen habe.«

Nachdem Teuila einen Monat lang nichts von Lalolagi gehört hatte, schrieb sie ihm mit der Frage, ob sie ihn in irgendeiner Weise verletzt habe? Er sei ihr einziges Kind, sagte sie, und sie fühle sich so allein, weil Papa wieder stark trank. Es hatte etwas mit Simi und der neuen Kirche zu tun. Ein paar 'Aiga besuchten nun nicht mehr den Gottesdienst, von ihren Matai angewiesen, dies zu unterlassen, bis Simi den Widerstand gegen das Kirchenprojekt aufgab. Papa war mit seiner 'Aiga bisher nicht so verfahren, wäre aber früher oder später dazu gezwungen. Sie verbrächte ihre Wochentage in ihrem Haus in Apia, wo sie sich um die Kinder ihrer 'Aiga kümmere, die dort zur Schule gingen. Am vorigen Wochenende in Sapepe habe sie versucht, Papa vom übermäßigen Trinken abzuhalten. Er schenkte ihr jedoch keine Beachtung. Papa bewundere Simi, sei jedoch nicht bereit, ihm nachzugeben. »Wenn Männer einander bewundern, warum streiten sie dann miteinander?« fragte sie.

Zum ersten Mal gestand sie Lalolagi, daß Pepe gut, höflich und von angenehmem Wesen gewesen war. Simi wußte das und wollte Papa dazu bringen, es zu glauben, Papa sträube sich aber hartnäckig dagegen.

Sie bat Lalolagi, ihr doch zu schreiben, denn sie fühle sich so allein – wissend, was geschehen würde, und doch machtlos, es abzuwenden.

Lalolagi antwortete prompt. Er schrieb, daß er ganz von der Paukerei in Anspruch genommen sei. Sie solle sich nur über nichts Sorgen machen, denn Papa habe geschrieben, daß alles in Ordnung sei und die Kirche gebaut würde, weil es Gottes Wunsch war. Simi, wenn auch ein schlechter Pfarrer, würde das bald einsehen. Gott würde ihm die Augen öffnen.

Pepe war tot und hatte Papa auch nicht ein Fünkchen Gutes getan, sondern ihm nichts als seinen schlechten Namen hinterlassen. Wie es sich für einen guten Sohn gehöre, liebe er, Lagi, seinen Vater, Papa, und er würde Papa und sie immer lieben, denn sie hätten ihn als ihren einzigen Sohn erwählt.

»Nun mach dir bitte keine Sorgen, Mutti. Mir geht's gut, und Papa wird sicherlich alles dafür tun, daß es gut ausgeht. Kann ich noch etwas Geld haben?«

In einem Novemberbrief entschuldigte sich Tauilopepe, daß er drei Wochen lang nichts von sich hatte hören lassen. Er sei zu sehr als Vorsitzender und Finanzverwalter des Kirchenprojektes in Anspruch genommen. Er habe andere Matai ausgewählt, damit sie die Abgaben eintrieben, doch sie hätten sich selbst an dem Geld bereichert. Kein Wunder, daß die Papalagi den Samoanern nicht über den Weg trauten! Faul, unverantwortlich, für nichts etwas beanspruchend, wie sie waren, konnte man den Samoanern nicht trauen. In Sapepe konnte er sich lediglich auf Taifau und Faitoaga verlassen, und selbst Taifau fragte fortwährend, ob denn die neue Kirche wirklich so eine gute Idee sei. Taifau war einer derer gewesen, die die Kirche als erste vorgeschlagen hatten.

Er habe nun wenig Zeit, sich in ihrem Apia-Haus auszuruhen. Sein ganzes Leben lang habe er für die undankbare 'Aiga gekämpft, wie auch für Sapepe, und doch stellten sich alle gegen ihn. Alles, was er nun in seinem hohen Alter wolle, sei entspannen und zusehen, wie die Leute, für die er sich eingesetzt hatte, das weiterentwickelten, was er für sie geschafft hatte. Doch alles, was er sah, waren Taugenichtse von Verwandten, die noch immer von ihm erwarteten, daß er sich für sie abrackere. »Leute können sehr enttäuschend, sehr verletzend sein«, schrieb er. »Traue nur deiner eigenen Kraft. Du bist derjenige, auf den ich völlig baue. Wenn du zurückkehrst, mit Ehre und Bildung, werde ich aufhören können zu arbeiten und die letzten Jahre meines Lebens genießen. Das Leben ist ein harter Kampf gegen alle, die dir böse wollen. Die Samoaner sind dafür bekannt. Wenn sie sehen, daß ein anderer Samoaner etwas erreicht, bauen sie ihm Fallgruben, in die er sich verstrickt.«

Zwei Tage nach Tauilopepes Brief schrieb Teuila Lalolagi, daß Papa einige Wochen in Apia verbrächte. Er sei krank, spreche wenig, trinke viel und rege sich über jeden auf. Lalolagi solle Papa schreiben und ihn aufmuntern. Papa würde in zwei Wochen zweiundsechzig, und sie bereiteten sich auf die Geburtstagsparty vor. Diese solle in Apia stattfinden, da Papa noch nicht nach Sapepe zurückkehren wolle.

Lalolagi schrieb sogleich an Tauilopepe, wobei er strengen Rat erteilte. Ihre Angehörigen verdankten Papa alles, sagte er, wenn also einige davon aus der Reihe tanzten, solle Papa ihnen einen Tritt in den Hintern versetzen. Wenn Taifau, der Papa sogar das Hemd auf seinen Knochen verdankte, seinen Plan noch weiter in Frage stellte, solle Papa auch ihn abschreiben. Verbanne diese Matai, die sich die Kirchengelder unter den Nagel gerissen haben! Er schäme sich, Samoaner zu sein wie jene diebischen Matai! »Warte, bis ich heimkomme«, beschloß er den Brief, »ich werde Dir helfen, alles in Ordnung zu bringen, Papa. Ich werde Dich nie hintergehen, und Du wirst in der Lage sein, in den Ruhestand zu treten und mich alles machen zu lassen. Halt die Ohren steif, Papa!«

Teuila antwortete, daß dieser Brief wahre Wunder bei Papa bewirkt hätte. Als er ihm übersetzt und vorgelesen worden sei, habe Papa gelacht und sei unverzüglich nach Sapepe zurückgekehrt. Bevor er abfuhr, habe er ihr gesagt, daß er nach allem Hin und Her seinen Geburtstag nun doch in Sapepe feiern wolle, und daß die Leute achtgeben sollten. Er hatte auch dem Trinken abgeschworen.

Im nächsten Brief beschrieb sie die Geburtstagsparty und sagte, sie hätten ihn dabei vermißt. Alle Sapepeaner außer Simi seien erschienen, hätten die ganze Nacht durchgetanzt und -gesungen. Alles verliefe wieder völlig normal. Simi habe aufgehört, gegen die neue Kirche zu predigen. Er habe sich, so glaube sie zu spüren, mit der Tatsache abgefunden, daß sie nun doch gebaut werden würde. Papa habe die Bauleute angeheuert. Während jedermann auf Samoa damit beschäftigt sei, immer wieder Tänze und Lieder zu Ehren der Unabhängigkeitsfeier über sich ergehen zu lassen, kümmere sich Sapepe zu Recht darum, etwas Wahrhaftiges zu erbauen. Die Kirche werde Ende 1962 fertig sein, rechtzeitig zu Lalolagis ersten Ferien zu Hause. Aber wegen der verzögerten Fertigstellung der Kirche und des Machtkampfes, der sich während der nächsten fünf Jahre in Sapepe abspielen sollte, mußte Tauilopepe diese Ferien immer wieder aufschieben.

8 *Ein Denkmal*

West Samoa war nun eine unabhängige Nation, »auf Gott gebaut«, wie das nationale Leitwort lautete. Die nationalen Festlichkeiten auf der Halbinsel Mulinuu zogen sich über eine blendende, aufregende, scheinheilige, aufsehenerregende, verschwenderische, fromme, manchmal volltrunkene und wortgewaltige Woche hin, an der Tauilopepe – wenn auch zu den meisten öffentlichen Anlässen eingeladen – nicht teilnahm. Der Großteil der bewegungsfähigen Einwohnerschaft von Sapepe waren jedoch staunende, lachende, tiefgerührte Zuschauer mit großen Augen, die ihr Geld so schnell ausgegeben hatten, wie die Unabhängigkeitsfahne die Stange hochgehißt wurde, während die Neuseeländer, die erkannt hatten, daß die Kolonien ein undankbarer Luxus waren, tiefe Stoßseufzer der Erleichterung von sich gaben.

Es war Montag abend – zwei Wochen nach der Unabhängigkeitserklärung und zwei Tage bevor die Arbeiter die Fundamente der neuen Kirche markieren und ausheben sollten. Ein kühler Wind, der von den Bergen herabwehte, hatte die Zikaden verstummen lassen und die Hunde schutzsuchend unter die Häuser und Fale gejagt. Tauilopepe hatte den ganzen Tag über die Plantage inspiziert; er war sogar mit Faitoaga zu dem neu gerodeten Gebiet in der Höhe der Gipfelkette gestiegen. Nun fühlte er sich müde, während er seine Abendmahlzeit verschlang – dicke, gut durchgebratene Steaks, gebratene Eier und ein deftiger Haufen Taro. Nach dem Essen las er eine Übersetzung von Lalolagis letztem Brief nochmals durch. Eines der Mädchen, das ihm die Speise aufgetragen hatte, kam herein, kauerte sich neben seinen Sessel, um ihm zu sagen, daß der Pfarrer am Türeingang stehe. Er sagte, sie solle ihn hereinbitten und ihnen etwas Kaffee bringen, faltete Lalolagis Brief zusammen, nahm seine Brille ab und wartete. Etwa einen Monat lang war er Simi absichtlich aus dem Weg gegangen.

Simi trat mit gesenktem Kopf ein und setzte sich in den Sessel Tauilopepe gegenüber, der ihn förmlich begrüßte, wie es der Brauch erforderte, sonst aber nichts zu sagen wußte.

»Geht's dir gut?« fragte Simi.

»Ja, mir geht's gut. Und dir?«

»Gut, ja, danke.«

Wieder eine ungemütliche Stille.

»Ich denke, du weißt, weshalb ich gekommen bin«, sagte Simi endlich. »Es ist eine Schande, Herr, daß wir uns über so viele Sachen uneinig sein müssen.« Tauilopepe schenkte sich noch eine Tasse Kaffee ein. Eine Frau sang in der Küche ein Unabhängigkeitslied über Selbstaufopferung, Märtyrertum und Sorgen. »Ich habe dich nie direkt gefragt, Herr, aber ich fühle, ich muß es jetzt tun: Warum muß diese Kirche gebaut werden?«

Tauilopepe setzte seine Tasse in die Untertasse und sagte: »Weil unsere Leute wollen, daß sie gebaut wird!« Die Frau sang von den Gewehren Neuseelands, die in der Zeit der politischen Unterdrückung elf Märtyrer hervorgebracht hatten, als ein Tamaaiga an den Kugeln eines Maschinengewehrs gestorben war. Den Gouverneur traf die Schuld, sang sie, der Gouverneur drückte auf den Auslöser. »Auch ich möchte, daß die Kirche gebaut wird«, fügte Tauilopepe hinzu.

»Aber warum möchtest du, daß sie gebaut wird?«

»Weil unsere jetzige Kirche zu klein ist«, erwiderte Tauilopepe. Simi erinnerte ihn daran, daß das nicht stimmte, so verlagerte Tauilopepe seine Argumente. »Es ist eine alte Kirche«, sagte er, »eine Kirche, die Gott und Sapepes hohem Lebensstandard nicht würdig ist.«

»Ist das dein Hauptgrund?«

»Ja, das ist der einzige Grund.«

»Die anderen Matai haben zugestimmt?« fragte Simi. Tauilopepe nickte. »Was würden sie tun, wenn du deine Meinung ändertest?«

»Ich kann ihren Entschluß nicht ändern. Es ist ihre Kirche, ihr Geld, ihr Entschluß.«

»Ist es ihr Entschluß, daß die Kirche ein Denkmal sein soll?«

»Ein Denkmal? Denkmal für was? Für wen?« erwiderte Tauilopepe.

»Ein Denkmal deines Sohnes? Ich habe einige Leute davon sprechen hören.«

»Die meisten Leute haben zugestimmt, daß es so sein soll!« sagte Tauilopepe beleidigt.

»Ich bin gekommen, um darüber zu sprechen, nicht um zu streiten.«

»Ich bin gar nicht wütend.«

»Die Kirche ist also ein Denkmal für Pepe?« Tauilopepe nickte bekräftigend. »Ich hoffe, Herr, du wirst mir nicht zürnen, wegen dem, woran ich dich erinnern werde«, sagte Simi.

»Du kannst ohne Umschweife reden …«

»Und in aller Ehrlichkeit?« fragte Simi. Tauilopepe nickte und füllte Simis Tasse. »Dieses Denkmal, wird es nicht ein christliches Denkmal für einen Ungläubigen sein? Du weißt recht gut, daß Pepe nicht geglaubt hat.«

»Aber er hat geglaubt«, sagte Tauilopepe lächelnd, »Pepe hat doch geglaubt!«

»An was?«

»An alles, an das die Menschen glauben müssen.«

»Gott? Die Kirche?«

»Ja.«

Simi schwieg einen Moment lang, dann sagte er: »Fragst du mich, was ich davon halte?«

»Dazu besteht keine Notwendigkeit.«

»Warum nicht?«

»Weil du es warst, der mich durch seine offensichtliche Bewunderung für ihn meine Meinung über ihn überdenken ließ. Erinnerst du dich?«

Simi schüttelte langsam den Kopf. »Wenn ich irgendwas getan habe, war es zu versuchen, dich Pepe wieder lieben zu lassen. Nicht aber, dich davon zu überzeugen, daß er an Gott geglaubt hat.«

»Aber wenn du, ein Mann Gottes, ihn geachtet hast, mußt du es deshalb getan haben, weil er glaubte. Ein Mann Gottes würde sündigen, wenn er einem Ungläubigen vertraute und ihn liebte – ein Kirchenfeind. Ist es nicht so?«

»Ich habe deinen Sohn geachtet im Bewußtsein, daß er nicht geglaubt hat. Dein Sohn, Tauilopepe, war ein Atheist.«

»Du gibst das zu? Du achtetest einen Atheisten? Du, ein Pfarrer, ein Diener Gottes?« sagte Tauilopepe. Simi nickte. »Ich kann das nicht glauben. Ihr Leute predigt den Glauben an Christus, den Glauben an die Bekehrung der Nichtgläubigen. Falls, wie du, alle Männer Gottes das Akzeptieren von Atheisten predigten, was sollen dann wir, eure Gemeinde, eigentlich glauben? Daß die Kirche sowohl für die Atheisten als auch für die Gottlosen und die Gläubigen da ist?«

Zu Boden blickend, sagte Simi: »Ich achtete Pepe wegen dessen, was er war ...«

»Ein Atheist?«

»Nein, ein Mann mit Stolz und Mut.«

»Und die bloße Tatsache, daß er nicht glaubte, daß er ein gottloser Mann war, hat dir nichts ausgemacht?«

Simi blickte auf. »Bei Pepe hat es nichts ausgemacht ...«

»Warum nicht? Sag mir, warum nicht?«

»Weil er die Gabe von Christus hatte.«

»Von Christus?«

»Ja. Er versuchte, so gut er konnte, die anderen Menschen im Hier-und-Jetzt zu lieben. Er tat sein Bestes, niemandem Schaden zuzufügen.«

»Was weißt denn du, ob er anderen Schaden zugefügt hat? Sag mir, was weißt du darüber?« Tauilopepe atmete schwer. »Du sprichst über Liebe, Pfarrer, aber weißt du denn, was er mir angetan hat, mein eigener Sohn, den ich gehätschelt und dem ich mein Leben gewidmet habe?« Es folgte eine Pause. Das Licht schien ihn in seinem Sessel festzunageln. »Er hat meine Liebe, mein Herz genommen und sie zu Fetzen zerrissen. Ist darauf herumgetrampelt wie ein Hund in seinem Kot. Er mag zwar andere geliebt haben, mich aber hat er verleugnet. Er hat mich wie ein Nichts behandelt, wie einen Hund, auf den man spucken kann!«

»Ich bedauere das zutiefst«, sagte Simi.

»Als er aus meinem Leben trat – und er tat dies aus freien Stücken –, hat er meine Hoffnungen, Träume und Liebe mit sich genommen. Weißt du, was er damit gemacht hat? Er verkaufte sich auf dem dreckigen, schäbigen Markt um den Glauben an Nichts. An Nichts! Bin ich denn absolut nichts wert, Simi? Denn um diesen Preis hat er mich verkauft.« Er hielt inne und starrte in die Dunkelheit hinaus.

»Du erzählst mir, daß er an die Menschen glaubte«, fuhr er nach einer Weile fort, »aber er glaubte nicht an mich. Ihm war ich nur wert, ins Gefängnis zu gehen. Bin ich nur das wert?« Er schaute Simi an, dieser aber sah weg und schwieg still. »Hör auf den Wind, schau in die Dunkelheit, gerade wie in der Nacht, als er geboren wurde. Ich hielt ihn in meinen Armen, und meine Welt war voller Hoffnungen und Pläne. War ich ein so schlechter, ein so herzloser Vater?« Wieder machte er eine Pause. »Aber er ist von mir weggegangen. Er hat mich verflucht. Es ist mir gleichgültig, ob er an Gott glaubte oder nicht! Hör mich an. Ich hab mich damals nicht darum gekümmert, und es kümmert mich auch jetzt nicht. Alles, was ich von ihm wollte, war, daß er mich liebt, mich achtet. Ich habe nicht viel von ihm verlangt. Ich gab ihm soviel und hätte soviel mehr für ihn zu geben gehabt ... Aber ... er ... Er ist ... tot, und er verfolgt mich immer noch. Mein eigener Sohn!« Er senkte den Kopf und vergrub das Gesicht in seinen Händen.

Der Wind stöhnte durch die Dunkelheit und summte wehmütig durch die Louvre-Fenster; er kräuselte über die Tischdecke und die Rechnungsbücher und brachte den Hauch von schwerem Regen mit sich, der den nächsten und den übernächsten Tag ausfüllen würde. Jene Tage, an denen Sapepe den Grundstein eines Denkmals für so viele Dinge legen würde: Unabhängigkeit für manche Leute, Gott für die meisten; für Tauilopepe jedoch das Denkmal für seinen Sohn, für sein Gewissen, dachte Simi.

»Du hältst es dann also nicht für unangebracht, ein religiöses Denkmal zu errichten für einen Sohn, der nicht geglaubt hat?« fragte Simi nach einer Weile.

»Und du?« fragte Tauilopepe.

»Ich weiß nicht mehr. Vielleicht ist es nicht so wichtig.«

»Du bist ein seltsamer Mensch, Simi«, sagte Tauilopepe. »Du glaubst, und doch zweifelst du. Du sagst, es gäbe Platz in unserer Kirche für Menschen wie Pepe. Du redest mehr über die Menschen als über Gott, dem du doch dienst ... Nein, laß mich ausreden. Dein Streben für die Menschen ist glühender als dein Streben für Gott. Dein Widerstand gegen die neue Kirche ist darauf gegründet. Eine neue Kirche würde eine große finanzielle und körperliche Belastung für die Menschen bedeuten. Ich gebe zu, es ist eine Belastung, aber eine Belastung, die es wert ist, denn sie ist für Gott ... Bitte laß mich ausreden. Wenn Pepe heute leben würde, würde er sich dem Vorhaben widersetzen? Simi, ich frage dich als einen Freund. Sag mir, würde sich Pepe gegen solch eine Kirche stellen?« Der Pfarrer starrte in die Dunkelheit hinaus, die hinter der Grenze des Lichts lag.

»Ich weiß es nicht mehr«, sagte er. »Ich habe Pepe nur gekannt, als wir beide sehr jung waren, als wir uns, glaube ich, noch nicht der Welt gegenübersahen, wie sie wirklich ist. Damals waren die Zeiten freudvoll und glücklich – frei von all dem Staub, der uns die Sicht trübt, jetzt, wo wir älter und ängstlicher werden. Auch du, Herr, mußt jene Zeiten gekannt haben, jene Jahre, als das Herz noch eine Taube war, freischwebend im Wind. Frei, an die Grenzen der Welt vorzustoßen, in die Arme Gottes zu flattern. Aber ich bin alt und furchtsam geworden, habe die Sicherheit der bekannten Welt gewählt. Pepe und ich sind unsere eigenen Wege gegangen. Er ist jung geblieben, glaube ich, mutig, tollkühn, hat sich gegen die Tarnmaske der Menschheit und gegen die Dinge gestellt, die er einmal glaubte und achtete, sich weigernd zu akzeptieren, daß Dinge und Menschen sich verändern. Wir haben uns verändert, haben zu Kompromissen gefunden und sind tödlich menschlich geworden, teils menschlich und teils tot. Haben zugunsten von ›Frieden und Verstand‹ – nenn es, wie du willst – unsere Ideale und unseren Mut abgeschrieben, gerade jene Eigenschaften, die uns Freiheit und Menschlichkeit garantiert hätten. Denn ein selbstzerstörerischer Friede beschränkt unser Leben – oder unseren Tod? – zu bedeutungslosem Besitz, Geld, Freunden, 'Aiga, schalen Vorurteilen, lachhaft banalen Haltungen und Ängsten. Zum absolut tödlichen Staub kriechen wir in …«

»Zu Gott?« unterbrach ihn Tauilopepe.

»Aber Pepe hat sich weiterhin zu dem bekannt, was wir einstmals glaubten, inzwischen aber Angst haben zu glauben.« Er brach ab, schaute Tauilopepe direkt an und fuhr fort: »Und er bezahlte den Preis, den wir nicht zu zahlen gewillt sind – ein einsames Leben, ein Leben ohne Gott, wenn du so willst. Einsam und doch nicht einsam. Gegen die angstvolle Dunkelheit anstürmend, und sie doch ohne Angst umarmend. Über uns und unsere lächerlichen Rituale in unseren goldenen Zellen lachend, wobei er uns doch liebte. Er lehnte unsere kleinlichen, grausamen und heuchlerischen Bemühungen ab und verstand doch, weshalb wir sie unternahmen. Er wollte uns verändern, um uns neu zu gestalten nach dem Bildnis der Schönheit, dem wir entgegenwachsen können, wenn auch im Wissen, daß die lebenden Toten nicht auferweckt werden können. Er konnte uns nicht aus unseren selbstauferlegten Fesseln herausführen, aus unserem Ägypten, denn er war nicht Moses. Moses glaubte an das Verheißene Land, glaubte, wie alle unsere modernen Cäsaren und Tyrannen, daß ein paar der Israeliten in der Wildnis geopfert werden müßten, um das Gelobte Land zu erreichen. Pepe weigerte sich zu glauben, daß Menschen geopfert werden sollten, um nach Kanaan zu gelangen.« Seine Stimme war fast zu einem Flüstern abgesunken.

»Du – du glaubst nicht?« fragte Tauilopepe, mehr als Feststellung denn als Frage.

»Glauben?«

»Ja, an Gott glauben?«

»Ich denke … ich denke doch«, sagte Simi.

»Du denkst doch!«

»Das ist alles, was ich tun kann.«

»Alles? Aber du bist Pfarrer, ein Mann, der sein Leben dazu gewidmet hat, Gott zu dienen. Du *mußt* glauben.«

»Ich war fest in meinem Glauben. Ich denke, ich bin es immer noch. Bis …«

»Bis was? Sag es mir. Ich muß es wissen.«

»Bis ich ihn im Krankenhaus besucht habe.«

»Aber warum?«

»Weil er keine Angst hatte.«

»Keine Angst vor was?«

»Keine Angst zu sterben und zu glauben, da sei kein Gott, kein Leben nach dem Tod.«

Tauilopepe schüttelte wütend den Kopf. »Ich kann das nicht glauben. Er muß einfach Angst gehabt haben!«

»Warum?«

»Weil jeder Mensch Angst hat. Er muß so getan haben, als ob er keine Angst hätte. Das ist's. Er hat dir was vorgelogen!«

Simi starrte Tauilopepe einen Moment lang an, dann fragte er, jedes Wort betonend: »Glaubst du, daß Pepe solch einer Lüge fähig gewesen wäre?«

»Ja!« schrie Tauilopepe fast. »Ja, er war zu allem fähig. Hörst du – zu allem!«

Simi seufzte. »Ich dachte, du hättest ihn verstanden. Früher am heutigen Abend, als deine Liebe zu ihm den Staub hinweggewischt hat, dachte ich, du hättest ihn verstanden.«

»Aber ja. Ich verstehe ihn doch«, beharrte Tauilopepe.

»Wir leiden an derselben tödlichen Krankheit, Tauilopepe. Wir leiden an derselben Eitelkeit. Und die neue Kirche wird ein Denkmal dafür sein, keines für Pepe und keines für Gott.«

»Denk dran, Diener Gottes, wenn sie ein Denkmal meiner Eitelkeit ist, ist sie auch ein Denkmal deines schwindenden Glaubens an Gott, dem du dienst.«

Simi erhob sich. »Es ist spät. Ich muß gehen.« Und ohne darauf zu warten, daß Tauilopepe noch irgend etwas sagte, ging er zur Tür.

»Heißt das, daß du das Kirchenprojekt nun unterstützt?« rief Tauilopepe. Simi blieb stehen, drehte sich aber nicht um. »Habe ich denn jetzt deine Unterstützung?«

»Ja.«

»Und du wirst den Gedenkgottesdienst für den Beginn der Arbeit halten?«

»Ja, ja, ja«, sagte Simi, als er in die Dunkelheit hinauseilte.

Tauilopepe ging in sein Arbeitszimmer, goß sich einen doppelten Whisky ein und trank ihn schnell. Er war sich zweier Dinge sicher: Er fürchtete den Pfarrer nicht länger, und die Kirche würde gebaut werden. Sie mußte gebaut werden. Seine Beweggründe für den Bau? Sie waren ohne Belang.

9 *Die Kosten*

Die Kirche wurde gebaut. Sie kostete zwei Jahre ihres Lebens, zwanzigtausend Pfund, den Tod zweier Männer, fünf Verkrüppelte und Tauilopepes ersten Herzanfall.

Sie kostete zwei Jahre, weil eine Kirche solch extravaganter

Größe und Eitelkeit diese Zeit benötigte: zwei lange, beschwerliche Jahre gemeinschaftlicher Zwangsarbeit. Etwa die ersten drei Monate lang arbeiteten alle Männer Sapepes an diesem Projekt. Sie hoben das tiefe Fundament aus, trugen die Felsbrocken und Steine auf ihren Schultern und Rücken, sangen, scherzten, lachten und stritten sich manchmal, während sie arbeiteten. Als das Fundament gelegt war und die massiven Betonwände hochzusteigen begannen, kümmerten sich alle 'Aiga Sapepes der Reihe nach darum, die Erbauer eine Woche lang mit Arbeitern, Essen und Zigaretten zu versorgen.

Sie kostete zwanzigtausend Pfund, fünftausend mehr als erwartet, weil der Kirchenplan, dem Tauilopepe zugestimmt hatte, und die Verzögerungen und unterlaufene Fehler diese zusätzlichen Kosten bedingten. Die Kirchengemeinde brachte durch die vom Rat auferlegten Abgaben durch jede 'Aiga fünfzehntausend Pfund auf. Um dieses Geld aufzubringen, verpfändete manch eine 'Aiga ihren Kakao und ihre Kopra Monate vor der Ernte an Tauilopepe. Andere 'Aiga liehen sich das Geld aus verschiedenen Quellen, hauptsächlich jedoch von Taifau und Tauilopepe, und manch einer 'Aiga wurde Geld von ihren Verwandten aus Neuseeland geschickt. Die fünfzehntausend Pfund waren Monate vor der Fertigstellung der Kirche aufgebraucht. Eine weitere Steuerabgabe von fünfzig Pfund pro 'Aiga wurde beschlossen. Manche 'Aiga, bereits schwer verschuldet, zögerte mit der erneuten Bezahlung. Tauilopepe steuerte weitere fünfhundert Pfund bei, um sie zu ermuntern, und Simi hielt feurige Predigten über die Tugenden der Gabe an die Kirche, was jedermann überraschte und zu freizügigem Geben bewog. Auch Simi gab dem Rat das Geld, das er über Jahre hinweg für die Ausbildung seiner Kinder gespart hatte.

Die Kirche kostete zwei Tote und fünf auf verschiedene Weise Verkrüppelte. Der erste Mann, der sterben sollte, tat dies auf spektakuläre Art und Weise Mitte 1963, als die sich auftürmenden Wände erbaut waren und die kräftigen Dachbalken von einem Kran hochgehievt wurden, der vom Bauamt ausgeliehen war.

Uaita war sein Name. Er war einer von Taifaus Schwiegersöhnen und hatte sechs Kinder, einen großen Berg Schulden in Tauilopepes Laden in Sapepe und eine passable christliche Vergangenheit. Er starb, so stimmten alle später überein, durch kein eigenes Verschulden. Er war einer der wagemutigen Männer, die auf den Wänden arbeiteten, beim Bemühen, die Dachbalken auf die richtige Stelle zu schwingen. Er holte zu weit, zu gewagt aus, griff in die Luft des Nachmittags und schrie, während er zur Erde hinabstürzte. Sie legten die Arbeit für zwei Tage nieder, während sie um Uaita trauerten, das geschrumpfte Bündel von zerschmetterter Haut und Knochen. Der Rat stimmte zu, daß die neue Kanzel als sein Denkmal gebaut werden würde.

Der zweite Mann, der sterben sollte, tat dies auf undramatische Weise sechs Monate später, nachdem die Dachbalken installiert waren und das Eisen auf dem Dach gerade festgenagelt wurde. Sein Name war Sione; er war niemandes Schwiegersohn, ohne Kinder, ohne Schulden Tauilopepe gegenüber, aber mit dürftiger christlicher Vergangenheit. Er starb, so waren sich später alle darüber einig, durch sein eigenes dummes Verschulden. Er war einer der trägen jungen Männer am Fuß der Wände und sollte sich um Holzstücke, des Zimmermanns Zigarettenstummel und jedes sonstige nutzlose Stückchen kümmern, das von oben oder sonstwie herunterfiel. Das hätte er zumindest tun sollen, ließ es aber tunlichst sein. Er war am Fuß der Wände, mitten in der Nacht, und kümmerte sich um seine willige Freundin, sozusagen, als aus dem Dunkel heraus eine Lage Dacheisen fiel, das sein Kopfende glatt abtrennte und seinem Leben für immer ein Ende setzte. Seine Freundin, die nicht wollte, daß jemand erfuhr, wie sie sich um Sione gekümmert hatte, flüchtete nach Hause und sagte niemandem etwas davon. Man fand Sione am folgenden Morgen. Er war so kalt und steif wie die blutige Lage Dacheisen neben ihm. Im Einklang mit seinem Mangel an Status legten sie die Arbeit einen halben Tag lang nieder. Keinerlei Denkmäler würden von Sione zeugen.

Das erste verkrüppelte Opfer war Meti, ein schielender, von

Ringwürmern befallener Weiser, dessen einzige Weisheit in der Definition von Ringwürmern bestand. Ringwürmer waren, so Meti, »Riffe im Himmel«. Er verlor seinen rechten Fuß, als er ihn dazu benutzte, zwei der unaufhaltbaren Steinblöcke, mit denen das Fundament aufgefüllt wurde, vom Aneinanderprallen abhalten zu wollen. Ein Fuß, gleichgültig, wie schwer arbeitend sein Besitzer auch war – und Meti war für seinen unermüdlichen Pflichteifer bekannt –, bedingte weder Denkmal noch Trauerfeier. Als die Kirche eröffnet wurde, empfand es Meti immer als sehr schwierig, mit seinem einen Fuß die vierzig hohen Eingangsstufen zu erklimmen.

Solofanua, ein Fünfzehnjähriger, mit einer fünfzehn Jahre währenden Vergangenheit voller Gehorsam und beispielhaftem Betragen in der Pfarrschule, beschloß an einem heißen Nachmittag, als kein Erwachsener gerade schaute, die Längsseite der nördlichen Kirchenwand abzuwandern. Kein Schaden, so argumentierten die Zimmerleute später, hätte Solofanua ein Haar gekrümmt, wenn er die Wand in Bodennähe passiert hätte. Aber Solofanua, zum ersten Mal in seinem kurzen Leben ungehorsam, weil Olofa, Simis jüngste und lebhafteste Tochter, zuschaute, entschied sich, die absolute Höhe der Tapferkeit zu erklimmen – erstaunliche sechzig Fuß oder so über dem Boden. Auf halbem Wege der Wand entlang hielt er inne, um zu sehen, ob Olofa ihn noch immer beobachtete (und bewunderte). Sie tat es nicht. Mit dem nächsten Schritt trat er daneben und fiel auf den unnachgiebigen Boden und auf eine zerschmetterte Hüfte. Sechs Monate verbrachte er im Krankenhaus und ein Leben lang in gehorsamem Krüppeldasein ohne Olofa, die ihn niemals mehr ansah.

Die Zahl 3 ist eine Glückszahl, so glaubten die meisten Sapepeaner. Indem sie diese Logik zu ihrem logischen Schluß brachten, behaupteten sie, daß Eletise noch glücklich daran sei: Er hatte nur einen Arm, ein Bein und vier Rippen gebrochen, wo er doch normalerweise sein Leben gelassen hätte. (Wie glücklich kann doch eine Person dran sein!) Eletise befand sich in seinen frühen Zwanzigern. Er war als glücklicher schulischer Versager nach fünf teuren, glücklichen Lehrjahren auf dem Samoa-College nach Sapepe zurückgekehrt. Auf dem College hatte er ein schlechtes Englisch und recht passable Papalagi-Umgangsformen und Haltungen erworben, dazu ein Unterstufenzeugnis für Rechnen, Sozialkunde, Naturwissenschaft und Buchhaltung, und eine unstillbare Sehnsucht, Angestellter bei der Regierung zu sein, die aber keinen Staatsposten für ihn frei hatte. Nach dreimonatiger, fast unerträglicher körperlicher Arbeit bei der Konstruktion eines Baus zu Ehren eines übernatürlichen Wesens, demgegenüber skeptisch zu sein ihn das Samoa-College (und sein atheistischer Lehrer) gelehrt hatte, ertränkte er seine Skepsis in sechs Flaschen Faamafu und kam dann abends zu dem Schluß, daß er der fließendste Englisch-Sprecher Sapepes (und Samoas) sei. Er kletterte das Gerüst hoch zur Wand, die auf den Malae zeigte, und schrie – inspiriert durch das friedliche Bild vor ihm und die Menge, die sich zu seiner englischen Ansprache unter ihm versammelt hatte –, schrie in der ihm eingegebenen Shakespeareschen Tradition (hatte er doch auf dem Samoa-College Shakespeare studiert): »Sapepeaner, Landsleute, leiht mir euer Ohr!« Die Menge grölte ihren Beifall, aber das Gerüst krachte – in offensichtlicher Mißbilligung – unter ihm mit einem lauten, mißbilligenden Grölen zusammen. Faifeau, der vierte Mann, der zum Krüppel werden sollte, war ein begriffsstutziger Laienprediger mittleren Alters, der nie eine Schule besucht hatte. All sein Haar (und seine Augenbrauen) waren für immer dahingeschwunden. Er verbrannte den Abfall in der noch unbedachten Kirche, nickte aufgrund der Hitze und einer kräftigen Mahlzeit ein und kippte mit dem Kopf nach vorne in das lodernde Feuer und das schreckliche Erwachen. Als er aus dem Krankenhaus entlassen wurde, gab er seinen Posten als Laienprediger auf. Was nützte es, von einem herrlichen Gott zu predigen, wenn der Prediger selbst ein haarloses, häßliches Wesen war?

Das fünfte Opfer (und das einzige weibliche, das schwer verletzt werden sollte) war die aggressive, lautstarke und mehr-als-weibliche Leagafaia, die Ehefrau eines aggressiven, lautstarken, mehr-als-männlichen Mannes, der Jahre zuvor mit der Ehefrau eines anderen aus Sapepe verschwunden war. Bei einem angriffslustigen Flirt mit dem Zimmermeister bestand Leagafaia darauf, beim Anstreichen der Wände zu helfen. Während sie unzüchtig über einen der unzüchtigen Witze eines Zimmermanns kicherte, langte sie hinüber, um sozusagen des Zimmermanns Gesellenstück zu liebkosen, was den Zorn der Zimmermannsfrau erregte, die das Gesellenstück ihres Mannes als ihren Privatbesitz betrachtete. Ein bösartiger mehr-als-weiblicher Kampf brach los. Als die Zimmermannsfrau, die zerbrechliche Tochter eines zerbrechlichen Pfarrers (und die vierte Frau des Zimmermanns), bewußtlos geschlagen war, unterdrückte der Zimmermann seine Lust, sein Gesellenstück von Leagafaia bezimmern zu lassen, und bezimmerte Leagafaias Gesicht mit seinen sachkundigen Fäusten. Tauilopepe zwang Leagafaias 'Aiga, sie nach Savaii zu verbannen, bis die Kirche beendet war, und der Zimmermann verließ für immer Sapepe.

Die Kirche kostete ihren höchst engagierten Erbauer vor ihrer Fertigstellung auch einen kleineren Herzanfall; es war der erste seines Lebens.

Tauilopepe überließ die Plantage und die Geschäfte Taifau und seinen befähigten Söhnen und arbeitete sechs Tage pro Woche an der Kirche. Nur die zwei Jahre, als »Blätter des Banyanbaums« aus dem Busch gehackt wurde, kamen diesen beiden Jahren gleich, was Schweiß und strapazierte Nerven, Enttäuschung und Kummer, ausgezehrte Muskeln, Willensstärke und eingesetzte Energie anging. Während er sein Augenmerk auf das Bild einer glänzenden Kirche, seiner Kirche, konzentrierte, vertrieb er die Schlaffheit, die sich während der bequemen Jahre breitgemacht hatte. Er hörte auf zu trinken, vergaß Teuila und seine 'Aiga, vergaß auch, daß er nicht mehr der junge Bursche von einst war, vergaß, daß Faitoaga, der jeden Tag an seiner Seite arbeitete, noch immer so stark war wie die zu fällenden Bäume an den Berghängen. Er sah zu, wie Faitoaga an einem Morgen, drei Monate bevor die Kirche für ihren letzten Anstrich fertig war, einen massiven Gesteinsbrocken umfaßte und ihn – eine schmerzende Elle nach der anderen – vom Boden weghob; er sah zu, wie Faitoaga mit hervortretenden, bebenden Adern an Gesicht und Körper und mit angespannten Muskeln (wie der Neid, den Tauilopepe empfand) den Steinbrocken an den Oberschenkel hob; sah zu, wie Faitoaga lachte und den Brocken von den Kirchenstufen fortrollte, während die anderen Arbeiter Beifall klatschten. Auf dem Weg zur Kirche am nächsten Morgen sah Tauilopepe diesen Gesteinsbrocken. Nur ein paar Männer standen herum. Der Brocken schien ihn magisch anzuziehen. Er mußte es sich beweisen. Er spürte seine Arme darum herum, wie sie den Stein hart anpackten. Er sog die Luft ein. Hob an. Nichts regte sich. Griff erneut zu. Hob. Hoch ... hoch. Herz, Kopf, Augen vibrierten voller Blut, dem Platzen nahe. Jetzt! Hoch und auf den Oberschenkel. Ein Schritt nach vorne. Noch einer. Jetzt. Der Steinbrocken fiel ihm aus den Armen! Der stechende Schmerz brach durch das empfindungslose Pochen in seinen Ohren, nahm ihm den Atem und zerrte und zerrte an seiner Seite.

Er lag fast vier Wochen lang im Krankenhaus von Apia, erholte sich jedoch schnell und kehrte gegen die Anweisungen der Ärzte nach Sapepe zurück, wo Teuila und Simi ihn dazu überredeten, keine körperliche Arbeit mehr am Bau der Kirche zu leisten.

Nachdem die Kirche angestrichen und das Gerüst abgebaut war, besichtigten Tauilopepe und Simi sie eines Morgens. Sie blieben in der Mitte des Gebäudes stehen, und Tauilopepe starrte zur Decke hinauf – eine schimmernde Fläche von poliertem Holz, die ihm einen Seufzer entrang. Dann blickte er durch das Längsschiff zur Kanzel, die zweimal so groß wie die Kanzel der alten Kirche war, und dann weiter zu den drei riesigen bemalten Fenstern hinter der Kanzel, zu den Strahlen der Morgensonne, die durch die Figur eines furchteinflößenden Moses tanzten, der die Felstafel hochhielt, auf der die Gebote niedergeschrieben waren, dann weiter zu den schneeweißen Engeln, die die Feuertrompeten bliesen ... Und Tauilopepe neigte den Kopf.

»Bist du jetzt zufrieden?« fragte ihn Simi.

»Bist *du* zufrieden?«

»Ob ich es bin oder nicht, ist doch jetzt nicht wichtig, oder?« Simi blickte zur Seite.

»Unsere Kirche ist vollendet«, sagte Tauilopepe. Der Moses war eine flammende Gestalt aus Gelb, Gold und Weiß, und die Engel um ihn herum wirbelten in einem blendenden Weiß. Tauilopepe legte seine Hand auf Simis Schulter, als sie umkehrten und zur Vordertür hinausgingen.

»Was soll mit der alten Kirche geschehen?« fragte Simi.

»Wir werden mit dem Abriß nächste Woche beginnen. Der Rat hat seine Zustimmung gegeben. Die alte Kirche muß der neuen Platz machen«, sagte Tauilopepe, klopfte auf Simis Schulter und lachte. »Unsere Kirche wird von jedem anderen Distrikt beneidet werden. Während sie ihre Zeit, Energie und ihr Geld für eine nutzlose Unabhängigkeit verschwendet haben, arbeiteten wir, um Gott zu verherrlichen ...« Er hielt inne, als er den Ansatz von Tränen in Simis Augen bemerkte.

Vier Wochen brauchte man, um die Kirche abzureißen, die Tauilopepes Großvater in vier langen Jahren gebaut hatte. Nur der Betonboden und zwanzig Stufen wurden übriggelassen; die Stufen führten nun zu einem Himmel der Erinnerungen, wie bei einer Grabstätte, die von gründlichen Dieben geplündert worden war.

10 Die zweite Ankunft

Es war ein heißer Nachmittag. Wolkenfetzen bewegten sich träge am Himmel; es war Ebbe, und vom Strand bis zum Riff ragten Korallen durch das Wasser zu Tage. Ein paar Seevögel, kaum von den braunen Felsen und den Korallen zu unterscheiden, stolzierten über das Riff, auf der Suche nach Futter. Die meisten Leute schliefen fest in der Hitze ihrer Fale und Häuser; nur zwei Jungen waren draußen in der Hitze und spielten fast lautlos Himmel und Hölle auf den Überresten der alten Kirche.

Die Jungen blickten auf, als sie den roten, staubbedeckten Bus gewahrten, der auf der anderen Seite der neuen Kirche anhielt. Es waren nur wenige Fahrgäste darin. Die Jungen winkten, doch keiner winkte zurück, als der Bus rumpelte und sich davonbewegte. Hinter ihm blieb auf der Straße ein Mann zurück, groß und mit einem blauen Hemd, einer weißen Lavalava und einem Hut; er hielt den größten Handkoffer, den die Jungen jemals gesehen hatten. Die von der Straße aufsteigende Hitze gab ihm ein unwirkliches Aussehen – fast wirkte er wie ein Aitu, der aus dem Bus verbannt worden war. Er stand nur da und wischte sich das Gesicht mit einem kleinen Tuch, wobei er auf die neue Kirche starrte. Die Jungen liefen ihm neugierig entgegen. Als sie sich ihm näherten, sahen sie, daß der Fremde so groß wie Tauilopepe war, der größte Mann Sapepes, und daß er über die Kirche lächelte. Die Jungen blieben einige Meter vor ihm stehen. Der Fremde schien sie nicht zu bemerken, als er seinen Hut abnahm und sich den Schweiß von der Stirn und aus seinem Nacken wischte. Er bekam eine Glatze, wie die Jungen bemerkten, erstaunt darüber, daß dieses Mißgeschick so einen jungen Mann traf. (Der Fremde wirkte so jung wie ihr Onkel, der erst um die Zwanzig herum war.) Der Fremde hatte eine dünne Nase, schmale Lippen und hohle Wangen, wie der Joker auf den Spielkarten oder ein Papalagi. Als er sie jedoch anlächelte, verlor sich ihre Angst ein wenig.

»Könnt ihr mir den Weg zum Haus der 'Aiga Malo zeigen?« fragte der Fremde.

»Es gibt hier keinen Matai dieses Namens«, antwortete der ältere Junge höflich.

»Ich weiß«, sagte der Fremde lächelnd. »Aber seine 'Aiga ist doch noch immer hier, oder nicht?« Die Jungen sahen einander an. »Nun?« sagte der Mann.

»Nun was?« erwiderte der kleinere Junge, der nicht gerade im Ruf der Höflichkeit stand.

»Nun, wo wohnen sie denn?« fragte der Mann. Die Jungen blickten einander wieder an und zuckten mit den Achseln. »Man hat mir gesagt, daß sie gegenüber der Kirche wohnen«, fügte der Mann hinzu.

»Welcher Kirche? Der alten oder der neuen?«

Der Mann schaute auf die neue Kirche, dann auf die Überreste und sagte: »Es muß wohl die alte Kirche sein.«

»Ach *diese* Leute!« sagte der kleinere Junge und deutete auf die beiden kleinen Fale unter den Brotfruchtbäumen hinter der mit Unkraut bewachsenen Stelle jenes Hauses, in dem der letzte Malo Jahre zuvor gelebt hatte. »Sie sind sehr arm und keine Leute unseres Dorfes. Bist du sicher, daß es die Leute sind, die du suchst?«

Der Mann drehte sich ohne Antwort um und ging auf die Fale zu.

»Du hast deinen Koffer vergessen!« rief der ältere Junge. Der Mann drehte sich um. Die Jungen versuchten, den Handkoffer zu heben, schafften es aber nicht. »Er ist zu schwer«, bemerkten sie. Der Mann kam und hob den Handkoffer, als ob er nichts wöge.

»Er ist ein zäher Bursche«, bemerkte der größere Junge, als sie zusahen, wie der Mann über den Malae ging.

»Wetten, er hat nicht soviel Kraft wie Faitoaga«, sagte der kleinere Junge. »Niemand ist so zäh wie er.«

»Tauilopepe war immer stärker als Faitoaga«, sagte der ältere Junge, als sie zur Ruine zurückgingen.

»Wer hat dir das gesagt?«

»Mein Vater. Und ich wette, Tauilopepe ist noch immer stärker als jener Fremde.«

»Ich wette, er ist es nicht. Tauilopepe ist ein alter Mann, und alte Männer haben keine Kraft.«

Durch die Jahre ihrer Verbannung waren die meisten Männer und Frauen der 'Aiga Malo aus Sapepe verschwunden und in ein anderes Dorf oder nach Apia gezogen, wo man nichts von ihrer Schande wußte. Die kleine Gruppe, die noch übrigblieb, lebte als Fremde in einem Distrikt, an dessen Aufbau ihre Vorväter mitgeholfen hatten. Zunächst wurden sie von den anderen 'Aiga verspottet; dann, mit fortschreitender Zeit, ignorierte und vergaß man sie, so als wäre die 'Aiga Malo nie ein Teil Sapepes gewesen. Sie mußten sogar in die Mormonenkirche im nächsten Dorf gehen und waren die einzige 'Aiga, die keinen Gewinn aus dem neuen Wohlstand gezogen hatte. In diese arme, aber treu vereinigte 'Aiga trat nun ein Fremder. Keiner wußte, woher er kam, doch wußte jeder in Sapepe am folgenden Morgen, daß ein großer, lustig aussehender Mann mit einem großen Handkoffer diese von Armut geplagten Mormonen unter den Brotfruchtbäumen besuchte.

In der ersten Woche verließ der Fremde kaum die Fale, doch war jeder – abgesehen von Tauilopepe, der in Apia weilte – erstaunt, als er hörte, daß die Mormonen abends Lotu abhielten, die sich von den ihrigen nicht unterschieden. Am Sonntag morgen paßten viele der Ältesten auf, ob die Mormonen zum nächsten Dorf in die Mormonenkirche gehen würden. Das war nicht der Fall. Der Fremde trat aus der Fale in einem leuchtendweißen Anzug und Lavalava und schwarzen Sandalen, mit einer LMS-Bibel in der einen Hand und einem LMS-Gesangbuch in der anderen. Er überquerte den Malae, so gleichmütig, wie die Brise von der tanzenden See hereinweht, und nickte jedermann zu, während er die vierzig Stufen ihrer Kirche erklomm, glitt durch die massiven Kirchentüren und den Chorgang hinauf, reihte sich – mit hocherhobenem Kopf – in die zweite Reihe ihrer Kirchensitze ein, die speziell für ihre Matai reserviert waren – und zwar gerade hinter Tauilopepes leeren Sitz in der vordersten Reihe. Aber keiner sagte etwas, nicht einmal Taifau, als er kam und sich hinter ihn setzte. Der Mann sang ihre Hymnen, ohne auf das Blatt zu sehen, und sagte ihre Gebete auf, gerade wie sie es taten, aber sie weigerten sich zu glauben, daß er wie sie ein LMS-Gläubiger sei. Sie wußten, daß er wußte, daß sie ihn abschätzig musterten, er schien aber nicht darauf zu achten. Er benahm sich gerade so, als sei er kein Fremder, als ob er sein ganzes Leben lang ihre Kirche besucht hätte. Und sie wollten nicht, daß er sich so verhielt. Denn wie lernt man sonst einen Fremden kennen, der sich nicht wie ein Fremder benimmt und einem die

Gelegenheit gibt, auf ihn zuzukommen und zu sagen: »Willkommen in unserer Kirche«? Das nächste Mal würde er sich wahrscheinlich auf Tauilopepes Sitz setzen; dann würde man ihm als einem Fremden den richtigen Platz zuweisen, da er ja als Mormone noch immer ein Fremder war. War er überhaupt ein Mormone? Er mußte Mormone sein; alle diese Leute unter den Brotfruchtbäumen waren Mormonen, und er war einer von ihnen. Oder etwa nicht? Sie bemerkten, daß nach dem Gottesdienst auf der Kirchentreppe Simi mit ihm lachte und sprach. Vielleicht kannte Simi ihn gut – doch alles in allem war Simi ein Fremder, und der Fremde war somit ein Fremder, und man weiß ja nie, was ein Fremder über einen anderen Fremden wußte. Wie sie es erwartet und gewünscht hatten, besuchte er Simis Toonai nicht, aber er kam zum Nachmittagsgottesdienst und setzte sich neben Taifau (der, wie sie bemerkten, nicht einmal mit ihm sprach). Er lachte und sprach nach der Andacht wieder mit Simi, dann zog er sich – nachdem er jedermann zugenickt und zugelächelt hatte – auf die andere Straßenseite und in seine kleine Fale zurück. Einige der Matai fragten Taifau, ob er wüßte, wer der Mann sei. Taifau wußte es nicht. Warum fragten sie nicht die 'Aiga Malo, meinte er. Jedermann war derselben Ansicht, doch erkundigte sich keiner.

Tauilopepe kehrte am Montag aus Apia zurück. Während er mit Taifau zu Abend aß, besuchte ihn eine Gruppe von Matai unter dem Vorwand, Karten spielen zu wollen. Gerade vor dem Nachhausegehen am späten Abend fragte einer von ihnen beiläufig Tauilopepe, ob er wüßte, daß da ein Fremder bei der 'Aiga Malo lebe. Tauilopepe blickte Taifau fragend an, der normalerweise über alles Bescheid wußte, was sich in Sapepe ereignete. Doch Taifau blickte fragend zu den anderen, und diese blickten fragend zu Tauilopepe. Simi schien zu wissen, wer der Mann war, meinte einer der Matai. Simi wisse sogar eine ganze Menge über ihn, echote ein anderer. Tauilopepe fragte sie, weshalb sie sich so viele Gedanken über den Mann machten. Viele Leute kamen auf Besuch nach Sapepe; sie reisten gewöhnlich nach einigen Tagen wieder ab, und wenn sie sich entschieden, länger zu bleiben, war auch nichts Verbrecherisches daran. »Aber bei der 'Aiga Malo?« sagte einer der ältesten Matai, der Jahre zuvor Zeuge der Fehde zwischen Tauilopepe und Malo gewesen war. »Ich bin sicher, daß der Mann bald aufbrechen wird«, sagte Tauilopepe. Die Sorge um den Fremden steckte aber doch an. Selbst Tauilopepe war nun beunruhigt, mehr noch als die anderen Matai.

Am darauffolgenden Dienstag, als die Sonne den Tau vom Malae fortleckte, bog ein Lastwagen, beladen mit Holz, Zementsäcken, Äxten, Buschmessern und vier Männern von der Hauptstraße ab und parkte unter den Brotfruchtbäumen neben der kleinen Fale. Eine Schar Kinder umlagerte den Lastwagen, als er abgeladen wurde, doch die Mehrzahl der erwachsenen Bevölkerung beobachtete das Ganze vom sicheren Heim aus. Der Lastwagen und die vier Männer reisten, wie jedermann erwartet hatte, am Abend nicht ab. Am nächsten Tag, nach der morgendlichen Mahlzeit, begannen die vier Männer und alle weiteren Männer der 'Aiga Malo, eine große Fale an die Stelle von Malos altem Haus zu bauen. Von Zeit zu Zeit spähten die Sapepeaner, wie der Fremde die Arbeit beaufsichtigte. Sie wollten nicht glauben, daß er für immer gekommen war, wollten aber auch die 'Aiga Malo nicht nach ihm fragen.

An diesem Sonntag sahen sie nicht nur den Fremden auf ihre Kirche zugehen, sondern, zu ihrem entsetzten Erstaunen, die gesamte 'Aiga Malo gleichfalls. Über ihre Kirchentreppe traten sie durch das Hauptportal ins Kircheninnere – der Fremde wie immer lächelnd, seine Begleiter nervös beunruhigt. Ein bestürztes, feindliches Schweigen machte sich breit, als sie hereinkamen. Alle starrten sie an. Der Fremde deutete auf die drei leeren Bankreihen im hinteren Teil der Kirche, und seine Begleiter setzten sich. Dann drehte er sich um, ging den Chorgang hoch, sagte – da alle Sitzplätze außer dem neben Tauilopepe besetzt waren – »Entschuldigung«, verneigte sich, als er an Tauilopepe vorbeiging, und setzte sich auf den freien Sitzplatz, der für Teuila reserviert war. Alle waren erstaunt, vor den Kopf gestoßen und überrascht, daß Tauilopepe ihn nicht fortgeschickt hatte.

Simi begann die Predigt mit einem Willkommensgruß für die 'Aiga Malo. Das Schweigen wurde sozusagen noch schweigsamer. Fast alle Gemeindemitglieder blickten auf Tauilopepe. Als Simi von Vergebung redete, merkten sie, daß er sich dabei direkt an Tauilopepe wandte, und sie fragten sich, warum wohl. Einer der ältesten Sapepeaner wußte, warum: Tauilopepe war für Malos Verbannung verantwortlich gewesen, und Simi versuchte, ihn dazu zu überreden, die 'Aiga Malo doch wieder in Sapepe zuzulassen. Simi rollte die ganze Geschichte Sapepes auf und machte geltend, daß alle Sapepeaner Nachkommen einer 'Aiga, eines Ursprungsquells, seien. Nicht viele der Gemeindemitglieder hörten auf ihn: Ihrer Ansicht nach war der Fremde nun von größerer Bedeutung. Wie würde wohl Tauilopepe auf Simis Verteidigungsrede reagieren? Es war klar zu ersehen, daß der Salomonische Inselbewohner, den Tauilopepe ihnen als Pfarrer aufgehalst hatte, nicht darauf aus war, bei dieser Frage so leicht einzulenken, wie er es bei der neuen Kirche getan hatte. Doch Tauilopepe könnte wiederum Simi auch unterstützen; wußten sie doch, wie sehr er sich dem Pfarrer verbunden fühlte. Simi beendete seine Predigt, indem er offen darum bat, die 'Aiga Malo wieder einzugliedern. Gerade vor dem Ausklang der letzten Hymne stand der Fremde auf, und sie spürten mit angehaltenem Atem, daß er gleich ein paar Worte an sie richten würde. Sie schauten hinüber zu Tauilopepe in Erwartung irgendeiner negativen Reaktion; er aber sah aus, als sei er halb eingeschlafen.

Der Fremde fragte Simi, ob er sprechen dürfe. Simi nickte. Die Ältesten murmelten protestierend, doch Tauilopepe, die einzige Person, die dem Entschluß des Pfarrers Einhalt gebieten könnte, unternahm nichts dergleichen.

Der Fremde ging den Chorgang hoch, blieb unterhalb der Kanzel stehen und wandte sich der Gemeinde zu. Sie warteten darauf, daß er sich irgendwie lächerlich machen würde. Aber als er sprach, mußten sie zugeben, daß sein Samoanisch beinahe perfekt war, gerade wie bei Simi, nämlich die Art der Sprache, wie sie am Theologischen Seminar gelehrt wurde. Und er hatte auch keinerlei Furcht vor ihnen. Es lag etwas über ihm, das zugleich drohend und unwillkürlich anziehend war, wie bei einem schlechten Gewissen, das man zwar vergessen will, auf dessen beschuldigende Einzelheiten man aber immer wieder zurückkommt, bis sie einen alle gesammelt konfrontieren. Das Wissen des Fremden über Sapepes Geschichte war genau, sein Rednerstil erstaunlich reif für jemand, der noch so jung war. Sie versuchten, nicht hinzuhören, doch seine Stimme bezwang ihren Widerstand.

»Meine Mutter«, sagte er, »war eine Tochter von Malo Tavita und eine Schwester von Malo Viliamu, der Schande über eure 'Aiga gebracht hat und zu Recht aus Sapepe verbannt wurde. Ihr, ihr Würdenträger Sapepes, habt ihn verbannt aufgrund seiner Missetaten, seiner Lügen, seiner Arroganz, seiner Doppeldeutigkeit. Wenn ich damals schon geboren gewesen wäre, hätte ich euch dabei unterstützt, ihn zu verbannen.« Er senkte seinen Kopf. Die meisten der Gemeindemitglieder waren sicher, daß er die Wahrheit sprach. Man konnte es seinen Worten anmerken. Er sprach aus seinem Herzen, und das log nie, so dachten sie. Als er zu ihnen aufblickte, meinten sie, Tränen in seinen Augen zu erkennen. »Meine 'Aiga hat an Malo Viliamus Vergehen teilgenommen, aber welche 'Aiga würde ihren Matai nicht unterstützen? Ist denn die äußerste Treue zu unseren Matai nicht die Grundlage unserer Lebensweise?« Er hielt inne. Einige der Matai nickten. »Meine Familie ist nun über fünfundzwanzig Jahre lang ohne Oberhaupt gewesen. Die meisten ihrer Mitglieder sind aus Sapepe geflüchtet, um ihre Schande zu vergessen. Wir haben eine lange Zeit der Armut und des Spotts ertragen. Wir waren sogar gezwungen, einem Glauben zu frönen, den wir gar nicht ernst nahmen.« Seine Stimme überschlug sich. »Sapepe, was verlangst du von uns? Noch mehr Leiden? Weitere fünfundzwanzig Jahre eines Lebens ohne Gott und die Gemeinsamkeit, für die unsere Ahnen gestorben sind? Ich bitte um eure Vergebung. Ich verspreche euch, sollte meine 'Aiga wieder in Sapepe eingegliedert werden, so werden wir Sapepe mit unserer äußersten Treue dienen.«

»Meine 'Aiga hat nicht zu dem Bau der neuen Kirche beigetragen«, beschloß er seine Ansprache, »also werde ich nun fünfhundert Pfund dafür geben.« Und mit gesenktem Kopf, der – wie sie meinten – seine Tränen verbarg, stürmte er zur Seitentür in der Nähe der Kanzel hinaus.

Am nächsten Tag, während sie nach »Blätter des Banyanbaums« fuhren, fragte Taifau Tauilopepe, wie er auf die Bitte des Fremden reagieren wolle. Tauilopepe sagte, er habe noch nicht darüber nachgedacht. Aber würde der Mann Taifau nicht an jemanden erinnern, den sie gekannt hätten, fragte er. Taifau schüttelte den Kopf. Einen Moment später keuchte Tauilopepe hörbar und flüsterte: »Pepe! Zumindest der Pepe, den wir gekannt zu haben glauben, nicht der Pepe, den Simi so sehr bewundert hat.« Taifau antwortete ihm, daß er sich die Dinge zusammenphantasiere. »Der Fremde ist ungefähr im selben Alter wie Pepe, als er starb«, sagte Tauilopepe. Als sie mit Faitoaga zu Mittag aßen, sagte er ihnen, daß der Fremde und seine 'Aiga damit anfingen, Malos alte Plantage wieder zu bepflanzen. Tauilopepe sagte nichts dazu.

Die 'Aiga Malo stellte ihre Haupt-Fale fertig und baute noch zwei weitere dahinter, während Sapepe zuschaute und ungeduldig darauf wartete, daß Tauilopepe eine Entscheidung traf, ob sie denn nun wieder eingegliedert werden solle. Viele Mitglieder der 'Aiga Malo, die außerhalb gewohnt hatten, kehrten nun zu diesen Fale zurück, wobei sie auch ihre Kinder mitbrachten, die im Exil geboren worden waren. Innerhalb eines Monats füllten sie die neuen und die alten Fale. Der Fremde lebte für sich in der Haupt-Fale, deren Einrichtung aus einem hohen Doppelbett, Holzstühlen und seinem gewaltigen Handkoffer bestand. Eine Woche nachdem er in diese Fale eingezogen war, wußte ganz Sapepe über seine Kollektion an englischen Büchern Bescheid – dicke und dünne Bücher aller Art, in denen sie ihn jeden Abend im grellen Schein der Sturmlampe lesen sahen. Daraus schlossen sie, daß er ein hochgebildeter Mann sei; er mußte wohl die höhere Schule besucht haben, denn nur Hochschüler und die paar Stipendien-Empfänger, die eine Ausbildung in Neuseeland genossen hatten, lasen solche Bücher. Aber wo hatte er die Schule besucht? Keiner wußte es, und es fragte auch keiner die 'Aiga Malo. Sie nahmen auch an, daß er geschickt mit dem Gewehr umzugehen wußte, denn er polierte stets ein teuer aussehendes Schrotgewehr, das er unter seinem Bett aufbewahrte. Er war auch ein frommes Mitglied der LMS-Kirche, da er nie einen Gottesdienst versäumte. Aber warum unterhielt er sich mit niemandem außer Simi und seiner eigenen 'Aiga? Er zeigte auch kein Interesse an den Frauen Sapepes. Vielleicht war er verheiratet? Aber wo war seine Ehefrau? Es verwirrte sie, daß er Sapepe nie verließ, nicht einmal, um nach Apia zu fahren. Aber warum? Er kam doch sicher aus Apia? Er war wie ein Städter gekleidet – lange Hosen mit Schuhen oder Stiefeln. Ach, warum sagte ihnen bloß niemand etwas Genaues über ihn?

Während sie sich über den Mann den Kopf zerbrachen, heuerte er Arbeiter vom benachbarten Distrikt an, um seiner 'Aiga zu helfen, die alte Malo-Plantage zu erweitern. Nach etwa einem Monat, als Tauilopepe sich noch immer nicht dazu geäußert hatte, waren alle Sapepeaner der Überzeugung, daß Tauilopepe etwas unternehmen mußte – entweder den Mann dahin zu verbannen, wo immer er auch her kam, oder ihn dazu zu bringen, zu enthüllen, wer und was er war. Dieses nervenaufreibende Spiel des Abwartens war doch zuviel! Aber wer sollte andererseits Tauilopepe zum Handeln überreden? Wer war mutig (oder töricht) genug, um zu Tauilopepe zu sagen: »Herr, entweder schickst du ihn in die Verbannung, oder du sagst uns, wer und was er ist.« Immerhin konnte man nicht jemanden verbannen, über den man nichts wußte, besonders, wenn seine 'Aiga bereits verbannt war. An einem Sonntag während des Toonai beschloß der Rat, daß Simi dieser töricht-mutige Mann sein sollte. Simi protestierte, doch sie sagten ihm, daß sie als Rat einmütig beschlossen hätten, daß er, Simi, der Mann des Friedens, sich mit Tauilopepe beraten sollte. Simi suchte Tauilopepe noch am selben Abend auf. Tauilopepe meinte, er würde am nächsten Morgen eine Ratsversammlung einberufen. »Aber …?« sagte Simi. »Aber was?« fragte Tauilopepe. Simi ging, ohne ihm seinen Auftrag mitzuteilen.

Seit vielen Jahren hatte Tauilopepe die Fale, in der er geboren worden war, für Ratsversammlungen und Willkommens-Malaga bereitgehalten. Aber das Strohdach war Wellblech gewichen, die Poumuli-Pfosten Betonpfeilern, das Stein-Paepae einem dreilagigen Betonfußboden, und die jetzige Fale stand nun wie ein riesiger, metallbedachter Bienenstock zwischen dem Laden und dem Haus. Alle Matai waren pünktlich zur Versammlung erschienen. Sie saßen da und redeten über den Fremden, während sie auf Tauilopepe und Taifau warteten. Die drei Hauptpfosten waren noch frei – reserviert für die Träger der Tauilopepe-, Toasa- und Malo-Titel. Taifau trat herein und besetzte den Malo-Pfeiler. Über die Jahre hinweg hatte er sich geweigert, einen Matai-Titel anzunehmen, nach dem Tod Toasas hatte ihm Tauilopepe jedoch den Malo-Pfeiler zugewiesen. Keiner der Matai hatte dem öffentlich widersprochen, wenn sie sich dadurch auch beleidigt und verärgert fühlten, da die drei Haupttitel Sapepes vom gleichen Ursprungsquell abgingen, und allen drei Zweigen der Tradition nach ein starkes Mitbestimmungsrecht zukam, was die Vergabe eines freigewordenen Titels anbelangte. Der Toasa-Titel wurde von niemandem besetzt – Tauilopepe hatte die Kinder Toasas davon abgehalten, ihn auf ihren ältesten Bruder zu übertragen. Viele Leute glaubten, daß Tauilopepe selbst den Toasa-Titel annehmen wollte, was jedoch nicht geschah. Als Toasa starb, hatte sich seine 'Aiga zunächst gegen Tauilopepe gewandt; nachdem er ihnen aber viele Jahre hindurch Geld und sonstige Dinge zukommen ließ, gewann er ihre Unterstützung und wurde tatsächlich das Matai-Oberhaupt der 'Aiga Toasa. Folglich besetzte er bei den Ratsversammlungen denjenigen der beiden Pfosten, dem er gerade den Vorzug gab. Keiner wagte es, den freigebliebenen Pfosten zu besetzen. Als Tauilopepe eintrat, verstummten alle und setzten sich. Er verkündete sogleich, daß sie wüßten, weshalb er das Treffen einberufen habe. Sie nickten. Über die Jahre hinweg hatten die Ratsversammlungen in vielerlei Weise Papalagi-Form angenommen: Alle zeremoniellen Ausschmückungen waren abgeschafft worden, und man runzelte die Stirn über lange, wortreiche Ansprachen, denn – so Tauilopepe und die jüngeren Matai – sie verschwendeten nur wertvolle Zeit, ähnlich wie die Ava-Zeremonien. Tauilopepe war Vorsitzender. Taifau, als der Sekretär, machte ausführliche Aufzeichnungen einer jeden Versammlung. Und wenn man sich auch noch immer an den traditionellen Grundsatz der einmütigen Zustimmung zu allen Beschlüssen hielt, ließ doch Tauilopepe über jede Streitfrage, die zuviel Zeit in Anspruch zu nehmen drohte, abstimmen.

»Ihr wißt nicht, wer der Fremde ist, noch, woher er kommt, nicht wahr?« fragte Tauilopepe. Die anderen schüttelten den Kopf. »Daher möchte ich für meinen Teil«, fuhr Tauilopepe fort, »nicht für oder gegen eine Zulassung entscheiden, bis ich mehr über ihn weiß.« Nur Taifau nickte zustimmend zu dieser Erklärung. Die anderen Matai wollten sich noch nicht festlegen. »Bevor ihr eine Entscheidung trefft«, sagte Tauilopepe, »möchte ich euch die Wahrheit sagen, warum die 'Aiga Malo damals verbannt wurde. Toasa und der Rat hatten die 'Aiga Malo angewiesen, von ihren Angriffen auf meine 'Aiga abzulassen. Aber zwei Männer aus Malos 'Aiga schlugen hinterlistig Toasa, damals der Tuua Sapepes, zusammen, so daß er fast daran gestorben wäre. Das war der Grund, weshalb die 'Aiga Malo verbannt wurde. Ob sie ihre Verbrechen bereut haben, weiß ich nicht.«

An diesem Punkt schaute Tauilopepe Taifau an, welcher sagte: »Wir können nicht das Risiko eingehen, die 'Aiga Malo wieder einzugliedern, um es später wieder zu bereuen, oder?«

Die anderen Matai stimmten Taifau sofort zu, wußten sie doch, daß dies nach dem Willen Tauilopepes sei. Allerdings waren sie jetzt wieder so klug wie zuvor. Gespannt vor ungeduldiger Neugier, was den Fremden anging, und doch unschlüssig, wer die Verantwortung übernehmen sollte, sich ausführlich über ihn zu informieren, wobei diese Informationen ihre Befürchtungen zerstreuen oder bestätigen sollten. Sie hatten auch nicht den Mut, Tauilopepe darum zu bitten, also oblag es Tauilopepe, sich jemand dafür auszusuchen – Taifau, zum Beispiel. Immerhin war Taifau kein Matai, und er war der einzige, der von Tauilopepe angestellt war. Aber wenn Tauilopepe nicht Taifau dazu bestimmte, wer würde es dann tun? Während ihres reichhaltigen Frühstücks aus mit Butter bestrichenen Schiffszwieback mit Kakao (wie üblich von Tauilopepe spendiert) rettete er sie aus ihrer Notlage, indem er Taifau bat, doch die 'Aiga Malo zu besuchen und mit dem Fremden zu reden. »Was ist mit Simi?« fragte Taifau.

»Was soll mit ihm sein?«

»Er ist's, der die 'Aiga Malo unverzüglich wieder eingegliedert haben will.«

»Wir sind unserem liebenden, sehr vergebenden Pfarrer nicht verantwortlich«, sagte Tauilopepe. »Er ist uns und Gott verantwortlich.« Die anderen Matai lachten.

»Unser schwarzer Pfarrer ist so leichtgläubig ...«, ermunterte jemand anders das Gelächter. Doch Tauilopepe und Taifau lachten nicht, also brachen auch die anderen sofort ab.

»Wollen wir hoffen, daß Simi keine Unruhe schafft, wenn wir uns entschließen, die 'Aiga Malo nicht zuzulassen«, sagte Tauilopepe. »So töricht und naiv er manchmal auch ist, er ist ein guter Mann.« Er blickte die anderen an. Sie nickten alle zustimmend. »Er glaubt an Gerechtigkeit, Frieden und Liebe wie wir alle«, hob Tauilopepe hervor. Wieder ein gewichtiges Nicken, und Tauilopepe wußte, daß sie es niemals wagen würden, seinen Pfarrer öffentlich zu kritisieren. Simi hat mehr Mut als alle anderen Matai zusammen, dachte er, als er zur Fale hinausging. Vielleicht war der Fremde auch ein Mann des Mutes.

11 Eine besonders teure Gabe

Es war an einem Abend wie diesem, erinnerte sich Taifau, als er in Richtung der Fale der 'Aiga Malo schlenderte, die Sterne über den ganzen Himmel versprengt waren und der leichte Wind ihn wie einen verspielten jungen Hund streifte, daß Mr. Thorn ihn bewußtlos in einem Graben gefunden hatte. Es schien so lange her zu sein. Davor war er von Dorf zu Dorf gewandert, hatte sich von Verwandten (und anderen Leuten) durchfüttern lassen, die alle früher oder später genug von seinen Witzen, Liedern und Geschichten hatten und ihn auch wieder als den armseligen Feigling behandelten, für den ihn alle hielten. Dann pflegte er weiterzugehen, wobei er gelegentlich warmen Unterschlupf zwischen den Beinen einer Frau fand – einer Frau, die aufgrund ihrer Einsamkeit oder Neugier seine Häßlichkeit und seinen schlechten Ruf ertragen konnte. Er hatte von seinen Witzen, seinen lächerlichen Liedern, von den Haaren auf seinen Zähnen, wie er es nannte, gelebt, hatte mittels seiner geschickten Phantasie die schäbige Einsamkeit seiner Jugend in etwas verwandelt, woran man glauben konnte. Ein paar Kinder murmelten »Guten Abend«, als er in der Dunkelheit an ihnen vorbeiging. Die meisten 'Aiga bereiteten sich auf das Zubettgehen vor, wie er bemerkte. Er ging langsam und knöpfte sich das Hemd auf, damit der Wind seinen Leib kühlen konnte. Um zu überleben, hatte er schnell, durch stetes Ausprobieren und Scheitern, gelernt, wann er mit den Grausamkeiten und der zögernden Gunst der Leute zu rechnen hatte, und auch, wie er sich davor schützen konnte, indem er sich wie ein Feigling verhielt. Seine Gabe – und er fing an, es als eine Gabe anzusehen – war seine Fähigkeit, wie eine Eidechse die Farbe zu wechseln und damit den Leuten zu gefallen, die ihn gerade durchfütterten. Er hatte sie alle zum Narren gehalten, war für sie alle der liebenswerte Feigling geworden, ihr närrisches Lieblingstier, das sie mit falschem Lob dazu bringen konnten, Garn aufzuwickeln oder nach seinen eigenen unflätigen Liedern zu tanzen. Bis zu der Nacht, als sie ihn auf jenes Matai Ehefrau erwischten und ihn beinahe umbrachten. Um sein Leben kämpfend, hatte er vergessen, daß er angeblich ein Feigling war, und hatte des Matai ältesten Sohn mit einer Gitarre bewußtlos geschlagen, jemand anderen zwischen die Beine getreten und einem weiteren Angreifer einen Finger abgebissen. Danach waren die Dörfer zum feindlichen Gebiet für ihn geworden. Also hatte er sich nach Apia verzogen, wo er – ein einsames Jahr später, währenddessen er auf einer Werft arbeitete – zu einem Faamafu-Schuppen ging, sich betrank und dann nur zum Spaß von seinen drei Kumpanen grün und blau geprügelt wurde. Mr. Thorn hatte ihn am nächsten Morgen im Graben gefunden. (Er merkte, daß er bis zum Rand des Malae gewandert war. Die Kirche hob sich schwarz gegen den sternenklaren Himmel ab, und durch die danebenstehenden Mangobäume konnte er das Pfarrhaus sehen mit seinen grellen Sturmlampen und den Mädchen, die gerade die Moskitonetze aufhingen.) Mr. Thorn brachte ihn ins Krankenhaus und nahm ihn, nachdem ein Arzt seine Wunden behandelt hatte, mit nach Hause, wo er ihn als Gärtner, Gitarristen und später als Chauffeur einstellte.

Mr. Thorn war Witwer – seine Frau war in Neuseeland bei einem Autounfall ums Leben gekommen. Er war auch ein recht bedeutender Beamter, hatte irgendwie mit der Regierung zu tun. (Taifau bekam nie genau heraus, auf welche Weise.) Doch Mr. Thorn, ein pausbäckiger kleiner Mann, der beim Sprechen stotterte, war das erste menschliche Wesen, das ihn als Ebenbürtigen behandelte. Mr. Thorn schämte sich seiner Gegenwart nicht einmal, wenn andere bedeutende Papalagi-Beamte sein Haus besuchten und er den Bediensteten half, die Getränke und Speisen zu servieren. Mr. Thorn pflegte ihn mit voller Absicht all seinen Gästen vorzustellen, um ihre oftmals erschreckte Reaktion über sein Aussehen zu erleben. Mr. Thorn war es auch, der ihm Lesen und Schreiben in englisch beibrachte, der ihn dazu ermutigte, weitere Lieder zu komponieren und auf der schwarzen Gitarre zu spielen, die er ihm gekauft hatte; der ihm bis spät in die Nacht beschrieb, wie das Leben in anderen Ländern war, und dann immer vom Tod sprach, vom Tod seiner Frau, und wie er sie getötet hatte, weil er betrunken war, als er den Wagen fuhr. Taifau hörte aufmerksam zu – er verstand nicht viel von dem, was gesagt wurde. Aber er erkannte, daß ihn Mr. Thorn als seinen besonderen Beichtvater ausersehen hatte, als einen Beichtvater, der ihn weder verdammen noch ihm vergeben konnte. Mr.

Thorn hatte ihn nicht auch nur einmal unfreundlich behandelt, obwohl er ganz und gar kein freundlicher Mann war – er war, nach Taifaus Wissen, zu niemandem sonst freundlich. Er behandelte seine Hausangestellten ziemlich roh, beschimpfte jeden, der ihn in Zorn versetzte, feuerte auf der Stelle jeden Arbeiter, der irgend etwas falsch machte, und redete in einem fort von den Samoanern als faulen, unwissenden Dieben. Er sagte Taifau auch, er solle nie den anderen Papalagi trauen, da alle, insbesondere jene auf Samoa, ungeschlachte, ungebildete Strandräuber und verdammte Rassisten seien. Warum Mr. Thorn gerade ihn mit seiner Großmütigkeit bedachte, würde Taifau wohl nie ergründen. Nur, daß es etwas mit »Taifaus Talent, menschlich zu sein«, wie Mr. Thorn es ausdrückte, zu tun hatte.

Ein Jahr bevor Mr. Thorn nach Neuseeland zurückkehrte, stellte er Nofo als Hausmädchen ein. Die anderen Bediensteten und seine Papalagi-Freunde dachten, er habe wohl endgültig durchgedreht: Nofo war völlig blind. Wie Taifau wurde Nofo gut bezahlt – für das Waschen und Bügeln der Kleidungsstücke und dafür, daß sie sich lediglich im Haus aufhielt und mit ihrer Blindheit die Gäste Mr. Thorns konfrontierte und irritierte. Kurz nachdem Nofo bei Mr. Thorn zu arbeiten angefangen hatte, sagte er Taifau, daß er sich nach einer Ehefrau umsehen solle. »Wer denn?« fragte Taifau.

»Nofo natürlich«, erwiderte Mr. Thorn. Mr. Thorn glaubte weder an Kirchen- noch Hochzeitszeremonielle, also zogen Nofo und Taifau lediglich als Mann und Frau in die Wohnung der Hauptbediensteten um. Mr. Thorn beschaffte ihnen alles Notwendige. Einige Wochen bevor Mr. Thorn nach Neuseeland abreiste, gebar Nofo einen Sohn. Sie nannten ihn Feleti (Mr. Thorns Taufname war Fred), und Mr. Thorn wurde Patenonkel des Jungen, obwohl er nicht glaubte, und ließ ihn taufen, weil, wie er sagte, Babys es mochten, wenn man ihnen heiliges Wasser auf den Kopf sprenkelte. Mr. Thorn weinte wie ein Kind an dem Abend, bevor er nach Neuseeland abreiste; es war das erste Mal, daß sie ihn weinen sahen. Sie weinten ebenfalls. Am Flughafen gab er ihnen etwas Geld und nahm ihnen das Versprechen ab, daß sie nach Sapepe zurückkehren würden, um dort zu leben. Apia würde seinen Patenjungen zerstören, sagte er ihnen. Sie gingen nach Sapepe zurück, und um zu überleben, mußte Taifau nun wieder zum liebenswerten Feigling werden. Keiner in Sapepe erfuhr etwas von jenen Jahren bei Mr. Thorn. Taifau sagte deshalb niemandem etwas, weil die Erinnerung an Mr. Thorn ein geheiligter Teil seines inneren, geheimen Lebens geworden war – diese Erinnerung zu enthüllen käme einem Verrat gleich an dem, was er wirklich war, einem Verrat an seinem Talent, menschlich zu sein.

Als er am Rand des aus der Fale des Fremden herausströmenden Lichts stehenblieb, fragte sich Taifau, weshalb er wohl an diese Jahre denken mußte. Etwa deshalb, weil er Angst bekommen hatte? Angst wovor? Er blickte in die Fale hinein. Der Fremde saß auf einem Stuhl unter der Sturmlampe und las. Angst vor den Folgen der Anwesenheit dieses Mannes in Sapepe?

»Komm herein!« rief der Mann. Taifau spuckte in die Dunkelheit und trat zur Fale hinein. Der Mann deutete auf den Stuhl ihm gegenüber, und er nahm Platz. Er mochte den Fremden nicht ansehen, weil er – mit einem lauen Gefühl im Magen – spürte, wie der Fremde jede Regung an ihm beobachtete. Er erkannte jedoch, daß, wenn er nicht zu ihm hochblickte, der Mann dies als ein Zeichen der Schwäche deuten würde, und dann hätte er ebensogut wegbleiben können; also blickte er auf und atmete etwas erleichtert, als er sah, daß der Mann lächelte.

Der Mann begrüßte ihn, wie es der Brauch verlangte. Als Taifau fühlte, daß keinerlei Förmlichkeit vonnöten war, sagte er, daß er es als Ehre betrachte, hier zu sein, und es ihm leid tue, daß er nicht schon früher vorbeigesehen habe. »Eine herrliche Nacht«, sagte der Mann. Taifau nickte mit der Bemerkung, daß das gute Wetter noch ein paar Wochen länger bleiben solle.

»Ja, das sollte es«, sagte der Mann, »doch ich glaube, daß sich nichts Gutes für immer halten kann.«

»Nein, das glaube ich auch nicht«, erwiderte Taifau.

Nach einer Pause sagte der Mann: »Ich habe immer gewünscht, dich zu treffen, Herr. Seit Jahren habe ich soviel über Tauilopepes ›rechte Hand‹ gehört und natürlich auch viel über den Musikanten deiner Jugend. Aber jetzt, wo ich tatsächlich mit dir spreche, weiß ich nicht, was ich sagen soll.« Er lachte leicht, wobei das Licht ihm über das Gesicht tanzte und seine scharfen Züge weicher erscheinen ließ. »Du mußt nicht so überrascht dreinschauen, Herr. Ich weiß ein wenig über Sapepe Bescheid. Ich mag zwar wie ein Fremder erscheinen, fühle mich aber nicht so. Ich denke, ich weiß sogar, weshalb du gekommen bist.«

»So kann ich es dir ebensogut sagen!« kicherte Taifau. »Soll ich?« Der Mann nickte.

»Nun, warum bist du hier?«

Die Achseln zuckend, sagte der Mann: »Es ist, glaube ich, der Ort, wo ich hingehöre.«

»Das ist wohl Grund genug.«

»Ich weiß, daß es unhöflich ist, sich vorzustellen, aber da wir ja jetzt Freunde sind, kann ich es ebensogut tun. Ich bin Galupo.« Taifau fragte, wer sein Vater sei. Der Mann sagte es ihm und fügte dann beiläufig hinzu, daß sein Vater tot sei. Seine Mutter hatte immer gewollt, daß er nach Sapepe zurückkehre, und hatte ihm das wenige, was sie darüber wußte, beigebracht – seine Geschichte, Stammbäume, Legenden. Er machte eine Pause und sagte dann: »Man muß doch irgendwo hingehören, nicht wahr, Taifau?« Taifau nickte sogleich. »Du solltest das am besten wissen, Taifau. Bist du doch jahrelang durch diese Inseln gewandert, um dann dahin zurückzukehren und dich niederzulassen, wo du geboren wurdest. Die Liebe zu einem Ort muß im Blut liegen.«

Mit dem unbehaglichen Gefühl, daß Galupo wohl eine Menge über ihn wußte, fragte Taifau, wie denn die Arbeit auf der Plantage seiner 'Aiga vorangehe. »Recht gut, wenn man bedenkt, daß ich noch nie zuvor etwas mit Plantagen zu tun hatte«, erwiderte Galupo. »Ich habe mein Arbeitsleben bisher in einem Büro verbracht, habe bedeutungslose Briefe und Berichte an niemanden geschrieben. Manchmal schrieb ich sogar Briefe an mich selbst.«

»Wirst du für immer hierbleiben?« fragte Taifau langsam und mit Absicht.

Galupo zögerte einen Augenblick und sagte dann: »Ich weiß es nicht. Die harte Arbeit könnte mich erdrücken; dann müßte ich einem anderen, leichteren Job nachgehen. Ich bin nicht so robust wie du, Taifau.« Er sah Taifau direkt an und fragte: »Wer war dieser Toasa, von dem ich so vieles gehört habe?«

Sofort war Taifau wieder auf der Hut. »Er war unser Tuua, vor langer Zeit«, gab er zur Antwort.

»Er muß ein großer Mann gewesen sein«, sagte Galupo. »Es ist wirklich tragisch, daß so viele unserer weisen alten Leute dahinsterben. Ich meine, wenn sie alle gegangen sind, wird auch so vieles unserer unaufgezeichneten Geschichte und Tradition mit ihnen verblassen. Heutzutage kriegen alle unsere Kinder eine vollständige Papalagi-Erziehung und lernen nichts über unsere eigene Kultur. Das ist einer der Hauptgründe, weshalb ich hierhergekommen bin. Ich möchte mehr über unsere Lebensweise erfahren.«

Taifau konnte nicht verstehen, weshalb ein Mann in solchem Maße daran interessiert war, etwas über seine eigene Kultur zu lernen, doch nach den Stapeln an Büchern hinter Galupo zu schließen, mußte er ein hochgebildeter Mensch sein, und man wußte ja nie, auf was diese modernen, gebildeten jungen Männer gerade ihr Interesse legten. »Du wirst das wahre Faa-Samoa hier in Sapepe kennenlernen«, hörte er sich selbst sagen. Er glaubte das auch wirklich. Er hielt Galupo sein Zigarettenpäckchen hin; der aber schüttelte den Kopf. Taifau steckte sich selbst eine Zigarette an.

»Ich rauche bloß zwei am Tag«, sagte er.

»Ich habe es schon vernommen«, sagte Galupo.

»Was weißt du denn sonst noch über mich?«

»Nicht viel mehr. Möchtest du, daß ich es dir erzähle?«

»Wir können eigentlich ebensogut über mich reden, wo es doch so aussieht, als ob wir noch über alles mögliche diskutieren.«

Galupo nickte und sagte: »Du bist über sechzig Jahre alt; wurdest ein Jahr vor Tauilopepe geboren. Du hast Nofo geheiratet … laß mich nur mal nachdenken … Ja, du hast sie geheiratet, als du um die sechsundzwanzig herum warst. Ist das richtig?« Taifau nickte. »Du hast sie geheiratet, während du bei einem Papalagi gearbeitet hast. Ich glaube, Thorn war sein Name. Stimmt das?« Taifau nickte wieder; seine Hand zitterte, als er die Zigarette zum Mund führte. »Davor bist du sechs Jahre lang von Dorf zu Dorf gezogen, und – ich hoffe, du nimmst mir nicht übel, daß ich dich dessen rühme – hast insgesamt zehn, oder waren es zwölf, Kinder gezeugt?« Sie lachten beide im selben Moment auf. »Du hast für Mr. Thorn gearbeitet – und ich glaube, ich bin die einzige Person Sapepes, die über jenen Mr. Thorn Bescheid weiß –, und das, wart mal, vier Jahre lang?« Taifau nickte. »Demnach warst du um die Dreißig herum, als du nach Sapepe zurückgekehrt bist.«

»Fahr fort, junger Mann«, sagte Taifau, der nun herausfinden wollte, wieviel Galupo über jenes Leben wußte, das er vor jedermann geheimgehalten hatte.

»Ich bin doch nicht etwa unhöflich? Das Leben eines Menschen geht eigentlich nur ihn selbst etwas an.«

»Nein, mach weiter. Es ist interessant.«

»Nun, von dem wenigen, was ich über dich als jungen Burschen weiß, so glaubte jeder, daß du … Du nimmst es mir nicht übel, wenn ich es sage, Herr?«

»Fahr fort.«

»Nun, man dachte, du seist der feigste Mann auf ganz Samoa.« Er hielt inne und schaute Taifau an. Dann sagte er, indem er die Betonung auf jedes Wort legte: »Aber das stimmte nicht, nicht wahr, Herr?«

»Was wahr ist und was die Leute manchmal für wahr halten, liegt oft Welten auseinander!«

»Ich meine, sie haben es geglaubt, weil du wolltest, daß man es glaubt. Ich kann mich täuschen. Aber ich habe dich immer bewundert, weil du – nun, weil du eben kein Feigling warst.«

Taifau schleuderte seinen Zigarettenstummel aus der Fale. »Was war ich denn dann?« fragte er.

»Eine Person, die versucht hat zu leben, auf die bestmögliche Weise, die sie konnte. Weißt du, Herr, nach all dem jahrelangen Studium der Papalagi-Bücher und -Filme bin ich zu der Überzeugung gelangt, daß du einen großartigen Schauspieler abgegeben hättest, lebtest du in Europa.«

»Schauspieler?«

»Einer, der das Leben eines anderen auf der Bühne vorführt.«

»Bühne?«

»Nun, wie Schauspieler, die als Helden oder Bösewichte in Cowboyfilmen auftreten.«

»Glaubst du wirklich, daß ich ein großer Cowboy-Schauspieler geworden wäre?« fragte Taifau. Galupo lächelte und nickte. Taifau hörte sich selbst auf einmal schallend lachen, denn es war gut, nach all den Jahren zu erfahren, daß jemand einen verstand. »Was glaubst du denn, was ich jetzt bin, Galupo?« fragte er.

»Möchtest du, daß ich ganz ehrlich bin?«

»Du bist bis jetzt immer ehrlich gewesen. Ich sehe keinen Grund, weshalb du es nicht auch weiterhin sein solltest.«

»Also gut. Zum einen schauspielerst du jetzt nicht mehr.«

»Und weshalb nicht?«

»Weil du weißt, daß du sie nicht mehr fürchtest.«

»Sie?«

»Die Leute, die dich so schlimm behandelt haben.«

»Ach die. Aber warum nicht?«

»Weil der Schauspieler nun ein Star ist. Erfolgreich. Reich. Voller Macht. Du mußt jetzt nicht mehr schauspielern.«

»Vielleicht hab ich auch vergessen, wie man's macht«, sagte Taifau.

»Hast du das?«

Kopfschüttelnd sagte Taifau: »Wer weiß. Ich kann's dir nicht sagen.«

»Ich hab einmal ein Buch gelesen, Taifau. Darin ist von einem großen englischen Schauspieler die Rede, der nach jahrelangem Kampf die Spitze seiner Ruhmesleiter erreicht hatte – um festzustellen, daß er nun die Gabe verloren hatte.«

»Gabe?«

»Ja, die Gabe, jedermann zu jeder gegebenen Zeit zu sein, die Fähigkeit zu besitzen, zumindest auf der Bühne viele Leben auszuleben, viele andere Leute zu verkörpern. Doch – nach einem berühmten französischen Schriftsteller – muß ein Mensch einen hohen Preis für diese Gabe bezahlen.«

Taifau zauderte, brachte aber endlich die Frage heraus: »Und was ist der Preis dafür?«

»Der Verlust seines wahren Selbst.«

»Aber warum?« fragte Taifau.

»Weil nur Gott, der uns geschaffen hat, den Schöpfer spielen kann. Und das ist es doch, was ein Schauspieler spielt – einen Schöpfer anderer Wesen, anderer Menschen, wenn's auch nur auf der Bühne ist. Früher oder später, wenn er begabt ist, möchte der Schauspieler dann die höchste Rolle spielen.«

»Und die wäre?«

»Er möchte Gott spielen.«

Taifau platzte in voller Lautstärke los. »Ich hoffe, du nimmst mir nicht übel, daß ich lache, aber es ist doch gar zu witzig.« Er unterdrückte sein Lachen jedoch, als er sah, daß Galupo keineswegs amüsiert war.

»Wie dem auch sei«, sagte Galupo, »es war nur der Einfall eines Schriftstellers, der möglicherweise nicht ganz recht im Kopf war.«

»Aber es ist ein sehr interessanter Einfall.«

»Möchtest du wissen, was er sonst noch gesagt hat?« Taifau nickte. »Wenn ein Schauspieler oder irgendein menschliches Wesen erst einmal Gott spielen will, wird er unweigerlich zum Tyrannen.« Es entstand eine angespannte, schwerwiegende Pause, in der Galupo Taifau tief anblickte.

»Beziehst du dich dabei auf jemanden im besonderen?« fragte Taifau. »Auf mich, zum Beispiel? Oder auf Tauilopepe?«

»Es gibt keinen Grund, sich aufzuregen, alter Mann. Es war nur ein interessanter Einfall aus dem Buch eines Tb-kranken französischen Schriftstellers, der im Kopfe alt geworden war.«

»Ich bin kein alter Mann, der im Kopfe alt wurde!«

»Niemand hat das behauptet, Taifau. Ich habe nur die Gedanken eines alten Franzosen angeführt. Du brauchst dich nicht darüber aufzuregen.«

Dieser freche junge Mann nagelte ihn absichtlich fest, schloß Taifau innerlich. »Aber warum hast du dich auf Tauilopepe und mich bezogen?«

»Ich habe mich auf niemanden im besonderen bezogen. Am allerwenigsten auf deinen Arbeitgeber.«

Taifau zündete sich eine weitere Zigarette an und ließ die Streichholzschachtel fallen. Galupo hob sie auf und reichte sie ihm zurück.

»Was ist der wirkliche Grund, weshalb du nach Sapepe gekommen bist?« fragte Taifau auf gut Glück.

»Das zu beanspruchen, was dem Recht nach meiner 'Aiga zusteht. Ehre, Stolz. Und den Ort, für den wir mit über fünfundzwanzig Jahren Leiden bezahlt haben.«

»Und wenn der Rat dem nicht zustimmt?«

»Du meinst, wenn du und dein Arbeitgeber nicht zustimmen?«

»Also gut, wenn Tauilopepe nicht zustimmt, was dann?«

»Wenn er nicht zustimmt, gibt es andere Wege, andere Mittel, das zu bekommen, was ich haben will.«

»Zum Beispiel?«

»Wie der französische Schriftsteller sagte: ›Nimm ihm die Bühne und das Publikum weg.‹ Jeder in Sapepe, einschließlich dir, du alter Mann, schuldet Tauilopepe gewaltige Summen, und viele Leute hegen einen tiefsitzenden Groll gegen ihn. Was würdest du tun, wenn dir jemand anböte, dich von diesen Schulden zu befreien oder jenem Groll Genüge zu tun? Denk mal zurück, alter Mann. Denk nur ... an die Zeiten, als Malo Viliamu von deinem Arbeitgeber mit dem Bann belegt wurde. Wen hat der Rat unterstützt bei der Aussicht, sich von den Schulden an Malo zu befreien?« Taifau stand auf. »Das, Taifau, wird doch hoffentlich nicht unsere Freundschaft zerstören. Von allen Leuten hier bewundere ich dich am meisten. Wie du, als du noch jung warst, habe ich nichts zu verlieren und alles zu gewinnen. Und, wie du, bin ich ein begabter Schauspieler – vielleicht sogar ein ganz hervorragender.«

Sich Galupo zuwendend, sagte Taifau: »Kühne Worte, junger Mann. Ich weiß nicht, warum ich dir das jetzt sage. Vielleicht, weil du mich so stark an einen anderen jungen Mann, den ich geliebt und geachtet habe, erinnerst …«

»An wen?«

»An Pepe.«

»An den Sohn deines Arbeitgebers?«

»Weil du mich an ihn erinnerst, laß mich dich jetzt warnen – Tauilopepe mag zwar alt sein, aber wir haben unsere eigenen Wege, nach denen wir mit Unruhestiftern verfahren!«

»Wie die, nach denen es euch gelungen ist, Pepe zunichte zu machen? … Du brauchst nicht so bestürzt dreinzuschauen, Taifau. Du weißt so gut wie ich, daß Tauilopepe seinen eigenen Sohn zerstört hat. Und du, alter Mann, hast absolut nichts unternommen, um ihn davon abzuhalten.«

Taifau rannte beinahe aus der Fale.

Hohläugig, mit brummendem Kopf von den Sorgen und dem Mangel an Schlaf, aß Taifau ein karges Frühstück, ohne mit jemandem seiner 'Aiga ein Wort zu wechseln, und machte sich dann zu Tauilopepes Haus auf. Selbst das sanfte Morgenlicht schmerzte seine Augen, wobei dieser Schmerz sein Gefühl der Hilflosigkeit verstärkte, sein glasklares Bewußtsein, daß er alt war. Ein Bus fuhr vorbei; er quietschte so jämmerlich, als ob er jeden Augenblick auseinanderfallen wolle. Er sah die unbewegten Fahrgäste und überquerte dann die vom Tau glitschige Straße. Die Wohnzimmervorhänge in Tauilopepes Haus waren noch immer zugezogen, aber er konnte Tauilopepe in einem der oberen Schlafzimmer sein Haar kämmen sehen. Wie ein langes weißes Banner erhob sich der Rauch aus dem Küchenschornstein. Als er an den Garagenreihen vorbeiging, bemerkte er, daß die Lastwagen schon zu den Plantagen hinausgefahren waren. Der starke Geruch nach Abgasen, Wagenfett und Diesel stach ihm in der Lunge, er hustete und spuckte den Schleim aus. Anstatt in das Haus einzutreten, setzte er sich auf die Vordertreppe und starrte auf die Straße, die in der Sonne glitzerte. Seine tiefste Treue galt immer noch Tauilopepe, dem einzigen Freund, den er nun in Sapepe hatte, dem Mann, der ihn aus seiner demütigenden Armut errettet hatte und ihm nach und nach die an ihm klebende Maske des Feiglings abnahm; dem Mann, dem er alles verdankte. Fast seine gesamte Sapepe-Generation war inzwischen verstorben – die meisten an Magenleiden, verursacht durch Überernährung und mangelnde Körperbewegung. Als er noch jünger war, hatte er Reden geschwungen, daß der Stand eines Matai geradezu einlade zu Fettleibigkeit, Magengeschwüren, Schlaganfällen und Herzattacken. Seine jüngste Tochter kam in ihrer rotweißen Schultracht aus seinem Haus und eilte zur Schule. Sie winkte ihm zu. Er winkte zurück und fürchtete plötzlich um ihre Sicherheit. Ein weiterer Bus fuhr vorüber. Er hörte, wie Tauilopepe die Treppe herunterkam und ins Wohnzimmer ging. Vielleicht sollte er seine 'Aiga anderswo hinbringen und einen neuen Anfang machen. Und all das zurücklassen – das Haus, den Komfort, Sapepe? Er erkannte mit zunehmender Bedrückung, daß er nicht dazu in der Lage war, jetzt nicht mehr. Er war zu alt, und um seiner 'Aiga willen konnte er es sich nicht mehr leisten, arm zu sein.

Er stand langsam auf und ging zur Rückseite des Hauses, um sich da auf die Felsbrocken zu setzen, mit dem Blick auf den Teich, den Strand und das Meer. Er hatte Angst vor Galupo, weil er die Wahrheit gesprochen hatte über Pepes Tod und den jungen Burschen, der er, Taifau, einmal gewesen war, und auch über den Mann, der der junge Bursche geworden war. Ein einzelnes Boot bewegte sich drüben beim Riff auf und ab. Nicht viele Leute gingen nun noch fischen, dachte er. Es war einfacher, Dosenfisch im Laden zu kaufen.

Jenseits des Riffs erstreckte sich eine tintenblaue Ebene, aus der ein fast wolkenloser Himmel emporstieg. Die Wellen rollten wie ein Pfannkuchen an den Strand, der in einer Kurve nach Westen verlief und hinter Mangroven-Gruppen entschwand. Beim Hereinrollen glätteten sich die Wellen auf dem Sand, wogten hoch zwischen den Felsblöcken, die den Teich umrandeten, und stießen den verstreuten Müll in die Öffnung der Höhle, aus der das frische Quellwasser hervorquoll. Nur die Kinder schwammen jetzt noch im Teich, in den sie auch öfters ihr Geschäft verrichten; aber keiner der Ältesten kümmerte sich darum.

Er schaute zur Sonne hinauf, die sich über der östlichen Bergkette zum von Wolkenfetzen durchsetzten Himmel emporwand; und er dachte an Pepe und daran, wie Pepe ihn vor den Gefahren des komfortablen Lebens gewarnt hatte, das ihm Tauilopepe versprach und gewährte. Galupo hatte ja so recht – er hatte nichts, absolut nichts getan, um Pepe zu retten, und indem er Pepe verriet, hatte er auch Mr. Thorn und sein »Talent, menschlich zu sein« verraten.

Teuila rief vom Küchenfenster aus, er solle doch hereinkommen und mit Tauilopepe frühstücken. Er klopfte sich den Staub aus der Lavalava und trat ins Haus.

Tauilopepe hatte das Mahl beendet und saß rauchend am Tisch. Taifau begrüßte ihn, ließ sich eine Tasse Tee einschenken und nahm ebenfalls am Tisch Platz. Tauilopepe redete über die neuen Felder voller Kaffee- und Kakaopflanzen am Gipfel der Bergkette. Hin und wieder grunzte Taifau ein »Ja«. Über die eiverschmierten Teller krochen Fliegen. Er konnte hören, wie jemand in der Dusche sang.

»Ich habe ihn letzte Nacht besucht«, sagte er. Tauilopepe blickte ihn an. »Diesen jungen Mann.«

»Und?« fragte Tauilopepe.

»Ich kann eines über ihn sagen – er ist sehr ehrlich.«

»Einer dieser jungen, gebildeten Unruhestifter, was? Ist er wirklich mit der 'Aiga Malo verwandt?«

Taifau nickte. »Soweit ich das herausfinden konnte. Aber ob er Malos Neffe ist, kann ich nicht sagen. Er ist sehr gebildet.«

»Wo kommt er her?«

»Ich weiß nicht. Er sagte, er hätte in einem Büro gearbeitet, also nehme ich an, daß er einen Großteil seines Lebens in Apia verbracht hat.« Taifau hielt inne, als ob er es Tauilopepe nicht so recht sagen wolle, überlegte eine Weile und sagte dann: »Sein Name ist Galupo. Wie er in der Kirche gesagt hat, war seine Mutter Malo Tavitas Schwester.«

»Ja, Malo Tavita hatte eine Schwester. Sie hatte Sapepe verlassen, noch bevor ich vom Theologischen Seminar zurückkam. Sie kehrte nie zurück. Er könnte also die Wahrheit gesagt haben. Glaubst du das auch?«

»Weiß noch nicht genau«, erwiderte Taifau.

Tauilopepe musterte eingehend Taifaus Gesicht und fragte dann: »Fühlst du dich wohl?«

»Muß wohl eine Grippe eingefangen haben«, log Taifau.

»Er hat dir noch was gesagt, nicht wahr, Taifau? Ich kenn dich doch genau.«

Taifau nickte, blickte von Tauilopepe weg und sagte: »Ja, er sagte mir, weshalb er gekommen ist.«

»Und das wäre?«

»Er möchte, daß seine 'Aiga wieder zugelassen wird.«

»Aber das hat er vorher schon gesagt.«

»Er wird ein ›Nein‹ nicht akzeptieren.«

»Ein recht bemerkenswerter junger Bursche, was!«

»Es ist sein tödlicher Ernst, Tauilo«, sagte Taifau. Alles wäre so einfach, wenn Tauilopepe freimütig die 'Aiga Malo wieder eingliederte. Aber wenn er es nicht tat? Taifau verdrängte den Gedanken daran; hatte er doch die ganze Nacht darüber nachgegrübelt. Wenn Galupo sich dazu entschlösse, könnte es eine weitere Fehde geben, mit Blutvergießen und dem eventuellen Verlust von allem, was er besaß – seinem Wohlstand, Status, Einfluß, Komfort. Andererseits könnte es auch die Vernichtung Galupos bedeuten, eines jungen Mannes, ähnlich Pepe, eine Wiederholung von Pepes Tod und seinem eigenen Verschulden, denn er würde nichts unternehmen, Galupo zu retten.

»Warum siehst du so betrübt aus, alter Freund?« fragte Tauilopepe. »Hast du an dem einen Abend Gefallen an diesem Burschen Galupo gefunden?«

»Wie du schon sagtest, er ist bemerkenswert – in vielerlei Hinsicht.«

Ein Hund bellte laut unter den Fenstern. Sie sahen hinaus und nahmen gerade noch wahr, wie er eine Ratte zum Teich jagte. Drüben auf der anderen Seite fegten zwei Frauen die herabgefallenen Blätter zusammen; ihre Besen aus langen Kokoswedeln glitten rhythmisch über das Gras.

»Hat er dir gesagt, was er tun wird, falls der Rat nicht zustimmt?« fragte Tauilopepe.

»Nein«, log Taifau.

»Wir können aber sowieso noch keine Entscheidung über ihn treffen.«

»Wieso nicht?«

»Weil wir noch immer nicht genügend über ihn wissen. Er wartet darauf, daß wir einen Schritt unternehmen. So lassen wir ihn doch warten. Ich glaube ganz und gar nicht, daß er uns gefährlich werden könnte.«

Taifau schwieg noch immer. Die Frauen häuften die Blätter nun in große Körbe. Ein Junge in einer schmutzigen Lavalava tauchte auf, hob die Körbe hoch und ging damit auf den Teich zu. Taifau fiel ein, daß der Teich nun als Schuttablade benutzt wurde, und er sagte: »Der Teich ist voller Müll.«

»Was sagtest du?« fragte Tauilopepe. Taifau schüttelte langsam den Kopf.

12 *Veteranen, Neulinge, Herzanfälle*

Tauilopepe hatte seit dem Mittagessen getrunken. Er war »auf ein Bier« zum Samoa-Club gegangen, wo er auf John Weber traf, und das eine Bier war zu Stunden besten Whiskys geworden, den Tauilopepe bezahlte; ihm machte das nichts aus, da er als der wohlhabendste Mann des Clubs galt. Die Geschäfte und Büros waren inzwischen geschlossen, und der Club füllte sich schnell. John Weber, allgemein mit dem Spitznamen »Johnso-Boy« bezeichnet, hatte seit dem Mittag fast ununterbrochen in einer Mischung aus Englisch und Samoanisch geredet; doch nach seinem vierten (oder war es der sechste?) Whisky hatte Tauilopepe aufgehört, zuzuhören.

Johnso-Boy war ein gescheiterter Plantagenbesitzer, der dann als selbständiger Händler gescheitert war und im Augenblick als Fischer scheiterte. Als er die Kakao- und Kopraplantage seines deutschen Vaters erbte und ein reichhaltiges Bankkonto, dazu eine Viehherde, eine samoanische Stiefmutter und sechs Halbbrüder, einen Bungalow am Meer und einen verhängnisvollen Drang, die Früchte seines Vaters Schaffens zu genießen, war er das großzügigste Mitglied des Samoa-Clubs gewesen. Acht verschwenderische Jahre später waren die Plantage und die Herde aufgezehrt, und er sandte seine Schwiegermutter und Halbbrüder in ihr Dorf zurück. Im Dorf seiner Mutter errichtete er einen kleinen Laden und versuchte, seinen Durst auf Whisky zu beschränken (gewöhnlich den eines anderen), einfältige Mädchen und Cornedbeefkonserven. Vier Jahre später verlor er den Laden, wurde angeklagt, dem Dorf eintausend Pfund seines Geldes gestohlen zu haben, und vertrieben. Nach zwei Whiskys erzählte Johnso-Boy dann immer, wie ungerecht er behandelt worden sei.

Eine kühle Brise wehte nun vom Hafen herein. Vom Innenhof her, in dem sie saßen, konnte Tauilopepe eine große Schar Männer sehen, die um die Billardtische versammelt waren. Um diese Zeit schloß er sich ihnen gewöhnlich an, aber er wollte jetzt nicht noch mehr Geld ausgeben, zudem nervte ihn Johnso-Boy derart, daß er ihm am liebsten gesagt hätte, er solle still sein und verschwinden. Die Billardkugeln klickten in seinem Kopf, aber er war nicht betrunken – seine Sicht war so klar wie das Eis in seinem Glas, dachte er. Er kannte die meisten Clubmitglieder, die auf den Innenhof heraustraten, seinen Tisch aber mieden, da er (so dachte er) eines der am meisten respektierten Mitglieder war. Jedesmal, wenn eine Gruppe Platz genommen hatte, orderte er Bier und schickte die Kellnerin damit zu den Leuten. Sie pflegten ihm dann immer ihren Dank zuzurufen, luden ihn aber ihrerseits nicht ein – denn er war reich, und arme Leute geben den großen Bossen keinen aus, pflegte Johnso-Boy immer zu sagen. Für alle Clubmitglieder war Tauilopepe ein großzügiger Mann. Für die Vertrauensseligen ein gefundenes Fressen, da er leicht Runden ausgab, so lange man ihm schmeichelte; für die anderen wohlhabenden Mitglieder ein ungehobelter Prahler, der deshalb Runden spendierte, um zu beweisen, daß er ebenso reich war wie sie – sie warteten geradezu darauf, daß er entweder bankrott ging oder sich so schwer betrank wie alle Samoaner, daß er die Clubmöbel zerschmetterte. In Wirklichkeit aber trank er sie alle unter den Tisch und fuhr fort, immer mehr Geld zu machen. Was allem noch die Krone aufsetzte: Der Bastard konnte nicht einmal richtig englisch sprechen.

»Hol mal ein paar Zigaretten«, sagte Tauilopepe auf samoanisch und drückte Johnso-Boy eine Pfundnote in die Hand. Johnso-Boy, der nicht mochte, wenn ihn Samoaner herumkommandierten, blickte auf den Geldschein. Tauilopepe lächelte. Johnso-Boy watschelte auf die Bar zu. Tauilopepe rief die Kellnerin und sagte, sie solle Johnso-Boys Glas wegbringen.

»Behalt das Wechselgeld«, sagte er zu Johnso-Boy, als er zurückkam.

»Vielen Dank«, erwiderte Johnso-Boy und paßte auf, daß ihm niemand zusah, als er es in die Tasche schob.

»Geh jetzt irgendwo anders saufen«, sagte Tauilopepe auf samoanisch. Das bleiche Licht der untergehenden Sonne ließ Johnso-Boys Blässe zu der eines toten Fisches werden. »Mach dich aus dem Staub!« wiederholte Tauilopepe auf englisch. Und Johnso-Boy machte sich aus dem Staub, um sich nach jemandem umzusehen, der Tauilopepe nicht hold gesonnen war und ihm – ihn mit Whisky versorgend – aufmerksam bei seiner Leidensgeschichte zuhören würde. »Afakasi-Sack«, murmelte Tauilopepe und bestellte noch einen Doppelten.

Während Tauilopepe so trank, sprudelten seine Ängste wegen Galupo wieder durch den Dunst ans Tageslicht. Während der letzten Monate, als er noch zögerte, etwas gegen ihn zu unternehmen, hatte Galupo seine Plantage erweitert und einen kleinen Laden in Sapepe errichtet – einen Laden, an den Tauilopepe nun Kunden verlor, die ihm gewaltige Summen schuldeten. Diese Kunden könnten – wenn Galupo es geschickt anstellte – seine politischen Feinde werden. Er war mit Malo so verfahren, und Galupo tat nun dasselbe mit ihm. »Schlauer Bastard!« murmelte er auf englisch zu sich selbst. Er mußte es Galupo zeigen, dachte er – er war schlau, so schlau und skrupellos wie er, Tauilopepe, es gewesen war. Wenn er doch nur einen Sohn wie Galupo hätte! »Whisky!« schrie er zur Bar hinüber. Die Leute in der Nähe starrten ihn an, er kümmerte sich aber nicht darum. »Afakasi und Papalagi arschkriechende Bastarde!« er wollte es ihnen am liebsten sagen. Nun war Galupo aber kein Schleimer, kein lächelnder, kriechender, schnellschwätzender Blutsauger, der etwas umsonst erreichen wollte. Galupo war ein mutiger Feind, und er bewunderte ihn deshalb. Er erblickte Ashton an der Bar. Ashton, sein Rechtsanwalt, sein Freund. »Ashton!« rief er. Die anderen Clubmitglieder vermieden es, ihn anzusehen, ebenso Ashton. »Ashton!« rief er wieder. Ashtons Gesicht rundete sich zu einem breiten Lächeln des Erkennens, und er winkte Tauilopepe zu, der ihm ein Zeichen gab, doch herüberzukommen.

»Wie geht's dir?« lachte Ashton und klopfte Tauilopepe auf den Rücken.

»Setz dich«, sagte Tauilopepe auf englisch.

»Wann immer du willst, Freund«, sagte Ashton.

»Trink einen mit«, befahl Tauilopepe. Immer noch lachend, erhob Ashton Einspruch, er habe Freunde an der Bar sitzen, die auf ihn warteten, aber Tauilopepe überredete die Kellnerin, ihm einen Whisky zu bringen.

»Also gut, dann auf einen einzigen«, sagte Ashton. »Wie ist es dir ergangen?« Tauilopepe tippte an seinen Kopf. »Hast einen über den Durst getrunken, nicht wahr?«

»Wie sieht's in der Kasse aus?« fragte Tauilopepe.

»Der Kasse? Oh, du meinst deine Kasse. Ach, ganz gut. Sicher und geborgen auf der Bank, und noch dazu eine ganze Menge.«

Ashton rührte seinen Whisky nicht an, so drückte ihm Tauilopepe das Glas in die Hand. Ashton lachte wieder, hob es an die Lippen und sagte: »Prost, Freund!«

»Trink aus«, sagte Tauilopepe. Ashton leerte es bis auf den Grund. Tauilopepe bestellte ihm noch einen.

»Nein, Freund. Ich muß gehen!« sagte Ashton.

»Trink!« sagte Tauilopepe. Ashton war *sein* Rechtsanwalt, der ihn eine Menge Geld kostete und daher auf ihn angewiesen war – auf den aber er nicht mehr angewiesen sein würde, wenn erst Lalolagi, sein Enkel, als Rechtsanwalt aus Neuseeland zurückkehrte. »Trink!« wiederholte er.

»Nun gut denn, Freund«, sagte Ashton. »Aber dieser muß der letzte sein!« Er trank.

»Brauche Rat«, sagte Tauilopepe.

»Also gut, leg los. Dafür bezahlst du mich ja.«

»Bezahl ich auch gut genug?«

»Sicher. Mehr als genug!«

Tauilopepe nickte und sagte: »Wenn du einen Feind hast, der dir was wegnehmen will, was du hast, was machst du dann?«

»Hängt immer von der Lage ab.«

»Von was hängt es ab?«

»Von dem, was du denkst, tun zu müssen, verstehst du?«

»Er sorgt für viel Wirbel in meinem Dorf.«

»Ach, einer dieser gebildeten Samoaner, die den Frieden und die brave Verwaltung eines Dorfes brechen?« fragte Ashton. Tauilopepe nickte, die Augen halb geschlossen. »Nun, verfahre hart mit ihm. Sei hart. Zeig ihm, daß er – falls er sich nicht anständig benimmt – eins vor die Rübe kriegt.«

»Vor die Rübe?«

»Du weißt schon – ein paarmal eins vor den Kopf geknallt bekommt. Nichts hilft so gut gegen Gewalt wie Gewalt; zeig jedem Unruhestifter, wo er gefälligst zu bleiben hat!«

»In Ordnung«, erwiderte Tauilopepe, davon überzeugt, daß seine Probleme nun eine Lösung gefunden hätten. Er war zu nachsichtig mit Galupo umgegangen. Ashton stand auf, um zu gehen. »Eine Flasche!« rief Tauilopepe zur Bar hinüber. Die Kellnerin brachte eine Flasche Whisky. Sie öffnete sie, und Tauilopepe sagte ihr, sie solle Ashtons Glas auffüllen.

»Ich muß wirklich gehen!« protestierte Ashton flüsternd.

»Setz dich wieder hin, Freund«, befahl Tauilopepe. Ashton nahm wieder Platz. »Prost!«

»Prost!« erwiderte Ashton und versuchte zu lächeln, weil jeder zu ihnen herüberblickte. »Glaubst du nicht, daß du jetzt genug getrunken hast, Tauilopepe?« Ashton konnte samoanische Namen nie richtig aussprechen und hatte sich auch nie recht darum gekümmert.

»Nein, Freund. Hab genug Geld, um den ganzen Laden hier aufzukaufen!«

»Das stimmt«, sagte Ashton und blickte vorsichtig zur Bar hinüber. Er erblickte Paul Heely, Hauptgeschäftsführer der Regierungsplantagen und einer von Tauilopepes bevorzugten Trinkkumpanen. »Das ist Paul«, sagte er. »Ich werde ihn herüberrufen. Einverstanden?« Tauilopepe nickte.

Ashton und Heely waren Neuseeländer, die über zwanzig Jahre lang auf Samoa gelebt hatten. Beide lebten getrennt von ihren neuseeländischen Ehefrauen, die Jahre zuvor nach Hause zurückgekehrt waren und es damit ihren Männern ermöglichten, offen mit ihren samoanischen Mätressen zu verkehren. Heely war als Angestellter der neuseeländischen Verwaltung nach Samoa gekommen und hatte sich mit dem Geschäftsführer der Regierungsplantage befreundet, woraufhin er als Hilfsgeschäftsführer angestellt wurde. Als der Geschäftsführer dann an einem Herzanfall gestorben war – verursacht durch den Genuß zu vieler Whiskys und übereifriger Mätressen –, wurde Heely durch Einfluß seiner vielen umsichtigen Freunde in der Verwaltung zum Hauptgeschäftsführer berufen. Wie Tauilopepe gehörten Ashton und Heely der Elite des Samoa-Clubs an.

»Hast ein paar zuviel gehabt, was, Kumpel!« sagte Heely und klopfte Tauilopepe auf den Rücken. Heely war nicht so groß und so fett wie Ashton (den aber auch kein anderes Clubmitglied erreichte). Er war ein elegant gekleideter Ball, ein »Mini-Nilpferd mit den Augen eines Barrakudas«, wie ihn Johnso-Boy hinter seinem Rücken beschrieb.

»Unser Kumpel hier hat ein Problem, Paul«, sagte Ashton.

»Ach was?« erwiderte Heely, indem er ein Glas von Tauilopepes Whisky trank. Heely gab nie jemandem eine Runde aus, zumindest nicht jemandem, der nichts von dem besaß, was Heely anstrebte – wie zum Beispiel politischen Einfluß, Geld, eine attraktive Tochter, originelle Ideen zur Führung einer Plantage, der Aufzucht von Vieh und dergleichen mehr.

»Ja, aber es ist nicht allzu schwierig«, sagte Ashton.

»Also gut, Kumpel, erzähl's mir!« lachte Heely. »Ich glaube, ich habe lange genug in diesem Land gelebt, um ein wenig darüber Bescheid zu wissen!«

»Soll ich's ihm sagen, Paul?« fragte Ashton Tauilopepe. Der nickte. »Nun, da gibt's einen gebildeten Einheimischen, der unserem Freund hier einige Probleme schafft. Weißt du, die übliche Art von Einheimischen, denen die Bildung zu Kopf gestiegen ist, so daß sie versuchen, die Oberhand im Dorf unseres Freundes zu kriegen.«

»Jawohl, er will sich aneignen, was eigentlich mir gehört«, murmelte Tauilopepe.

»Weißt du, was ich immer mit meinen Plantagenarbeitern gemacht habe, wenn sie versuchten, meine Plantage zu ruinieren, indem sie nicht hart genug gearbeitet haben? Ich pflegte sie an einen Baum zu binden und zu peitschen, bis ihnen die Scheiße herauskam. Und das solltest du auch mit diesem Subjekt machen, das so sehr von sich eingenommen ist. Stimmt's, Ash?« sagte Heely. Ashton nickte mehrmals heftig.

»Ich werde ihn hart anpacken«, sagte Tauilopepe, nicht mehr fähig, dem kreisenden Schwindel in seinem Kopf zu widerstehen, der ihm die Sicht trübte.

»Du mußt nur schauen, daß du diese gebildeten Samoaner da hältst, wo sie hingehören«, sagte Heely. »Prost!« Sie leerten ihre Gläser bis auf den Grund. Ganz unerwartet schleuderte Tauilopepe sein Glas zum Zaun des Hofs hinüber und lachte laut, als es zerschellte.

»Noch ein Glas!« rief Ashton zur Kellnerin. »Alles in Ordnung, Kumpel?« fragte Heely und langte über den Tisch, um Tauilopepes Schulter zu klopfen.

Tauilopepe hatte Heelys Trinkfestigkeit stets überboten, und nun hatte er, Heely, die Gelegenheit, Tauilopepe (einem Samoaner) und dem ganzen Club (hauptsächlich Afakasi) zu zeigen, daß er jeden überbieten könnte. »Prost!« ermutigte er Tauilopepe, der nach seinem Glas grapschte, um es unsicher an den Mund zu führen. »Auf ex jetzt.« Und Tauilopepe leerte den Whisky in einem Zug, Heely den seinigen nur zur Hälfte; Ashton nippte bloß.

»Als Vorbereitung dafür, hart mit Galupo umzuspringen«, murmelte Tauilopepe und mühte sich, seine bleischweren Augenlider nicht zufallen zu lassen.

»So ist's recht!« sagte Ashton.

»Prost, Kumpel!« sagte Heely, indem er Tauilopepes Glas wieder füllte. Tauilopepe leerte es wieder, während sie ihn beobachteten.

»Trinkt der Bastard eigentlich schon lange?« wisperte Heely Ashton zu.

»Sieht so aus«, erwiderte Ashton.

»Er tut doch bloß so. Hier, noch einen, Kumpel«, und er füllte Tauilopepes Glas aufs neue, wobei er Ashton zuflüsterte: »Ganz schön beschwipst, nicht wahr? Guck mal seine blutunterlaufenen Augen an.«

»Ich bestell dem Bastard wohl besser ein Taxi«, schlug Ashton vor.

»Nein, es geht schon«, sagte Heely, indem er Tauilopepes Glas noch einmal füllte. Er zahlte ja schließlich den Whisky.

Als Tauilopepe das Glas heben wollte, entglitt es ihm und fiel auf den Boden. Alle blickten ihn an, und die Kellnerin eilte herbei, um die Glasscherben mit einem Lappen aufzuwischen.

»Gib mir den Lumpen«, sagte Heely. Und indem er sich vergewisserte, daß jedes bedeutende Clubmitglied auch herschaute, tupfte er Tauilopepes Gesicht mit dem Lappen ab.

»Du solltest das nicht tun«, flüsterte Ashton.

»Wer sagt das, Kumpel. Man muß ihm das Gesicht kühl abwischen.«

Tauilopepe legte seinen Kopf in die Arme auf den Tisch und schlief ein.

»Was machen wir denn jetzt?« fragte Ashton.

»Laß ihn, verdammt noch mal, doch sehen, wie er heimkommt.«

»Aber wir können das doch nicht machen!«

»Wer sagt das, Kumpel!« Heely winkte seinen Freunden an der Bar zu, blickte spöttisch auf Tauilopepe und ging dann auf einen Trunk zu den Freunden hinüber. In aller Eile stand Ashton auf und folgte ihm.

Nachdem man vergeblich versucht hatte, Tauilopepe wachzurütteln, machte sich die Kellnerin daran, seine Frau anzurufen. »Geschieht ihm recht; warum versucht er auch, es den Papalagi gleichzutun!« murmelte sie zu sich selbst.

Eine Woche später vernahm Tauilopepe, daß die 'Aiga Malo Galupo den Malo-Titel übertragen wolle. Er berief unverzüglich eine Ratsversammlung ein und gab den Matai die Anweisung, daß keiner, aber auch nicht einer, Galupos Saofai besuchen dürfe. Nach Ashtons und Heelys Rat zeigte er Härte. Er sandte sogar Taifau zu der 'Aiga Malo, um ihr ausrichten zu lassen, daß das Saofai nicht abgehalten werden dürfe. »Sag deinem Arbeitgeber«, meinte Galupo, »er soll diesen Einspruch dem Gericht für Ländereien und Titel vortragen.« Und so traf er – mit der vereinten Unterstützung der 'Aiga Malo – die weiteren Vorbereitungen für das Saofai, im vollen Bewußtsein, daß, falls es zu einer Verhandlung käme, das Gericht zugunsten Tauilopepes entscheiden würde, da er die Unterstützung der 'Aiga Toasa und aller anderen 'Aiga hatte.

Dieses Weihnachten war für die Einwohner Sapepes alles andere als friedlich, denn Tauilopepes Konflikt mit Galupo war nun in aller Munde. Falls diese Zwistigkeiten sich ausweiten sollten, würden sie all den Frieden und Wohlstand zerstören, die Sapepe nun über ein Vierteljahrhundert genossen hatte. Die meisten der Matai hielten Tauilopepe die Treue, aber die wenigen, die ihm große Summen schuldeten (und ihm insgeheim grollten), pflegten im stillen die Freundschaft zu Galupo. Das neue Jahr 1965 begann mit einer Woche fast unausgesetzten Regens, der die Wege und Pfade vorübergehend in Schlamm verwandelte und die Leute in ihren Behausungen festhielt. Hier diskutierten sie in gedämpftem Tonfall den Zwist zwischen Tauilopepe und Galupo. Eines Montag abends kam über den nationalen Rundfunk eine Durchsage über den Gerichtsfall zwischen der 'Aiga Tauilopepe, unterstützt durch die 'Aiga Toasa, und der 'Aiga Malo. Es solle darüber am 12. Februar beim Gericht für Ländereien und Titel in Mulinuu verhandelt werden.

Tauilopepe war seit Weihnachten nicht nach Sapepe zurückgekehrt, also reiste Simi nach Apia, um ein Wort dafür einzulegen, den Fall doch aus der Welt zu schaffen. »Zum Wohle Sapepes, Tauilopepe, laß alles so, wie es ist. Immerhin gehört doch die 'Aiga Malo noch immer nicht zu Sapepe«, plädierte Simi.

»Möchtest du denn nicht mehr, daß die 'Aiga Malo eingegliedert wird?« fragte Tauilopepe.

»Ja, das schon«, beharrte Simi, »und Galupo hat versprochen, auf den Malo-Titel zu verzichten, falls dem so wäre.«

»Nichts garantiert, daß er das auch wirklich tut«, erwiderte Tauilopepe.

»Reicht es nicht, daß er mir sein Wort darauf gegeben hat?« sagte Simi leidenschaftlich.

Über die Jahre hatte Tauilopepe einen wirksamen Weg herausgefunden, um seinen Pfarrer unter Kontrolle zu bringen: Sag ihm, was die Wahrheit zu sein scheint, enthülle ihm deine angeblich tiefsten Geheimnisse, und du erregst sofort sein Mitgefühl. Also erzählte er Simi nun, daß er ihn bewundere und ihm vertraue, ihn sogar als seinen eigenen Sohn betrachte, Simi aber äußerst naiv sei, Galupo Glauben zu schenken, der ein verschlagener, skrupelloser junger Bursche sei, der vor nichts zurückschrecke, um Macht zu gewinnen. Nachdem Simi gegangen war, saß Tauilopepe trinkend da und dachte über einige Bemerkungen Ashtons und Heelys nach: Es gäbe keine Sünder, hatten sie gesagt, nur mißverstandene Leute und Kriminelle; Gesetze seien dazu da, um von den Mächtigen in Anspruch genommen zu werden; jeder wolle etwas umsonst haben – das sei die Grundlage menschlicher Verhandlungen; Männer wie sie hätten das Recht, die Schwachen zu manipulieren, um eine wohlhabende, gottesfürchtige Nation zu bauen – falls dies nicht geschähe, fiele Samoa in die Zeit der Kannibalen zurück. Dann fiel ihm ein, wie er zum ersten Mal im Club stockbesoffen war, und er hoffte, Ashton, Heely und seine anderen Papalagi-Freunde würden es ihm nachsehen. Hatte er sich doch gerade so benommen wie jeder beliebige dumme, unwissende Samoaner.

Eine Woche vor der Gerichtsverhandlung brach Galupo mit einer, wie jeder hörte, »ernsthaften Erkrankung« zusammen. Ein Arzt kam nach Sapepe und stellte ihm ein Attest aus, auf dem geschrieben stand, daß er nicht vor Gericht erscheinen könne. Also wurde der Fall so lange aufgeschoben, bis der Führer der verklagten Seite, ein gewisser Galupo Malo, wieder gesund sei. Galupos Genesung nahm zwei Monate in Anspruch. Während dieser Zeit wurde seine Plantage weiter ausgedehnt. Ein paar von Tauilopepes Matai-Schuldnern vermehrten ihre Schulden offen in Galupos Laden, wobei sie sich an Galupo als »Malo« wandten. Die 'Aiga Tauilopepe und die 'Aiga Toasa drohten damit, die 'Aiga Malo ein für alle Mal aus Sapepe zu vertreiben, und Tauilopepe litt zweiundsechzig Nächte lang an Schlafstörungen, was zu häufigen Ausbrüchen fast unkontrollierter Wut führte, meist gelöscht durch ausgedehnte Zechgelage.

Sobald Tauilopepe vernahm, daß Galupo im Bett aufsaß und große Mengen an Corned beef verzehrte, sandte er Taifau nach

Mulinuu mit der Bittschrift, daß das Gericht doch einen neuen, endgültigen Termin für den Fall festlegen solle. Das Gericht war für mindestens drei Monate ausgebucht, doch der Registrator, einer von Tauilopepes Samoa-Club-Freunden, schob dafür zwei andere Fälle auf und setzte den Tauilopepe-Malo-Fall auf den 20. April fest. Als Galupo die Ladung erhielt, überkam ihn gleich ein weiterer Anfall (worauf jedermann in Sapepe, außer der 'Aiga Tauilopepe und der 'Aiga Toasa, von »seiner Epilepsie« sprach). Tauilopepe traf persönlich im Club mit dem Registrator zusammen – über zwei Flaschen Whisky, für die er selbstverständlich aufkam – und brachte ihn, den einzigen weiteren Samoaner in der Clubelite, dazu, einen vom Gericht bestellten Arzt zur Untersuchung Galupos zu schicken. Dieser Arzt erklärte, daß Galupo für mindestens vier Monate medizinisch nicht in der Lage sei, vor Gericht zu erscheinen.

Am selben Abend wurde Galupos Fale mit Steinen beworfen. Aber die 'Aiga Malo übte ihrerseits keine Vergeltung, weil Galupo – in der gewinnenden Rolle des Friedliebenden – es so wollte. Allerdings verbreitete er durch die Frauen seiner 'Aiga das Gerücht, daß Tauilopepe absichtlich versuche, seine 'Aiga zu einer gewaltsamen Fehde aufzuhetzen, was aber er, Galupo, nicht zulasse.

Als Tauilopepe das vernahm, rief er den Rat zusammen und befahl, nicht auf diese Lügenmärchen Galupos zu hören. Die meisten Ratsmitglieder hielten sich auch daran, die anderen schwiegen still, bekräftigten nach dem Treffen aber ihre Freundschaft mit Galupo und vergrößerten die Schulden in seinem Laden. Taifau stattete jedem von ihnen einen Besuch ab und bat sie in höflich-aristokratischem Ton, ihre unloyalen Aktivitäten doch zu unterlassen! Sie schienen zu gehorchen, versprachen aber insgeheim Galupo ihren Beistand, wenn die Fehde ausbrechen sollte. Simi predigte Achtung vor Gott, Gesetz und Ordnung, doch fanden seine Predigten wenig Anklang.

In einem Brief vom 27. September 1965 schrieb Teuila Lalolagi, daß Papa sich wegen einer Lungenentzündung im Krankenhaus aufhalte, doch er solle sich keine Sorgen machen, da die Ärzte sicher seien, daß er sich schnell erhole. Papa wolle ihn zwar sehen, es sei aber besser, nicht, wie geplant, während der Weihnachtsferien heimzukommen. Papa habe ihr gesagt, sie solle ihn dafür beglückwünschen, daß er bei den Prüfungen so gut abgeschnitten hatte. Sie würde ihm eine Menge Geld zu Weihnachten schicken, schrieb sie. Was sie nicht erwähnte, war, daß Tauilopepe einen weiteren Anfall bekam, weil er vor zwei Wochen soviel getrunken hatte. Und, wie in allen Briefen seit dem Auftauchen Galupos in Sapepe, ließ sie kein Wort darüber verlauten, was sich da wirklich zutrug.

Tauilopepe war in seinem Haus in Apia zusammengebrochen und eiligst ins Hospital gefahren worden. Taifau kam aus Sapepe, besah sich seine Verfassung und wußte sofort, was Galupo täte, falls er davon wüßte. Also kehrte er unverzüglich nach Sapepe zurück und sagte dem Rat, daß Tauilopepe nur an einer unbedeutenden Sache litt und daher bereit sei, an der Verhandlung im November teilzunehmen.

Galupo jedoch verließ zum ersten Mal seit einem Monat das Bett und schickte zur Überprüfung einen Mann ins Krankenhaus. Als er erfuhr, daß Tauilopepe nach einem Herzinfarkt in einem kritischen Zustand war und Monate brauchen würde, bis er sich wieder vollständig erholt hätte, übermittelte er diese Botschaft an die Matai, die gegen Tauilopepe waren, und diese wiederum an die übrigen Einwohner Sapepes.

Der Fall wurde auf irgendwann 1966 verschoben. Faitoaga kehrte von »Blätter des Banyanbaums« zurück, um im Dorf zu leben und – zusammen mit Taifau – sicherzustellen, daß der Rat und die 'Aiga Malo nicht gegen Tauilopepe rebellierten, während er im Krankenhaus lag. Die 'Aiga Malo bewahrte zwar Frieden, benutzte aber Tauilopepes Abwesenheit, um ihre Stellung in Kirchenangelegenheiten zu festigen, ihre Plantage und den Kundenkreis in ihrem Laden zu erweitern. Durch behutsames Verbreiten von Gerüchten und Zusagen auf eine reichere Zukunft ohne Tauilopepe gelang es ihr, seinen Einfluß allmählich zu untergraben, die Ängste der Sapepeaner ihm gegenüber allmählich zu verringern. Jetzt, wo es nicht mehr sicher war, ob Tauilopepe jemals erfolgreich Galupos Recht anfechten würde, Malos Titel zu halten, begannen immer mehr, ihn öffentlich als Malo zu bezeichnen – keiner jedoch tat es in Hörweite der 'Aiga Toasa oder der 'Aiga Tauilopepe.

Tauilopepe – zu jedermanns Erstaunen – erholte sich schneller, als Galupo gehofft hatte. Gerade etwa zwei Monate lang war er im Krankenhaus, wo er das beste Privatzimmer und die bestmögliche medizinische Versorgung bekam – das letztere von einem Herzspezialisten, der auf Taifaus Betreiben und Kosten aus Neuseeland eingeflogen worden war. Dann war Tauilopepe wieder in Sapepe, wo er seinen gelähmten linken Arm in langärmeligen Hemden und seine schmerzenden Augen hinter einer dicken Sonnenbrille verbarg. Seine Verhaltensweise wurde diktatorischer, seine Ungeduld äußerte sich urplötzlich, und er geriet leicht in eine furchterregende Wut. Seine Sonnenbrille, sein nun stark mit Grau durchsetztes Haar, seine riesige Gestalt, sein brütendes Schweigen in der Öffentlichkeit, sein mit Absicht langsames Gehen – all das machte seine Erscheinung noch gegenwärtiger und respekteinflößender.

Zusammen mit seiner Rückkunft wurde auch ein neuer Termin für die Gerichtsverhandlung festgelegt: der 31. Januar 1966. Keine Verschiebungen wurden mehr zugelassen; der Registrator teilte Galupo persönlich mit, daß er, falls er vor Gericht nicht erscheinen könne, einen Stellvertreter schicken müßte.

Simi versuchte ein nochmaliges Eingreifen. Tauilopepe ließ ihn erst gar nicht vorsprechen. Als Simi versuchte, Taifau zu überzeugen, Tauilopepe doch zu überreden, erklärte ihm Taifau, daß Galupo gelogen hätte, indem er eine Krankheit vorspielte. Simi forderte einen Beweis dafür. Also sagte Taifau Simi, Galupo hätte die Ärzte, die ihn untersucht hatten, bestochen, damit sie ihm jene Atteste ausstellten.

Der Regen weckte ihn auf. Mit seiner rechten Hand hob er den gelähmten linken Arm und ging zu den Fenstern. Der Regen fegte über die Straße, schnitt ihm die Sicht zur Bergkette ab und schlug derart gegen die Fenster, als ob er ihn berühren wolle. Sein Körper schmerzte, das Ergebnis der drei Wochen nächtelanger Vorbereitung der Gerichtsklage gegen den Anspruch Galupos auf Malos Titel; er hatte sie mit dem ältesten Matai seiner 'Aiga ausgearbeitet. Nun lagen acht getippte Durchschläge sicher im Geldschrank seines Arbeitszimmers. Es war nur noch ein Tag bis zur Verhandlung. Er starrte hinaus in den Regen – überzeugt, daß er den Prozeß gewinnen würde. Als ihm jedoch einfiel, wie skrupellos Galupo war, wich seine Zuversicht doch einer gewissen Beklemmung. Das Haus knarrte in den Fugen, die Fenster waren zuckende Flächen voll Wasser, unten knallte eine Tür. Er drehte sich um und blickte auf Teuila; ihr rundes Gesicht war vom Schlaf entspannt, die sinnlichen Lippen leicht geöffnet, über das Kissen breitete sich wie ein sanftes Spinnennetz ihr Haar, und die geschmeidigen Finger zogen das Laken an die Brüste. Nach einem weiteren Anfall – der Schmerz durchzuckte ihn schon von der Brust bis in die Augen – wäre er erledigt. Lange schaute er auf seinen nutzlosen Arm und drehte sich wieder zum Fenster.

Teuila hustete, und er hörte, wie sie sich aufsetzte.

»Hab wieder diesen Traum gehabt«, sagte er. Der Wind wurde stärker, blies vom Nordwesten herein und wirbelte den Regen gegen das Haus. Sie brachte eine leichte Decke und legte sie ihm über die Schultern.

Er schüttelte sie weg und sagte: »Ich bin … ich bin kein … kein Invalide!«

Sein Stottern war fast vergangen. Jeden Abend verbrachte er eine Stunde eingeschlossen in seinem Arbeitszimmer, wo er laut zu sich selbst redete und vorlas; doch wann immer er aufgeregt war, kehrte auch sein Stottern zurück.

»Derselbe Traum?« fragte sie.

»Ich träumte vom selben Ort«, begann er langsam. »Von nackter Lava, von tiefen Abgründen zerklüftet. Und die Stille, die furchtbare Stille, die in meinem Kopf dröhnte. Ein kühler Wind strich mir dabei über die Augen und zerrte an meinem Fleisch, zog es ab, bis ich ein Skelett war. Ein Skelett, Teuila! Am Leben zwar, aber dennoch ein Skelett!« Er hielt inne. »Letzte Nacht war es ein wenig anders. Ich sah, wie mein Vater und Toasa aus der Lava auftauchten und auf mich zukamen. Sie waren wieder jung und lächelten, als sie sich mir näherten. Dann kam wieder dieser Wind, und meine Knochen stachen durch das Fleisch. Toasa und mein Vater streckten die Arme aus, um mich zu retten, aber die Lava tat sich auf und verschluckte sie.« Er senkte den Kopf. »Ich bin wieder zu dem erwacht, was ich bin – ein Krüppel, ein unnützer Krüppel!« Sie streckte die Arme aus, um ihn zu umarmen. »Nein! Bitte.« Sie gehorchte und stieg die Treppe hinunter.

Dann starrte er auf einmal auf sein Spiegelbild im Fenster, auf die hohläugige, grauhaarige Gestalt im zitternden Glas – ein Aitu, vom Sturm herangetrieben. Er trat einen Schritt zurück, und das Zerrbild des Mannes, der er einst gewesen war, verschwand. Gott hatte Seinen Segen von ihm genommen, dachte er bitter. Galupo war ein weiterer Fluch, den Gott ihm gesandt hatte, um ihn zu bestrafen. Was kam wohl nach der Gerichtsverhandlung auf ihn zu?

Als er sein Frühstück beendet hatte, blickte er auf die Uhr. Es war zehn Uhr morgens. Der neunundzwanzigste. Er schlurfte zu den Fenstern mit Blick auf den Hafen. Die Palmen am Strand schlugen heftig hin und her, als der Wind in sie hineinfuhr; gewaltige Wellen brachen sich auf dem Sand. Er konnte den Horizont durch den Regen und die tiefliegenden schweren Wolken nicht erkennen. Solange der Wind seine Richtung nicht änderte, waren sie sicher. Wirbelstürme kamen normalerweise aus dem Südwesten. Er ging in sein Arbeitszimmer, las seine Klageschrift nochmals durch und stellte sich Fragen, von denen er glaubte, daß der Richter und der Ausschuß von Beisitzern sie fragen könnten. Etwa eine Stunde später meinte er zu spüren, daß sich Furcht im Haus eingenistet hatte – in ebendie Wände, die ihn umgaben, und er wußte, daß der Wind nach Südwesten wechselte. Er eilte hinaus. Teuila und einige der Frauen blickten starr auf die tosende See und den wirbelnden Himmel. Er tat so, als sei alles in Ordnung.

»Was ist los?« fragte er Teuila. Sie schüttelte den Kopf. Er sagte den anderen Frauen, sie sollten zurück an ihre Arbeit gehen.

Teuila setzte sich neben ihn auf das Sofa. »Wann war der letzte Wirbelsturm?«

»Wenn du es unbedingt wissen willst«, versuchte er, ihre Ängste zu beschwichtigen, »der letzte war 1899. Drei amerikanische und drei deutsche Kriegsschiffe strandeten dabei im Hafen von Apia.« Er machte eine Pause und sagte dann: »Warum nähst du nicht ein bißchen?«

Auf dem Tisch neben ihr stand ein Radio. Sie schaltete es ein. Ein Country- und Westernprogramm füllte gleich darauf den Raum.

»Lagi kommt auf der Schule gut voran, nicht wahr?« fragte sie.

»Schade, daß er an Weihnachten nicht gekommen ist.«

»Du weißt, daß ich ihn nicht hier haben will, während Galupo all diesen Wirbel veranstaltet!«

»... Wir unterbrechen diese Sendung, um Ihnen einen Sonder-Wetterbericht durchzugeben.« Sie blickten auf das Rundfunkgerät. *»Ein Sturm, der sich nordöstlich von Samoa formiert hat und der gestern auf die Fiji-Inselgruppe zukam, nähert sich nun Samoa.«* Teuila rang nach Luft. *»Neue Sturmwinde werden auf der Mulinuu-Wetterstation verzeichnet. Am Spätabend erwartet man, daß sie sich zu starken Sturmböen entwickeln, mit einer Geschwindigkeit von möglicherweise zweiundachzig Knoten oder vierundneunzig Meilen pro Stunde ...«*

Seine Plantage, seine Läden, seine Häuser, seine Kirche. Alles, wofür er gearbeitet hatte. Alles! »Hol Taifau!« befahl er Teuila.

»Wo gehst du hin?« fragte sie, als sie zurückkam, nachdem sie einen Jungen nach Taifau ausgeschickt hatte.

»Ich möchte sichergehen, daß die Plantage in Ordnung ist.«

»Aber dir geht es nicht gut!« beharrte sie.

Er rüttelte sie sanft an den Schultern und bat um seine Stiefel. Als sie keinerlei Regung zeigte, schob er sie zur Treppe. »Schnell!« rief er und bemühte sich, nicht zu schreien.

Als sie in die Plantagen hineinfuhren, war alles um sie herum ein bebendes, dampfendes, wirbelndes Chaos von kreischendem Wind und Regen. »Schneller!« befahl Tauilopepe Taifau. »Drück aufs Pedal!« Noch waren keine Bäume über die Straße gefallen.

»Das ist die reinste Dummheit!« schrie Taifau. »Wir können doch die Plantage sowieso nicht retten!«

»Wir müssen retten, was zu retten ist.«

Noch bevor der Jeep ganz angehalten hatte, sprang Tauilopepe hinaus und humpelte in Richtung des Kakaotrockners. Während Taifau Tauilopepe folgte, verfluchte er den Sturm und die Kälte, die ihm zäh an den Knochen klebte und ihn sich alt und nutzlos fühlen ließ. Er gewahrte den Banyanbaum. Er wand sich mächtig; seine Glieder ächzten und stöhnten, und seine Blätter flogen verstreut gen Himmel. Er wand sich vom Trockner ab, wo Tauilopepe und die Arbeiter mit Nägeln und Hammer herumfuhrwerkten, und eilte durch die wirbelnden Kakaobäume zur Fale Faitoagas. Unter seinen Füßen glitt der Schlamm fort, und er rutschte mehrmals aus.

Im heulenden Sturm half er Faitoaga, die Fale mit Bananenkisten und Wellblechlagen abzudichten. Als sie damit fertig waren, tauchte Tauilopepe aus dem Sturm auf mit an den Körper geklatschten Haaren und Kleidern und einem wilden Blick im Gesicht.

»Hol ein paar Männer und fahr mit ihnen nach Apia, um das Haus abzudichten«, befahl er Faitoaga. Faitoaga zögerte etwas, doch Taifau versicherte ihm, daß er nach seiner 'Aiga sehen werde, also rannte er den Pfad hinunter. »Der Banyanbaum wird umfallen«, sagte Tauilopepe.

»Er wird dem Sturm standhalten. Er ist stark genug dazu!«

»Wir müssen ihn retten!«

»Wie?« fragte Taifau. Tauilopepes Lider zuckten, als er seine

Dummheit einsah und zur Talseite der Fale humpelte. Taifau versammelte Faitoagas verschreckte Frau mit den Kindern um sich und schickte sie zu den wartenden Lastwagen.

»Warum ich? Warum tut Er gerade mir das an?« brabbelte Tauilopepe, während sein nutzloser Arm hin- und herschlug.

»Wer?« fragte Taifau. Tauilopepe stapfte ohne Antwort zur Fale hinaus. Taifau blickte zu Boden. Der Wind, der den Regen vor sich hertrieb, toste die Talsohle entlang, peitschte die Vorhügel und heulte dem Himmel zu, und er wußte, daß die neuen Parzellen mit Kakao und Kaffee auf den Vorhügeln und die Bananen auf der Talsohle zerstört werden würden.

Als Tauilopepe sich weigerte, in den Jeep zu steigen, packte Taifau seinen Arm und zog ihn hinein. Auf ihrem Rückweg konnte Taifau kaum die Lastwagen vor sich sehen. Der Jeep geriet oft ins Schleudern. Umgefallene Bäume blockierten die Straße; sie kämpften sich mit Äxten hindurch. Der dunkle Himmel bewegte sich immer weiter auf das Land zu, und die Erde erbebte, als der Wind ihre Baumbedeckung losriß und der Regen ihr Fleisch in klebrigen Schlamm verwandelte.

Nachdem sie Tauilopepes Haus und Läden abgedichtet hatten, eilten die Arbeiter auf die Kirche zu. Die Mehrzahl der Fale und Häuser waren nun mit Seilen und Holz befestigt. Ein paar Kinder badeten fröhlich in den übergelaufenen Gräben. Taifau jagte sie nach Hause. Sapepe glich nun einem verlassenen Dorf verschlossener Zellen, mit dem Sturm, Gottes furchterregendem Dreschflegel, als Wächter.

Die Kirche, nach dem Wind hin vollständig abgeschlossen, war eine Echokammer von Flüstergeräuschen. »Ich habe jedermann mitteilen lassen, daß wir heute abend einen Gottesdienst abhalten werden«, sagte Simi zu Tauilopepe.

»Brauchst du dazu irgend etwas?« fragte Taifau. Simi schüttelte den Kopf. Galupo breitete oben bei der Kanzel das Altartuch aus.

»Was macht der da?« fragte Tauilopepe.

»Er hilft mit.«

Tauilopepe drehte sich um und ging zur Kirche hinaus.

Tauilopepe zog sich um und begab sich zu seiner 'Aiga, die sich in Wohnzimmer, Eßzimmer und Küche versammelt hatte. Teuila saß in der Mitte und sang ein Baby in den Schlaf. Jeder blickte zu ihm auf, als ob er allein sie retten könne. Er ging zu den Fenstern hinüber. Die meisten der Brotfruchtbäume waren zusammengebrochen, und durch den Vorhang von peitschendem Regen gewahrte er, wie das Meer auf den Strand toste und die Dunkelheit dahinter.

»Wir haben gesündigt!« wehklagte eine der alten Frauen.

»Jetzt reicht's!« befahl er. »Der Sturm wird sich bald legen. Ihr müßt alle hier im Haus schlafen. Eure Fale könnte bei dem Wind aus den Fugen geraten.«

Schatten waren hereingekrochen, vom Sturm gejagt. Sie schmiegten sich aneinander und bildeten ein sich ständig verdichtendes Dunkel. Das Haus bebte unaufhörlich, zog sich um sie herum zusammen, mit dem aufsteigenden Gestank nach Schlamm und Schweiß und Angst.

»Laßt uns Psalm dreiundzwanzig aufsagen«, meinte Tauilopepe. »Der Herr ist mein Hirte, mir wird nichts mangeln. Er ...« Bald sagten selbst die Kinder den Psalm auf, und durch ihre vereinten Stimmen klang der Sturm bald nur noch wie ein Summen am Rande ihrer Furcht. Gott würde zufriedengestellt sein; Er würde Seinen Groll, Seinen furchterregenden Zorn zurücknehmen.

Von den Kirchbalken herab warfen die Sturmlampen ein unheimliches, verschwommenes Licht über die Gemeinde. In seiner schwarzen Herrlichkeit blickte Simi auf sie hinunter. Er stellte für sie die engste Verbindung mit Gott dar, gleichsam der Unterhändler, der den Sturm besänftigen würde, wie die alten Priester die Gottheiten in vorchristlichen Zeiten besänftigt hatten. In ihrer Bedrängnis vergaßen sie, daß Simi ein schwarzer Mann war, den sie nie ganz als einen der Ihrigen akzeptiert hatten.

»Wir fürchten uns«, sagte Simi, »weil wir glauben, daß der Sturm ein Ausdruck von Gottes Zorn ist. Dem ist nicht so. Unser Gott ist ein Gott der Liebe, und ein solcher Gott wird uns nicht auf diese Weise bestrafen. Gott ist mit uns in unserer Verzweiflung. Viele Leute werden sagen, daß unser Gott keine Vergebung kennt. Dem ist nicht so.« Sie waren nicht gekommen, um das zu hören; sie wollten getröstet werden, ihre innerste Furcht bestätigt wissen, daß Gott ein Gott des Zorns war. »Vielleicht kann ich eure Furcht erleichtern, indem ich euch erkläre, was ein Wirbelsturm ist. Ein Sturm wird zu einem Wirbelsturm, wenn seine Geschwindigkeit dreiundsechzig Knoten oder zweiundsiebzig Meilen pro Stunde übersteigt. Der übliche Durchmesser eines Wirbelsturms reicht von drei zu vierhundert Meilen. Solch ein Orkan besteht aus einem gewaltigen Strudel an Luft, der ein kleines, stilles Zentrum – bekannt als das ›Auge‹ – umkreist. Und diese Windhosen werden begleitet von riesigen Wolken und Wolkenbrüchen …«

»Wir haben gesündigt! Gott, wir haben gesündigt!« schrie eine Frau, indem sie mit ihren Händen das Gesicht verhüllte.

»… Keiner weiß, wie Wirbelstürme entstehen, die Wissenschaftler wissen jedoch, daß, brechen sie erst einmal los, sie auch ihre gewaltige Stärke beibehalten. Wenn ein Orkan losgeht, saugt er die Luft am Meeresspiegel auf und wirbelt sie zu großer Höhe in die zirkulierenden Luftströme ein. Während die Luft dann steigt, verdichtet sich das Wasser darin und schlägt als Regen nieder. Diese Verdichtung löst wiederum Hitze aus, die die Luft dann um so schneller steigen läßt …«

»Hört mir mal zu!« rief Galupo aus dem Hintergrund. Alle drehten sich um. Simi traf Anstalten, seine Predigt nochmals zusammenzufassen, doch Galupo eilte den Chorgang hinauf, blieb unter der Kanzel stehen und drehte sich mit wildem Blick zur Gemeinde. »Unser Pfarrer ist ein sehr gebildeter Mann, unternimmt aber nichts, den Sturm zu besänftigen, der uns noch alles, was wir haben, ruiniert!« so sagte er. »Wir alle wissen, warum der Wirbelsturm ausgebrochen ist. Gott hat ihn gesandt, um uns für unsere Sünden zu bestrafen.« Er hielt inne und fragte dann: »Aber straft er uns denn nicht wegen der Sünden unserer Väter und gewisser Leute in Sapepe?«

»Jetzt reicht's!« wies ihn Simi an. »Ich werde nicht zulassen, daß du Gottes Haus dazu benutzt, Haß zwischen unseren Leuten zu säen!«

»Laß Galupo sprechen!« rief ein Matai, der Tauilopepe eine Menge Geld schuldete.

»Sagt denn die Bibel nicht, daß die Kinder für die Sünden ihrer Väter bezahlen werden?« fuhr Galupo fort.

Tauilopepe stand langsam auf. »Es reicht jetzt!« befahl er.

»Seht euch diesen Mann an, Einwohner Sapepes!« sagte Galupo und zeigte auf Tauilopepe. »Es sind die Sünden dieses Mannes, die Gott dazu bewogen haben, uns zu bestrafen!« Einige Männer der 'Aiga Tauilopepe sprangen auf und gingen auf Galupo zu.

»Nein!« hielt sie Tauilopepe zurück. »Laßt ihn sprechen!« Die Männer setzten sich wieder.

»Seht euch diesen heimgesuchten, grauhaarigen Krüppel an«, sagte Galupo. »Warum habt ihr alle Angst vor ihm? Warum? Weil ihr und euer Pfarrer ihn zu eurem Gott gemacht habt. Wir sollten uns nicht vor dem Wirbelsturm fürchten, sondern vor Männern wie diesem Krüppel!« Indem er Tauilopepe anstarrte, fragte er ihn: »Weißt du, wer ich wirklich bin?« Keiner rührte sich – der heulende Wind, der Regen, das gewaltige Brausen der See, die erbebende Erde, alles schien seine Enthüllung zu erwarten.

»Nein, und es ist mir auch nicht wichtig. Alles, was ich in dir sehe, ist die Boshaftigkeit«, erwiderte Tauilopepe.

Ein merkwürdiges Lächeln huschte über des Fremden Gesicht. »Die Bosheit in mir, Einwohner Sapepes, ist die Bosheit in diesem Krüppel. Wenn er in einen Spiegel guckt, starrt er mich an. Ja, mich. Warum?« Er machte eine Pause. »Weil, Einwohner Sapepes, weil ich sein Sohn bin, ein Sohn, den er in Sünde gezeugt hat.« Völlige Stille, während der jeder Tauilopepe anstarrte …

»Geht heim zu eurer 'Aiga!« sagte Simi, und die Leute lösten sich alsbald auf.

»Er hat gelogen!« rief Tauilopepe. »Taifau, sag ihnen, daß er gelogen hat!« Taifau schwang herum, aber die Kirche bestand nur noch aus leeren Sitzreihen, aus bloßem flackerndem Licht.

»Es tut mir zutiefst leid, daß ich Galupo dir gegenüber verteidigt habe«, sagte Simi, als sich Tauilopepe schlurfend auf die Eingangstür zubewegte.

Er ging ins Schlafzimmer und blieb dort. Unten schliefen die Kinder im Schoß ihrer Eltern; viele der älteren waren am Boden in Moskitonetzen eingeschlafen.

Teuila saß bei denen, die noch wach waren. Wo das Licht aufhörte, war der Sturm wie ein schwarzes Ungetüm, das durch die Bäume trampelte. Als einer der Bäume zusammenkrachte, wurde ein Kind wach und schrie.

Bald wachten alle Kinder auf und fingen an zu schreien. Die Eltern brachten sie zur Ruhe. Kurz danach gingen die Lichter aus; der Wind hatte die Leitungen des Generators zerstört. Die Kinder fingen wieder zu schreien an. Teuila holte ihr Transistorradio und legte es sich auf den Schoß. Viele Frauen scharten sich um sie, und sie debattierte mit ihnen darüber, ob sie es einschalten sollte. Nach etwa einer Stunde tat sie es. Eine Zeitlang spielte eine Hymne. Dann kam die Durchsage: *»Nach unserer Wetterwarte ist das Schlimmste nun fast vorüber. Rekordwinde von zweiundachtzig Seemeilen wurden vor einer Stunde verzeichnet, aber die Windgeschwindigkeit nimmt immer mehr ab. Wir wiederholen, der Wind legt sich. Gott ist gnädig gewesen ...«*

Einige der Frauen weinten. Teuila eilte die Treppe hinauf.

»Tauilo, es ist ausgestanden!« sagte sie in das Dunkel des Schlafzimmers hinein. »Tauilo?«

»Ja?« kam seine Stimme aus dem Dunkel. Sie suchte tastend ihren Weg zu seinem Platz am Fenster und setzte sich neben ihn. »Du glaubst ihm doch nicht, oder?« fragte er nach einer Weile.

»Wem?«

»Galupo.«

»Nein, ich glaube ihm nicht.«

»Aber wenn es wahr wäre, daß er mein Sohn ist, würde es dir etwas ausmachen?«

»Nein«, murmelte sie. »Nein, es würde mir nichts ausmachen.«

Sie lauschten lange Zeit dem Sturm. Schließlich schlief sie in ihrem Sessel ein. Er deckte sie mit einem Laken zu.

Galupo muß vernichtet werden, dachte er, aber erst muß ich sicherstellen, daß er nicht mein Sohn ist; ich muß den Fall so lange aufschieben, bis ich das herausgefunden habe.

Als er aufwachte, fiel ein schwacher Lichtschein in das Zimmer. Der Regen hatte aufgehört. Er vermied es, seine 'Aiga zu wekken, als er durch das Wohnzimmer in die Garage ging. Als er in den Jeep stieg, fiel ihm sein gelähmter Arm wieder ein; er stieg aus und ging auf Taifaus Haus zu. Beinahe alle Brotfruchtbäume waren entwurzelt worden, die Häuser waren abgedeckt. Aus den Überbleibseln holten die Leute ihre Habseligkeiten hervor; die Bäume hatten keine Blätter mehr. Viel mußte nun getan werden, doch er war nicht mehr so besorgt wie während der Nacht. Die Furcht war von ihm gewichen. Ein neuer Anfang stand nun bevor. Er sog die kühle Morgenluft in seine Lunge und hielt sie einen Augenblick lang dort. Eine neue Herausforderung, die ihn lebendig hielt. Aber hatte er denn die Zeit?

Einer von Taifaus Enkeln öffnete die Tür, als er klopfte. »Taifau wird das Durcheinander nicht gefallen«, sagte der Junge, indem er den Schaden beäugte.

»Warum weckst du mir Taifau nicht?« fragte Tauilopepe.

»Glaube nicht, daß er sich wohl fühlt«, erwiderte der Junge und begann, ins Gras zu pinkeln. »Er hatte gestern abend was am Magen.« Geduldig wartete Tauilopepe, bis er fertig war und dann hineinging, um seinen Großvater zu holen.

»Geht's deinem Magen besser?« fragte Tauilopepe, als Taifau mit von Schlaflosigkeit verquollenen Augen herauskam, zerknitterten Kleidern und einem starken Geruch nach Schweiß. Als Taifau so verwirrt dreinblickte, lachte Tauilopepe und sagte: »Du hast ja einen weiteren Taifau als Enkel!«

Einige Matai erwarteten sie bei der Garage draußen. Der älteste von ihnen, ein zusammengeschrumpfter, fast zahnloser Weiser, bekannt für seine weitschweifigen Geschichten, sagte: »Eine Menge Schaden. Ganz Upolu, Savaii und Amerikanisch-Samoa wurden getroffen und dem Erdboden gleichgemacht. Was sollen wir bloß tun?«

»Wiederaufbauen – das ist alles, was wir machen können«, sagte Tauilopepe.

»Jahre der Arbeit, Jahre. Umsonst. Gerade für die Katz«, sagte der alte Mann und schlug die Hände zusammen. Tauilopepe fing an, auseinanderzusetzen, wie sie es anpacken könnten, den Schaden wieder zu beheben. »Herr?« hüstelte der alte Weise. »Herr, wir wissen, es geht uns nichts an. Jeder Mann, insbesondere du, Herr, hat das Recht, sich mit so vielen Frauen zu vergnügen, wie er will. Nimm mich, zum Beispiel – ich habe, nun – eins, zwei, drei, vier Kinder von anderen Frauen.« Jedermann lachte.

»Wenn du auf Galupo anspielst«, sagte Tauilopepe, »so weiß ich nicht, ob er mein Sohn ist.«

»Aber wenn er dein Sohn wäre, würde dir das passen?« fragte der alte Mann.

»Würde es dir etwas ausmachen?« Der alte Mann hob die Augenbrauen und meinte: »Das könnte schon sein. Er ist doch ein wahrer Teufel, nicht wahr? Wer hätte je den Mut oder die Dummheit, einen Wirbelsturm und die Kirche zu dem zu benutzen, was er angerichtet hat? Ansonsten ist er ja ein hart arbeitender Bursche, nicht wahr? Und er kann all diese ausländischen Bücher lesen. Und du hast auch keinen Sohn mehr übrig, nicht wahr, Herr?« Tauilopepe klopfte dem alten Mann auf den Rükken und sagte den anderen Männern, sie sollten ins Haus gehen, wo Teuila ihnen ein Essen servieren würde. Es erforderte über drei mühselige Stunden, um die Straße nach »Blätter des Banyanbaums« wieder freizubekommen. Entgegen Taifaus Rat arbeitete und scherzte Tauilopepe mit den Männern und schwang ein Buschmesser mit seinem gesunden Arm. Taifau war etwas verwirrt durch Tauilopepes gute Laune, wo er doch fast alles durch den Sturm verloren hatte. Aber Tauilopepe, so erinnerte er sich, hatte sich immer am besten gefühlt, wenn er neuen Herausforderungen gegenüberstand, und hatte auch immer gute Gründe für alles, was er tat. Als sie also vor dem Kakaotrockner anhielten – nunmehr ein bloßes Skelett, das einsam aus den entwurzelten Kakaobäumen und Bananenstauden ragte, fragte Taifau: »Was ist, wenn Galupo dein Sohn ist?«

»Wenn es stimmt, so steht ihm etwas bevor, womit er nicht gerechnet hat«, sagte Tauilopepe, was Taifau vollends zur Verwirrung brachte.

Sie benutzten eine Leiter, um an das obere Ende des Trockners zu gelangen, von wo aus sie die ganze Verheerung überblicken konnten. Nur ein paar Kakaobäume und Bananenstauden standen noch auf dem Feld um den Trockner herum. Dahinter war ein Landstrich von auseinandergebrochenen Bäumen und aufgewühlten Taro-Pflanzungen, denen ein Streifen unbeschädigter Palmen folgte. Der Wind strich mit seinem Trauergesang über die Felder hinunter in das Tal; er trug den Geruch der sterbenden Pflanzen bis zu der Bergkette hinauf. Der Himmel war eine hellgraue Decke, bar jeglicher Wolken, müde, ausgelaugt.

»Wette, daß er überlebt«, sagte Tauilopepe, indem er auf den Banyanbaum zeigte.

»Ja, aber guck nur mal genau hin. Es sind nicht mehr viele Blätter daran. Alle Beine und Glieder gebrochen, verdreht, abrasiert. Das wird ihn lehren, nicht mehr so hochmütig zu sein«, sagte Taifau.

»Ja«, flüsterte Tauilopepe und sah weg.

»Wir müssen eben alles wiederaufbauen«, sagte Taifau, als sie am Nachmittag zur Garage zurückkehrten. Sie traten ins Haus und aßen etwas. Danach sagte Tauilopepe, daß er einige Männer nach Apia bringen wolle, um die Schäden des dortigen Hauses auszubessern. Taifau begleitete ihn zum Lastwagen.

»Bitte Galupo, mich heute abend aufzusuchen«, sagte Tauilopepe. »Überrede ihn zu kommen. Ich werde gegen Abend zurück sein.«

»Aber warum?«

Tauilopepe zwinkerte ihm zu. »Wir müssen Zeit gewinnen, nicht wahr?« sagte er.

»Eines Tages werde ich ein Haus wie deines haben«, sagte Galupo und schlürfte geräuschvoll seinen Kaffee. Er war gerade gekommen, als Tauilopepe mit dem Abendessen anfangen wollte, hatte seine Einladung, mitzuessen, angenommen und während der Mahlzeit über alles gesprochen, außer der Szene in der Kirche vom vorigen Abend. »Ich habe mir das alles genau überlegt – harte Arbeit, Liebe für die anderen Menschen und Gott, und ich werde nicht an Armut leiden.«

»Ich sehe keinen Grund, weshalb du kein Haus wie dieses haben solltest. Du arbeitest hart genug. Ich schätze Leute, die hart zu arbeiten verstehen«, sagte Tauilopepe.

»Wenn ich es mir erlauben darf zu sagen, Herr, du arbeitest doppelt so hart wie jeder, den ich jemals gekannt habe«, sagte Galupo. Tauilopepe bot ihm eine Zigarette an. »Nein danke, ich rauche nicht.«

»Dann trinkst du etwas?«

»Nein, ich trinke auch nicht.«

Tauilopepe sagte: »Du überraschst mich, *Malo* … Du nimmst es mir nicht übel, wenn ich dich mit deinem Titel anspreche?«

»Nein, Herr. Ich denke, ein Mann sollte immer mit seinem Titel angesprochen werden, das heißt, wenn er einen Titel hat.«

»Nun, *Malo,* du überraschst mich. Du kommst allem Anschein nach aus der Stadt, und doch rauchst und trinkst du nicht, noch bist du verheiratet.«

»Ich konnte mir nie solchen Luxus leisten, insbesondere keine Ehefrau!« lachte Galupo.

Sie fuhren in dieser Weise zu plaudern fort, bis Teuila aus der Küche kam, ihnen eine gute Nacht wünschte und die Treppe hochging. Dann lud Tauilopepe Galupo ein, in sein Arbeitszimmer mitzukommen.

Nicht lange nachdem sie sich in die Sessel gesetzt hatten und sich über Tauilopepes Schreibtisch hinweg ansahen, fragte Tauilopepe: »Warum hat es dir letzte Nacht gefallen, mich in aller Öffentlichkeit anzugreifen?«

»Ich dachte, die Gelegenheit dazu sei günstig.«

»Du hättest keinen besseren Zeitpunkt wählen können. Ich hätte mir in deinem Alter gerade einen solchen herausgesucht.«

»Nachdem ich später darüber nachdachte, habe ich es bereut. Kannst du es mir verzeihen?« Galupo senkte den Kopf. Tauilopepe lachte sogleich auf. »Du läßt keinen Trick aus, nicht wahr, Herr!« lachte Galupo.

Den Kopf schüttelnd, meinte Tauilopepe: »Ich kenne dich zu gut.«

»Weil du einmal so warst wie ich?« fragte Galupo. Tauilopepe nickte. »Hast du die Sache mit dem Spiegel gemocht?«

»Ja, aber das habe ich nicht gemocht, als du mich als deinen Vater bezeichnet hast.«

»Das? Nun, das ist die Wahrheit«, sagte Galupo. Und gerade in diesem Augenblick, als Tauilopepe in Galupos Gesicht starrte, wußte er, daß dieser skrupellose junge Mann, von dem er zu meinen glaubte, daß er ihm nie trauen könne, in der Tat sein Sohn war – in Sünde gezeugt. »Ich kann nicht sagen, daß ich je stolz sein werde, dich zum Vater zu haben«, fuhr Galupo fort. »Ich empfinde nichts für dich und spüre, daß es dir ebenso geht.«

»Ja, ich empfinde nichts für dich.«

»Ich nehme an, du hast inzwischen erraten, wer meine Mutter war?« fragte Galupo. Tauilopepe nickte. »Sie ist tot. Starb, als ich etwa zehn Jahre alt war. Aber ich glaube nicht, daß du dich damals groß um sie gekümmert hast, noch, daß du es jetzt tust. Keiner hat es getan.«

»Du brauchst nicht darüber zu sprechen, wenn es dir zu großen Schmerz bereitet.«

»Aber ich tue es, ja, ich tue es! Siehst du, bevor ich zum letzten Angriff übergehe, der dir zu Recht den Verstand rauben wird, will ich, daß du weißt, was du getan hast, und die volle Verantwortung dafür übernimmst.« Es war weder Wut noch Haß in seiner Stimme. »Wenn dir am Ende meiner Leidensgeschichte der Sinn danach steht, Mitgefühl für mich und meine Mutter zu empfinden, so tu dir keinen Zwang an.« Indem er Tauilopepe direkt in die Augen schaute, sagte er: »Möchtest du darüber hören – über mich, einen Unfall der Zeit? Oder soll ich sagen, einen Unfall am Strand vor fast dreißig Jahren?«

Tauilopepe nickte. Er mußte mehr über Galupo erfahren, der sowohl die Zeit wie auch die Hände, den Verstand und die Geschicklichkeit besaß, die er brauchte, um »Blätter des Banyanbaums« wiederaufzubauen. Der Mann, den er dazu gebrauchen könnte, sein Ziel zu verfolgen, bis Lalolagi, sein einziger legaler Erbe, die Volljährigkeit erreichen würde und die Schuld, die ihn noch immer Pepe gegenüber belastete, beglichen war.

14 *Die Mythologie der Woge der Nacht*

Galupos Mutter war nach Apia gegangen, um bei ihren Eltern zu wohnen und auf Tauilopepe zu warten. Als sie sich bewußt wurde, daß er ihr etwas vorgemacht hatte, versuchte sie, das Kind abzutreiben. Das mißlang. Sieben Monate nachdem sie Sapepe verlassen hatte, hatte sie eine Frühgeburt – Galupo – und beschloß, ihn zu retten. Ihr Sohn würde den Betrug rächen. Ihre 'Aiga half ihr nur widerstrebend, und sie verkaufte ihren Körper, wann immer sie Geld brauchte.

Galupo war ein merkwürdiges Kind; seine grübelnden Augen waren zu alt für die eines Kindes, und er war bald die Zielscheibe grausamer Witze. Seine Mutter war immer da, wenn er Schutz brauchte. »Du hast einen Vater, der dich haßt!« erinnerte sie ihn ständig. »Er ist reich, und es gehört alles dir!« Sie schlug ihn, wenn er ihre Bemerkungen über seinen Vater nicht beachtete, und schrie: »Wir sind so geworden durch seine Schuld.« Und Galupo, mit stummen Tränen in den Augen, pflegte mit dem Kopf zu nicken.

Zuerst störten ihn die Männer nicht, die sie nachts mit nach Hause brachte. Sie gaben ihm Geld und nannten ihn »den jungen Teufel«, was ihn sich erwachsen fühlen ließ. Manchmal, wenn er in der Fale seiner Großeltern war und zuhörte, wie sie über die biblischen Helden sprachen, besonders über Jesus Christus, der von einem Volk, das »die Juden« hieß, gekreuzigt worden war, stellte er sich vor, er sei Christus da oben am Kreuz und sage wie er: »Ich vergebe euch.« Doch seine Mutter errettete ihn stets – so glaubte er mittlerweile – aus seinen Märtyrer-Phantasien, indem sie ihn daran erinnerte, daß alles sich gegen sie verbündet hätte.

Als er neun war, vertrieb sie ihn aus der warmen Sicherheit ihres Bettes. Er sei nun ein kleiner Mann, und Männer schliefen nicht bei ihren Müttern; das sei eine Sünde, erklärte sie ihm. Und der mit der Sünde verknüpfte Schrecken trat in seine Welt: Sünde hatte etwas zu tun mit dem Schlafen bei Mama; und das Schlafen bei Mama hatte etwas zu tun mit dem, was sie da im Dunkeln mit diesen Männern machte. Er stellte ihr Fragen darüber und auch über den Grund, weshalb sie das nicht mit ihm machte; schließlich war er ja auch ein Mann – sie hatte es ihm selbst gesagt. Er sei zu jung, und sowieso sei es eine Sünde, dies mit Mama zu tun, weil Mama ihm das Leben geschenkt hatte, sagte sie. Er war, wie er allmählich erkannte, das unerwünschte Ergebnis jenes sündigen Aktes, und als er heranreifte, konnte er nie seine Geburt von der Sünde auseinanderhalten. Und sündige Menschen, so erklärte sein Großvater, endeten dann in der Hölle, wo sie auf Ewigkeit brodeln mußten. Ohne jemals einen eigenen Fehler begangen zu haben, war er in Sünde empfangen worden und mußte daher zur Hölle gehen, dachte er. Er müßte die Ursache dieser Sünde, seinen Vater, zerstören. Mama war unschuldig: Man hatte sich gegen sie versündigt, sie vergewaltigt. So begann er, die männlichen Besucher seiner Mutter zu fürchten: Versuchten sie doch die einzige Person, die er liebte, die Göttin, die ihm Leben eingehaucht hatte, zu zerstören.

Seine Mutter wurde abermals schwanger. Er wußte es nicht, bis sie ins Krankenhaus gebracht wurde und er eine Tante sagen hörte, daß sie versucht hätte, das Kind in sich zu töten. Seine Verwandten brachten ihn ins Krankenhaus. Er stand an ihrem Bett, mit geballten Fäusten und unterdrückter Wut. Sie gab ihm ein Zeichen, näher heranzutreten. Dann umarmte und küßte sie ihn, und er spürte die beklemmende Leere, die eintreten würde. Am darauffolgenden Tag starb sie.

Während der folgenden Monate wurde er von den Verwandten herumgestoßen, weil keiner ihn haben wollte. Er ertrug geduldig die Witze, die über seine Mutter gerissen wurden, die schwere Arbeit, die man ihm auferlegte, und die Schläge, die die anderen Kinder ihm verpaßten. Er erzog sich selbst dazu, den Schmerz zu ignorieren.

An einem Spätnachmittag rief ihn sein Großvater zu sich herein. »Das ist Falesa, der ältere Bruder deiner Mutter«, sagte sein Großvater. Galupo blickte vorsichtig auf den Mann, der dem Großvater gegenübersaß.

»Ich nehme dich mit zu mir«, sagte der Mann.

»Er ist ein recht nützlicher Junge«, erwiderte der Großvater. Der Mann warf ein Bündel Geld zu ihm hinüber. Galupo fing es auf und schob es sich unter die Beine, bevor seine 'Aiga es sehen konnte. »Geh zu Falesa«, befahl ihm sein Großvater.

»Er ist ein wenig unterernährt, nicht wahr?« sagte der Fahrer zu Falesa, als sie in das Taxi stiegen.

»Nichts, was ein gutes Heim nicht wiedergutmachen könnte, wie?« sagte Falesa, indem er Galupo durch das Haar fuhr. Zum ersten Mal lächelte Galupo – und er meinte es ernst. Als junger Mann hatte Falesa absichtlich jegliche Verbindung zu seiner 'Aiga und der Faa-Samoa gelöst; er verdammte solch ein Leben als unproduktiv, geistig hohl und demütigend. Er arbeitete als Angestellter, bis er sich das erste Taxi kaufen konnte, aus dem über die Jahre sieben Taxis wurden, ein moderner Bungalow am Vaiala-Strand, eine Ehefrau und zwei Töchter, ein stattliches Bankkonto, ein geachteter Platz in der Geschäftswelt und der englischsprachigen evangelischen Kirche und nun ein Sohn.

Malama, Falesas gutaussehende Frau, akzeptierte Galupo sogleich. Zunächst waren seine Töchter Moli und Tasi, im selben Alter wie Galupo, etwas schüchtern ihm gegenüber. Doch mit zunehmender Zeit fanden sie heraus, daß er in mancher Weise so wie die anderen Jungen war, so daß auch sie ihn akzeptierten.

Ihr anhaltendes Lachen, ihre Großzügigkeit und Freude drangen in unbeachteten Augenblicken in sein Herz und drohten, ihn sich gegen die geheiligte Erinnerung an seine Mutter zu stellen. Und dies war es, was er ihnen niemals vergab. Sowieso gaben sie nur vor, ihn zu lieben, dachte er.

Unter Malamas reichlicher Fürsorge blühte sein Körper auf. Er besuchte zum ersten Mal die Schule, haßte sie und grollte insgeheim Falesa und Malama deswegen. Er gehorchte seinen Lehrern, achtete aber darauf, daß sie und die anderen Schüler ihm fernblieben; sie sollten sich ja nicht unterstehen, den Kreis des Stillschweigens, mit dem er sich umgab, zu durchbrechen. Er war sich selbst genug. Seine schulischen Leistungen lägen beim Durchschnitt, sagten seine Lehrer den Adoptiveltern. Ja, er *war* durchschnittlich, weil er als solches gelten wollte. Falls er sich als hervorragend entpuppen würde, wäre er auch verletzlich, und sie würden ihn angreifen. Besonders stark bemühte er sich, seine Leidenschaft für Bücher zu verbergen.

Von Büchern wurde er ganz besessen: Die in ihnen verborgenen Ideen, Träume und Kraft ließen ihn lechzen vor Begehren nach immer neuen Werken, nach immer mehr Traumbildern und Höhenflügen bis hinein in die dunklen Gefilde menschlicher Angst und menschlichen Wahns. Je weiter er in der Schule vorwärtskam, desto mehr hortete er alle Bücher und Zeitschriften, die er finden, kaufen oder stehlen konnte, in der Baracke, die ihm Falesa hinter dem Bungalow zu bauen half. Romane waren ganz besonders seine Welt. In ihnen lebte er, als ob er durch ein Korallenriff schwämme, das in einem fort seine Gestalt, Farbe und Atmosphäre änderte, ganz der Beobachtung des mythischen Fisches hingegeben, bis dann die Raubfische hervorschnellten und ihn töteten. Romanschriftsteller waren wahre Götter: Sie erschufen Welten und gestalteten ihre eigenen Geschöpfe, um sie dann zu vernichten.

Keinem, nicht einmal seinen Adoptiveltern, war der Zutritt zu seiner Baracke erlaubt. Er säuberte sie selbst und stöberte peinlich genau alle eingedrungenen Insekten auf, um sie zu töten. Einmal alle vierzehn Tage staubte er seine Bücher sorgfältig ab. Er betrachtete die Baracke als sein erregendes geistiges Refugium, in dem er vor sich hin las und träumte, sicher vor der übrigen Welt; bis er zum Bungalow gerufen wurde, wo er dann der wohlerzogene Sohn war. Die Baracke war seine Welt – grundverschieden von dem, was er nun als »andere Welt« zu bezeichnen begann, die bevölkert war von den »anderen Weltenbewohnern«.

Während seines letzten Schuljahrs am Gymnasium half er bei Falesas Taxiunternehmen mit und fuhr an Wochenenden selbst ein Taxi. Als er erst einmal mit seiner spitzen Mütze hinter dem Lenkrad saß, übertraf er alle anderen Fahrer an Redekünsten, Umgangsformen und Geschicklichkeit im Fahren, wodurch er auch mehr Geld einbrachte. Klasse, Stil und Köpfchen – er war unschlagbar, so daß er sich selbst gratulierte. Seine Bezahlung setzte er in weitere Bücher um und auch dazu, die Mädchen auszuhalten, die er manchmal in sein Taxi lockte.

In seiner Freizeit durfte er unternehmen, was er wollte. Meistens las er in seiner Baracke. An einigen Abenden, wenn er seine Hausarbeiten erledigt hatte, pflegte er mit dem Auto auszufahren und sich einen Film anzusehen oder ein Mädchen aufzutreiben. Er fuhr mit ihr zum Mulinuu-Point und *gebrauchte sie* ausführlichst (so seine Bezeichnung dafür), um sie dann nie wiederzusehen. An den Sonntagabenden begleitete er seine 'Aiga stets zur Kirche. Nach außen hin war er fromm, so daß seine Eltern stolz auf ihn waren, und als er die höhere Schule abgeschlossen hatte, wurde er Lehrer an der Sonntagsschule. Nur die Bewohner der anderen Welt glaubten an Heilige Geister, dachte er, und er wußte mehr über die Religion der anderen Welt als ihre Bewohner, da er sie ja in seinen Büchern studiert hatte: Er war der Überzeugung, daß im Namen eines lächerlichen Heiligen Geistes zerstörerische Illusionen (vielmehr Selbsttäuschungen) durch die Jahrhunderte hindurch verbreitet worden waren. Die Bewohner der anderen Welt glaubten diese Lügen jedoch, weil sie Schwächlinge waren.

Nach seinem Schulabschluß wollten seine Eltern, daß er in einem Regierungsbüro arbeitete, er überredete sie aber, ihn in ihrem Taxiunternehmen arbeiten zu lassen. Durch strengere Überwachung und moderne Buchführung reduzierte er die durch unehrliche Fahrer verursachten Verluste, und bis zu seinem einundzwanzigsten Geburtstag waren drei weitere Taxis der alten Flotte hinzugefügt worden.

Seine Eltern mieteten eine große Halle und eine Band, und sie bereiteten ein kostspieliges Essen, um ihm seine erste Geburtstagsparty zu geben. Er lud dazu alle Fahrer mit ihren Frauen, den Pfarrer und weitere Würdenträger ihrer Kirche sowie einige ihrer Nachbarn ein, und Falesa seine sämtlichen Geschäftsfreunde. Keinen von ihnen konnte er als seinen wahren Freund bezeichnen – er hatte keine Freunde, und das war gut so, dachte er. Er genoß seine Party ausgiebigst, tanzte mit all den gestrengen Kirchenfrauen und ihren Töchtern, ermutigte den Pfarrer und seinen Anhang dazu, zu trinken und ihre Sonntagshäute abzustreifen und ihren kleinen sinnlichen Begierden und Eifersüchteleien nachzugeben, und er lachte verstohlen über die Fahrer, die schwer betrunken waren und von Zeit zu Zeit draußen verschwanden, um mit den diversen Ehefrauen die schlüpfrigsten Gotteslästerungen zu betreiben. Inmitten dieses *erheiternden Schauspiels der Unmoral* (so seine Beschreibung) blieb lediglich seine Adoptiv-'Aiga nüchtern, glücklich und unschuldig.

Die Party verstärkte seinen Glauben, daß es keine echte Liebe in der anderen Welt gäbe, nur falsches Spiel und Eitelkeit. Die Liebe der anderen Weltenbewohner, die sogenannte, war nur eine Maske ihrer wahren Empfindungen ihm gegenüber – er war der Gegenstand ihrer Nächstenliebe, ihres Mitleids gegenüber dem Kind einer Straßenfrau. Die 'Aiga Falesa hatte ihm ein Heim gegeben, hatte dies aber aus Motiven getan, die die anderen Weltenbewohner als »Gewissen« bezeichneten, einer moralischen Uhr, die in ihnen drin tickte und ihnen sagte, was richtig und was falsch war.

Moli verschaffte ihm zu dieser Zeit einiges Unbehagen. Er konnte sie nicht in sein Konzept von der anderen Welt einordnen. Scheinbar war sie ohne Gefühl für alles, und er konnte keine

Schwäche in ihr ausmachen. Selbst als er der Abgott seiner 'Aiga wurde, blieb sie ihm gegenüber gleichgültig – wartete hinter einer schönen Maske, so dachte er, um im geeigneten Augenblick zuzuschlagen.

Und schließlich brachte er Siaki, einen neuen Fahrer, zum Abendessen mit nach Hause. Die anderen hatten bereits gegessen; Moli bediente ihn und Siaki und setzte sich dann, um mit ihnen zu plaudern. Als sie das Haus verließen, bemerkte Siaki, daß Moli sehr attraktiv sei. »Besser, du läßt ...«, warnte Galupo ihn.

»Ich hab es nicht in dem Sinne gemeint«, sagte Siaki.

Während der kommenden Tage dachte er über Siakis Bemerkung nach, wobei er Siaki und Moli mied. Er würde wohl sentimental, sagte er sich, indem er zulasse, daß diese schwächliche Gefühlsregung seinen Glauben über die anderen Weltenbewohner untergrabe. Das konnte er nicht zulassen, ansonsten würde er ja werden wie sie. Nach jedem Abendessen verzog er sich in seine Baracke.

»... Weißt du, was mir in jenen Nächten durch den Kopf gegangen ist?« fuhr Galupo fort. »Siaki will sie *benutzen,* und es könnte ihr recht gut tun. Nein. Aber warum nicht? Du möchtest sie selbst benutzen. Das wäre nicht einmal Inzucht, denn du bist ja nicht ihr Bruder.« Er machte eine Pause, lächelte Tauilopepe zu und redete dann weiter: »Ich bin immer ehrlich zu mir gewesen, ehrlich in meiner eigenen einmaligen Weise. Und ich war auch ehrlich, was Moli anging. Ich wollte es mit ihr machen – ihr die Unschuld rauben und durch sie die Unschuld ihrer 'Aiga. Weißt du, weshalb ich sie gehaßt habe? Weil sie noch keine anderen Weltenbewohner waren: Sie waren Unschuldige und ich nicht. Nicht, daß ich hätte sein wollen wie sie. Nein. Ich wollte, daß sie seien wie die anderen Weltbewohner auch – korrupt, kleinlich, unsauber, elend, damit ich sie bemitleiden könnte. Ich wollte, daß sie sich selbst ehrlich, ohne jegliche Lügengebäude, begegneten.« Wieder machte er eine Pause. »Ich wurde als ein Nicht-Unschuldiger geboren, eine Schöpfung der Verderbnis.

Schon im Mutterleib war ich ein Produkt eurer Sünde gewesen. Jedenfalls beschloß ich, sie nicht selbst umzulegen. Siehst du, um einen Unschuldigen zu bestrafen, muß man einen der anderen Welt dazu bringen, das zu machen. Und Siaki war dieser andere Weltenbewohner. Er wußte nichts von wirklicher Sünde. Nichts. Wie alle anderen Bewohner der anderen Welt wußte er nicht, was ich weiß, Tauilopepe, nämlich, daß die Sünde eine Vergewaltigung seines inneren Selbst ist, der Aufrichtigkeit gegenüber diesem Selbst. Daß der in der Bibel beschriebene Sündenfall nur eine verzuckerte Fabel ist, der richtige Fall hingegen, wenn sich deine Augen nach innen hin auftun und ein Nichts vorfinden. Wie es Pepe getan haben muß, und ich es getan habe. Ich war absolut nichts wert, und indem ich das von Kindheit an wußte, war ich fähig, die Dinge, die ich tat, ohne jegliches Bedauern oder Schuldgefühl zu tun. Ich habe mich wegen dem, was ich tat, nicht einmal der 'Aiga Falesa gegenüber schuldig gefühlt. Ja, Vater – ich hoffe, du nimmst es mir nicht übel, daß ich dich so nenne –, ich fühlte mich schuldlos, absolut schuldlos. Siehst du, ich habe meine gesamte Haltung dem Leben gegenüber auf diese Zeilen zusammengefaßt: ›Ich starre in meine Augen und weiß – geblendet durch die Leere, die ich da zu sehen kriege – daß ich schön bin.‹ Ganz brauchbare Zeilen, nicht wahr, Vater …? Du, alter Mann, wenn du versuchen würdest, nach innen zu blicken, so fändest du nur das Schreckliche, das ich die 'Aiga Falesa sehen ließ in der Leere, mit der ich sie durch Moli konfrontierte …«
Er brachte Siaki weiterhin zum Essen mit. Siakis Annäherungsversuche Moli gegenüber wurden dreister; seine höflichen Redensarten dehnten sich zu Geschichten über seine angebliche Frömmigkeit aus, speziell auf Falesas protestantischen Geschmack zugeschnitten. Seine geschickt verschleierten Blicke streichelten sie nachhaltend. Aber Moli schien nichts zu bemerken.

»Moli mag dich«, sagte er Siaki eines Nachmittags. »Möchtest du sie treffen?«

»Aber Moli ist deine Schwester«, protestierte Siaki.

»Ich verlaß mich auf dich«, erwiderte er.

Wenn in den nächsten vierzehn Tagen Moli ein Taxi haben wollte, schickte Galupo Siaki hin, um sie zu fahren. Er war wie besessen und an keiner anderen Frau mehr interessiert – alles, was sie wollten, war, die Beine zu spreizen und gespritzt zu werden. Moli war anders, die Güte in Person. An einem Samstag sagte Galupo Siaki, er solle Moli in jener Nacht besuchen. Er nahm derweilen die restliche 'Aiga auf eine Kirchenversammlung mit, von der sie spät am Abend zurückkehren würden. Als sie wieder heimkamen, war Siaki verschwunden und Moli auf dem Sofa eingeschlafen; trotzdem konnte er fühlen, wie es im Raum stand. Moli erwähnte nichts über Siaki. Nun hatte sie Geheimnisse. Jedesmal, wenn die restliche 'Aiga ausging, arrangierte Galupo eine Zusammenkunft zwischen Siaki und Moli. An den darauffolgenden Mahlzeiten spürte er, welch starke Hingezogenheit sich zwischen den beiden breitmachte. Die Puppe, seine Adoptivschwester, hatte nun ein heftiges Verlangen nach mehr Schmerz und Schuld. Und er, nicht Siaki, hatte sie vergewaltigt.

Als die Mango-Saison begann, wurden Siakis Besuche seltener. Jedesmal, wenn Galupo ohne ihn heimkam, sah er den brennenden Blick in Molis Augen. Am nächsten Zahltag, nachdem Siaki sein Geld abgeholt hatte, erschien er nicht wieder zur Arbeit, und keiner wußte, wo er verblieben war. An jenem Morgen fand Malama Moli vor, wie sie sich im Badezimmer übergab. Moli stieß sie zur Seite, stürmte in ihr Schlafzimmer und schloß sich ein. Als Galupo nach der Arbeit heimkam, saß seine 'Aiga im Wohnzimmer, und er merkte, daß die Fröhlichkeit, die normalerweise das Haus erfüllte, fehlte. Sie erzählten ihm, was sie über Moli wußten. Er klopfte an die Tür ihres Schlafzimmers und rief, sie solle herauskommen.

Sie fing an, loszuschluchzen. »Ich habe gesündigt, gesündigt!« schrie sie. Er rief wieder nach ihr.

Molis Schuldbekenntnis klang nun laut, klar und endgültig: »Ich bin schwanger. Schwanger!«

Malama stöhnte und hob schützend die Hände vor die Augen, als ob sie ein Licht blendete; Falesa polterte mit geballten Fäusten an Molis Tür; Tasi stand nur da neben Malama; und Galupo, der Haß nur allzugut kannte, erkannte ihn plötzlich in ihr. Sie erlitten nun den Sündenfall, den Abstieg in die schmerzliche Einsamkeit von Fleisch, Blut und Knochen. Er zog Falesa beiseite, schrie: »Dumme Kuh! Dumme Kuh!« und platzte hinein, packte Moli und schleuderte sie auf den Flur hinaus. Malama und Tasi fielen sofort über sie her. Falesa sah zu, wie sie ihr die Kleider herunterrissen und ihre schöne Scham dem Hause offenbarten, das einst vor Freude und Vergebung vibriert hatte. Unschuld ist so zerbrechlich, dachte Galupo.

Er ging zum Strand, wobei er im Dunkeln vor sich hin murmelte. Das Geheule hörte ganz plötzlich auf, und eine Stille, wohl für immer aus Stein, breitete sich aus. Er hatte ihnen das Geheimnis des Lebens enthüllt, und es war nicht seine Schuld, wenn sie es nicht annehmen konnten. Bevor er fortging, hatte er noch eine Tat auszuführen – er schuldete dies der 'Aiga Falesa.

Der Himmel blinkte voller Sterne. Die drei Männer holten Siaki aus dem Club heraus und stießen ihn auf den Rücksitz des Autos. Angetrunken, wie er war, murmelte Siaki unverständliche Sachen, während Galupo zum Mulinuu-Point fuhr.

Es war leicht gewesen, die drei Männer anzuwerben – sie hatten jeder eine Rechnung mit Siaki zu begleichen. Der gewichtige Werftarbeiter, der Siakis Arme im Klammergriff hatte, haßte ihn wegen einer Tochter, die Siaki verführt und dann fallengelassen hatte. Der älteste Mann haßte ihn wegen einer sinnlosen Schlägerei und der jüngste wegen eines Mädchens, das ihm Siaki ausgespannt hatte.

Galupo fuhr mit ihnen in ein Gebiet, wo sich die Tamaaiga-Gräber befanden, und stellte dann das Auto ab. Der älteste Mann inspizierte die Fischerhütten hinter den Gräbern und meldete, daß er niemanden sähe. Die anderen beiden zerrten Siaki nach draußen. Galupo stellte die vorderen Scheinwerfer an. Sie ließen Siaki kurz hellwach werden, und er bedeckte sich mit den Armen das Gesicht.

»Bringt ihn aber nicht um!« rief Galupo den Männern zu. Er setzte sich nach hinten, um das Ganze zu beobachten.

Sie arbeiteten ruhig, wirksam und schnell.

Keine Frau würde Siaki nochmals begehren: Er verließ das Krankenhaus als Krüppel.

Am folgenden Abend durchstöberte Galupo seine Bücher und packte die gewünschten in einen riesigen Handkoffer. Er behielt die Bibel, die er aus der evangelischen Kirche gestohlen hatte, den »Mythos von Sisyphos« und »Die Pest« von Camus, eine Taschenbuchausgabe von Frazers »Golden Bough«, Dostojewskis »Der Idiot« und »Schuld und Sühne«, eine ungekürzte Fassung von »Lady Chatterley's Lover«, eine Kollektion japanischer Pornographie-Druckschriften, Dreisers »American Tragedy«, Norman Mailers »Die Nackten und die Toten«, V. S. Naipauls »A House For Mr. Biswas«, Luis Borges »Ficciones« und zehn Bücher der »Encyclopaedia Britannica«. Er verschloß den Handkoffer, riß die Bücherregale herunter und verstreute die übrigen Bücher und Zeitschriften auf dem ganzen Boden. Plötzlich merkte er, daß er weinte.

»... Es war das Härteste, was ich jemals tun mußte – jene Baracke und meine Bücher anzustecken. Sie waren ein Teil von mir geworden, wie dein Titel und Vermögen ein Teil von dir sind, Vater. Aber ich habe all das verbrannt. Im Morgengrauen wachte ich auf, übergoß den Ort mit Petroleum, und wumm! ging alles in die Luft! Ich habe mich nicht mehr umgedreht. Ging zur Werft und erwischte die erste Morgenfähre nach Savaii ... Blick nicht so entsetzt drein, alter Mann. Ich tat, was ich tun mußte. Habe ich falsch gehandelt gegenüber der 'Aiga Falesa? Ist es mein Fehler, daß Falesa bald darauf sein Unternehmen verlor und er und Malama schließlich geschieden wurden? Nein. Ich half ihnen, ihr eigentliches Ich zu erkennen und ihre wirkliche Umwelt, sie konnten es nur nicht annehmen. Wie alle anderen Weltenbewohner krochen sie vor Selbstmitleid am Boden und sehnten sich nach einem Garten Eden. Kein Mumm, keine Aufrichtigkeit gegenüber sich selbst. Alles, wonach ihr Bewohner der anderen Welt schmachtet, ist Gewissen …

Fünf Jahre, die ich besser nicht näher beschreibe, verbrachte ich in einem Savaii-Dorf, wo ich von einer Handelsfirma, die ich da vertreten habe, Geld klaute. Ich habe mir sogar eine Frau genommen, des Ansehens wegen. Ich behandelte sie gut, und alles, das einzige, was sie zu tun brauchte, war, mir Kinder zu schenken; denn Kinder, Vater, geben dem Mann, der sie zeugt, einen Sinn – eigentlich ist sie kein Mann wert. Meine Frau starb übrigens. Einige Leute, die mir Geld schuldeten, behaupteten, ich hätte sie getötet. Aber das ist nicht wahr. Ich hatte nichts zu gewinnen, indem ich sie getötet hätte. Ich war ihr sogar treu bis zu dem Tag, an dem sie starb. Ich gab ihr das größte Begräbnis, das man in diesem Distrikt je gesehen hatte, raffte mein Geld und die anderen Habseligkeiten zusammen, um nach Upolu zurückzukehren. Und da bin ich nun …

Zuerst habe ich die Erinnerung an meine Mutter idealisiert, aber als mein Geist so unter der Leitung meiner Bücher erblühte, verblaßte sie auch an den rechtmäßigen Platz aller von Ratten zerfressenen Erinnerungen an die sogenannten ›Lieben‹. Sie hat versucht, mich zu benutzen, Vater. Es ging ihr nicht wirklich um mich. Nicht, daß ich das von ihr erwartet hätte – sie war mir gar nichts schuldig. Die Schuld an ihrem Tod ist gleichmäßig auf dich, Vater, und sie verteilt. Sie machte sich selbst zunichte, indem sie zuließ, daß du sie benutztest. Es hat nichts mit mir zu tun. Also hätte sie nicht versuchen sollen, mich zu benutzen, um dich zu zerstören. Ich nehme ihr das aber nicht übel. Sie hat es nicht besser gewußt. Sie war ein anderer Weltenbewohner durch und durch, mehr als ihr anderen, denn sie konnte sich durch nichts ernähren als durch ihr Fleisch. Sie saß darin wie in einer Falle, so wie du durch deinen Besitz gebunden bist, Vater. Aber das ist nichts Neues für dich. Was sie betrifft, meine ich. Wie hättest du sie sonst so wirksam und profitabel benutzen können …

Du magst von mir denken, daß ich bloß groß herumrede. Das ist weit von der Wahrheit entfernt. Ich bin lediglich menschlich, mehr als ihr anderen Weltenbewohner. Ihr seid Bewohner der anderen Welt, weil ihr fälschlicherweise glaubt, ihr würdet das Zentrum unseres winzigen Felsens bilden. Was mich betrifft, so weiß ich, daß ich nichts, ein Niemand bin. Und ich weiß, daß mir nichts gehört, nicht einmal der Name, mit dem mich Moa gebrandmarkt hat, der da – wie du wohl weißt – ›Woge der Nacht‹ lautet. Ich bin menschlicher, weil ich an nichts glaube, was mich aber weder erschreckt, noch in die nächste Kirche jagt, um da ein Gewissen und einen Himmel zu finden, an die ich glauben kann. Noch mich in mich selbst versenken läßt, auf der Suche nach einem Sinn, für den es sich lohnt zu sterben. Oder mich an einen Strick hängen läßt, um meinen Ängsten ein Ende zu setzen. Oder mich zwingt, so wie dich, mich all meine Tage damit zu beschäftigen, Geld, Besitztümer und Macht zusammenzuraffen, um meine Ängste zu beschwichtigen und mir selbst weiszumachen, daß ich nur noch halb sterblich sei. Nein, Vater, wie ich dir schon vorher gesagt habe: ›Ich starre in meine Leere und weiß, daß ich schön bin‹ …

Du glaubst, Vater, daß du wüßtest, weshalb ich in Sapepe bin. Ich sagte Taifau – und ich bewundere diesen alten Mann wirklich –, daß ich hier sei, um das, was mir gehört, zu beanspruchen. Ich denke, das habe ich dir schon gesagt. Oder nicht? Habe ich dir gesagt, daß ich hier bin, um dich zunichte zu machen? Aber andererseits brauche ich das gar nicht selbst zu tun. Dein Leben und alles, was du besitzt, und deine Macht werden schon das Ihrige weiterhin tun, ohne mein Zutun …

Was ich meine, mit dem, was mein ist? Das meine ich: Ich will ein Anrecht haben auf meinen Ursprung, meine Identität. Ich will einen Namen. Ja, Vater, einen Namen. Das schuldet mir Sapepe. Du glaubst mir allem Anschein nach nicht, aber das ist der Grund meines Hierseins. Du magst wohl fragen: Aber weshalb all das Theatralische, die geplante Attacke auf mich, Tauilopepe, den verkrüppelten König Sapepes? Warum? Weil du dieses Land, das rechtmäßig mir und den Generationen, die noch nicht das Licht der Welt erblickt haben, gehört, in ein Zerrbild dessen verwandelt hast, was es eigentlich sein sollte. Es ist nun gerade so eine Karikatur wie du, Vater, und dein ganzer Menschentypus, der Apia bewohnt. Ihr seid Schattengestalten, Männer ohne Seele. Aber ich glaube kaum, daß du verstehst, was ich sagen will. Es ist zu spät. Wir sind Jahre und eine ganze Erziehung voneinander entfernt, und du bist gerade einer jener ›Schauspieler-Männer‹, wie es ein Schriftsteller so treffend beschreibt … Ich hasse dich nicht, Vater. Ich bemitleide dich … Meine geplante Attacke bedeutet nur, daß ich das respektable Spiel der respektablen Macht um des respektablen Sapepe-Publikums willen spiele. So ist das, Bürger der anderen Welt. Ich bin der schlimme Sohn, du bist der rechtschaffene König; ich bin der Schurke, du der Sheriff mit dem schnellen Schießeisen, und – wie wir alle vom Kino her wissen – der Sheriff gewinnt immer. Aber nun zu dem Spiel. Laß uns unserem Publikum, so sadistisch es auch sein mag, eine unterhaltsame Show bereiten. Und ich möchte dich warnen, Vater – ich bin schnell und gewandt. Ich schlage zu. Ich habe das Recht, zuzuschlagen, vom Mutterleib her mitbekommen. Moa konnte mich mit ihren Sprüchen nicht töten; die 'Aiga Falesa konnte mich mit dem, was die Bewohner der anderen Welt ›Liebe‹ nennen, nicht erwürgen; Siaki und jenes Savaii-Dorf waren nur Zerstreuungen für mich. Ich bin das, was ihr anderen Weltenbewohner ein ›schlechtes Gewissen‹ nennt. Ich schlage zu und suche heim. Und ich werde gewinnen, denn im Gegensatz zu dir habe ich die Schuld auf meiner Seite, und da ich nun mal der Schurke bin, wird jedermann von mir erwarten, daß ich jede nur erdenkliche schmutzige Taktik anwende, und ich werde sie anwenden. Du dagegen bist der Held, und Helden sind moralisch und töten nur nach Regeln …

Ich weiß, wofür du mich bereits eingeplant hast. Ich möchte es dir nicht sagen, weil das unser Spiel verderben würde. Ich werde dich raten lassen, was ich wohl als nächstes tue.

Weil ich in allem über dich Bescheid weiß, dachte ich, es sei nur fair, dich auch alles über mich wissen zu lassen. Deshalb habe ich dir mein elendes Leben beschrieben. Wenn du kein Wort von dem, was ich dir gesagt habe, glaubst, ist es dein eigenes Pech. Bevor ich nun fortgehe, um mein Spiel wieder aufzunehmen, sage ich dir doch noch besser, daß ich nichts zu verlieren habe, während du alles zu verlieren hast. Auch ist mein Geist der beste, abwegigste, den die Papalagi-Bücher in unserem traurigen Land je produziert haben. Du hast immer versucht, die Papalagi-Welt zu kennen und zu verstehen. Aber du bist ein Amateur darin. Ich, ich kenne gerade die Abgründe jener Welt ... Nun bist du am Zug, Vater. Gute Nacht, und verbringe – deinem schwachen Herzen zuliebe – keine schlaflose Nacht, um über das nachzugrübeln, was ich dir gesagt habe. Ein weiterer Anfall könnte dich ereilen, und dann wären wir wohl nicht in der Lage, unser Spiel zu spielen. Und nach allem, was du weißt, könnte ich dich die letzten paar Stunden angelogen haben, und ich bin gar nicht dein Sohn.«

15 Geschäft, ein kleines Geschäft

Du sitzt in deinem Arbeitszimmer, voller Angst, erinnerst dich an deinen einzigen wirklichen Sohn, der ungeliebt gestorben ist. Aus seiner Asche hat Gott nun einen weiteren Sohn geformt, der dich zerstören soll. Du schaltest das größte Licht an, um die nagende Furcht zu besiegen, die sich schwer über deine Gedanken legt. Du schmerzt bis in die tiefsten Poren deines Ich, auf daß diese Ängste verschwinden mögen, aber sie krallen sich an dir fest wie der widerliche Gestank nach Schlamm, der durch die Fenster dringt. Die Stimme Galupos, lodernd von dem, was du für Wahnsinn hältst, sticht kontinuierlich nach dir, treibt dich tiefer in den Abgrund deiner Ängste hinein. Er hat gelogen, sagst du dir. Gelogen! Aber du wirst dessen niemals sicher sein. Du gehst, ein, zwei, drei Schritte zur hinteren Wand und starrst auf die verblichenen Fotografien deiner – hinter Glas geschützten – Mutter, deiner Frau, Lupe – geschützt hinter Glas –, deines Vaters und Toasas – ebenfalls geschützt hinter Glas. Glas und die gähnende Lücke, wo Pepes Foto sein sollte. Alle vergangen. Vergangen. Auch du verblaßt immer mehr. Du blickst auf deinen toten Arm, fühlst den Schmerz in deinen Augen und weißt, daß du nur noch ein Spottbild jenes Mannes bist, der du einstmals warst. Aber du weigerst dich, den Tod anzunehmen, weil dein zweiter Sohn dessen, was du geschaffen hast, nicht wert ist – »Blätter des Banyanbaums«, dieses Haus jenes Sapepe, das du allein aufgebaut hast. Galupo ist dessen nicht wert, weil er keine Liebe, kein Gefühl für niemanden hat …

Tauilopepes Gedanken waren Silberfische, die wie Pfeile aus seinen Ängsten emporschossen. Er lechzte nach etwas zu trinken, erinnerte sich aber seines Versprechens gegenüber Teuila, das Trinken aufzugeben. Er setzte sich mit dem Gesicht zu den Fenstern und den Gardinen, die sich träge in der Brise bewegten. Zwei Stunden oder so verstrichen. Im Zimmer wurde es allmählich eiskalt. Draußen hatte sich der Tau in den Überbleibseln des Sturms festgesetzt. Das Zimmer füllte sich mit den Menschen, die gestorben waren, und den Löwen und Aitu, von denen Toasa und Pepe gesprochen hatten. Mit zerfaserten Körpern und gehetztem Blick tauchten sie empor, nach Leben lechzend; einige von ihnen verfluchten ihn, andere höhnten, wieder andere gingen nur vorüber. Aber er fürchtete sich nicht vor ihnen, sagte er sich. Er schwitzte, obwohl die Luft so kalt war. Toasa trug eine weiße Maske über seinem Gesicht, seine Lavalava war geöffnet, und er urinierte gerade geräuschvoll auf ein Haus von Spielkarten, das bald unter dem strömenden Wasser zusammenkrachte, während Pepe lachte. Tauilopepe erkannte plötzlich den Teich, neben dem er stand, während er die Gestalten beobachtete. Leere Kirchenbänke standen in ordentlichen Reihen vor ihm, und dahinter – beleuchtet von einem Streifen Licht, der aus einem schwarzen Himmel stürzte – stand eine leuchtende Kanzel. Er ging nach vorn und setzte sich auf den ersten Sitzplatz vor der Kanzel. Toasa erklomm die Stufen der Kanzel und nahm Platz. Pepe kam und stellte sich an den Fuß der Kanzel. Wie Toasa trug er eine weiße Maske.

Er spürte, daß der Raum voller Leute war, blickte sich aber nicht um.

»Bist du einer von uns?« fragte Pepe.

»Ja«, erwiderte er.

Verächtliches Gelächter brach überall um ihn herum los. Toasa erhob seinen rechten Arm, und der Raum wurde wieder still.

»Weißt du, warum du hier bist?« fragte Pepe.

»Ja«, sagte er und war überrascht, daß diesmal niemand lachte. Ein lauter Furz kam von der Kanzel her. Alle blickten auf Toasa, der sich dafür entschuldigte, »eine unverzeihliche Sünde« begangen zu haben.

»Sag uns, warum du hier bist, wenn du weißt, warum!« befahl Pepe.

»Ich weiß es – ehrlich gesagt – nicht, Herr«, mußte er sagen. Toasa brüllte laut auf vor Lachen, und das Publikum rief, er solle das Maul halten.

»Das ist eine hervorragende Antwort. Zumindest weißt du nicht, warum du hier bist!« rief Pepe aus. Die Anwesenden klatschten, pfiffen und stampften mit den Füßen. Toller Zustand, dachte er. Keine Ordnung, kein Respekt vor dem Gesetz und Toasa als ihr Anführer. Gerade ein verdammt ungehobelter Pöbelhaufen!

»Glaubst du an Cowboys?« fragte Pepe.

»Cowboys?« erwiderte er voller Erstaunen. Sicher war er doch eine bessere Fragestellung wert!

»Ja, Cowboys. Du weißt, sie spielen Gitarre und erschießen üble Kerle?«

»Ach, die da. Nun, ich weiß nicht, muß mal darüber nachdenken«, sagte er. Toasa und die Zuhörerschaft ächzten vor Enttäuschung. »Mal darüber nachdenken«, sagte er, »ich glaube, ja. Ja – ich glaube doch an Cowboys!«

Pepe, Toasa und ihre ungestüme Bande pfiffen, klatschten und stampften mit den Beinen.

Als der Beifall verrauscht war, fragte Pepe: »Wie steht's mit den Tunichtguten und Schurken – glaubst du an sie?«

»Nein!« rief er, in der Erwartung, daß sie scherzten. Sie scherzten aber nicht.

»Warum nicht?«

»Ich weiß … ich weiß nicht, warum«, erwiderte er. Toasa furzte zweimal wie eine Trompete, so daß das ganze Gebäude davon widerhallte.

»Wenn es Cowboys gibt, muß es doch sicherlich auch Schurken geben?« fragte Pepe.

»Dem stimme ich zu«, sagte er eifrig. Der Beifall war beinahe ohrenbetäubend. Pepe hob die Arme, und das Publikum wurde wieder still.

»Nun, Vater …« Es war das erste Mal, daß Pepe ihn Vater genannt hatte, und Tauilopepe weinte beinahe. »Nun, Vater, wer bist du also – ein Cowboy oder ein Schurke?«

Er erwog alles einen Augenblick lang, im Wissen, daß er, verpatzte er diese Frage, zu Recht ihren Respekt verlieren würde.

»Nun?« ermutigte ihn Pepe.

»Ich bin ein Cowboy!«

»SCHULDIG!« rief Pepe, und Tauilopepe wußte, daß er nun für immer verloren hatte.

»Bitte, hört mich doch an!« schrie er. »Kann ich meine Meinung ändern?« Aber sie drängten sich um ihn, griffen nach seinen Kleidungsstücken und Armen und riefen mit schrillen Stimmen: »Bringt den elenden Bastard um!«

»Rettet mich!« rief er Pepe und Toasa zu. Die Gestalt auf der Kanzel erhob sich und streifte die Maske ab.

Tauilopepe keuchte. Es war nicht Toasa – es war sein Vater, und daneben stand ein grinsender Galupo. Er schrie in die Dunkelheit hinein.

»Ich bin's, ich bin's!« flüsterte jemand. Er kämpfte gegen die Arme an, die ihn umfaßten, schluchzte vor Angst; dann wich der Schlaf endlich, und er schluchzte in Teuilas Wärme hinein. »Es ist schon gut«, murmelte sie.

Sie hielten einander eine lange Zeit umklammert. Ihre Wärme verscheuchte die Erinnerung an den Alptraum, und er erzählte ihr alles, was Galupo ihm in dieser Nacht enthüllt hatte – ganz so, als ob dadurch seine Furcht gebannt würde.

Er sagte ihr auch, wie er mit Galupo verfahren wollte. Das Morgenlicht drang durch die Fenster.

»Ich werde dir helfen«, sagte sie.

»Wir werden es Lalolagi zuliebe tun. Lalolagi verdient, was ich besitze. Galupo nicht. Galupo empfindet weder Achtung noch Nächstenliebe, keinem gegenüber, wer immer er auch sei.«

Später an diesem Morgen sandte er nach Galupo aus. Er bat Taifau, ebenfalls zu kommen.

Als der Abend über Sapepe fiel, kam Galupo.

»Ich möchte mal wissen, wie es die Regierung anstellen wird, die Bevölkerung zu ernähren«, sagte Galupo, während er sich auf dem Sofa neben Taifau niederließ. »Die gesamte Landwirtschaft unseres Landes ist zusammengebrochen.«

»Galupo?« sagte Tauilopepe. Galupo blickte auf. »Ich habe ein Geschäft mit dir zu machen. Wie würde es dir gefallen, für mich zu arbeiten? Nein ... ich meine, wie würde es dir gefallen, da weiterzuarbeiten, wo ich aufgehört habe?«

»Gute Idee. Schließlich bin ich ja auch dein Sohn«, erwiderte Galupo.

»Wie du weißt«, sagte Tauilopepe, »ist unsere Plantage verwüstet worden, und Taifau und ich sind zu alt, um sie neu zu bebauen. Wir – und das beinhaltet Teuila und unsere gesamte 'Aiga – sind auf dich angewiesen.« Er machte eine Pause und schaute zu Teuila hinüber, die ihn anlächelte und ihn ermutigte, fortzufahren. »Ich bin dir eine Menge schuldig. Ich kann die Jahre nicht wiedergutmachen, die du allein zugebracht hattest, durch den Tod deiner Mutter. In der mir eigenen Weise versuche ich, das alles auszugleichen.«

Galupo, der die Hände um seine Knie gefaltet hatte, starrte auf seine Füße hinunter.

»Die Plantage, alles, gehört dir, aber bevor ich es dir übergebe, mußt du mir – uns – beweisen, daß du so hart und so ehrlich arbeiten kannst, wie wir es getan haben. Ich kann dir nicht alles nur deswegen geben, weil du mein Fleisch und Blut bist; du mußt es dir verdienen – so geht's in der modernen Welt. Mein Vater hat mir nur einen Titel hinterlassen, aber ich habe etwas daraus gemacht – eine Erbschaft, auf die jeder Sohn stolz sein würde. Du möchtest mich zerstören, nicht wahr? Aber wohin würde dich das bringen? Was würdest du gewinnen, wenn du mich vernichtest? Schau mich an, ich bin es nicht wert, gehaßt oder zerstört zu werden. Ich bin ein kranker alter Mann. Wie du letzte Nacht gesagt hast – noch ein Anfall, und es ist mein Tod. Galupo, laß den Anfall mich ruhig umbringen. Du hast eine Zukunft, du bist jung, und du hast das, was ich für dich und unsere 'Aiga erworben habe. Es ist mir nicht wichtig, ob du mich respektierst oder nicht. Deinen auf mich gerichteten Haß verdiene ich …« Er mußte sichergehen, daß es absolut überzeugend klang, also senkte er den Kopf und tat so, als ob er still vor sich hin weinte. Teuila, nun in Tränen aufgelöst, wischte sich die Augen und sagte Galupo, sie sei froh, daß er gekommen war. Wie er wisse, sagte sie, hätten sie und Tauilopepe keine eigenen Kinder, und wenn er es nur zuließe, würden sie beide ihn als den Sohn annehmen, den sie nie gehabt hatten. Alles, was sie von ihm dafür haben wollten, sei seine Vergebung. Sie brach ab und schluchzte in ihre Hände hinein. Im vollen Bewußtsein dessen, auf was Tauilopepe hinauswollte, aber dennoch überrascht, daß Teuila ihn dabei unterstützte, wiederholte Taifau, daß alles, was sie dafür von ihm erwarteten, seine Vergebung sei; seine Eltern wollten, daß er ihnen dabei half, ihm das zu geben, was ihm als Erbe zustehe. »Wir alle sind Sünder«, erklärte er, »doch als Kinder Christi besitzen wir alle die Gabe der Vergebung. Du mußt deinen Vater und deine Mutter dabei unterstützen, dein Erbe wiederherzustellen. Du hast mal gesagt, du bewunderst mich, und so spreche ich nun bei dir vor, um die Unterstützung deiner Eltern. Ja ich, Taifau, der – ohne Tauilopepe – niemals etwas aus sich gemacht hätte. Du hast recht, wenn du uns verurteilst, weil wir versuchen, wie die Götter in Sapepe aufzutreten, aber es obliegt dir, uns gerechtere Wege zu zeigen, wie wir unseren Leuten helfen können. Du mußt uns einfach helfen«, schloß Taifau und war erstaunt, daß er so leicht seine Lügen über die Lippen brachte.

Galupo sagte mit einem traurigen Unterton in der Stimme: »Ich nehme an, stimme zu. Ich nehme die Tatsache an, daß dies meine Heimat ist. Ob du willst, daß ich dein Erbe bin, Tauilopepe, überlasse ich dir. Ich erhebe keinen Anspruch auf deinen Reichtum oder deine Zuneigung. Aber ich bin dankbar, als dein Sohn anerkannt zu werden. Eine Sache muß ich allerdings richtig stellen – es gibt nichts, was dir vergeben werden müßte. Was ich dir letzte Nacht erzählt habe, waren nur Lügenmärchen. Die Lebensgeschichte habe ich mir nur selbst zusammenfabriziert. Moa, meine Mutter, starb, als ich geboren wurde, meine Großeltern liebten mich, eine 'Aiga wie die der Falesa hat es nie gegeben – das alles habe ich erfunden.«

Galupo fuhr fort, daß er ein träumerischer Bücherwurm sei, der als Angestellter gearbeitet habe. Eine Sache, die er erwähnt habe, sei allerdings wahr gewesen – er liebte Bücher über alles. Aus diesem Grund, so nahm er an, hatte er wohl auch solch eine lächerliche Vorstellungswelt. Er sei nicht gekommen, um nun schreckliche Rache zu üben, sondern um seine Wurzeln zu finden. Und er hätte sich deshalb so benommen, um seine Eltern zu zwingen, ihn als ihren Sohn anzuerkennen. Er wollte von ihnen gebraucht werden, weil er Tauilopepe immer bewundert hatte. Um ihnen zu beweisen, daß er ihres Sohnes würdig sei, würde er alles wiederaufbauen. Sie erkannten Tränen in seinen Augen. »Ich bin so glücklich … so glücklich, zu Hause angelangt zu sein.«

Tauilopepe blickte zu Taifau und gewahrte, wie dieser Galupo traurig anstarrte. Er schaute auf Teuila – auch sie sah Galupo in dieser gläubigen Weise an. Und auch er wünschte sich so sehr, Galupo Glauben schenken zu können, doch die Enthüllungen der letzten Nacht hinderten ihn daran. Er war jedoch davon überzeugt, daß es ihm gelungen war, Galupo dahin zu bringen, daß er ihm half, »Blätter des Banyanbaums« wiederaufzubauen.

Galupo, so dachte er, war ein bloßer Anfänger im Spiel um die Führerschaft, bei dem andere Leute manipuliert und benutzt werden.

»Fühlst du dich nun wohl?« fragte Taifau Galupo. Er nickte. »Willkommen in unserer 'Aiga.«

»Ja, willkommen zu Hause«, sagte Teuila. »Stimmt das nicht, Tauilo?«

Tauilopepe stimmte zu und sagte dann: »Du wirst den Malo-Titel beibehalten. Er gehört sowieso uns. Besser, wenn du weiterhin bei der 'Aiga Malo unterkommst; bring sie dazu, ihre Angriffe auf unsere 'Aiga einzustellen. Es ist Zeit, daß sich die beiden 'Aiga miteinander aussöhnen. Morgen werden wir anfangen, ›Blätter des Banyanbaums‹ wieder aufzubauen. Du wirst in alleiniger Verantwortung handeln. Taifau wird dich mit seinen Ratschlägen unterstützen. Ich werde das Geld beschaffen und was immer du sonst brauchst. Von nun an befindet sich die Plantage unter deiner Verantwortung. Ich bin sicher, du kannst sie innerhalb eines Jahres wiederherrichten. Glaubst du nicht auch, daß er das kann, Taifau?«

In sich hineinglucksend, sagte Taifau: »Ich denke schon. Galupo – ich meine, Malo – ist nicht wie die anderen nutzlosen Mitglieder seiner Generation!«

»Im übrigen, Galupo, befindet sich die 'Aiga Malo unter deiner Verantwortung«, sagte Tauilopepe. »Du mußt sie schon mit deinem eigenen Geld und deinem eigenen Laden ernähren und kleiden. Du bist jetzt sozusagen Malo.«

Dann gab Tauilopepe Taifau die Anweisung, eine Ratsversammlung für den nächsten Tag einzuberufen. Bei dieser Zusammenkunft würde er den anderen Matai sagen, daß Galupo nun Malo sei, und die Wiedereingliederung der 'Aiga Malo in Sapepe stattgefunden habe.

»Ich muß schreiben und Lalolagi davon berichten«, sagte Teuila.

»Wem?« fragte Galupo.

»Lalolagi. Pepes Sohn und dein Neffe«, erwiderte sie. »Er

kommt über die Weihnachtsferien dieses Jahres nach Hause. Nicht wahr, Tauilo?«

»Ich nehme an. Ich kann nicht fortwährend mein Versprechen ihm gegenüber brechen«, sagte Tauilopepe.

»Er wird einmal Rechtsanwalt«, erzählte Teuila Galupo.

»Das ist gut«, erwiderte Galupo lächelnd.

16 *Eine neue Plantage*

An einem Montag morgen, zwei Wochen vor Weihnachten, ratterte der neue Lastwagen durch die Plantage, auf einer Straße, die noch immer feucht vom Tau war. Taifau saß hinter dem Steuer, neben ihm Tauilopepe. Hinten auf der Ladefläche saßen mit baumelnden Beinen Galupo und Lalolagi, der am vorigen Nachmittag aus Neuseeland zurückgekehrt war – ein inzwischen wohlgestalteter Achtzehnjähriger. Alles an Lalolagi war teuer: die Jeans und das T-Shirt, die makellosen Hände, die das Gewehr umfaßt hielten, das Tauilopepe ihm zu Weihnachten gekauft hatte, das reine Gesicht mit der Stupsnase und dem Mund, der vom ständigen Lächeln seitlich in einer Kurve hochging.

»Wie lange bist du in Neuseeland gewesen?« fragte Galupo, indem er versuchte, sein Buschmesser zu schärfen.

»Etwa fünf Jahre. Mann, du weißt gar nicht, wie froh ich bin, zurück zu sein. Es ist großartig hier!« erwiderte Lalolagi in einer Mischung aus Englisch und Samoanisch. »Du sprichst Englisch, nicht wahr, Galu.«

»Ein wenig.«

»Teuila hat mir geschrieben und gesagt, daß du Englisch könntest. Ich bin froh, daß es so ist. Es ist toll, hier jemanden zu finden, der Englisch sprechen kann«, sagte Lalolagi auf englisch.

»Englisch sprechen?« fragte Galupo auf englisch.

»Jawohl. Mein Samoanisch ist nicht mehr gerade berühmt. Weißt du, ich habe zu viele Jahre damit verbracht, die ganze Zeit in dem Papalagi-Kauderwelsch herumzulabern. Weißt du?«

»Herumzulabern?«

»Ach, das ist der Slang-Ausdruck für ›Konversation betreiben‹. Sich unterhalten, weißt du?«

»Oh«, sagte Galupo, »ich muß mir das merken.« Sie sprachen nun beide Englisch.

»Mann, bei dem Sturm muß ja was los gewesen sein!«

»Ja, das war's. Aber ich glaube nicht, daß es mir gelingen wird, dir das auf englisch zu beschreiben.«

»Na los, versuch's schon. Teuila hat mir geschrieben, du seist ein heller Kopf. Weißt du – Hirn, harte Arbeit und das alles.«

Galupo lachte und sagte: »Nun, der Sturm hat so ziemlich alles heruntergeblasen bis auf die Kokospalmen. Aber nach einem Jahr – schau dich nur mal um – wird wieder alles ganz normal aussehen, und ›Blätter des Banyanbaums‹ steht wieder in voller Blüte.«

»Dank deiner, Onkel. Es stört dich doch nicht, wenn ich dich so nenne?« fragte Lalolagi. Galupo schüttelte den Kopf. »Mann, bevor Teuila mir geschrieben hat, um mir von dir zu berichten, und wie du dich bis aufs Blut abrackerst, um unsere Plantage wiederaufzubauen, hab ich nie gewußt, daß es dich gab. Aber nun bin ich hier wieder zurück in unserem geliebten Land, und ich freue mich irrsinnig, daß es dich gibt, Onkel. Und ich würde mich gern bei dir bedanken.«

»Wofür?«

»Weißt du, dafür, daß du dem alten Mann hilfst, den Karren aus dem Dreck zu ziehen. Alles ist einfach toll. Papa sieht toll aus, ebenfalls Taifau und Teuila. Mann, ich kann es kaum erwarten, ›Blätter des Banyanbaums‹ zu sehen. Auch Papa fiebert ihr entgegen, er hat es mir letzte Nacht gesagt. Er hat sich das Ganze etwa ein Jahr lang nicht angesehen, oder?«

»Nein, ich wollte ihn damit überraschen.«

Tauilopepe hatte Galupo gegenüber Wort gehalten: Er hatte ihn ein Jahr lang in Ruhe gelassen, während die 'Aiga Tauilopepe und die 'Aiga Malo auf »Blätter des Banyanbaums« arbeiteten.

Zunächst wollten die Sapepeaner nicht glauben, daß Galupo und Tauilopepe friedlich miteinander leben könnten, doch als sie sahen (und hörten), wie Galupo mit »Blätter des Banyanbaums« verfuhr, legten sich ihre Ängste allmählich. Im Rat widersetzte sich Galupo nie seinem Vater, was jene Matai, die Tauilopepe große Summen an Geld schuldeten, ziemlich enttäuschte. Galupo unterstützte auch jede 'Aiga, ihre Plantage wiederaufzubauen, indem er seine halbe Arbeiterschaft unentgeltlich zweimal pro Woche dorthin schickte; er gab ihnen sogar neue Setzlinge zum Pflanzen und zuweilen auch Geld und Nahrungsmittel aus seinem Laden. Tauilopepe erteilte ihm die Vollmacht, jene Nahrungsmittel zu verteilen, die ihnen die UNO zukommen ließ, um die drohende Hungersnot abzuwenden. Seine Aufteilung war peinlich gerecht – jede 'Aiga, gleichgültig, welche Stellung sie innehatte, bekam denselben Anteil, und er behielt überhaupt keine Nahrungsmittel für seine eigene 'Aiga. Einige der Matai von höherem Rang erhoben dagegen Einspruch, aber Galupo brachte sie durch Tauilopepe zum Schweigen. Nachdem Simi sich mit Tauilopepe abgesprochen hatte, ernannte er ihn zum Diakon, und Tauilopepe ließ ihn an Sonntagen an seiner Stelle predigen. Galupos Predigten waren fesselnde Mahnungen – sie priesen die Tugenden der harten Arbeit, der Sparsamkeit und der Aufrichtigkeit. Er setzte in die Tat um, was er predigte: Arbeitete er doch härter als irgend jemand sonst. Sapepe und Tauilopepe, so fingen die Sapepeaner an, einander zu erzählen, hatten wirklich Glück, solch einen frommen Sohn zu besitzen.

Der Lastwagen holperte über einen Stein. Die jungen Männer hörten Taifau und Tauilopepe lachen. »Glückliche alte Scherzbolde, nicht wahr?« bemerkte Lalolagi. Galupo nickte und schärfte sein Buschmesser weiter. Es wurde allmählich heiß; die Sonne war nun auf den Wipfeln der Palmen. Lalolagis T-Shirt war von Schweiß durchtränkt. Er schälte sich aus ihm heraus, breitete es auf der Ladefläche aus und fing an, seinen Bizeps zu streicheln. »Mache gerade einen Kursus in Bodybuilding«, sagte er.

»Bodybuilding?« fragte Galupo.

»Weißt du, Übungen im Gewichtheben und so was. Findest du, daß ich muskulös bin?« Galupo nickte. »Du bist selbst nicht so unmuskulös, Onkel. Aber du solltest diesen Kursus mitmachen. Eines Tages werde ich stärkere Muskeln haben als Papa seinerzeit. Hast du gewußt, daß Papa hier einmal als der muskulöseste Mann galt?«

»Ja, jeder weiß das«, sagte Galupo. »Man sagt, daß dein Vater auch einmal ein großer Mann war.«

»Mein Vater?«

»Ja, Pepe.«

»Ach, wir wollen nicht über ihn reden. Er hat nur verdammt gut seine Zeit verschwendet und die von Papa und jedermann sonst.«

»Ich hab das nicht gewußt«, sagte Galupo und fuhr mit den Fingern über die glitzernde Kante seines Buschmessers.

»Mann, ich könnte dir die irrsten Sachen über ihn erzählen. Hast du gewußt, daß er ein verflixter Dieb und Rowdy war?«

»Viele Leute hier scheinen ihn für einen guten Mann zu halten.«

»Wer, zum Beispiel?«

»Niemand im besonderen.«

»Wette, es ist Faitoaga und sein Anhang. Weißt du – die ungebildeten Spaßvögel. Sie fahren auf Kerle wie Pepe ab, weil sie nichts Besseres mit sich anzufangen wissen. Arme Unwissende.«

»Ich nehme an, du hast recht.«

»Natürlich habe ich verdammt recht. Pepe hat einer ganzen Reihe von ungebildeten Scherzbolden was vorgemacht!«

»Was vorgemacht?«

»Du weißt schon – zum Narren gehalten. Aber laß uns über etwas anderes reden.« Und Lalolagi nahm sein Gewehr, holte sein Taschentuch hervor und polierte den Lauf. »Muß sagen, Onkel, dein Englisch ist großartig. Besser als das der meisten Samoaner. Ein wenig mehr Lektüre und … Sag, liest du denn?«

»Ein wenig, aber ich habe nicht soviel gelesen wie du.«

»Das macht nichts. Nun, welche Art von Büchern liest du?«

Galupo hörte auf, sein Buschmesser zu schärfen, und sagte: »Das übliche – Western und Krimis.«

»Sonst nichts? Teuila sagte mir, du hättest eine Menge gelesen. Hast du zum Beispiel Bücher über Politik gelesen? Oder über Philosophie?«

»Ich fürchte, meine Englischkenntnisse reichen dazu nicht aus.«

»Du kannst es doch probieren, Mann. Schau, würdest du gern ein paar meiner Bücher lesen wollen? Ich habe eine Menge mit nach Hause gebracht. Würdest du dir gern welche davon ausleihen?«

Galupo nickte und sagte: »Aber sei nicht enttäuscht, wenn ich sie doch nicht lesen kann.«

»Ich kann dir dabei behilflich sein. Weißt du, dir dieses und jenes erklären; Bedeutungen von Wörtern und solche Sachen … Verdammt heiß, findest du nicht? Hey, wir sind da!« Er sprang auf und überblickte die Plantage. »Mensch, Galupo, alles sieht aus, als hätte es hier nie einen Wirbelsturm gegeben! Mensch, was ist denn verflixt noch mal mit dem alten Banyanbaum los?« Oben auf dem Hügel, in das Fleisch des Himmels und der Bergkette hineingeätzt, stand da der Banyan, bar jeglicher Blätter; seine verkrüppelten Äste wurden braun in der Hitze. Er starb.

»Der Sturm hat ihn fast umgeblasen«, sagte Galupo. »Wir haben alles, was in unserer Macht stand, versucht, um ihn zu retten. Nichts hat funktioniert.«

»Es ist sowieso ein nutzloser Baum«, sagte Lalolagi. »Papa wollte ihn schon immer umhauen.«

Wie von Galupo am Vortag angewiesen, hatten sich alle Arbeiter vor dem Kakaotrockner versammelt, in der Erwartung ihrer Ankunft. Taifau ließ den Lastwagen vor ihnen halten.

»Mann, ist das großartig!« rief Lalolagi und sprang herunter. Er öffnete Tauilopepes Tür. Tauilopepe stützte sich auf Lalolagis Schulter, als er ausstieg. Taifau und Galupo gingen hinüber, um mit den Aufsehern zu sprechen. »Es ist großartig!« wiederholte Lalolagi noch einmal. »Galupo hat eine gute Arbeit verrichtet, nicht wahr, Papa?« Tauilopepe nickte nur. Taifau, Galupo und die Arbeiter verstummten, als Tauilopepe und Lalolagi sie erreichten. Ein Aufseher brachte Tauilopepe einen Stuhl, aber der machte eine abwehrende Handbewegung. Viele Arbeiter traten nach vorn und grüßten Lalolagi.

»Falls einige von euch nicht wissen, wer dieser drahtige Bursche ist, es ist Lalolagi, der Sohn Pepes. Er ist gerade aus Neuseeland zurückgekehrt, erwartet also nicht zuviel von ihm!« stellte Taifau Lalolagi vor, und alle lachten.

»Nun zurück an die Arbeit!« sagte Galupo. Und als die Männer sich zu verteilen begannen, rief er hinter ihnen her: »Übrigens, zu Weihnachten gibt es für alle einen Extralohn!«

»Extralohn?« sagte Lalolagi.

»Ja, wie ist das mit dem Extralohn? Können wir uns das leisten?« fragte Tauilopepe, indem er sich die Sonnenbrille aufsetzte. Galupo sagte, daß die Männer das ganze Jahr über hart gearbeitet hätten. »Nun, wenn du der Ansicht bist«, sagte Tauilopepe. »Es ist ein Haufen Geld, aber du bist ja dafür verantwortlich.«

Sie gingen hinüber zu den neuen Kakao- und Kopratrocknern. Unter dem wachsamen Auge des einen Aufsehersohns Taifaus verstreute eine schwitzende Gruppe von Arbeitern rohe Kakaobohnen über die Fläche, unter der in einem großen Ofen Feuer brannte. Beim Kopratrockner verfuhren andere Männer mit roher Kopra in derselben Weise. Die Luft wurde langsam stickig vom Rauch.

»Großartig! Großartig!« rief Lalolagi auf englisch einigen Männern zu, die er kannte.

Während sie die Trockner inspizierten, erzählte Taifau Tauilopepe, daß Galupo sie entworfen habe; er hätte auch gleich eine Übersichtsplattform darauf angebracht. An Lalolagis Schulter gelehnt, stieg Tauilopepe auf diese Plattform. Taifau folgte ihnen, doch Galupo blieb unten.

»Welch ein Ausblick, Papa!« rief Lalolagi auf englisch aus. Tauilopepe schlurfte hinüber und stand neben ihm, gegen die Absperrung gelehnt.

Er nickte langsam, als er die Plantage überblickte, die in der von Nordwesten hereinwehenden Brise wie ein grünes Meer kleine Wellen schlug. Außer den großen Erdhügeln der toten Bäume, die in nicht allzugroßer Entfernung durch die Bananen ragten, erinnerte keine Spur mehr an die Zerstörung. Die Bananen waren wieder eingepflanzt worden, die Fläche vergrößert, und Reihen von Palmen erstreckten sich nun westlich von der Straße in die Talsohle hinein, grün und üppig anzusehen. Tauilopepe drehte sich um. Unter ihm, zwischen den Kakaobeständen, die den Sturm überlebt hatten, waren abgezäunte Pflanzungen junger Kakaopflanzen, die sich in den blauen Morgendunst hinein erstreckten.

»Bist du jetzt zufrieden?« fragte Taifau.

»Mit der Plantage?«

»Nein, mit deinem Sohn«, sagte Taifau. Tauilopepe ging, ohne zu antworten, zu dem Geländer auf der anderen Seite.

Er blickte den Banyanbaum empor. Er stirbt mit Sicherheit, dachte er. Rauch erhob sich von Faitoagas Fale im Schatten des Banyan. Alles war wiederhergerichtet worden. Gott hatte ihm den Segen wiedergewährt, den er ihm entzogen hatte. Und er erinnerte sich voller Stolz daran, wie er die Plantage aus dem Busch herausgehackt hatte, wobei er die riesigen Bäume und das Gewirr von Lianen, Unkraut und Ranken besiegen mußte. Und wie die Erde ihm ihren Schatz gewährt hatte. Der Dunstnebel auf der Bergkette hob sich nun; er wurde von der Sonne aufgesogen, die nun ein hungriges Maul war.

»Und alles das gehört uns«, sagte Lalolagi, der zu ihm herüberkam. »Ich mag Galupo«, fuhr er fort. »Er muß sich vor lauter Arbeit fast umgebracht haben.« Tauilopepe gab keine Antwort.

Als sie von der Plattform herunterkamen, sahen sie, wie Faitoaga sich mit Galupo unterhielt. Sie standen neben dem Lastwagen, der sie um die Plantage herumfahren sollte. Lalolagi schlich sich heran und klopfte Faitoaga auf die Schulter. Faitoaga fuhr herum und umarmte mit lautem, freudigem Lachen Lalolagi. »Du bist ja gar nicht mehr so klein und mager, Junge!«

»Du bist selbst auch gar nicht mehr so mager!« erwiderte Lalolagi.

»Sieht er nicht aus wie sein Vater, hm?« fragte Faitoaga die anderen Umstehenden. Keiner antwortete. »Hast du schon eine Papalagi-Freundin, Junge? Dein Alter hat's immer gut mit den Frauen verstanden!«

»Es ist noch nicht aller Tage Abend!« sagte Tauilopepe und ging auf den Lastwagen zu.

Sie verbrachten den ganzen Morgen damit, die Plantage zu besichtigen, wobei sie die Straßen und Pfade benutzten, die Galupo bauen ließ, um die Felder vom Weideland zu trennen. Sie sahen die neue Vielfalt an Vieh, Pflanzungen und Wiesen, die er angelegt hatte, und die modernen Methoden der Bewässerung, des Pflanzenanbaus, der Schädlingsbekämpfung und des Düngeverfahrens. Taifau setzte Tauilopepe all das auseinander. Die neue »Blätter des Banyanbaums«, so prahlte Taifau, als sie vom Tal heraufkamen, sei die modernste, am meisten von Gott gesegnete Plantage im diesseitigen Eden.

Hungrig und durstig wie sie waren, parkten sie den Lastwagen neben den Trocknern und stiegen zu Faitoagas Fale hinauf. Nachdem Lalolagi Faitoagas Frau begrüßt hatte, nahmen sie eine herzhafte Mahlzeit aus auf Holzkohlen gerösteten Hähnchen, gebackenen Taro-Wurzeln und Palusami zu sich.

Nach dem Essen bot Taifau Lalolagi eine Zigarette an. Der blinzelte unsicher zu Tauilopepe hinüber. Alle lachten.

»Mach schon«, sagte Tauilopepe. Lalolagi nahm die Zigarette. »Erlaubt man es euch, an der Universität zu rauchen?« fragte Tauilopepe.

»Ja, Papa. Universitätsstudenten wird alles erlaubt.«

»Alles?« fragte Faitoaga, und seine Augen blinkten schelmisch.

»Nun, fast alles«, scherzte Lalolagi. Die anderen lachten aufs neue. Faitoagas Frau brachte Tauilopepe und Taifau ein paar Kissen, und sie legten sich zum Schlafen hin, während die anderen zur Arbeit auf die Plantage hinausgingen. Fast zwei Stunden später wachte Tauilopepe auf. Taifaus lautes Schnarchen aus offenem

Mund belustigte ihn, und er stieß einen durchdringenden Schrei aus. Sofort schnellte Taifau auf die Beine. »Indianer greifen die Fale an«, sagte Tauilopepe, und sie lachten.

Sie rauchten und blickten hinaus auf das Licht der Sonne, das auf den breiten Blättern der Bananenstauden glitzerte. Eine große Ratte, die einen Streifen Zuckerrohr hinter sich herzog, kam unter der Fale hervor und trippelte über den Rasen in die Bananen.

»Er hat hart gearbeitet«, sagte Tauilopepe.

Taifau schaute ihn an und sagte: »Dieser Sohn von dir ist der gewissenhafteste junge Mann, mit dem ich jemals das Glück hatte zu arbeiten. Das heißt, mal abgesehen von der Zeit, in der du noch jung warst. Selbst Faitoaga hat eine hohe Meinung von ihm, was bei ihm bei vielen zweibeinigen Kreaturen nicht der Fall ist. Galupo hat sich wirklich verdient, was du ihn sich verdienen lassen wolltest – das Recht, dein Sohn und Erbe zu sein.« Tauilopepe sagte nichts dazu. »Ich bin auf ihn sehr stolz, Tauilo«, fuhr Taifau fort. »Ich weiß nicht, weshalb ich mich jemals vor ihm gefürchtet habe.« Er machte eine Pause und sagte dann, ganz so, als ob er laut nachdenken würde: »Ich würde ja gern mal wissen, was er unternehmen wird, wenn er dahinterkommt, daß wir ihn hereingelegt haben?«

Tauilopepe überging die Frage. »Ich habe ihn angelogen«, sagte er, »weil ich dachte, ja überzeugt war – und du warst ebenfalls überzeugt, Taifau – daß er darauf aus war, uns zu zerstören. Auch habe ich ihn dazu gebraucht, die Plantage wiederaufzubauen.«

»Wir haben ihn also benutzt.«

»Nun gut, ich habe ihn benutzt. Aber, mein vertrauensvoller Freund, bist du dir dessen denn so sicher, daß er uns nicht benutzt, wie?«

»Im letzten Jahr habe ich mit ihm zusammengearbeitet, und ich bin mir sicher, daß es nicht so ist«, erwiderte Taifau.

»Verbürgst du dich mit deinem Leben dafür?«

»Ja, mit meinem Leben – oder was davon noch übriggeblieben ist.«

Tauilopepe steckte sich noch eine Zigarette an. »Ich weiß nicht mehr, was ich von dem Ganzen halten soll. Einen Moment lang bin ich sicher, daß er uns benutzt, in der nächsten Minute bin ich ebenso sicher, daß es nicht der Fall ist.« Er machte eine Pause und sagte dann: »Nach dem, was ich heute gesehen habe, will ich aber doch an ihn glauben.«

»Aber jetzt, wo die Plantage wiederhergerichtet ist, was soll da mit ihm geschehen?«

»Er bleibt einfach darauf.«

»Und danach?«

»Wir müssen einfach mal abwarten, das ist alles.«

Sie hörten auf, sich zu unterhalten, als sie Galupo, Faitoaga und Lalolagi auf die Fale zukommen sahen. Galupo und Faitoaga setzten sich auf den Rasen in den Schatten des Feigenbaums; Lalolagi kauerte sich auf die Vorderstufen der Fale.

»Ich glaube, wir sollten die neue ›Blätter des Banyanbaums‹ feiern, Papa«, sagte Lalolagi nach einer Weile. »Weißt du, nach Apia gehen und ein paar Getränke ausgeben. Galupo, Taifau und Faitoaga verdienen es. Und es ist auch Weihnachten.«

»Trinkst du denn schon Alkohol?« fragte Tauilopepe.

»Noch nicht«, sagte er, doch als Tauilopepe und Taifau ihn skeptisch anschauten, fügte er hinzu: »Nun, vielleicht ein wenig.« Tauilopepe und Taifau lachten.

»Das ist ein guter Vorschlag. Wir fahren nach Apia und machen ein Fest. Taifau und ich werden Limonade trinken, während ihr Burschen alles saufen könnt, was ihr wollt«, sagte Tauilopepe.

Lalolagi marschierte nach draußen, um Galupo und Faitoaga die Mitteilung zu machen.

17 *Geschäftsleute und Schwindler feiern*

Während Lalolagi langsam durch Apia fährt, erinnerst du dich mit einer hohlen Traurigkeit an den Tag, an dem du und Pepe deine erste Ladung Bananen auf dem Markt verkauft hattest. Deine Stadt hat sich im Laufe der Jahre nicht besonders verändert – ein neuer Anlegeplatz, ein Markt, neue Läden, dichtere Menschenmengen, Stoßverkehr, die bekannte Gegend, welche nun einen großen Teil des Hafens umfaßt. Aber vieles ist noch immer so wie an jenem Tag – die mit Staub überzogenen Gebäude, die die Küste mit dem Meer zu verankern scheinen, die leuchtenden Türme der Kirchen, die Händler, die ihr Gemüse und ihre Seefrüchte verhökern, das Gefühl der Hitze und des Lärms, das sich deinen Gedanken geradezu aufdrängt. Aber du bist jetzt alt, glaubst, deine Träume verwirklicht zu haben. Du hättest Pepe so vieles geben können. Aber mach dir nichts daraus – dein Gewissen ist rein: Pepes Sohn wird deinen Wohlstand, deinen Namen und den Traum erben. Und Galupo? Er ist dein Sohn, wird aber nicht dein Erbe sein. Lalolagi wird die Erziehung haben, die das neue Samoa braucht. Du denkst an Lupe, an Niu und Vao. Du hast deine Töchter, seit sie von dir geflüchtet sind, nie mehr gesehen, bist ihnen aber nichts schuldig geblieben. Du hast sie nicht im Stich gelassen – sie ließen dich allein. Dein Vater hat dich im Stich gelassen; ebenso deine Mutter und Toasa und Pepe. Aber du hast ihnen vergeben. Sie verstanden deine Träume nicht, die du für deine 'Aiga und Sapepe hegtest. Du liebtest sie, möchtest das zumindest glauben, aber da ist bloß ein Schmerz in deinem Herzen; und du möchtest nicht sterben und bloße Erinnerung werden wie sie. Das Leben nach dem Tod erwartet dich, aber du bezweifelst die Verheißung auf jenes Leben, weil du dieses Leben zu sehr genossen hast …

Lalolagi parkte den Chevy vor dem Samoa-Club, stieg schnell aus und öffnete Tauilopepe die Tür. Faitoaga, Taifau und Galupo stiegen ebenfalls aus, und Lalolagi schritt mit Galupo voran. Es war gerade Mittag vorbei.

Dies war das erste Mal, daß Taifau und Faitoaga den Club besuchten, und sie waren voller ängstlicher Erwartung. Tauilopepe lachte in sich hinein, als er sah, wie sie ihre Kleidungsstücke glattstrichen. »Seid unbesorgt«, sagte er. »Keiner wird euch belästigen. Benehmt euch wie die großen Stars, ihr könnt das doch beide recht gut!«

Galupo kam wieder zurück, und Tauilopepe fragte ihn, ob irgend etwas los sei. »Sie wollen uns nicht hineinlassen«, erwiderte Galupo. Tauilopepe marschierte auf die Vordertür des Clubs zu, die anderen folgten ihm.

»Wer, zum Teufel, glauben Sie, daß Sie sind?« sagte Lalolagi gerade auf englisch zum Geschäftsführer.

»Das reicht«, sagte Tauilopepe zu Lalolagi. Der Widerstand des Geschäftsführers schmolz zu einem einnehmenden Lächeln, sobald er Tauilopepe sah. »Dies sind meine Söhne und Gäste«, sagte Tauilopepe.

»Tut mir leid, aber das habe ich nicht gewußt.«

»Können wir einen Tisch haben?«

»Selbstverständlich«, erwiderte der Geschäftsführer, öffnete die Tür und führte sie zu einem großen Tisch in der Ecke nahe der Hauptbar.

Der Club war recht gut besucht, und der Geruch nach Zigaretten und Bier stand in der Luft. An der hinteren Seite der Halle standen Männer an den Billardtischen herum – unter den glitzernden Porträts des Staatsoberhaupts und des Premierministers.

»Als Einleitung für jeden eine Limonade«, sagte Tauilopepe der Bedienung. Einige Männer an der Bar winkten zu Tauilopepe hinüber, aber jeder hielt sich von seinem Tisch fern.

»Nettes Lokal«, sagte Taifau zögernd.

»Ja«, echote Faitoaga, schien sich aber unbehaglich heiß in seinem weißen Hemd zu fühlen. Tauilopepe mußte lachen.

»Entspann dich!« sagte Lalolagi. »Tu ganz so, als ob du ein Papalagi wärst. Du unterscheidest dich nicht von ihnen.«

Als die Kellnerin ihnen die eisgekühlte Limonade brachte, kippten Lalolagi und Galupo die ihrige schnell hinunter. »Komm, Galu«, sagte Lalolagi. »Laß uns ein bißchen schnelles Geld gewinnen!«

»Billard?« fragte Tauilopepe.

»Ich bin darin nicht schlecht«, erwiderte Lalolagi und stand auf. »Komm, Galu, ich werde diesen Einheimischen beibringen, wie man das Spiel spielt. Hast du etwas Geld dabei?«

»Jede Menge«, lachte Galupo, »ich finanziere dich und kriege den Gewinn. Einverstanden?«

Hinter ihnen öffneten sich die Türen. Heely und Ashton kamen herein und gingen zur Bar, ohne Tauilopepe zu bemerken. Er sagte Galupo und Lalolagi, sie sollten warten – er wolle sie mit einigen seiner Freunde bekanntmachen. Sie setzten sich wieder. Tauilopepe sagte der Bedienung, sie solle zwei neue Gläser bringen, Whisky für alle und für ihn Limonade. Faitoaga und Taifau protestierten, aber Tauilopepe meinte, sie sollten doch wenigstens jeder einen Whisky trinken. Dann winkte er Heely und Ashton, die herüberkamen und sich in die Sessel sinken ließen, die Lalolagi für sie bereitstellte.

»Du schaust gut aus, Kumpel!« sagte Heely zu Tauilopepe. »Sieht er nicht gesund aus, Ash?«

»Jawohl, sehr gesund!« tönte Ashton als Echo.

»Mögt ihr Whisky?« fragte Tauilopepe auf englisch.

»Du kennst uns doch, Kumpel«, sagte Heely, »wir sind ganz auf Whisky eingestellt!« Die anderen beobachteten die Papalagis – Taifau und Faitoaga mit Ehrfurcht, Lalolagi und Galupo belustigt.

Die Kellnerin brachte die Getränke, und Tauilopepe gab ihr ein großzügiges Trinkgeld.

»Prost, Kumpel!« sagte Heely. Alle außer Taifau und Faitoaga tranken mit Heely. Galupo stieß Taifau und Faitoaga mit dem Ellbogen, worauf sie schleunigst die Gläser hoben und tiefe Züge nahmen. Als sie husten mußten und ihre Augen sich mit Tränen füllten, lachten Lalolagi und Galupo.

Tauilopepe überging ihr Lachen und sagte zu Heely und Ashton: »Ich hätte gern, daß ihr meine Söhne Lalolagi und Galupo kennenlernt!«

»Großartig!« riefen die beiden Papalagis im Chor.

»Stramme junge Burschen. Du bist glücklich dran!« fügte Heely hinzu.

»Und diese beiden Herren?« fragte Ashton.

Bevor Tauilopepe Faitoaga und Taifau vorstellen konnte, sagte Lalolagi: »Sie sind meine Onkel. Beides große Trinker!« Taifau und Faitoaga grinsten, als sie Tauilopepes Papalagi-Freunden die Hände schüttelten.

Lalolagi sagte der Bedienung, sie solle eine ganze Flasche Whisky und Krüge mit Eis und Wasser bringen.

»Welches ist der Sohn, der in Neuseeland studiert?« fragte Ashton.

»Ich«, erwiderte Lalolagi. »Sie sind Papas Rechtsanwalt, nicht wahr?«

»Ich versuche das Beste, deinem Großvater behilflich zu sein, junger Mann«, sagte Ashton.

»Du trinkst nicht?« fragte Heely Tauilopepe.

»Mein Großvater ist sehr krank gewesen«, sagte Lalolagi.

»Hatte ich ganz vergessen«, sagte Heely. »Wie steht's um die Plantage?«

»Und mit der Familie?« fügte Ashton hinzu.

Lalolagi trank aus und sagte Taifau und Faitoaga, sie sollten sich beeilen und ebenfalls austrinken. Sie taten es. Lalolagi füllte sofort ihre Gläser nach und stand auf, um mit Galupo Billard spielen zu gehen.

Tauilopepe unterhielt sich mit Heely und Ashton. Taifau, dessen Englischkenntnisse besser als die Tauilopepes waren, folgte dem Gespräch ohne Schwierigkeiten, doch Faitoaga, der kein Englisch verstand, grinste vor sich hin und trank – ohne daß es die anderen bemerkten – einen Whisky nach dem anderen. Als er Lalolagis Gelächter hörte, stand er auf und ging auf die Billardtische zu. Unterwegs machte er einen Abstecher zur Bar, bestellte drei große Flaschen Bier und sagte dem ausschenkenden Mädchen, sie solle es *Mister* Tauilopepe in Rechnung stellen. Mit den Zähnen öffnete er die Flaschen.

Die meisten Leute drängten sich nun um den mittleren Billardtisch, um dem teuren Spiel zwischen Lalolagi und Thomas Melsop, dem Club-Meister, zuzusehen. Faitoaga bahnte sich einen Weg durch die Menge und überhörte dabei die unhöflichen Bemerkungen über die Narren aus dem Hinterland, die mehr Geld als Hirn besäßen. »Melsop erteilt ihm eine Lektion«, hörte er jemanden sagen. Sobald er das selbstgefällige Grinsen des Mannes sah, der mit Lalolagi spielte, wußte er, daß Lalolagi am Verlieren war. Er schob eine Flasche in Galupos Hand und sagte: »Trink mal!« Die andere Flasche gab er Lalolagi. »Manuia!« sagte Faitoaga. Innerhalb weniger Minuten waren die Flaschen geleert, und Faitoaga rülpste laut.

»Noch eine Runde?« rief Melsop. Er war der Sohn eines reichen Kaufmanns und hatte daher viel freie Zeit, zu trainieren.

Lalolagi nickte. »Um wieviel liegen wir zurück?« flüsterte er Galupo zu. »Erhöhe den Einsatz auf vierzig Dollar pro Runde«, sagte er. Galupo gehorchte.

Melsop gewann auch diese Runde und reichte seinem Sekundanten, einem gewissen Christopher Ames, etwas Geld, um allen etwas zu trinken zu kaufen. Galupo schickte Faitoaga los, damit er noch etwas Bier kaufe.

»Diese Apia-Ärsche denken, sie haben uns«, flüsterte Lalolagi Galupo zu. »Erhöhe die Einsätze auf fünfzig Dollar pro Runde und fordere sie zu einer großen Zusatzwette heraus. Hast du das Geld?«

Galupo öffnete seine Brieftasche und ließ ein dickes Bündel an Geldscheinen sehen. »Ich mach mir keine Sorgen um das Geld«, sagte er. »Sieh dich nur vor, daß sie uns nicht zum Narren halten.«

Als Faitoaga zurückkam, tranken sie noch mehr Bier. Melsop kam auf den Billardtisch zu und rief auf englisch: »Reicht's euch jetzt?«

»Setz diese Runde auf fünfzig an und sag deinen Freunden, sie sollen unsere Zusatzwette mit hundert decken«, erwiderte Galupo und knallte das Geld auf den Tisch.

»Ich werde zwanzig davon nehmen!« rief Melsops eifriger Sekundant. Viele andere Männer drängten sich nach vorne, um Galupos Wette zu decken.

Lalolagi trank das Bier aus, das noch in der Flasche war, nahm seinen Billardstock und rieb die Spitze sorgfältig mit Kreide ein. Melsops Sekundant setzte die Bälle. Alle schwiegen.

»Anfangen?« rief Lalolagi Melsop zu.

»Nur zu, nur zu!«

»Nun, paß mal auf!« sagte Lalolagi. Er lehnte sich nach vorn, zielte und stieß schnell zu. Die roten Bälle sprengten auseinander; zwei davon fielen in die Seitentaschen. »Schwarz.« Er pirschte um den Tisch herum auf den weißen Queue-Ball zu, zielte und stieß zu. Der schwarze Ball schoß in die Tasche der hinteren Ecke. Die Zuschauer murmelten. »Wieder schwarz!« Er zielte, stieß. Wieder in die Tasche. »Denken, wir sind dumme Dörfler, was! Nun, gebt nur mal acht!« Ein langsamer Schuß diesmal, und der rote Ball rollte in die mittlere Tasche. Um den Tisch herum, ein weiterer Roter. »Wieder schwarz!« Und leicht kam er herein. Lalolagi plazierte den weißen Queue-Ball absichtlich in die hintere Ecke, von der aus es Melsop unmöglich sein würde, ihn freizubekommen, und rief: »Dein Stoß!« Dann fuhr er fort, mit Galupo und Faitoaga zu trinken, und scherte sich überhaupt nicht mehr darum, Melsops Stoß zu verfolgen.

»Schau, ob du dich da herausmanövrieren kannst, Arschloch!« sagte Melsop nach seinem Stoß.

Lalolagi sah, daß Melsop den Queue-Ball in eine knifflige Position gebracht hatte. Er trat zum Tisch, beäugte den Ball aus verschiedenen Blickwinkeln und sagte: »Kein Problem. Schau nur mal hin!« Er zielte von der gegenüberliegenden Bande aus den Queue-Ball an und stieß zu. Der Ball prallte zurück und schlug den nächstliegenden Roten in die Tasche. »Das Spiel ist vorbei«, sagte er; er hatte nur eine halbe Stunde gebraucht, um es zu Ende zu bringen.

Galupo sammelte den Gewinn ein. »Noch 'ne Runde?« rief er Melsop und seiner Anhängerschaft zu. »Ein Hunderter für die Runde und noch hundert als kleine Wette?«

Melsop nickte und zog seine Brieftasche heraus. Diesmal erboten sich nur ein paar seiner Freunde, ihn bei der Deckung der Nebenwette zu unterstützen, und sie bestanden darauf, daß Melsop eine Pause einlegte. Lalolagi gewann das Spiel deutlich.

Galupo trat vor, um das Geld einzusammeln. »Wer hat euch

in diesen Club gelassen?« fragte ihn Melsops Sekundant. Galupo stapelte die Geldscheine wie einen Stoß Karten zu einem Rechteck und ging zurück zu Lalolagi und Faitoaga. Die meisten in der Menge verhielten sich schweigend. Melsops Sekundant zog von dannen, um ein Mitglied des Komitees zu holen.

»Wißt ihr, was schiefläuft in unserem Land?« sagte Melsop zu seinen Freunden. »Die verdammten Samoaner ruinieren alles!«

»Ruiniere nicht Tauilopepes Weihnachten!« befahl Galupo Lalolagi, der auf Melsop zuschritt.

»Was hat dieser Arsch gesagt?« fragte Faitoaga.

»Nichts!« sagte ihm Galupo.

»Das sind die Kerle, Mr. Timms«, sagte Melsops Sekundant zu dem Papalagi-Komiteemitglied, das er mitgebracht hatte.

»Spricht einer von euch Englisch?« fragte Timms. Keiner gab eine Antwort. Einige der Zuschauer traten näher heran. »Nun, habt ihr Mr. Melsop Geld weggenommen?«

»Mein Neffe hat ihn in einer fairen Runde geschlagen«, erwiderte Galupo.

»Spielen um Geld ist in diesem Club nicht gestattet!« sagte Timms.

»Das stimmt!« fielen Melsops Sekundant und ein paar andere Männer im Chor ein.

»Besser, ihr gebt Mr. Melsops Geld zurück«, sagte Timms.

»Wollen Sie uns zum Narren halten?« fragte Lalolagi.

»Ich werde die Polizei anrufen!« sagte Timms und trat ein paar Schritte zurück.

»Was soll das alles?« fragte der Geschäftsführer, indem er sich den Weg durch die Menge bahnte.

»Diese Kerle sind rauflustig und haben Mr. Melsop ganz schön übers Ohr gehauen«, klärte Timms den Sachverhalt.

»Ich habe in einem fairen Spiel gewonnen«, sagte Lalolagi. »Und jeder, der behauptet, daß es nicht so war, kriegt eins ...«

»Genug jetzt!« unterbrach ihn Galupo.

»Jedenfalls sind sie keine Mitglieder und sollten sich nicht hier aufhalten!« beharrte Timms.

»Wollen Sie sie des Lokals verweisen?« fragte der Geschäftsführer.

»Warum nicht? Es sind sowieso nur ...«, begann Timms.

»Sowieso nur was?« fragte eine Stimme. Sie schauten sich um. Tauilopepe bahnte sich einen Weg durch die Menge und stellte sich neben Galupo. »Nur was?« fragte er Timms nochmals. »Sie sind meine Gäste.« Timms erbleichte und schwieg. »Wenn mein Sohn das Spiel gewonnen hat, behält er auch das Geld.«

»Ich hab nicht gewußt, um wen es sich handelt«, stammelte Timms. Er war Buchhalter bei einer Firma, bei der Tauilopepe einen größeren Anteil an Aktien besaß.

»Sehen Sie zu, daß das nicht mehr vorkommt«, sagte Tauilopepe zum Geschäftsführer. »Diese Jungen gehören zu mir.«

Auf dem Weg zurück zum Tisch, der inzwischen von drei anderen Männern besetzt war, fragte Tauilopepe Galupo, wieviel er denn gewonnen habe. Nur etwa dreihundert Dollar. Tauilopepe sagte, Lalolagi müsse wirklich gut sein.

»Er ist der Beste«, sagte Faitoaga. Er sprach undeutlich und klopfte dabei Lalolagi auf den Rücken. Tauilopepe ermahnte Faitoaga sofort, sich ja nicht völlig zu betrinken. Auch Taifau war eifrig am Trinken. Tauilopepe sagte Galupo dann, er solle für alle im Club etwas zu trinken bestellen.

»Aber warum denn? Wir haben ihr Geld nicht gestohlen«, beharrte Lalolagi.

»Um in Apia Geschäfte zu machen, muß man lernen, auch mit Leuten auszukommen, die man nicht mag«, erklärte Tauilopepe. »Und leg noch einen Zwanziger auf den Tisch. Du bist mit Zahlen an der Reihe!« sagte Tauilopepe zu Galupo, als sie an ihrem Tisch angekommen waren. »Bestell mir auch ein Glas.«

»Aber was ist mit deinem ...«, begann Lalolagi.

»Meinem Herz? Ich bin fit!« lachte Tauilopepe.

»Whisky mit Eis«, sagte er zu der Bedienung. »Whisky für alle!«

Zu Tauilopepes Rechten saß Lefale Maa, ein Buddha-ähnlicher Parlamentsabgeordneter; er konsumierte seine Getränke mit langen, gierigen Schlucken. David Thrall, ein untersetzter Afakasi-

Kaufmann mit gründlicher Bibelkenntnis, da er ein Laienprediger war, saß zwischen Heely und Ashton. Tauilopepe direkt gegenüber saß der Verkehrsminister, Faletiga Paumasi – kurz und untersetzt, mit grauem Star auf dem linken Auge und einer dröhnenden Stimme, die er allem Anschein nach mochte, da er nie leise sprach. Tauilopepe stellte Faitoaga, Galupo und Lalolagi vor. Während sie sich unterhielten, mußte die Kellnerin hart arbeiten, um ihren Durst zu löschen. Galupo belohnte sie mit großzügigen Trinkgeldern.

Tauilopepe redete mit dem Minister über den Premierminister, der – wie alle zustimmten – nicht die nötige Bildung für seine Position mitbrachte; dann über den Minister, der das einzige fähige Mitglied des Kabinetts war; dann über die beiden neuen Molen, die eine Geldverschwendung darstellten (Tauilopepe erwähnte aber nicht die Tatsache, daß Faletiga Paumasi als der zuständige Minister das Projekt gebilligt hatte); dann über den nichtsnutzigen Agrarminister, der Scheiße nicht von Mist unterscheiden könne.

Lalolagi und Ashton unterhielten sich, wobei Ashton den Hauptbeitrag lieferte, über Ashtons Laufbahn und Erfolg; dann über Ashtons 'Aiga, die er – wie er sagte – voller Inbrunst liebte; Lalolagi wußte nicht, daß Ashton seine erste Frau samt Kindern Jahre zuvor nach Neuseeland verbannt hatte; über die Pille als Heilmittel für die Entwicklungsländer. Ashton ermahnte Lalolagi schließlich, in all seinen Handlungen ehrlich zu sein, wenn er einmal Rechtsanwalt sei, stets auf der Hut vor den Richtern zu sein, da sie ein krankes Bündel gescheiterter Rechtsanwälte seien, und die Gebühren immer nach den Einkommen der Kunden zu berechnen.

Galupo und Heely sprachen über Landwirtschaft, wobei Heely den Löwenanteil bestritt; über Mist und Düngemittel, über Bewässerung, mittels derer man kranke Pflanzungen in üppige verwandeln könne, so groß wie Jacks Bohnenranke, was ein Beispiel sein sollte; darüber, daß Plantagenarbeiter wie junge Vollblüter zu behandeln seien – man überbezahle sie nicht und gebe ihnen hin und wieder Frauen; über Stiere, und wie Heely – aufgrund seiner breiten praktischen Erfahrung – immer wieder über ihre draufgängerische Schnelligkeit erstaunt war – hoch und hinein und heraus, und, bums, ein Kalb. Lefale, das Parlamentsmitglied, unterhielt sich mit Thrall, dem Kaufmann, über die großen Geldsummen, die die meisten Kabinettsmitglieder der Firma Thralls schuldeten, und wie er, Lefale, am wenigstens schuldig war, weil er in bescheidenen Verhältnissen lebte. Thrall deutete an, daß die Schuldner, die die nächsten Wahlen verlieren, belangt werden würden; aber Lefale erinnerte daran, daß der mächtigste Minister des Landes auch das meiste Geld schuldete, und daß natürlich mit ihm, Lefale, bei den Wahlen mit Sicherheit zu rechnen sei. Sie stimmten überein, daß eine treue, liebende Ehefrau für die Karriere eines Mannes ausschlaggebend sei. Lefale erwähnte dabei nicht, daß er mitten in der Scheidung seiner zwanzigjährigen Ehe steckte, und Thrall, der das wußte, erwähnte es ebenfalls nicht, weil Herren nun einmal nicht tratschten, schon gar nicht in einer respektablen Stadt wie Apia.

Nach seinem -zigsten Whisky und nachdem ihn noch immer keiner zur Teilnahme an dem Gespräch aufgefordert hatte, tat Taifau all die Diskussionen als langweilig ab und richtete sein Augenmerk auf die dralle Kellnerin. Jedesmal, wenn sie ihm ein Getränk brachte, bedankte er sich mit einer Reihe von lüsternden Klapsen auf ihre ausladende Seite, und sie servierte ihn mit einem hochmütigen Schubs ihres Hinterteils ab. Schließlich mühte er sich, dem schnellen Dialog zwischen Lefale und Thrall zu folgen, aber sein Hörsinn, so stellte er fest, mußte wohl etwas nachgelassen haben. Er eilte auf die Toilette, hielt seinen Kopf unter den kalten Wasserhahn und kehrte zurück; der Boden schwankte ihm unter den Füßen, er setzte sich neben Faitoaga und begann zu summen.

Faitoaga, gelangweilt durch das laute englische Reden, versuchte, seine Langeweile zu besiegen, indem er trank und sich einredete, daß er der beste Säufer des ganzen Landes sei. Als er später – durch die süß aufsprudelnde Musik in seinem Kopf –

nicht mehr gelangweilt war, hörte er Taifaus Summen und begann zu singen, zuerst leise, und dann, als Taifau ebenfalls zu singen anhob, in normaler Lautstärke. Er nahm den Bass, Taifau führte an, und beide dachten, daß sie nur leise wisperten.

Überbeschäftigt mit ihrem Gespräch, ignorierten die anderen Männer den Gesang eine Weile lang. Aber als er lauter und immer unüberhörbarer wurde, hörten sie auf zu reden und lachten darüber. Die restlichen Leute im Club, die froh waren, weil Galupo ihnen Getränke ausgegeben hatte, fingen ebenfalls an zu lauschen. Diese Dorfbewohner waren drollig. Vielleicht würden sie noch ein paar Getränke spendieren.

Tauilopepe bemerkte die positive Reaktion der Clubmitglieder und war erleichtert. Ashton, Heely und Lalolagi fingen an, im Rhythmus zu Taifaus Lied zu klatschen, und Galupo stimmte in das Singen ein. Der Minister und das Parlamentsmitglied klopften sich auf die Knie, und der Kaufmann schloß die Augen und schnippte mit den Fingern.

»Da geht ein Theologiestudent
die Straße hinunter.
Er trägt dicke Kleider,
und sein Hut ist abgewetzt.
Er glaubt, er sei schick
mit seinem Bleistift hinter dem Ohr,
doch ist er nichts als ein hausbackener
Bursche, der keine Frau abbekommt.«

Taifau, Faitoaga und Galupo sangen in der herkömmlichen Weise – die tiefen Klänge drangen ganz aus Kehle und Bauch hervor. Mit geschlossenen Augen stand Taifau auf und begann mit ausgebreiteten Armen den Siva zu tanzen. Lalolagi juchzte. Tauilopepe ertränkte seine Verlegenheit mit zwei weiteren schnellen Whiskys und bemerkte plötzlich, daß es völlig egal war, was die anderen Mitglieder denken könnten. »Los, alter Kämpfer!« rief er Taifau zu. »Uns gehört diese Stadt!«

Der Minister und das Parlamentsmitglied waren betrunken, und in diesem seligen Zustand erinnerten sie sich mit neuentdecktem Stolz daran, daß auch sie Dorfbewohner waren; also klatschten sie im Takt und ermutigten Taifau zu tanzen. Ashton, Heely und Thrall waren ebenfalls angetrunken, und in ihrem seligen Zustand fiel es ihnen mit wachsender Verlegenheit ein, daß sie Papalagi waren. Also hörten sie mit dem Trinken auf und fingen an, sich miteinander zu unterhalten, wobei sie versuchten, vor den anderen Clubmitgliedern den Anschein zu erwecken, als ob sie nicht zu den lautstarken Dorfbewohnern gehörten.

»Ruhe!« sagte Lalolagi.

»Jawohl, seid ruhig«, sagte Tauilopepe. »Schaut zu, wie mein Freund tanzt. Er ist der Beste. Der Beste!«

Taifau blieb auf einer Stelle stehen; seine Lavalava war hochgerutscht und enthüllte die tätowierten Oberschenkel, die Arme und Hände drehten sich, beschrieben Kurven, hingen in der Luft wie schwebende Vögel. Tiefe Grunzer aus seinem Mund untermalten die Flugbewegungen der Hände.

»... Ich schenke meiner Lieben
süßes Parfüm aus einem Laden der Stadt;
es kommt den weiten Weg vom Garten Eden,
um den Leib meiner Lieben einzusalben ...«

Thrall war der erste, der verschwand – er ging zur Toilette und kehrte nicht zurück. Als gerade niemand hinsah, kroch Ashton von dannen und mischte seine ausladende Gestalt unter die Leute an der Bar. Heely tat bald darauf dasselbe.

Lalolagi sprang auf und begann, um Taifau herumzutanzen, wobei er die leeren Tische und Sessel umwarf. Tauilopepe lachte, klatschte in die Hände und trank noch mehr. Der Geschäftsführer huschte hin und her und versuchte, ein Komiteemitglied dazu zu überreden, Tauilopepe und seine Gäste aufzuhalten, was jedoch keiner wagte. Timms riet dem Geschäftsführer, die Polizei anzurufen, doch der Geschäftsführer wollte seine Stellung nicht verlieren. Galupo sprang auf, streifte sein Hemd ab und tanzte in der Nähe Taifaus.

Sie tanzten, bis das Zentrum der Halle von umgeworfenen Tischen, zerbrochenen Sesseln und Gläsern übersät war. Dann rief Tauilopepe: »Laßt uns gehen!« Und Taifau, Lalolagi, Galupo und Faitoaga tanzten zur Tür, indem sie sangen:

»Wir kommen von einem sonnigen Ort,
wo die Menschen Haie essen
und die Gräten ausspucken.
Wir kommen aus Sapepe,
wo die Frauen zufrieden sind,
denn ihre Männer warten nicht bis spät in die Nacht.«

Tauilopepe rief den Geschäftsführer zu sich herüber. »Vier Dutzend Bier, zwei Flaschen Whisky. Liefere das zu mir nach Hause.« Er stopfte eine Faust voll Geld in die Hemdentasche des Geschäftsführers, rief den beiden Politikern ein Lebewohl zu, winkte zur Bar hinüber und schwankte lachend aus dem Club hinaus. Er fühlte sich wie ein Vogel kurz vor dem Flug in den freien, kühlen Himmel. Fühlte sich, als ob er von neuem geboren worden wäre.

18 Eine Predigt für das neue Jahr

»... Einwohner Sapepes«, fuhr Tauilopepe in seiner Predigt fort, »laßt uns das neue Jahr freudigen Herzens willkommen heißen, denn unser Himmlischer Vater ist uns im vergangenen Jahr gnädig gewesen. Er prüfte uns im Januar, indem er uns einen Wirbelsturm sandte, der unser Land verwüstete, aber da wir die Probe überstanden haben, hat er uns beim Wiederaufbau geholfen, so daß wir bald wieder den Wohlstand genießen sollen, den wir nun seit drei Jahrzehnten gekannt haben ...« Alles in der Kirche war von einem entspannenden Blau durch die Sonnenbrille, die seine

Augen schützte. Die ganze Gemeinde sah wohlhabend aus – ein Wohlstand, den er, Tauilopepe, über Sapepe gebracht hatte ... »Wir haben hart gearbeitet, wie Gott es wollte; wir haben Seine Gebote eingehalten, wie Er es uns befohlen hat; wir haben ...« Sein Gemüt, so dachte er, war belebt von aufregenden, schöpferischen Ideen – von Ideen, die ihm nun klar und fesselnd von den Lippen rieselten. Er war nicht alt, er war nicht krank; die Zukunft erstreckte sich vor ihm – quer über die grenzenlos sonnigen Ebenen seiner Hoffnungen, eine Zukunft so glatt wie der Fluß seiner Worte. Während er sprach, dachte er an seine erste Predigt, die er in der alten Kirche hielt: »Gott, Geld und Erfolg«. Dasselbe Licht floß nun blendend durch die Fenster und ließ die Gesichter der Gemeinde weicher erscheinen. Dieselbe Atmosphäre tiefster Überzeugung füllte die Kirche. Wie damals standen nun Sträuße von Jasminblüten vor der Kanzel und Vasen mit Ingwerblumen und Hibiskus; er konnte denselben berauschenden Geruch von Brillantine und Parfüm verspüren. Allerdings mit einem Unterschied – er war nun die einzige Machtperson in Sapepe. Er war am Ziel angelangt, hatte gewonnen; er hatte Gott, Geld und Erfolg gefunden; seine Kirche, seine Leute, seinen Pfarrer. Was war aus Toasas Prophezeiung der Trübsal geworden? Was geschah mit Pepes Versprechen, ihn zu zerstören?

»... Über dreißig Jahre lang habe ich nun gekämpft, Brüder. Warum? Um euch und unseren geliebten Distrikt zu etwas zu bringen, worauf Gott und unser Land stolz sein kann. Das neue Jahr nähert sich uns wie ein Engel des Versprechens ...« Keiner hatte an ihn geglaubt, dachte er. Keiner. Nicht einmal Lupe. Verloren in ihrer Unwissenheit und den vergangenen Dingen, in ihrer Angst vor der Zukunft, die er ihnen verheißen hatte, hatten sie versucht, ihn zurückzuhalten. Er hatte seine Vision in die Tat umgesetzt: in fruchtbare, moderne Plantagen, die sich bis zur Bergkette erstreckten, in ein modernes Krankenhaus, eine Schule, ein Leitungswassersystem, mehr Geld in den Taschen der Leute, neuartige Nahrungsmittel in ihren Bäuchen, Bildung für ihre Kinder, Papalagi-Häuser für fast alle 'Aiga – und diese Kirche.

Sapepe war das neue Samoa, der Fortschritt und die Verheißung, welche die Papalagi für Samoa ins Auge gefaßt hatten. Unwissenheit, Heidentum, Aberglaube – all das war besiegt worden.

»… Wir haben den Kampf gewonnen, Brüder. Wir haben unserer Regierung und den Einwohnern dieses Landes gezeigt, was getan werden kann, wenn die Menschen ihrem von Gott verliehenen Verstand, ihrem Ehrgeiz und ihrem Schaffensdrang Folge leisten. Wir haben bewiesen, daß die Wildnis in einen Garten Eden verwandelt werden kann …«

Er sprach nun zu seiner 'Aiga, die auf den vorderen Kirchenbänken saß: Teuila, bebend vor Glauben an ihn und das, was er gegeben hatte, sah ihn voller Aufmerksamkeit an. Die vollen festen Brüste wie warme Milch, der gesamte Druck ihres Körpers. Sie schenkte ihm Glauben bis ins letzte. Durch die Jahre hindurch hatte sie – mit ihrem Leib und Verstand und ihrer grenzenlosen Liebe – seine Enttäuschungen zum Heilen gebracht, den Aitu vertrieben, der ihn heimgesucht hatte. Aber Gott hatte ihr Söhne verweigert. Er hatte es versucht – Gott wußte, wie er es versucht hatte! Kein Sohn. Kein Kind. Oh, wie liebte er sie!

»… Durch unseren Fleiß werden unsere Kinder und ihre Kinder ein stolzes Erbe erben. Die Faa-Samoa ist am Aussterben, und so sollte es auch sein; dafür stehen moderne Zeiten, und wir müssen – um der Generation willen, die nach uns kommt – unsere Schritte der Zeit anpassen, müssen wie wahre Christen zu der Hymne des göttlichen Fortschritts marschieren …« Lalolagi saß in seinem teuren Anzug neben Teuila. Der neue Erbe. Bildung. Ehrgeiz. Der Sohn, den Gott Teuila verweigert hatte. Ein Sohn, der seinen Namen, seine Linie und sein Leben weiterführen sollte. Neben Lalolagi saß Galupo – in einem einfachen, weißen Hemd, einer Krawatte und einer Lavalava. Kann ihm zwar nicht gänzlich trauen, aber ein guter Sohn ist er – treu, stark, modern in vieler Hinsicht, das Bindeglied zu der Zukunft, die Lalolagi gehört. Er dachte an sein Testament, das geschrieben und sicher in Ashtons Geldschrank lag – dann zu lesen, wenn Lalolagi mit seinem akademischen Grad für Recht aus Neuseeland zurückkehrte. Taifau saß halb eingeschlafen hinter seinem Fächer – das Gesicht in Runzeln wie bei einer überreifen Mangofrucht. Er war der einzige Freund, den er in Sapepe gewonnen hatte, ein Freund, der ihm alles verdankte – Heim, Bildung und Stellungen für seine Kinder. Alles.

Seine Predigt wurde nun zu einer Rede über Freundschaft. »Ohne Freundschaft kann der Friede in unserem geliebten Distrikt nicht von Dauer sein. Ohne Freundschaft haben auch Ehen keinen Bestand. Ohne Freundschaft sterben wir allein. Ja, Brüder, allein. Und wer will schon allein sterben? Wer? Keiner. Wir alle möchten unsere letzte Reise in das Verheißene Land mit unseren Freunden und Verwandten um uns herum antreten ...« Während er so sprach, beobachtete er Simi, der neben Taifau saß. »Freundschaft ist – wie unser geliebter Pfarrer uns früher einmal gesagt hat – ein Teilen untereinander, eine Liebesgabe zwischen den 'Aiga, Menschen und Nationen.« Seine Predigt hatte inzwischen eine Gesprächsform angenommen, die den Predigten Simis sehr ähnelte. »Christus, der Sohn Gottes, hatte Liebe in unsere düstere, sündige Welt gebracht. Er hinterließ uns ein Gebot – ›Liebe deinen Nächsten‹ ...« Simi schaute zu ihm hinauf, mit vor Glauben glühenden Augen, wie Tauilopepe dachte. Ein guter Pfarrer, ein Mann der Redlichkeit – manchmal zu ehrlich, doch er hat gelernt, Zugeständnisse zu machen, etwas menschlicher zu sein, wie der Rest von uns auch. Noch immer ein Außenseiter für ein paar der Ungebildeten. Es gibt nichts gegen einen Bewohner der Salomon-Inseln einzuwenden, doch einige Leute werden wohl immer Fanatiker bleiben. Er fing an, den Druck der Hitze zu spüren, von seinem Rücken rieselte Schweiß, und die Erregung, die er gerade noch gefühlt hatte, begann nun abzunehmen. Er warf einen Blick auf seine Uhr. Noch zehn Minuten, die er herumbringen mußte. Einige der Kinder waren eingeschlafen. Er wischte sich mit einem Taschentuch über das Gesicht. »... Ich wiederhole noch einmal – wenn wir einander alle lieben würden, gäbe es keine Zwistigkeiten, keinen Streit zwischen Bruder und Schwester, keine Kriege zwischen den Nationen, zwischen

Schwarz und Weiß. Mein Leben lang habe ich versucht, nach dieser einfachen Regel der Liebe zu leben. Es ist mir zwar zuweilen nicht gelungen, aber ich habe es versucht. Das ist alles, was wir tun können und tun müssen. Und wir werden es schaffen, denn Gott ist mit uns. Unsere Belohnung dafür ist das Verheißene Land …«

Ganz plötzlich gewahrte er den Schmerz in seinen Gliedern, die trockene Kehle, das Stechen in seinen Augen, und er schob es auf die Party im Club zwei Tage zuvor. Er hatte sie unheimlich genossen, hatte im Auto weiter getrunken und über Taifau und Faitoaga gelacht, die inzwischen schliefen und dabei unverständliches Zeug murmelten. Als sie spät in jener Nacht in Sapepe ankamen, mußte seine 'Aiga (und die Nachbarn) herauskommen, um ihnen ins Haus zu helfen. Den ganzen nächsten Tag hatte er dann geschlafen und sich von Teuila ferngehalten, die einen tränenreichen Zorn hatte, weil er die Anordnungen des Arztes nicht beachtete. Von meinen beiden Herzanfällen einmal abgesehen, bin ich in meinem Leben nie ernsthaft krank gewesen, dachte er. Er schaute wieder auf seine Uhr. Noch fünf Minuten.

»… Das neue Jahr ist für uns und für unsere Kinder voller Verheißungen. Es wird ein Jahr des Schweißes und der Plackerei sein, aber auch eines der Freude, des Lachens und der Liebe. Wir haben den Busch zurück an die Bergkette gedrängt, und mit ihm haben wir die heidnischen Dinge verlassen, die Dinge, die der Dunkelheit angehörten, bevor das Licht erschien. Gott ist nun wahrlich mit uns …« Er hob seine Stimme, wieder erfüllten ihn aufregende Bilder und Ideen. Dann fühlte er die leichten Nadelstiche in seinem gelähmten Arm und der linken Seite. Und er wußte, daß es anfing. Versuchte, es zu übergehen, indem er sich auf das konzentrierte, was er sagte. »Gott wird immer mit uns sein, weil unser Land auf Gott gegründet ist …« Plötzlich bemerkte er, daß er zitterte und ihm der kalte Schweiß auf der Stirn stand. Er faßte die Kanzel, um sich zu halten. Bitte, Vater. Bitte, hilf mir! Er sprach weiter. Hörte nicht, was er sagte. Noch eine Chance, Vater. Ich will nicht sterben. Stechende Nadeln schossen ihm in die Seite und rissen ihn für einen Augenblick aus seiner Angst. »Gott ist gnädig … Gott hat euch und mich in das Verheißene Land geführt.« Die ganze linke Seite und der Arm waren nun empfindungslos starr; seine Ohren sausten. Jetzt. Und die Gerichtsverhandlung in seinem Alptraum, auf der Pepe und Toasa ihn verurteilt hatten, sickerte in die weiße Flut seiner Furcht. Pepe, der hinter seiner weißen Maske schrie: SCHULDIG! Und das Bild seines vergangenen Lebens zuckte an seinem inneren Auge der Angst vorüber; die herrlichen Jahre zerbröckelten zum Abend, und der Schmerz begann an seiner Seite zu zerren. Will leben! Leben! Staub legte sich auf das Grab seines unnachsichtigen Vaters – der Mann, der ihn verleugnet hatte. Auf das Grab seiner Mutter, die ihn abgewiesen hatte; auf jenes von Lupe, die er – und er wollte das vor sich selbst nicht zugeben, nicht einmal jetzt – zerstört hatte. Auf das Grab von Toasa, seines zweiten Vaters, den er in seinem Herzen verleugnet hatte, als er seinem Traum nachjagte. Auf das Grab von Pepe, den teuren Marmorengel auf der Betoneinfassung, der mit ausgestreckten Flügeln den abendlichen Tau und nun die Tränen auffing, die seine Sicht trübten. Mein Sohn! Mein Sohn! Warum hast du dich von mir losgesagt? Der Schmerz, die Klaue, drang bis in das innerste Mark seines Wesens, wo er sich wand – und mit dem Schmerz kam auch die schnelle, verhängnisvolle Berührung des Tages. Am Rand dieses Schmerzes, hinter den Staubkörnchen, die die Haut seiner Augen aufstachelten, erblickte er sie. Hörte sie aufschreien. Aufschreien. Teuila!

19 Das Testament

Galupo klopfte an die Tür, öffnete und trat ein.

Das Zimmer roch nach Zigarettenrauch. Ashton saß an seinem großen Pult und schrieb. Galupo setzte sich ihm gegenüber. Während er darauf wartete, daß Ashton seine Anwesenheit zur Kenntnis nahm, überflog er die Papiere, die er mitgebracht hatte.

»Was kann ich für Sie tun?« fragte Ashton, ohne aufzublicken. Galupo antwortete nicht. Ashton schaute auf. »Tut mir leid. Ich habe nicht gewußt, daß Sie es sind. Wie geht's Ihrem Vater?«

»Noch genauso«, sagte Galupo.

»Irgendwelche Aussicht?«

Galupo schüttelte den Kopf. »Sie haben ihn in ein Sauerstoffzelt gesteckt. Noch ein paar Tage gibt man ihm.«

»Ich bedauere das außerordentlich«, sagte Ashton. »Ein bemerkenswerter Mann und einer meiner besten Freunde. Ein großartiger Samoaner. Eine Ehre für eure Rasse.« Er machte eine Pause und fragte, als Galupo ihm nicht antwortete: »Gibt es etwas, womit ich ihm helfen könnte?«

»Ich glaube nicht. Aber es gibt etwas, womit Sie mir helfen könnten.«

»Was immer Sie wollen. Ihnen zu helfen wäre gleichbedeutend mit Hilfe für Ihren Vater und meinen Freund.«

»Ich würde gerne das Testament meines Vaters sehen. Ich weiß, es ist gegen die Vorschriften, aber kann ich es mir mal anschauen?«

»Kann ... ich kann das nicht machen!« stotterte Ashton. »Was Sie von mir verlangen, ist gegen die Standesehre!«

»Und wenn ich Ihnen einen fairen Preis dafür biete?«

»Nein!« rief Ashton. »Ich kann das nicht zulassen. Und ich hätte nie von dem Sohn meines besten Freundes erwartet, daß er mich bittet, die Vorschriften zu verletzen. Und mich bestechen will! Das schlägt dem Faß den Boden aus. Sie bitten mich sozusagen, Ihren Vater zu hintergehen. Sind Sie sich dessen bewußt? Für wen halten Sie mich eigentlich?«

Galupo legte seine Papiere vor Ashton auf den Schreibtisch. Indem er leise etwas vor sich hin murmelte, begann Ashton sie zu lesen. »Sie sind ein Schwindler, Mr. Ashton«, sagte Galupo. »Ein Schwindler, der seit Jahren das Geld meines Alten stiehlt.«

»Moment mal. Bevor Sie sich durch unhaltbare Beschuldigungen in Schwierigkeiten bringen, lassen Sie sich warnen, davor, daß diese Papiere vor Gericht nicht standhalten werden!«

»Ich bin keiner ihrer eingeschüchterten, unwissenden Eingeborenen«, sagte Galupo und streckte die Hand nach den Dokumenten aus. Ashton riß sie fort. »Jene Papiere werden Sie für lange Zeit ins Gefängnis bringen. Nun, geben Sie sie heraus.« Ashton griff nach dem Telefonhörer. »Nur zu!« sagte Galupo. »Je schneller die Polizei kommt, desto besser.« Ashton schob ihm die Papiere hin.

»Wo haben Sie das hergekriegt?« fragte Ashton.

»Ich habe meine Quellen. Ja, sehr zuverlässige Quellen.«

»Sie wollen das Testament sehen?«

Galupo nickte. »Und der Preis ist nicht schlecht.«

»Preis?«

»Ja, die zwölftausend Dollar, die Sie meinem Vater während der letzten paar Jahre gestohlen haben. Ich weiß nicht, wieviel Sie ihm davor schon abgeluchst haben.«

Ashton stand langsam auf. »Es ist im Geldschrank. Ich werde es holen.«

Als Ashton Galupo das Testament reichte, sagte der: »Lesen Sie es. Ich bin kein sehr guter Leser rechtlicher Dokumente.« Ashton las es ihm langsam vor. Galupo sagte, er solle sich beeilen.

»Da trau mal einer dem schlauen Bastard!« sagte Galupo, als Ashton zu Ende gelesen hatte.

»Ihr Vater war ein sehr scharfsinniger Mann«, sagte Ashton. Wie Galupo, bezog er sich nun in der Vergangenheitsform auf Tauilopepe.

»Ist Ihr Gewissen nun in Ordnung?«

»Gewissen?«

Galupo lachte und meinte: »Ich glaubte nicht, daß Sie eines haben.«

»Oh«, sagte Ashton.

»Nun, so wie ich das Testament verstehe, bekomme ich sehr wenig. Stimmt's?«

Ashton legte auseinander, daß das Apia-Haus samt Grundbesitz, die Hälfte des Geldes auf der Bank und die Hälfte der Einnahmen aus Tauilopepes Investitionen an Teuila gingen. Lalolagi sollte den

Rest bekommen, außer den zweitausend Dollar, die Galupo zugeteilt wurden. Von den acht Dorfläden sollten zwei Galupo zufallen, die restlichen Lalolagi. Der Tauilopepe-Titel, so empfahl Tauilopepe seiner 'Aiga, sollte auf Lalolagi übertragen werden, wodurch sichergestellt würde, daß »Blätter des Banyanbaums« – die sich auf Land befand, das nach dem Gewohnheitsrecht übereignet wurde – auch unter Lalolagis Kontrolle fiele. Um die Unterstützung der 'Aiga Tauilopepe und der 'Aiga Toasa für diese Empfehlung zu erlangen, sollten den maßgeblichen 'Aiga-Ältesten in der Woche, nachdem Lalolagi den Titel empfangen hatte, hundertfünfzig Dollar pro Kopf gezahlt werden. Galupo sollte den Besitz so lange verwalten, bis Lalolagi aus Neuseeland zurückkäme; dafür sollte ihm ein ansehnliches Gehalt zukommen.

»Nun zu den schwachen Stellen des Testaments. Sehen Sie irgendwelche Formfehler darin?« fragte Galupo. Ashton schüttelte den Kopf. »Da ist ein Formfehler, ein kleiner nur, aber groß genug für meine – oder sollte ich sagen: für unsere – Zwecke. Was bekommen Taifau und seine 'Aiga?«

Ashton überflog das Testament, hielt inne, las schnell und erklärte, daß Taifau Galupos Ratgeber sein sollte, bis Lalolagi aus Neuseeland zurückkäme; dafür sollte ihm das übliche Gehalt weitergezahlt werden.

»Das Testament sieht nicht vor, daß dieses Gehalt bis zum Tode Taifaus gewährleistet ist?« fragte Galupo. Ashton schüttelte wieder den Kopf. »Und die Söhne Taifaus, die für Tauilopepe gearbeitet haben?«

»Keine Erwähnung derselben.«

»Gerade, wie ich dachte – der Formfehler.«

»Darf ich fragen, wieso?«

Galupo überging Ashtons Frage und meinte: »Wer hat bei dem Testament als Zeuge gedient?«

»Heely und ich.«

»Wenn wir ein neues Testament verfassen würden …«

»Ein neues Testament?« rief Ashton aus. »Ich kann das nicht zulassen!«

»Der Preis ist gut«, sagte Galupo. »Sie werden es tun. Seien Sie nur ganz Sie selbst.« Ashton senkte den Kopf. »Um meine 'Aiga davor zu bewahren, die Gültigkeit des neuen Testamentes anzuzweifeln, das mich als den Erben des scharfsichtigen Alten vorsieht, brauche ich Taifaus Unterstützung. Niemand wird es in Zweifel ziehen, wenn es erst einmal veröffentlicht ist, Taifau gibt mir seine Unterstützung und verhilft mir zu dem Tauilopepe-Titel.«

»Aber was wird aus Ihres Vaters Unterschrift?«

»Ihr fälscht sie. Mittlerweile werden Sie ja wohl Experte darin sein«, sagte Galupo.

Ashton starrte auf den Tintenlöscher auf seinem Schreibtisch. »Wie wollen Sie jenen anderen Mann dazu bringen, das Ganze zu unterstützen?«

»Er wird es tun, weil er – nachdem er fast sein ganzes Leben lang meinem Vater geholfen hat, reich zu werden – von ihm nichts dafür vermacht bekommt. Im neuen Testament werden Taifau und seine 'Aiga belohnt werden. Wir zeigen ihm bloß dieses Testament – geschrieben, unterzeichnet und versiegelt von seinem besten Freund. Taifau wird für das neue Testament einstehen, schon wegen seiner 'Aiga.« Indem er sich aufrichtete, sagte Galupo: »Folgendes sollen Sie in das neue Testament setzen.« Ashton schraubte seinen Füllfederhalter auf und nahm seinen Schreibblock.

Teuila sollte das Apia-Haus samt Grundbesitz und ein jährliches Einkommen von tausend Doller zufließen, so lange, bis sie starb, dann sollte alles an Galupo übergehen. Sie hatte ihm keinen Schaden zugefügt und war leicht zu handhaben. Der Besitz sollte weiterhin Lalolagis Ausbildung finanzieren, und er sollte auch fünf Prozent von Tauilopepes Investitionen haben. Schade, daß Tauilopepe nicht zugegen war, um mitzukriegen, wie sich sein verwöhnter Enkel entwickelte. Taifau sollte sein gegenwärtiges Gehalt plus fünfzehn Prozent aus Tauilopepes Investitionen zufließen; wenn er starb, sollte sein Anteil auf seine Frau und Kinder übergehen; seine Kinder sollten auch ihre derzeitigen Stellungen im Geschäftsbetrieb Tauilopepes beibehalten. Simi Faleula, der beherzteste Mann Sapepes, sollte ein jährliches Einkommen von fünfhundert Dollar bekommen; falls er sich weigerte, würde das Geld seiner 'Aiga zufließen. Faitoaga, der einzige weitere Sapepeaner, dem Galupos Bewunderung galt, sollte künftig für »Blätter des Banyanbaums« sorgen; es sollte ihm eine jährliche Sonderzulage von fünfhundert Dollar zusätzlich zu seinem üblichen Gehalt gewährt werden. Er, Galupo, sollte alles weitere erhalten. Die Ältesten der 'Aiga Tauilopepe und der 'Aiga Toasa sollten eine Zahlung von hundert Dollar pro Kopf kriegen, sobald der Tauilopepe-Titel auf ihn übergegangen sei.

»Im übrigen«, fragte Galupo, »wo möchte er eigentlich begraben werden?«

»In Sapepe, vor seinem Haus. Er hat sich bereits einen Grabstein aus England bestellt.«

»Er will natürlich, daß man seiner gedenkt. Aber das ist bei den meisten emporgekommenen Bürgern der anderen Welt der Fall. Gebt ihm das Grab; schließlich ist es sein Geld.« Galupo stand auf, reckte sich und gähnte. Dann nahm er die Unterlagen an sich.

»Kann ich das haben?« fragte Ashton.

Mit einem breiten Grinsen sagte Galupo: »Erst, wenn Sie Ihren Part in unserem gewinnträchtigen Geschäft erfüllt haben.« Er ging zur Tür, drehte sich um und fügte hinzu: »Ich werde Taifau übermorgen hierherbringen. Seht zu, daß das neue Testament verfügbar ist. Halten Sie auch das alte bereit. Ich will, daß Taifau es liest.« Er winkte Ashton zu und ging hinaus.

Galupo stellte den Motor ab, als sie in sicherer Entfernung des Riffs angelangt waren. Das Boot wiegte sich leicht im fast unbewegten Meer. Taifau versah die Angelhaken mit Ködern und warf sie ins Wasser. Hinter ihnen wirbelten niedrige Wellen über das Riff und glitten dann träge in den Hafen Sapepes und die Insel – eine blaue Klippe, die sich gegen den wolkenlosen Himmel abhob. Sie saßen da und beobachteten die Schnüre. Um sie herum funkelte die See und saugte an den Flanken des Bootes.

Verstohlen sah Galupo Taifau an und fragte sich, warum er diese Traurigkeit, dieses Zögern verspürte, was die Ausführung des letzten, unwiderruflichen Aktes anging. Alle seine bisherigen Handlungen waren klar geplant und kühl ausgeführt worden; er durfte nicht zulassen, daß irgendwelche Emotionen – ein jämmerlicher Zug der anderen Weltenbürger – seine Pläne nun zunichte machten. Er wollte gerade zum Sprechen ansetzen, als sich die Nylonschnur in seiner Hand spannte. Auch bei Taifau hatte etwas angebissen.

Als die beiden mittelgroßen Meerbarben im Eimer waren, köderten die Männer ihre Haken aufs neue und warfen sie wieder aus.

»Hast du ihn gestern besucht?« fragte Taifau.

»Ja. Er liegt noch immer im Koma.«

»Ich gebe mir die Schuld. Er hat im Club getrunken, weil es das erste Mal war, daß er mich nach solch einer langen Zeit trinken sah.«

Einige Minuten lang schwiegen sie. Das Boot begann, nach den toten Fischen zu riechen.

»Ein seltsamer Mann, dein Vater«, sagte Taifau. »Immer in Bewegung, auf die Dinge zugehend, etwas unternehmend – als ob ihn ein unersättlicher Hunger dazu antriebe. Er hat auch mich angetrieben, bis ich das Gefühl hatte, daß es nichts gäbe, was ich nicht tun könne. Stimmt, er ist ungeduldig, gerät leicht in Wut, ist unduldsam, aber gerade deswegen schafft er es ja, das auszuführen, was er sich in den Kopf gesetzt hat.« Er machte eine Pause. »Langweile ich dich? Das Gemurmel alter Leute langweilt die Jungen im allgemeinen.«

Galupo lächelte und schüttelte den Kopf.

»Und es fällt ihm schwer, jemandem zu vertrauen«, fuhr Taifau fort. »Er hat fast zwanzig Jahre gebraucht, bis er gelernt hat, mir zu vertrauen, und der Taifau, dem er vertraute, war der Taifau, den er geschaffen hatte. So ist er nun mal. Ich glaube, er hat es von seinen Eltern mitbekommen. Außer Toasa hat sein Vater niemandem getraut. Und er hatte absolut keinen Glauben, was seinen hinterbliebenen Sohn anging. Seine Lieblinge waren jene Söhne, die bei der Grippe-Epidemie ums Leben gekommen waren. Das ist der Grund, weshalb Tauilopepe nie über seinen Vater spricht.«

Während der nächsten Stunde brachten sie Fisch um Fisch herein. Die Haut auf ihren Gesichtern und Rücken begann von der Hitze zu schmerzen.

»Du erinnerst mich stark an deinen Vater«, sagte Taifau, als sie eine Rast einlegten. »Dieselbe ruhelose Hingabe an harte Arbeit, derselbe unkontrollierbare Drang, Dinge zu bauen, dieselbe Anziehungskraft auf Frauen. Auch das stimmt, Junge – dein Vater hätte jede Frau in diesem Land ins Bett kriegen können.«

Galupo lachte, während er seinen Eßkorb öffnete und Taifau etwas Taro und Corned beef reichte. Sie aßen und schnippten die Überbleibsel ins Wasser.

»Ich werde ihn vermissen«, sagte Taifau. »Dreißig Jahre einer Freundschaft. Er ist der einzige Mann Sapepes, dem ich gelernt habe zu vertrauen, ihn zu bewundern und zu lieben – so sehr, daß ich zu seinem zweiten Ich wurde, eine Erweiterung seines Fleisches, seines Verstands und seiner Sicht der Dinge. Ich war ihm dankbar dafür. Ich würde selbst mein elendes Leben für ihn hingeben ...«

»Ich las irgendwo, Taifau«, unterbrach ihn Galupo. »daß das Meer die einzig schöne und beständige Sache ist, die Gott jemals geschaffen hatte. Laß mich mal nachdenken – ja: ›Der Gegensatz hier liegt zwischen der herrlichen menschlichen Anarchie und der Beständigkeit der immer gleichbleibenden See.‹ Das stammt von einem französischen Schriftsteller. Albert Camus ist, glaube ich, sein Name.«

»Sag mir doch etwas von ihm. Es klingt sehr schön.«

»Hier ist eine weitere Stelle: ›Seine Hingezogenheit zu einer bestimmten Gegend, seine Liebe für eine bestimmte Gruppe von Menschen zu fühlen, zu wissen, daß es immer eine Stelle gibt, wo das Herz Frieden finden wird – das sind viele Gewißheiten für ein einzelnes menschliches Leben. Und doch ist es nicht genug.

Aber in bestimmten Momenten sehnt sich alles nach jener geistigen Heimat.‹ Gefällt es dir?«

Taifau nickte langsam und starrte zum Horizont. Er dachte, so spürte Galupo, an Tauilopepe und die Jahre, die sie miteinander verbracht hatten, und er kam zu dem Schluß, daß es der rechte Zeitpunkt sei, Taifaus Glauben an Tauilopepe zu erschüttern, Tauilopepes Liebe als eine der Lügen der Bewohner der anderen Welt zu entlarven, als eine Heuchelei. Er blickte zu der stechenden Sonne hoch und wurde geblendet. Er rieb sich die Augen und sah, wie Taifaus Schultern sich im Rhythmus der Sorgen und des unter dem Boot atmenden Meers hoben und senkten, und wie die Wolken um die Sonne herum neue, fabelhafte Gestalt annahmen – gerade so, wie alles ausgesehen haben mußte an dem Tag, als die ersten Samoaner durch die Muschel des Horizonts zu diesen Inseln und später in die Bucht von Sapepe drangen, um die 'Aiga Sapepe zu gründen. Wie alle Bewohner der anderen Welt hatten sie die Gaben des Meeres und des Landes in ein Denkmal ihrer Eitelkeit verwandelt, als all das beständig geworden war, und wirklich war die innere Dunkelheit – ein Dunkel, so herrlich wie die See, ein Dunkel, aus dem alle Wahrheit und Kraft, aller Ruhm entsprang.

»Du weinst einer Lüge wegen, Taifau«, sagte er leise. »Er hat dich betrogen – hat dich benutzt, dich in sein eigenes Geschöpf verwandelt; er hat deine einzige Begabung zerstört.«

Taifau wandte sich ab.

»Schau dich an, Taifau. Über dreißig Jahre lang hast du nun diese monströse Eitelkeit aufgepäppelt, für ihn gelogen, dein wirkliches Ich für ihn zerstört. Wenn das Liebe ist, ist es auch der Tod.« Taifau starrte ihn nun an. »Er hat dich verkauft, Taifau. Er verfaßte nicht lange nach dem Sturm sein Testament und sagte mir, was darin geschrieben war. Ich hab's dir nie gesagt, weil ich dich nicht verletzen wollte.«

»Warum sagst du mir's jetzt?«

»Weil das, was immer Tauilopepe an Reichtum und Macht innehat, rechtmäßig auch dir gehört.«

»Ich verstehe«, sagte Taifau. »Und das Testament?«

»Er hinterläßt dir und deiner 'Aiga nichts«, erwiderte Galupo. Taifau blickte weg. »Dreißig Jahre, Taifau. Eine ganze Lebenszeit. Ohne dich und deine Kinder hätte er nicht das erreicht, was er hat.«

»Ich bin reich belohnt worden. Ohne ihn würde ich nicht da stehen, wo ich jetzt bin.«

»Aber wo stehst du denn jetzt? Er stirbt. Was geschieht mit dir und deiner 'Aiga? Du hast keinen Titel, keine Plantage, die dir gehört. Wie glaubst du denn, daß die anderen Matai mit dir umspringen werden? Was wird aus Nofo und deiner 'Aiga werden?« Er hielt inne, hoffte auf eine Antwort Taifaus, doch Taifau schwieg. »Er hat dich und deine 'Aiga Lalolagi auf Gedeih und Verderb überlassen. Kannst du Lalolagi denn trauen? Traust du ihm wirklich? Du kennst Lalolagi als das, was er ist – ein verwöhnter Bengel. Was wird mit allen von uns geschehen – dir, mir, deiner 'Aiga, Sapepe – wenn er alles erbt?«

»Genug!« flüsterte Taifau und wandte sich ihm mit Tränen in den Augen zu. »Ich hätte das nie von dir erwartet, Galupo. Nicht von dir. Ich habe gelernt, dich als meinen eigenen Sohn anzusehen. Und nun das!«

»Ich kann dich nicht belügen, Taifau. Du hast mir bei der Arbeit zugesehen. Der Wirbelsturm hatte alles vernichtet, was du und Tauilopepe erarbeitet hatten. Wer hat es wiederaufgebaut? Ich, der uneheliche und verachtete Sohn, dessen Mutter Tauilopepe benutzt hat – ja benutzt –, um dahin zu gelangen, wo er heute steht.« Taifau blickte wieder weg. »Du weißt, daß es wahr ist, Taifau. Tauilopepe benutzte sie. Und allein aus diesem Grund schuldet er mir alles. Und auch du bist mir etwas schuldig, Taifau, denn du hast nichts unternommen, ihn abzuhalten, sie zu benutzen und zu zerstören.« Er machte eine Pause. »Vergleiche mich einmal mit Lalolagi. Wer, glaubst du, würde die Interessen unserer 'Aiga und Sapepes am besten vertreten?« Taifau antwortete nicht. »Du gibst mir deshalb keine Antwort, Taifau, weil du in deinem Herzen weißt, daß du mich vorziehen würdest ... Du mußt mir helfen, dich und deine ’Aiga zu unterstützen. Ein neues Testament muß aufgesetzt werden.«

»Du bittest mich, ihn zu hintergehen! Ich kann es nicht machen. Verlang das nicht von mir. Ich bitte dich darum.«

»Ich verlange nicht von dir, daß du ihn hintergehst. Ich verlange von dir, daß du unsere Interessen und die Interessen von Sapepe wahrst. Wir müssen Mittel haben, um weiterzuleben. Er ist es dir schuldig; er hat dich betrogen.« Er machte eine Pause.

Taifau zog seine Angelschnüre ein. »Laß uns heimfahren«, sagte er.

»Du wirst es dir noch einmal durch den Kopf gehen lassen?« fragte Galupo. Taifau sah ihn weder an, noch gab er ihm eine Antwort. »Ich muß es bis morgen wissen. Alles, was ich brauche, ist deine öffentliche Unterstützung, nachdem Tauilopepe dahingeschieden ist.«

Galupo drückte zweimal auf die Hupe. Nofo erschien am Fenster und sagte, er würde bald hinauskommen. Er wartete und hörte gleich darauf Schluchzen aus dem Schlafzimmer. Nofo? Aber er verscheuchte den Gedanken. Es war ein schöner Morgen; die Sonne stand über der Bergkette im Osten. Eine Schar Schulkinder spähte in das Auto. Einer der älteren Jungen fragte ihn, ob es Tauilopepe nun besserginge. Viel besser, sagte er ihnen. Er fühlte sich vollkommen entspannt, denn er hatte nach der Ausfahrt zum Fischen gut geschlafen. Aus dem Handschuhfach entnahm er Tauilopepes Sonnenbrille, setzte sie auf und schaute in den Spiegel. Mit den Händen kämmte er das Haar zurück.

Als Taifau den Pfad herunterkam, bemerkte Galupo, daß auch er eine Sonnenbrille trug. Am Straßenrand blieb er stehen, um zu Nofo zurückzublicken, die im Türeingang stand. Galupo hob die Hand, um ihr zum Abschied zu winken, dann fiel ihm ein, daß sie blind war.

Taifau sprach kein Wort auf dem ganzen Weg nach Apia.

Sie parkten draußen vor Ashtons Kanzlei und gingen hinein. Ashton erklärte Taifau den Inhalt des neuen Testaments. Taifau sagte, daß er das alte sehen wolle. Er las es schnell durch, fragte nach dem neuen, las jenes, murmelte seine Zustimmung; dann stand er – ohne Ashton und Galupo anzusehen – auf und verließ den Raum.

Taifau schlurfte die Hauptstraße hinunter, die sich nun mit Leuten füllte, die an ihm vorbeieilten, ohne daß ihn interessierte, wer sie waren und wo sie hineilten; mit dem Staub, der vom Verkehr aufgewirbelt wurde, und mit dem stillen Wind, der vom Hafen hereinwehte und seine weißen Kleidungsstücke und die Sonnenbrille beschmutzte. Seine Sandalen scharrten hohl über den Gehweg, der mit aufgegebenen Zielen, Alpträumen und Tragödien bestreut war. Er vernahm weder den heiseren Lärm der Autos und Lastwagen, die vorbeiströmten wie monströse Raubfische in einem dunklen Meer, noch den aufsteigenden Gestank eines neuen Tages in der Stadt, der sich auf den Gebäuden aus Stein, Stahl und Holz niederließ, und auf den Denkmälern und den Kindern, die ihre Zukunft vor den glitzernden Schaufensterscheiben vertrödelten. Er spürte auch nicht die flimmernde Hitze. Er ging langsam, denn er hatte einen weiten, weiten Weg vor sich, zum Krankenhaus und zu Tauilopepe, der im Sterben lag.

20 Die Zeit und der Ort

Ich habe es dir gesagt, Tauilopepe, nicht wahr. Ich warnte dich, ich wußte, was du als nächstes unternehmen würdest. Ich habe dich wissen lassen, wer und was ich bin. Aber, als Bewohner der anderen Welt, der du nun einmal bist, weigertest du dich, mir Glauben zu schenken. Du hast dir nicht einmal die Mühe gemacht, der Sache nachzugehen und zu sehen, ob ich dir auch wirklich die Wahrheit über mich erzählt hatte. Nun wirst du die Wahrheit über mich nie erfahren. Es ist nun nicht mehr wichtig, daß ich nicht dein wirklicher Sohn bin. Was wichtig ist, ist, daß ich mich zu deinem Sohn gemacht habe. Wer meine wirklichen Eltern sind und wo ich herstamme, ist nun völlig ohne Bedeutung.

Galupo stand nahe am Kopfende des Bettes und starrte durch das Sauerstoffzelt aus Plastik auf Tauilopepe. Die über dem Bett angebrachte Lampe ließ das Zelt schimmern wie eine Schmetterlingspuppe. *Tut es weh, Vater? Kannst du die Schmerzen noch ertragen? Na ja, egal. Nur noch ein paar Minuten, und es wird vorüber sein. Ich habe irgendwo gelesen – in einer medizinischen Zeitschrift, glaube ich –, daß ein Herzinfarkt die Hirnzellen zerstört und einen als atmende Hülse, als vegetierendes Etwas, zurückläßt. Also gehe ich davon aus, daß du keinen Schmerz empfindest. Deine Frau weint um dich. Siehst du sie?* Neben Galupo, mit in den Händen vergrabenem Gesicht, saß leise weinend Teuila. *Sie liebt dich, Vater, wenn du selbst auch nicht fähig warst, andere Menschen zu lieben. Du konntest nicht einmal deinen Sohn, Pepe, lieben, noch deinen Freund, Taifau, und die ganzen Bewohner der anderen Welt, die du benutzt hast, die Leiter Jakobs emporzuklimmen. Aber du hast dich ganz richtig verhalten, indem du keinen geliebt hast und dem sentimentalen Unfug, den die andere Welt verzapft, keinen Glauben schenktest. Liebe ist eine Schwäche.*

Ein hochaufgeschossener Arzt stand am anderen Ende des Bettes und fühlte Tauilopepe den Puls. Sein Kopf lag im Dunkeln über dem Lichtkegel, so daß es aussah, als ob er glatt abgeschnitten worden war. In nächster Nähe zu ihm saß Lalolagi, halb eingeschlafen. Am Fuße des Bettes, mit starrem Blick durch die transparente Kunststoffwand, hinter der Tauilopepes fast blutleeres Gesicht zu sehen war, stand Taifau; seine Hände umklammerten die Eisenstange des Bettes, und er sah aus, als ob er über einem Abgrund schwebe. Gleich neben Taifau und noch immer von Kummer gezeichnet, stand Faitoaga. Nur Teuilas gedämpftes Schluchzen unterbrach die Stille. *Schau einmal deinen undankbaren Enkel an, Vater. Er kümmert sich nicht wirklich um dich (und auch um sonst niemanden). Du hast ihn so werden lassen. Er ist nun das, was du in deiner Jugend immer sein wolltest, ein nachgemachter Papalagi, aber ein Zerrbild: hochmütig, verdorben, selbstsüchtig, altklug und mit deinem krankhaft aufgeblasenen Ego behaftet. Zufrieden, Vater? Du hast versucht, ihn zu deinem Erben zu machen. Ich habe Sapepe und jedermann sonst vor diesem tragischen Los bewahrt. Ich habe deinen Namen und dein Andenken gewahrt, indem ich mich du werden ließ, obwohl ich nicht von deinem Fleisch und Blut bin, sozusagen. Ich kann die Rolle bis zur Perfektion spielen, und ich habe mich dazu entschlossen. Mit mir wird der Ursprungsquell Sapepes wieder zu neuem Leben erwachen. Möglicherweise bin ich der Pepesa aus den alten Zeiten, der, so erzählt die Legende, eines Tages zurückkehren sollte, um Sapepe wiederzuvereinen.* Die Tür hinter Galupo öffnete sich; als er sich umdrehte, sah er Simi hereinkommen.

»Ist er …?« fragte Simi. Galupo schüttelte den Kopf. Simi trat an das Bett, faßte unter den Rand des Zeltes und hielt Tauilopepes Hand. *Ich wollte nicht, daß Lalolagi alles zufällt, wegen Taifau, Teuila, Faitoaga und Simi. Simi verdient es, gerettet zu werden, und du hättest gewollt, daß ich ihn rette. Du hast Taifau hintergangen, Vater, aber ich habe ihn ebenfalls gerettet. Bin ich also schlecht, Vater?* Der Arzt hatte das Bettuch, mit dem Tauilopepes Brust bedeckt war, zurückgezogen und horchte nun sein Herz ab. *Ich bin nicht schlecht, Vater, ich bin nicht interessiert an deinem Wohlstand und deiner Macht. Für mich sind solche Dinge bedeutungslos, weil sie mir nur Wert, Sinn und Respekt in den Augen der Bewohner der anderen Welt verleihen, die irrtümlicherweise daran glauben. Für mich ist der ganze Kampf um die Wiedererschaffung des Ichs, um seine Befreiung von der anderen Welt Sinn und Ziel. Ich bin ein Produkt meiner eigenen Vorstellungskraft. Ich bin auch – wie ein anderer Schriftsteller es ausgedrückt hat – »ein Produkt meiner Zeit«, ein Produkt der Geschichte und der ganzen Bewegung, die unser Land einer ungewissen Zukunft entgegengetrieben haben. Oder soll ich sagen, ich bin diese Zukunft? Wenn ich schlecht bin, dann hat sich unsere gesamte Geschichte zum Schlechten hin entwickelt. Ich kann nicht so empfinden, wie die Bewohner der anderen Welt empfinden, weil ich von dieser Welt befreit bin. Ich habe unser kleines Spiel deshalb gewonnen, und auch wegen der Zeit und dem Ort.*

Der Arzt nahm sein Stethoskop fort und zog das Laken hoch, um Tauilopepes Gesicht zu bedecken. »Es tut mir sehr leid«, sagte er. Teuila schrie auf, schob das Zelt beiseite und bedeckte Tauilopepe mit ihrem Körper. Lalolagi und Simi weinten mit ihr. Der Arzt verließ das Zimmer. Galupo merkte, wie Taifau ihn anstarrte, und er ging hinüber und faßte ihn an der Schulter, während der alte Mann schluchzte. »Es ist in Ordnung, Taifau«, flüsterte er. »Es ist besser so.« Taifau riß sich von ihm los, aber Galupo bemerkte es nicht, weil er zu Teuila hinüberging.

Er hielt sie bei den Schultern und flüsterte, während er sie leicht von dem Leichnam wegschob: »Er ist zu Gott gegangen, warum also weinen?« Sie schluchzte an seiner Brust. Das Gesicht Tauilopepes – die hohen Backenknochen, die eingefallenen Wangen und die bläulich werdenden Lippen – war nur um weniges entfernt. Er beugte sich nieder und küßte die kalten Lippen, strich das Haar zurück, wand Teuilas Arme wie eine Halskette um Tauilopepes Nacken und richtete sich dann auf, um an Faitoaga und Taifau vorbei zur Tür hinauszugehen.

Er marschierte den verlassenen Korridor hinunter, seine bloßen Füße quietschten ein wenig auf dem Fliesenfußboden, die weiße Kleidung leuchtete im Licht des Korridors; so marschierte er zur Veranda, wo die Ältesten Sapepes auf ihn warteten.

Er sagte ihnen, daß Tauilopepe Mauga verstorben sei. Einige von ihnen weinten, andere sprachen ihr Beileid aus, ein alter Mann riet ihm, es tapfer zu nehmen. Und während die Ältesten den Korridor entlang zu Tauilopepes Zimmer gingen, schlüpfte Galupo zur Seitentür ins Dunkel hinaus.

Durch die wirren Zweige des Pulubaums, unter dem er stand, konnte er die Sterne sehen. Hunde bellten aus der Nachbarschaft der Öfen herüber, in denen der Abfall des Krankenhauses verbrannt wurde. Aus der Station nebenan drang das trotzige Weinen eines Kindes. Kühl war die Luft, die er einatmete.

Er ließ das Prickeln in sich hochsteigen wie Luftblasen, von den Füßen bis in den Bauch. Wie süße Kokosmilch strömte es hinauf in seine Brust und seine Kehle und aus seinem Mund hervor. Und er lachte, der Macht und des Ruhmes wegen, die nun sein waren. Jetzt.

Afakasi: halb europäisch
'Aiga: Großfamilie
Aitu: Geist
Ali: hölzerne Kopfstütze
Alii: Matai mit einem *Alii*-Titel
Ava: zeremonielles Getränk, gewonnen aus den Wurzeln der *Kava*-Pflanze
Faa-Samoa: samoanische Weise, Dinge zu tun; samoanische Lebensart
Faafafine: verweichlichter Mann, Homosexueller
Faamafu: selbstgebrautes Bier
Fale: samoanische Behausung
Fautasi: großes Walboot
Fiafia: Tanz, Vergnügen
Gatae: indische Baumart der Gattung Erythrina
Ietoga: feine Matte
Lavalava: samoanisches Wickelgewand
Lotu: Gottesdienst, Huldigung
Luau: junge *Taro*-Blätter, mit Kokoskrem zubereitet
Malae: Dorf-, Versammlungsplatz
Malaga: zeremonieller Besuch
Malo: ermunternder Ausruf
Manaia: Sohn eines *Alii* – eine besondere Rangstellung, verbunden mit bestimmten zeremoniellen Pflichten und Vorrechten; schön
Manuia: glücklich (sein), Glück haben
Matai: betiteltes Oberhaupt einer *'Aiga,* Häuptling, Chief
Mavaega: letzte mündliche Willenserklärung und Testament einer sterbenden Person
Moetolo: Person, die nachts in eine *Fale* hineinschleicht
Paepae: erhabenes Steinfundament einer *Fale,* Vorplatz
Palagi/Papalagi: Person europäischer Herkunft
Palusami: siehe *Luau*
Poumuli: Hartholzbaum
Puataunofo: große gelbe Blume
Pulu: Pflanze, an der Küste verbreitet

Saofai: feierliche Handlung (Feierlichkeit), bei der *Matai*-Titel verliehen werden

Siva: tanzen; ein samoanischer Tanz

Soifua: Lebewohl, Aufwiedersehen (höfliches Bezugnehmen auf gute Gesundheit und Wohlergehen)

Suipi: Kartenspiel

Taamu: (riesige Tarowurzel), große eßbare Knollenwurzel

Taivai: Grasschneidewerkzeug, bestehend aus einer Metallklinge, die am Ende eines hölzernen Griffs befestigt ist

Talle: tropischer Mandelbaum, eine großwachsende, in Küstengegenden vorkommende Baumart

Tamaaiga: Titel, der den Inhabern der vier höchsten Titel West Samoas gewährt wird

Tamaligi: Tamarindenbaum, Affenbrotbaum

Tatau: Tätowierungen eines Mannes – sie erstrecken sich von dem Knie bis zur Taille

Taupou: Dorfjungfrau

Toonai: sonntägliches Mittagessen

Tulafale Matai: der einen Rednertitel innehat

Tusitala: Schriftsteller

Tuua: älterer Redner in einem Dorf – normalerweise verdankt er die Stellung seiner Weisheit und seiner Kenntnis der Geschichte seines Volkes und dessen Lebensweise

Ula: Blumenhalskette, Blütenkranz

Umu: Erdofen

Der Pazifik im Unionsverlag

Sia Figiel: **Alofa**
Alofa heißt das widerborstige Mädchen, das sich nichts gefallen läßt, um ihr zerbrechliches »Ich« zu schützen. Sia Figiels Sprache ist respektlos wie ihre Heldin, funkelnd wie das quirlige Stadtleben, tiefgründig wie die alten Erzählungen von Geistern und Göttern, von fliegenden Hunden und magischen Vögeln. Gebunden

Epeli Hau'ofa: **Rückkehr durch die Hintertür**
In Tonga gilt als miserabler Erzähler, wer seine Zuhörer nicht zum Lachen bringt. Hier gelten ganz andere Regeln als für den Rest der Welt. Die größte Tugend ist heiteres Nichtstun, das allerdings immer wieder durch penetrante Entwicklungshelfer gestört wird. Doch bald entwickeln sich die Bewohner zu international hochgeschätzten Experten im Einreichen korrekter Gesuche und Empfangen von Hilfe. UT 121

Patricia Grace: **Drei Cousinen**
Drei Maori-Mädchen wachsen gemeinsam auf, werden auseinandergerissen und finden am Ende ihrer Lebenswege wieder zusammen. Patricia Grace zeigt in ihrem Werk eine vielfältig aufgebrochene Maori-Gemeinschaft, die im Sog der modernen Gesellschaft auseinanderzubrechen droht. Gebunden

Patricia Grace: **Potiki**
Patricia Graces Roman zieht den Leser in den Bann der Kreisläufe von Natur, Magie und Riten der traditionellen Maori-Kultur, die sich in die Kraft zum Widerstand verwandelt. 240 Seiten, UT 52

Alan Duff: **Warriors**
Alan Duff, selbst Maori, schreibt mit Zorn und Anteilnahme über das Leben einer Maori-Familie. Er verschweigt nichts, bricht Tabus und begegnet doch all seinen Figuren mit dem Verständnis, das ihnen im Leben verwehrt bleibt. Der Roman veränderte das Selbstverständnis des Landes. Monatelang stand er an der Spitze der Bestsellerlisten. Die Verfilmung brach sämtliche Rekorde in der Geschichte Neuseelands und löste eine Flut von Debatten und Initiativen aus. Gebunden oder UT 120

Karibik und Zentralamerika im Peter Hammer Verlag

Joan Riley
Sie stieg auf den Berg der Limonen
Roman, 340 Seiten, gebunden
Aus dem Englischen von Frank Jakubzik und
Marianne Schneider
Ein starker Frauenroman aus der scheinbar ausweglosen verrotteten jamaikanischen Gesellschaft, ein Glanzstück moderner karibischer Erzählkunst.

Eduardo Galeano
Der Ball ist rund und Tore lauern überall
280 Seiten, broschiert
Wer von dem Autor geistreicher Essays ein politisches oder gar pädagogisches Buch erwartet, wird enttäuscht. Dieses leidenschaftliche, kenntnisreiche Werk widmet sich nur dem Fußball und der Freude daran.

Andrés Caicedo
Salsavida
Reihe Galileo
Roman aus Kolumbien, 236 Seiten, broschiert
Aus dem Spanischen von Klaus D. Hebenstreit
Aus dem wilden Leben einer kolumbianischen Großstadt erzählt der junge Autor Caicedo die entscheidende Lebensphase eines jungen Mädchens, das in die Szene von Drogen, Sex und Musik eintaucht, auf der Suche nach dem, was ihr die Sehnsucht als »wahres Leben« verspricht.